D1440807

Oppiano Licario

Letras Hispánicas

José Lezama Lima

Oppiano Licario

Edición de César López

CATEDRA

LETRAS HISPANICAS

Ilustración de cubierta:
Fragmento de *Negro atacado por un jaguar,* de H. Rousseau

© José Lezama Lima, 1977
© César López (introducción y notas)
Ediciones Cátedra, S. A., 1989
Josefa Valcárcel, 27. 28027-Madrid
Depósito legal: M. 6.748-1989
ISBN: 84-376-0808-2
Printed in Spain
Impreso en Lavel
Los Llanos, nave 6. Humanes (Madrid)
Printed in Spain

Índice

Introducción

Fronesis Heterónomo

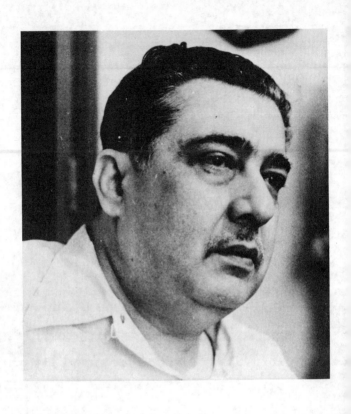

José Lezama Lima

LA IMANTACIÓN DE LOS FRAGMENTOS

Introducción conceptual a José Lezama Lima

No es difícil imaginar, y a estas alturas de la historia existen testimonios y documentación suficientes para ir más allá de la propia verificación, la conmoción que produjera el primer verso de *Muerte de Narciso,* publicado en 1937, pero escrito unos años antes. ¿Cómo podía ser, ocurrir, semejante hecho en una poesía, la cubana, que transitaba por otros caminos? Abrir con *Dánae teje el tiempo dorado por el Nilo* constituía un reto, es todavía un desafío, a cualquier aventura de la imaginación y a la propia estabilidad del poema. Hay que suponer que las consideraciones de Cintio Vitier, varios años después y a propósito de *Enemigo rumor* (1941), germinaran ya en los momentos iniciales del primer poema de Lezama Lima.

> Yo me siento impotente para comunicarles a ustedes lo que este libro significó en aquellos años. Leerlo fue algo más que leer un libro. Su originalidad era tan grande y los elementos que integraba (Garcilaso, Góngora, Quevedo, San Juan, Lautréamont, el surrealismo, Valéry, Claudel, Rilke) eran tan violentamente heterogéneos, que si aquello no se resolvía en un caos, tenía que engendrar un mundo [1].

---

[1] Vitier Cintio, *Lo cubano en la poesía,* Universidad Central de Las Villas.

El par conceptual caos-mundo se mantendrá para conducir al triunfo del segundo término como consecuencia de una lucha por imponer orden y acertar en la creación. Porque Lezama ha creado un mundo, su mundo, en el cual obliga a participar al lector, aunque le permite, permiso que no todos aprovechan —sino que más bien se mantienen atados a ciertos postulados personalísimos del sistema poético lezamiano—, la libertad de múltiples lecturas y, como lírica y ontológica consecuencia, la recreación de un nuevo mundo interpretado. Su trayectoria creadora, en lo convencional conocido como poema, cierra, coherentemente, *cuando me duermo en el tokonoma evaporo el otro que sigue caminando* [2]. Este último texto está fechado el 1 de abril de 1976 a cuatro meses de la muerte del poeta. Se ha cumplido un ciclo y se ha abierto otro, lo previsible dentro de lo imprevisible. Un mundo que continúa creciendo después de haber sido creado a partir de su propio caos deja todas las posibilidades abiertas.

Estas lindes, relativas, movedizas, como la idea de nacimiento y muerte, incitarán a unas consideraciones que a lo sumo puedan servir de nuevo acicate para lecturas y desmentidos. El que llega a Lezama llega a Lezama porque así lo desea, y entra en su ámbito armado con sus propios atributos, los de lector generador y recreante, para enfrentarse con el mundo cerrado del autor, quien, paradójicamente, le obliga a escender, en tarea ciclópea, hasta la altísima posibilidad de lo abierto.

Tejer el tiempo es, para Lezama, superarlo. Y constituye tarea ardua, estación complicada de doloroso gozo. Una soledad comunicativa.

Llegar al final puede ser iniciar el comienzo y entregar la responsabilidad esperada al verdadero protagonista, o a la entidad protagónica integrada como ocurre en *Paradiso* cuando José Cemí

---

[2] Lezama Lima, José, *Fragmentos a su imán,* La Habana, Editorial Arte y Literatura, 1977, pág. 125.

corporizó de nuevo a Oppiano Licario. Las sílabas que oía eran ahora más lentas, pero también más claras y evidentes. Era la misma voz, pero modulada en otro registro. Volvió a oír de nuevo: ritmo hesicástico, podemos empezar [3].

Pero ahora se trata más bien de orientarse en un laberinto algo más trillado y tal vez mejor conocido en su acabado interrumpido. ¿Quién acompaña al transeúnte de un universo que posee tanto su paraíso como su infierno? *Paradiso* e *Inferno*. ¡Oh, Oppiano Licario, hacia dónde o por cuáles vericuetos vas a conducirnos?

El azar concurrente permite esta interpolación o delicioso contrabando:

—¡Qué extraño! —dijo la muchacha, avanzando cautelosamente— ¡Qué puerta más pesada! —La tocó, al hablar, y se cerró de pronto, con un golpe.

—¡Dios mío! —dijo el hombre— Me parece que no tiene picaporte del lado de adentro. ¡Cómo, nos han encerrado a los dos!

—A los dos no. A uno sólo —dijo la muchacha.

Pasó a través de la puerta y desapareció [4].

Estamos ante una posibilidad que condiciona o cataliza este texto cuando intenta convertirse en prólogo o presentación, algo que naturalmente no se va a lograr debido a las peripecias que impone el objeto al cual se refiere el intento. Ni siquiera el excesivo rigor de un método perfeccionista —aunque no sea éste el caso— permitiría llegar a semejante meta. *La perfección que muere de rodillas*. La pista puede ser graciosa y oculta por su evidente visibilidad.

Después del espejo. Alicia, Alicia está soñando y si

[3] Lezama Lima, José, *Paradiso,* La Habana, Ediciones Unión, 1966, página 617.
[4] Ireland I A, *Visitations* (1919).

despierta podría desaparecer como una vela. *El espejo se olvida del sonido y de la noche.* Bajo la contemplación de Narciso y con el peligro de olvidar, que ronda los primeros momentos —una serie de variaciones está dada por olvida-olvidada-olvidado, *su puerta al cambiante pontífice entreabre.* Y aquí estamos ante una señal —un signo de cargado significado— para pasear en el jardín lezamiano.

> En un cosmos inconcebiblemente complejo, cada vez que una criatura se enfrentaba con diversas alternativas, no elegía una sino todas, creando de este modo muchas historias universales del cosmos. Ya que en ese mundo había muchas criaturas y que cada una de ellas estaba continuamente ante muchas alternativas, las combinaciones de esos procesos eran innumerables y a cada instante ese universo se ramificaba infinitamente en otros universos, y éstos, en otros a su vez [5].

De nuevo el signo deja de ser unívoco y se convierte en trampa, sólo para enriquecer aún más lo ubérrimo de la trama. En Lezama todo se está multiplicando constantemente [6].

Sin embargo, en esta aventura, el susto, el miedo, no pueden convertirse en pánico paralizante, sino en obligación de la marcha y la danza.

Así comienza *Oppiano Licario: De noche la puerta quedaba casi abierta.* La puerta, la noche, la negación del olvido, la puerta poseída, *su puerta,* entreabierta ya para *el cambiante pontífice.*

¿Y quién es éste *cambiante pontífice?* El proteico, pontífice es el que hace puente, si seguimos una pedantesca,

---

5 Stapleton, Olaf, *Star Maker* (1937).

6 Cortázar, Julio, *Encuentros con Lezama Lima,* Coloquio internacional sobre la obra de José Lezama Lima, Espiral/ensayo, Centre de Recherches Latino-Américaines, Université de Poitiers, Francia, pág. 17; «Esperaba ingenuamente que todo quedara aclarado, pero las respuestas consistieron en explicaciones que multiplicaban la oscuridad...»

satirizante y vieja broma universitaria, *Oppiano Licario*[7].

Hemos llegado a Oppiano Licario. Si antes se había hablado de Paraíso e Infierno hay, ahora, una obligación de recordar la transformación nominal. *Paradiso* e *Inferno*. ¿Una primera novela junto a una segunda novela? ¿O la continuación de aquella novela por esta otra novela más o menos inconclusa, como se verá más adelante? ¿O una única novela genialmente fragmentada y sólo dejada trunca por la muerte? ¿O verdaderos fragmentos de un cosmos todavía más amplio? O, en fin, ¿la obra mayor de un poeta mayor que lleva a su imán todos los fragmentos anteriormente dispersos? La novela, el poema-novela-poema, como alguna vez consideramos *Paradiso,* revela a su vez el todo y la parte. La obra de Lezama Lima parece ser un monstruoso conjunto en el cual se integran, *giran, desobediente son al tiempo enemistado,* todos los fragmentos; sean éstos, para llamarlos con los nombres *ad usum,* poemas, novelas, relatos, ensayos, artículos, entrevistas, chismes, conversaciones, y constituyen partes de un todo mayor que se integra en niveles distintos de significación múltiple.

Llegar a Oppiano Licario ya es un esfuerzo placentero, seguir, continuar, una suerte de *estación de gloria,* la misma que *abre un castillo al ciervo del estío.*

Oppiano Licario tal cual va a aparecer en las páginas siguientes es algo más que un título, más que un personaje, más que un símbolo. Es, entre otras cosas, el que regresa. El título, elección sobre-elegida, tuvo que competir con otros: *La vuelta de Oppiano Licario, La muerte de Oppiano Licario, Fronesis, El reino de la imagen, Inferno*[8], etc.; el personaje real es un resucitado en la trama y en la memoria; es quien posibilita todos los núcleos germinati-

   [7] Lezama Lima, José, *Oppiano Licario,* La Habana, Editorial Arte y Literatura, 1977. Aunque existen otras ediciones siempre se usará esta edición como fuente de referencia y citas.

   [8] Las revistas *Unión* (La Habana), *Siempre* (C. México) e *Índice* (Madrid) publicaron fragmentos de la obra bajo el título de *Inferno*.

vos de los protagonistas y de la historia misma y había tenido su contrapartida en Urbano Vicario y su vehículo potenciador en Ynaca Eco Licario. Oppiano Licario funciona como un motor de fundaciones. Y puede ser considerado, no sólo moviéndose explícitamente en los textos en que aparece, sino también cuando ni siquiera se le nombra. Oppiano Licario, a quien ingenuamente consideramos hacedor de puentes por aquello de pontífice, es él mismo un puente, *un puente, un gran puente que no se le ve.* La acción, el actuante y el resultado de esa acción del actuante. Una nueva tríada dinámica y conceptual. Y cuando Oppiano, estando, no es nombrado, resulta *un puente, un gran puente, pero he aquí que no se le ve.* Oppiano Licario.

Sería interesante recordar que en 1970[9] aparece un texto sobre Oppiano Licario que arroja alguna luz sobre el personaje que indicara el ritmo futuro y comenzante de *Paradiso.* Ese poema en ocho fragmentos va dejando *un rostro sobre un rostro, ardiendo el toronjal,* un rastro para ser seguido, en el cual se funden lo carnal y lo espiritual en una sucesión metafórica de distintos orígenes, pero que deshace las arañas *por lo lineal que nos rodea y que se rompe en nuestros labios sin hablar.* La angustia de la página en blanco es sustituida por el placer de papel en el rodillo de la máquina de escribir y todo ello lleva a la palma de la mano, de esa mano que tantas revelaciones va a hacer cuando Lezama descubre sus ensoñaciones[10] pero que aquí, al insinuar la lectura y convocar a Narciso en su ayuda, junto a otros dioses, remite al poema inaugural tal cual se señalara al inicio, y confirma el aserto de lo total en esta obra poética de fragmentos imantados. No en balde se ha formulado ya una poética de los fragmen-

[9] Se trata de *Dejos de Oppiano Licario, Poesía Completa,* La Habana, Editorial Letras Cubanas, 1970; págs. 439-446.

[10] Lezama Lima, José, *La Cantidad Hechizada, Confluencias,* La Habana, Ediciones Unión, 1970, págs. 435-457.

tos[11]. Narciso no puede seguir en su propia contemplación porque es *mascado por la niebla ascendente*. Y aparece. *Ícaro con dos guadañas*. Y como no podía ser de otro modo luego de que *Saturno se come las alas de cera*, Ícaro, que es el mismo, pero con la experiencia de la caída, buen nadador, quizá como lo hubiera querido Baudelaire, impenitente, *habla con el Resucitado sentado en el légamo*.

He aquí una probable explicación genealógica. *El vencido por el sol regresa con las estaciones/ y el que triunfa de la muerte se vuelve a morir*. Una crónica anticipada había indicado la función de Oppiano y hasta el origen del nombre. *La capota caída se mide por su sombra. Ícaro vencido y el Resucitado vencedor,/ el Resucitado esperando la muerte/ y el Ícaro eterno relator*. Lezama, pues, siguió *colocando ladrillos en el muro*, pero lo dejó advertido: *sobre el muro cascos de botella*.

La tentación ha sido grande e insalvable: Oppiano no deja otra opción, sino seguirlo, rastrearlo, obliga a la sorpresa por el ejercicio de una lectura que exige algo más que la vigilia y el sueño, que clama por una integración libérrima del ser, no ya para la resurrección, mas para algo tal vez menos trascendente, pero de honda gratificación cultural, para la lectura inteligente de su macrotexto, algo que no se convierta en una metalectura. Lezama, incisivo, comenta:

> Me señalan que el personaje más desaforado de *Paradiso* es Oppiano Licario, quien sucumbe en los últimos capítulos. Oppiano es un elfo, una metamorfosis de cientos de criaturas conocidas. El nombre le viene de un senador romano y estoico, y el apellido de Ícaro. Oppianus Claudius vivía en la espera de que lo infinito se manifestara delante de él. Ícaro es la ambición de infinitud (...). En el centro del Infierno está Oppiano Licario,

---

[11] Ver Enrico Mario Santí, «*Oppiano Licario», la poética del fragmento*. En Coloquio internacional sobre la obra de José Lezama Lima, Espiral/ensayo, Centre de Recherches Latino-americaines, Université de Poitiers, Francia 1084, Prosa, págs. 135-151.

el difunto. Pero él actúa más allá de la muerte y a través de la muerte. La gente le atribuye frases que nunca dijo y nunca se oyeron. Mis libretones ya están hinchados con la presencia de ese maravilloso fantasma[12].

Se puede observar una progresión de elementos constitutivos en la entidad Oppiano Licario que continuamente hacen referencias a otras aristas u órganos del corpus poético-imaginativo lezamiano en lo que éste tiene de elaboración y de reelaboración, de *corsi* y de *ricorsi*.

La gravitación del amenazante «final sombrío» comunicado, y tal vez temido por el propio autor, en carta a su hermana Eloísa, se aclara a la vez que se disuelve o se disuelve a la vez que se aclara, que como se sabe, en el lezámico modo, viene a ser lo mismo. Fundición del verbo a voluntad del poeta.

En el ensayo u oración poética confesional *Confluencias*[13] se observa desde la primera frase un afán, logrado, de expresión comunicativa, que no renuncia a la más arraigada querencia creadora del autor... *veía la noche como si algo se hubiera caído sobre la tierra, un descendimiento.* El nexo con el inicio nocturno del fragmento *Oppiano Licario* y la resonancia de los *Dejos...* parece evidente y más si se le agrega lo siguiente: *El descendimiento placentario de lo nocturno, el fiel de la medianoche,* aparecen como una variante del desierto y del destierro, «todas las posibilidades del sistema poético han sido puestas en marcha, para que Cemí concurra a la cita con Licario, el Ícaro, el nuevo intentador de lo imposible». Más adelante, después de asegurar que «la liberación del tiempo es la constante más tenaz de la sobrenaturaleza»[14], agrega:

[12] Tomado de una entrevista con Tomás Eloy Martínez: «José Lezama Lima peregrino inmóvil»; *Índice*, Madrid, 1967.
[13] *Op. cit.*
[14] Ver: «Sobre Paradiso», *Unión*, núm. 2, La Habana, abril-junio de 1966; págs. 173-80.

Oppiano Licario quiere provocar la sobrenaturaleza. Así continúa en su búsqueda por incesantes laberintos. Capítulo XII, negación del tiempo, detrás de la urna de cristal cambian incesantemente sus rostros el garzón y el centurión muertos, solamente que en el capítulo XIV, ya al final, el que aparece detrás de la urna es el mismo Oppiano Licario. Negación del tiempo lograda en el sueño, donde no solamente el tiempo, sino las dimensiones desaparecen (...) El capítulo XIII intenta mostrar un *perpetum mobile,* para liberarse del condicionante espacial. La cabeza del carnero, rotando en un piñón, logra esa liberación, en esa dimensión de Oppiano Licario, la de la sobrenaturaleza, las figuras del pasado infantil vuelven a reaparecer. Es la infinitud cognoscente adquirida a la vera de Licario, sólo que el ritmo de los pitagóricos es distinto, del ritmo sistáltico, el violento, el de la pasiones, se ha pasado al ritmo hesicástico, al sosiego, a la sabia contemplación.

Licario ha puesto en movimiento las inmensas coordenadas del sistema poético para propiciar su último encuentro con Cemí. Era necesario que Cemí recibiese el último encuentro con la palabra de Licario. «La imagen y la araña, por el cuerpo» dice una de aquellas sentencias entregadas en la última noche. Aparece la hermana Inaca Eco Licario rindiendo la sentencia poética como la tierra prometida. La sombra, el doble, es el que rinde la ofrenda. El doble hace la primera ofrenda, rinde la primera imagen y Cemí asciende por la piedra del sacrificio a cumplimentar su patronímico de ídolo o imagen [15].

La coherencia del universo lezamiano indica, desde siempre, que habría de ser José Cemí el depositario de la misión. Cemí como representante de la primera tríada, ya en su grávido instante de ascensión. Cemí que no está solo, sino que es Cemí más Fronesis más Foción. Y que en su destino trascendente iluminará vastos dominios de poesía señoreados por la imagen. El autor había advertido:

---

[15] Ver *Confluencias, op. cit.*

En realidad no creo que sea necesario escindir mi obra en poesía y prosa, pues el propio *Paradiso* tiene mucho de poema. Yo parto para hacer mi novela de una raíz poética, metáfora como personaje, imagen como situación, diálogo como forma de reconocimiento a la manera griega. En mi poesía, ensayo y novela forman parte del mismo escarbar en la médula del saúco[16].

Entonces todo este detectar, husmear indiscreto, en textos y contextos, no es más que una opción para integrar *Oppiano Licario* en el mundo propio de Lezama y proponer al lector la continuidad de una lectura, una de las múltiples y posibles lecturas de esta obra en estado de germinación perpetua, que tiene mucho de paladeo y de investigación de la vida, de lo humano y de lo divino dentro de un entorno mágicamente cotidiano, en una nueva forma de coloquio que nada rehúye, que todo o casi todo lo devora, como caracol tergiversado y trasmutado en planetario móvil.

Antes se había hablado de obligación, de potencia, de catalizador. Valdría la pena recordar la secuencia del ángel de la jiribilla, esa concepción tal vez hipostasiada de una cubanía muy humanista.

Y sonríe. Obliga a que suceda. Enseña una de tus alas, lee: Realízate, cúmplete, sé anterior a la muerte. Vigila las cenizas que retornan. Sé el guardián del etrusco potens, de la posibilidad infinita. Repite: Lo imposible al actuar sobre lo posible engendra un posible en la infinidad. Ya la imagen ha creado una causalidad, es el alba de la era poética entre nosotros (...).

Ahora, ya sabemos que la única certeza se engendra en lo que nos rebasa. Y que el icárico intento de lo imposible es la única seguridad que se puede alcanzar, donde tú tienes que estar ahora, ángel de la jiribilla[17].

---

[16] Lezama Lima, José, *Cartas* (1939-1976) ed. Eloisa Lezama Lima, Madrid, Orígenes, 1979.

[17] Lezama Lima, José, *La cantidad hechizada,* La Habana, Ediciones Unión, 1970, págs. 52-53.

La evidencia es plena, el deslumbramiento una y otra vez vence al tiempo y lo anula. El personaje venía elaborándose, *con qué seguro paso, lento es el paso, paso es el paso,* como la metáfora conocidísima. Tal *el mulo en el abismo.* Bastaría el cotejo de fechas y momentos para disipar alguna duda, sin embargo, esta supuesta disipación acarrearía otras dudas nuevas, sólo para ser sucedidas por las novísimas que en el tropel ya se divisan... Oppiano Licario preside. Cemí recibe un primer poema[18], pero el otro se pierde. O creemos que se pierde. Está su espacio y aunque la apariencia revela, u oculta, el vacío, el poema en realidad no se ha perdido.

Porque aquí el lector puede estarse ya enfrentando, sabiéndolo o sin saberlo, ante una nueva y no última paradoja, pues

> la sacralidad de lo que es verdaderamente importante se nos escapa en la vida, se desconoce después de la muerte y cuando abrimos los ojos ya nos vemos obligados a reconstruir, pero de la misma manera que la intuición no puede actuar sobre los jardines de Saturno, la imagen se atemoriza ante lo perdido, porque comienza a describir enloquecidos movimientos elípticos, no sobre el vacío engendrado por la pérdida, sino sobre el encuentro, pues actúa pensando no sobre el tesoro perdido en Esmirna, sino sobre lo perdido en Esmirna, que se encontró en Damasco. Siempre imagina que la aguja que se perdió en la nieve, se encuentra en el pajar. Pero es precisamente en el pajar con la aguja perdida donde la imago actúa con la piedad devoradora de los vultúridos[19].

[18] José Cemí: No lo llamo, porque él viene,/ como dos astros cruzados en sus leyes encaramados/ la órbita eclíptica tiene./ Yo estuve, pero él estará,/ cuando yo sea el puro conocimiento, /la piedra traída en el viento, en el egipcio paño de lino me envolverá./ La razón y la memoria al azar/ verán a la paloma alcanzar/la fe en la sobrenaturaleza./ La araña y la imagen por el cuerpo,/ no puede ser, no estoy muerto./ Vi morir a tu padre; ahora, Cemí, tropieza. Ver *Paradiso,* pág. 616.

[19] Lezama Lima, José, *La cantidad hechizada,* La Habana, Ediciones Unión, 1970, págs. 158-159.

La función de esta nueva paradoja, tan antigua como los primeros versos lezamianos, consiste en afirmar y negar al mismo tiempo los valores de la pérdida y del hallazgo, de lo perdido y lo encontrado, de quien pierde y quien recupera, sin descontar la importancia otorgada al modo que adoptan estas acciones, así como a sus agentes activos y pasivos, para realizarse. Claro está que el lugar, el sitio en que todo esto sucede, tiene una significación capital. Y si en la cita anterior la referencia explícita conduce a lo cubano, a Cuba, no es posible soslayar la inclusión de lo histórico —en su sentido de asunto sucedido— y geográfico en el espacio imaginativo lezamiano, capaz de asimilar culturas lejanas en una cotidianidad desconcertante. El *etrusco potens* sirve de apoyatura al ángel de la jiribilla y ya Ynaca Eco Licario afirmaba, al referirse a su hermano Oppiano: *este pueblo había sido una creación etrusca y él era un estudioso de esa cultura.* Así que lo etrusco podía estar, encontrarse, lo mismo en un puertecillo en el sur de Francia que en el *cuadrado mágico de la fundamentación,* en La Habana Vieja, y más aún en el interior de la casa de Trocadero 162. Tanto es así que en algunas de sus cartas firma, con graciosa sorna, *El Etrusco de La Habana Vieja* o simplemente *El Etrusco* [20]. Donde se pierde no es fatalmente donde se encuentra. Cuando recorre y fatiga listas de pérdidas, que agobian como una verdadera perdición en un sentido más bíblico, aparecen hechos y figuras sobresalientes de la cultura cubana, preocupación fundamental en Lezama, y junto a un anillo perdido de Darío Romano; un baúl lleno de letras de José Martí; los crucifijos tallados y el cuadro de la Santísima Trinidad de Manuel Socorro Rodríguez; las recetas médicas de Surí puestas en versos; las frutas pintadas por Rubalcava; las pláticas sabatinas de Luz y Caballero, las cenizas de Heredia; la galería de retratos de capitanes generales de Escobar;

[20] *Cartas, op. cit.*

alguna mancha de Plácido en el taller de Escobar; las pulseras y las peinetas de carey, de Plácido; una receta de majar cubano hecho por Manzano; un sermón de Tristán de Jesús Medina; el recuerdo de alguna sobremesa de Martí niño con sus padres; una tela de aficionado a la pintura de Julián del Casal; un cuadro de Juana Borrero... Todo lo hemos perdido[21], afirma Lezama, pero, sin olvidar el mecanismo del encuentro, incluye o desliza en tan peculiar inventario reflexiones de esta índole (cuando se refiere al baúl de Martí agrega):

> en el anteayer que viene sobre nosotros como una avalancha. Pero quien poseía ese baúl olvidó una prime-ra regla de la conducta, es decir, que el poseedor de un baúl lleno de los escritos de Martí, entre las furias de un huracán o de un terremoto, está en la obligación de salvarlo antes que salvar su vida, como dice la orden del día de una de las grandes batallas contemporáneas, deberá morir en el mismo sitio antes que retroceder un paso.

La gravedad y el compromiso patrios ceden ante esta nueva inserción:

> Las aporéticas joyas de Zequeira, pérdida en este caso más lamentable todavía puesto que nunca existieron;

¡Qué comentario podría añadir un ápice a semejante aserto! Ambas propuestas, presididas por la vehemencia que inflama la imagen, ¡no hay que olvidar el *cubrefuego de lo estelar!;* explican o complican el destino, no sólo del segundo poema dedicado a Cemí, sino también las variaciones sobre la existencia y lectura de la *Súmula, nunca infusa, de excepciones morfológicas.*

Martí lo vuelve a tentar, inadecuado verbo pues más bien Martí lo alimenta y lo inspira; lo añora infantil, niño con sus padres en esa sobremesa.

---

[21] Esta cita y las cinco siguientes sobre el mismo tema pertenecen al ensayo *Paralelos. La pintura y la poesía en Cuba (siglos XVIII y XIX).*

donde tiene que estar el secreto de su cepa hispánica y de su brisa criolla, que une con una suprema sabiduría la madre y el caudal del río

Y este comentario aparece justo a continuación del giro que describe al atormentado y variante Tristán de Jesús Medina

brillante y sombrío como un faisán de indias;

Todo lo hemos perdido, reitera, y su resonancia se expande más allá de los límites obligados de este texto particular.

Todo lo hemos perdido, desconocemos qué es lo esencial cubano y vemos lo pasado como quien posee un diente, no de un monstruo o de un animal acariciado, sino de un fantasma para el que todavía no hemos invencionado la guadaña que le corte las piernas.

Pero ¿será cierto que todo lo hayamos perdido? ¿O al aseverarlo a la vez afirmamos lo contrario? ¿No es verdad que todo lo hemos encontrado? Esas líneas de pensamiento poético están en toda la obra lezamiana y, dramáticamente, en el centro de *Oppiano Licario,* de *Paradiso. Ah, que tú escapes en el instante/ en el que ya habías alcanzado tu definición mejor.* Pero para volver, como deseoso; no importa si después de la muerte, convención, metáfora transitoria, explicativa o no, de quien se inventó, con pasmosa y a la vez angustiante tranquilidad, un ser para la resurrección opuesto al ser para la muerte de Heidegger —posiblemente más por intuición que por meditación y conocimientos sistémicos— y luego, en el apogeo de su triunfo personal, pudo exclamar, dado que todo poeta, según él, crea la resurrección y entona ante la muerte un hurra victorioso:

Y si alguno piensa que exagero, quedará preso de los desastres, de los demonios y de los círculos infernales [22].

---

[22] Entrevista con Tomás Eloy Martínez; *op. cit.*

Oppiano Licario es centro de imantación sobreañadido a lo medular de la ciudad antigua y tal vez por eso posibilita el encuentro, ¿arregla el reencuentro? en el poderoso Castillo de la Fuerza convertido en biblioteca, reforzamiento accidental de la metáfora, pues los libros añaden tensión a las salas y pasadizos y a la torre donde Isabel de Bobadilla esperaba la llegada fantasmal de Hernando de Soto. Eso aclara Ynaca Eco Licario. Y opone al castillo como biblioteca la casa de los muertos —es decir la funeraria óntica— como agencia de información.

Oppiano rige, dirige y corrige las acciones de sus personajes y de esta forma parece mostrar muchas de las ambiciones del poeta. Pues si el poeta, José Lezama Lima, a veces parece estar más cerca de Cemí, esta identificación o cercanía ni lo aleja de Fronesis ni de Foción. Los trinitarios dispersos en busca de la unidad ceden, a ratos, ante la impregnación autoral, lezámica, que exhibe Oppiano Licario. Exhibe u oculta. Revela o encubre. Propone un mundo, una cosmovisión que de alguna manera él en persona ha elaborado y que, por lo mismo, a él pertenece. Dispone de reglas, leyes, códigos secretos tomados de aquí y de allá. Oppiano Licario supera a los dioses, es un dios mayor dentro del universo poético de Lezama. Se ha ido integrando a través de los años de creación del poeta y fue anunciado de diversos modos para, al fin, llegar a cumplir una misión, la suya propia, según decisión del propio creador. Misión que requería vasos idóneos. Materia moldeable y consagrable, pero dotada de vocación y voluntad. He aquí a Oppiano Licario, Señor de la poética. Claridad y misterio para el que llega. Hemos visto el movimiento poético de las contradicciones lezamianas, la multiplicación de los postulados y su orientación en sus ufanos laberintos. Como el tiempo ha sido anulado, lo mismo da que las cosas sean antes de la muerte que después de la muerte. Y el propio Oppiano Licario actúa en los dos extremos o polos por medio de la imago tal cual la concibe Lezama en su libérrrimo uso de términos consagrados, o por consagrar, por la alta cultura. Porque José Lezama Lima puede afirmar, como San Pablo, que de todos es deudor. Y a propósito del transformado, esa suerte de perseguidor-perseguido teológico, no están demasiado lejanas las inquietudes de aquel en el universo poético que preside Oppiano Licario.

Lenguas humanas y angélicas ordenan lo creado por Lezama. Hombres de todas las épocas hablan y muestran sus signos junto a ángeles de la más variada gama, generalmente de rabiosa o fiera heterodoxia. Los demonios pueden provenir de los daemons, esos corre-ve-y-dile de los griegos, o emparentarse con los ángeles caídos del cristianismo. Criaturas en movimiento al son de la varilla mágica del elfo, Oppiano Licario, como aquel otro encarnado en el pintor Víctor Manuel: *Eras un elfo con cuernecillos de caracol.* Estas figuras van en perpetua metamorfosis por el mundo creado y prestan argumentos cada vez más sólidos para integrar un repertorio polifónico sobre la anulación del tiempo:

> Recorrer una larguísima calleja/ donde la perennidad del diálogo/ borra a Cronos y a Saturno [23].

Lezama, como el modelo transformado en el camino de Damasco, ha reclamado para sí todo un saber ecuménico, que, de igual forma, ha de estar tocado por la gracia, en este caso, la caridad, que declarada por filólogos y creyentes significa amor:

> Y si tuviese profecía, y entendiese todos los misterios y toda ciencia; y si tuviese toda la fe, de tal manera que traspasase los montes, y no tengo caridad, nada soy.//
> Todo lo sufre, todo lo cree, todo lo espera, todo lo

[23] Esta cita y la anterior pertenecen al poema *Nuevo encuentro con Víctor Manuel.*

soporta.// Porque en parte conocemos, y en parte profetizamos;//

Mas cuando venga lo que es perfecto, entonces lo que es en parte será quitado.//

Cuando yo era niño, hablaba como niño, pensaba como niño, jugaba como niño; mas cuando ya fui hombre hecho, dejé lo que era de niño.//

Ahora vemos por espejo, en oscuridad; mas entonces veremos cara a cara: ahora conozco en parte; mas entonces conoceré como soy conocido.//[24]

Aquí también hay fragmentos. Y no se plantea la vana pretensión de transformar a Lezama en un paulino *avant la lettre,* sino, más bien, una necesidad de prestar atención a posibles solicitaciones que ciertos textos sagrados hicieron al poeta y que, en sus manos, sufrieron deliciosas variaciones, transformaciones, mutaciones y ensanchamientos para integrar la pluralidad de un cosmos englobante.

Si a partir de la entronización de Oppiano Licario en el orbe lezamiano, y por consiguiente en la novela *Oppiano Licario,* podemos sentirnos más inquietamente seguros en la *oscura pradera,* que es una y no absoluta ni excluyente, entremos a ella y continuemos los pasos del deslumbramiento, la lectura infiel a unos textos fidelísimos y caros al autor.

Allí se ven, ilustres restos,/ cien cabezas, cornetas, mil funciones abren su cielo, su girasol callando./ Extraña la sorpresa en este cielo, donde sin querer vuelven pisadas/ y suenan las voces en su centro henchido. Entre los dos, viento o fino papel, el viento herido, viento de esta muerte/mágica, una y despedida./ Un pájaro y otro ya no tiemblan[25].

---

[24] San Pablo, Primera Epístola a los corintios, capítulo 13, versículos 2, 7, 9, 10, 11 y 12 (antigua versión de Casiodoro de Reina revisada por Cipriano de Valera).

[25] Versos de *Una oscura pradera me convida.*

Ante Oppiano Licario, y luego de diferentes anuncios, avances y variaciones, se encuentra el lector para proseguir su aventura, como acto de fe, y otra vez la sombra del convertido, del antiguo Saulo, aquel que pierde y gana, que deja un nombre por otro, Pablo, o que se hizo perdedizo y fue ganado, masculinizando los términos de San Juan de la Cruz, *amada en el amado transformada,* derrama la apología de la fe:... *la sustancia de las cosas que se esperan, la demostración de las cosas que no se ven* [26].

Oppiano Licario, figura o fabulación, se esperaba y como el puente no se le veía. Sólo la fe lo confirmaba, pero se trata de una fe literaria, de una fe en la cultura que, unida a la caridad, es decir, al amor, es capaz de traspasar montes. Y al aparecer obliga a un acto mayor al transportar las virtudes teologales, unida la esperanza, de los planos divinos a los mundanos. El libro llamado *Oppiano Licario,* no sólo es un fragmento, es también un enigma.

EL TEXTO DE «OPPIANO LICARIO»

Publicado por primera vez en La Habana, donde se terminó de imprimir en septiembre de 1977, no llega a ser asistido por la mirada vigilante del poeta quien, como es sabido, había fallecido en esa misma ciudad el nueve de agosto del año anterior. Es de suponer, según referencias y comentarios hechos en cartas, entrevistas y conversaciones, que el maestro no pudo terminar su texto como consecuencia de la interrupción indiscreta de la muerte. Mas no se puede precisar hasta dónde alcanza la categoría de inconcluso o qué nuevos derroteros iba a imponer Lezama a su cuidada elaboración poética. A una pregunta de si llevaba muy adelantada la continuación respondió:

---

[26] San Pablo, Epístola a los hebreos, capítulo 11, versículo 1 (versión citada).

No sé si he adelantado mucho o poco en la continuación de Paradiso pues desconozco totalmente lo que es poco o mucho en materia de expresión. Tampoco sé cuándo lo podré terminar pues el cómo y el cuándo escapan de nuestras manos[27].

Es decir, aceptaba que aquello que estaba escribiendo en ese momento era la continuación de *Paradiso,* pero no podía, y se puede colegir que tampoco quería, precisar el cómo y el cuándo. Ante lo cual, aun con la prueba irrefutable de la existencia de una notas a manera de boceto, *Oppiano Licario* no deja de constituir una entidad enigmática. Porque, ya se sabe, existe el *Esbozo para el Inferno.* Y esto nos plantea un nuevo problema, un dilema que naturalmente no habrá de ser el último. A la hora de la lectura y el análisis ¿debemos guiarnos por la obra como se escribió realmente o por la obra como supuestamente se planificó en el *Esbozo?*... Claro está que no todos los lectores, en realidad prácticamente ninguno, tendrán acceso al citado manuscrito, pero dada su existencia y su posible estudio y cotejo con el texto escrito resulta imposible eludir siquiera la consideración de algunos de sus planteamientos. Esto hace el investigador y profesor Enrico Mario Santí[28], quien considera que la redacción del mismo data de algún momento situado entre los años 1966 y 1968, es decir después de la publicación de *Paradiso.*

Una actitud sensata sería seguir el texto escrito y publicado y servirse del *Esbozo* cuando éste pueda ofrecer, y de hecho lo ofrece, alguna revelación, cierta pista, clarificación del mundo propuesto por Lezama. Dejar a un lado una supuesta investigación exhaustiva de la pareja de documentos, cada uno con su indudable valor no presupone la negación del necesario complemento que tanto uno como otro parecen permitir.

---

[27] Entrevista con Ciro Bianchi Ross, *op. cit.*
[28] Santí, Enrico Mario, *op. cit.*

Se trata de una precaución, la misma que ha impedido, hasta ahora, un estudio de las fuentes de Lezama que llegue, si no a las últimas consecuencias, o más bien a los primeros antecedentes, de la acumulación de conocimientos por parte del maestro, al mismo tiempo que a una ponderación crítica, no totalmente desapasionada, de su personalísima manera de manejar esos datos de inteligencia y sensibilidad, al menos a un repertorio más o menos seguro de su bagaje cultural.

Se ha de ver que en muchos aspectos, fundamentalmente en lo que respecta a la trama, el *Esbozo...* arroja luz sobre peripecia y estructura argumentales.

Aquí no es nuestro propósito dilucidar ni siquiera quién fue primero o si en realidad, como puede parecer a primera vista, el *Esbozo* servía de guía al trabajo de redacción del texto definitivo o constituía unas notas paralelas para ayudar a la dilatada, incesante e infatigable memoria de Lezama. Como una de sus colosales metáforas. *Déjenlo, verdeante, que se vuelva;/ permitidle que salga de la fiesta...*

Cuando Lezama, en la entrevista realizada por Ciro Bianchi y citada anteriormente, afirma que

> En realidad es un poco prematuro pensar que mi obra tenga que llamarse en una inexorable ley de simetría, *Inferno...* [29]

está haciendo una declaración manifiesta de su absoluta libertad creadora y, además, ofrece una muestra de su manera de concebir y de componer su poesía.

> Yo me decido por el nombre después de aquello a que Kafka hacía referencia diciendo: sucede, quieras o no quieras. El nombre final no creo yo que tenga por ahora importancia peculiar [30].

---

[29] Entrevista con Ciro Bianchi Ross, *op. cit.*
[30] *Ibíd.*

Esta respuesta, en extraña y apretada síntesis, está plagada de datos que sostienen la relación entre ambos textos, es decir entre *Paradiso* y lo que ahora conocemos como *Oppiano Licario* y en aquel momento para facilitar la comprensión se le llamaba Inferno. La primera serie de *júbilo y rechazo, placer y dolor* conducen en su entrecruzamiento al *mismo éxtasis* del cual forman parte. Como si la selección lexical llevara de manera natural, por la vía del contenido, a una concepción estilística reveladora de la unidad textual. La mismidad se confunde con lo diferenciado en otras regiones, afirma Lezama y nos remite a un Jung implícito que se podía descubrir en *Paradiso*[31]. Y del mismo texto afirma:

> En el *Paradiso* van naciendo las imágenes pero éstas son indetenibles, y estamos en el Inferno como quien se mira en un espejo, la muerte es la única respuesta[32].

Creo que es importante reparar aquí en la forma tan peculiar, tal vez desmañada, que tiene Lezama de manejar el concepto de San Pablo expresado en la *Primera epístola a los corintios,* capítulo 13, versículo 12, y que habíamos citado anteriormente con toda intención. Según San Pablo este ver por espejo es en oscuridad y será sustituido por el ver cara a cara de la resurrección, pero para Lezama ya se está en el infierno y *la muerte es la única respuesta.* La metáfora engulle la teología y niega dogmas y potestades para, a su vez, crear. Es consecuente que este pasaje lo conduzca, después de sugerir algunos títulos que, ya lo sabemos, también habrán de ser rechazados, y de paso insistir en apartar, por ahora, el nominalismo, a los antiguos griegos, a quienes califica de armoniosos. Imágenes de negación de la muerte, los griegos *no querían saber nada con la muerte. Desesperados, colocaban piedras* en los agujeros por donde creían que hablaban los

---

[31] López, César, *op. cit.*
[32] Entrevista con Ciro Bianchi Ross, *op. cit.*   ›.

muertos, *para taparles la boca a los muertos.* De ahí a la necesidad de resurrección de Oppiano no hay más que un paso, audaz en grado sumo, y Lezama ya lo ha dado.

> Para que José Cemí se encuentre con la imagen tiene que verificarse la incesante resurrección de Oppiano Licario [33].

Semejante dramatismo en la exposición había sido precedido de la más candorosa ingenuidad por parte del poeta:

> Licario, el Ícaro, apenas se ha dado cuenta de que está muerto y utiliza todos los procedimientos desde la imagen hasta el vacío que ingurgita para estar de nuevo entre nosotros [34].

Y claro que lo está; como que, de hecho, poéticamente hablando, nunca ha dejado de estarlo, desde los inicios, en los propios orígenes, Licario era y sigue siendo después de una muerte que ha vencido con victoria y que le permite centrar el libro, la obra, el ámbito de la imagen a plena voluntad cognoscitiva.

Oppiano Licario no abre el libro que, finalmente, ha llevado su nombre, tal vez porque como se ha dicho anteriormente, *De noche la puerta quedaba casi abierta* y *en aquella casa había que vigilar el lenguaje de la puerta,* pero ese no estar es su manera de estar, de condicionar lo argumental, en este caso previo, antecedente, historia íntima de uno de los miembros de la tríada, por vía tangencial, Fronesis se ha nutrido de la conspicua pureza de quienes lo han rodeado y de cierta manera lo seguirán rodeando. La anulación del tiempo inaugura el fragmento ya imantado que se orienta hacia su centro de atracción. Es una cuestión de estilo, del estilo de Licario y del estilo de Lezama:

---

[33] *Ibíd.*
[34] *Ibíd.*

El estilo se forma como una de las resistencias del tiempo frente a un escritor (...). No sé si tengo estilo; el mío es muy despedazado, fragmentario: pero en definitiva procuro trocarlo, ante mis recursos de expresión, en un aguijón procreador (...) [35].

I

Este primer capítulo, nocturno, está bajo el dominio de la puerta, que tiene su lenguaje, el cual hay que cuidar. Aquella que se abría para el cambiante pontífice y que aquí, luego de las dos primeras apariciones en el párrafo inicial, se reitera cinco veces, a veces sola, sin calificar, otras aparentemente cerrada, cerrada, entornada. Una octava ocasión en que se escarba al lado de ella y una novena pluralizada en una oración de sentido opuesto y admonitorio: *Es buena la casa con todas las puertas abiertas.* Este fragmento, parte inicial del primer capítulo, fragmento del fragmento del fragmento, podría, como otros del libro, estar intercalado en el gran fragmento mayor constituido por *Paradiso;* y no en busca de una ordenación lineal del argumento, sino en pos de un cierto sentido, de un otro sentido ilativo, que, por otra parte, no elimina el acierto de esta colocación como apertura de *Oppiano Licario.* Infinitas son las posibilidades de las puertas. *Alzad, oh puertas vuestras cabezas, y alzaos, vosotras, puertas eternas, y entrará el Rey de Gloria* [36]. Las posibilidades desdoblan el fragmento en tres fragmentos sucesivos más. Cuatro fragmentos del primer capítulo proporcionan la clave pitagórica [37]: En ellos existe una alternancia de sucesos ocurridos, verdaderas

---

[35] Entrevista con Margarita García Flores, *op. cit.*
[36] Salmo 24, versículos 7 y 9.
[37] El Tetragramatón, las cuatro letras que constituyen el nombre de Dios, la esencia suprema, el conjuro para ahuyentar los malos espíritus. Ver fotografía de Lezama Lima en el volumen de cartas, *op. cit.*

acciones, en la casa de provincia del Dr. Fronesis y en su vecindario, hechos que al mismo tiempo afectan y no afectan el destino de Fronesis, con la estancia del joven en París.

De los primeros se desprende esa atracción especial que ejerce Fronesis y que no es lícito calificar de equívoca y mucho menos de aberrante. A medida que avanza la peripecia campesina se pone de manifiesto la inclinación que despierta Ricardo, tanto en Delfina como en Palmiro, y que a este último lleva casi al asesinato, frustrado ridículamente por la ingeniosa, pueril e inconsciente maniobra del protagonista, pero con consecuencias graves para su integridad mental, la integridad mental de Palmiro, claro está; pero en su contrapartida citadina, *Fronesis había encontrado un apartamento en la Isla de Francia,* la misma atracción surge también en Cidi Galeb y en Mohamed Len Baid. Fronesis funciona como un pararrayos erótico, a veces sin saberlo, pero otras con una actuación más catalizadora que pasiva que lo lleva a superar el plano de lo entrevisto para casi pasar a la esfera de la provocación riesgosa.

Este contrapunto no se da sólo en la supuesta línea argumental del capítulo, sino también en sus sentidos y en sus artificios estilísticos. Hay un tono, una atmósfera, en lo paisajístico del fragmento provinciano, en el ritmo de los sucesos, que sólo se paraliza en la enajenación de Palmiro. Y eso a pesar de los acontecimientos dramáticos que lo salpican. Mientras que en París, con el pequeño pasaje de recorrido urbano y cierto callejeo posterior para el reencuentro con el árabe, lo importante está en la conversación, en el mundo que se expone para ir imponiendo en *el Reino de la imagen* la presencia de uno de los tres integrantes de la primera tríada.

Luis Champollion y Margaret McLearn, los pintores, son mera compañía, parte de un paisaje con una cierta porción de participación desencadenante, experiencia habanera que, por parte del hombre plantea, casi desde el inicio, final de la primera conversación, la presencia de Foción, a quien compara, deslealmente, con Cidi Galeb —la protesta de Fronesis y su elevada defensa de Foción no se hacen esperar. Claro que en la *berceuse campesina* también Foción había sido convocado, esta vez imaginado por el propio Fronesis cuando lo consideró el autor de la supuesta broma macabra. Los elementos están insinuados, indicados. Ha aparecido una serie, un tanto alejada en sus enlaces visibles, de términos muy caros a Lezama: *súbito, perplejo, intermedio, absorto, oquedad, éxtasis, secularidad, synpathos, oscuro.* Esta serie conduce al *ananké,* que aunque se explicita respecto a José Ramiro padre y a sus dos hijos está indicando, implícitamente, a Ricardo Fronesis. Lo que, finalmente no sucederá, como veremos más adelante, pero que estaba de alguna forma previsto en el *Esbozo para el Inferno.*

El aliento de lo conversado tiene aquí, al «lezámico modo», dos grandes y capitales momentos, el primero es el anunciado y conocido por los personajes comparsas, la disertación del criollo sobre el Aduanero Rousseau. Su primera parte comienza, luego de una intervención directa de Champollion en la que interpreta y juzga a Margaret y desliza una ambigua cita de Dante, *tanto ch'i' vidi de le cose belle / che porta'l ciel, per un pertugio tondo* [38] para de inmediato realizar un giro narrativo que pone en aviso al lector sobre el tiempo y las veces que estos dos se han estado viendo y afirmar, no preguntar: *Me han dicho que has estado estudiando al Aduanero Rousseau.* Champollion, al señalarle a Fronesis el cuadro, reproducción en un cuaderno, *El poeta y las musas,* sentó las bases para el discurso de Fronesis: *¿qué crees tú, Fronesis, de esta manera de conocimiento en el Aduanero* [39]?

La tirada es larga, con alguna saeta, por demás inteli-

---

[38] —hasta que pude ver las bellezas del cielo/por un agujero redondo—.
[39] Fernández, Pablo Armando, *Cercanía de Lezama Lima,* ed. Carlos Espinosa, La Habana, Editorial Letras Cubanas, 1986, pág. 136.

gente, de Champollion, y en ella se expone la tesis lezamiana de las dos maneras. *Así, un día se encuentra con Picasso y le dice: «Nosotros somos los dos grandes pintores vivientes, usted en la manera egipcia y yo en la manera moderna.» ¿Qué entendía el Aduanero por la manera egipcia...?*

La reflexión avanza en su cauce comunicativo, dilucida el concepto de lo primitivo y de lo popular —llama la atención que una opinión como ésta:

> lo que conoce golpea en lo que desconoce, pero también lo que desconoce reacciona sobre lo que conoce, signo de todo artista poderoso.

aparezca en boca de Champollion, cuando podría estar en el centro de lo conceptual lezamiano; pero, este detalle revela, o puede revelar, la interrelación del todo con las partes y la importancia de cada uno de los elementos del texto, pormenores que en algún momento pueden aparecer. Aquí, tan breve como un soplido al oído del perorante, Champollion deja de ser comparsa y adquiere una talla conceptualmente erguida. Cuando está en un recodo espacioso de su deslinde estético.

> Una mano tiene un destino, una hoja tiene un secreto, un árbol un ámbito. El aduanero estudia, distribuye, reordena una mano, una hoja, un árbol y en pago de esa humildad, se le hechiza un destino, un secreto, un ámbito.

Como si hubiera presentido la presencia indebida, la emanación característica de lo fatal, el tufillo del diablo menor, *Fronesis se interrumpió.* Después de una descripción suscinta de lo que Fronesis veía, *Champollion, con excesiva amabilidad, dijo: —Ya llega el esperado difícil. Fronesis te quiere conocer, mira, Cidi Galeb, un tunecino especializado en la cultura eritrea...* [40].

---

[40] Obsérvese la forma peculiar de adjetivación lezamiana, del mismo modo actúa con la derivación minoana, tan frecuente en su obra.

Impulsado por la malicia de Champollion, después de la descripción del recién llegado, cargada de sutiles minuciosidades, como la de *las hebrillas etiópicas de su pelo muy negro* que *tenía irregularidades en sus ondulaciones* o la *señal de refinamiento tormentoso* para anticipar lo que después va a suceder:

> como si al acariciar a un gato no pudiese ocultar que pensaba en acariciar al platónico Charmides

a Cidi Galeb no le queda más remedio que aprestar su aprendizaje y su voz —*hablaba con corrección vigilada*— al casi monólogo que ahora aparentemente se convertía en diálogo. Champollion se interpone, desmiente al árabe, lo devalúa y permite que Fronesis retome la dirección del pensamiento que más interesa al autor y, hasta ahora, tambien a su lector.

Guardián invisible de su dama perdida en el bosque.

El avance a partir de *El poeta y la musa* ha tenido estadios o peldaños, ascenso que ha ido decantando la apreciación y el pensamiento que de ella dimana, *Jugadores de balón* —*representan ese momento en que el recuerdo aún lo arrastra, no le puede dar paso a una tristeza diabólica, como en esas estampas donde el demonio niño, con fingidas indecisiones, coge su rabo y lo verticaliza al sentarse, manteniendo por falta de experiencia, el rabo erecto con el sostén de la mano:* ¡ah delicias del equívoco semántico en la cercanía hispánica del rabo y el falo! ¡Hasta el propio maligno cuando era niño juzgaba como niño... y como tal jugaba! *El verano; El desierto y la gitana; La gitana dormida; El cuadro de Yadewuigha; El octroi de Plaisence; Noche de carnaval;* llega hasta *El Paseo* —*Parece que en aquel silencio la dama oye una voz, la voz, la del nocturno guardián de los barrios parisinos.*

Guardián invisible de su dama perdida en el bosque.

La concatenación de la imagen aclara, por si fuera necesario, que no se trata de una pedantesca lección de historia del arte, sino de algo más poderoso, quizá la sobrenaturaleza, que hizo saltar a la única dama —es un decir— con resultados contradictorios.

> Apareció entonces Margaret, con la cara rosada y fresca, acabada de salir de la bañadera, con la camisa rasgando su almidón.

La interrupción de Margaret provoca la interrupción del diálogo, la huida de Cidi Galeb, la advertencia, la ya señalada alabanza de la *heráldica* que hay en Foción, la repetición de Champollion de que tenga mucho cuidado con el árabe —como si el mismo, juguete o mano trágica del destino, no lo hubiese puesto en el camino de Fronesis.

Lezama cuenta brevemente la historia de Cidi Galeb y a la vez, de cierta manera, la explica. Un juego de palabras, con la suculenta letra eñe, le hace reconocer que *no pudo evitar el recuerdo de Cidi Galeb*. Rechaza su recuerdo o su importancia, lo desvanece al pasar la página del diccionario, pero Cidi Galeb es una presencia maligna.

La presencia presentida se hace presente en el café de la esquina de la casa de Fronesis. Pero esta vez se protege con un amigo Mohamed Len Baid, el jefe estudiantil. Hay una oposición entre ambos y a la vez un nexo que los une, o los complementa. Rebeldía de Tupek del Oeste y sultanato de Tupek del Este. Los imbroglios son del tipo de las novelas de aventuras más clásicas o más modernas.

> Al fin Galeb vio la llegada del esperado

Así que Galeb, quien en su primera aparición fuera catalogado por Champollion como *el esperado difícil*, ahora se convierte en el que espera, y Fronesis es el esperado, y cuán difícil... aunque *se dirigió a la pareja sin ninguna sorpresa, mostraba más bien la alegría de quien los esperaba.* ¿Quién es, pues, el esperado y quién el que espera? Las imprecisiones, más bien supuestas, enriquecen de tal manera esta trama que obligan a un interrogatorio más profundo sobre el verdadero significado de estas líneas al parecer inocuas. El perseguido o el perseguidor. La realidad o la fantasía. Julio Cortázar lo supo tan bien, que no dudó en afiliarse a los lezamistas admirativos y en alzar la ceja ante la zarabanda de lezameros desconcertados. El perseguido o el perseguidor.

La carga de este encuentro o reencuentro explota en el nivel significativo argumental en forma de catástrofe, no demasiado grande, pero sí ruidosa y asustadiza. Cuando se convoca la presencia insular por medio de la petición rememorativa de Mohamed —*conmigo tendrá que hablar de Cuba*— una bomba estremece el barrio [41]. La narración y la descripción logran una calidad tan ceñida y precisa que la solución para minimizar el incidente es de un humor casi surrealista:

> En el suelo se veía a una obesa cuarentona, con el color de una mujer tejana, enfundada en un uniforme caqui. Lloraba como un manatí y enseñaba unas tetas grandes como jarras de cerveza.

Fronesis permanece en París a disposición de los diferentes y opuestos designios del par árabe Cidi-Mohamed y las puertas no han dejado de aparecer, de ser señaladas. Hay una puerta de Margaret —opinión de Champollion que puede rebotar hacia cualesquiera recovecos de lo lezamiano— *con la que intenta conjurar la puerta abierta por la que llega la madre muerta.* ¿No es así, según el poeta?:

> Deseoso es el que huye de su madre.

---

[41] Pista que conduce a la situación de violencia imperante en Cuba en un momento no nítidamente precisado.

Pero también hay otra puerta, mas ésta es ya puro signo plástico, es una puerta que no está en un cuadro del Aduanero, en El Octroi... sino en la referencia a una puerta que da entrada a *aquel barrio en los alrededores parisinos.*

> En el cuadro del Aduanero sólo han pasado de la realidad de la fotografía los faroles de las dos verjas de hierro. Lo primero que ha hecho es suprimir todos los elementos de la realidad, para dejar el símbolo divisorio, las dos puertas de hierro, los faroles que vencen un fragmento de la noche.

Es el final, casi el final del fragmento constituido por el primer capítulo de Oppiano Licario y estamos ante la puerta y la noche.

Pero ha habido un intermedio, en el tercer fragmento del fragmento, en el campo cubano, en medio de alzados, servidores y cartularios, rodeados de represores alternos y cambiantes, los personajes están bajo *la imantación de la ventana* y Fronesis es el objeto de la mirada y del deseo que atraviesa una ventana y otra. Nueve veces aparece la ventana, una y otra, ya sea como tal o metamorfoseada *en la fuente del olvido en el infierno,* en *un espejo maldito;* con un *sillón frente* a ella, *como lámina tenue que lo separaba del otro cuerpo (...) parecía que lo unía al cuerpo trocado en imagen; con esterilla; con cortinilla.* Vehículo para penetrar lo impenetrable, su obsesión obsesionante llevará a Palmiro a la impotencia sexual y a la impotencia criminal. Dos frustraciones. No puede penetrar a Delfina su mujer ni puede penetrar real o metafóricamente —con el supuesto cuchillo asesino— en el anhelado cuerpo de su rival y deseado amante imposible. Fronesis no está a su disposición. Y al perder el juicio o la razón o la salud, ni siquiera le ha de quedar la imagen. La ventana se levanta como obstáculo, opuesta a la puerta. La noche no tiene el sentido para la ventana que tiene para la puerta. La puerta, las puertas en el Aduanero han dejado un pro-

ducto de luz, *los faroles que vencen un fragmento de la noche.*
Si había dos puertas de hierro, es ahora el barrio con *un*
hombrecito en la puerta, que debe ser el propio Rousseau, que
vigila con ordenancista serenidad graciosa el reposo del barrio.
Pero otro hombrecito, (...), se enfrenta con todo el pecho de la
noche.

Este comentario del primer capítulo sigue la idea de la
multiplicidad de los fragmentos y de su interrelación con
los otros elementos del universo poético lezamiano, es
así, y al mismo tiempo puede no ser así, no hay rigidez
sistémica en la búsqueda porque allí, suponemos (...) *debe*
estar ahora el hombrecito, el hombrecito hechizado, tocando su
violín.

II

Como una sonata en medio de una sinfonía con resonancia de oratorio. Sabido que Fronesis había conocido
al pintor Luis Champollion por intermedio de José Cemí
en alguna tarde habanera no resulta sorprendente que el
capítulo II comience con éste en la transnominada universidad cubana, Upsalón. El mismo patio, el mismo
banco, pero un hastío nuevo y a la vez diferente. El
encuentro con Lucía se desarrolla pronto, veloz, como en
uno de esos *súbitos* dilectos de Lezama, el pretexto baila-
ble y absurdo, el azar concurrente o la dirección premo-
nitoria hacia una de las soluciones. La imagen de Fronesis entre ambos. Si Lucía tenía la certeza del embarazo,
Cemí presentía que detrás de *un risueño escarabajo de*
esmeralda —había obtenido un Sobresaliente en una es-
pantosa asignatura de sus estudios de Derecho que bajo
el nombre de Legislación Hipotecaria ocultaba nada
menos que una metafórica *concretera* venida de la jerga
polisémica estudiantil— llegaba el aviso parasicológico
de su amigo desde París, confirmado por la frase ahoga-

da de Lucía: *No creo que él vuelva y sabe Dios lo que le podrá pasar.*

La imagen al actuar de manera trasatlántica se posesionó del sueño y aunque la referencia de aquella noche queda imprecisa y no se sabe inicialmente si fue antes o después de encontrar a Lucía que Cemí soñara el riquísimo material susceptible de una espléndida interpretación cruzada, la duda queda disipada con la aparición del escarabajo de esmeralda que uno de los dos demonios llevaba en su mano. Porque el sueño, arabesco, *en una calleja que parecía de El Cairo,* se poblaba de *un demonio siniestro* y de otro *diablejo* con sus atributos añadidos y propios, cuchillos y rabos. La simbología fálica previamente anticipada en el capítulo anterior que lleva a los dos grotescos a juegos y agresiones. Fronesis es el objetivo de la maldad infernal. En su marcha hacia una puerta que no se nombra llega a su casa, no percibe el cuchillo que entra y sale hasta que, ante la puerta innombrada, introduce la llave en la cerradura. El padrecito Freud anda haciendo de las suyas entre telones. La llave como signo complementa la cerradura. Lucía, Lucía inaugura un área que podría ser de la locura preñada. El diablejo arrebata y la llave *salta comenzando a irradiar.* El escarabajo parece ser ahora el mango del cuchillo que finalmente se hunde en el cuello de Fronesis. *Fronesis, recostado en la pared, iba descendiendo con la lentitud de la sangre en el agua.* Lo más llamativo aquí, aviso del peligro, es la duplicidad de los embajadores de las tinieblas. Cuando todo hacía pensar, y el futuro del texto al avanzar lo va a corroborar, que la pareja de arabitos era antitética en sus designios y propósitos, en el sueño de Cemí —una de las partes de la tríada, que por cierto va a solicitar de Foción el dinero para el viaje de Lucía a Francia— se ve, o se deduce, que Cidi y Mohamed, ¿son realmente Cidi y Mohamed?, se unen para la destrucción de Ricardo Fronesis. Eros y Tanatos quedan entremezclados en la forma de acabarse que tiene este subfragmento para pasar de inmediato al siguiente, naturalmente en París, en el barrio, con el café de la esquina de la casa de Fronesis apagado después del atentado dinamitero.

Pero el sueño había terminado con una clave nueva que no puede ser descartada:

> Al final, el escarabajo montaba sobre la llave irradiante como si fuese un palo de escoba.

Brujos, símbolos, realidad, fantasía. Lo onírico sugiere la adivinación. José Cemí —no en balde el apellido de astro e ídolo taíno va precedido del nombre del soñador bíblico, que por cierto, no sólo sueña, sino que también interpreta— se adelanta, porque se propone la disolución del tiempo y el enfrentamiento con el mundo exterior al que opone.

> su mundo de búsqueda de la poesía, de búsqueda de la imagen. Cemí es, sin duda alguna, el adolescente siempre perturbado por llegar a configurar la imagen, por encontrar un contenido y rebasar su expresión.

¿Quién oyó? | ¿Quién oyó? | ¿Quién ha visto lo que yo? [42]

El fragmento se encamina a la segunda conversación que no llegó a aparecer en el primer capítulo, pero que si fue anunciada con la presentación de Mohamed —que aquí, pág. 68 de la primera edición, La Habana, 1977— cambia de apellido para llamarse Mohamed Len Said y que ahora comienza a desarrollarse cuando éste presiona el timbre del apartamento de Fronesis, *pues hizo tres llamadas intermitentes.* Llama la atención la reacción del criollo, que parece desmentir al menos la parte correspondiente a este otro árabe en el sueño de Cemí, o, de no ser así, mostrar una predilección, una suerte de inclinación ya insinuada por parte de Ricardo:

---

[42] Cita de Góngora con la cual termina Lezama su ensayo *Sierpe de Don Luis de Góngora* (junio de 1951).

Fronesis creció alegre, se encontró frente al rostro de Mohamed...

Mohamed había intuido la importancia de lo cubano para Fronesis y se inmiscuía en la *noche insular, jardines invisibles,* independientemente de que se estuviera hablando *de los chichimecas, de la flor egipcia o de los mitos del delfinado en el Mediterráneo.* La llegada de Cidi Galeb, prevista y precavida, no logra esta vez la interrupción, pero crea una cierta perplejidad en Fronesis que, sin embargo, y a pesar de la indirecta metafórica enigmática más cercana a lo cubano que a lo magrebino, es mejor captada por Mohamed.

—¿Me están preparando ya la limonada con mucho hielo?

Esta expresión, plena de fingida confianza, revela el descubrimiento que Lezama ya había señalado respecto a cuál de los dos árabes era el preferido de Fronesis —*la alegre sorpresa en Fronesis, había recaído en Mohamed.* En la manera del cubano se trata de una recepción fría, de una relación congelada, de «dar hielo», que se transforma en la *limonada muy batida con hielo.* La actitud de Cidi Galeb a partir de entonces estará marcada por ese despecho de quien se sabe postergado, a pesar de que toma la palabra *con el intento secreto de ir evaporando el hielo de la limonada.* La invitación que Mohamed había parcialmente adelantado es formulada seriamente por Cidi en medio de una parrafada retórica que si bien encierra postulados de sumo interés —*Es casi una ley de la sabiduría de nuestra época, que cuando se adquiere una precisión, y usted nos la dio al hablar de su país, y esa precisión es legítima, nos lleva a una playa desconocida, donde bate un oleaje que todavía no es símbolo ni resistencia, ni definición ni forma, sobrepasa nuestros sentidos y nos regala un nuevo cuerpo integral, surcado por cangrejos estupefactos y por líquenes que perseveran reemplazando a los capiteles corintios—* deja asomar las *zonas viciosas de su carácter,* según confirma el poeta-narrador, quien en sus comentarios condena, no sólo lo malicioso que hay en Galeb, sino, quizá, su propia esencia retorcida, porque *su zona viciosa lo enceguecía.*

> Cuando lanzaba uno de esos venablos, suponía siempre que entre los que escuchaban había uno que «comprendía» desconociendo, precisamente porque su zona viciosa lo enceguecía, que ese presunto «comprensivo» era el que se veía obligado, al sentir su ataque secreto, a rehusarlo, a dar muestras de su desprecio, el que en su sonrisita y su ironía le hacía más daño que si en una campiña feriada apartase a un pastorcito para enseñarle cómo Teócrito interpretaba el amor.

Una vez más la cita extensa puede aclarar ciertas posiciones éticas lezamianas. Se trata, en primer lugar, de una zona o de varias zonas viciosas del carácter de Cidi Galeb. No de la totalidad ni tampoco de la personalidad. Zonas y carácter. Se reprocha la forma de manifestarse y no exactamente el hecho homosexual, como ocurre en *El banquete* con la llegada de Alcibiades. Es interesante y al mismo tiempo de una picante agudeza que los entrecomillados «comprendía» y «comprensivo» puedan ser sustituidos por «entendía» y «entendido» que corresponden en la semántica más o menos secreta de la homosexualidad habanera a quien practica la relación homoerótica con un cierto distanciamiento de la capilla frenética. La actitud del autor respecto a Cidi Galeb es, pues, al menos hasta este momento, ambivalente. La conversación continúa con la mesura admirativa de Mohamed hacia Fronesis y la interesante y concisa disquisición sobre los viajes que permite comprender mejor ciertas actitudes de Lezama persona.

Más importante que cualquier viaje es para nosotros oírlo. Pero, para evitar un reproche sobre un posible y malintencionado corte, quiero señalar que a continuación viene una aclaración que también se puede aplicar a la vida de Lezama, *sin que esto quiera decir que yo intente disuadirlo de la invitación de Cidi Galeb.* Ese yo, en la vida de Lezama, puede haber sido, puede ser, cualquiera que intentara disuadirlo de un supuesto viaje; lo que se afirma es que, en definitiva, el interesado tiene todo el derecho a recibir la invitación y, posteriormente, decidir por cuenta propia, sin que ningún yo le imponga la negativa. Claro que lo que importa, lo que más revela, viene dado ahora, cuando el interlocutor formula nítidamente la tesis:

> Después de todo, viajar es lo único que hacemos mientras vivimos, aunque sea en un barco encallado o en un ferrocarril inmovilizado, entonces las cosas se nos presentan en aspas de molinos.

La cargante presencia de Cidi Galeb continúa amenazando, y presionados por los ruidos de la gendarmería que se escuchan desde la calle toman la decisión de que el bastardo —es decir, Cidi Galeb— salga primero para no despertar sospechas en caso de que se trate de una redada. La decisión no surge fácilmente. Está salpicada de ironías y parece ser aceptada en medio de las risas de los tres conversadores, pero el poeta-narrador se inmiscuye y comenta:

> ...La risa de Galeb entró en la unidad tonal caracoleando, patas de cabra y salto de ojo de tigre. ¿Por qué se había unido a la risa de los otros dos amigos? Al buscar la retirada, ¿Galeb había puesto sus instintos defensivos por encima de la valoración moral? No lo creemos.

La pausa va a ser aprovechada por quienes permanecen, los que se quedan solos; y de forma consecuente y gentil Fronesis hace que Mohamed cuente su historia.

Lezama hace gala aquí de ser un verdadero cuentero que ensarta hechos, anécdotas, alegrías y catástrofes en una madeja que no cede nunca al interés de la trama. Como se dice en medio del relato, aunque referido a un episodio particular se puede aplicar al todo de este momento, *sumando fragmentos, pudieron reconstruir la historieta.*

La discreción de Mohamed se patentiza cuando le propone dejar la conversación para otro día argumentando que:

> me parece que estoy volcando sobre usted carretas homéricas de recuerdos y de días familiares, demasiado pasado para aprisionarlo en este instante, quizás algo debería quedar para otro día.

Fronesis naturalmente se niega a suspender la sesión de recuerdos y agrega una opinión que explica el sentido óntico de la extensión de un texto que de ser interrumpido perdería algo valioso de su propia verdad esencial:

> ...creo que su relato debe ir todo en una pieza, si lo interrumpe hoy, otro día parecerá desarticulado y trunco, permita, pues, que esta noche alcance su final.

Mohamed continúa, introduce el cuaternario pitagórico en el relato; la llegada de la hermana transforma el triángulo. Todo el drama salta de los hechos narrados a la pura confidencia y

> Ahora usted me preguntará cómo pude saltar de ese sosiego transparente al tumulto de la revolución (...) al deseo de liberar a Tupek del Oeste de las plagas y del cautiverio.

Hay una explicación teórico metafísica del programa que culmina en la afirmación siguiente:

> Nuestros recuerdos vuelven a ser puntos estelares. Golcia y Parusia, ciencias de la invocación de los muertos y la resurrección.

Ese peculiar postulado, con algo de guerra santa y de reivindicación por la imagen, configura unas ideas de Lezama Lima respecto a los objetivos y la meta de la revolución.

El clímax se rompe con los tres toques de timbre, falseados, y una *voz baritonal de homosexual de sílabas espesas, pero rajadas*. El enviado del diablillo menor, la loca recién descendida de una carroza de utilería, como una marioneta movida por la no tan lejana mano de Galeb. La interrupción sería cómica de no estar tan cargada de ridiculez y aviso trágico.

Pero a nadie que se llame Fresdesvindo Heterónomo le está permitido vivir aquí ni en todo este barrio, opina Mohamed y acto seguido limpia la huella de la impostura con una cita de Baudelaire que condena aún más a Cidi Galeb, quien no tarda en aparecer, histérico, ahistórico y a golpes de puños y pies contra la puerta que se negaba a dejarlo pasar. La interrupción más o menos prevista se consuma. Los improperios que el asaltante lanza a los conversadores son de una violencia grosera, no frecuente en el verbo lezamiano, tanto que la reacción de Mohamed es acorde y le propina dos tremendas bofetadas que, más tarde, luego de haber acompañado al beodo, mezcla de esputo y papagayo, éste le devuelve con la riposta de Mohamed, quien, *enceguecido por la truhanería de la sorpresa, comenzó a pegarle en la cara y el costillar, tirándolo contra la puerta*. Pero esta puerta es la puerta de Cidi Galeb, es una puerta que no conduce a ninguna parte, es la puerta para no partir.

Mohamed siguió su camino, Fronesis se dirigió a su cuarto de dormir y París, específicamente la Isla de Francia, culminaba con Chardin, Matisse y Leger una trayectoria plástica que había comenzado con Picasso y el Aduanero Rousseau y continuado con Delacroix y Matisse, Braque, Juan Gris, Vermeer de Delft y Seurat. Ese amanecer tímido de París va a plantear un esquema futuro, de un futuro rápido y desencadenante para Fronesis que afectará, envolverá de cierta forma, a todos sus amigos, no sólo los de la primera tríada, sino también aquellos que están, por así decirlo, en camino hacia este mundo, este reino de la imagen en donde se van entremezclando las más cotidianas pasiones y las más recónditas motivaciones de los personajes hasta ahora limitados, en París, a los dos pintores, los dos árabes y Fronesis. El viaje espera.

III

En la excursión de la partida parisina hacia la cuenca del Mediterráneo, la visita a Ukra, el balneario de que tanto le había hablado Mohamed, resultaba para Fronesis encrucijada clave; pero Mohamed no estaba con el grupo. *La ausencia de Mohamed se debía a que su más trágico frenesí en la lucha por la liberación de Tupek del Oeste, había pasado de una fase conspirativa y enmascarada al señalamiento de los puntos donde se volcaría la acción.*

Pero esta ausencia tenía una contrapartida más rica y entrañable que con mayor coherencia se situaba en el reino de la imagen. *Mohamed le había dicho que estaría por toda aquella región en secreto, quizás disfrazado, cerca o lejos de ellos, pero siempre rondándolos.*

El desempeño de Mohamed era, pues, distinto, a partir del relato de su propia vida familiar y de la inclinación que había mostrado para con Fronesis al hacerlo compartir sus recuerdos en el reino de una memoria activa, y también al ungirlo como confidente de sus anhelos revolucionarios.

Fronesis había cobrado por Mohamed una confianza serena y fuerte.

Sin embargo, estos vínculos recientes no podían borrar la amenaza latente y mordisqueante de Cidi Galeb.

La ausencia-presencia de Mohamed parece ser de otro signo y, por lo tanto, deja libre el campo al frenético de Tupek del Este. Cidi Galeb se convierte en antagonista.

El capítulo está centrado en el acecho y el desenlace de la supuesta conquista sexual de la presa por el cazador. Champollion y la McLearn vuelven a su categoría de figurantes con bocadillos más o menos significativos, si se exceptúa el gran parlamento de incitación sexual al borde del sonambulismo operático que prepara la atmósfera para el supuesto equívoco en la alcoba del árabe y el criollo.

La disertación de comidas y manjares y modos de incorporarlos toma giros de trascendencia e incluye como corolario la gravedad de la interrupción, de la interrupción del baño o de la comida del cubano que son consideradas *como formas de execración, de maldición bíblica casi, que el cubano no tolera como descortesía.* La conversación, el monólogo, conduce a Fronesis a las etimologías alimenticias y, naturalmente, a las sexuales, con señalamientos de una cismática cultura del habla. El verbal banquete continúa y Margaret se excita cada vez más y exige el fondo exuberante de las frutas y las noches tropicales para dominar su embriaguez y su odio a Cidi Galeb. Hasta que después de la anécdota del humo irrumpe con la gran tirada lúbrica y simbólica.

El cuarto espera y aguarda para desencadenar los sucesos.

El narrador hace grandes esfuerzos para justificar la puesta en escena del asalto de Cidi Galeb, pero no resulta convincente. O se trata de un destino trágico que ha de conducirlo al desagradable incidente.

Todo aconsejaba a Fronesis para que no actuara de la manera en que lo hizo, desde la mirada, la frase —*ya es hora de que también nosotros vayamos a dormir*—, el desnudo, la cama única para ambos, el paso de *la mano lentamente por la longura de la flaccidez fálica,* y, finalmente, la mano de Fronesis palmeando la mejilla del enardecido...

El resultado fue el lógico en estos casos, dadas las condiciones de uno de los integrantes del dúo. Ahora bien, con todos los antecedentes existentes ¿podía Fronesis esperar impunidad erótico-genital para una serie de descuidos —para llamarlos de la manera menos comprometida— como la suya?

Lo grotesco y su correlato de ridiculez afectan a ambas partes, aunque la sublimación por la vía del sueño y la traslación de la figura de Foción, brazo y mano, finalmente amado y deseado, salvan a Fronesis al tiempo que la carcajada y la desaparición condenan a Cidi Galeb. La masturbación que resuelve el conflicto físico parece que también soluciona la confusión espiritual:

> Su pensamiento se anegaba, pero su energía comenzó a dilatarse hasta alcanzar su plenitud, pero era ahora su propia mano la que empuñaba su realidad y su sueño, ya no había que rechazar ni que aceptar.

Es decir que en este momento hay un equilibrio, significativamente onanista, que parece conducir a una tranquilidad satisfactoria para Fronesis. Ahora bien, inquieta la solución de este párrafo, tanto en la selección de palabras, como en la delicadeza sutil de la tropología que utiliza, antes que la metáfora deslumbrante o la terminología propia de la desenfadada obsesión fálica que caracteriza a Lezama, elementos más conceptuales, que aunque no ocultan lo genital sí lo cubren de un pudor muy conciente. Logrado el éxtasis, irrumpe la línea sorprendentemente metafórica:

> Pero por cerrada que esté una casa, la cola de una lagartija tintinea una cacerola. Fronesis se vistió y fue a lavarse en la pila de agua caliente. De nuevo el humo y el sonido, la evaporación y el silbo de las espirales; volvían los personajes no novelables del comienzo de los mundos.

De todos modos la serie metafórica no es demasiado violenta: *lagartija* —con su cola—, *cacerola, humo, sonido, evaporación, silbo de las espirales*. El final es conclusivo y categórico: son personajes no novelables, no pertenecen a la cantidad novelable. En un capítulo de tan intenso conflicto la confusión obliga a múltiples reflexiones. ¿Hay, como señala Antón Arrufat[43], un cambio en la óptica del cuerpo? ¿Regodeo erótico en la mirada que recorre los cuerpos? Miradas y cuerpos propios y ajenos. El acto sucesivo de desnudarse Fronesis y Cidi Galeb apunta a un placer un tanto analítico y valorativo en la descripción muy diferente a como ocurría en ciertos momentos de *Paradiso*. Pero el miedo, la ofensa y la culpa gravitan todo el tiempo que dura la secuencia. Todo esto puede haber actuado para que el frustrado Cidi Galeb se consolidara y afirmase en su rol de enemigo mortal de Fronesis. Pero, acaso, ¿no hay también algo de frustración en Fronesis? Lezama, naturalmente, no lo deja ver, no lo da a entender. La lectura de este fragmento, si alcanza verdadera libertad creadora y recreadora, podrá precisar más detalles de los explícitamente mostrados.

Se asomaba a la puerta cuando rompía la mañana

Otra vez la puerta, pero una puerta abierta a la búsqueda y al futuro. Amanece, rayas negras y verdes. Ya hace meses que Fronesis deambula por otro mundo que no es el suyo, pero que es el suyo. Por qué, ahora se marca una dirección de búsqueda de lo femenino, dado por el revelador sustantivo *concha*. Fronesis ha tenido varios contactos heterosexuales, algunos descritos, como la primera vez que hace el amor con Lucía, y otros señalados de paso, como en el caso de la noche campestre en Cuba; por otra parte ha estado rodeado de solicitacio-

---

[43] Arrufat, Antón, *Cercanía de Lezama Lima,* ed. de Carlos Espinosa, La Habana, Editorial Letras Cubanas, 1986, pág. 156.

nes homosexuales, la última de ellas acaba de suceder. Resuelta en la negación del criollo, pero con la consecuencia de sueño y auto-complacencia ya conocida. Se señala la realidad, pero no se aclara, o no se precisa más allá de la sospecha del lector, la existencia del deseo. Y ahora la puerta, ya no es de noche, pero se insinúa *un menguante disimulado en la transparencia.* La concha no solamente puede ser un signo vulvar, sino que en ciertas zonas de habla hispánica, en el cono sur americano, para más precisión, es la designación popular del sexo femenino. Si recordamos ahora que precisamente en este mismo capítulo Fronesis había disertado sobre etimologías sexuales y eróticas puede ser que no estemos tan descaminados. Seis veces aparece el sustantivo *concha:* adjetivado, es decir *sudorosa,* con listones negros y verdes, *mezclados con amarillos, con clavos dorados* en las franjas negras y clavos negros en los brochazos verdes; *vacía, húmeda de colores;* con *reflejos;* con *alguien* que *marchaba hacia* su *centro; desapareciendo, hasta desvanecerse en su totalidad...* la filología conduce a lo peor. En este caso al vacío, a la evaporación, y un símil concluye el espectáculo tal vez jeroglífico que permitió la puerta a quien a ella o por ella se asomara:

> como una llama soplada por un irascible jabalí cerdoso que hubiera contemplado la aparición escondido detrás de un árbol.

Otras veces en la obra de Lezama ha aparecido el jabalí y su colmillo de animal fabuloso, pero asequible, se carga de connotaciones fálicas, por eso en el contexto de este fragmento la aparición de este animal irascible puede muy bien definir un supuesto o pensamiento anhelante. Claro que el símil se refiere al desvanecimiento, a la desaparición, pero ya hemos visto que la desaparición es un aspecto del fenómeno, como una cara del ente cuya otra cara es la aparición.

IV

Así surge Licario, a las dos de la mañana, en el capítulo IV. Como *si despertase en tierra desconocida.* Aunque no sea desconocida la tierra, Licario ha sido convocado y se presenta. Es una evocación de Oppiano Licario, muerto en *Paradiso,* pero que como ya sabemos, *apenas se ha dado cuenta de que está muerto y utiliza todos los procedimientos desde la imagen hasta el vacío que ingurgita para estar de nuevo entre nosotros.* Importa y no importa que Licario esté muerto, pero sí significa que aparezca por fin casi en el centro del libro que lleva su nombre y precisamente a las dos de la madrugada, que *era uno de los momentos iniciales de la noche.* Desde ese instante, tal vez desde antes, está revelando cosas. *Las horas pertenecientes a lo que los Evangelios llaman los hijos de la promesa, el primer aposento en la tierra desconocida* [44].

Esta primera parte del fragmento deja oír a Licario meditando como consecuencia de la separación sucesiva de los días y las noches y de la enunciación de *un trabajo en la nocturna, desconocido, húmedo. Por el otro lado, el día se le abría como una flor nocturna.* Es decir, que no se niega la existencia del día, pero la noche es de mayor importancia y de inmensa y superior capacidad engendradora, tanto que de ella germina el propio día. Estamos en el centro de la teoría de la noche lezamiana y a partir de ella Licario discurre sobre lo que es y lo que no es. *Mostrarse como un engañador, como un mago de feria.* Lo que no es. El engaño gratuito, fácil. Diferencia entre el mal gusto y el buen·gusto. *Cuando en realidad era un verídico, un tentador y un hechicero tribal. Un verídico por la gravitación de lo desconocido arribado.* Lo que es. Si se enfrenta con los juglares

---

[44] Hora en que se levantan los monjes benedictinos. Para lo referente a las vías del misticismo ver: Fazzolari, Margarita: *Las tres vías del misticismo en «Oppiano Licario»,* en Coloquio internacional sobre la obra de José Lezama Lima, Espiral, *op. cit.*

origina con su intervención una confusión y una estampida. Al *todo es juego* opone el *nada es juego* y *el estado de gracia*. Pero cunde la duda de que todo es juego porque nada es juego o lo contrario, que nada es juego porque todo es juego y como se habla de

> la obstinada, monstruosa y enloquecedora fe de Licario... y de volcar nuestra fe en el otro, esa fe que sólo tenemos despedazada.

y como según San Pablo la fe que no duda es fe muerta, tenemos que todo es juego y nada es juego y Licario se ajusta a una vida-muerte cada vez más contradictoria, mágica y libresca.

Cenobita, está a la vez dentro y fuera del monasterio, trabaja en aras de las tres vías del misticismo de San Benito —la vía iluminativa, la purgativa, *pero no sabía si también en la unitiva*— y al mismo tiempo sus incursiones nocturnas en el mundo rayan en el escándalo y, por si todo esto fuera poco, *persiguiendo un desarrollo goethiano* se hacía pasar por un *sarabaíta giróvago*.

Lezama define los conceptos y las costumbres de los sarabaítas y de los giróvagos para llegar a la conclusión que el híbrido *era un cenobiarca que se hacía pasar por un sarabaíta giróvago, por inteligencia astuta de poeta*. Acaso por esa misma inteligencia, por demás astuta, era también un muerto que se hacía pasar por vivo o un vivo que se hacía pasar por muerto. Era, en fin, Oppiano Licario. Encontrado por Cemí. *Cemí y Licario volvían a encontrarse*. En un circo. Noche. Monasterio. Noche. Como *sus relaciones con la vida serían inextinguibles a través de Cemí* debían procurarse mutuamente. *Había hecho un cuaternario, en cada uno de cuyos ángulos se veían los rostros del Coronel y de Alberto, de Licario y de Cemí. En el centro del cuaternario su madre Rialta, mostraba su sonrisa en el reino de la imagen.* Hay, pues, un cierto equilibrio, por una parte hay dos personajes, exclusivos del fragmento conocido como

Paradiso —El Coronel y Alberto— y dos que aparecen como tales personajes en ambos fragmentos, *Paradiso* y *Oppiano* —Cemí y el propio Oppiano Licario—, y la madre que es centro irradiante. La otra armonía se da por el hecho de que todos están muertos menos Cemí. Todo sin olvidar la trayectoria de Licario hasta llegar a José Cemí para el cual parece haber sido destinado por la omnipotencia lírica del poeta José Lezama Lima.

Licario, a quien *la posibilidad de una sombra lo erotiza como si fuese un lamento,* llega a la Plaza de la Catedral, sigue circense hasta *el cuadrado mágico de la fundación.* Construcción de albañilería, vinos, entrevistos orgiásticos. Dos fábulas o historias o testimonios se entrecruzan. Vidas de bandoleros y vidas de santos. El aceite de la santidad y los seguros de la estafa surgen de una progresión que comienza con el ingeniero inglés en genitales jugueteos con el ladronzuelo del cepillo chino de Licario, sigue en su segundo paso cuando el ladronzuelo, *desafiador por la compañía del inglés, se acercó a la mesa de Licario,* y se condensa cuando éste a la vez que escucha la historia de la compañía de seguros de Liverpool y los raptos en Mongolia piensa *en San Benito, patriarca de los monjes de Occidente.* Las historias se bifurcan como los senderos del inevitable jardín borgiano, pero también se pueden fundir a voluntad del lector. Y la polisemia de la frase del enterrador puede alcanzar al santo y a sus diferentes seguidores.

cuando más hondo es el hueco mayor el placer.

El sueño y la vigilia, la ebriedad y la sobriedad, todo se mezcla, como de costumbre, y Licario *volaba rompiendo en lluvia los cristales del aire.*

Licario seguía la regla 77 de la orden de mezclar el ocio con el trabajo, rehusando excesos de trabajo o de vuelo.

Los recursos de Lezama para otorgar una coherencia a su mundo poético parecen infinitos e inagotables y Licario lo mismo *se iba a tomar un helado a la plaza de San Marcos o a la de la Catedral*. Deambula, girovaga participa del submundo nocturno con cierta naturalidad muy sensual, pues *no causó nunca la sensación a los que lo habían conocido de la muerte, sino de la desaparición, por eso en la noche parecía que volvía, que estaba con nosotros*.

Dos notas son aquí de gran importancia, una, la inclusión del poeta-narrador-comentarista cuando dice: *que estaba con nosotros;* y la otra es en parte anterior y en parte simultánea a la primera: parecía que volvía, *que estaba con nosotros*. Es decir que parecía. Pero, puede ser que no volviese, y que sólo pareciera que volvía. Mas también se puede volver y no parecer que se vuelve, de lo cual se infiere que se puede volver y, al mismo tiempo, parecer que se vuelve. Lezama plantea no sólo el ser y el parecer, también el reto de una lectura opuesta a otras. Porque él mismo va agregando complicaciones a estas soluciones. Añade el pasaje paulino sobre Enoc traspuesto por la fe y más adelante proclama en tono categórico:

> Aunque no fuese cierta la presencia de ese otro plano, de esa doble existencia, de esa desaparición aparición, era una muestra de la complicadísima huella terrenal de Licario, pues muy pocos tienen fuerzas reminiscentes para poder crear en otra nueva perspectiva después de su muerte.

Ya tenemos lo mágico universal que nos permite, de la mano del propio creador, abandonar algunos de sus postulados y seguir por la ruta fascinante de la imaginación en busca de lo delicioso existente en un mundo cambiante y catastrófico para no inmovilizarnos en parálisis más o menos brillantes y escolásticas.

Dentro de la posibilidad tan heterodoxa que a Lezama le brinda la vía purgativa, el nuevo encuentro del ladronzuelo mezcla lo conceptual con la picaresca. Así como la irrupción enajenada y mal hablante, blasfemia a la amistad que decía profesar, de Cidi Galeb en el apartamento de Fronesis en la Isla de Francia transparentaba un idioma inusitadamente violento, el diálogo gestual y verbal del ladronzuelo con el gato es la antítesis de lo que un lector desprevenido pudiera esperar de Lezama, no por el humor, que en Lezama es sobreabundante, sino por el alzamiento antifonal dado por *el coño de tu madre* y *el recoño de la tuya* que va a provocar la acechanza del gato, la piedra y la ferocidad de la desigual batalla en la que interviene Licario, antes indiferente a la perpetua potencia en movimiento del muchacho codiciado por más de uno, inglés y médico loco incluidos.

Licario era una presencia y una ausencia cargadas de precaución. Cuchilla que actúa, gato decapitado, dientes de animal que quedan incrustados en el brazo que se hincha y se hincha para adquirir la categoría de símbolo mientras la boca no suelta su presa y la noche se recorta en sonidad y ebriedad, entre pitazos y cañas podridas, en un nuevo ritual de desembarcar la noche en la muerte. El vencedor de la muerte sabe que tiene necesidad de ayuda o de testigo y encuentra *una pequeña casa de arquitectura indiferente y banal. Pudo ver una pequeña plancha metálica y supuso que allí podría alojarse un medicastro, bueno para el desespero del momento.*

Es una suerte de *deux ex machina,* pero que no resulta tan providencial como se hubiera podido pensar inicialmente. El médico es loquísimo y, *como todo falso aprendiz de alquimia era un poseso sexual* dispuesto a aprovechar la presencia propiciadora del muchacho con su cuerpo siempre en ofertorio y a la vez listo, con extraño serruchete *inapelable,* a una amputación del brazo, ¿se hubiera conformado sólo con amputarle el brazo cuando lo tenía totalmente desnudo y en un estado de hipnosis erótica?, que presentaba tanto de anatómica como de simbólica y poco o nada de terapéutica. El gesto de la mano de

Licario cambió la trayectoria trucidante del brujillo de Sodoma y la voz de mando surtió efecto en el ladronzuelo: *despiértate y vístete*. Todo este pasaje puede parecer gratuito, exagerado y morboso, y es casi seguro que lo sea, pero, a su vez, muestra con insistencia un mundo sin compasión, pues las razones de Licario ni se deben a bondad ni, en puridad, pertenecen a este mundo. El enloquecido vivisector (nada menos que el Dr. Foción, padre de Foción) entrega a Licario una rama de almendro que, naturalmente y con la venia de Frazer, es dorada. Desgano de Licario. Brillo como de oro hace creer que la rama es de oro.

Salen de la casa por una puerta que no se nombra. Todavía es de noche y Oppiano Licario *que parecía muy cansado, fugadas ya las estrellitas báquicas, se sentó en un banco empapado por el rocío.*

Es de noche, pero el final del capítulo se acelera. El ladronzuelo, modelo prefijado, roba la rama, *con el mismo brazo que había mordido el gato, adelantó la mano y empuñó la rama... Se echó a correr, asombrado de que nadie lo persiguiese. Se detuvo cuando la rama, deshaciéndose, comenzó a gotear.*

Es de suponer que el siempre genitalmente disponible ladronzuelo no sintiera placer al poseer la rama ni aun cuando ésta comenzara a gotear. Tampoco Licario estaba interesado en el goce del símbolo fálico.

V

La noche cerraba, como otras veces, la soledad del fragmento. En las diferentes concatenaciones de este mundo distinto, después de lo anterior, dislocado en el tiempo anulado y en el espacio elegido, nada más natural y consecuente que Cemí quisiera hablar con Ynaca Eco Licario y que, por lo tanto, volviera a Espada 615. La puerta, otra puerta, no se nombra, pero ahí está, sugerida por la existencia sonora del timbre, que se proyecta por toda la casa metaforizado en *pulpo minoano*. Pero si la innombrada puerta no se abre sí ocurre la apertura de una más relevante, porque mueve el recuerdo de lo sucedido anteriormente, *se abrió la puerta del elevador y apareció de nuevo el mozalbete que había ascendido a Cemí hasta Urbano Vicario y después rectificado la vertical por la horizontal cognoscente de Licario.* la puerta nombrada y abierta nos ofrece el capítulo, imanta el fragmento.

Se reitera y codifica la casa de los arácnidos. Redes, cordeles, arañas. Reminiscencias, resaca, que quedaron fijadas por su resistencia en el poema a Cemí, en el texto que existe... y tal vez en el otro, en el desaparecido.

Independientemente de los cambios de persona gramatical deslumbra en el capítulo, entre los círculos concéntricos de las arañas, la inclusión de los reyes como metáforas, precisos, ampulosos, que, sin embargo, dejan un resquicio para que la pícara flor haga un guiño de inteligencia semántica;

> Recordó que la flor llamada entre nosotros Arañuela, en francés se llama Cheveux de Venus, Cabello de Venus, Diablo del matorral y la Bella de los cabellos sueltos.

No importaba la ausencia de Licario puesto que tenía una presencia distinta y *Cemí no tuvo la sensación de la ausencia de Licario, sino un infinito acercamiento de la figura y de la imagen.* Sabe el protagonista y va sabiendo el lector que se acerca una culminación del trayecto de la imago. Todo gratuito.

> —Hoy es el día de su recuerdo y no debemos mezclar las vibraciones del triángulo con el tintineo de las monedas.

La ruta de la búsqueda se establece bajo el signo seguro del encuentro; Lezama precisa la fecha y de paso convoca un santo patrón,

Por uno de esos sortilegios del surgimiento de lo reminiscente que hubieran hecho las delicias de Licario, pudo precisar Cemí que era un siete de agosto, el día de San Lorenzo, el santo de las tostadas y los humeos [45].

Como si la fecha y el nombre lo obligaran a la referencia infantil, los juegos aparecen en una tierra reiterada que de esa forma *había recuperado su infancia y se mostraba impaciente para inaugurar sus fiestas y retozos*. La tierra orinada lleva al simil de las castañas y al opuesto invierno y por otra parte adelanta la manía mingitoria de Focioncillo en los museos de Europa. Y como divertimento *Cemí parodió casi inconscientemente el verso famoso y silabeó varias veces: orina es la melena de la castaña.*

Imagino que el verso famoso al que Lezama se refiere es la línea 81 de la *Fábula de Polifemo y Galatea que dice:*

Erizo es, el zurrón, de la castaña [46].

De ser así, he aquí una oportunidad de entender la forma de Lezama de asimilar, transformar y ajustar a su oído todo lo que le rodea. De disponer los fragmentos a su imán.

El endecasílabo ritmático de Góngora se convierte en dodecasílabo y aunque mantiene los acentos de sentido en segunda y sexta sílaba ocurre una desarticulación fónica quizá porque la sexta sílaba del cordobés es la última del agudo *zurrón,* mientras que la del etrusco de La Habana Vieja es la penúltima de la llana *melena.* Estos deslizamientos ya habían aparecido, con sus naturales variaciones, en los sonetos infieles y en las décimas de Glorieta de la amistad.

Ahora Cemí, miembro de la tríada de personajes hacia

---

[45] Llama la atención aquí la extrema precisión de la fecha.
[46] Hay una referencia a este verso, naturalmente mal citado, en el ensayo de Lezama *Corona de las frutas* que apareció por primera vez en Lunes de Revolución, diciembre 21, 1959.

su fusión, propone otra tríada, pero en este caso objetal y, en el último de los términos, metaforizada:

la funeraria, el tíovivo y la casa serpiente escalera

Los elementos del ternario sufren su mandato de desaparición y derrumbe y aparece un ajedez mágico, como aquel de *Paradiso,* en que las piezas reemplazan a los objetos anteriores —alfil, caballo y torre, respectivamente— para preparar un jaque mate audaz e imaginativo.

Hay una inversión en la dirección, como si la flecha hubiera sido cambiada. Escalera, tiovivo, funeraria. Pero de todos modos se llega al Castillo de la Fuerza, ese centro de imantación de la ciudad y del mundo lezamianos. Se trata de una guía instructiva para el reencuentro de Ynaca Eco Licario y José Cemí quienes *se habían conocido en la casa de los muertos y coincidían de nuevo al entrar en un castillo convertido ahora en una biblioteca destartalada, húmeda y rellena de una sabiduría que intentaba la misma ascensional de los insectos, del esqueleto arenoso, del remolino del ojo disecado, y frente a ellos la luz decapitando inexorablemente y proclamando sin tregua las glorias del cuerpo en sus transformaciones incesantes.*

Si se ha leído con cuidado y detenimiento el párrafo anterior es posible considerar este pequeñísimo fragmento como antelación de lo que está sucediendo y de lo que está por suceder. Lezama siempre reitera y las palabras claves en continua repetición van adquiriendo un contorno cada vez más preciso. Así ocurre en la interrelación de los elementos constitutivos de ambos párrafos: *esqueleto, arena, ojo disecado* (con el referente cruzado que *esqueleto* ofrece tanto a *arena* como a *ciclón,* y que, de este modo, adelanta lo que ha de suceder al texto de Oppiano Licario) que integran una serie que, a su vez, conduce a *luz* —ya señalada en el párrafo anterior— y a *tela* —también existente en el párrafo anterior, junto a la luz a la que se asemeja *la pulpa de la piña, luz congelada*—, esa *tela* que tiene un destino, *como si por una magia suavemente ordenada por la voz la luz se trocase en tela,* y permite una pausa, un interludio pictórico antes de llegar a la no menos plástica y artística yagruma. Son los pintores de la luz, ingleses y franceses, quienes prestan a Lezama la cimentación para la oposición complementaria de las ciudades soleadas y las ciudades neblinosas. Gainsborough, Renoir, Corot, Turner y Whistler. La yagruma estaba mezclada con las arañas, el autor lo recuerda.

Cemí e Inaca Eco Licario están en la antesala de la fusión y aquí la mujer concluye un parlamento que oscurece un tanto el esquema de las tres vías del misticismo según las reglas de San Benito [47].

> Pero yo, tal vez desgraciadamente, no vivo en el arrepentimiento purgativo del Eros, sino en la comprobación por el sympathos de la vía unitiva.

No les queda a los reencontrados más que dirigirse a la casa de Ynaca Eco Licario. Del Castillo de la Fuerza —nombre real de una fortaleza habanera real de un siglo real— se pasa a una casa irreal —basada en una ruinas reales, pero reconstruidas, de un antiguo cafetal real, Angerona, cerca del poblado de Artemisa, hoy provincia de Habana— que surge como una obligación de impregnación metafórica ante tanta convocatoria mitológica en la formación de lo cubano esencial. Allí habían llegado como pasando *por un subterráneo.*

> Pero todo había transcurrido en el espejo de la mañana, o mejor en la mañana del espejo.

Es decir, que hay una fragmentación nueva, desde la estancia más bien breve en el Castillo de la Fuerza, su

---

[47] Ver Margarita Fazzolari, *op. cit.*

puente levadizo hecho para el encuentro, pero con riesgos de desencuentro, hasta la jornada en la casa de la Eco Licario pasando por lo subterráneo del desplazamiento automovilístico.

En este viaje ha quedado como una impregnación de secularidad consecutiva a la visita al Castillo de la Fuerza que se visualiza por la mano de la mujer que *se abría lentamente con la voluptuosidad de una petaca del siglo XVIII, como si dijera un secreto. Como si en el sueño se dijera un secreto.* En el espacio de lo onírico se transmite un mensaje que hasta ahora ha permanecido más o menos secreto y todo ello voluptuosamente, lo cual conlleva para el protagonista, no sólo acercarse a una meta en el reino de la imagen, sino, lo que tal vez pertenezca al mismo ámbito en el peculiar hábitat que Lezama construye y brinda, que lo lleva al deseo vehemente por el cuerpo que tiene a su lado. La erotización es lenta y sugerente, envuelta en el disfrute de lo entrevisto y velado con una delectación sensual totalizadora. En ese transcurso ya se insinúa, claramente, el transporte carnal, paso del eros de la lejanía a la posibilidad del *nexus,* es decir de la cópula. Gestos y palabras y silencios. El trayecto está poblado de signos. Armado el altar para los oficiantes hay una evaporación que intuimos transitoria. Lezama aprovecha la estructura y regala una disertación conceptual de su sistema poético: Cemí asegura la asunción de la sobrenaturaleza al entrar en una zona de hechizo —con una leve interrupción parentética que señala la salida y entrada a la naturaleza estando desnudos— y de ahí se asiste a la aparición de los términos fundamentales en la concepción lezamiana: *cantidad hechizada, lo telúrico, lo estelar, la imagen...* para más tarde desembocar en la *cantidad novelable* todo ello con el tácito sostén de la *vivencia oblicua.*

El planteamiento de la poética tiene mucho de historia cultural personal del autor, de basamento para su gran catedral. La fidelidad a la pluralidad no abandona ni al lector ni al texto, pues aún en las digresiones tan frecuentes en Lezama surgen las connotaciones reveladoras de la pluralidad de significados y de las claves interpretativas o de puro regusto y paladeo. Así la profecía de Casandra, en Licofrón, con las iluminantes *sombras de la noche* cuando una joven es sorprendida por una *espada desnuda*. Si ya habíamos visto la fusión de Casandra y Penélope y el anuncio de la desnudez no puede sorprender que Cemí sintiera *la llegada del deseo*. Deseo que, al parecer, irrumpía en la virginidad carnal de Cemí tropológicamente.

> En presencia de Ynaca sintió por primera vez el camino del agua hacia la sal, del cristal salino deshaciéndose en la hoguera. A Ynaca se le hizo visible ese camino, pues Cemí trasladó la mano, que apoyara en la pierna derecha, a su mano izquierda y la apretó con lenta sudoración.

Así llegamos a la casa. Pero ese tramo había sido recorrido bajo el signo de Eros que no despreciaba a Minerva. Y Oppiano Licario como centro, como miembro orquestante de un nuevo trío —Oppiano, Cemí e Ynaca— que originaba otra tríada heterogénea de *piedra, hierro y manos,* trío que se realiza por el *relieve del acto esencial* en un *estado de gracia* ya señalado y servido ahora en oro, bastos, copa y espada, los palos de la baraja española. El color de nuevo, el blanco esmalte gongorino al pasar por los tonos rojos y amarillos del Gavilán y cierto *blanco azul* de sangre cansada introducen otro nuevo intermezzo pictórico con los pinceles de Fragonard, Gainsborough Reynolds. *Mancha gris y verde de la espátula* donde más tarde llegarán Kandinsky y Turner. La disquisición sobre el heterodoxo bautizo de Ynaca favorece la aparición de uno de los poquísimos personajes negros de la obra de Lezama; descifradora, la vieja negra añade más cripticismo a su admonición. Pero unos párrafos más adelante, ya en la casa de la infusa, Cemí sacará a relucir a un babalao reglano para parearlo, graciosa y sincréticamente, con la pitia délfica. *Ese hecho de su bautizo —le dijo Cemí— es la primera comprobación de la imagen que irradia.* Ambos están en la ascensión, en busca de la imagen que los quema, los abrasa cuando se mezcla con el eros. *La lengua de la llama, me siento de nuevo calcinado por Oppiano Licario, ya no podemos invocar sus respuestas, pero mientras tanto las preguntas, el espacio gnóstico, penetra en nuestro cuerpo. Licario hizo de sus respuestas sobrenaturaleza, pero usted parece decirnos que hay que hacer de toda la naturaleza una naturaleza total.*

Todo ello porque Licario le decía con frecuencia a su hermana:

él tiene lo que a nosotros nos falta.

Sin embargo, nunca aclaró qué era aquello que Cemí tenía y que a ellos dos faltaba. Y al morir consideraba su vida como logro *porque al fin lo había conocido a usted y porque nosotros dos nos conoceríamos.* Los tres, de aquella tríada capaz de provocar, según Oppiano, el fin del mundo, podían *estar contentos.* Es interesante reparar en la insistencia del uso del verbo conocer que también bíblicamente tiene sentido carnal. Conocimiento que alcanzarán, en dicho sentido, Ynaca y Cemí, y también Ynaca y Fronesis, pero del cual serán excluidos Licario y Foción. Sin embargo, no es esa la capital y única interpretación del verbo en sus diferentes tiempos, modos y personas, puesto que Ynaca afirma que Cemí *conocería por la imagen* y Oppiano *por las excepciones morfológicas.* El anticipo de la resurrección, en el cual Oppiano juzgará a los vivos y a los muertos, es de una heterodoxia escandalosa y va precedida, como bellísimo, solemne o sencillo introito, por un concierto increíble, y por lo mismo lezámicamente creíble:

Él puede entonar una cantata que puede ser de Bach: no estamos solos en la muerte.
A la que podemos contestar con otra cantata que puede ser de Haendel: no estamos solos en la vida.

Con estas premisas y en tan dual y prometedora tesitura penetran en la casa, rodeada de jardines, con ornamentos de espejos, animales y plantas. Entre careyes, tortugas y perdices, por una parte, y memeyes, papayos, por la otra, señorea, sin discusión, el café que puede estar acompañado por el cristal del *azúcar*. Una descripción y una historia de la instalación, de la *unidad ruidosa*, compuesta, aparte de los elementos ya citados, por sus reproducciones de cerámica y las enumeraciones de sucesivos habitantes, de *dueños alemanes, belgas, colombianos, que eran músicos, jardineros, eclesiásticos, poetas, elfos, locos, fantasmas errantes que se deslizaban desde las plantas aromosas hasta la prisión de la torre.* La mezcla de café, azúcar y molino de viento, acompañada de collares de vidrio, paño de pinta insolente y sepulcros profanados refleja una amalgama, una locura, una excentricidad exquisita y conversacional.

lo irreal invisible tocaba a la muerte y lo visible se recostaba en una fuente submarina,

y regalaba un abigarrado panorama de lo cubano por acumulación desordenada, pero asimilada, que si bien no había admitido el loro de Flaubert se había permitido disponer del recuerdo del otro loro con el cual jugaba el hijo cabezón de Mallarmé. Un loro bizarro e ironizador da un toque policromo a la casa con su caperuza de siete colores y prepara la otra divertida intercalación, después del lujoso desfile de integrantes históricos y vecinales de la vivienda, tan cubana y sorprendente:

Sus moradores estaban vacunados contra la viruela[48]

---

[48] Esta intercalación epidemiológica recuerda el modo de romper la tensión de una escena de *Electra Garrigó* de Virgilio Piñera cuando Clitemnestra Pla, luego de un tono altísimo, dictado por el temor de perder a su hijo, exclama: «Pero mi cariño me hace ver los cuadros más sombríos: Orestes expuesto al viento, Orestes a merced de las olas, Orestes azotado por un ciclón», suelta la frase hilarante: «Orestes picado por los mosquitos.»

Naturalmente que la fablilla cominera no podía faltar y se habla *de la más delicada hija de Luisa Pérez de Zambrana,* casada con *el descendiente de un titán alemán,* que se llamaba Angélica [49].

> Todos habían muerto enloquecidos, mostrando en sus dedos sin sangre la ceniza de la flor del café.

¿Podría en ese *todos* incluirse también a los Licarios, lo pasado, lo presente y lo futuro? ¿Adelanta este fragmentillo algo que amenazará al final del texto, realizado o no, sobre la locura del hijo o producto final de esta complicada trama? ¿Se trata de un estado de alerta contra la locura? ¿De una advertencia sobre los resortes ocultos del supuesto sistema [50]?

Lezama, a continuación, declara:

> pero en esas tierras su final había llegado de la manera más condigna (...). Lo solemne, sin querer serlo, se remansaba en un final donde el andantino imponía sus compases gráciles y agriados a la inconmovible dignidad de la muerte.

---

[49] Luisa Pérez de Zambrana (1835-1922) una de las grandes poetisas románticas cubanas cuya obra está marcada por la muerte de su esposo y de sus cinco hijos. De ella ha dicho Lezama Lima: «Toda la vida de Luisa Pérez de Zambrana, su sencillez de cubanísima gravitación, transcurre entre las cosas, que sin rechazarlas son siempre esenciales. *En la vuelta al bosque* expresa la imagen del destierro, la felicidad era una ausencia de la naturaleza, cuando vuelve para sentirla de nuevo es por medio de la muerte, otra ausencia, que vuelve de ese destierro para sentir la desolación terrenal.» Ver José Lezama Lima, *Antología de la poesía cubana,* La Habana, Biblioteca Básica de Autores Cubanos, Editora del Consejo Nacional de Cultura, 1965, tomo II, págs. 181-207.

[50] En la que parece ser la última entrevista concebida por Lezama, a Ciro Bianchi Ross, *Quimera,* «Asedio a Lezama Lima», núm. 30, 1983, páginas 30-46; afirma que su sistema poético es una locura, idea que ya había insinuado con anterioridad. Ver también entrevista con Jean-Michel Fossey, Recopilación de textos, *op. cit.,* pág. 25.

Esta casa. *La casa era un malentendido donde se coincidía en una cita, aunque todos llegaban fuera de hora.* Una pesadilla que Ynaca y los lectores tendrán, al parecer, que sufrir. Porque hay *lagartijas confundidas con el jaramago de las grietas.* ¡No se olvide la función de la lagartija cuando su cola tintinea una cacerola en una casa cerrada! Ese capítulo III puede gravitar en todo el ámbito de la obra.

Descrita e historiada la casa —*la casa fue destruida alegándose la polémica necesidad de un parque infantil en aquella zona casi rural que desde luego nunca fue construido*—, la pareja pasó al patio no sin antes dejar sentado, en la voz del poeta-narrador:

> Este es el relato, más bien un silencioso y secreto cantar de gesta, de cómo Ynaca Eco Licario sobrevivió a la destrucción de la casa.

No se aclara si *la aguja que había sido tan sólo reemplazada por el continuo temporal* va a ser imantada para favorecer su recuperación, no en el pajar, sino en la casa de Ynaca, porque *en el espacio vacío pone sus huevos la imagen.* Fragmento, continuo temporal, imantación. Hay aquí una propuesta dinámica que impulsa el asunto poético.

En el patio, con temor al sol y nostalgia de la noche, continúa la ceremonia, fluye la inteligencia ilustrada[51] bajo el patrocinio de la diosa Hera:

> Allí estaban las excepciones morfológicas de Licario, lo infuso revelado por Ynaca Eco y Cemí en sus imágenes.

El abigarramiento ambiental de figurillas y banalidades desacubre un paraguas que posteriormente cobrará un desempeño suprarrealista sin que *el joven mestizo uniformado que con paso de danza traía la bandejilla del café* perdiera su

---

[51] No se olvide que las ruinas del cafetal Angerona se encuentran en las cercanías de la población, o pequeña ciudad cubana de Artemisa.

empaque de enajenación decorativa en un estatus social opresivo y decadente.

Secreta gravitación, no del Ícaro que cae, sino del peregrino inmóvil en el espacio eleático.

Oportunidad para una cierta y brevísima reflexión que puede aclarar o encaminar la discusión sobre los viajes o los no viajes del propio Lezama. El regreso a la insularidad como obligación del cuerpo y del espíritu. La afirmación de Ynaca respecto a lo que Oppiano decía, *que viajaba para enfermarse, pero que regresaba para salvarse.*

Hay en todo este complicado fragmento un afán de comunicación imperiosa, que ya no puede más, que tiene que obligar a cada uno a publicar su secreto. Un nuevo concepto lezamiano: espacio curvo. Ese término origina un símil con carga semántica de vivencia oblicua:

como las mejillas de una muchacha japonesa que hubiera pasado en tren por Yoshiwara.

El paraguas abierto y el espacio abierto desencadenan el torrente asociativo y a la manera del Conde de Lautréamont Lezama pone a bailar el paraguas *en la cuerda floja y media mejilla japonesa asomando en el espejo central de la sala.*

Todos los elementos vuelven en la intervención de Ynaca que recuerda jornadas con Oppiano con una referencia a un ómnibus que bien pudiera ser aquel mismo de *Paradiso* que tripulaba, con piñón de cabeza de carnero, la pandilla de mágica función presidida por Licario.

Los recuerdos se entremezclan, ebriedad, alegría que podía haber llevado a Licario a *lanzarse por el balcón,* a la vez que sugieren una función perpetuadora de Ynaca. Este juego de la memoria pasa por las estaciones de la búsqueda de Cemí y lo fija, otra vez, en el Castillo. Se señala el adelanto en el ajedrez del futuro por parte de

Cemí. Y lo simbólico que venía insinuándose se plasma, por el doble de la imago:

> con la muerte de Licario, su labor, Cemí, es mucho más difícil, pues tiene que jugar con las blancas y con las negras un juego que no se pudo empezar, pero que usted tiene que llevar a su término.

Como para compensar ese adelanto en el futuro Cemí trae a colación una anécdota familiar muy transformada que guarda la intimidad de las saletas íntimas en donde se hacía labor de tejido y bordado. Lo que podía haber sido con un gancho y un palito o una almendrita y un piñón, reiterados hasta la saciedad humorística toma la cadencia de *A little tuck and a little embroidery,* con ese inglés del exilio noble de la época de las luchas independentistas que, gentil, Lezama traduce como *una alforcita y un bordadito* y deja la fusión de Penélope y Casandra fijada en la gracia criolla de los diminutivos. Gracia que no evita la poderosa inclusión de Santa Teresa y San Juan de la Cruz que sostienen la *Guía en lo espiritual de Miguel de Molinos,* que impregnada por la teresiana, y griega, revelación de la estancia de Dios entre los pucheros, no le queda otro remedio que ser recomendada como *manual* de cocina. Con esto se calza la influencia de las reglas de San Benito y, si se quiere, se traba más la heterodoxa trama de las vías del misticismo.

Con su habitual juego de avance y retroceso el autor vuelve a sus teóricos y casi teológicos planteamientos y opone a la *turbación* de la infusa lo increado creador, Dios, el *Dador* anterior de la obra lezamiana que traza un proceso en el cual *lo increado futuridad buscando la instantaneidad presente llega a la imago,* a *los puntos de la imago* que *al actuar en el conjunto temporal borran las diferencias del aquí y el ahora, del antes creado y del después increado.*

Toda la complicada tesis ha sido planteada por medio de un discurso que se coloca en el centro de la órbita y que tiene su motor desencadenante, como se ha venido insinuando o planteando abiertamente, en la caridad, es decir, en el amor. Total y nada ascético. *Nuestro cuerpo es como una metáfora,* y todo lo sufre, todo lo cree, todo lo espera, todo lo soporta. Por eso Lezama proclama, por boca de Cemí, *caminar en el espacio imago es el continuo temporal.* Ahora bien, como el tiempo había sido anulado tiene que haber una unidad en lo dicho y esto se logra, a diferencia de otras ocasiones y de otros personajes, *porque éstos no se interrumpían, ambos se proseguían.* Sin embargo, el mismo Lezama para borrar *la primera turbación de la contemplación solar* descuida la precisión terminológica y utiliza interrumpir al dirigirse —*Me voy a aprovechar de su última afirmación para interrumpirla*— a Ynaca, quien ya había hablado de ver y no ver. Pero hábilmente continúa y queda la sensación opuesta pues *lo que se prosigue no irrumpe en lo que interrumpe,* suerte de negación de la negación, en este caso lezamiana. Ya todo parece organizado, Ynaca detesta *toda hipocresía preliminar,* y ya sabe que la unión puede ser *algo así como el descubrimiento de las cadenas nucleares del mundo eidético.* La catástrofe o la gloria que amenazan con sus emisarios, soberbia presunción de la imagen. La inconsciente infusa no podría aprovecharse de la herencia de Oppiano si Cemí no le *insufla el aliento de la imagen.* Pero ese verbo tiene múltiples connotaciones, y no en balde, para una de ellas, se había insistido en aquella acepción bíblica del conocer; pero sólo cuando el cuerpo se integra en ese espacio surge la imagen. Ya se va logrando y *cuando llega ese momento dice Santa Teresa ha de estar ya despierto el amor.* Se discutirá el fin o el no fin como otra acepción, como metáfora de la metáfora, del ser o el no ser.

Contemplación solar hasta la cópula de los reyes con las semillas y las hojas, cuando el ser interrumpió la muerte y el tiempo interrumpió la eternidad.

Y como *ya la mañana está ganada* se ha podido afirmar:

La creación, la poesía, no tienen que ver ni con el pasado ni con el futuro, creación es eternidad.

La ceremonia alcanza su punto culminante cuando Ynaca Eco Licario decide cumplir el legado. *Súmula, nunca infusa, de excepciones morfológicas.* Leída por Ynaca cuando era niña debe pasar a manos de José Cemí. Ynaca *trajo el cofre, lo besó y se lo entregó a Cemí.*

El espejo central de la sala adquiere un significado especial para la integración y no importa que el esposo de Ynaca Eco Licario saliera por un cuarto lateral, se trata de Abatón Awalobit, el arquitecto, el insignificante, el inaccesible, el impotente, el que no se integra. Pero, también, es el que no molesta. Su interrupción tiene otro signo. Habrá que esperar para la fusión de los cuerpos. Mas Fronesis es integrado por la imago que actuó como puente. Un personaje, nuevo y ya conocido en *Paradiso,* Alberto Küller, sirve el propósito:

> Cuando en los meses siguientes, Küller paseaba en París de noche con Fronesis, Cemí salía a pasear la mañana por los estanquillos de libros viejos.

La vivencia oblicua que, además, favorece la inclusión de la mañana, puesto que ya había sido ganada, en la presencia inevitable y señera de la noche. Y, no se olvide, *Licario acostumbraba decir que había siempre quien ve en una puerta una entrada y quien ve en una entrada una puerta.* La broma de *lo estelar como salida* o *como pisapapeles.*

El enlace va a ser inevitable, y deseado; a los dones y a la fiesta de Ynaca Cemí ofrece su dictum interpretativo:

> Sólo puedo mostrar fragmentos, resúmenes.

VI

La catástrofe o la gloria anunciadas en el capítulo anterior van a ser alcanzadas y la ciudad y los cuerpos serán elevadas a las altas cumbres del sufrimiento y el placer, mas, como es habitual en Lezama, la carga significativa de esas elevaciones es variada y su riqueza se ramificará hasta alcanzar las zonas más distantes de la trama.

Un ciclón amenaza La Habana y *como un inmenso conjuro la ciudad clava su ataúd*. El símbolo es patético, pero la alternancia rítmica del viento y las maderas claveteadas construyen un tejido musical distinto que prepara la situación. De no ser por el poder metafórico de estos pasajes, se diría que podían muy bien pertenecer a descripciones pintorescas de los ciclones, esos temibles fenómenos que azotan de vez en cuando la isla, que amenazan con destruirlo todo, y que a veces logran encauzar mucho de fuerza destructiva, pero que, al ser considerado por el poeta como un regalo, *cosquillea a los habaneros:* el ciclón es, también, una fiesta macabra. Los habitantes de la ciudad se liberan de muchas inhibiciones y entran en la bacanal del viento, agua y rugidos. El sexo busca una desnudez más exhibicionista que copulativa; la risa sofoca a los audaces y las manos temblorosas cubrían de forma incompleta la vehemencia desatada de los hipócritas:

> Lo concupiscible latía en secreto enloquecido, pero ofrecía una forma inalterable en toda su extensión, pero nunca podremos saber si esa incólume contemplación del esplendor de los cuerpos era ese fingido paraíso que se entreabre antes o después del terror o de la visita de un dios desconocido [52].

Cemí tenía que regresar a su casa y asegurar la integridad de lo que en ese momento constituía su tesoro más preciado. El ejemplar supuestamente único de la *Súmula nunca infusa de excepciones morfológicas*.

Las peripecias para lograr el regreso están salpicadas

---

[52] El Dios desconocido tiene resonancias griegas que pasan por la biblia y llegan hasta Cernuda.

no sólo de gotas de agua, ya salitrosas por la agresión marina, sino por incidentes que luego tendrán una importancia decisiva. El perro de las solteronas es un buen pretexto. Las hermanas huyen hacia Jagüey Grande, a unas horas de La Habana, nombre real que también Lezama parece cargar con todo el simbolismo mágico de árbol sagrado, de estirpe indostánica.

Ya con el ras de mar, corolario nefasto del ciclón, desatado en las cercanías del malecón habanero, Cemí encuentra en su casa la nota conminatoria y sibilina de Ynaca Eco Licario. Nota que no sabe por cuáles imposibles caminos posibles llegara a su destino. José Cemí, caballeroso y predestinado, cumplimenta la petición, inflamado otra vez por esa mezcla explosiva de deseo y sublimación que se había apoderado de él en el capítulo anterior. El mensaje es tan atractivo que no puede ser soslayado, sino citado *in extenso:*

> Por Júpiter reverso de la cipriota diosa, no voy a surgir de la concha arañada por un delfín arapiezo (sic), si no corro el riesgo de perderme en la extensión, sin el ángel o ancla de la cogitanda. Quiero llegar a la orilla golpeándole sus espaldas, mordisqueando algas y líquenes. Un cangrejo corre por mis brazos, abro lentamente la boca y me quedo dormida de súbito. Itinerario: pase de la Medialuna al Espejo, después al Libro. Todas las puertas estarán abiertas, ciérrelas una después de otra, después salte por la Escalera. Dispénseme las Mayúsculas, pero se trata de un ritual. En la estación está también la excepción. Bienvenido. Ynaca Eco.

Y como ritual fue cumplido, paso a paso, con la concentración de una ceremonia trascendente.

El cuerpo de Cemí fungió como altar para los oficios de Eros que también lograban la transmutación de Ynaca. Las cifras, los colores, los elementos más caros del sistema y del mundo lezamianos se ponen en juego en este capítulo donde lo erótico, lo sexual, lo genital, transitan en un preciso e imaginativo recorrido para no dejar escapar lo esotérico del asunto. Es la estación de gloria presidida por el cuerpo, que, naturalmente, no desdeña el espíritu. Los grandes textos hindúes sirven de base a las variaciones de la pareja y llevan a la obtención del clímax final y compartido. Mahabbarata y Kamasutra. Los prolegómenos, como era de esperar, constituyen una verdadera preparación iniciática en la cual parecen mezclarse gestos rituales de diferente origen, desde lo egipciaco a lo cubano que ha venido del corazón y de la razón de África. La purificación del todo y las partes, la quema de la ropa contaminada y el doble, el duplicado de la misma, preparado previamente para la devolución posterior. Los signos tenían también otra función perpetuadora:

Cuidaba por anticipado la salud de su hijo

La infusa sabía que *la progresión del Lingam como el bastón de Brahma recorriéndola en vibraciones por la columna vertebral tenían un sentido más allá del Kundalini, el fuego serpentino.*
Esa era la posiblidad del hijo. El acto de la concepción. Terminada la ceremonia con la repetición de los conjuros zoroástricos y el rocío purificador, primero a él, después a ella misma, el paquete reitera la nueva ropa que sustituye a la quemada... pero Lezama no puede reprimir un comentario festinado que refiere al futuro. Chiste que señala al sexo femenino como *«la vulva fangosa y fiestera cochinilla»*. Aquí se presenta una modalidad de lo cubano que se proclama anticlimática y, tal vez vergonzante y temerosa, a pesar de la plenitud de la cópula.
El enfrentamiento de las dos sacudidas, sin embargo, provoca o coincide, y las marcas del mar anuncian la altura alcanzada. El perro, maldito y lejano de su morada infernal, ladra. Anuncia lo peor, *pateando, mordiendo la tapa de la caja china donde estaba la Súmula nunca infusa de excepciones morfológicas.*

El esfuerzo es vano y la recopilación infructuosa. La escritura quedaba borrada y sólo en el fondo de la caja Cemí *precisó unas páginas donde aparecía un poema colocado entre la prosa, comenzó a besarlo.*

Perro maldito al infierno. Can que insiste en acabar su tarea destructiva. La desolación para Cemí, quien como gran anticlímax *oyó que su madre lo llamaba para brindarle un tazón de chocolate, acompañado de galletas de María.*

VII

De estas conjunciones se pasa rápidamente al otro extremo donde se encuentra Fronesis, todavía perseguido en la red del arabito. Lucía llega y Ricardo le ve de imediato la preñez y se obliga a una reflexión que valora y jerarquiza su nueva condición de preñador y futuro padre, pero el cuerpo de Lucía cobra una significación ambivalente para él, es *un nuevo mito que rompía esa tenebrosa vaciedad por el rechazo de Galeb y el sueño con Foción.* Y de ahí, *alejar el cuerpo de Lucía fue como un conjuro. Aviso y rechazo de aviso de una iluminación, rechazo de los malos espíritus. Fronesis no necesitaba a Lucía.*

Este encuentro está signado por lo que considera Lezama el misterio de la caridad. Por la coincidencia del billete del pasaje —solicitado y obtenido por Lucía a Cemí, vía Foción— y del sueño, la tríada ha restablecido sus vínculos.

Sin embargo, las asechanzas permanecen, persisten los agravios torcidos y torpes de Galeb, quien se juega *su última carta* insultando a Lucía. La situación se aclara, aunque parece que, por haber sido aceptada una verdad más alta, no era necesaria clarificación alguna. Pero sí se fijan ciertos ideales o patrones de Fronesis respecto a las relaciones amistosas. Un nuevo personajillo hace su entrada a la sombra repelida de Cidi Galeb. Se trata de

Adel Husan, supuesto jefe de policía de Tupek del Oeste. Intrigante y provocador.

Los personajes se trasladarán a *Fiurol*[53], *un pequeño pueblo de la costa mediterránea de Francia, que tenía como todo pequeño pueblo sus grandes arrogancias, las viejas se enorgullecían de repetir que allí gustaba de ir a rezar San Luis antes de partir para Túnez, y que, algunas noches por la desembocadura del río se aparecía el rey orante rodeado de pájaros y delfines que cantaban.* Pero ese pueblo tenía también, como se ha visto y se reitera, su connotación etrusca que actuará como acicate para que los protagonistas se acerquen. Independientemente de que en la mayoría de los casos los que vienen de Túnez van al sitio en que el rey santo hacía escala precisamente rumbo a Túnez. Allí estarán Fronesis y Lucía, Champollion y Margaret, Gabriel Abatón Awalobit e Ynaca Eco Licario, Adel Hasan y Cidi Galeb y el deslumbrado carpetero conocido como espejo calvo.

La casualidad es de tal magnitud que sólo queda al lector aceptarla como el teatro mágico de Herman Hess. Aquí hay también algo que podría ser sólo para locos. Una convocatoria de la visión que supera el espacio y juega con el tiempo tradicional.

Si fue el azar, una casualidad dirigida, quien hace a Abatón escuchar de la existencia de la carta —para Fronesis de Cemí— y establecer el contacto deseado, llama la atención que, no sólo en este fragmento, sino en toda la obra de Lezama, nadie se sorprende de que estas cosas ocurran ni de que sucedan de un modo inusitado y determinado a la vez; ni siquiera el lector que a estas alturas estará tan inmerso en las propuestas lezamianas que aceptará el raro equilibrio como lo más natural del mundo. El canuto ganado en esta feria permite ver más allá de la visión y, de forma juguetona, en el capítulo se sugiere que es necesario ganar en la tómbola, con las

---

[53] ¿Pueblecito real o imaginario?

78

argollas lanzadas hacia objetos alzados para obtener el dominio de un modo que de otra forma pudiera escapar.

Fronesis, en esos objetos ganados en suerte y las entrecruzadas espirales de su posible desenvolvimiento novelable, sintió esa fascinación imantada que de una manera o de otra asomaba también en Cemí. En Foción esa sucesión engendraba una dolorosa irritación, un avanzar y un retroceder que se calcinaba al no poder fijar su finalidad, ya que en su presencia el cuerpo se gozaba en deshacerse en polvo y en rocío. A veces le parecía a Fronesis, cuando tenía esa sensación se precipitaba vorazmente sobre el entrecruzamiento que lo tentaba, que tanto él, como Cemí y Foción, se habían juramentado en un sueño cuya única prueba era el impulso frenético, en reencontrarse en el mismo castillo hechizado. Foción al adormecerse de repente, Fronesis por la incesante continuidad de la vigilia y Cemí por los reflejos y grietas del espejo habían encontrado la llave que entreabre el prodigioso portalón de los azules fajados por los esmaltes de los hermanos Limbourg.

En un recordatorio de la noche ochocientos ochenta y cinco los otros personajes son convocados por el ganador y *Las mil y una noches* [53] se entroniza con sus multiplicadas posibilidades. En el capítulo también aparece una serie plástica que como se había visto se iniciaba con los azules de los esmaltes de Limbourg, continúa con Simone Martini —pareado con la omnipresente amistad griega— para llegar al juego de las formas de Renoir, a Cézanne, de Gaugin a Matisse y demostrar agresiones y vacíos en los grotescos y modernísimos retratos agujereados de Champollion. Después del primer delirio aparece

<hr>

[54] Referencia a las *Mil y una noches*. La noche 885 narra el fragmento penúltimo de la *Historia de la hija del rey y el macho cabrío*. Pero la aventura de Fronesis parece estar más relacionada con la *Historia de la princesa Nmenahar y la bella efrita,* específicamente en la noche 795 cuando el príncipe Hassan adquiere la vara de marfil y a partir del final de la noche 798, con la flecha lanzada por el príncipe Hossein hasta la noche 800.

Ynaca Eco Licario del otro lado del canuto maravilloso y en un alarde sensacional de victoria sobre el tiempo y el espacio se realiza la cópula. *Fronesis no sabía que después de la muerte de Licario, en un día ciclonero propicio a los excesos, Cemí había conocido en forma definitiva a Ynaca.* Ahora verifica que él, Fronesis, con Ynaca, *sentía todo lo contrario de su primera noche con Lucía.* Obsérvese como la insistencia en este significado copulatorio del verbo conocer refuerza una interpretación anterior al respecto:

Cemí y Foción, tienen ya muy asimilado que todo conocimiento verdadero culmine en el delirio.

Si hay una disquisición sobre el delirio y la respiración, con el señalamiento de que se ve, se oye la respiración para estar en el delirio, el autor agrega una aclaración sobre una historieta contada por el hotelero de la calva espejeante a quien por boca de Ynaca, sabemos que no hay que creer, pero queda la duda de si se trata de magia adivinatoria o broma calculada o, tal vez, simple premonición de la infusa.

Establecido el delirio, la plenitud se logra con mitologías entrecruzadas, caballos —*uno color ladrillo, otro era de un negro azul*— y la flecha enterrada que vibraría en todo su simbolismo. Mientras la plenitud se ha logrado por medio de Ynaca, ésta considera a Lucía una *¡Pobre muchacha!* y Foción permanecería, tácitamente, con su irritación improbable.

La noche parece ser más poderosa cuando *Ynaca comenzó a restregarse los ojos, moviendo la cabeza con acompasadas dudas, como queriendo desautorizar el inadecuado y erróneo ceremonial que Lucía había inaugurado aquella mañana.* Porque contrario a este supuesto error se erguía la mañana ganada por Ynaca y su conocimiento o asunción de la heliopatía. No en balde los integrantes de la primera tríada *habían encontrado la llave que entreabre el prodigioso portalón...*

VIII

El capítulo VIII refuerza la acción del fragmento anterior por medio de dos cartas, sin fechas, tal vez de llegadas misteriosas, que revelan los estilos complementarios de ambos amigos, uno requetequerido y otro pluscuamperfecto, con referencia a Foción en el primer caso considerándolo malhumorado o frenético ante el conocimiento de la *sensación disfrutada en común* que, naturalmente —dice Fronesis a Cemí— *nos debe haber unido más* y ante *la prioridad de las invocaciones* —Nasu del rocío, cuerpo humedecido.

Valdría la pena señalar una constante que no puede pasar inadvertida: a pesar de la insistencia del autor por subrayar la integridad de los tres amigos en el reino de la imagen, Foción siempre queda marginado, de una forma u otra, sus inclinaciones son más abiertamente indicadas y aunque sale ganando cuando se le compara con otros personajes inclinados a la sodomía — Baena de Albornoz, Leregas, Farraluque, el pelirrojo ladrón de cepillos chinos y, sobre todo, Cidi Galeb— no deja de conllevar su carga de reproche y, por consiguiente, de culpa recriminatoria. Respecto a los componentes homosexuales —que como habíamos dicho[55] excluía las relaciones entre ellos— de los tres amigos, parece que a estas alturas, después de lo sucedido físicamente y oníricamente y del enorme contenido simbólico de los hechos que posibilitan una exhaustiva interpretación de ellos, se puede afirmar que Foción es una especie de chivo expiatorio porque realiza de modo más desenfadado, aunque sin dejar la neurosis o la psicosis más o menos manifiesta, lo que los otros no se atreven a afrontar directamente o abiertamente o plenamente. He aquí una doble moral burguesa, muy anclada en lo cubano tradicional, que cubre y a la vez descubre lo que pretende manejar con

---

[55] Ver César López, *op. cit.*

una amplitud de miras totalmente falsa. Aunque Cemí parece un poco más lejano —con relación a Foción— logra hacer el amor carnal con Fronesis por intermedio de la vulva de Ynaca Eco Licario previamente penetrada por el falo de Fronesis. Pero todo esto es simbólico y, como tal aceptable, el tabú permanece aparte y estos dos personajes se erigen como retóricos liberales de altos vuelos mientras que Foción, en el fondo, y también en el símbolo, es un condenado. No obstante, tienen que aceptarlo porque ellos saben lo que subyace en los diálogos y en las acciones. De ahí la nobleza, a pesar de todo. El hijo de Foción no tiene las connotaciones de su concepción que van a tener los hijos respectivos de los otros dos amigos y de ahí, quizá, ese carácter inconcluso de la obra que se verá más adelante.

La carta de Cemí termina diciendo: *Escríbeme de nuevo, cálmame. Ahora, contigo su escritura sobreviviente de un ciclón:*

Pero a continuación, según la nota del editor de la publicación cubana de 1977, en el manuscrito aparece un espacio en blanco. Lo que debía estar allí sería el poema y, a lo sumo, si Cemí hubiera podido reproducirlas, unas manchas de tintas deformadas y dispersas por el agua del ras de mar y los embates del perro diabólico. De dicho poema hablará también Editabunda en el capítulo siguiente.

El fragmento abierto al modo epistolar pasa de inmediato a la descripción del estudio de Champollion y Margaret McLearn tal como éstos lo han preparado para recibir una partida de visitantes con la maliciosa idea de atraparlos en sus supuestas delicias plásticas, como acostumbran a hacer con otros visitantes y compradores para los cuales deslizan falos más o menos ocultos, pero fácilmente discernibles, en los puntos más inverosímiles de los lienzos. El grupo se integra o se desintegra debido a las habilidades tangenciales y frustradas de los anfitriones; así luego de un escarceo verbal más o menos violento se forman dos nuevas tríadas, posiblemente temporales y circunstanciales, la primera parte *a reojar a París* —con una explicación inconsistente de semejante verbo que, como el lector podrá observar aparece una y otra vez a todo lo largo del texto en las más disímiles ocasiones y con los más variados correlatos significativos— y está integrada por Ynaca Eco Licario —ahora devenida Ecohé, nombre repetido por la portadora—, Lucía y Margaret; y la segunda por Abatón Awalobit, Mohamed y Cidi Galeb. Ricardo Fronesis queda suspendido entre ambos grupos y forma el cuarto término de cada una de las tríadas para así transformarlas en cuaternarios, pero sólo con una función si se quiere disolvente. Se trata de los *efímeros*.

Fronesis arremete con una furia verbal desusada y les aclara que será el último día que los verá, se está dirigiendo a la tríada masculina. Porque él afirma: *Estoy convencido de que todos ustedes son unos radicales perdedores de tiempo.*

Fronesis ha pasado por una estación de tentaciones que no quiere alargar ni siquiera tangencialmente. Niega hasta la despedida, *pues como muertos no podéis contestar a mi despedida.* Parlamento fulminante construido en esa ambivalencia oscilante que tiene el cubano, aun el más culto, de imprecisar la segunda persona del plural cuando quiere elevar el tono de la grandilocuencia retórica y lo vemos bambolearse entre el vosotros concienzalizado y el ustedes automático y cotidiano. Un dato de mayor nobleza, y seguramente de empatía profunda, lo lleva a hacer una cierta salvedad con Mohamed; aunque no por eso deje de fustigarlo al advertirle del peligro en que se encuentra. La tensión de la escena tiene su anticlímax con el gesto fallido, intencionalmente, de Champollion cuando imita el lanzamiento de un cuchillo y deja escapar un pedo. Una consideración culterana disuelve la facción masculina de los efímeros ante la sonoridad de cornetín chino del cuesco, pues *parecía que un cuesco podía ser la gran nube* que en un momento imprescindible cubriría el cielo como un *culo descomunal tapando la tierra, con sus llamas y nubes bermejas los trompetazos finales.*

La otra tríada, la femenina, capitaneada por Ynaca Eco Licario, ahora Ecohé, visita a una posesa, con permiso del prior de los Dominicos, amigo como era de esperar, de Oppiano Licario. La sesión mezcla lo más avanzado de la tecnología con lo tradicional demoniaco.

Margaret aparece en pantalla, junto a un anciano venerable que parecía pasear por las costas del Mediterráneo con cayado y larga barba blanquísima, *masturbándose con verdadero frenesí. Al mismo tiempo que su imagen se proyectaba, la realidad se paralizaba. Y Margaret, arrodillada en el suelo del corredor, se masturbaba con igual frenesí...*

A Lucía la vieja le entregó *un regalito,* una caja con ropa de niños. Pero lo peculiar de las piezas era que las camisetas tenían un hueco en el lugar del sexo [56]. Lucía, naturalmente, comprendió la alusión. El mensaje resulta alentador para ella —contradictoriamente a la opinión previa de Ynaca Eco Licario— pues aunque él, Fronesis, tiene la iluminación, también necesita de ella, Lucía; *pues su iluminación tiene que trabajar sobre tu oscuro, que ahora es tu vientre inflamado.*

Para Ecohé el avance es trágico y sólo su condición de infusa la salva de la viga que se desprende casi sobre su cabeza: *Ecohé se detuvo como si hubiera recibido en su cuerpo un contrario viento titánico.*

En ese momento llega Fronesis. Nadie se sorprende. Otra vez la catástrofe fue evitada. El ritornello que recuerda *El lobo estepario* de Herman Hesse, *Teatro mágico. Sólo para locos.* Aquí es *Fábrica de metáforas y hospital de imágenes.* Típico, Lezama Lima de cuerpo entero, pues hay como un exergo:

Sólo lo difícil es estimulante.

---

[56] Ver *Paradiso,* ed. cit., págs. 384-386; 395-401.

El loquillo de gran belleza buscador de la poesía deja oír su discurso con algunas palabras y expresiones claves ya escuchadas y sumamente reiteradas, pero que culminan en *el cuerpo de la imagen y la imagen del cuerpo* que sólo podrán ser captados por la poesía.

Hay que llevar la poesía a la gran dificultad, a la gran victoria que partiendo de las potencias oscuras venza lo intermedio en el hombre.

El loquillo de gran belleza proclama la vuelta al enigma, al jeroglífico, al emblema. *Palma, hacha encendida, soldado,* una serie de la cual uno solo de sus miembros se decodifica como falo —hacha encendida— es fácil suponer sus fálicas resonancias en la tríada completa. Pero de ella, la serie, se pasa a una imagen, a una teoría imagen de desplazamiento: ferrocarril sobre un acueducto romano que debido a la gran velocidad uniformemente acelerada que se alcanza reemplaza el puente romano por una cinta de seda sin decirnos que fue del ferrocarril. Felicitado el mago, Fronesis musitó, no se sabe en qué tesitura de su sutilísimo humor: *Es una estupidez al revés, una locura lúcida que raya el diamante y después diviniza el polvillo desprendido por la piedra.*

Estaba obligado, después de semejante conclusión al mensaje, a *vencer la puerta de salida.*

Pero había un contrario diferenciado: *Ecohé miró de nuevo, procuraba concentrarse con esfuerzo supremo hacia un punto fijo de adensamiento invencible.* Allí donde su pensamiento, a horcajajas sobre la luz, no podía ya vencer. Henequén (fibras), ácana (carne). Vencer parece ser la palabra clave de este final de fragmento. Hay lo invencible. Pero Fronesis *quiso agotar la mañana en una caminata feroce.* ¿Reminiscencia de aquella mañana que se había ganado? ¿Por qué la caminata tiene que italianizarse con el adjetivo *feroce*?

Aunque Ynaca Eco Licario volverá a aparecer, lo hará como disuelta y, desde luego, nunca más como Ecohé.

IX

El fragmento o capítulo IX está casi alternadamente dedicado a Foción y a Fronesis. Se inicia en una mañana casi paralela al último momento del capítulo anterior con Fronesis tratando de agotar la mañana. Foción prolonga las suyas, abandonó el árbol[57] y se dirigía, diariamente, matinalmente, al agua del Malecón habanero. Los viejos habaneros todavía llaman a esa parte el relleno. Parece que el paseo robara mar a la costa y era punto de encuentro de los que escapaban al calor y añoraban los viajes por mar[58]. Foción pensaba en Fronesis. Aquí se aclaran algunos datos anteriores. El médico enloquecido que atendiera al pelirrojo robador de cepillos chinos en la presencia alentadora y a la vez frustrante de Licario era, tenía que ser, el padre de Foción, el Doctor Trágico. Entonces se dio otra tríada de peso: *la muerte, un loco y un adolescente alucinado;* tríada de una abstracción entificada y dos seres concretos que, *en la medianoche, pudo ser reconstruida y vivenciada por Cemí a través de la imagen.* Y que ahora —por medio del cuento de su padre al propio Foción y de éste a Cemí— hacía que las esencias de la tríada: *la muerte, la locura y la alucinación juvenil* formaran con la *imagen, un cuaternario, un reino que comenzaba por lentas inmigraciones* incesantes que gravitaban sobre él a orillas del mar, cerca de aquella anécdota desencadenante.

El gran relato del accidente de Foción podría, por su línea argumental, inscribirse en cualquier antología del cuento cubano y más con motivos pesqueros, la gran diferencia radica en el manejo de la información sobre los animales marinos y la danza metafórica que ellos acometen para favorecer el transcurso de la acción. La atmósfera, si se puede hablar de atmósfera en el caso de un

---

[57] Ver *Paradiso,* ed. cit., págs. 494-495.
[58] Lugar de la ciudad de La Habana en el cual el paseo del Malecón se ensancha a la altura de la entrada del puerto.

ámbito que ocupa aire, agua y tierra, se prepara para un desenlace que es a la vez directo y simbólico, realista y metafórico, donde la fusión permite, como en casi toda esta obra las más diversas lecturas. Desde el descenso del *cuerpo untado por la imagen,* cuya impresión marina *tuvo la sensación de la cópula* —con su corolario de eyaculación, gemido y éxtasis— y la reiteración de la forma verbal —descendía— lo lleva a su única imagen. *Jamás se había sentido tan cerca de Fronesis.* Pero, independientemente de la lejanía física del amigo, jamás había estado tan cerca de la muerte. El suntuoso pasaje terriblemente engalanado por *el príncipe sombrío, el tiburón* implica el terror que sólo ciertas formas narrativas pueden producir y Lezama lo sabe y lo deja saber:

Siempre es el terror, pues siempre es el inesperado posible, el que puede tocar la puerta en la medianoche.

Como bien podría testificar Joseph Conrad. Pero la irrupción no se sabe si es súbita o esperada y si tal vez lo más diabólico del relato sea que en realidad se trate de un intento suicida. Con una broma típica lezamiana: cuando introduce en la fauna marina del siglo XX, con una seguridad que también asombra, a *el manjuarí, en escena circense, se muerde el espinazo en los telares babilónicos.* Y luego subraya que los peces *corrieron todos a ocultarse, aunque el erizo lo hizo riéndose* y no se sabe qué produce más hilarante asombro si la carrera de los animales o la risa del erizo.

Pero todo estaba preparado para la batalla, con la reiteración de lo fálico y lo erótico en medio de la locura marina de Foción. Porque el tiburón *unía, como el demonio, la pesantez y la ligereza.*

Lezama no se inhibe en el señalamiento de sesenta y cuatro variedades conocidas de escualos y subraya que de ellas sesenta desdeñan al hombre y cuatro lo destruyen. Comienza una disertación sobre la función, muy simbólica, del tiburón en las aguas y llama la atención que en el combate perpetuo que existe entre esa familia y el hombre la serie esté integrada por verbos con el mismo inicio: desdeñar, destruir, despreciar. De un tipo u otro se aclaran las actitudes. Uno quiere desdeñarlo y otro destruirlo. Son dos formas de eliminarlo o si se quiere, para seguir la propuesta, de desconsiderarlo, de descartarlo. *El que lo desdeña nada quiere saber de él, pero el otro, antes de destruirlo, lo desprecia.* Hay diferencias entre el demonio marino y el terrestre y Lezama fija algunas:

> Al menos el demonio terrestre busca y adula, mima y lisonjea, nos acaricia y repasa nuestros cabellos. Nos saluda y nos brinda una petaca vienesa con pitillos árabes [59].

El episodio tiene un aparente antagonista que luego se convertirá en héroe. Se trata de El Tinto, *negro encendido,* quien encandilado por las proezas natatorias de Foción no olvida, sin embargo, el posible acceso del tiburón maligno. *El Tinto ojeaba al príncipe con la misma precisión que éste se volcaba sobre Foción.* Dice Lezama que *tenía, como ya sabemos un brazo inutilizado en uno de los combates que había reñido con el príncipe.* Claro que no lo sabíamos, pero esto no invalida la nobleza y audacia del personaje a quien, insólitamente, Lezama hace saltar *como un energúmeno* al tiempo que dice de él:

> Acercaba su cabeza al pecho de Foción, oía un ritmo breve, ligero, cuya onda se iba extendiendo con lentitud, como impulsada por el oleaje.

Es difícil asumir con tranquilidad, dentro de la gran cubanía de la obra, este colateral destino de los personajes negros. Pero también en esto hay una revelación de una marcada actitud de la población cubana, sobre todo

---

[59] El juego metafórico parece indicar una alusión doble a los días austriacos de Fronesis padre y a los parisino-tunecinos de Fronesis hijo.

en ciertas clases sociales, con respecto a la existencia del negro y sus valores.

La acción cambia y pasa a Fronesis, pero permanece en la tríada de elementos en la cual se debate la vida de Foción: agua, mar, puerto. Fronesis sueña y está en el lugar de los hechos. Y naturalmente piensa en Foción, tal es su inclinación no resuelta, o resuelta a su modo. De Pico de la Mirandola surge una tríada que lo impulsa: belleza, eros, voluptuosidad. El riesgo de muerte es tal que Foción aparecía *como el estado que precede a la aparición de un fantasma, cubriendo toda la escena.* Mientras Foción no *sentía* el terror, apenas *sentía,* no *sentía* la llegada de la muerte, sólo *sentía* la ausencia de Fronesis, éste creyó haber interpretado el sueño. *Era la búsqueda de su madre, no solamente en sangre, sino en la universalidad del Espíritu Santo.* Claro que en el sueño no era Foción la entidad protagónica y que no queda claro si el recuerdo de Foción sorprende a Fronesis en la ensoñación, en la vigilia o en el duermevela. Y que hay una moneda que no aparece para pagar una lancha, una barca, un estrecho, el río de la muerte. Alguién paga por él. El cobrador mayestático o las palabras extrañas del conductor de la lancha permiten las más variadas interpretaciones, y la del propio Fronesis puede ser válida; pero la colocación estructural del fragmento y el recordatorio a Foción provocan, de inmediato, un giro en la lectura.

El sueño le había revelado que él, Foción y Cemí se habían convertido en una misteriosa moneda etrusca de alas veloces.

Oppiano Licario, ¿hasta dónde conduce tu afán por lo etrusco compartido?

La individual manera lezamiana hace que terminado el sueño, e interpretado, el soñador siga soñando. Y aquí coloca una aclaración fulminante, cultural, literaria, clásica y vanguardista:

> Fronesis se detuvo para ver si reconocía aquel rostro, pero no lo pudo precisar de nuevo. Era como un sueño dentro de otro sueño.

Fronesis sigue soñando y ahora se encuentra una vez más frente al Castillo de la Fuerza, se traslada en una cronología retroactiva y recrea un texto dedicado a la bailarina Alicia Alonso [60]. Con Vasco Porcallo de Figueroa, el tan mentado genitor telúrico en la obra lezamiana, dueño de la noche y *alguien más preciso que un fantasma* quien entra por una ventana, se inaugura el día, con rosicler gongorino, y termina el sueño o la sucesión de sueños.

Fronesis quiere ver a la posesa. Y Editabunda lo recibe. Editabunda le revela su conocimiento de los motivos del viaje a Europa del joven y le comunica un pensamiento bastante herético por medio del versículo del Evangelio según San Mateo [61]. Asegura la unidad con Cemí, la importancia de Oppiano Licario, pero aparta a Foción del reinado de la imagen. Vuelve a salir el asunto del poema:

> Súmula nunca infusa de excepciones morfológicas, que el ciclón arremolinó y perdió sus páginas quedando tan sólo un poema. Oye: tu vida será por ese poema que te mandó Cemí, la reconstrucción de aquel libro que podemos considerar sagrado, en primer lugar porque se ha perdido.

Esta propuesta va, lógicamente seguida de la más rotunda afirmación:

---

[60] Ver José Lezama Lima: *Fiesta de Alicia Alonso,* Revista *Cuba en el Ballet,* F2, La Habana, mayo-agosto de 1976 (reproducido en *Imagen y Posibilidad,* La Habana, 1981, Editorial Letras Cubanas, págs. 112-116). Luego de eliminar aproximadamente las tres primeras páginas del elogio a la primerísima *ballerina* Lezama cambia el *estamos* del texto homenaje por *Fronesis se encontró...* introduce otro cambio cuando en vez de *sigue siendo para nosotros* escribe *seguía siendo para él* y luego continúa literalmente hasta la frase final: *El rosicler salta en curvas,* sin olvidar las dos citas gongorinas de las *Soledades.*

[61] La comparación de Oppiano con Juan el Bautista está implícita, pero la fusión con Cristo flota en el ambiente, ¿Quién es el Cristo, Oppiano o Fronesis?

Y ya desde los griegos, todo lo perdido busca su vacío primordial, se sacraliza.

A continuación la gran explicación del controvertido Curso délfico, con su primera parte, Overtura palatal, los tres estantes y sus tres partes de la sabiduría: primer estante que despierta el paladar, segundo el Horno transmutativo, el estómago del conocimiento y tercero, el espacio tiempo-aporético. Recuerdo de la cópula del gato y la marta y el engendro de un gato volante [62]. En medio de referencias a Arias Montano, Cicerón, el Tao Te King, el Oráculo de Delfos, Holderlin y Pascal, Editabunda manifiesta la necesidad que tiene Fronesis de seguir el curso délfico para conocer a su madre. Y se despide con algo que podrá oponerse a la *Llamada del deseoso:*

> Quien no se convierte en su madre y no busca a su madre no ha vivido, no ha justificado el don que le dieron de vivir.

Luego entonó, en su escala propia, una estrofa de un poema de Cemí:

> Cuando el negro come melocotón
> tiene los ojos azules.
> ¿En dónde encontrar el sentido?
> El ciclón es un ojo con alas.

La acción vuelve a La Habana con el doctor Fronesis, su esposa y sus allegados, es decir, José Ramiro y su esposa, el hijo de éstos, Palmiro, con su esposa Delfina y los padres de ella, el cartulario y su mujer. Una casa en el Malecón habanero con fondo a la calle de San Lázaro y un telegrama que llega entregado por un mensajero de solemnes pasos y que provoca algo así como un dolor

---

[62] Imagen muy repetida en diferentes textos por Lezama Lima.

anginoso, una isquemia transitoria, en el doctor Fronesis, pues el papel anuncia que Fronesis está herido. La firma es de Lucía. Hay un detalle que puede precisar algo de la época de la acción, pues se refiere, al hablar de los vecinos impresionados por la salida aparatosa del doctor, a deshoras, postrado y en automóvil: se *resguardaban de la presencia policiaca,* y a su vez el cultísimo y *up-to date* doctor Fronesis leía a Musil unos momentos antes. ¿Lo leía directamente en alemán dadas sus veleidades vienesas?

El trayecto obligado, San Lázaro abajo, rumbo a la Avenida del Puerto, produce el encuentro con el grupo que atiende a Foción —*sangraba* el hombre, *sangraba* la ropa, sudor de *sangre* y *sangre* cayendo en gotas sobre el césped, cuidados al que se *desangraba.* En medio de la gravedad por la que atraviesa el doctor Fonesis tiene ánimo, sorprendentemente si no fuera un texto de Lezama, para fijarse en el herido que *sangraba.*

> Precisó que era Foción y la presencia de la muerte le dio un vuelco y le hizo ver por primera vez al amigo de su hijo con ojos nuevos, con una visión que borraba todo lo anterior.

El azar concurrente resuelve las incongruencias que ningún manual novelístico podría aceptar, pero ya se sabe que estamos más allá de toda limitación canónica y que Lezama se mueve en su más absoluta libertad. Aclarado que se trata del mismo lugar al cual Oppiano Licario había llevado al pelirrojo ladronzuelo atacado por el gato frenético, nos encontramos con que el médico loco y aprendiz de brujo era nada menos que el padre de Foción que ahora en un rapto de serenidad lúcida tenía que atender al mismo tiempo a su hijo y al padre del amigo de su hijo. Ambos graves. Lo inaceptable médicamente se vuelve aceptable poéticamente. Al extraer sangre del doctor Fronesis el doctor Foción parece aplicar un concepto de sangría incruenta a un cuadro clínico de apoplejía, lo cual no es el caso. La transfusión directa sin precisión de grupos sanguíneos es de por sí una locura capaz de provocar los accidentes más serios, independientemente de que el enajenado galeno se convirtió en un cirujano de altos quilates. Sin embargo lo que falla en el nivel científico se eleva en el nivel metafórico porque la reacción es favorable tanto en lo físico como en lo moral. El mediquillo, ante la pregunta de factótum presuntuoso que le hace el cartulario *lacónicamente, le contestó: —No acostumbro a cobrarle a los amigos de mi hijo.* Pero lo más conmovedor y coherente es la solución que ofrece el doctor Fronesis:

> —Cuando ya él se encuentre bien, dígale que Fronesis está herido. El recibir esa noticia fue la causa de que me sintiera a la muerte. Pero si él quiere, me gustaría mucho, sería mi curación definitiva, que él fuese a Europa a ver a mi hijo. Que me vaya a ver para resolver lo del pasaje. Yo creo que si mi hijo lo ve, sanaría de inmediato.

Por si fuera necesario el doctor Fronesis subraya:

> Gracias, doctor, por haber mezclado las dos sangres. Fue la mejor solución y el mejor futuro.

X

Foción, aliviado, sueña ya con su viaje a Europa tripulando un tiburón y en un toro revelador y *enguirnaldado* que lo recibe con mugidos como carcajadas. Noche y despedida, puerta innombrada. No comienza el capítulo X y final por la llegada de Foción y su hijo Focioncillo a Europa, sino por los primeros pasos de la enajenación del americano McCornack. Hay una alternancia entre los dos personajes de disímil locura. En el caso de quien guarda sus ancestros escoceses la progresión se va desarrollando hasta encontrarlo en París rodeado más o menos del grupo de cubanos, o de estancia cubana, que de esa manera se aglutinan como buscando protección y supervivencia. Vivo, Martincillo, tan equívoco o unívoco entre la flauta y la peluquería —confundiendo los martes de Mallarmé con unos supuestos jueves no tan milagrosos de otro, o tal vez el mismo, poeta— que ya no sabe cuándo es lo uno o lo otro, Petronila, el capitán de la Marina y Sofía Keeler, la *poderosa,* con el caricaturista y los otros hijos del matrimonio verdadero, el japonés dueño de *El triunfo de la peonía* unidos a los más recientes e historiados: Margaret, Champollion, Cidi Galeb, Mohamed Len Said y, cómo no, Gabriel Abatón Awalobit con Ynaca Eco Licario.

Ahora Ynaca, aparte de persistir en sus preferencias esotéricas, es presentada en un momento como *lejana, indiferente y asexual,* a lo que se agrega que —hablando de Oppiano y de Ynaca— *la más invencible castidad era la característica más profunda entre ellos.* ¡Como si el lector no recordara lo leído de ella con Cemí y con Fronesis!

Pero el final de fragmento que escribiera Lezama al final de su vida interroga:

> ¿Gustaba Ynaca de McCornack? Ynaca no era indiferente, pero pocas personas de las que trataba lograban encontrar en ella una continuidad amistosa. El misterio de la vida de Oppiano, la constancia de su compañía y de su recuerdo, creaban en ella un aire diferente, una atmósfera que surgía de pronto y que parecía envolverla como una nieve lejana que llegaba hasta ella en avisos raros y presagiosos.

Mas la parte dedicada a Foción en Europa, que entra por Ostia, se centra más en Focioncillo y en sus aventuras mingitorias en una serie de museos de Roma, Madrid y Londres y un estrafalario encuentro con connotaciones circenses de orina, avellana y flecha —lanza y coco— que en realidad se transforma en acto de distinto virtuosismo, pero menos escatológico. Interesa precisar que Foción no ve a Fronesis, que parece estar en Viena, ni tampoco al resto de los allegados, incluida Lucía.

Hay como un cierto sistema de desencuentros deshilachados que es de suponer Lezama tenía pensado resolver de algún modo.

Lo cierto es este aparente final, penúltimo, antepenúltimo momento de la gran saga, con aquel comentario inquietante sobre la infusa.

Ynaca no dio ninguna respuesta terminante.

Cuántas puertas se quedaron por entreabrir nunca lo sabemos. Pero la noche, la noche lezamiana e insular, nos permite imaginar y deducir. Ahora casi solos y con un nuevo ritmo.

Descritos, comentados, los fragmentos elaborados por Lezama y publicados en forma de libro, de ese libro que sabemos se llama *Oppiano Licario* y que podría, y de hecho en el tiempo de gestación fue teniendo otros nombres, llamarse de otra forma, quedan los otros fragmentos, los que no fueron terminados o no fueron seguidos al pie de la letra, los fragmentos del *Esbozo para el Inferno,* que, independientemente de su condición de documento abocetado, no dejan de estar imantados, tanto para Lezama como para sus lectores. Además, alrededor de ellos surgen comentarios, apostillas, disímiles variaciones.

Esbozo para el «Inferno»

El esbozo existe, consta de unas seis páginas — cuatro de ellas con anotaciones por detrás— con el título anteriormente dado y, tal cual se ha dicho, parece escrito en los inicios de la redacción de *Oppiano Licario,* inmediatamente después de la salida de Paradiso, entre los años 1966 y 1968.

Está integrado por la reseña previa de catorce posibles capítulos (numerados del uno al catorce, el dos en números latinos y el resto en romanos) en los cuales va siguiendo el curso de lo que será el libro, aunque con variantes y deslizamientos tal como cabe corresponder a un esbozo que no es, en modo alguno y mucho menos en el caso de Lezama, una normativa férrea. Así, por ejemplo, cuando en el capítulo primero señala que tratará, entre otros temas, de la niñez de Fronesis, ésta no aparece, pero sí las escenas reveladoras, en más de un sentido, de la última estancia de Ricardo en el campo villaclareño. Sin embargo, no hay que olvidar que casi siempre cuando Lezama se refiere a Fronesis, y también a Cemí, los llama adolescentes, cuando en puridad ya no lo son, por lo cual este sentido de infancia prolongada cabe perfectamente en los periodos lezamianos del desarrollo juvenil de sus protagonistas.

Así transcurren las páginas del *Esbozo* con las pequeñas sorpresas de rigor y los cambios y omisiones que dislocan la trama o enturbian la comprensión de la misma.

En el capítulo dos se indica la evocación de Oppiano Licario según las reglas de San Benito, tema que va a ser tratado en el capítulo IV.

El capítulo III indica escuetamente: Padres de Mohamed; concurren a una playa del norte de África Champollion, Margaret, Sidi Galeb (aquí aparece escrito con S) y Fronesis. Noche de Fronesis y Galeb. Sueño de Fronesis con Foción. Desaparecen Champollion, Margaret y Sidi Galeb.

En el capítulo IV aparece Lucía. Galeb ronda la casa y procura hablar con Lucía, la enamora, fracasa. Le dice que ha dormido con Fronesis. Lucía no lo cree. Procura que el jefe de la policía de Tupek del Este conozca a Lucía para que se enamore de ella... Va fraguando un plan para matar a Fronesis. Como ya sabemos no hay el intento de enamoramiento ni se ve claro que se esté fraguando el asesinato de Fronesis.

En el V, Semí (aquí escrito con S) visita a Ynaca (aquí con I); entrega del manuscrito *Súmula nunca infusa de excepciones morfológicas;* ciclón; cofre con el manuscrito; el perro (que recordará el perro diablo del Fausto); habrá un fragmento en verso. Amores de Semí con Inaca. Abatón, el inaccesible, esposo ingeniero de Inaca, que viaja a Europa ya embarazada de Cemí *(sic).*

En el capítulo VI Abatón asiste al congreso en París. Visita el apartamento de Fronesis. Desarrollo del tema del jardín japonés en relación con el jardín cubano, sus salones simbólicos. Se encuentra con Fronesis. Conversación sobre una Cuba de mitos y símbolos.

El desarrollo del libro no concuerda tampoco con este capítulo y no aparecen las disquisiciones sobre los jardines.

En el capítulo VII Ynaca se encuentra con su esposo en París.

Amistad de Inaca y Fronesis. Sus amores.

En el capítulo VIII Foción enloquecido de nuevo se dedica a atravesar la bahía de La Habana. Lucha con un pez y queda paralítico de un brazo, dato este que nunca se confirma en el libro.

En esos momentos el padre de Fronesis lo recoge y lo lleva al hospital. En el libro lo lleva, como se ha visto, precisamente a la casa del mediquillo loco, brujo y sexualmente poseso, que resulta ser el padre de Foción.

El capítulo IX consigna el asesinato de Fromesis y el regreso de Lucía quien antes conoce a Ynaca Eco Licario. En el libro se dice que ha sido herido —por medio de un lacónico telegrama firmado por Lucía—, sin embargo, al menos en Cuba, esa forma avisa y apunta la muerte... grave, delicado, herido, todo ello es, o puede ser, igual a Muerte.

En el capítulo X, Galeb, presunto asesino, escapa de la

venganza de Mohamed y se dirige a La Habana. Conoce al pelirrojo, se ponen de acuerdo para chantajear a Foción. Foción lo mata y se lanza desde lo alto del hotel. Como es obvio aquí los cambios o las omisiones son notables.

En el capíttulo XI se deberían encontrar Lucía y el padre de Fronesis quien no quiere creer que el hijo de Lucía sea hijo de Fronesis.

En el capítulo XII el padre de Foción cree que Cemí es su hijo. La locura y la imagen.

En el capítulo XIII Ynaca convence al padre de Fronesis de que su hija es hija también de Fronesis hijo, todo esto en combinación con Champollion y Margaret.

En el capítulo XIV el ingenuo Abatón posee una copia de la «Súmula...». En el escrito se consigna todo lo que ha sucedido en el *Inferno,* y termina con las bodas de la hija de Ynaca Eco Licario y Cemí con el hijo de Fronesis y Lucía.

Cemí impide que su hija vaya a Europa, para que no se encuentre con el hijo de Fronesis, evitando así el mito de Euforión [63]. Y la hija y la madre de Cemí se encuentran. Muere la madre de Cemí. El día de la muerte de la madre de Cemí la hija de éste ve en la urna los zapatitos de Rosa [64]. Se casan la hija de Cemí e Ynaca con el hijo de Foción.

Cuando Lezama, en el reverso de la hoja cuatro, traza un esquema genealógico de la descendencia de los protagonistas refiere al hijo de Fronesis y Lucía (colocándolo entre paréntesis) como Fausto y a la hija de Semí *(sic)* e Inaca Eco Licario (colocándolo también entre paréntesis) como Elena de Troya; en este mismo sitio reitera las

---

[63] Ver *Preludio a las eras imaginarias* en *La Cantidad hechizada,* La Habana, Ediciones Unión, 1970, pág. 22.

[64] Parece ser que Lezama pensaba terminar con un homenaje a Martí, recuérdese el famoso poema de José Martí *Los zapaticos de rosa* que termina así: *Y dice una mariposa/ Que vio desde su rosal/ Guardados en un cristal/ Los zapaticos de rosa.*

bodas de la hija de Semí e Ynaca con el hijo de Foción [65]. También añade algo sobre la manera de Ynaca Eco Licario cuando cita la oración de quietud en Miguel de Molinos (ver Santa Teresa). Percepción de la quietud. El tiempo como cuerpo que se mueve. Permutación en el tiempo transpuesto. En el reverso de la hoja tres hay dos explicaciones sobre la significación de Inferno y Paradiso, subterráneo y jardín respectivamente y una anotación sobre Gabriel Abaton quien lleva un loto en la mano, que en la novela es Ynaca Eco Licario, lo cual parece ser percibido por Cemí. Se nombra a Martincillo, aquella inefable Margarita tibetana de *Paradiso*.

En los reversos de las hojas cinco y de la casi en blanco hoja seis hay una enumeración de la manera de Ynaca Eco Licario y un brevísimo resumen de la familia de Mohamed:

La manera de Ynaca Eco Licario: 1.º Contempla el sol; 2.º Se realiza en una ceremonia oriental; 3.º Se golpea para producir una suspensión; 4.º Por la suspensión penetra el brillo, el resplandor de un metal, de un botón electrizado o fosfórido, o contempla el cielo lentamente; 5.º Surge la refracción en la densidad.

La familia de Mohamed; la madre de Mohamed, hija de un joyero de Bagdad. Se casa con un médico árabe que ha ido a la joyería a arreglar un anillo de graduación. Van a una playa. Matisse y Picasso. El médico árabe pierde a su esposa y a su hijo arrastrados por una tromba de mar. El padre desciende a las profundidades (impresión de tumbas etruscas) con su hijo. De la muerte de su padre va hacia la Revolución.

Este es el contenido del *Esbozo*. Se pueden ver las diferencias, omisiones, el desarrollo de nuevos temas y, naturalmente lo inconcluso del texto en comparación con el supuesto plan. Tal vez, la voluntad de algunos cambios a medida que iba desarrollando la trama.

---

[65] Ver *Paradiso*, pág. 428.

Ahora bien, siempre *según* el *Esbozo,* el esposo de Ynaca Eco Licario, Gabriel Abatón Awalobit, conservó una copia de la *Súmula, nunca infusa, de excepciones morfológica* donde *se consigna todo lo que ha sucedido en el Inferno, terminando con las bodas de la hija de Ynaca Eco y Cemí, con el hijo de Fronesis y Lucía.* Claro que del boceto se deduce que la *Súmula* no podrá coincidir de *ninguna manera* con el texto, novela o fragmento, que el lector está leyendo y parece que también Cemí por lo cual éste *impide que su hija vaya a Europa para que no se encuentre con el hijo de Fronesis. Para evitar el mito de Euforión... Se casa la hija de Cemí y de Ynaca con el hijo de Foción... la unión de la imagen con la locura...*

A este respecto llama poderosamente la atención la opinión que el propio Lezama ofrece a Reynaldo González y como se afirma algo de lo que aparece en el *Esbozo* sobre la muerte de Foción y la afirmación de González que en ese momento, enero de 1970, existían ocho capítulos mecanografiados, conservados en un pequeño cofre de madera, lo cual complica todavía más la situación porque parece demostrar que si Lezama no rompió o rehízo lo ya escrito, sólo redactó dos capítulos más en los casi seis años que le quedaron de vida desde su conversación con Reynaldo González [66].

PROPUESTA PENÚLTIMA

Las lucubraciones serían interminables... es mejor aceptar la realidad inconclusa y fragmentaria que, a su vez, constituye un todo complejo y rico: la obra de José Lezama Lima, quien al preguntársele sobre si aceptaba que *Paradiso* era una novela-poema afirmó:

[66] Reynaldo González, *El ingenuo culpable,* La Habana, Editorial Letras Cubanas, 1988.

Paradiso está basado en la metáfora, en la imagen; está basado en la negación del tiempo, negación de los accidentes y en ese sentido sus recursos son casi esencialmente poéticos [67].

Luego, ante la insistencia de la pregunta más rotunda, ¿se siente complacido cuando se dice que *Paradiso* es un gran poema? responde:

—¡Hombre! cómo no voy a sentirme complacido de que alguien sienta una alegría, un entusiasmo que lo lleve a romper el contorno y que diga que esa novela es un gran poema. Me sentiría como un tiburón izado, con el cordel roto por un relámpago, que volviese a caer en las profundidades líquidas y de un coletazo ganase el espacio de una cascada. Verme saltar de nuevo de la novela al poema, me sentiría de nuevo como en la gran piscina universal llena de animales invisibles que se adelantasen hacia nosotros como nubes transparentes [68].

Y así ha sucedido. *Oppiano Licario* es parte de *Paradiso*. *Paradiso* es parte de la obra de Lezama y esa obra es toda ella el gran poema. Lezama nunca ha abandonado esa gran piscina universal llena de animales invisibles. Pero, ¿invisibles para quiénes? Los fragmentos están imantados.

JUSTIFICACIÓN

Para la preparación de esta edición se ha tomado como fuente principal la primera salida de la novela en Cuba, *Oppiano Licario,* La Habana, Editorial Arte y Literatura, 1977. Aunque también se han tomado en consideración las ediciones de la Biblioteca Era, Serie Clave, de México, 1977, y la de Alianza Tres, de Alianza Editorial,

---

[67] Entrevista con Margarita García Flores, *op. cit.*
[68] Entrevista con Ciro Bianchi Ross, *op. cit.*

Madrid, 1983. Todas parten del manuscrito inconcluso que poseía María Luisa Bautista, viuda de Lezama Lima, y que ella entregara en su momento a las dos primeras empresas editoras. Se ha procurado la mayor fidelidad a esos textos, a los cuales se han agregado, en los comentarios, los resultados del estudio del documento *Esbozo para el Inferno,* material existente en la Biblioteca Nacional José Martí de La Habana, Cuba.

Cronología

1910. Nace el 19 de diciembre, en el Campamento de Columbia. Sus padres, José María Lezama Rodda, coronel de artillería, y Rosa Lima Rosado, hija de revolucionarios que emigraron a Estados Unidos durante la Guerra de la Independencia de 1895, lo inscriben con los nombres de José María Andrés Fernando.

1919. El 19 de enero muere su padre en Fort Barranca, Pensacola, a consecuencia de la gripe que contrajo.

1920. Ingresa en el Colegio Mimó, donde cursa la enseñanza primaria.

1926. Matrícula en el Instituto de La Habana.

1928. Se gradúa de bachiller en ciencias y letras.

1929. Se muda con su familia de Prado, 9 a Trocadero, 162, donde vivió hasta su muerte. Comienza la carrera de Derecho en la Universidad de La Habana.

1930. Participa en los sucesos del 30 de septiembre, que provocaron el cierre de la Universidad por las autoridades machadistas.

1931-33. Periodo de copiosas lecturas.

1934. Reinicia la carrera.

1936. Conoce y trata a Juan Ramón Jiménez, quien llegó a Cuba en el mes de noviembre.

1937. El 2 de enero lee en el Círculo de Amigos de la Cultura Francesa la conferencia «El secreto de Garcilaso». En junio sale el primer número de *Verbum,* con René Villarnovo en la dirección, Lezama como secretario y un consejo de dirección formado por Manuel Lozano Pino, Manuel Menéndez Massana, Felipe Pazos, Antonio Martínez Bello y Guy Pérez Cisneros. Publica *Muerte de Narciso* (poesía). En la antología *La poesía cubana en 1936,* Juan Ramón incluye ocho textos de Lezama: «Catedral» (Motivo), «Catedral» (Noche y gritería), «En el sur de la rosa...», «Nacimiento de La Habana», «Se esconde», «Playa de Marianao», «Herida fronda» y «Errante», no recogidos por el autor en libros posteriores.

1938.   Se gradúa de abogado y empieza a trabajar en un bufete. *Coloquio con Juan Ramón Jiménez* (ensayo).

1939.   Aparece el número A de *Espuela de Plata,* con Lezama, Guy Pérez Cisneros y Mariano Rodríguez como los que «dirigen», y Manuel Altolaguirre, Jorge Arche, José Ardévol, Gastón Baquero, Eugenio Florit, Alfredo Lozano, Amelia Peláez, René Portocarrero, Justo Rodríguez Santos, Cintio Vitier y Virgilio Piñera como los que «aconsejan». La edición se realiza en la imprenta La Verónica, propiedad del poeta español Manuel Altolaguirre.

1940.   Empieza a trabajar en el Consejo Superior de Defensa Social, en el Castillo del Príncipe.

1941.   *Enemigo rumor* (poesía). Como parte del ciclo Los poetas de ayer vistos por los poetas de hoy, lee en el Ateneo de La Habana su ensayo *Julián del Casal.*

1942.   En septiembre aparece el número uno de *Nadie Parecía,* Cuaderno de lo Bello con Dios, dirigido por Lezama y el presbítero Ángel Gaztelu.

1943.   El 18 de mayo la Sociedad Pro-Arte Musical estrena en el Auditorium el ballet *Forma,* con coreografía de Alberto Alonso, música de José Ardévol, textos de Lezama, e interpretado por Alicia y Fernando Alonso.

1944.   Empieza a circular *Orígenes,* con Lezama y José Rodríguez Feo como editores.

1945.   Pasa a trabajar a la Dirección de Cultura del Ministerio de Educación. *Aventuras sigilosas* (poesía).

1948.   En marzo ofrece en la Sociedad Lyceum la conferencia «Las imágenes posibles». En noviembre, con motivo de una muestra de obras plásticas de Roberto Diago que se inaugura en el Lyceum, lee su ensayo *En una exposición de Roberto Diago.* En la antología *Diez poetas cubanos,* Cintio Vitier incluye catorce textos de Lezama.

1949. Viaja a México. En el número 6 de *Orígenes* aparece el primer capítulo de *Paradiso*. Desde las páginas de la revista *Bohemia* sostiene una polémica con Jorge Mañach. *La fijeza* (poesía).

1950. Realiza un breve viaje a Jamaica. *Arístides Fernández* (ensayo).

1951. En junio lee en el Lyceum su ensayo *Sierpe de Don Luis de Góngora.*

1953. *Analecta del reloj* (ensayo). En su *Antología del cuento en Cuba* (1902-1952), Salvador Bueno incluye «Juego de las decapitaciones».

1954. Por un desacuerdo entre Lezama y Rodríguez Feo, este último deja de pertenecer a la dirección de *Orígenes*. A partir del número 35, Lezama figura como director y se incorpora un consejo de colaboración integrado por Eliseo Diego, Fina García Marruz, Ángel Gaztelu, Lorenzo García Vega, Julián Orbón, Octavio Smith y Cintio Vitier.

1955. Prologa el poemario *Gradual de laudes,* de Ángel Gaztelu.

1956. El 12 de enero lee en el Lyceum la conferencia «La dignidad de la poesía». Por problemas económicos deja de publicarse *Orígenes.*

1957. *La expresión americana,* que recoge las cinco conferencias que Lezama ofreció en el Centro de Altos Estudios, los días 16, 18, 22, 23 y 26 de enero.

1958. *Tratados de La Habana* (ensayo).

1959. Pasa a dirigir el Departamento de Literatura y Publicaciones del Consejo Nacional de Cultura. Participa en un ciclo de lecturas organizado por la Federación Estudiantil Universitaria de la Universidad de La Habana.

1960. *Dador* (poesía).

1961. Es elegido para ocupar una de las seis vicepresidencias de la Unión de Escritores y Artistas de Cuba (UNEAC). Integra el jurado de poesía del Premio Casa de las Américas. Prologa el libro *Conferencias y charlas* de Federico García Lorca.

1962. A partir de un poema de Lezama, Humberto Solás y Oscar L. Valdés realizan el cortometraje de ficción *Minerva traduce el mar.* Pasa a trabajar como asesor en el Centro Cubano de Investigaciones Literarias.

1963. Compila y prologa la *Antología de la poesía cubana* (tres tomos).

1964. El 12 de septiembre muere su madre. El 5 de diciembre contrae matrimonio con María Luisa Bautista Treviño.

1965. Forma parte del jurado de poesía del Premio Casa de las Américas. Al crearse el Instituto de Literatura y Lingüística de la Academia de Ciencias de Cuba, pasa a su equipo como asesor e investigador. Compila y prologa la edición de *El Regañón* y *El Nuevo Regañón*. El 2 de julio interviene en el café-conversatorio sobre *Rayuela* que se celebra en la Casa de las Américas. La transcripción de la charla fue publicada en 1967 en el cuaderno *Sobre Julio Cortázar*.

1966. *Paradiso* (novela) y *Órbita de Lezama Lima* (antología). Reúne y prologa la *Poesía* de Juan Clemente Zenea. Integra el jurado de poesía del Premio UNEAC. El 19 de abril lee en el Museo Nacional el ensayo *Paralelos: la pintura y la poesía en Cuba (siglos XVIII y XIX)*. El Instituto de Literatura y Lingüística organiza en su sede el ciclo de charlas Panorama de la literatura cubana. Lezama imparte las correspondientes a Manuel de Zequeira y Manuel Justo de Rubalcava (abril, 16), José María Heredia (abril, 21, 23 y 25), Otros románticos (abril, 27), Gertrudis Gómez de Avellaneda (mayo, 25), Rafael María de Mendive y Tristán de Jesús Medina (junio, 14) y Rafael María Merchán (junio, 22).

1967. Forma parte del jurado de novela de los premios Casa de las Américas y UNEAC.

1968. En enero, participa como delegado en el Congreso Cultural de La Habana. Allí presenta la ponencia «Sobre poesía». En julio lee en la Biblioteca Nacional José Martí el texto autobiográfico «Confluencias», dentro del ciclo Vida y obra de poetas cubanos. Integra el jurado de poesía del Premio UNEAC. Escribe el prólogo para la edición cubana de *Rayuela*.

1969. En el número 4 de la revista *Unión* (octubre-diciembre) aparece un fragmento de *Oppiano Licario,* bajo el título de «Otra visita de Oppiano Licario».

1970. Con motivo de sus sesenta años, se editan *La cantidad hechizada* (ensayo), *Poesía completa* y la *Valoración múltiple* dedicada a su obra. Diversas publicaciones e instituciones del país celebran el cumpleaños del escritor.

1972.   Un jurado compuesto por Octavio Paz (presidente), Félix de Azúa, Jaime Gil de Biedma, Rodolfo Hinostroza, Carlos Barral, José Agustín Goytisolo, José Manuel Caballero Bonald, Luis Rosales y José María Castellet, le otorga en España el Premio Maldoror de Poesía. *Paradiso* recibe el premio al mejor libro hispanoamericano publicado en Italia en 1971.

1976.   Muere el 9 de agosto.

Bibliografía

I. OBRAS DE JOSÉ LEZAMA LIMA

Ediciones y traducciones

Muerte de Narciso (cuaderno), La Habana, Úcar, García y Cía., 1937.
Coloquio con Juan Ramón Jiménez, La Habana, Publicaciones de la Secretaría de Educación, Dirección de Cultura, 1938.
Enemigo rumor, La Habana, Úcar, García y Cía., 1941.
Aventuras sigilosas, La Habana, Ediciones Orígenes, 1945.
La fijeza, La Habana, Ediciones Orígenes, 1949.
Arístides Fernández, La Habana, Publicaciones del Ministerio de Educación, Dirección de Cultura, 1950.
Analecta del reloj, La Habana, Ediciones Orígenes, 1953.
La expresión americana, La Habana, Instituto Nacional de Cultura, Ministerio de Educación, 1957.
Tratados en La Habana, La Habana, Universidad Central de Las Villas, 1958.
Dador, La Habana, 1960.
Paradiso, La Habana, Ediciones Unión, 1966.
Órbita de Lezama Lima, La Habana, Ediciones Unión, 1966.
Paradiso, México, Biblioteca Era, 1968.
Paradiso, Lima, Ediciones Paradiso, 1968.
Paradiso, Buenos Aires, Ediciones de La Flor, 1968.
Los grandes todos (antología), Montevideo, Arca, 1968.
Antología, Buenos Aires, Jorge Álvares, 1968.
Posible imagen de José Lezama Lima, Barcelona, Llibres de Sinera, Ocnos, 1969.

La expresión americana, Santiago de Chile, Editorial Universitaria, 1969.

La expresión americana, Madrid, Alianza Editorial, 1969.

La expresión americana y otros ensayos, Montevideo, Arca, 1969.

Tratados en La Habana, Buenos Aires, Ediciones de La Flor, 1969.

Nuevo encuentro con Víctor Manuel, La Habana, Biblioteca Nacional José Martí, Serie Viñeta, 1969 (100 ejemplares numerados).

Esferaimagen, Barcelona, Tusquets Editor, 1970.

La cantidad hechizada, La Habana, Ediciones Unión, 1970.

Poesía completa, La Habana, Instituto del Libro, Colección Letras Cubanas, 1970.

Tratados en La Habana, Santiago de Chile, Editorial Orbe, 1970.

Introducción a los vasos órficos, Barcelona, Barral Editores, 1971.

Paradiso, Milán, II Saggiatore, 1971.

Las eras imaginarias, Madrid, Editorial Fundamentos, 1971.

Algunos tratados en La Habana, Madrid, Editorial Anagrama, 1971.

La cantidad hechizada, Madrid, Ediciones Júcar, 1974.

Paradiso, Madrid, Editorial Fundamentos, 1974.

Paradiso, Nueva York, Farrar, Straus & Giroux, 1974.

Paradiso, Londres, Secker and Wurlsurg, 1974.

Poesía completa, Barcelona, Barral Editores, 1975.

Obras completas (dos tomos), México, Aguilar, 1975.

Fragmentos a su imán, Ciudad de La Habana, Editorial Arte y Literatura, 1977.

Oppiano Licario, Ciudad de La Habana, Editorial Arte y Literatura, 1977.

Oppiano Licario, México, Biblioteca Era, 1977.

Cangrejos y golondrinas, Buenos Aires, Editorial Calicanto, 1977.

Warzy Orfickie (Los vasos órficos), Cracovia, Wydawnictwo Literackie, 1977.

Fragmentos a su imán, Barcelona, Lumen, Colección El Bardo, 1978.

Fragmentos a su imán, México, Biblioteca Era, 1978.

Le ere immaginarie, Roma, Pratiche, 1978.

Raj (Paradiso), Cracovia, Wydawnictwo Literackie, 1979.

Paradiso, Frankfurt, Suhrkamp Verlag, 1979.

Paradiso, Madrid, Cátedra, 1980.

Imagen y posibilidad, Ciudad de La Habana, Letras Cubanas, Colección Crítica, 1981.
El reino de la imagen, Caracas, Biblioteca Ayacucho, 1981.
Oppiano Licario, Roma, Editori Riuniti, 1981.
Noc na Ostrove (La noche en la isla), Praga, Editorial Nacional de Bellas Letras, Odeon, 1982.
El juego de las decapitaciones, Barcelona, Mortesinos Editor, 1982.
Die Ausdruckswelten Amerikas (La expresión de América), Frankfurt, Suhrkamp, 1982.
Paradiso, Berlin Aufrau Verlag, 1982.
Le jeu des décapitations, París, Editions du Seuil, 1984.
Poesía completa, Ciudad de La Habana, Letras Cubanas, 1985.
Cuentos, Ciudad de La Habana, Letras Cubanas, 1987. Contiene: Fugados; El patio morado; Para un final presto; Juego de las decapitaciones; Cangrejos, golondrinas.
Confluencias (selección de ensayos a cargo de Abel Prieto), Ciudad de La Habana, Editorial Letras Cubanas, 1988.
Poesía Completa, Madrid, Aguilar, 1988.

Fragmentos de «Oppiano Licario»

«Avatares del cuerpo en el sueño», *CSIEM,* núm. 822 (24 de noviembre de 1977), págs. ii-v [de Oppiano Licario.]
«Fronesis», *CSIEM,* núm. 317 (13 de marzo de 1968), págs. vi-ix [de *Oppiano Licario.*]
«Fronesis», en Caballero Bonald, J. M., comp. *Narrativa cubana de la revolución,* Madrid, Alianza Editorial, 1968, págs. 55-68.
«Fronesis», *UNION,* año 6, núm. 4 (diciembre de 1967), págs. 54-67.
«Inferno», IND, núm. 232 (junio de 1968), págs. 26-28.
«Oppiano Licario», *ORIG,* año 10, núm. 34 (1953), páginas 18-46.
«Oppiano Licario», *PL,* 6, núm. 74 (noviembre de 1977), págs. 9-14.
«Otra visita de Oppiano Licario», *UNION,* núm. 4 (diciembre de 1969), págs. 82-97.

Recopilaciones bibliográficas

Flores, Ángel, *Bibliografía de escritores hispanoamericanos | A Bibliography of Spanish American Writers, 1609-1974,* Nueva York, Gordian Press, 1975, págs. 246-48.

Foster, David W., «A Bibliography of the Fiction of Carpentier, Cabrera Infante and Lezama Lima: Works and Criticism», *Abraxas,* 1, núm. 3, primavera de 1971, páginas 305-310.

Lezama Lima, Eloísa, «Bibliografía», en su edición de *Paradiso* de José Lezama Lima, Madrid, Cátedra, 1980, págs. 97-104.

Moreno T., Fernando, «José Lezama Lima: complemento bibliográfico», en *CI,* II, págs. 191-199.

Peavler, Terry J, «Prose Fiction Criticism and Theory in Cuban Journals: An Annotated Bibliography», *Cuban Studies | Estudios Cubanos,* 7, núm. 1 (enero de 1977), 58-118.

Simón Martínez, Pedro, ed., «Bibliografía», en su *Recopilación de textos sobre José Lezama Lima,* La Habana, Casa de las Américas, 1970, págs. 345-375. [Bibliografía activa a cargo de Araceli García Carranza.]

Ulloa, Justo C., «Contribución a la bibliografía de y sobre José Lezama Lima (1937-1978)», en *JLL,* págs. 115-156.

Libros y tesis

Barradas, Efraín, «La revista *Orígenes* (1944-1956)», Tesis, Princeton University, 1978.

Bertot, Lillian, «Linguistic and Stylistic Approaches to the Poetry of José Lezama Lima», Tesis, The University of Florida, 1984.

Bush, Andrew Keith, «Portals of Discovery: Maurice Blanchot, José Lezama Lima, Reynaldo Arenas», Tesis, Yale University, 1983.

Camacho Rivero de Gingerich, Alina Luisa, «La cosmovisión poética de José Lezama Lima en "Paradiso" y "Oppiano Licario"», Tesis, University of Pittsburgh, 1983.

CORONADO, Juan, *Paradiso múltiple (un acercamiento a Lezama Lima)*, México, Universidad Nacional Autónoma de México, 1981.

CRUZ, Arnaldo, «The Problematics of Origin in José Lezama Lima's *Paradiso*», Tesis, Stanford University, 1984.

CHIAMPI CORTEZ, Irlemar, «O texto ilegível. (A expressão americana de José Lezama Lima)», Tesis, Universidade de São Paulo, Brasil, 1983.

FERNÁNDEZ-SOSA, Luis Francisco, «José Lezama Lima y la crítica anagógica», Tesis, University of Illinois, 1974.

— *José Lezama Lima y la crítica anagógica*, Miami, Ediciones Universal, 1977.

GARCÍA VEGA, Lorenzo, *Los años de Orígenes*, Caracas, Monte Ávila Editores, 1978. [Reseñado por Francisco Rivera, *Vuelta*, 4, núm. 39 (febrero de 1980), 43-44].

GIMBERNAT DE GONZÁLEZ, Ester, «*Paradiso*: aventura sigilosa de un sistema poético», Tesis, Johns Hopkins, 1975.

— *Paradiso: entre los confines de la transgresión*, Xalapa, México, Universidad Veracruzana, 1982. [Reseñado por Justo C. Ulloa, *Hispania*, 68, núm. 1 (1985), 74-75].

GONZÁLEZ, Reinaldo, *Lezama Lima: el ingenuo culpable*, La Habana, Editorial Letras Cubanas, 1988.

JUNCO FAZZOLARI, Margarita, «*Paradiso* y el sistema poético de Lezama Lima», Tesis, City University of New York, 1977.

— *Paradiso y el sistema poético de Lezama Lima*, Buenos Aires, Fernando García Gambeiro, 1979. [Reseñado por Ester Gimbernat de González, *Hispamérica*, vol. 10, núm. 30 (diciembre de 1981), págs. 143-146; y por Alina L. Camacho de Gingerich, *RIBO*, 49, núms. 123-124 (abril-septiembre de 1983), 642-645].

LUTZ, Robyn Rothrock, «The Poetry of José Lezama Lima», Tesis, University of Kansas, 1980.

MÁRQUEZ, Enrique, «José Lezama Lima: una poética de la figuración», Tesis, University of Miami, 1979.

MENDELL, Olga, «Análisis de *Paradiso*», Tesis, Harvard, 1976.

MOLINERO, Rita, «José Lezama Lima: Configuración de una poética», Tesis, University of Puerto Rico, Río Piedras, 1980.

PIEDRA, Armando J., «La revista cubana *Orígenes* (1944-1956): portavoz generacional», Tesis, The University of Florida, 1977.

Poust, Alice Jan, «The Form and Function of Mythic Thought in Four Hispanic Poets: Federico García Lorca, Vicente Aleixandre, José Lezama Lima, Octavio Paz», Tesis, The University of Texas at Austin, 1982.

Prats Sariol, José, «Significación de la revista *Orígenes* en la cultura cubana contemporánea», Tesis, Universidad de La Habana, 1971.

Ríos-Ávila, Rubén, «A Theology of Absence: The Poetic System of José Lezama Lima», Tesis, Cornell University, 1983.

Rodríguez, Israel, *La estructura metafórica en Paradiso: Realismo e irrealismo en los tropos del trópico,* Elizabeth, New Jersey, American Press, 1983.

Ruiz Barrionuevo, Carmen, *El Paradiso de Lezama Lima: Elucidación crítica,* Madrid, Ínsula, 1980, [Reseñado por Juana Martínez Gómez, *Caravelle,* 39 (1982), págs. 133-135; y por Benjamín Torres Caballero, *Hispanic Review,* 51, núm. 4 (Fall, 1983), 482-484].

Souza, Raymond D., *The Poetic Fiction of José Lezama Lima,* Columbia, Missouri, University of Missouri Press, 1983. [Reseñado por Enrico Mario Santí, *Cuban Studies,* vol. 15, núm. 2 (verano de 1985), 100-101.]

Ulloa, Justo C., «La narrativa de Lezama Lima y Sarduy: entre la imagen visionaria y el juego verbal», Tesis, University of Kentucky, 1973.

Ulloa, Leonor A. de., «El proceso creativo del ensayismo de José Lezama Lima», Tesis, University of Kentucky, 1979.

Valdivieso, Jaime, *Bajo el signo de Orfeo: Lezama Lima y Proust,* Madrid, Orígenes, 1980. [Reseñado por Charles M. Tatum, *Journal of Spanish Studies, Twentieth Century,* vol. 8, núm. 3 (invierno de 1980), págs. 350-351; Raymond D. Souza, *Chasqui,* vol. 10, núm. 1 (noviembre de 1980), págs. 79-80; Ester Gimbernat de González, *Hispamérica,* vol. 10, núm. 30 (diciembre de 1981), págs. 143-146; Efraín Barradas, *Sin Nombre,* vol. 13, núm. 1 (octubre-diciembre de 1982), págs. 82-83; John Walker, *Revista Canadiense de Estudios Hispánicos,* vol. 7, núm. 3 (primavera de 1983), págs. 426-429; Claire Pailler, *Caravelle,* núm. 40 (1983), págs. 194-196].

Villa, Álvaro de y José Sánchez Boudy, *Lezama Lima: peregrino inmóvil (Paradiso al desnudo),* Miami, Ediciones Universal, 1974. [Reseñado por Efraín Barradas, *RIBO,* 42, núm. 94

(enero-marzo de 1976), 135-136; Alina Camacho Rivero de Gingerich, *Hispania,* 55, núm. 1 (marzo de 1977), 175-176].

ZALDÍVAR, Gladys, *Novelística cubana de los años 60: Paradiso, El mundo alucinante,* Miami, Universal, 1977.

Antologías, homenajes y compilaciones críticas

ÁLVAREZ BRAVO, Armando, *Lezama Lima, Antología,* Buenos Aires, Jorge Álvarez, 1968.

— *Lezama Lima: los grandes todos.* Montevideo, ARCA Editorial, 1968.

— *Órbita de Lezama Lima,* La Habana, UNEAC, 1966.

BIANCHI ROSS, Ciro, ed., *José Lezama Lima. Imagen y posibilidad,* La Habana, Editorial Letras Cubanas, 1981.

«Focus on Paradiso», RW (otoño de 1974), págs. 5-51.

ESPINOSA, Carlos, ed., *Cercanía de Lezama, Lima,* La Habana, Letras Cubanas, 1986.

GOYTISOLO, José Agustín, ed., *Esfera imagen. Sierpe de Don Luis de Góngora. Las imágenes posibles,* Barcelona, Tusquets Editor, 1970.

— *Posible imagen de José Lezama Lima,* Barcelona, Llibres de Sinera, 1969; 1972. [Selección y prólogo de J. A. Goytisolo.]

«Homenaje a José Lezama Lima», *LGC,* año 8 [9], núm. 88 (diciembre, 1970), 7-26.

«Homenaje a Lezama Lima», *MN,* 24 (junio de 1968), páginas 5-44.

«José Lezama Lima», *Oracl,* Poitiers, 2 1982, págs. 61-100.

«José Lezama Lima», *IND,* Año 23, núm. 232 (junio de 1968), 21-41.

«José Lezama Lima», *RIBO,* 41, núms. 92-93 (dic., 1975), 467-546.

«José Lezama Lima: Breve antología», *Cuadernos Americanos,* vol. 250, núm. 5 (septiembre-octubre de 1983), 175-186.

«Pour Lezama, *Po&sie,* París, 2, tercer trimestre, 1977, páginas 4-48.

«Recuerdo a José Lezama Lima», *CH,* núm. 318 (diciembre de 1976), págs. 653-719.

SIMÓN MARTÍNEZ, Pedro, ed., *Recopilación de textos sobre José Lezama Lima,* La Habana, Casa de las Américas, Serie Valoración múltiple, 1970.

Texto Crítico, año 5, núm. 13 (abril-junio de 1979), páginas 71-145.

ULLOA, Justo C., ed., *José Lezama Lima: Textos críticos,* Miami/-Madrid, Ediciones Universal, 1979. Se reúnen los trabajos presentados en los simposios sobre José Lezama Lima realizados en la Universidad de la Florida, marzo de 1977 y en la Univesidad de Kentucky, abril de 1977.

VIZCAÍNO, Cristina y Eugenio SUÁREZ GALBÁN, eds., *Coloquio Internacional sobre la obra de José Lezama Lima.* Poesía. Tomo I. Prosa. Tomo II, Madrid, Fundamentos, 1984.

Voces: Lezama Lima, Barcelona, Montesinos Editor, núm. 2, 1982.

Artículos, reseñas y menciones

ACOSTA, Leonardo. «El "barroco americano" y la ideología colonialista», *UNION,* año 11, núms. 2-3 (1972), 30-63; [Lezama Lima, págs. 57-59.]

«Adiós, Lezama», en «Al pie de la letra», *CA,* año 16, núm. 98 (septiembre-octubre de 1976), 148-149.

ALEIXANDRE, Vicente, «Testimonio», *ORB,* págs. 49-50.

ÁLVAREZ BRAVO, Armando, «El maestro antologa», *LGC,* núm. 45 (agosto de 1965), pág. 26.

— «Órbita de Lezama Lima», Prólogo a *ORB,* págs. 9-47. El mismo trabajo sirve de introducción a *Los grandes todos,* Montevideo, ARCA Editorial, 1968, págs. 9-41; y forma parte de *REC,* págs. 42-67.

— «Órbita de Lezama Lima», *Voces: Lezama Lima* Barcelona, Montesinos Editor, núm. 2 1982, págs. 9-29. [Ensayo preliminar de su *Órbita de Lezama Lima.*]

ARROM, José Juan. «Lo tradicional cubano en el mundo novelístico de José Lezama Lima», *RIBO,* 41, núms. 92-93 (julio-diciembre de 1975), 469-477.

BALLAGAS, Emilio, «Testimonios», en *ORB,* págs. 51-52.

BAQUERO, Gastón, «De lo bello con Dios», *INF,* 30 de marzo de 1944.

— «El último número de la revista *Orígenes*», *DM,* 23 enero de 1954.

BARNATÁN, Marcos Ricardo, «El hermetismo mágico de Lezama Lima», *INS,* año 25, núm. 282 (mayo de 1970), 12.

116

BARRADAS, Efraín, «Lezama Lima y el compromiso social de la obra de arte», *Sin Nombre,* Puerto Rico, 1978.

BEJEL, Emilio, «Cultura e historia en Carpentier y Lezama Lima», en *Literatura de nuestra América: estudios de literatura cubana e hispanoamericana,* Xalapa, México, Universidad Veracruzana, 1983, págs. 11-24. Publicado bajo el título «Cultura y Filosofía de la Historia (Spengler, Carpentier, Lezama Lima)», *Cuadernos Americanos* 239, 6 (noviembre-diciembre de 1981), 75-89.

— «El sujeto metafórico en Lezama Lima, Valéry y sor Juana», en *Literatura de nuestra América: estudios de literatura cubana e hispanoamericana,* Xalapa, México, Universidad Veracruzana, 1983, págs. 25-40.

BENEDETTI, Mario, «Lezama Lima más allá de los malentendimientos», en *El recurso del supremo patriarca,* México, Nueva Imagen, 1979, págs. 109-114.

BIANCHI ROSS, Ciro, «Asedio a Lezama Lima», *Quimera* Barcelona, 30 de abril de 1983, págs. 30-46. [Entrevista publicada después de la muerte de J.L.L.]

BUENO, SALVADOR, «José Lezama Lima», *Antología del cuento en Cuba,* La Habana, Dirección de Cultura del Ministerio de Educación, 1953, pág. 297.

CABRERA INFANTE, Guillermo, «Cabrera Infante habla de Lezama Lima», *Repertorio Latinoamericano,* Buenos Aires, núm. 20, 1976, págs. 1, 7-8.

CAMACHO RIVERO DE GINGERICH, Alina, «Sobre Margarita Junco Fazzolari, *Paradiso y el sistema poético de Lezama Lima», RIBO,* 49, núms. 123-124 (abril-septiembre de 1983), 642-645.

CARDENAL, Ernesto, «Con Lezama Lima», en *En Cuba,* Buenos Aires, Lohlé, 1972, págs. 213-217.

CARDIN, Alberto, «Sobre el cuerpo sutil», *El Viejo Topo,* núm. 21 (junio de 1978), pág. 67. [Reseña de *Oppiano Licario.*]

CARDOZA Y ARAGÓN, Luis, «¿Escribir no es sacarse las tripas y hacer una hoguera con ellas?», *CSIEM,* núm. 317 (13 de marzo de 1968), págs. ii-iii.

CERNUDA, Luis, «Testimonios», en *ORB,* pág. 53. [Sobre *Analecta del reloj.*]

CORTÁZAR, Julio, «Literatura en la revolución y revolución en la literatura», *MM,* 9 de enero de 1970, págs. 30-31.

— «Para llegar a Lezama Lima», *UNION,* 5, núm. 4 (octubre-diciembre de 1966), págs. 36-60. También en *La vuelta al día en ochenta mundos,* 1.ª edición, México, Siglo XXI, 1967, págs. 135-155; en *REC,* págs. 146 168; y en *CSIEM,* 8 de mayo de 1968, págs. ii-v.

CHARRY LARA, Fernando, «José Lezama Lima, concepción mística del universo», *Magazine Dominical* de *El Espectador* (Bogotá), 29 de junio de 1969, pág. 10.

CHIAMPI IRLEMAR, «No paraíso de todas as imagens possiveis», *Fulha de São Paulo,* 11 de octubre de 1987, págs. 7-43.

DE VILLENA, Luis Antonio, «Lezama Lima, "Fragmentos a su imán" o el final del festín», *Voces,* Barcelona, núm. 2, 1982, págs. 65-71.

DÍAZ MARTÍNEZ, Manuel, «Introducción a José Lezama Lima», *IND,* núm. 232 (junio de 1968), págs. 35-38. También en *CSIEM,* núm. 776 (8 de mayo de 1968), págs. iii-vii.

DIEGO ELISEO, «Recuento de José Lezama Lima», en REC, págs. 289-290. [Testimonio.]

DONOSO PAREJA, Miguel, «*Paradiso:* tres adolescentes excepcionales», *CE,* núm. 23 (julio de 1967), págs. 147-148.

FERNÁNDEZ, Pablo Armando, «Del ábaco y la ceniza», *LGC,* año 8 [9], núm. 88 (diciembre de 1970), 12.

FERNÁNDEZ RETAMAR, Roberto, «Lezama persona», en *Poesía reunida,* La Habana, Unión, 1966, págs. 261-263. [Poema.]

FERRÉ, Rosario, «*Oppiano Licario* o la resurrección por la imagen», *Escritura,* núm. 2 (julio-diciembre de 1976), págs. 319-326.

FORASTIERI BRASCHI, Eduardo, «*Oppiano Licario* y la paradoja de la identidad infinita», *Revista de Estudios Hispánicos,* Río Piedras, Puerto Rico, 10, 1983, págs. 133-144.

GARCÍA MARRUZ, Fina, «La poesía es un caracol nocturno (en torno a "Imagen y posibilidad")», en *CI,* I, págs. 243-275. También en *CA,* 134 (1982), págs. 132-149.

GERTEL, Zunilda, *La novela hispanoamericana contemporánea,* Buenos Aires, Editorial Columba, 1970, págs. 159-166.

GIMBERNAT DE GONZÁLEZ, Ester, «Oppiano Licario», *Hispamérica,* 22 (1979), págs. 110-114.

— «El "peldaño que falta" en un oscuro texto de *Paradiso* de J. Lezama Lima», en *La Chispa'81: Selected Proceedings,* ed. G. Paolini, Nueva Orleans, Tulane University, 1981, páginas 125-132.

— «La transgresión, regla del juego en la novelística de Lezama Lima», en *Latin American Fiction Today. A Symposium,* ed. Rose S. Minc., Gaithersburg, MD, Hispamérica, 1980, págs. 147-152.

— «La vuelta de Oppiano Licario», *ECO,* núm. 22 (abril de 1980), págs. 648-664.

GONZÁLEZ, Eduardo G., «Lezama póstumo: navegaciones y regresos», *Escandalar,* 3, núm. 1 (1980), 73-79.

GONZÁLEZ, Reynaldo, «José Lezama Lima, el ingenio culpable», en *REC,* págs. 219-249.

— «Lezama: el hombre que ríe», *LGC,* año 8 [9], núm. 88 (diciembre de 1970), 20-22.

GOYTISOLO, Juan, «La metáfora erótica: Góngora, Joaquín Belda y Lezama Lima», *RIBO,* 42, núm. 95 (abril-junio de 1976), 157-175. También en *Disidencias,* Barcelona, Seix Barral, 1977, págs. 257-285.

GUILLÉN, Jorge, «Testimonios», en *ORB,* pág. 49. [Sobre *Enemigo rumor.*]

HART DÁVALOS, Armando, «Entrevista», *El País* (14 de marzo de 1983), págs. 32-33. También más ampliada en *Cambiar las reglas del juego,* ed. Luis Báez, La Habana, Letras Cubanas, 1983, págs. 39-46. [Sobre disidentes y la publicación de las obras de J.L.L. en Cuba.]

HURTADO, Oscar, «Sobre ruiseñores», en *REC,* págs. 298-304. [Testimonio.]

JIMÉNEZ, Juan Ramón, «Testimonios», en *ORB,* pág. 49. [Sobre Lezama Lima.]

JUNCO FAZZOLARI, Margarita, «Las tres vías del misticismo en "Oppiano Licario"», en *CI,* II, págs. 125-134.

KARMAN MENDELL, Olga, «Cuatro ficciones y una ficción: estudio del capítulo XII de *Paradiso*», *RIBO,* 49 (abril-septiembre de 1983), págs. 279-291.

KOCH, Dolores M., «Dos poemas de Lezama Lima: el primero y el postrero», en *CI,* I, págs. 143-155.

LAFOURCADE, Enrique, «Carpentier, Lezama Lima: la revolución puesta a prueba», *IMA,* núm. 90 (1/15 de febrero de 1971), págs. 16-19.

LAÍN ENTRALGO, Pedro, «Testimonios», en *ORB,* pág. 55. [Sobre *La expresión americana.*]

LEZAMA LIMA, Eloísa, «Para leer *Paradiso*», en su edición de *Paradiso,* Madrid, Cátedra, 1980, págs. 13-17.

LIHN, Enrique, «*Paradiso,* novela y homosexualidad», *Hispamérica,* 22 (1979), págs. 3-21.

LÓPEZ, César, «Una aproximación a *Paradiso*», *IND,* núm. 232 (junio de 1968), págs. 39-41.

— «Sobre *Paradiso*», *UNION,* año 5, núm. 2 (abril-junio de 1966), 173-180. También en *REC,* págs. 182-190.

MARTÍNEZ, Tomás Eloy, «América: los novelistas exilados», *PP,* núm. 292 (30 de julio de 1968), págs. 40, 45, 46 y 48.

MATAMOROS, Blas, «*Oppiano Licario:* seis modelos en busca de una síntesis», *Texto Crítico,* 5, 13 (abril-junio de 1979), 112-125.

MOREJÓN, Nancy, «Lezama», *LGC,* año 8 [9], núm. 88 (diciembre de 1970), 9-11.

ORTEGA, Julio, «Paradiso», en *La contemplación y la fiesta: ensayos sobre la novela latinoamericana,* 2.ª ed., Caracas, Monte Ávila, 1969, págs. 77-116. También en su *Relato de la Utopía: Notas sobre la narrativa cubana de la revolución,* págs. 51-88; en *IMA,* núm. 40 (1/15 de enero de 1969), págs. 12-13; en *REC,* páginas 191-218; bajo el título «Una coherencia de la expansión poética», en *Revista de Bellas Artes,* México, núm. 27, 1969, págs. 81-95; y en Flores, Ángel y Raúl Silva Cáceres, eds., *La novela hispanoamericana actual, compilación de ensayos críticos.* Nueva York, Las Américas, 1971, págs. 39-71.

PAZ, Octavio, «Refutación de los espejos», *Voces de Lezama Lima,* Barcelona, núm. 2, 1982, págs. 5-7. [Poema.] También en *Fragmentos a su imán* de José Lezama Lima, México, Era, 1978, págs. 7-10.

PEREIRA, Manuel, «José Lezama Lima: las cartas sobre la mesa», en *CI,* I, págs. 103-122.

PÉREZ-LEÓN, Roberto, «Lezama o la imagen en lo real maravilloso», en *En lo real maravilloso,* La Habana, Departamento de Actividades Culturales de la Universidad de La Habana, 1984, págs. 27-34.

PIÑERA, Virgilio, «Opciones de Lezama», en *REC,* págs. 294-297. [Testimonio.]

PRATS SARIOL, José, «El curso délfico», *CA,* año 26, núm. 152 (septiembre-octubre de 1985), 20-25.

PRIETO, Abel Enrique, «*Fragmentos a su imán* (Notas sobre la poesía póstuma de José Lezama Lima)», *Revista de Literatura Cubana,* núm. 1 (julio de 1983), págs. 31-44. También en *CI,* I, págs. 209-223.

REYES, Alfonso, «Testimonio», en *ORB*, pág. 49. [Sobre *Muerte de Narciso*.]

RODRÍGUEZ FEO, José, «Breve recuento de la narrativa cubana», *UNION*, 6, núm. 4 (octubre-diciembre de 1967), 131-136. [Se menciona a Lezama Lima.]

— «Literatura y subdesarrollo», *LGC*, Año 7 [8], núm. 73 (mayo de 1969), 25-26. [Se discute *Paradiso*.]

— «La realidad y el recuerdo de José Rodríguez Feo», *Revolución y Cultura* (La Habana), núm. 109 (septiembre de 1981), págs. 18-19. [Sobre las revistas que fundó con Lezama.]

RODRÍGUEZ MONEGAL, Emir, «Paradiso en su contexto», *MN esta América*, 2.ª ed., Buenos Aires, Editorial Alfa Argentina, 1974, págs. 130-140. Versión inglesa de un fragmento de este artículo: «The Text in its Context», en *RW*, núm. 12 (otoño de 1974), págs. 30-34.

— «Sobre el *Paradiso* de Lezama», *MN*, núm. 16 (octubre de 1967), págs. 89-95. Respuesta a carta de Mario Vargas Llosa sobre el tema de la homosexualidad en *Paradiso*. Las cartas se recogen en *Narradores de esta América*, 2.ª ed., Buenos Aires, Alfa Argentina, 1974, págs. 141-155.

SANTÍ, Enrico Mario, «Hacia Oppiano Licario», *RIBO*, 47, núms. 116-117 (julio-diciembre de 1981), págs. 273-279.

— «*Oppiano Licario:* la poética del fragmento», *Revista de la Univesidad de México*, vol. 38, núm. 19 (noviembre de 1982), págs. 8-13. También en *CI*, II, págs. 135-151.

SARDUY, Severo, «Carta de Lezama», *Voces*, Barcelona, núm. 2 (1982), págs. 33-41. También en *Escandalar*, vol. 5, núms. 1-2 (enero-junio de 1982), págs. 191-196. [Comenta una carta que le dirigió J.L.L. en 1969.]

— «Las estructuras de la narración», *MN*, núm. 2 (agosto de 1966), págs. 23-24.

— «En la muerte del maestro», *Vuelta*, núm. 16 (marzo de 1978), págs. 14-18.

— «Oppiano Licario», *Vuelta*, 2, núm. 18 (mayo de 1978), 32-35. [Reseña.]

— «*Oppiano Licario:* el libro que no podía concluir», *Punto de Contacto/Point of Contact*, vol. 2, núms. 3-4 (invierno de 1981), págs. 123-131.

STEVENS, Wallace, «Testimonios», en *ORB*, págs. 52-53. [Sobre *Analecta del reloj*.]

TOTI, Gianni, «José Lezama Lima. Il famoso capitolo ottavo,

Paradiso», Carte Segrete, Roma, 2, núm. 7 (julio-septiembre de 1968), 77-78.

ULLOA, Justo C., «Bosquejos sobre la narrativa de Lezama y Sarduy», *Ariel,* Universidad de Kentucky, núm. 1 (abril de 1974), págs. 33-39.

— «Contribución a la bibliografía de y sobre José Lezama Lima (1937-1978)», en J.L.L., págs. 115-156.

— «De involución a evolución: la transformación órfica de Cemí en *Paradiso* de Lezama», en *The Analysis of Hispanic Texts: Current Trends in Methodology,* ed. L. E. Davis e I. C. Tarán, Nueva York: Bilingual Press / Editorial Bilingüe, 1976, págs. 48-60.

VALDIVIESO, Jaime, «Lezama Lima: un alquimista de la novela», en su *Realidad y ficción en Latinoamérica,* México, Editorial Joaquín Mortiz, 1975, págs. 133-137.

VALENTE, José Angel, «Lezama Lima y Molinos: dos cartas», *Voces: Lezama Lima,* Barcelona, núm. 2, 1982, págs. 30-32. [Contiene dos cartas de J.L.L. a J.A. Valente.]

VARGAS LLOSA, Mario, «Paradiso de José Lezama Lima», *UNION,* 5, núm. 4 (octubre-diciembre de 1966), 36-60. También en *MN,* núm. 16 (octubre de 1967), págs. 89-90; en *Amaru,* Lima, núm. 1 (enero de 1967), págs. 72-75; en *LGC,* año 6, núm. 58 (mayo de 1967), 2; en *CSIEM,* 8 de mayo de 1968, págs. v-vii; en Jorge Lafforgue, ed., *Nueva novela latinoamericana,* Buenos Aires, Paidós, 1969-1972, I, págs. 131-141; y bajo el título «*Paradiso:* una summa poética, una tentativa imposible», en *REC,* págs. 169-174. [En este último libro sólo se publica una parte del artículo.]

VITIER, Cintio, «Crecida de la ambición creadora. La poesía de José Lezama Lima y el intento de una teleología insular», en *Lo cubano en la poesía,* Santa Clara, Cuba, Universidad Central de Las Villas, 1958, págs. 369-397; y bajo el título «La poesía de José Lezama Lima y el intento de una teleología insular», en *REC,* págs. 68-89. También en *Voces: Lezama Lima,* Barcelona, núm. 2, 1982, págs. 46-64.

— «Nueva lectura de Lezama», prólogo a *Fragmentos a su imán de José Lezama Lima,* Barcelona, Lumen, 1978, págs. 23-36.

— y Fina GARCÍA MARRUZ, «Respuesta a Armando Álvarez Bravo», en CI, I, págs. 99-102.

XIRAU, Ramón, «Crisis del realismo», en *América latina en su literatura.* México, Siglo XXI, 1972, pág. 189 y páginas 197-203.

YURKIEVICH, Saúl, «José Lezama Lima: El eros relacionable o la imagen omnimoda y omnívora», *ECO,* núm. 194 (diciembre de 1977), págs. 212-223. También en *La confabulación con la palabra,* Madrid, Taurus, 1978, págs. 116-125.

ZAMBRANO, María, «La Cuba secreta», *ORIG,* año 5, núm. 20 (1948), 3-9.

— «Cuba y la poesía de José Lezama Lima», *INS,* 23, núms. 260-261 (julio-agosto de 1968), 4.

— «Hombre verdadero: José Lezama Lima», *El País,* 27 de noviembre de 1977, p.v. También en *Po&sie,* 2 (tercer trimestre, 1977), págs. 26-28.

— «J. L. L. en La Habana», *IND,* núm. 232 (junio de 1968), págs. 29-31. También en *LGC,* Año 6 [7], núm. 67 (septiembre-octubre de 1968), 2-3.

Abreviaturas utilizadas

BOH	*Bohemia*, La Habana.
CA	*Casa de las Américas*, La Habana.
CB	*El Caiman Barbudo*, La Habana.
CE	*El Corno Emplumado*, México.
CH	*Cuadernos Hispanoamericanos*, Madrid.
CI	*Coloquio Internacional sobre la obra de José Lezama Lima*. Eds. Cristina Vizcaíno y Eugenio Suárez Galbán. Poesía, t. I, Prosa, t. II, Madrid, Editorial Fundamentos, 1984.
CSIEM	*La Cultura en México*. Suplemento de *Siempre* (México).
DM	*Diario de la Marina*, La Habana.
ECO	*Eco*, Bogotá.
IMA	*Imagen*, Caracas.
IND	*Índice*, Madrid.
INF	*Información*, La Habana.
INS	*Ínsula*, Madrid.
IS	*Islas*, Las Villas, Cuba.
JLL	*José Lezama Lima, textos críticos*, Ed. Justo C. Ulloa, Miami/Madrid, Ediciones Universal, 1979.
LGC	*La Gaceta de Cuba*, La Habana.
LR	*Lunes de Revolución*, La Habana.
MAR	*Margen*, Buenos Aires.
MM	*Marcha*, Montevideo.
MN	*Mundo Nuevo*, París.
NP	*Nadie Parecía*, La Habana.
ORB	*Orbita de Lezama Lima*, ed. Armando Álvarez Bravo, La Habana, Unión, 1966.

ORIG	*Orígenes*, La Habana.
PL	*Plural*, México.
PP	*Primera Plana*, Buenos Aires.
RBN	*Revista de la Biblioteca Nacional José Martí*, La Habana.
RC	*Revista Cubana*, La Habana.
REC	*Recopilación de textos sobre José Lezama Lima*, Ed. Pedro Simón Martínez, La Habana, Casa de las Américas, 1970.
RIBO	*Revista Iberoamericana*, Pittsburgh.
RO	*Revista de Occidente*, Madrid.
RUM	*Revista de la Universidad de México*, México.
RW	*Review*, New York.
TL	*Textual*, Lima.
UNION	*Unión*, La Habana.

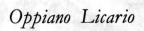

Oppiano Licario

Capítulo primero

De noche la puerta quedaba casi abierta. El padre se había ido a la guerra, estaba *alzado*[1]. Bisagra entre el espacio abierto y el cerrado, la puerta cobra un fácil animismo[2], organiza su lenguaje durante el día y la noche y hace que los espectadores o visitadores acaten sus designios, interpretando en forma correcta sus señales, o declarándose en rebeldía con un toque insensato, semejante al alazán con el jinete muerto entre la hierba, golpeando con la herrada la cabeza de la encrucijada. En aquella casa había que vigilar el lenguaje de la puerta.

Clara, con el esposo alzado cuidaba sus dos hijos: José Ramiro y Palmiro. Eran dos cuidados muy diferentes. Clara vigilaba las horas de llegada y despedida de José Ramiro, ya con sus dieciocho años por la piel matinal y esa manera de lavarse la cara al despertar, única en el adolescente. Iba al sitierío, se ejercitaba en el bailongo, raspaba letras bachilleras. Lo venían a buscar los amigos, salía a buscar, ojos y boca, su complementario en una mujer.

---

[1] *Alzado:* se refiere, tal como se aclara en la frase anterior, a alguien que abandona su hogar para unirse a quienes luchan por una causa determinada.

[2] *Animismo:* atribución de espíritu a todas las cosas, animadas e inanimadas, sea como principio de una actividad voluntaria, sea como residente en la cosa. Lezama Lima utiliza el término de modo muy peculiar y, en sentido general, para expresar que la puerta tiene vida propia.

Los cuidados a Palmiro, con sus doce años de indecisiones, eran menos extensos y sutiles. Clara los hacía con más segura inmovilidad, sentada en un sillón de la sala, bastaba una voz, más dulce y añorante que conminativa, para que la docilidad de Palmiro se rindiese en un arabesco de su pequeña testa. Se sentaba al lado de su madre, obligándola, sin que él lo quisiera, a que le dijese que fuera otra vez a su retozo o a su quicio de vía contemplativa. Si el retozo llegaba a excederse, bastaba que Clara mostrara un poco de fingida melancolía, la mayoría de las veces no tenía que fingirla, para que el infante se aterrorizara pensando en la muerte de su madre. Clara, que adivinaba esos terrores, volvía a sentarlo un rato a su lado. Le hablaba, entonces, del próximo regreso de su padre. De su aparición una noche cualquiera, con el cantío de su gallo preferido, despertándolos a todos. A Palmiro le parecía que oía ya a su padre hacer los relatos, dormir su primera siesta, ir todos juntos a la mesa. Pero, ay, los días pasaban y su padre no empujaba la puerta. No oía a su padre reírse y hablar. No veía a su madre Clara reírse y beberse lo conversado con su dueño visitador.

Clara dejaba la puerta aparentemente cerrada, bastaba darle un ligero empujón para estar ya dentro de la sala. Pero no, no era fácil llegar a la puerta a otro que no fuera el esperado. Tenía que ser recorrida de inmediato por la forma en que la noche se posaba en los aledaños de aquella casa. Tenía que conocer la empalizada saltadiza, la talanquera[3] que se abría sin ruido. Evitar la hipersensibilidad nocturna de los bueyes y los caballos. Los mugidos y los relinchos en la noche claveteada por los diablos son los mejores centinelas. El casco del caballo pisa la capa del diablo, el mugido del buey sopla en el

---

[3] *Talanquera:* especie de cancela rústica que funciona como puerta en fincas y casas de campo para impedir el paso de personas extrañas y animales.

sombrero de la mala visita. Lenguaje el suyo de profundidad, saca de la cama, rompe macizo el sueño en la medianoche asediada por la cuadrilla de encapuchados.

Fue silbido de un instante cuando toda esa naturaleza defensora rastrilló su ballesta y los dos hombres que estaban ya frente a Clara, empujando de un manotón la puerta cerrada a medio ojo, buscaban la sala como primer misterio de la casa. Brutalidad de una fuerza que no era la esperada por la puerta entornada. Tornillos del gozne rebotaron en el suelo, primera palabra del pisotón maligno.

La casa se rodeó de luces de farol. Los mugidos y los relinchos fundamentaron la luz. Clara, de pronto, vio delante de sí a un mestizo, cruce de viruelas con lo peor de la emigración asiática, anchuroso, abotagado, con los ojos cruzados de fibrinas sanguinosas. A su lado, un blanconazo[4] inconcluso, indeciso, remache de enano con ausencia dentaria, camisa de mangas cortas, insultante y colorinesca, con un reloj pulsera del tamaño de una cebolleta. En el portal, un grupillo alzado de voces atorrantes, sin respetar ni la noche ni sus moradores. José Ramiro se apresuró de la sala al primer cuarto, Palmiro, adivinando la invasión de los dos murciélagos de malignidad, saltó por la ventana en busca de las guaridas del bosque. Los que habían traspuesto la puerta se abalanzaron sobre José Ramiro, el achinado de la viruela dio un grito avisando del salto de Palmiro. Atravesó como una candela el fogonazo disparado para detenerlo, pero la hierba menudita avisó que lo protegía. Clara se lanzó sobre los dos malvados que abrazaban a su hijo, pero el enano blanconazo, con su más sucia *melosina*[5], le decía: pierda cuidado, señora, que no le pasará

---

[4] *Blanconazo inconcluso:* en las diferentes gradaciones del mestizaje cubano, aparece esta etapa del casi blanco. Compárese con la descripción del otro mestizo en el párrafo anterior. Estas denominaciones generalmente denotan una actitud discriminatoria y subvalorante.

[5] *Melosina:* voz meliflua.

nada, está bajo nuestra protección. Lo llevamos al cuartel para interrogarlo, enseguida se lo devolvemos.

Arrastrado, lo sacaron de la casa, cuando llegaron a la linde de la granja, vaciaron sus revólveres sobre el adolescente que abría los ojos desmesuradamente y que aún después de muerto los abría más y que todavía en el recuerdo los abre más y más, como si el paisaje entero se hubiera detenido para ir entrando por sus ojos, en la eternidad de la mirada que rompió la cárcel de sus párpados.

El ruido de las fumbinas[6] se extinguió hasta morder su vaciedad, ese ruido atolondró de tal manera a Clara que se congeló en el terror de la pérdida de sus dos hijos. El abatido había sido José Ramiro, pero Palmiro fue salvado en la magia de su huida. Lo dificultoso lo vencía su niñez, rompiendo cadenas causales y empates de razón. Así el primer salto por la ventana estaba dictado por su cuerpo todo que se acogía a la primera caja de su oscuro protector. El segundo salto siempre creyó que no había salido tan sólo de su cuerpo. Más bien era de otro el cuerpo que lo había querido abrazar.

Palmiro vio toda la cerrazón del bosque en un súbito y como un fanal o centella que venía sobre su frente. Saltó, trepó y resbaló dejándose caer. Su segundo salto, nunca supo cómo se le había abierto aquella salvación, fue dentro de la oquedad donde las abejas elaboran la llamada miel de palma. Era ya sitio dejado por las elaboradoras. Las linternas que habían rodeado la casa se pusieron en marcha. El buey no alzaba su mugido ni el caballo pateaba su relincho, ambos se habían derrumbado en su perplejo. Comenzaron a ver cómo partían la tierra, el ojo de la linterna que se lanzaba a fondo para comprobar la altura alcanzada. José Ramiro al lado de la tierra cuarteada y dividida por el guardián de *Proserpina*[7]. El

<hr>

[6] *Fumbinas:* armas de fuego.

[7] *Proserpina:* divinidad romana de tipo agrario, que muy pronto se identifica con la Perséfone griega y adquiere por ello un carácter infernal.

mestizo virueloso le dio un puntapié al yacente, que rodó a su nueva morada, la tierra llorosa de la medianoche.

Los seguidores de los dos malignos centrales, caídas las manos, ya habían matado a uno y el otro se fugaba, meneaban la cabeza ociosa. Habían visto como modelo al enano blanconazo, que al retirarse había dado un salto para pegarle con el codo al retrato del abuelo de Clara, que así sumó otro ruido a la eternidad de aquella noche. Uno de la tropilla, para justificar su inutilidad en aquel trabajito, le iba tirando machetazos a los troncos de palma. En ese macheteo adquirió gozo cuando se hundió su golpe en la carne más blanda de la palma, llegó también hasta la carne de Palmiro, felizmente el espanto le secuestró el grito, pero tuvo que caerse aún más en la oquedad dejada por las abejas.

La madrugada iba rompiendo, aunque le quedaba todavía un buen fragmento sometido al hieratismo nocturno. El padre de José Ramiro apostó algunos de sus guerrilleros en los alrededores de la finca. Abrazado a Clara, tuvo la pavorosa noticia: se habían llevado a sus dos hijos. Lo habían venido a buscar a él, pero su ananké le quiso cobrar por su ausencia el precio de sus dos hijos.

Se habían escuchado tiros. La noticia lo llevó a pasear de nuevo en la madrugada los alrededores de su finca. Quería palpar alguna huella, oler algún rastro. La palma, en el trecho de la casa a la puerta, parecía que sudaba sangre. La sangre, en la madrugada rociada, brillaba como un esmalte. Trepó la primera porción de la palma, hundió sus manos en la oquedad y fue extrayendo a Palmiro, durmiendo el sueño de la pérdida de sangre. Otra vez sobre la tierra, la respiración ahuyentaba las

---

Pareja femenina de Plutón, su raptor y esposo que la mantenía prisionera en los infiernos, de ahí la referencia en el texto al «guardián de Proserpina».

Dividía su vida entre la tierra y el mundo subterráneo y pasaba la mitad del año, o un tercio, entre los vivos y el resto entre los muertos.

En el texto se establece también esta división entre vida y muerte, pues José Ramiro muere y Palmiro sobrevive.

hormigas. En la pierna, semejante a improvisados labios, la sangre coagulada parecía una quemadura, una mordida de fuego.

Al lado de la casa del alzado, se encontraba la finca de recreo del doctro Fronesis, padre de nuestro Ricardo Fronesis. Se mezclaban ladrillos a la madera, la cocina no era de piedra como la que utilizaba Clara, sino mucho más moderna, con su balón de gas y todos los recursos de la fumigación para que esa pieza no oliese a cebolla. El efecto que se alcanzaba era a veces deleznable, pues al olor de la cebolla se mezclaba el de los perfumes que nauseaban. Pero si seguimos en el recuento de los dos detalles, toda la casa de Clara era inferior a la del doctor Fronesis, pero la de éste era inferior desde el punto de vista de la profundidad y del aliento que sus moradores le transfundían a todo lo rodeante. ¿Por qué? La casa del doctor era tan sólo habitada algunos meses del año, pero la de Clara tenía el sudor de todos los días, ese reconocimiento que el animismo de las cosas inertes necesita para lograr su emanación permanente.

Por los negocios de guineos[8] y frutales, el esposo de Clara era un subordinado del doctor Fronesis, pero la distinción de éste y el cumplimiento de José Ramiro, padre, le comunicaban a esa relación un trato fuerte y equilibrado. Al no excederse ninguno de los dos, el centro de esa relación era cosa hecha para toda la vida. Pero la razón profunda de esa amistad no era atraída por Charmides[9] o por el gran amistoso, sino por la relación, por el cumplimiento. El doctor se excedía en el cuidado

[8] *Guineo:* en Cuba, en las regiones orientales, se denomina así al plátano fruta, mientras que en las regiones occidentales el término designa a un tipo de gallinácea, conocido también por gallina de Guinea.

[9] *Charmides:* personaje del diálogo de Platón del mismo nombre, perteneciente al periodo juvenil, cuyo tema es la definición de la sabiduría o la templaza.

Charmides es un joven de gran belleza y noble cuna, dotado de profunda sabiduría y excelsas virtudes.

de todos los detalles de ese trato, procurando borrar la subordinación por una acogida siempre halagadora desde la raíz de la hombría. Por un agradecimiento en las entretelas de José Ramiro, padre, cuando el doctor conspiraba, él tenía que alzarse. Cuando el abogado en su bufete calorizaba los digustillos de los que no estaban de acuerdo con la marcha de las cosas, el otro tenía que recorrer las sabanas, pegándose de tiros, ausentándose de su casa, recibiendo por el temblor de la voz de Clara la notica de que ya le faltaba un hijo, doblándole las piernas a su destino.

Entre ambas fincas existía la del cartulario [10] del doctor Fronesis. Untuoso, intermedio, pero en el fondo disfrutador tenaz de lo cotidiano. Cuando José Ramiro se alzaba y el doctor conspiraba, era cuando el cartulario tenía que hacerse más visible, inclusive se pasaba días en su finca, para cuidar la casa del alzado y vigilar la casa del conspirador, ensillaba el cartulario en aquellos parajes, se le veían ligas anchas en la manga para recoger los puños, y el trotico, que desconociéndole las espuelas le sonreía y lo miraba con llorón relincho.

Pero no vamos a galonearlo, excediéndonos en su descripción. Lo hemos traído por las orejas a la finca intermedia, para demorarnos en la piel quinceabrileña de su hija Delfina. Criada día por día entre José Ramiro, el hijo, Palmiro y Ricardo Fronesis. Correteando con ellos, haciendo una pausa para los exámenes, pero cuando los cuatro entraban en el sueño, cada uno colocaba a los tres restantes en la forma que los acomodaba para hacerle su retrato. Eran retratos ingenuos en una cámara oscura, por la mañana al llegar la luz no tenía que barrer, se contentaba con soplar y el día quedaba despejado para el juego y las sorpresas menores.

Delfina disimulaba su insistencia en la ventana donde

---

[10] *Cartulario:* escribano, notario, amanuense, suerte de secretario particular, hombre de confianza.

su vigilancia nocturna se hacía muy tenaz. Seguía desde su apostadero la llegada de Ricardo Fronesis a su cuarto, su descanso no prolongado, su cigarro encendido, la colocación de su saco [11] en el escaparate [12], el lento inclinarse del sillón ante la zapatera, la cortina intraspasable que descendía con rapidez. Pero ella no lograba disimular la importancia total que había tenido para ella durante las horas nocturnas. Así durante muchas noches en muchas estaciones. Aquella noche la cortina descendió, pero la luz estuvo encendida más tiempo del que Delfina calculaba para que Fronesis penetrase en el sueño.

Delfina seguía absorta en la contemplación del cuadrado donde se había bajado la cortina. Durante noches sucesivas su mirada ascendía desde la ventana a la claridad estelar de la nueva Venus fría. Estaba fija frente a una banda de la noche, cuando vio que la otra se llenaba de silencios forzados que de pronto fueron rotos por los escombros que levantaban los mugidos de las reses y que caían para ser escarbados por las pisadas de los trotones.

Vio los peces de luz. La casa de José Ramiro se llenó de luces que no eran de la casa y esos hombres ajenos a la casa aún con la luz en la mano, sentían extraño el espacio poblado de la casa. Al recibir la luz que salía de la mano de aquellos hombres, los muebles se erizaban como gatos por los tejados músicos. El toro Marfisa, el preñador, miraba con desdén aquellos garabatos que saltaban las ventanas, prolongando sus ganchos con la linterna.

Vio el salto de Palmiro por la ventana, apenas pudo seguirlo, luego vio a su lado un árbol y lo vio saltar sobre él y caer en su interior. La resistencia de la corteza se allanó, el árbol se convirtió en la cabeza de un manantial, así ella, en la medianoche, vio a Palmiro desnudo, cantar desnudo en los remolinos del manantial sumergido.

---

[11] *Saco:* americana, chaqueta.
[12] *Escaparate:* forma de designar en La Habana al armario de guardar la ropa.

Estaba ahora muy pegada en el cristal de la ventana. Cuando vio el grupo tironeando a José Ramiro, dándole golpes, empujones y propinándole con grandes fustones por todo el cuerpo que vacilaba ante ese aluvión abusivo. De pronto, empezaron a salir los carbunclos que caían sobre el cuerpo maltratado, desplomándose de inmediato. Delfina, atemorizada, corrió hacia el cuarto donde estaban sus padres. Se olvidaba de las palabras, aquellos carbunclos tenían una oscuridad que los rodeaba para penetrar de nuevo por sus ojos. Casi a tientas pudo llegar al sitio donde estaban sus padres para abrazarlos. Lloraba, y los tres comenzaron a temblar.

El padre de Delfina corrió hacia la casa de sus vecinos. Clara estaba todavía enredada en su absorto [13] al desprenderse de sus dos hijos. Su caos interior la mareaba, los muebles la huían, se sentó en el extremo de la cama, le parecía que las colchas como espuma la rebasaban, la cubrían con un oleaje oscuro. Venía como un sitio, un círculo, donde le tironeaban sus dos hijos y las aguas que corrían a ocupar el zumbido de la oquedad.

No pudo entrar en la casa de José Ramiro. La primera vez le impidieron el paso los polizontes que habían asaltado la casa. Después insistió, pero ahora, sin que él lo supiera, los insurrectos rodeaban la casa, y sin llegar a preguntas decidió retirarse a la prudencia de su vivienda campestre.

Habían pasado unos meses y Delfina entraba al coro donde estaban José Ramiro, Clarita y Palmiro. Hablaban del hijo distanciado por los malvados. De su ausencia de muerto sin tierra: no se sabía dónde la tierra lo quemaba y lo incorporaba. De su afán de ver aquellas cenizas, de alguna huella para que la ausencia no fuera el vacío infinito, Delfina sintió como una llamada para participar en la búsqueda de aquellas cenizas. El ruido de aquellos carbunclos todavía estaba en su escalofrío. Veía una

---

[13] *Absorto:* término muy usado por Lezama en su poética. Ver prólogo.

iluminación, una distancia y el sueño que la llevaba a colocar precisiones a tientas. Sentía que corría aquellas distancias y que se detenía de pronto y que allí ella alzaba el cuerpo despedazado, organizaba la ceniza con agua y niebla hasta lograr el nuevo bulto viviente.

Delfina comenzó a respirar en el tiempo una nadada espacial, salió al sembradío de José Ramiro en un éxtasis de brazos abiertos. Como si quisiera ver con ojos nacidos en las manos, adivinaba que tenía que llegar a una ínsula espacial, nacida entre la temporalidad de una cortina que desciende y el sueño que asciende para recogerla y transportarla. A veces olía esa distancia, el perfume casi aceitoso de la guayaba la interrumpía, como una roca de coral que desvía los saltos de la corriente.

Los innumerables sentidos que tienen que nacer, Argos[14] que surge con mil ojos cuando no hay un pie de apoyo, cuando la extensión no adopta la máscara de la medida. Recorría los canteros de rábanos y lechugas oscurecidos por la carpa de entrada de la primera parte de la nocturna[15], los brazos abiertos como una cuerda floja tendida entre el punto cerrado de la cortina descendida de súbito y el punto abierto del sueño trocado en un papayo[16] oscurecido por la maleza rapidísima entre el verde y el negro.

---

[14] *Argos:* nieto de Zeus y Níobe, reinó sobre el Peloponeso y dio su nombre a la ciudad de Argos.

Es más conocido por Argos Panoptes, «el que todo lo ve», sobre el cual los autores discrepan al hablar del número de sus ojos, aunque se suele convenir que eran muy numerosos. Hera le encargó la vigilancia de la vaca Io, lo que llevaba a cabo con gran eficacia pues nunca dormía con todos sus ojos cerrados al mismo tiempo. Murió a manos de Hermes, pero Hera, agradecida, trasladó sus ojos al plumaje del pavo real.

Lezama utiliza diferentes versiones e interpretaciones mitológicas del tema.

[15] *Nocturna:* parece referirse a la noche como tal.

[16] *Papayo:* árbol pequeño, tropical, cuyo fruto, de forma oblonga, hueco, con semillas en su interior, de corteza verde y pulpa amarilla, la papaya, también es nombrado en Cuba fruta bomba para evitar el doble sentido, pues papaya se denomina también, de manera soez, pero popular, a los genitales femeninos.

Jadeaba por la reiteración del recorrido en éxtasis de los canteros de rábanos y lechugas. Se aproximaba tal vez el despertar y con él la extinción de la eficacia creadora de la distancia. Se aventuró aún más en su penetración de las noches que la obligaban al retroceso. Al triunfar la flecha de su éxtasis sobre la refracción de la niebla densa, tuvo que abandonar el recorrido de los canteros y decidirse hasta la talanquera de la entrada de la granja. La madera verde del portón le dio una veta de fulguración a su éxtasis. Con ademanes violentos tuvo que ahuyentar a una cabra vieja, la cual a poca distancia la siguió mirando, parecía que se masticaba el final de su barba azafranada. Su rumia continúa cuando el éxtasis se despide, agua que pasa de una bolsa a otra para colar la secularidad.

Al lado de la puerta, con furiosa rapidez, comenzó a escarbar. Dentro de su éxtasis hundía las manos en la tierra como las podía haber hundido en una fuente de agua. Al fin aparecieron los huesos y el regreso de las cenizas. Delfina se encontraba todavía en esa edad en que toda reducción fraguaba un escondite. Detrás de esos huesos del cráneo aún abrillantados por la humedad de la tierra reciente, le parecía ver surgir del sitio donde estaba alguien escondido, el cuerpo entero de José Ramiro. Iban surgiendo de los ademanes y de las evaporaciones que desprende el cuerpo como abstracciones que después se ponen a andar, como la sonrisa; el desplazamiento del cuerpo en el espacio que después nos obliga a reconstruirlo, la forma de cerrar una despedida, cuando alguien que estaba ya no puede mirar hacia atrás, la inclinación para tomar agua, la persistencia de la vibración en la persona a quien espiamos en su respiración, el fijar o desprender la atención en nosostros para llenarnos o suprimirnos. Todos esos corpúsculos de emanación fueron surgiendo de su escondite. Así pudo por un momento ver de nuevo a un José Ramiro que le sonreía, que apoyaba su mano en la tibiedad de la suya, que la interrogaba y esperaba su respuesta, que caminaba a su lado, adelantándose un tanto y después haciendo una pausa en su marcha como si la fuera a cargar para saltar una zanja. Todas esas emanaciones que se desprenden del curso de una vida, que son percibidas por las personas que están dentro del mismo *sympathos,* y que los muertos apoyados tan sólo en la fragilidad sinuosa pero persistente de los recuerdos, conservan y elaboran para llegar a los vivientes en una forma que no sabemos si llamar despiadada o placentera. Delfina se apoyó en un punto errante, le pareció recordar que si su madre se muriera, la visita tan sólo de su sonrisa sería capaz de entregarle de nuevo la compañía de su persona en la totalidad de su ámbito.

Cuando regresó para apoyarse de nuevo en el sentido, estaban a su lado el padre de José Ramiro y Clara abrazados por las lágrimas y la contemplación de la tierra mezclada con la ceniza. Palmiro, tirando de la mano de Delfina, la iba levantando y despertando muy suavemente para evitar la brusquedad de la salida de un sueño donde la franja de la ceniza se había colocado entre los rábanos y las lechugas, el gris entre el verde y el rojo vinoso. Palmiro la seguía tironeando muy suavemente.

Las cenizas fueron llevadas a la sala de la casa del padre de José Ramiro. Iban llegando los caballitos achispando[17] la piedra lechada por la luna. Las cenizas fueron rodeadas de candelas, la casa con todas las puertas abiertas rendía sus rodillas en homenaje tierno. Es buena la casa con toda las puertas abiertas.

Durante el velatorio, Palmiro guardaba con frecuencia en sus manos las de Delfina. Los que no eran maliciosos derivaban tan sólo la ternura de un trato de niños, aumentada por la gratitud de Palmiro a la que había cumplimentado el reencuentro de las cenizas. Pero en el campesinado siempre sobrenadan malicias indetenibles, mientras con la mano derecha sostenían la taza de café,

---

[17] *Achispando:* sacar de las piedras los cascos de los caballos.

140

guiñaban el ojo izquierdo, como para regalarle a la ternura de la amistad agradecida unas gotas picantes de enamoramiento y de deseos que no saben cómo manifestarse, oscilando con timidez y sin sosiego.

Llegaron a la vela [18] de las cenizas, Ricardo y su padre. Inmediatamente se formaron los cuchicheos y acudimientos que son de ritual cuando alguien, cuya importancia se reconoce, llega a un sitio de animación o de muerte. En este último caso con un poco más de silencio, disimulándose más las indiscreciones y acercándose con más medida lentitud al momentáneo remolino. Se formaron dos círculos de salutaciones, uno tan convencional como el otro patético. En uno, el doctor y el insurrecto cerraron abrazos y palmatorias [19]. En el otro, los adolescentes reunidos no sabían qué hacer, la tristeza les desarmaba las actitudes, hasta que al fin, por mímesis de los mayores más que por una expresión convencional que su ingenuidad no permitía, se acercaron con abrazos y besos, pero con esa profunda dificultad de palabras que da el estrago de la amargura.

Pero Palmiro sintió cómo la noche, aquella noche con polvos de ceniza, los apretaba a los tres, como si pudieran ir penetrando por sus ojos hasta llegar al fondo de la laguna. Sintió que caminaba por dentro de Delfina y de Ricardo Fronesis. Tal vez eso era el reverso de la ausencia de su hermano. Era un oro, una regalía que caminaba por su cuerpo: la ausencia de lo real producía una presencia de lo irreal ofuscadora. La que había encontrado las cenizas no era la que había buscado el fuego de aquel cuerpo, del cuerpo del que quedaban tan sólo unas cenizas. Palmiro sentía la necesidad de que su cuerpo hubiera remplazado al de su hermano en la contemplación nocturna, pero adivinaba que Delfina había

---

[18] *Vela:* aquí tiene el sentido de vigilia, velada, velorio.
[19] *Palmatorias:* en este texto significa palmadas afectuosas en hombro o espalda.

encontrado aquellas cenizas al irse adormeciendo en la contemplación de otra estrella fija.

Palmiro la ceñía de la mano, pero notaba la fuga de la mirada de Delfina, parecía que sus ojos buscaban un sonido, la penetración de las palabras de Fronesis en su espacio que tenía la virtud de transparentarla, de borrar los impedimentos de su cuerpo para ofrecerle otro cuerpo sólo sensible a la vibración, a las interrupciones de la araña en su jaula espacial. Sentía la presión de la mano de Palmiro, pero sentía aún más la transparencia que le comunicaba Fronesis al borrar la escisión de su yo y lo estelar, al inundarla de una claridad que Delfina sentía como si Fronesis la mirase desde infinitos puntos lejanos que fuesen pasando como arenas entre sus dedos, y entonces sentía sus dedos temblorosos y comenzaba a oírse respirar. Sentía entonces otra vez como un miedo, como un miedo que le gustaba prolongar, mientras su piel se humedecía y sus ojos se agrandaban. Le parecía que una voz baritonal crecía dentro de ella, agrandándose hasta hacer crujir su piel. Lloraba.

La mano ceñida tenía fuerza para despertar una imagen en Delfina, la imagen de su ley de gravitación. Por la mañana, los espectadores frente a las cenizas, fueron aumentando sus voces. Sin llegar al griterío, más bien al vulgar comentario en voz alta, sonaron las sillas y volvieron a replegarse para responder a la nueva ordenación de la muerte. Se prolongó el ruido de las sillas arrastradas y se fingió solemnidad. La reducción de las cenizas en una hinchada carroza dorada, hacía que pareciesen llevadas por colibríes, tomeguines y azulejos. Había quedado en la visión de Palmiro el gesto imperativo del doctor Fronesis ordenando, mientras José Ramiro se tapaba el rostro para llorar, que ya era llegada la hora de conducir las cenizas a la carroza dorada; la transparencia matinal hacía creer que las cenizas eran transportadas en alas del viento, más denso que el respirar del colibrí. Los cristales curvados que guarnecían las cenizas permitieron en sus reflejos, que se mezclasen con las alas de los pájaros.

La humedad de la noche se aliaba con el palor[20] de la luna completa, sin añicos estañados. Así, Palmiro pudo ver como una estela dejada por la carroza, en su doradilla[21] entrelazada con una luz espesa, de rebanada de pan en una loza blanca, dura, de todos los días, pudo ver su entrada en el templo. Hizo un asociación de imágenes entre la carroza, la luz y el templo; le parecía que contemplaba un retablo con un anteojo. Lo lejano acariciado por su mano desprendiendo un sonido, y después ver el ardimiento de la onda acústica y la visual alzarse con una hoguera que cubría con su claridad la estela abierta por la carroza en el bosque.

Veía otra vez el gesto imperativo del doctor Fronesis cuando hizo una señal y las sillas se arrastraron y se produjo el silencio más solemne que había llegado hasta él. Ahora el mismo gesto con el índice y los testigos comenzaron a firmar el pliego matrimonial. Cómo habían coincidido el padre de Palmiro y el de Delfina para llamar al doctor para que dejase caer su firma con el asentimiento que más le interesaba. Vio también Palmiro como ahora la luz no era ambulante, no peregrinaba con tristeza, como el día en que la luz había envuelto a la carroza. El órgano dejaba en el aire islotes de luz, racimos donde los ángeles, como si fueran nomos, se colgaban frotando los cangilones, para traspasar el poliedro con sus agujas, sus nidos pintados eran seguidos por sus cuerpos, perdiéndose en una blancura tumultuosa por el áspero frotarse de sus alas.

Pudo Palmiro ver también la tranquila desenvoltura del hijo del doctor, cómo él y Delfina seguían siendo niños, viendo las cosas a gatas, ocultos debajo de la mesa, mientras Ricardo iba de grupo en grupo, más

---

[20] *Palor:* palidez.
[21] *Doradilla:* manera lezamiana para convocar un color que casi alcanza categoría de metáfora.

buscado y escuchado por la aislada timidez de la pareja, que tenía la sensación de su prescindencia, de que las oleadas del órgano los envolvían con sus orejas de elefante, tapándose los ojos, al despertar uno al lado del otro, en playas muy lejanas. Al final de la galería, entrando en su cuarto, las puertas que se iban cerrando y los dos ya desnudos. Palmiro desnudo, distendido, relaxo, con fingido cinismo, ella todavía tímida, apretando las piernas, no atreviéndose a caminar para no mostrar los rincones oscuros, pero Palmiro desnudo en el cuarto donde ella dormía todas las noches, sentado en un balancín viejo, extraído de la sala por sus muchos años de servicio, veía el sillón frente a la ventana y a la ventana frente a la ventana de Ricardo, y la cortina que tironeada con brusquedad avanzaba sus pliegues, después descendía como si pusiera un sello sobre la ventana. Y los relámpagos de la balacera, su hermano muerto y Delfina corriendo como una euménide bajo el terror. El ritmo de sus pies siguiendo los canteros de sembradío, que era el ritmo con que entornados sus ojos, seguía el ritmo de la cortina al descender en el desierto nocturno. En el sueño de Delfina, la cortina temblaba con el ascenso y descenso de las alas de un murciélago.

Fronesis había encontrado un apartamento en el centro de la Isla de Francia. Le gustaba, cuando salía de su casa, ir recorriendo las distintas capas concéntricas del crecimiento de la ciudad. Mientras caminaba a la caída de la tarde, volvía siempre a su recuerdo, la frase de Gerardo de Nerval[22]: el blasón es la clave de la historia de Francia.

[22] *Gérad de Nerval:* poeta y escritor francés, nacido en París (1808-1855). Sus obras son de una gran delicadeza imaginativa, tal cual lo demuestran *Silvia* y *Aurelia*. Influido por el romanticismo alemán —tradujo el *Fausto* de Goethe—, su obra poética incluye *Chimères*. Lezama Lima lo admiraba mucho de él dice, luego de hablar de Victor Hugo, que «había añadido una virtud como de oficiante, hierática, que comenzaba por llevar a la poesía a las nocturnas, implacables, rocas de sacrificio» (Tratados en La Habana, 1958). A su vez, Lezama tradujo el famoso soneto *El desdichado* (así, con título en español en el original que viene de la divisa de Ricardo Corazón de León,

La suma pizarrosa de los techos, los clavos en las puertas, el olor de un asado desprendido por alguna ventana entreabierta, lo llevaban a través de sus sentidos, a la comprobación de los fundamentos por la frase de Nerval. Mientras atravesaba aquel laberinto, parecía que al repetir mentalmente el blasón es... el blasón es... volviera a la luz sucesiva. Calle tras calle iba comprobando cómo el blasón estaba en la raíz de las órdenes de caballería, cómo de esas órdenes había surgido la diversidad de los gremios. Cómo de esas corporaciones había nacido el rico simbolismo del arte heráldico. De esos emblemas había cobrado esplendor casi todo el arte medieval francés, estatuaria, sepulcros, tapicería, sillerías de coro. Pensaba después en Nicolás Flamel[23], en la calle donde había vivido, calle de los Notarios, cerca de la Capilla de Santiago de la Boucherie, y cuya mezclas de piedra roja y mercurio le había dado un oro para levantar hospitales y casas para pobres, al mismo tiempo que con sus jeroglíficos en el cuarto arco del Cementerio de los Inocentes, intentaba penetrar en las ánimas para la resurrección. Al final de aquel laberinto, Fronesis tenía la seguridad de que no estaba en un mundo minoano[24], de hilos sutiles y toros genitores, si no veía cómo se alzaba de aquella casa el santo cáliz, la copa volante con una inscripción: *multa signa facit*[25]. El laberinto remontaba hasta el signo en aquella ciudad, cada calle ofrecía las metamorfosis del

---

tal cual aparece en *Ivanhoe* de Walter Scott; inicialmente el soneto se tituló *Le destin*), con algún que otro ingenuo, típico y delicioso error: el príncipe de Aquitania, el de la torre abolida, por extraña ingerencia verbal, hubo de abolir la torre. Por otra parte, aseguraba que ese verbo, abolir, era, Mallarmé mediante, firme sostén de la mejor tradición lexical francesa. También como blasón.

[23] *Nicolas Flamel:* destacado escritor francés (1330-1418) adscrito a la Universidad de París a quien la leyenda considera un alquimista, debido a su manera llamativa de dilapidar el dinero. Ese oro a que se refiere el texto. Ver también *Paradiso,* edición cubana, cap. IV, pág. 87.

[24] *Minoano:* forma peculiar de adjetivar de Lezama Lima. Ver prólogo.

[25] *Multa signa facit:* Muchas señales muestra.

blasón, el madrugador panadero salía de la noche del sueño para cantar en el banco del coro de su iglesia, con los de su mismo oficio, divididos por el agudo y el grave de la voz. Pero también, cómo en una piedra aislada donde de pronto alguien se sienta y silba para conocer lo invisible, irrumpe el secreto silencioso de los hombres que se quieren convertir en dioses. Cómo ese mismo panadero que acaba de salir de la cantoría, se convierte en una figura de folletín, y con las mismas manos que en la madrugada acaban de trabajar la harina, se acuesta con su amante todos los sábados y acaricia su cuello y tanto lo adelgaza con lo prolongado de sus caricias que un día termina cortando ese hilo con los dientes. Allí el hombre, bajo su apariencia de *bonne compagnie,* tiene la misma presencia cuando sale de una cantoría o se acaba de fugar de las Guayanas.

Fronesis se dirigía a casa del pintor Luis Champollion, a quien había conocido por Cemí alguna tarde habanera. Vivía en un cuarto piso de la Rue du Dragon. Cuando tocó la puerta del apartamento de Champollion, ya se vislumbraba sentada dentro, pintando también, a Margaret Mc Learn, que se pasaba todo el día acompañando al otro pintor, mayor en unos quince años. Champollion era lento, asimilador[26], con algo de andrógino primordial. Cada cambio de su rostro parecía que conjugaba lo cóncavo y lo convexo, algo que poseía y algo que lo poseía. Era un poseso, pero tan uniformemente, que las descargas demoniacas se repartían proporcionalmente por todo su cuerpo. En él la descarga energética de lo demoniaco se presentaba al tacto de los demás reducida al mínimo, pero la energía se repartía a él por una inmensa alfombra que volaba, por la carnosidad de un pulpo que se arañaba al restregarse por las cavernas submarinas.

---

[26] *Asimilador:* homosexual o pederasta pasivo, otras veces lo llama incorporador.

artista

A medida que Champollion sumaba vaso tras vaso de escocés con soda, su cuerpo de osezno cobraba retozo, como si bailara al sonar su pandereta, mientras comenzaban sus pequeñas fulguraciones los incisivos de zorra irónica. Margaret se arracimaba con los extractos de lúpulo[27], así su cuerpo cobraba una especie de grave pesadumbroso, como si una niñez en extremo sombría se hubiera trocado en su madurez en una ensimismada profesora de violoncello. La alegría de Champollion por la llegada de Fronesis, se hizo bien visible, ya lo báquico comenzaba a espiritarlo y necesitaba de alguien sobre quien avanzar, para trocar su abierto engarabitado en lo que él creía diálogo sutil. Sin embargo, no era conversador, pues su poder asociativo verbal era más calmoso que el que soporta el imán de las palabras. Acostumbraba a decir, acompañando la frase con una poderosa carcajada, que a veces, se le ocurrían cosas, pero que cuando las iba a decir ya había pasado su oportunidad. No era conversador, pero su ingenio y su malicia mantenían siempre despierto el zumbido de su avispa, pero ese *trait d'esprit* necesitaba que dos conversen entonces, mientras descansaba de alguna pincelada, saltaba su ironía. Su ojo seguía la flechita en el aire, brincando por entre los visitadores. Cuando veía los ojos ajenos irisados por su golpe de ingenio, era para él como si hubiese adquirido un nuevo matiz el azul de su empaste. Empezaba entonces a reírse, aumentando su risa en graciosas progresiones, hasta que se iba apagando al colocar un nuevo color sobre la tela.

—En los últimos meses, Margaret está entregada al estudio de los símbolos gnósticos alejandrinos —dijo Champollion, mostrando la habitual participación de sus incisivos en la conversación—, quiere encontrar relaciones entre el sonido masculino y el femenino y las líneas

---

[27] *Extracto de lúpulo:* metáfora para cerveza.

que se continúan y se fragmentan también masculinas y femeninas, en los trigramas chinos.

—Cadmo[28] —le contestó Margaret fingiendo en la broma una serenidad de exposición profesoral—, de donde se deriva el alfabeto cadmeo, era para los griegos un dios del mismo linaje que Prometeo, alusión a los escritores que desdeñan la letra y a los pintores que rechazan lo emblemático. Estos escritores y pintores ignoran el fondo de profundidad de la letra y el emblema, que hay también en la letra y el emblema *un fuego robado a los dioses*. En la letra hay un fondo de rebeldía contra la maldición, pero también es ella una maldición, un dios dispuesto a traicionar a los dioses en favor de los mortales.

—¿No habrá en todo eso un orgullo de mistagogo alejandrino, de letrado chino, demorado en la ayuda de los ideogramas para unir el signo con la pintura? —interrumpió Champollion.

—Para que yo aceptase que la búsqueda del signo es tan sólo un orgullo tendrías tú que aceptarme que el orgullo en el hombre tiene una raíz sagrada, como la envidia, la virginidad o la pobreza —le replicó Margaret—. En el vivir de todos los días a veces, se declara con orgullo la pobreza, sin embargo, el que asiste en el teatro a las localidades superiores o más baratas, lo disimula con cautela. Eso forma parte de la extraña profundidad del hombre.

—Para aclarar un poco más lo dicho. A veces aceptamos en la realidad lo que en el teatro nos molesta aceptar. Me parece que un mendigo se negaría a aceptar en el teatro el papel de mendigo. Huiría de la piedra que se le ha asignado, a la entrada del templo, para ejercer la mendicidad en un auto sacramental. Sin embargo, un rey

---

[28] *Cadmo:* hijo de Agenor, rey de Tiro, y hermano de Europa, raptada por Zeus, a cuyo rescate salió junto a sus otros hermanos. Construyó Cadmea y se le atribuye la propagación del alfabeto y del arte de fundir los metales.

aceptaría golosamente ese puesto en la fugacidad entre dos escenas.

—No vayas a despeñarte desde el gnomon alejandrino a la moralidad esópica. La cerveza te engorda el pensamiento, la moraleja es la grasa —le salió al paso de nuevo Cahmpollion.

—Porco —le respondió Margaret—, hablo de lo que me gusta y rechazo tu batuta. No merecía la pena tomarse cuatro cervezas, para seguir tu solfeo en la conversación.

—Todo ese chamusco[29] es para hacerse la interesantilla —dijo Champollion mirando a Fronesis—. Cree que porque tú llegas de Villaclara, te puede encandilar con cuatro tonterías regadas con cerveza.

—Champollion se nos está volviendo un vejete imperativo, lo que él pretende es que los jóvenes no nos pongamos de acuerdo —contestó Margaret mirando también fijamente a Fronesis.

—Cuando los jóvenes se ponen de acuerdo, es que ya hay uno entre ellos que se está fingiendo joven para engañar a los demás. Además cuando tú naciste, yo tan sólo había saboreado el turrón de tres navidades —al decir esto, Champollion mostró de nuevo su triunfante sonrisa de zorro.

—Pues ahora —dijo Margaret con sorna—, abriré mi *tagebuch*[30] y lanzaré todo lo que se me ocurra. La censura, liberada por el exceso de lúpulo, había dejado de funcionar sobre sus ocurrencias, que saltaban como potricos bajo la lluvia. Sin embargo, se podía notar en el sudor y en la rigidez que iban tomando su rostro, cómo se iba ensombreciendo.

—La delicadeza de la madre no tiene mejor símbolo

---

[29] *Chamusco:* referencia al fuego, chamusquina, quema, camorra, y también palabras o discursos peligrosos en materia de fe, quizá esta última acepción contenga veladas amaenazas inquisitoriales.
[30] *Tagebuch:* libreta, agenda, diario.

que su afán por evitarle las pesadillas a su hijo, después
de su muerte. Siempre veo a mi madre, después de su
muerte, saliéndole al paso a las pesadillas que pudiera
tener con ella. Me parece como si siempre estuviese en
oración, para que yo pueda llegar a ella en su muerte,
por medio del sueño para domesticar mi caos y guardar
un hilo en la imagen de su reencuentro.

—La vida del padre —continuó Margaret, con un
tono más alto en la voz, pues ya empezaba la recurva
sentimental de lo báquico— se llora aunque esté muerto,
cuando llegamos a la madurez; la muerte de la madre se
llora, aunque esté viva, en nuestra niñez. Margaret había
tenido con su madre una relación en extremo apasionada,
había vivido desde su adolescencia, separada de su familia, pero en sus días más vacilantes y fláccidos, se dirigía
a su casa para conversar con su madre. Continuaba
entonces una conversación que en su sencillez lograba
disipar el daño ocasionado por los excesos en que transcurría su vida de todos los días. Después de la muerte de
su madre ya no tenía a dónde ir, fue entonces cuando
volvió a la pintura que la había atraído desde su niñez.
Su amistad con Champollion decidió su vocación, en
La Habana y después en París se veían todos los días. Al
principio de su trato, Margaret se limitaba a ver trabajar
al pintor mayor, después sintió como una caótica invasión de los colores. En la primera capa de lo estelar, en la
extensión, rota por la germinación de la humedad de las
paredes, o cuando se sentaba en el muro del malecón,
veía los peces que se alzaban para dejar caer una cascada
con la más violenta gama tropical, suavizada por la
penetración de un azul carnoso, como si el mar continuase elaborando y distribuyendo los colores sobre el metal
sensible de las escamas.

—Se dice que en el Japón el beso es desconocido. Eso
se debe a que el excesivo culto por las flores en ese
pueblo, le convierte todo el cuerpo en labios. Al darle ese
cambio súbito a lo que estaba diciendo, Margaret mostra-

ba que al írsele nublando la visión, su poder asociativo había unido el recuerdo de su madre con el de las flores que estaba pintando. En el recuerdo del *tokonoma*[31], donde se coloca una flor para avivar el vacío, se había cumplido la justicia de esa asociación, en su apariencia traída por las rotas semejanzas de la embriaguez.

Margaret iba cobrando en su rostro una rojez aplopética, se le iba haciendo más visible la paralización de la parte izquierda de la cara. Todo su cuerpo también cada vez más rígido. Se veía el esfuerzo que hacía para hablar, pero aún pudo decir: Las hemorroides son las cicatrices que quedan en el cuerpo después de una pesadilla, motivada por la ingestión de un pulpo salteado, es decir, dividido en trocitos y con mucho vinagre. Esto lo había dicho Margaret sin procacidad y sin querer sorprender, por el contrario, parecía dicha por una agonizante, con

---

[31] *Tokonoma:* vacío que el poeta llena con su obra; lugar primordial de importancia en una casa japonesa, donde se coloca una imagen de la estación actual, un arreglo floral, quizá una reliquia de los antepasados y el mejor objeto de arte que pueda ofrecerse a la vista de un invitado. El término también aparece en el último poema de José Lezama Lima del libro *Fragmentos a su imán*, fechado, el poema, el 1 de abril de 1976:

De pronto, recuerdo,|con las uñas voy abriendo|el tokonoma en la pared. Ya tengo el tokonoma, el vacío,|la compañía insuperable,|la conversión en una esquina de Alejandría.

Me voy reduciendo,|soy un punto que desaparece y vuelve|y quepo entero en el tokonoma.

El principio se une en el tokonoma,|en el vacío se puede esconder un canguro|sin perder su saltante júbilo.

Me duermo, en el tokonoma|evaporo el otro que sigue caminando.

Cinco veces aparece la palabra *tokonoma* y siempre subrayada. Si se relacionan estas apariciones, tanto en *Oppiano Licario* como en *el pabellón del vacío* —título del poema citado— se podrá observar que este concepto forma parte de las obsesiones de los últimos días del poeta, quien no en balde reclamaba para sí, como posible epitafio, la frase de Flaubert: «Todo perdido, nada perdido.»

En cuanto al concepto tokonoma, Dolores M. Koch, del Manhattanville College, señala, con suspicacia tal vez reveladora, que el significado de la palabra, en Lezama, no es el tradicional, sino que recuerda más un cuento de Jorge Luis Borges, «Las ruinas circulares», cuando el protagonista busca en la pared un nicho sepulcral donde desaparece cuando quiere soñar» (crear) un hombre.

una gravedad oracular. Se vio que lentamente iba inclinando la cabeza, cayendo al suelo con la dureza de un desplomado cerca de las cavernas humeantes de Delfos[32]. Su rigidez parecía la de un participante en una cópula con un monstruo que nos es desconocido, ya con un dragón o con el dios del Huracán mostrado en un momento de extenuación amorosa.

Fronesis mostró un asombro, que comenzó a inquietarlo cuando Champollion le hizo una seña para que levantase por las piernas a Margaret, al mismo tiempo que él le levantaba la cabeza; así la llevaron hasta la cama. Champollion le abrió la blusa, le secó el sudor. —Ahora a dormir, la embriaguez la lleva hasta el sueño, donde suponemos que sus asociaciones de ideas adquieren un contrapunto de más continuidad. Sin embargo, es un momento solemne, un recuento de lo que realmente es sagrado en su vida —Fronesis pudo observar la cariñosa ternura con que Champollion fue a abrir la ventana para que la brisa peinase el sueño espeso de Margaret.

—Fíjate, Fronesis, las cosas que invariablemente va reiterando Margaret hasta que se desploma en el sueño. Comienza siempre haciendo combinaciones entre figuras geométricas y el color, es como la búsqueda de una correlación infinita, pero antes de que el hombre pueda alcanzar esa libertad entre las formas, su finitud, su libertad de la no libertad, lo destruirán. Margaret lo sabe y ésa es su primera desesperación, cree y sabe que frente al mundo exterior el artista es como un *deux absconditus* que sale de su guarida, da sus plumerazos y vuelve a esconderse. Cree que es en la forma artística donde se puede lograr la piedra filosofal, que cuando el artista logra la infinitud en la correlación habrá adquirido la materia primordial.

---

[32] *Delfos:* ciudad griega, famosa por su oráculo, asiento del dios Apolo Llama la atención el nombre de Delfina, pues Delfina es otra denominación de la serpiente délfica Pitón, dragón mitad animal, mitad mujer.

Pero lo que no acaba de comprender es que los griegos hacían sustituciones y reemplazos sobre un fondo de identidad; los chinos pintan siguiendo el curso de las metamorfosis, como si fuese el curso de un río, pero en realidad lo que buscan es el embrión celeste de los taoístas. El mismo Kandinsky parte de la homologación para encontrar la correlación; para encontrar la correlación entre el ángulo agudo y el amarillo, tiene que hacerlo sobre la totalidad de un homólogo que iguala a la identidad de los griegos y al embrión celeste buscado por los pintores chinos. Se pasa la vida con los gnósticos alejandrinos, pero en cuanto se incorpora dos cervezas, el ancestro se le echa encima. Cuando está pensata cree que puede reemplazar un capitel corintio por una columna diseñada por Juan de la Herrera[33], por el dedo índice apuntado hacia el cielo. Pero Baco irrita en ella lo que tiene de diosecillo con pezuñas de cabra y la uva apisonada la vuelve sentimental y comienza por acariciar su ancestro. Aquí está la imagen, cuando con frecuencia falta algo.

La imantación de la ventana del cuarto donde dormía Palmiro con su esposa Delfina, desde donde se contemplaba la otra ventana, cuya cortina descendía con lentitud siguiendo las órdenes manuales de Ricardo Fronesis, llegó a obsesionarlo hasta las inmediaciones del éxtasis. Descendida la cortina, la imagen de Fronesis se paseaba a su lado, no lo miraba, después le daba una palmada. Palmiro sonreía. Otras veces la imagen era como el humo, golpeaba y seguía toda su piel. Cuando la cortina descendía, Fronesis era una imagen icárica[34], caminaba

---

[33] *Juan de la Herrera:* arquitecto español (1530-1597), colaboró en la construcción del monasterio de El Escorial con J. B. de Toledo, a quien sucedió en 1567. El castillo de Simancas, el Alcázar de Toledo, la Catedral de Valladolid, la Lonja de Sevilla y el puente de Toledo, en Madrid, son también obras suyas.
[34] *Icárica:* adjetivación lezamiana a partir de Ícaro, que cobra gran

sobre el río, dormía en la copa de los árboles, estaba al lado de Palmiro sin hablarle. Cuando Palmiro veía la sombra del cuerpo oculto detrás de la cortina, entonces tenía tregua. El cuerpo de Fronesis, como el reflejo de un espejo que penetrase en su éxtasis, no lo dañaba, le prestaba una sombra húmeda. Cuando el cuerpo no estaba detrás de la cortina, tironeándola con delicadeza, entonces era una imagen guerrera, incesante tridente con su diablejo oculto.

Ocupaba el mismo sillón donde Delfina espiaba a Fronesis el día de la balacera que había matado a su hermano. Los primeros días de su boda, el cuerpo de Delfina lo buscaba con el rocío de su pulpa. Una pulpa que abría para él todos sus poros, una pulpa que abría en cada uno de sus poros el paladar de una boca. La boca dentro de la que se duerme los días de lluvia. El cuerpo de Delfina se ablandaba en los extremos de cada uno de sus dedos, como la pulpa ablandada a la penetración de los dientes. A pesar de la suavidad, del total rendimiento del cuerpo de Delfina, le parecía a Palmiro que la penetraba con los dientes. Como cuando la sal marina empieza a quemar la piel, sal con hormigas por los cuatro muslos entrelazados.

Para Delfina la ventana se había convertido en la fuente del olvido en el infierno. La ventana era para ella un espejo maldito. La esquivaba, su gusto hubiera sido poner allí un paño opaco. Era un laberinto para Palmiro, lo que era muy evidente para Delfina. Cierto que su camino la llevaba a Ricardo Fronesis y después, seguramente, ese camino recurvaría a José Ramiro, el que había muerto en la balacera. Pero salimos por un camino y es en el atajo de esa recurva donde nos suceden las cosas fundamentales. Sabía que su camino con invariable hondura estaba en Palmiro. Había encontrado el camino de

---

importancia en este texto por originar de ese modo el nombre de Oppiano Licario. Ver prólogo.

su vida, el laberinto de las imágenes no la importunaba.

A medida que los días pasaban, Palmiro sentado en aquel sillón, frente a la ventana, se fue sintiendo alejado de Delfina. El recuerdo de lo que aquélla espiaba, cuando lo encontró a él, se había ido obturando en su sensibilidad para aquel cuerpo que lo acompañaba todas las noches.

Al comienzo de una de aquellas noches de estío, se sintió más sobresaltado aún. Se levantó y hundió la cara en los cristales. La lámina tenue que lo separaba del otro cuerpo detrás de la otra ventana, parecía esta vez que lo unía al cuerpo trocado en imagen. Detrás de la cortina descendida, se esbozaba el cuerpo siluetado de Fronesis. Palmiro tuvo la sensación de que respiraba al lado de aquel cuerpo. Cuando se recuperó no pudo escindir la imagen de aquel cuerpo de su aliento que había manchado los cristales de la ventana. Al espionaje anterior de Delfina, que él creyó al principio que era lo que lentamente había hecho que la apartase, se unió la evidencia que se clareó de su inclinación por Fronesis. Delfina vio la raíz que llevaba a Palmiro a ocupar el sillón de espera. Cuando Palmiro precisó que Delfina había penetrado su secreto, sintió deseos de marcharse de la casa. Algo más grave ocurrió.

Aquella noche al descender la cortina, Palmiro vio el cuerpo de Fronesis ceñido por la camiseta y el calzoncillo. El erotismo que desde hacía semanas no sentía al tacto de la pulpa corporal de Delfina, lo despertó la sombra del cuerpo de Fronesis que se movía detrás de la cortina. Era como un grabado lo que lo erotizaba, más opaca la zona ceñida por la camiseta y el calzoncillo, aclarándose las manos y las piernas. El no sentirse observado por Fronesis, le prestaba más abandono a sus ademanes, cortados de pronto por una brusca decisión en la caminata dentro de su cuarto. Palmiro contempló hasta el final, Fronesis tiró la camiseta y el calzoncillo sobre una silla, se lanzó sobre la cama, al apagarse la luz, el

erotismo se mezcló al odio de la imagen ausente. Sintió
por primera vez la atracción de Fronesis, pero cuando la
luz desapareció, el odio ocupaba el sitio de la imagen
desaparecida. Vio el rostro grave de Fronesis, pero se
aprovechó del oscurecimiento y la desaparición del cuerpo de Fronesis para sustituirlo por un odio lívido. Ya no
sentía que Delfina había observado como él, los paseos
de aquel cuerpo detrás de la cortina, ahora lo que sentía
era que Fronesis nunca lo había mirado, no recordaba la
mirada de Fronesis cayendo sobre su cuerpo. Al pasar
del erotismo al odio, interpretaba la indiferencia de
Fronesis como desdén. Un desdén que hizo levantarse a
Palmiro y ocultándose de Delfina, fue a la cocina a
buscar un cuchillo.

Palmiro conocía muy bien la casa de campo del doctor
Fronesis. Sabía que los padres de Ricardo ocupaban el
primer cuarto y en el otro extremo del corredor, Ricardo
tenía su cuarto de estudio y al lado el dormitorio. Sabía
además que muchas noches, el doctor con su esposa
llegaban tarde, a pasar el fin de semana. Palmiro se
dirigió a la entrada de la cocina, levantó la esterilla de la
ventana y saltó dentro. El gato, con su gris muy abullonado y sus ojos de un verde de mariposa, saltó del
mortero a esconderse de nuevo detrás del basurero. Toda
la calma del gato parece estar hecha para preludiar el día
en que un hombre, para penetrar en una casa, levanta la
cortinilla de la ventana de la cocina. La casa se le rendía a
Palmiro, los corredores se abrían como pinares sucesivos
donde al fin el hombre se encuentra con el oso tibetano,
con el oso diablo.

La ascensión por la escalera, al flexibilizarlo, le comu-
nicó ese ritmo tan veloz como silencioso que la sangre
necesita en un día de grave excepción. La prisa con que
sumó los peldaños, revela una nadada en lo oscuro,
oscura dimensión para adensar y arremolinar la sangre,
cerrando la visión y clareando el mal que hay que sobre-
pasar. Saltar el mal, clavando el cuchillo en la arena. La

inmensa espalda del hombre, el expandido pecho en la noche, la arena. Y el oscuro, mientras crujen los peldaños, que desemboca de un súbito en la caricia o en el cuchillo.

La puerta del cuarto donde dormía Fronesis estaba entornada. No se preocupó de que sus pasos fueran silenciosos, al acercarse a la cama, pudo ver el cuerpo de Fronesis cubierto por las sábanas. El cuchillo se agrandó tanto como el cuerpo de Palmiro, era la sombra de su cuerpo que se hundía y retrocedía en el cuerpo de Fronesis. El cuchillo le parecía en sus manos como un fanal, con el que podía penetrar y reconocer el cuerpo enemigo.

La cautela que lo había acompañado al entrar en la casa del doctor, lo abandonó en su retirada. Se fue de la casa corriendo, siguió corriendo al pasar por la casa del cartulario, donde estaba su hija Delfina desnuda, esperando el regreso de Palmiro. Al pasar frente a su casa, Palmiro sintió que ya el pavor le impedía correr, tomar una decisión cualquiera, dirigirse a su casa para hablar con su padre o seguir corriendo por el bosque. Pero en ese momento lo salvó la misma fulguración que lo había llevado a hundirse en la oquedad de las abejas que elaboran la miel de palma. Una presión en los talones lo llevó más que a saltar, a volar hasta aquel hueco vegetal. Allí se fue ovillando hasta encontrar el punto fijo del sueño. Durmió protegido por la absorción nocturna del vegetal, sus piernas se extendían con las raíces hasta alcanzar la fluencia del río más cercano.

Por la madrugada, Palmiro se fue despertando por la ocupación de la luz. La transparencia del amanecer cristalizaba casi el tronco de la palma. Las fibras de la oquedad, todavía embarradas de miel, abrían sus estalactitas en escamas poliédricas, abrillantadas por el rocío filtrado. Hundiendo la puntera de los zapatos en las paredes de la oquedad, logró ascender hasta el boquete por donde había entrado, la extensión de la luz penetró por sus ojos con un frenesí de cuchillo que penetra. La luz escarbó en sus ojos, como una gallina blanca que inaugura la mañana mirando un grano de maíz como si fuese un espejo.

Lo que vio lo hizo caer hasta la fundamentación de la palma. Fronesis cantando pasaba frente al boquete donde se había asomado. Dentro de su escondite, Palmiro se tapaba los ojos con las manos para ahuyentar la visión. Las fibras del interior de la palma se abrían en su caída sin fin, Palmiro tuvo la sensación de que amarrado rodaban las piedras que le servían de soporte. Golpeaba la pared interior de la palma, sus manos quedaban pegajosas, sintiendo entre sus dedos una membrana que sólo permitía separar los dedos muy despaciosamente y como un cristal que se estira.

Fronesis, con su pantalón de dril y su camisa de hilo blanco, avanzaba, corría, agrandado por la brisa del despertar campestre. Sacó su pañuelo y se secó la cara y las manos, el blanco del pañuelo y el movimiento que describió con él, desde el bolsillo posterior del pantalón a la cara, llenó la brisa del escarchado de la luz, logrando ocultarlo.

La impulsión de la luz le daba un aspecto de corredor de relevo, punto que vuela desde la potencia a la extinción que se renueva. La brisa y la luz acortaban la distancia entre el sitio de donde partió y el sitio a donde esperaba llegar. Se borraban su cuarto de dormir y el mercado con los congrejos rojos.

Cuando Palmiro salió de su escondite, casi tambaleándose por la presencia de la persona que él creía haber matado, tuvo que extenderse en la hierba, el temblor de las piernas no lo dejaba caminar. El frescor de la hierba hizo que se fuera recuperando, el incentivo de la figura que desaparecía, la imposibilidad de su presencia que comprobaba no obstante su vista, le dieron fuerza a su sangre para levantarlo y ponerlo en presencia del aparecido. Enloquecido, ya no le interesaba comprobar una realidad, sino asir un fantasma.

Fronesis, o lo que creía Palmiro que era su fantasma, se dirigió al parque que ocupaba el centro de la ciudad. En las calles que rodeaban el parque, se había establecido un mercado, formando una sinestesia olorosa de frutos, pescados y aves. El rojo de un mamey[35] calado se paralelizaba con el rojo del caparazón de un cangrejo, distingo que merecía la voluptuosidad de un lapidario. El amarillo de un canistel[36] entreabierto trababa una inmediata amistad con el amarillo de un canario. Aquella extraordinaria diversidad encontraba muy pronto su pareja por el color, el perfume o lo regalado de las sustancias incorporativas.

Palmiro pudo observar que el fantasma de Fronesis se acercaba a la carretilla[37] donde vendían los cangrejos. Uno de los cangrejos había logrado saltar de una carretilla y se había acercado al fanguillo de la cloaca de la esquina de la calle. Fronesis ya tenía ensartados unos diez cangrejos en la soga que le había brindado el viejo carretillero, que hacía sus ventas rodeado de sus hijos. Fronesis con ligera decisión fue en busca del cangrejo que corría hacia el desagüe. Cogió el cangrejo por donde él sabía que las muelas no le podían hacer daño, lo sacudió para quitarle el fango y lo ensartó en la soguilla. Se acercó de nuevo a la carretilla para comprar un cangrejo más y así completaran la cantidad zodiacal[38]. El carretillero se sonreía, le daba recuerdos para su padre, se mostraba con la excesiva cordialidad de nuestros campesinos en las primeras horas de la mañana. Fronesis, empuñando su collar de cangrejos, dio una laberíntica vuelta por todo el mercado, se acercó a uno de los camareros que servía en el café donde iba algunas no-

---

[35] *Mamey:* fruta cubana, americana, de árbol sopotáceo del mismo nombre. En la parte oriental de la isla se le llama zapote.
[36] *Canistel:* fruta cubana de forma oblonga, parecida al mango.
[37] *Carretilla:* en Cuba, vehículo de tracción animal o humana utilizado para el transporte y venta de frutas, vegetales, pescados y mariscos.
[38] *Cantidad zodiacal:* doce.

ches, le hizo varias preguntas y de nuevo cogió el camino que lo llevaba a la finca.

La noche anterior, al salir Fronesis de su casa, había puesto las almohadas en forma que remedaran un cuerpo. Había utilizado esa manera simplista de todos los escolares cuando se escapan de sus casas por la noche, más bien con propósitos irónicos, para que si su padre o su madre lo fueran a buscar, tuviesen que reírse por el procedimiento que había empleado para burlarlos. No lo hacía con propósito de engañarlos, pues de sobra sabía que cuando se le ocurría salir de noche, sus padres no lo vigilaban ni se preocupaban por su regreso. Ellos sabían que muy pocas veces salía de noche. Más que para burlar a sus padres, había recurrido al procedimiento de las almohadas sustituyendo al cuerpo para reírse de sí mismo, como cuando frente al espejo nos tiznamos la frente o la nariz, después nos reímos de nosotros mismos, pero si alguien nos contempla sigilosamente piensa que vamos a un baile de máscaras o que vamos a hacer alguna maldad. La relación entre sus padres y él era demasiado segura para tener que recurrir a ese tosco procedimiento. Por eso cuando regresó alrededor de las doce, se sorprendió al ver las cuchilladas en la sábana y en las dos almohadas unidas. Se sonrió al pensar que alguien había querido matarlo, se sonreía pues de inmediato rechazó esa idea. ¿Alguien había querido responder a su broma con otra broma igualmente inocente, aunque de distinto signo? No le parecía que su padre fuera capaz de ese juego macabro, además de que esa noche no estaba en la finca. Luego llevó su pensamiento a Foción, por eso le preguntó al mozo del café por la presencia de un amigo cuyas señas dio. Extremando las posibilidades pensó en Foción, también como una broma, quizá como una manera jocosa de dejar constancia de su visita. Esos pensamientos nacían en él sin una fundamentación, tan sólo por pensar que si era una broma sólo podían dársela sus padres o Foción. Pero muy pronto eliminó estas creencias en una broma sombría. Cuando se convenció de la imposibilidad de esos supuestos, tuvo que aceptar que alguien había querido matarlo. Pensó entonces en Lucía. Después él mismo se sonreía al distribuir familiares y amigos, en bromistas y asesinos. Se sonreía al ver el desdén que acompañaba sus relaciones con Lucía, cómo de pronto adquirió ese relieve, reaparecer como la frenética enamorada de Jasón[39] clamando por la destrucción de un linaje.

Cambió la funda de las almohadas para que sus padres no se inquietaran, con ese suceso enigmático. Volvía el recuerdo de Lucía, aunque era la que menos posibilidades tenía de haber realizado ese hecho. Cuando vio las cuchilladas sobre la almohada, afloró a su recuerdo como una marea invasora la camiseta que había tenido que abrirle un círculo para poseer a Lucía. Las rayas largas de las cuchilladas le recordaban los labios extendidos de la vulva de Lucía. La cercanía de la muerte le producía un soterrado éxtasis copulativo. Por la mañana, Fronesis se dirigió al mercado para comprar los cangrejos para la cena de despedida. Al día siguiente se iba para París. Entonces fue cuando lo vio Palmiro al asomarse al boquete de la palma. Traía Fronesis en su marcha la sensación distendida de una cópula reciente, al liberarse de las cuchilladas, toda su piel se abrillantaba por el reverso caricioso de la muerte frustrada. Palmiro se sentó cerca del desagüe, de donde había extraído el cangrejo fangoso Fronesis, mientras éste se perdía por el camino de regreso. Con la cara tapada con las manos, comenzó a llorar con tal exceso de amargura que el llanto se filtraba

---

[39] *Jasón y Medea:* Jasón, hijo de Esón y Acimeda, organizó la expedición de los Argonautas, y gracias a Medea, hija del rey de Cólquida, consiguió el preciado Vellocino de Oro. Jasón y Medea vivieron juntos en Corinto, luego de las horribles muertes ocurridas a su alrededor. Al cabo de diez años Jasón abandonó a Media por Glauce, hija de Creonte, y Medea tomó venganza contra ella y contra sus propios hijos, habidos de su unión con Jasón.

por los dedos. Los compradores del mercado comenzaron a rodearlo, atraídos por la especial situación de un vecino conocido. Algunos apretaban por el brazo a Palmiro haciéndole incesantes preguntas. No contestaba, pero miraba con un odio que le enrojecía la cloaca de donde había salido el cangrejo. Entonces comenzó a gritar: «El cangrejo, el cangrejo viene del infierno con una cruz, el diablo es el que lleva los cangrejos, el cangrejo arde, es un carbón encendido, es el final de la cruz.»

Los vecinos que más conocían a sus padres, se acercaron para llevarlo a su casa. Desde ese día Palmiro hablaba muy poco, trabajaba como si lo animara una insaciable pasión destructiva y no volvió a tocar a Delfina. El cuerpo de su mujer se le había convertido en una piedra, piedra que era la negación de la *petra genitrix,* la piedra expelida por la oscuridad y la blandura de la vulva subterránea.

—Todo lo que pinta —continuó Champollion, con el fruncido oleaje de su bigote un tanto ensalivado— es la búsqueda del rostro de su padre. De niña, su padre la maltrató y huyó de ella, así ahora cuando pinta, lo que quiere es aclarar a su enemigo en su interior. Mientras frente a un espejo conversa con sus padres muertos, sus imágenes son de delicadeza, entonces habla de la espiral interior del caracol, de los estambres atravesando el desierto soplados por un viento tibio, de los injertos en la cola de los peces entuertados en las profundidades. Entonces cita, y la justifica, aquella anécdota de La Bruyère[40], de un señor que le pagaba a un maestro de

---

[40] *Jean de La Bruyère:* escritor francés (1645-1696), preceptor y luego secretario del nieto de Condé. A una traducción de Teofrasto añade su obra *Charactères* (1688-1694) cuyas máximas y personajes revelan de una manera viva y un tanto cruel las costumbres de su época. Sus frases breves e incisivas contrastan con los largos períodos de sus antecesores literarios.

Henri Rousseau, *Alegres bufones. c.* 1906

órgano para que le enseñase a cantar a sus canarios, mientras se preocupaba muy poco por la educación de sus hijos. Toda esa delicadeza, con la que intenta conjurar la puerta abierta por la que llega su madre muerta, y la marejada que le devuelve a su padre ahogado, entonces da un salto hacia lo infuso de los comienzos, el viento del espíritu quemando la onda, aclarándose esas evocaciones sexuales a medida que avanza con el paso tardo de la cerveza. Así lo que antes era la delicadeza de un picaflor picoteando una rama de almendros, se trueca en el amarillo de un halcón atraído por lo anal, por el ojo del cual chorrea una clara de huevo. Es lo que yo llamo la retorta en el pelícano, el pico vuelve sobre la panza del recipiente. Recordemos la estrofa del Dante: *tanto ch'i' vide de le cose belle | Che porta 'l ciel per un perugio tondo* (hasta que pude ver las bellezas del cielo | por un agujero redondo). Hierve el mercurio con el azufre, el remanente del azufre sale por el pico para entrar por la panza. La imagen exhala un azufre que después vuelve a entrar en el cuerpo, cuando el azufre retorna es cuando Margaret evoca esas rocas sucias de musgo, piernas abiertas como para extraer pulgas del trasero.

Dejémosla que duerma y volvamos a lo nuestro, a nuestros corderitos, blancos de espuma. Me han dicho que has estado estudiando al Aduanero Rousseau.

Champollion extrajo de un estante un cuaderno del Aduanero. Y prosiguió, recuperando la alegría al señalarle el cuadro *El poeta y la musa:* —Idiomas, instrumentos musicales, viajes, lo que le habían enseñado y la pintura que a su vez enseñaba, amistades creadoras y conversables, en fin, todo lo que sabía se le había convertido en naturaleza alegre, en fiesta de la navidad con el gato sobre el tejado. Ni la tristeza, ni el cansancio del conocer aparecen nunca en su pintura ni en su persona, conoce a

---

Ingresó en la Academia francesa en 1693 y en la querella entre antiguos y modernos prefirió a los primeros.

la sombra del árbol de la vida. El cuenco de la mano y la copa le dan a beber la misma agua de vida, ¿qué crees tú, Fronesis, de esa manera de conocimiento en el Aduanero?

—El arte del Aduanero Rousseau —le respondió Fronesis— brota del surtidor inmóvil de un encantamiento. Su afición por la flauta parecía convertirlo en el encantador de la familia, de las hojas, de la amistad, de las casas de su pueblo, que al alejarlas parecen castillos de libros de horas, de iglesias que al acercarlas a un primer plano quisieran dejarse acariciar por la mano. Es el encantador del coyote mexicano y del león de San Jerónimo. Sabe lo que tiene que saber, sabe lo necesario para su salvación, no con el soplo de Marsyas[41] o de Pan bicorne, cuya zampoña lleva el aire agudizado hacia los infiernos descensionales, sino la flauta de prolongaciones horizontales, del dios de la justicia alegre y de la suprema justicia poética. Como en los crecimientos mágicos de ciertos pequeños árboles que se regalan, en la Persia o en Bagdad, en un tiempo gozoso para la mirada, la raíz crece trasparentada como el cristal, el diminuto tronco obedece las órdenes acumuladas como una aguja, después las hojas se van transformando en la sucesión de los

---

[41] *Marsyas:* viejo sátiro, posiblemente hijo de Eagro o de Olimpo o del río Meandro. Tocador de la flauta de doble caña, compitió con Apolo y su lira y al resultar perdedor fue castigado por el dios a ser colgado de un pino y despellejado vivo. Se dice que finalmente Apolo le perdonó y lo convirtió en río afluente del Meandro.

Pan: Hijo de Hermes y de la ninfa Driope, dios pastoril. Se le representa con el busto de hombre y el cuerpo de macho cabrío y además está provisto de dos cuernos, tal como se observa en la estatua existente en el Museo del Louvre. Es probable que su nombre derive de una raíz gramatical que significa alimentar, pero se asemeja tanto a la palabra griega que denomina *todo* que, por ello, se puede considerar a este dios como una personificación al de Apolo, es la caña, y su instrumento la zampoña o flauta de Pan, con la cual compitió, y perdió en discutible fallo, contra lira de Apolo.

Como se ve, Lezama Lima establece una extraña y confusa categoría de flautas y dioses, de la cual triunfa el Aduanero Rousseau.

instantes en el ramaje, donde una cochinilla se sumerge en la indistinción de la escarcha, luego la hoja se abre como una mano y rueda un dátil. Prodigio del instante el crecimiento mágico y prodigio de un instante que se hace secularidad. Pues sus casitas en el tierno invierno de la amistad francesa perduran como la pequeña iglesia de domingo, con sus ágiles novios y sus importancias de entintados bigotazos.

Este bretón vive un saludable hedonismo de burgués provinciano en el barrio de Plaisance. Cuando se burlan de él, no hace esfuerzos por parecer grave y agresivo, sino por el contrario, cree ver en esos guiños la apreciación de su fuerza y el anticipo ingenuo de la corona y el panteón de la inmortalidad, en las cuales cree, como también cree en los viajes, el vino de la amistad, los recuerdos del colegio y la fiesta de bodas. Tiene que soportar que aún después de muerto, Apollinaire[42], que ha sido el que más lo ha querido, lo llame, cierto que con mucho cariño, «Herodías sentimental», «anciano suntuoso y pueril que el amor arrastró hacia los confines del intelectualismo», «los ángeles le impidieron penetrar en el hombre vivo cuyo aduanero hubiera llegado a ser», «anciano con grandes alas», «pobre ángel viejo». Frases de un joven estallante como el Apollinaire de 1910, cuando se encuentra con un viejo burlado burlón como el Aduanero, que antes que él se ha abrazado con las cuatro o cinco cosas esenciales para un artista. Ha estado en México, en su adolescencia, no en el cansancio de la madurez rebuscadora, a despecho de las burlas se ha impuesto con todo su instinto alegre y, antes de morir, vuelve a sacar de su baúl su vieja flauta con la que ha domesticado a coyotes y serpientes.

Este viejo socarrón, que soporta las burlas de la

---

[42] *Apollinarie, Guillaume de Kostrowitsky:* poeta francés (1880-1918), simbolista, precursor del surrealismo, autor de *Alcools* y de *Calligrammes.* En enero de 1914 Apollinaire dedicó un número especial de la publicación *Les Soirées de Paris,* al Aduanero Rousseau.

vecinería, tiene también los supremos engallamientos. Así, un día se encuentra con Picasso y le dice: «Nosotros somos los dos grandes pintores vivientes, usted en la manera egipcia y yo en la manera moderna.» ¿Qué entendía el Aduanero por la manera egipcia? La técnica llamada completiva de los egipcios dependía de distintos fragmentos que forman unidad conceptual o de imagen, antes que unidad plástica. La técnica completiva marcha acompañada de una simbólica hierática, es decir, surgida de un cosmos mitológico. En el sepulcro de un rey de la cuarta dinastía, se contempla la separación de diversas partes del cuerpo, sin formar una integración en los fragmentos sucesivos, sino la unidad es completiva, la separación de los fragmentos corporales forman la unidad de imagen, concepto y símbolo hierático.

El Aduanero, dentro de lo que él consideraba la tenacidad de su manera, presumía frente a Picasso de representar la manera moderna tal vez porque sus recuerdos de infancia le sirvieron para todo ulterior desenvolvimiento, por su fabuloso viaje a México, tan servicial a su imaginación como el de Baudelaire por las Indias americanas, por su alucinado culto del detalle y su místico y alegre sentido de la totalidad, por su originalidad en el sentido de poderosa raíz germinativa y no a través de síntesis de fragmentos aportados por las culturas. Su misticismo libre y su júbilo dentro de la buena canción. Con todas esas lecciones alegres y con todos esos laberintos resueltos, el Aduanero podía considerarse con justeza un excelente representante de la manera moderna, candorosa, alucinada, fuerte, frente a las potencias infernales. Picasso no debió asombrarse ante esa frase del Aduanero, sino mostrar su aquiescencia por esa solemne penetración en su destino.

—Si fue o no un primitivo, es lo cierto que lo que conoce golpea en lo que desconoce, pero también lo que desconoce reacciona sobre lo que conoce, signo de todo artista poderoso —dijo Champollion.

167

—En realidad —prosiguió Fronesis— ¿fue Rousseau un pintor primitivo o un pintor popular, es decir, había en su arte un impedimento o una insuficiencia? ¿Tenía como los primitivos un mundo plástico que al intentar reproducirlo se quedaba en sus impedimentos? ¿Expresaba como el pueblo con lo que tenía y contaba, con sus recursos intuitivos, sin agazaparse el reto de las formas? O una ulterior posición ante sus obras, ¿había en él una malicia de los estilos detrás de sus órficos encantamientos? Sus *Jugadores de balón* representan ese momento en que el recuerdo aún lo arrastra, no le puede dar paso a una tristeza diabólica, como en esas estampas donde el demonio niño, con fingidas indecisiones, coge su rabo y lo verticaliza al sentarse, manteniendo por falta de experiencia, el rabo erecto con el sostén de la mano.

En esa expresión de lo popular, colocaría también *El poeta y su musa*. Es cierto que las medidas de las caras están tomadas a compás, pero parece que el Aduanero ha querido pintar un arquetipo burlón, visto por un provinciano que con todo el aluvión sanguíneo de su alegría, quiere dejar a sus amigos en una aceptación interrogante. Por candorosa que pueda haber sido la imaginación representativa del Aduanero, es indudable que al mostrar a Apollinaire con una pluma de ganso en una mano y un rollo de papeles en la otra, al mostrar a Marie Laurencin[43] como un espectro ceñido de verticales listones lilas, señalando con el índice alzado la gloria del Empíreo, dejaba bien impresa la marca de que era un amigo malicioso que quería satisfacer la ingenuidad que aquellos dos artistas esperaban de él. Las orquídeas rojas, blancas y rosadas, símbolo ya desde los egipcios de la absorción sexual, colocaban, según su manera, la rama brotando directamente de la tierra, señalan la cercanía de la conversación apasionada. Aquí la vegetación indica la

---

[43] *Marie Laurencin:* pintora francesa (1885-1956), protegida y descubierta por Apollinaire de quien parece haber sido amante.

proximidad de los enlaces y lo germinativo, mientras las figuras esbozan sus risueños arquetipos. La vegetación se orquesta en una sangre verdeante, los tonos de lo estelar son un azul rodado, gritando casi su movilidad, pero una secuencia de tonos bermejos, que tiene algo de arborescencia coralina, se fija como el remolino dentro del caos para comenzar el confiado origen de los mundos.

En sus cuadros como primitivo no podemos dejar de contemplar los castillos, la escarcha y los árboles esquematizados en tronco y hojas, sin aparente relación de proporcionalidad, que desfilan por *El libro de horas,* del Duque de Berry. Sus casas solitarias, sus mismas iglesias de provincia, recuerdan aquellos castillos regados de escarcha o de campesinos placenteros, según el castigo de las estaciones.

Aquellos Fouquet, aquellos Limbourg, tengamos presente el *Febrero* de este último, parecían como si de súbito penetrasen en el tiempo, golpe de hacha sobre lo sucesivo, deteniendo el espacio para un tiempo eterno. Cada figura, cada elemento de composición cobra un relieve de hieratismo al aislarse, al asumir una relación fragmento y totalidad. Sigamos observando el *Febrero* de Limbourg: una torrecilla, pequeñas cúpulas deliciosas para ser habitadas por las abejas, el hombre con su cayado y a su lado un burrito trepando la colina nevada que conduce a la ciudad en la lejanía entrevista; cerca, un hombre curvado por el rebote del hacha astilla un árbol a punto de doblegarse. Parece que lo va a tocar. El hombre está conducido por una hostilidad y una amistad, por una exigencia y una rendición, por algo que se esfuerza dentro de una oposición y algo que se regala en la gracia.

En esa fase primitiva de su obra, podemos situar *El verano,* para compararlo con Brueghel el viejo. Algunos de sus comentaristas han incurrido en falsas aproximaciones a su obra, al considerarla como un redescubrimiento ingenuo de la bonhomía francoflamenca. Pero si continuamos fijándonos en el cuadro *El verano* de El Aduanero y en *La cosecha,* el memorable espejo de Brueghel el viejo, nos damos cuenta que en éste asombra la inmensa extensión de un espacio poblado que se rinde ante las redes del pintor. Plano tras plano, como en una batalla donde alternase el trabajo de vencimiento de la naturaleza, después de mostrar la serena abundancia de sus dones, con el reposo de los campesinos cuyo sueño parece acompañar al cumplido trabajo de la naturaleza, Brueghel no ha temido enfrentarse con la improvisada pero tenaz ciudad, que surge de pronto para apoderarse de la naturaleza pulsada y obligada por el hombre a contribuir a sus fines de gloria, como una yesca que ardiese dentro de la costumbre.

Fronesis se volvió hacia Champollion, queriendo observar alguna muestra de cansancio, pero sólo vislumbró en él cierto sobresalto no engendrado por el sueño báquico de Margaret, sino por la espera de alguien que no acaba de llegar. Fronesis temió la espera de una de esas visitas que recibía Champollion —aficionados, marchands, adolescentes errantes, sutil y lentamente enmascarados de una arrogancia luciferina.

—Veo, le dijo Champollion, que tienes tus ideas sobre El Aduanero puestas en fila, que lo has estado estudiando últimamente. Esa relación con *El libro de horas,* del Duque de Berry y con Brueghel el viejo que tú le señalas, me parece que penetra esclareciendo. Me interesa que sigas hablando sobre El Aduanero, si me notas que me inquieto, es que espero a un amigo que te quiero presentar.

Fronesis sintió la alusión irónica de lo que le había dicho Champollion; *poner las ideas en fila, estudiando últimamente,* tenían el peculiar soplo de la cerbatana venenosa del pintor. Fronesis, para subrayar la escasa importancia que le daba al habitual punteado irónico de Champollion, se apresuró a continuar hablando de El Aduanero. Más, cuando percibió con entera nitidez que ya Champollion apenas lo escuchaba, inquieto por la visita que se esperaba, que se hacía esperar más de lo previsto por las condiciones de la cita.

—El cuadro *El verano,* de El Aduanero —prosiguió Fronesis—, encuadrado dentro de un noble reposo sin cansancio, ofrece los troncos anchurosos con sus copas cerradas, es uno de los pocos cuadros de El Aduanero, donde el tratamiento minucioso de las hojas ha sido reemplazado por los grandes conjuntos de la masa hojosa, los campesinos y los caballos deslumbrados por el blanco de una luz recreada, no parecen tener el destino de marchar hacia una finalidad de rendimiento ante las redes formales del hombre, sino que permanecen en su mundo interpretado. Es el mundo del primitivo, no hay planos de superficie ni planos de profundidad, las cosas situadas en el lienzo tienen todas una importancia sagrada, son una caligrafía descifrada desde la pequeña hoja con sus líneas de secretos laberintos, hasta el sol que apoya la selva para su penetración. Una mano tiene un destino, una hoja tiene un secreto, un árbol su ámbito. El Aduanero estudia, distribuye, reordena una mano, una hoja, un árbol y en pago de esa humildad, se le hechiza un destino, un secreto, un ámbito.

Fronesis se interrumpió, veía un hombre joven, debía tener veinte o veintidós años, que se acercaba por el comedor. Champollion, con excesiva amabilidad, dijo:

—Ya llega el esperado difícil. Fronesis te quiere conocer, mira, Cidi Galeb, un tunecino especializado en la cultura eritrea, éste sí es de los que se pueden presentar, pues ya verás que Ricardo Fronesis es de los que saben de todo un poco, pero ese poco es una esencia —se adivinaba en esa presentación todo el hociquillo de garduña que tenía Champollion.

Fronesis enrojeció al sentir la malicia de la presentación, pero de inmediato Cidi Galeb adoptó una postura que evitaba que Fronesis se sintiera disgustado por la presentación de Champollion, encargándose con suma destreza de poner de nuevo a flote a Fronesis, si es que éste se sentía molesto por la presentación, pues había percibido tanto el enrojecimiento de las mejillas de Fronesis, como la indiferencia exterior con que había tomado las palabras de Champollion.

Cidi Galeb era alto y flexible, la piel pálida parecía culminar esperadamente en los ojos de un verde mate, que miraban las personas y los objetos con excesiva lentitud, despegándose con dificultad de las figuras que aprehendía, de tal manera que al observarlo Fronesis por primera vez, tuvo que hacerlo como si lo cortase en varios planos con la mirada, pues los ojos de Cidi Galeb, si disimulaban su insistencia, no podían evitar la sensación de que se posaban sobre nuestro hombro con la seguridad de un halcón amaestrado. El tabique de la nariz ligeramente pronunciado, con sus aletas inmóviles, pero a veces acompañaba el pestañeo cuando se hacía demasiado rápido, con un movimiento horizontal en que se movían conjuntadas la punta de la nariz y las dos aletas. Su pelo muy negro, tenía irregularidades en sus ondulaciones que revelaban las hebrillas etiópicas. Sus manos dejaban vislumbrar el azul de las venas, señal de refinamiento tormentoso, como si al acariciar a un gato no pudiese ocultar que pensaba en acariciar al platónico Charmides. Cuando la luz se posaba en su rostro con excesiva evidencia, la palidez subrayaba aún más la azulina teoría.

Hablaba con corrección vigilada, sin natural felicidad, como quien maneja un idioma prestado. Subrayaba un tanto las palabras para lograr una pausa que le rindiese la progresión oracional. —En primer lugar —dijo— no creo tener ninguna condición excepcional, para que tu amigo en París, donde siempre se encuentran una docena de las personalidades más significativas, desee conocerme a mí, que soy una nadería. Es correcto pensar que nadie va a venir de La Habana a conocer a esa lástima que es Cidi Galeb. Además, si por el hecho de ser del norte africano, participo en lo que antaño fue la cultura eritrea, no puedo llamarme en manera alguna especialista de una cultura que ha sido estudiada por Frobenius en una forma deslumbradora. Por último, y muy brevemente, pues sé que te has querido burlar de mí al presentarme, si tu amigo sabe un poco de todo y ese poco es una esencia, puede decirse que ha alcanzado la mayor perfección que se puede en la cultura contemporánea. Si has querido burlarte, dijo en tono de visible broma, cojo tu espátula y disparo un siena sobre la tela en que hayas trabajado más en este día.

Fronesis se sonrió, había captado de inmediato la fina habilidad de Cidi Galeb, para desvirtuar la vulgaridad de Champollion con Fronesis al presentarlo, fingiéndose él el burlado. Cualquiera se hubiera sentido molesto por la falsa y mal intencionada presentación de Champollion. Fronesis captó no tan sólo la sutil habilidad de Cidi Galeb, sino también que Galeb desde el principio de la presentación quería ganárselo. Todavía sentía sobre su hombro el halcón amaestrado de la mirada del visitante que lo había sorprendido con su llegada no esperada.

—Hablábamos de El Aduanero —dijo Champollion—. Fronesis nos daba una de sus lecciones de maliciosa sabiduría sobre un ingenuo. Creo que a ti también te gustan algunas de sus cosas, *El desierto y la gitana,* por ejemplo. Todo consistirá en que le repitas a Fronesis lo que tantas veces nos has dicho a nosotros. Con el matiz molesto de esta frase, Champollion intentaba desquitarse del partido que había tomado Cidi Galeb por Fronesis.

—Si quieres decir que me repito en la conversación —respondió Cidi Galeb con un fingido engallamiento—, no todos podemos ser como tú, el manadero del eterno renacer. Con mucho gusto le diré a tu amigo lo que yo pienso de alguno de los cuadros que me interesan de El Aduanero. Si me repito y te aburres, te puedes ir a dormir con Margaret.

Champollion guiñó el ojo izquierdo y movió nuevamente la cabeza en señal de negatividad.

—Con mucha frecuencia —comenzó diciendo Cidi Galeb—, los ordenamientos que logra El Aduanero Rousseau coinciden con los que siento crecer en mí, dictados por mi raza y por las tierras del norte africano. En esas regiones, pudiéramos decir, la muerte está mucho más pegada a la tierra y a nosotros, que entre vosotros los europeos o si se quiere ser más preciso, entre los americanos que tienen necesidad de aclarar su pensamiento entre los europeos. Sentimos el aliento de la muerte, eso nos viene, desde luego, de la inmensa zona de la influencia egipcia. Para los europeos la muerte es una cosa que algún día sucede, unos sienten ese suceso más en la lejanía, y eso les permite dormir con un sueño más acabado, así como en los últimos tiempos se ha puesto de moda sentir la virulencia de la muerte, es lo que algunos llaman la conciencia de la finitud. El hombre del norte africano siente constantemente que la vida va a morir y que la muerte va a vivir, tiene un sentido vegetativo de la muerte, el sumergimiento dentro de la tierra significa la reaparición heliotrópica, los cambios ordenados por la energía solar. Eso lo siento vivazmente en el cuadro de El Aduanero *La gitana dormida*. Sabemos que tiene que existir una extraña relación entre dos incomprensibles cercanías, pero sabemos también que es inagotable su indescifrable *liaison*. Pero ahí no encontramos un problematismo a puñetazos, sabemos que eso sucede con todas las relaciones que la vida nos presenta, sabemos que sobrepasamos, pero no comprendemos. En el desierto, uno al lado del otro, el león y la gitana. El león, rastreando, la gitana durmiendo. Al lado de la gitana y de su sueño, el bastón, la mandolina y el porrón de agua. El león aunque está a su lado, no parece tener ningún interés en acercársele, olfatea como con cierta sospecha. La gitana está escondida en su sueño, parece que mientras no despierte no tendrá que temer nada del león. Lo que menos enlaza a la gitana durmiente con la cercanía del león es la inminencia mortal. El hecho es que uno está al lado de la otra, lo indescifrable es la lejanía de la muerte. Lo único que los une es paradojalmente la diversidad de esos dos mundos, rastrear y dormir. Él busca un punto, se obstina en perseguirlo, no es la mujer dormida, pues está a su lado y él continúa rastreando. Nadie puede decir lo que busca y lo que desdeña. La inmensa defensa del sueño, en la mujer extendida en el desierto, es su protección. En su sueño son tan necesarios el instrumento de tañer, el agua y el cayado, como si durmiese en algún portalón mojado, lista para la marcha. La pureza de El Aduanero está en haber acercado la gitana al león, sin que quepa la menor posibilidad de que sea destruida en el sueño. Su hechizo en esa situación es superior a la distancia, a la causalidad y al hábito esperado. Es una eternidad inocente y alegre, el león seguirá rastreando y la gitana durmiendo. En una solución de El Aduanero que recuerda la de los pintores chinos de la época clásica, cada figura se defiende de la otra por infinitas mutaciones. Cuando la cara de los roquedales que rodean el lago es un tigre, el pescador que duerme en su barca es un champiñón o un topo y nunca se pueden alcanzar.

Otro de sus cuadros que siempre vuelve sobre mí, es *El sueño de Yadewigha,* está también en las preocupaciones de mi estirpe que forman las evaporaciones de los sentidos, qué extraños cuerpos llega a formar el deseo solitario, sin la posibilidad de que nuestros sentidos comprueben esa aparición, ese ente evaporado por nuestros sentidos, pero que después esos mismos sentidos enloquecen por no poder asir o penetrar. Hemos creado algo que nos destruye, pero ahí es donde siento ese cuadro de El Aduanero, necesario en mi imaginación. Yadewigha con su flauta puede crear, y la prueba de esa creación en la imago está en que puede destruirnos.

—Eso es algo —interrumpió Champollion—, de lo que más me atemoriza en la pintura, tener que crear con tubos de color, con proporciones, con llenos o con vacíos, con delimitaciones, una expresión en la que la nuestra no debe cohibir la que cada cual va a desprender, a evaporar frente al cuadrado de la tela. Sentirse un poco caracol, un poco coral, un molusco segregador, es decir que la conciencia de nuestro arte tiene que desprender una universal inconsciencia, que después cada cual intenta reducir, descifrar o incorporar. Estar muy vigilantes, muy despiertos, para favorecer tan sólo la corriente universal, un tipo de energía sin ojos, a la cual cada persona presta sus dos ojos. Pues después de todo, ¿qué ha hecho Cidi Galeb con su interpretación? Detener esa corriente universal, dar un tajo en la infinita fluencia evaporada. En fin, que cada cuadro es el sacrificio a un dios indeterminado y la pintura comienza por luchar contra la indeterminación. En resumidas cuentas, que me enredo y para desenredarme lo único que encuentro es seguir pintando.

—Me parece —volvió sobre la conversación Cidi Galeb sin querer participar en los enredos de Champollion— que debemos oír de nuevo a tu amigo, que seguro ha pensado más sobre El Aduanero que tus miedos y mis caprichos raciales.

Fronesis tuvo una vacilación que sólo fue sentida por él mismo. Si no continuaba, Cidi Galeb podía pensar que era un retroceso estratégico, abandonar un tema que el otro conocía. Si seguía hablando podía precisar una insistencia pedantesca, una crueldad en el desarrollo de lo que se quería causar la impresión de un conocimiento por encima de todo. Pero esa vacilación fue vencida de inmediato, su ninfa Egeria[44] le ordenó que siguiese hasta el final.

—A la salida de las fábricas un hombrecito, dotado de

---

[44] *Ninfa Egeria:* ninfa romana ligada al rey Numa. Algunas versiones la consideran esposa o amiga del rey, de la que éste tomaba consejo cuando se reunía con ella en la gruta de las Camenas, donde posteriormente se le rendía culto. Otras leyendas la suponían una pura invención del rey que pretendía dar así más fuerza a sus dictámenes.

una fascinante risa gala, comienza a sonar su violín, entonando las canciones aportadas por una gran tradición y por la moda afanosa de penetrar en ese río de una suntuosidad y de una sencillez irrebatibles. Da un paso hacia las obreras a quienes el cansancio no les secuestra la alegría y con una buena gracia popular suelta un chorro de melodías. Forman un coro los trabajadores, que avanza hacia el hombrecito, devolviéndole canción por canción, paso por paso de danza. Avanzan y retroceden los trabajadores y el hombrecito con su violín, hasta formar un inmenso coro donde el juglar canoso y canoro, pero transportado por el éxtasis de la fusión coral, se muestra incesante en su danza y en su melodía. En su cuarto, donde duerme con los inquietos consejos del viudo, pinta alucinado el sistema nervioso de las hojas y cocina platos milenarios, convoca a toda la vecinería, que desfila por sus escenarios improvisados para bailar, recitar sus poemas y servir de actores a lo largo de cinco actos... Recordarían aquella frase de Diderot, de que sólo había visto una representación perfecta; era, no obstante, una obra mala y los actores eran mediocres. Es la medianoche y El Aduanero está de guardia al lado de la puerta de hierro que separa los alrededores del centro parisino. De pronto, en el blanco lunar un espectro armado en burla de sábana y zapato, que salta por las lanzas de la puerta de Plaisance, para reírse otra vez de El Aduanero. Este sigue la broma cuando tal vez meditaba en *El Octroi de Plaisance,* esa obra ejemplar de la pintura contemporánea, hasta que el fantasma está cerca de su mesa de guardián, entonces le brinda un buen vaso de Burdeos. Quiere conversar con el espectro, pero ese espectro es idiota, no es digno de conversar con El Aduanero, y desaparece con un silencio humillado, miserablemente corrido.

Pero ese hombrecito que empuña su flauta o su violín, es el único que realmente está hechizado en su época. Vive, sin que ésos sean sus deseos, dentro de un huevo de cristal, solamente para sentir la diferencia de las dos densidades. Llega a su casa en la medianoche, tiene frío y está casi adormecido, cuelga la ropa, pero el perchero por la penumbra se ha desclavado y ha caído. Inmediatamente florece ahí un clavo de oro. Forma parte, en su extraña excursión mexicana, de la compañía de los pífanos, al lado del inmenso ejército de flautistas que sigue al rey David. Está hechizado, en la medianoche, el vaso que le brinda el irreverente visitador, cree que le ha sido puesto en sus manos por el mismísimo fantasma lunar. No sabe cuándo toca ni cuándo es tocado, si representa durante el día o actúa en la noche del bosque órfico. Está hechizado, pero alegremente, con una inmensa profundidad placentera.

—La profundidad placentera —interrumpió Champollion—, eso es lo que no logramos; superficiales descargas de inquietud anticipada, ése es el pan de todos los días —se ensimismó, como dejándose invadir por esa frase: profundidad placentera.

—Tenemos dos fotografías —siguió diciendo Fronesis—, dos exactitudes, que al pasarlas a dos de sus cuadros, revelan la poderosa fuerza de transformación de los hechizamientos de El Aduanero. Veamos la fotografía de papá Juniot. Se observa la pesadumbre de una familia que se decide a mostrar su paseo fiesta dominical. Detalle a detalle El Aduanero ha sacado todos los elementos de su cuadro de la fotografía, donde aparece la familia elaborada para una excepción. Los dos perros que en la fotografía están echados en el suelo somnolientos, en el cuadro están alertados, pintiparados. El caballo, un penquillo blanco en la fotografía, en el cuadro un alazán con un mechón del crinaje sobre la frente, patas nerviosas, agilísimas. La calle pobre y limitada, se transforma en una prolongada llanura que se pierde en el bosque, donde riza su flora paradisiaca. Hasta la calva de papá Juniot, total y franca, en el cuadro, abundosa cabellera, raya al centro, con dos conchas en tinta y perfume. Sobre lo inexpresivo, El Aduanero ha avivado todos los elementos de la composición de su cuadro, con gracia, con un sencillo esfuerzo, con la dignidad del artista que espera la transformación de la oscuridad primera en espiral, de la espiral en círculo, del círculo, al romperse, en luna infinita o en bosque total. La rueda de las formas, girando con lentitud alucinada, en el hechizo del tiempo paradisiaco.

—El Aduanero transforma o aquieta la visión. Que no dependía de técnicas ni aprendizajes lo revela el hecho de que su *Noche de Carnaval,* uno de sus primeros cuadros, pintado en 1886, puede compararse con lo mejor de Watteau. Los miserables que se reían de él en presencia de ese cuadro ya maestro, y de los dieciséis años que mandó al Salón de los Independientes obras ejemplares, estarán por siempre en las cazuelas del infierno, rodeados de carcajadas y entre carcajadas estarán en el desfile secular. Pues si alguna gloria fue evidente, serena, incontrastable, alegre, fue la de El Aduanero. Todas esas cualidades de su gloria se encuentran en su cuadro *El paseo,* donde su esposa avanza como una gran dama, un poco extrañada por haberse quedado abandonada en el bosque. Sin estar él en el lienzo, parece que sigue y cuida aquella extremada soledad, acompañada por la delicadeza de los árboles. Parece que en aquel silencio la dama oyese una voz: la del nocturno guardián de los barrios parisinos. Guardián invisible de su dama perdida en el bosque.

Apareció entonces Margaret, con la cara rosada y fresca, acababa de salir de la bañera, con la camisa rasgando su almidón. —Mi aparición no debe ser el punto final para El Aduanero, el baño reciente me da fuerza para oír a los dos disertos y al mismo Rousseau bailando y cantando —dijo mientras se le veía cómo la sangre adquiría en ella su velocidad acostumbrada, ya vencido el coma alcohólico, pálida y contraída como una soga vieja y muy apretada.

—Ustedes pueden seguir la conversación sobre El Aduanero, pero para mí llegó la hora de la retirada

—y se marchó por el corredor, dejando un tanto perpleja a Margaret pues casi había coincidido su aparición con la despedida de Fronesis. Cerca de la puerta, cuando Champollion lo despedía, le dijo: —Ten mucho cuidado con Cidi Galeb. Foció es un niño gateando en su estera comparado con él. Este árabe es peligrosísimo conque mucho cuidado.

—Puede llegar a ser un gato molesto, por exceso de ronroneo —contestó Fronesis—, pero su índice de peligrosidad no creo que salga de la casa de ustedes. En cuanto al paralelo que esbozas con Foción, me parece muy injusto. En Foción hay heráldica, hay autodestrucción y un respeto religioso por la persona y el furor que le despierta el *simpathos,* en éste no sé lo que hay, hay tal vez un vacío ocupado por la vanidad de justificarse a sí mismo.

—Te repito que tengas mucho cuidado con el árabe. Vas a luchar con alguien cuya táctica te es absolutamente desconocida—. Se sonrió con una sonrisa raspada con lentitud. La puerta se cerró sin sobresalto, como soplada por la lenta potencia de la lluvia acumulada.

Al día siguiente Fronesis, por la mañana, continuando sus estudios de filología, había encontrado en un diccionario la referencia que hacía de la letra ñ. En España (Hispania o Spania) hay un paño (panno), que cuando ciñe (cingit) con ñudos (nudos de nodos), daña (dagnat) porque araña (arana suat) y quita el sueño (somnos). Cuando Fronesis levantó los ojos para anotar esa frase, no pudo evitar el recuerdo de Cidi Galeb. La impresión que le había causado era indecisa sin relieve. Esa referencia filológica lo corporizó, pero volvió a desvanecerse al pasar la página del diccionario. Lo que no le causó ninguna impresión, dejando escapar la malignidad con que les había lanzado Champollion, fueron las tonterías que había dicho al despedirse.

¿Quién era Cidi Galeb? Antes de ocupar el trono de Tupek del Este, el hijo del sultán de la familia de los

Galeb, descendiente de aquel Cidi Galeb, del séquito de Boaddil, que cuando la derrota de Granada corrió en duras galopadas a dar la noticia a la familia del último de los gobernadores árabes en España. Hizo sus habituales estudios en la Sorbonne y fuera de este recinto hizo otros estudios, en los que durante una estación demostró una vocación esencial, con su querida francesa, peinando deseos y príncipes. Esa queridita no llegaba a los veinte años, rubia excesiva que causaba siempre la impresión de un rubio en tinta veneciana de la madurez y un pelirrojo en el indiferentismo sexual de la adolescencia. Así, Cidi Galeb, ahora el viejo, tenía la sensación en sus años de destino formativo, de que poseía un pequeño serrallo encarnado en su queridita parisina: algo de recatada doncella y de efebo gimnasta.

Duró una estación ese amorío que fue suficiente para engendrar un bastardo, un Cidi Galeb, que a título de perpetuidad recibían su madre y él una pensión más que suficiente para poder vivir con laberinto, estilo e inteligente voluptuosidad en París. Su condición de bastardo real, le permitía toda clase de juegos de la sensación y de la inteligencia, prolongando el disfrute y disminuyendo el riesgo. Eso le daba lo que pudiéramos llamar los derechos de la acometida. Era estudiante, deportista, aventurero, conspirador, coleccionista, un noble cuando iniciaba el principio de la fiesta y levemente intrigante cuando intuía que la sala de baile se iba quedando vacía, ya le otorgamos los derechos de la acometida, pero él aceptaba también los deberes de replegarse, como si la fineza animal de sus instintos se mantuviese a igual distancia de la presa que de la madriguera.

Cidi Galeb era ese amigo de los que no tenían amigos o se encontraban en una situación excepcional que hacía muy difícil que tuviesen amigos. Tenía la adivinación viciosa de lo excepcional. Pertenecía a esa posible tribu de aquellos que podían, por ejemplo, haber tratado en Bruselas a Rimbaud, o tenido la misma querida que

Beckford en Constantinopla, o haber tomado ocasionalmente con Antero de Quental un Pernod, el mismo día que éste se suicidó, o tener una tía solterona, gran amiga de la primera esposa de El Aduanero. Entraba en la historia como una ardilla pintada de verde, ligerísima, cínica y jubilosa. Su mérito principal consistía en que casi nunca se le escapaba la coincidencia calmosa o el fulminante de un súbito que entreveía el litoral de un naufragio.

Champollion, que conocía muchos de los hilos que utilizaba la imaginación de Cidi Galeb, había excedido la dosis al mostrarle lo que él sabía de Fronesis. La madre vienesa, con el padre rico abogado criollo, la finca, la amistad de su padre con Diaghilev[45], la alegre disciplina estudiosa, sus amigos Foción y Cemí. En fin, Cidi Galeb que había comprendido que muy pocas personas a la edad de Fronesis podían decir las cosas que él decía, se decidió como un lobo a acorralar aquel castillo, tratar de penetrarlo después aunque fuese disfrazado de juglar y quedarse algunas noches en las piezas más cercanas.

Cidi Galeb empezó a rondar la casa y el barrio de Fronesis, con la obstinación de Raskólnikov[46], dándole vueltas a la jefatura. Muy pronto supo que en la esquina, en un cafecito, todas las noches Fronesis iba a comer.

---

[45] *Sergio Diaghilev:* empresario ruso (1872-1929), creó los legendarios Ballets Rusos que revolucionaron la estética coreográfica. Para comprender la importancia de este personaje en la vida de Fronesis es necesario acudir a *Paradiso,* donde se describe una situación triangular traumatizante entre los padres de Ricardo, el doctor Fronesis y la bailarina austriaca Sunster, y el famoso balletómano que luego se multiplica con el nacimiento de Ricardo y el matrimonio del doctor Fronesis con María Teresa, hermana de la verdadera madre. El apellido Sunster de Paradiso, como se ha señalado, se transforma en Münster en *Oppiano Licario.* Todo este enredo casi melodramático parece partir del histórico *affaire* Diaghilev-Nijinski que Lezema transforma *ad libitum* sin olvidar la locura, que esta vez aparece en el amigo Foción, quien se asemeja en sus predilecciones homosexuales abiertas, y aparentemente de pederastía activa, al empresario ruso.

[46] *Raskolnikov:* personaje de la novela *Crimen y castigo* de Dostoyevski, de temperamento neurótico y atormentado.

Rehusó al principio un sitio tan seguro para atraparlo, pero intuyó que un encuentro con Fronesis en lugar no señalado, facilitaría sus relaciones, como intuía que tendría que pasar algún tiempo para que éste volviese a la casa de Champollion. Pensó también que quizá le sería conveniente que Fronesis comprendiese de inmediato los deseos que tenía de provocar su amistad, pues de sobra sabía que un adolescente de la calidad de Fronesis no adopta la solución de una retirada vulgar, a la que su orgullo vería como una huida vergonzosa.

Pero necesitaba una disculpa de estilo más que de raíz, por eso se apareció en el café de la esquina de la casa de Fronesis, acompañado de su amigo Mahomed Len Baid, el jefe estudiantil que representaba la rebeldía de Tupek del Oeste frente al Sultán de Tupek del Este. Sabía que Fronesis no vacilaría en colocar en su verdadero lugar su aparición por aquellas latitudes, pero Mahomed le serviría de disculpa aparente para no mostrar en esencia su persecución de Fronesis.

El hecho de que Cidi Galeb fuera hijo bastardo del sultán de Tupek del Este, lo mantenía en un potencial de discrepancia con la familia instalada en el trono. Eso le abría la puerta de los subterráneos, aunque siempre algunos maliciosos, por motivos diversos, dormían con un ojo abierto en su cercanía. Frente a esa desconfianza Cidi Galeb mostraba un desdén altisonante, como quien sabe que toda afrenta infligida forma parte de su religiosidad.

Mahomed guardaba cierta desconfianza en relación con Galeb, pero sabía que se podía aprovechar de una relación amistosa con él. Se sabía que vivía de la pensión que le enviaba su padre el Sultán de Tupek del Este, pero esto era tan sólo una relación familiar, pues el odio de Galeb a la familia real era proverbial en el mundo árabe. Además, Galeb sabía muy en lo hondo que mientras su padre ocupase el trono, estaría alejado de su madre y de él. Destronado, volvería a llevar vida de desterrado en París, volvería a su madre, estaría más cerca, para salvaguardarlo, del amigo de todos sus días. Su situación paradojal, propia de un bastardo, consistía en que anhelaba que su padre perdiese el trono, lo cual para él era tan sólo que se alejase de una familia que no era la suya, para ir a reunirse en el otoño del destierro, con su madre y con el deseo de Galeb de sentirse más protegido.

Mahomed sabía que en la lucha por adquirir el poder, tenía que movilizar a muchos inasibles y entre esos inasibles había preferido sumarse a Cidi Galeb. Sabía que Galeb no se mostraba en la acción, que su conducta apenas ofrecía relieve, que casi nunca se decidía, que apenas ofrecía gestos. Su acción era tan sólo los entrecruzamientos de los hilos de su pensamiento al ponerse en contacto con la acción o el pensamiento de los demás. Su pensamiento en relación con otro pensamiento, se sentía como descansado, producto de una espera ancestral y de un laberinto que aunque no llegase a su final, podía avanzar dentro de él vertiginosamente. Se había hecho o era un regalo de la gracia, de un tiempo especial para perseguir las ideas que envolvían a los demás seres como si fuesen conchas irrompibles. Galeb mantenía su peligrosidad trocando a veces su trampa en el misterio de su retiramiento o de su cósmica indiferencia. La amistad entre Cidi Galeb y Len Baid, ejemplificaba el fundamento del imán laberíntico de Galeb en relación con las demás personas. Así, en una noche de confusa persecución, Mahomed había corrido al cafetín Los Patinadores Viejos, donde se hundía con frecuencia a lo largo de una estación Cidi Galeb. La carencia de una guarida más estable había llevado a Mahomed a ese sitio, rodeado casi siempre por los reojos de una vigilancia que fingía sus descuidos. A pesar de su desconfianza de Galeb, acudió a él como una prueba que en un plano de profundidad sin exigirse se esboza. Mejor dicho, Galeb se hizo dueño del momento, comprendió la dificultad de Mahomed, lo escondió en su casa, lo sacó al campo, lo rodó por algunos departamentos, hasta que Mahomed pudo salir unos días a Florencia y remansarse con la nitidez de cristales y nubes.

Pero ahí era donde Galeb echaba a andar los cordones de su laberinto. Mahomed pensaba que esa acción de salvamento lo uniría enojosamente a Galeb, que éste estaría más desenvuelto cuando lo tratase de nuevo. Más confianza, más frecuencia en el trato y cierto airecillo de protectorado. Se sentía inquieto al pensar a su manera en el curso que tomaría su relación con Galeb. Pero Mahomed era demasiado elemental para tropezar regido por el acaso con la complicación de Galeb. Este lo desconcertó por entero, después del exquisito cuidado con que lo había tratado, se ausentó sin tregua, como queriéndole demostrar la gratuidad de su conducta, que aquella acción no tendría consecuencias en su trato para el futuro.

La enigmática ausencia de Galeb preocupó de tal manera a Mahomed, que, desconcertado, se lanzó a buscarlo. Pensó que Galeb lo rehusaba, dada su situación peligrosa, aunque ese pensamiento le costaba trabajo mantenerlo dado el recuerdo de la fineza con que lo había tratado Galeb. En realidad lo que salvaba a Galeb era la pequeñez del móvil que siempre se le señala a los demás en su conducta. Por un complejo de inferioridad, que debe remontar a la caída, en nuestro trato con los demás suponemos siempre pequeñeces, miserias, traiciones, y ante la constancia de esas suposiciones, Galeb mostraba una indiferencia que desconcertaba o una ausencia indescifrable. Eso le rendía la partida. Días más tarde, Mahomed había caído en sus trampas, la oscura indiferencia de Galeb había engendrado una búsqueda desatada, de una valoración de las miserias de Galeb había pasado, casi sin advertirlo, a considerarlo un amigo noble, despreocupado y generoso. Pero la situación de peligro existía siempre entre los dos, pues Mahomed era tan fuerte y elemental, como Cidi Galeb podía ser astuto e indiferentemente laberíntico.

Al fin, Galeb vio la llegada del esperado, Fronesis entró al café de la esquina de su casa. Se dirigió a la pareja sin ninguna sorpresa, mostraba más bien la alegría de quien los esperaba. Galeb hizo la presentación de Mahomed, subrayando su diferencia de lo que era frecuente asistencia a la casa de Champollion. Por ese saber por mirazón, de que hablaba Berceo, Fronesis sintió de inmediato que Mahomed era sano y fuerte, tenaz y amistoso, con muy pocos puntos relacionables con Galeb, ¿por qué eran los dos amigos? Era también una amistad laberíntica que alguien laboriosamente había encordelado, pero también pudo precisar que todos los cordeles estaban en las manos de Galeb. Más valiosa fue su intuición de que Mahomed podía zafarse elásticamente de esos cordeles.

—Sin embargo, a usted lo conocí en casa de Champollion —le contestó a la presentación—. No creo que desde ahora en adelante tenga que dividir a mis amigos en dos clases: los conocidos en la casa y los conocidos fuera de la casa de Champollion —Fronesis se aventuró un poco más al decir—: No creo que tenga que distinguir entre ustedes dos, cualquiera que sea el sitio donde los conocí.

Mahomed comprendió la alusión irónica de Fronesis, lo miró con sus ojos grandes donde habían caído las palabras oídas como dos gotas de tinta. Se sonrió al mismo tiempo que los ojos se le ennegrecieron. Con esa oscuridad de sus ojos, pareció decir: distinga, distinga, es mejor para los tres.

—Es un error mío el aludir al sitio, hay una pequeña diferencia en las personas que presenta Champollion y en las que yo presento. Champollion tiene un apartamento de pintor, presenta artistas. Yo presento en la calle, regido por la casualidad y no sé si tendrá algún destino, alguna finalidad, el haberlos presentado, ni sé si harán buenas migas.

—Pues entonces —terció Mahomed—, déjenos eso a nosotros, ya nos encargaremos de las migas y de los migajones. La única diferencia tal vez es que en casa de Champollion, usted hablaba de El Aduanero, conmigo tendrá que hablar de Cuba, pues más que de pintura, me gusta hablar de lo que se puede pintar: monstruos, hojas grandes como hamacas, unicornios, el color de la tierra.

De pronto se oyó un estampido que estremeció el barrio de Fronesis. Se volcaron las mesas, rodaron las botellas, enseñando su cuello sangrando por el improvisado tajo. Abollado el disco, mezclaba fragmentos del *boogi* con la carraspera de la peladura en la pata mordisqueada. El café se hundió en la oscuridad que sigue a una gran fulguración. Llegaron unos centuriones rollizos, de baja estatura, armados de ametralladora. Apostados en la puerta de salida, iban identificando a los parroquianos, separaban a los sospechosos para registrarlos con más detenimiento. Paseaban sus linternas por las paredes y por las mesas vacías. Fronesis precisó la desaparición de Cidi Galeb y de Mahomed. Siguió la proyección de una de aquellas linternas. Las flores del pequeño búcaro de las mesas crecían en el vuelco de las aguas. Las hojas se agrandaban hasta tomar el tamaño de la bandeja con la ensalada. La claridad del estallido llegaba hasta los pescados, con un ramo de perejil en su hociquillo como queriendo regarle una luz momentánea a su ceguera subterránea. En el suelo se veía a una obesa cuarentona, con el color de una mujer tejana, enfundada en un uniforme caqui. Lloraba como un manatí y enseñaba unas tetas grandes como jarras de cerveza.

—Yo quiero detenerme —se oía de nuevo la conversación de Fronesis sobre El Aduanero, mirando fijamente para Champollion— en los que algunos consideran, y yo entre ellos, su obra total. *El Octroi de Plaisance,* por una especial ventura podemos partir de una fotografía del octroi, de la puerta de entrada de aquel barrio en los alrededores parisinos. En el cuadro de El Aduanero sólo han pasado de la realidad de la fotografía los faroles de las dos verjas de hierro. Lo primero que ha hecho es suprimir todos los elementos de la realidad, para dejar el símbolo divisorio, las dos puertas de hierro, los faroles que vencen un fragmento de la noche. El Aduanero ha comenzado a poblar aquel barrio, que era el barrio de su vida en la costumbre y en el misterio. Los árboles muestran una total minucia, no una curiosidad que se detiene en el relato de cada hoja. Hay un hombrecito en la puerta, que debe ser el propio Rousseau, que vigila con ordenancista serenidad graciosa el reposo del barrio. Pero otro hombrecito, incomprensiblemente en la esquina de la azotea en la caseta de los vigilantes, se enfrenta con todo el pecho de la noche. Dos chimeneas, como dos grandes dólmenes, a las cuales se acerca el sabio juglar del violín, para levantar el inmenso coro de la alegría del trabajo compartido. Pero más lejos aún, la casa de piedras blancas que va trepando la colina, acorralada por el bosque, que ha crecido inmensamente en una masa nivelada de hierbas y de troncos en marea. Allí, suponemos, en esa casa de piedras blancas, debe estar ahora el hombrecito, el hombrecito hechizado, tocando su violín.

CAPÍTULO II

Cemí estaba sentado en el patio de Upsalón que está enfrente de la escuela de abogados, esperando al bedel que repartía las notas de una concretera[1] conocida con el nombre de Legislación Hipotecaria. El curso había terminado y, sin la presencia de Fronesis y de Foción, toda imantación mágica de aquellos lugares se había borrado para Cemí. Las yerbillas de la jardinería, con franjas amarillentas que las quemadas de un junio que extendía sus exigencias sin tregua, no ocultaban el dolor de las tijeras de la poda por imponer un verde sin doblez. Lo lograba apenas, como un caimán muy viejo que enseñase en su lengua un ramito verde. La misma ferocidad del cenital[2] hacía que los amapolones sintiesen algunos pétalos chamuscados y lánguidos, otros parecían marcados con una uña por el negror de la hoguera triunfadora. Por todas partes el agotador desparpajo de la herida de junio.

Cuando el hastío que se ovilla en nosotros está frente a una caja de espacio demasiado grande, las figuras que se deslizan entre ambos se hacen insignificantes e indeteni-

---

[1] *Concretera:* tomado de la jerga estudiantil de la época para denominar una asignatura particularmente densa, pesada, insoportable. En lenguaje directo se trata de un artefacto aparatoso que se utiliza para mezclar materiales de construcción. Hormigonera.

[2] *Cenital:* se refiere al sol en su posición más alta y por lo tanto más candente.

bles. Si la figura logra imponerse al espacio agrandado, vemos cómo nuestro hastío con una lentitud elástica logra atrapar la figura, como si la levantase con el abrir de los párpados más que con el fijarse de la mirada. Como un punto que saliese de su hastío y del arco espacial, logró establecerse, romper su errancia, en una muchacha que se acercaba. Era Lucía, la enamorada amante de Fronesis.

No era la Lucía de otras mañanas. Su rostro se mostraba con más nobleza, como abrumada por una preocupación que se disimula. El verdor de sus ojos se empañaba por una mirada demasiado fija en un espacio vacío, aquel verde picante disminuido por el riego salobre de las lágrimas. Cemí observó de inmediato que Lucía no quería mostrar la verdadera índole de su visita.

—Hacía tanto tiempo que no lo veía, que tengo verdaderos deseos de hablar de nuevo con usted —le dijo—. He venido varias veces, he preguntado si sabían por dónde andaba, pero nadie me ha sabido informar. Hoy era el día que menos pensaba encontrarlo, pues es un día sin clases, y ya ve, está sentado en el banco de la espera, pero sin Fronesis y sin Foción —hablaba apresuradamente, como quien dice algo que se trae preparado, pero que al mismo tiempo teme un brusco traspiés en la ilación.

—Hoy hay un baile y lo he venido a buscar para que me lleve, después nos podemos ir de paseo —continuó Lucía. Se desencajaba, hablaba como una ménade[3] y Cemí observó que poco le faltaba para que se echase a llorar. Ya estaba seguro de que Lucía lo había venido a buscar para algo de veras grave. Cemí la tomó de la mano para llevarla a un sitio menos acudido y donde pudiesen hablar con más resguardo. La llevó al parquecito de Alfaro, donde ella acostumbraba a sentarse con

---

[3] *Ménades:* espíritus orgiásticos, seguidores de Dionisios, figuran en su culto. Se agrupan con silenos y sátiros coronados de hojas de vid mientras hacen sonar el crótalo. En su éxtasis místico adquieren una fuerza enorme.

Fronesis. Se sentaron los dos, pero antes de que ninguno volviera a hablar, la crisis detenida de Lucía se desbordó, sus sollozos y su llanto rompieron toda inhibición, hasta que la aparición del pañuelo entre sus dedos finos fue la señal de que comenzaba a remansarse.

—Lucía, quiero que tú me digas la verdad de tu visita, el porqué has venido a buscarme. Yo soy amigo de Fronesis, él no está entre nosotros y creo que todo lo que tú le podías decir, me lo puedes decir a mí también. Bien sé yo que a ti no te interesa bailar conmigo, ni mucho menos pasear después del baile. Estabas disimulando, ahora ya no tienes que disimular nada. Dime lo que de verdad quieres decirme.

—Fronesis y yo nos queríamos —le respondió Lucía—, mejor dicho, yo lo quería, si me quería lo debe de responder él. Yo sé que él es muy superior a mí, pero su superioridad nunca me hacía sentir distante, sino por el contrario, atraía con esa superioridad, haciendo que una se sintiera capaz de todo. Cuando yo los oía hablar a los tres, me parecía que yo también hablaba, después llegaba a mi casa y tenía que reírme, no sabía ni de qué habían hablado, pero al día siguiente tenía más deseos de volver a oírlos hablar. Fronesis y yo salíamos, y un día, bueno, un día usted sabe... —Lucía no lograba la expresión para decirlo, entonces se echó a llorar de nuevo—. Pero como esas cosas usted sabe que no paran ahí, un día empecé a sentirme mal y fui al médico. Entonces supe que era un hijo de Fronesis lo que tenía dentro de mí. Yo no sabía qué hacer, ya Fronesis se había marchado. Algunas amigas me aconsejaron la solución que se adopta en tales casos. Pero yo he respetado mucho a Fronesis para tomar esa decisión. Lo que yo quiero y ya se lo voy a decir todo de una vez, es conseguir un pasaje, para marcharme a ver a Fronesis. Además tengo el presentimiento —aquí su voz se ahogó casi— de que si yo no voy a verlo, no lo veré nunca más. No creo que él vuelva y sabe Dios lo que le podrá pasar.

Cemí y Foción, tenían también ese presentimiento. Ahora Lucía decía desde el puente de la cópula y desde el embrión que le crecía a criatura, que ella olfateaba también eso, que la vida de Froncsis había pasado de una seguridad inconmovible a una situación rara, indescifrable y cargada de acechanzas.

Cemí sintió que lo recorría un temblor como un hechizo. Sentía la nobleza enloquecida de Lucía al acercarse a él, cómo se le había querido entregar antes que decirle nada, pero cómo su misma ingenuidad la había descubierto. Sintió la fuerza de transfiguración que hay en cada persona como un potencial desconocido que actúa con una lucidez inmediata, casi transparentándose.

—Mañana te llevaré el dinero a tu casa para que te embarques —Cemí pensó de inmediato en el padre de Foción, el médico enloquecido. Sabía que entre los dos resolverían el viaje de Lucía. (Al día siguiente, Foción casi temblando, le entregó el dinero.) Lucía lo miró con una inapreciable rapidez a la cara y le contestó: —Ojalá que Dios haga que te lo agradezca siempre.

Con la misma rapidez que le miró la cara, le apretó la mano para despedirse. Lucía había alcanzado una gracia, la de tansportarse a grandes distancias para dar el testimonio de la semilla.

En ese momento surgió el bedel con el papelucho que traía la calificación de su examen. La cara del viejo era alegre y socarrona. A Cemí le pareció que los botones de la chaqueta del bedel relucían como clavos de oro. Abrió el papel, decía: Sobresaliente. Cemí se sintió recorrido por una alegría que crecía incesantemente en su interior, muy pocas veces volvería a sentir esa creciente levadura. Le pareció que un dios desconocido le entregaba la nota de su conducta con Lucía. Cuando miró el papel que como propina deslizaba en la mano del bedel, asomó un risueño escarabajo de esmeralda.

Aquella noche soñó con Fronesis, que caminaba en la medianoche por una calleja que parecía de El Cairo. Su

 ¿ Suicida posible ?

Cemí dreams about F getting stabbed, but F walks on.

andar era sereno, venía de una conversación con amigos y se dirigía a dormir en su casa. Su serenidad era como si caminara ya dentro del sueño. Empezó a perseguirlo un demonio siniestro. Y delante iba otro diablejo, pasándose el cuchillo de la punta del rabo a las manos, después hacía como que clavaba el cuchillo en las paredes. El que iba delante se acercaba a Fronesis, pero éste ni se ocupaba de su presencia. Entraba y salía el cuchillo del cuerpo de Fronesis, pero éste seguía caminando dentro de su sueño, sin alterar el rostro ni el ritmo de la marcha. Hablaban después aparte los dos diablejos y se veían entrelazando los rabos. Los dos grotescos comenzaron a bisbisearse en el oído. Fronesis había llegado a su casa, introducía la llave en la cerradura. Uno de los demonios llevaba en su mano el escarabajo de esmeralda que Cemí había puesto en la mano del bedel. Pero el escarabajo se retorcía como un kris malayo[4]. El diablejo tocó la llave con el escarabajo cuchillo ondulado y la llave saltó así hasta la esquina, comenzando a irradiar. Después hundió el escarabajo en el cuello de Fronesis. La risueña cabeza del cuchillo ondulado se veía en su vaivén sobre la herida. Fronesis, recostado en la pared, iba descendiendo con la lentitud de la sangre en el agua. Al final, el escarabajo montaba sobre la llave irradiante como si fuese un palo de escoba. *(sueño) F stabbed in neck*

Durante varios días, el café de la esquina de la casa de Fronesis en París estaba apagado. Sus parroquianos miedosos ni se asomaban por las vidrieras ni preguntaban a los dueños por la suerte del cafetín. En una barriada parisina, el cierre de un café se extiende como un duelo silencioso. La gente allí teje el tiempo a su manera, ganso atolondrado, y transporta la tarde y la noche como una

---

[4] *Kris malayo:* se denomina también cris, arma blanca, usada en Filipinas, que tiene la hoja de forma flamígera o serpenteada. Lezama ya había usado el término en *Paradiso.*

columna arrastrada con un jadeo que no se logra disimular. El que todas las noches va a uno de esos cafés, si tiene que quedarse en su casa, mece su balance en el balcón rompiendo el mimbre y el baldosado, cae en el vacío sin fin como un elefante de papel. Desde que se cerró el café donde Fronesis hacía su única comida al día, llevaba a su casa algunos fiambres, de paseo adquiría empanadas, algunos pastelillos, quesos y así pasaba esos primeros días sin café de barrio, oyendo música de radio y leyendo. Antes de irse a comer a otro restaurante, quería esperar algunos días para ver si lo abrían de nuevo. Fronesis causaba siempre la impresión de cierta noble despreocupación, era en extremo meticuloso para iniciar aventuras que sabía terminaban por anclarse en la costumbre. Necesitaba de muchos informes y cuidados para cambiar de restaurante como los hubiera necesitado para cambiar la hora del baño o la extensión de su siesta o de sitio, vecinería, parroquianos fijos, transeúntes, dueños, historial, años de servicio. Sabía la fuerza del escudo de la costumbre para mantener avivados los diablejos necesarios. Por eso permanecía inmutable en su casa, en espera de esos memoriales, mantenidos en las líneas irregulares de la memoria, patas de insectos, que necesitaba para romper una de sus costumbres, ya por una decisión no esperada de su temperamento o por una violenta llegada irrecusable del azar.

Era nerviosa la mano cuyo dedo índice presionaba el timbre, puez hizo tres llamados intermitentes. Al abrir la puerta, Fronesis creció alegre, se encontró frente al rostro de Mahomed Len Baid.

—He venido yo primero, para no hacernos sospechosos. El otro día nos registraron con mucho cuidado cuando estábamos en el café y tomaron nuestras direcciones. De aquí a un rato, vendrá Cidi Galeb, tiene algo importante que decirle. Es una invitación que yo prefiero que él le haga, para que la oiga por primera vez dicha por su propia boca.

Cuando el otro día en el café, lo oíamos hablar de su país, después que nos dispersamos le hice con insistencia esta observación a Cidi Galeb, que ahora le voy a repetir. Casi siempre que conocemos alguna región, derivamos cómo han de ser sus moradores, pero oyéndolo hablar, surge un procedimiento inverso, conocemos a su país con más precisión que si lo hubiéramos visitado, o mejor dicho, parece que alguna vez hemos estado en ese paisaje, sin saber la fecha ni la ocasión. Aunque nos hable de los chichimecas, de la flor egipcia o de los mitos del delfinado en el Mediterráneo, siempre su palabra nos lleva a la isla, y al final sentimos cómo evapora y cómo irradia la promesa de la isla que nos ofrece, como si descubriésemos algo inadvertido que de pronto nos tironea y nos regala una sorpresa que comienza a escarbarnos.

Sonó de nuevo el timbre, pero ahora con fingida firmeza. Llegaba Cidi Galeb, pero la alegre sorpresa de la visita en Fronesis, había recaído sobre Mahomed. No se le escapó ese detalle a Galeb, maestro en la intuición de la aceptación o rechazo a su persona al encajarse en cualquier nueva situación.

—¿Me están preparando ya limonada con mucho hielo? —comenzó diciendo. La frase resultó inconsecuente para Fronesis, pero dio vuelta en Mahomed, quien recorrió a Galeb a lo largo de su cuerpo con una mirada cuya frialdad sí podía compararse al inicial pedido de Galeb: limonada muy batida con hielo.

—Usted nos habla de su isla y yo le digo que le ha llegado el momento de conocer a Tupek del Oeste —comenzó a decir Galeb, con el intento secreto de ir evaporando el hielo de la limonada—. Cómo en toda esa costa norteafricana, el color de la materia lucha con la luz como un enemigo que persigue dejar una huella sin reconciliarse. Vendrán también con nosotros Champollion y Margaret, que quieren alejarse del plateado parisino, para encontrar ese rojo quemado, que desde Dela-

croix a Matisse, se encontró entre el desierto y el acantilado africano. Es casi una ley de la sabiduría de nuestra
época, que cuando se adquiere una precisión, y usted nos
la dio al hablar de su país, y esa precisión es legítima, nos
lleva a una playa desconocida, donde bate un oleaje que
todavía no es símbolo ni resistencia, ni definición ni
forma, sobrepasa nuestros sentidos y nos regala un nuevo cuerpo integral, surcado por cangrejos estupefactos y
por líquenes que perseveran reemplazando a los capiteles
corintios. Perdón, me entusiasmo con facilidad, pensando en esa excursión donde nuestra única obligación será
estrenar un nuevo amanecer. Claro, será un amanecer
metafísico, pues supongo que nos levantaremos tarde,
después de oír hasta la medianoche los albogones[5] y los
platillos de cobre. Y todas las otras sorpresas que podrán
pesar sobre la mañana, haciéndola un poco torpe, pero
toda verdadera novedad se recibe siempre un poco en
duermevela, tropezando con la mesa de noche y dándole
un papirotazo al buitre de las pesadillas.

Lo que había dicho Galeb revelaba por entero su
manera conversacional. Después de oírlo Fronesis creyó
que podía diseñar el carácter del morabito. Sus exaltacio-
nes eran fingidas, pero su velada socarronería sensual que
expresaba inevitablemente sus apetitos clandestinos, era
su naturaleza. Su alusión a la medianoche entregado a
una fiesta mora, encubría el fervor anticipado del disfrute
de los cuerpos. ¿Lo haría como una sutil espuma venenosa que ascendía a sus palabras? ¿Como una muestra de
cinismo saludable? ¿O como un anzuelo lanzado a las
aguas de la conversación para ver a quién pescaba? Las
zonas viciosas de su carácter ocupaban de tal modo la
esencia de su ser, que si lo suponemos en un coro de
peregrinos visitando al venerable archimandrita de Jeru-

---

[5] *Albogones:* instrumento musical de madera, a manera de flauta dulce o
de pico, que servía de bajo en los conciertos de flautas. Instrumento
parecido a la gaita gallega.

salén, se fijaría tan sólo en la ambigüedad de sus ojeras o en las ondulaciones de su índice al acompañar los párrafos de un nuevo doctrinal para sus fieles, cargado de citas de la patrística griega del periodo de Clemente de Alejandría. Cuando lanzaba uno de esos venablos, suponía siempre que entre los que escuchaban había uno que «comprendía» desconociendo, precisamente porque su zona viciosa lo enceguecía, que ese presunto «comprensivo» era el que se veía obligado, al sentir su ataque secreto, a rehusarlo, a dar muestras de su desprecio, al que en su sonrisita y su ironía le hacía más daño que si en una campiña feriada apartase a un pastorcito para enseñarle cómo Teócrito interpretaba el amor.

—De acuerdo con lo que Cidi Galeb dice, de la conversación de Fronesis sobre su isla, que nos ha impulsado a las costas norteafricanas, a mí me gustaría, intervino Mahomed, que continuase hablando para ver si podemos llegar a las selvas ecuatoriales africanas y más aún, al seguir hablándonos, ya que seguro tendrá muchas cosas que enseñarnos sobre su país, sorprendernos llegando a la región de los diamantes. Fronesis realiza la proeza de hablarnos de lo zoomorfo y lo fitomorfo, de monstruos y mitos que nosotros descubrimos como novedosos, pero que después resultan, yo creo que engrandeciendo su novedad creadora, el periplo de Ulises de Ítaca a Troya y su regreso, solamente que en su relato los lestrigones[6] tienen más importancia que la ciudad sitiada y la ciudad que espera el regreso. La magia de lo que le oímos consiste en que nos presenta el perderse como un regresar y el regresar como un perderse, en eso consiste la enorme importancia que para nosotros tiene el verlo y el oírlo. Más importante que cualquier viaje es para nosotros oírlo, sin que eso quiera decir que yo

---

[6] *Lestrigones:* pueblo antropófago de Sicilia, vecino de los cíclopes. Según la *Odisea,* devoraron a algunos compañeros de Ulises. Su ciudad se llamaba Lestrigonia.

intente disuadirlo de la invitación de Cidi Galeb. Después de todo, viajar es lo único que hacemos mientras vivimos, aunque sea en un barco encallado o en un ferrocarril inmovilizado, entonces las cosas se nos presentan en aspas de molino.

Comenzaron a oírse en la calle ruidos de gendarmería que persigue, que sigue buscando. Luces que se apagan y linternas errantes buscando garabatos por las paredes. Se asomaron los tres a las persianas, pasaron máquinas llenas de polizontes apretujados que sacaban de sus piernas la ametralladora como un pico de gallo. Miraban hacia los pisos y la azotea como en el temor de una posible rociada plomiza.

—Yo me voy a ir primero —dijo Galeb— pues si los dos nos hacemos sospechosos, nos pudriremos seis meses a la sombra mientras se enteran nuestros familiares. ¿Qué será más valiente? Al decir esto le salgo al paso a cualquier ocurrencia que se pueda tener en contra mía, salir sin saber qué es lo que pasa en la calle o quedarme resguardado con la posibilidad remotísima de que me saquen de la casa y me lleven a la comisaría.

—Lo más temerario de todo es salir el primero —le contestó Mahomed—, por eso todos comprendemos que tú asumas ese riesgo, ya que tú tienes la técnica de la caballería árabe contra Kleiber[7], apareces y desapareces describiendo una media luna.

Los tres hundieron sus risas en un crescendo tonal y humoresco. La risa de Galeb entró en la unidad tonal caracoleando, patas de cabra y salto de ojo de tigre. ¿Por qué se había unido a la risa de los otros dos amigos? Al buscar la retirada ¿Galeb había puesto sus instintos defensivos por encima de la valoración moral? Él había estado muchas veces en situación de peligro y eso favore-

---

[7] *Kleiber:* parece referirse, con salvedad ortográfica libérrima, a Jean Baptiste Kléber, general francés (1753-1800), quien combatió en Egipto después de la partida de Napoleón Bonaparte. Victorioso en Heliópolis, fue asesinado por un mameluco.

cía el disimulo de cualquiera de sus actitudes. Es decir, se podía haber quedado, con mucho miedo, y se podía ir, sin ningún miedo, que era lo que le había pasado. Los hombres que han tenido que pagar un precio muy elevado por todos los dones que tuvieron que adquirir y artizar[8] el amor, el regusto, las imágenes, adquieren aun en edad que no ha tocado la madurez, una indolencia o un impedimento que es la trágica expresión que en ellos adquiere el aviso que le dan las cosas y las situaciones de su llamada y de su rechazo, del tiempo que nos cuestan y de la extraña y desconocida moneda en que nos van a cobrar. La risa de Galeb se debía a que no quería hacer evidente que la posible burla de sus amigos lo encolerizaba. Se unía a la risa, aunque la risa fuera a su costa, para demostrar que no se quedaba fuera de sus amigos, les venía a decir: Ustedes se burlan de mí, pues no me importa la valoración con que me arañen, no la siento, me río con ustedes para demostrarles que no me importa qué raíz pueda tener esa risa, pues yo no me he quedado fuera del trío de las carcajadas, luego no le doy la menor importancia a mi retirada.

La puerta vibró al cerrarse. Galeb la había impulsado con un exceso que no era necesario para quedar separado de sus dos amigos. La vibración de la puerta revelaba que había sido cerrada por una mano casi crispada.

—Creo que ya yo he hablado lo suficiente. Ahora, Mahomed, me gustaría oírle algo de su circunstancia y de sus adivinaciones, pues para mí, alguien que pertenece al mundo árabe, vive adivinando, es decir, adivina la realidad que se le entrega. Ensueña la circunstancia y la capota dejada por la realidad, esté agujereada o sea suntuosa, la adivina como un cono de luz que viene para aclarar un mundo muy diverso, pero que si no fuese por ese ensueño previo, por esa adivinación posterior, per-

---

[8] *Artizar:* hacer con artificio alguna cosa. Es voz más bien rara y prácticamente en desuso.

manecería inerte como la materia que ya no puede arder.

—Mi padre —comenzó diciendo Mahomed—, era médico en Ukra, un balneario cerca de la capital de Tupek del Oeste. Ese balneario era una concha donde cabía toda el agua del Mediterráneo. Ingleses que querían hacer una pausa en su clásico refinamiento florentino, franceses cansados de escarbar la tierra en Siria, quemados por los trabajos arqueológicos; teutones de la escuela de Mommsen[9], príncipes griegos que regresaban de sus estudios en Oxford, suecos que soñaban con curarse las fiebres en algún amanecer en Bagdad o en Esmirna, en fin, toda esa fama que fue el brillo, a veces oro, muchas veces oropel de la Europa que va del simbolismo al surrealismo, de Mallarmé a Chaplin, del flujo verbal de Joyce al *collage* de Braque. Ukra, el pequeño balneario, como un *speculum,* pasaba del reflejo al misterio. Por su piel pasaban los más entrecruzados humos, su diversidad era un encantamiento, no un atolondramiento ni una suma, como tantas veces sucede en el mundo contemporáneo. Todos esos tipos y arquetipos, humanos y antihumanos, se enfrentaban con mi padre el doctor árabe, como decían ellos, desde la distracción silenciosa del ajedrez hasta la locuacidad energuménica de que daban muestras cuando se contorsionaban por el histerismo o la avalancha de los recuerdos, o la sobresaltada campanada que le daban sus frustraciones. Mi padre evitaba en todo tratarlos como seres de frivolidad errante o de profundidad distorsionada. Procuraba establecer con todos ellos relaciones perdurables, aunque sólo los tratara en los días excepcionales en que caían caprichosamente en el balneario de Ukra. A través de más de veinte años de vivir en ese ejercicio, llegó a tener en sus manos los laberintos, las redes, los secretos de casi todos los hombres más valio-

---

[9] *Teodoro Mommsen:* historiador alemán (1817-1903), renovador, con sus estudios epigráficos y su *Historia de Roma,* del conocimiento de la antigüedad latina. Obtuvo el premio Nobel en 1902.

sos de aquellos años, quienes con la seguridad de que el doctor árabe no usaría —no eran sus deseos ni sus intenciones— aquellas confidencias en contra de ellos, lo trataban y cuando dejaban de tratarlo lo recordaban como una compañía que, cuando se alejaban del balneario, precisaban cada día con más nitidez: en qué forma su palabra y su sabiduría los había estructurado y apuntalado en la región más dañada de su cuerpo o de su espíritu.

Mi padre era hijo de otro doctor árabe, que a su vez formaba parte de una extensísima dinastía de curadores y alquimistas de la gran época del califato de Córdoba. Eran del pueblo de Utramanil, donde descansaban los mercaderes que se dirigían a Tupek del Este. Mi madre Aischa era la hija de un lapidario que también formaba parte de una dinastía de conocedores de piedras preciosas durante varias generaciones. Se conocieron desde niños y cuando los dos comenzaron a estudiar en la Universidad del Cairo, decidieron casarse, con el jubiloso consentimiento de mis abuelos, el curador del cuerpo y el conocedor de las piedras preciosas. Mi padre dijo: Estaba escrito. Mi madre le respondió: Los dos supimos leer muy bien lo que estaba escrito. La perfección de ese matrimonio y la manera como se acoplaron a través de veinte años casi, fue y seguirá siendo el hecho decisivo de mi vida. Mi madre había puesto su pensamiento, su mundo sensible, su sueño y su espera en tan estrecha correlación con los de mi padre, que aquellos dos seres parecía que trabajaban en un taller de artesanos donde ellos solos rindiesen la labor de un coro. Todo lo que estaba más allá del cuerpo, en ellos había coincidido en la llama unitiva que esclarece.

Esa coincidencia, de raíz casi sagrada, era en extremo necesaria a esa perfección de su matrimonio. La llama soplada por sus opuestos crecía y progresaba como la luz. Mi madre, desde niña, se había acostumbrado a ver a los hombres que la adoraban en el taller de su padre, trabajar con el mayor silencio en el pulimento y facetación de las piedras preciosas. Había visto en infinitas horas trabajar con la atención concentrada, hasta la alucinación invisible, en un objeto pequeño. La mano y la mirada coincidían como en la impulsión de la marcha del pez, en la destreza artesana. Cada mirada era una orden para las manos que distribuían el toque de los dedos sobre la piedra, como una caricia. La mirada ceñía, las manos fijaban, los dedos eran esponjas inaudibles que preguntaban. Al final de su labor se encontraba con la sorpresa de que cada piedra pequeña era como el ojo de un lince. El silencio se extendía del taller a la casa. Cada morador era un ente silencioso que disfrutaba la sorpresa de haber tenido un punto errante, lento y pequeño, era un Moloch que devoraba, que exigía, que acorralaba como un carrete vertiginoso al Tiempo, monstruo de lo temporal; cada una de las hormigas que elabora esas piedras preciosas, el calambre de sus patas o el salto de sus destellos, le cuesta al hombre la secularidad acumulada del caracol.

Así mi madre, nacida en la observación prolongada hasta sus confines, encontraba el relieve, los puntos a trabajar, en un desierto, en la superficie de un lago o en la más monótona de las conversaciones. Las vidas más insignificantes o el aspecto más insignificante de una vida, aquella hilacha desprendida como un papelillo cobraba para ella el relieve de una miniatura persa acariciada por un anticuario amigo de Goethe. A veces pensaba yo, al ver la fineza y el resultado de sus observaciones, si había adquirido un supersentido para ese relieve o si por el contrario, facilitaba en cualquier superficie dañada, el surgimiento de ese relieve significativo de una desenvoltura o de un instante maltrecho.

Lo que había en mi padre de naturaleza tenía otro sentido. Ya hemos dicho que su prodigioso punto coincidente se verificaba en lo que en ellos había de no cuerpo. La manera de mi padre consistía en que se adelantaba para conocer a alguien, como si ese *alguien* hiciera tiempo que caminaba dentro de él. Borraba el límite de la llegada a otra persona. Entraba en el devenir de otra persona sin que ésta percibiera el nuevo jinete que había entrado en su propio río. Era familia, era amigo, era consejero de personas que nunca había conocido. Cuando las conocía era el reconocimiento de ese familiar, de ese amigo, que nos había aconsejado sin que lo viéramos y ahora nos soplaba en el oído la sentencia que parecía que los reintegraba a una ciudad de escasos moradores donde se conocían la vacilación que estaba muy cerca de la plenitud, la arrogancia que llora en la soledad de la medianoche.

Mi padre era un egiptólogo de mucha nombradía en toda la cuenca del Mediterráneo y en todo el mundo mahometano. Tenía un arte excepcional, según los que le habían oído en los cursos de verano de la Universidad de El Cairo, para mostrar por qué se había verificado la gran plenitud egipcia en la decimonovena dinastía. De ese laberinto que había hecho que la tierra roja del desierto y los montes rocosos tibetanos alcanzaran los prodigios de su resistencia incomparable en el arte, mi padre lograba un camino que demostraba que la luz dórica jamás podrá destruir el lleno egipcio y que en el valle donde Osiris[10] es creador con el sexo arrancado, poco tiene que hacer la luz progresiva ante el lleno inmutable.

Mientras mi padre daba sus clases en los cursos de verano de la Universidad de El Cairo, mi madre y yo nos trasladábamos al taller de su padre. Así también me acostumbré desde niño a ese trabajo sutil y extraño, que nos toma por la visión y afina extraordinariamente todo lo que de nosotros se desprende para penetrar en la circunstancia más resistente. Mi madre parecía que retomaba esa línea infinita, esa línea del horizonte que se

---

[10] *Osiris:* dios del bien, juez de las almas, en la mitología egipcia. Esposo de Isis y padre de Horus y de Anubis. Enseñó a los hombres la agricultura y fue muerto por Tifón, su enemigo.

mostraba tan cerca de su mano, yo la seguía, la observación que ella había adquirido en esa artesanía yo la obtenía por una especie de alucinación de la que no derivaba ningún producto visible, pero que estaba en mi omphalos[11] como una araña, enseguida a ella en su recorrido por esa estepa de progresión infinita.

Cuando llegaba a la concha[12] y el doctor árabe entraba en relación con uno de aquellos seres siniestros o errantes, hedonistas o estentóreos, si se constituían en un caso, el curso del tratamiento era casi siempre invariable. Después que se adelantaban los tentáculos moluscoidales de mi padre, el caso, muy bien forrado para que no se diera cuenta de que era una etapa del tratamiento, era invitado a visitar la casa de mis padres. Mi madre representaba muy bien su indiferencia derivada, disimulando irreprochablemente su participación en el tratamiento. Mi padre creía en extremo necesario que todas aquellas personas desfilaran por delante de mi madre. La forma en que estas personas quedaban en ella era semejante a una superficie líquida que reflejaba el vuelo del ave más lejana. La más ligera sombra parecía que manchaba aquella superficie. Ese manchón, reflejado aunque fuese un instante, era el que mi padre necesitaba para sus conclusiones. Recuerdo que una vez le oí decir a mi padre, una de las pocas veces que se refirió a esas cosas delante de mí, que él captaba en sus pacientes el tránsito del cuerpo a la imagen, pero que Aischa, su esposa, captaba la imagen como *corporis misterium,* es decir, la imagen que entraba en su espejo, salía después con peso, número y medida. Mi padre lograba volatilizar el fragmento dañado del cuerpo, porque mi madre había logrado el contorno de la sombra, la mancha había logrado relieve en la identidad del hacia dentro y del seguirlo con la mirada.

---

[11] *Omphalos:* ombligo.
[12] *Concha:* forma de la playa, semejante a la valva de las ostras. Ver prólogo.

Recuerdo algunos casos de esa forma de trabajo que pudiéramos llamar un tratamiento recurrente. Una vez llegó a aquellos rincones playeros, un joven pintor cubista y asmático. Estaba siempre sobresaltado, como quien ha perdido las consejas del tiempo, cómo se mide y cómo se nos escapa y qué es lo que nos deja en su huida invisible. Un día en que su subjetividad se sintió muy sofocada, como si la divinidad tónica que lo habitaba se hubiera extendido por su cuerpo hasta querer romperle la piel, llamó a mi padre, que lo llevó por la conversación más cuidadosa a que expresarse los motivos de su orgullo, poniéndolo a pintar en su presencia. Mi padre observó como observación que pudo derivar de sus años en Montmartre, donde había visto pintar a casi todos los grandes pintores finiseculares y a los más terribles *fauves,* que sus avances y retrocesos no guardaban relación con las pastas que depositaba sobre la tela. Ofrecía unas ausencias, había que precisar qué dinividad infernal sudaba sus pesadillas a lo largo de aquellas ausencias. Una suspensión, un abismo pascaliano, se abría a sus pies, haciéndolo llegar a la tela nublado y vacilante. Tenía miedo, las pastas más azulosas, los bermellones vitalmente cuarteados ponían frente a sus ojos la carroña de la muerte.

Juan Gris.

El pintor fue invitado a comer en mi casa. El comedor era la pieza donde se mostraba en todo su fervor la luz derramada. Mi madre, como una provocación para los ojos del pintor, había preparado sobre el fondo azul de la fuente, la plata de unas sardinas gordezuelas que astillaban reflejos y chisporroteos. Un pintor siempre reacciona ante ese incentivo, pero la reacción fue desfavorable y sombría. Cuando se retiró el pintor, mi madre indicó que todos los males estaban conducidos por un cortejo de sardinas. Al observar que su indiferencia ante las sardinas no era un mal pasajero, sino el lanzazo que llevaba en el costado, mi padre obtuvo la fulguración que le era necesaria para llegar a la raíz del caso. Casi de madrugada

el doctor árabe fue llamado de nuevo por el pintor cubista
y asmático. Pero el visitador llevaba ya la solución
acariciada con destreza.

Ya mi padre lo iba a visitar sabiendo que estaba
acomplejado por la obra de Juan Gris, que lo comprimía,
pero además su vida de asmático, su muerte temprana, lo
atemorizaban a cada pincelada. Recordó mi padre que
Juan Gris decía que moriría de una intoxicación de
sardinas, que le producía su disnea de alérgico. Al pintor
de visita en la concha, se le agravó su mal al contemplar
el triunfo mediterráneo de las sardinas, plata sobre una
lasca grande de azul. Mi padre captó de inmediato que
era un problema de dieta, lo que alejaría el remolino de
sus aguas negras. Hasta un día que lo volvió a invitar a
comer en su casa, pero esta vez el pintor con sus dos
manos cogió la más excesiva de todas las sardinas, dijo
que iba a sustituir el azul de la fuente por el azul estelar y
alzó la sardina hasta darle como fondo una gran franja de
cielo que se fijaba por uno de los ventanales del comedor. Cuando cayó el esqueleto de la sardina, lucía traspa-
sado por una volandera alegría doméstica. Mi padre lo
fue llevando de Juan Gris a Vermeer de Delft y tapó
definitivamente la sardina pestilente con el inmenso
sombrero de los Arnolfini[13].

Otro caso que recuerdo es el de la mujer que asistía
con su esposo, comerciante en pasas de Corinto, y sus
tres hijos de edad escalonada de diez, ocho y cinco años,
a sumergirse en agua tibia, que a veces la acechaba con
exceso. Entonces quería huir con el menor de sus hijos
cargado.

Esa vez, mi padre quiso que mi madre la fuera a ver,
antes de invitarla. Estaba en el extremo de la concha,
recostada en una silla playera, con su hijo menor apoyado a su lado. Silenciosa, rondada por la noche que
entraba a la playa para descansar, su silencio batía como

---

[13] *Sombrero de los Arnolfini:* alusión al conocido cuadro de Van Eyck.

el mar. Era un silencio que corría como un fuego fatuo dentro de la carpa de la noche. Mi madre se esforzó en llegar hasta ella, saludarla, empezar la conversación sin rechazar el menor fragmento de la noche que la ceñía y la cuidaba en su oficio de madre primigenia.

Hablaba la esposa del comerciante con desenvuelta naturalidad. Sobre su piel todavía la trusa[14] espejeaba, envuelta en una bata de baño sin ceñirse los cordones, de tal manera que sobre la trusa podía verse un escarabajo de esmeralda. La conversación sin languidecer, tomó sus cauces más insistidos, horas de baño, temperatura más favorable, trajín que le daban los muchachos, empleo de las horas, exceso de sazón en las comidas del hotel veraniego. Ni el doctor árabe, ni su esposa hicieron el menor esfuerzo porque la conversación menos habitual, se hiciera más significativa. Transcurrido un tiempo sin pesadumbre ni estiramiento provocado, las despedidas. La misma situación se mordía la cola, al final se veía a la mujer en el extremo de la concha, con su pequeño hijo a su lado, mientras la bata de baño, batida ligeramente por el viento mostraba, con contadas interrupciones, la movilidad inquietante del escarabajo de esmeralda.

Pocos días después el matrimonio fue invitado a comer en casa. La esposa lucía acicalada como para una comida de diplomáticos. El doctor árabe cobró para esos banqueros el respeto excesivo y grotesco del comerciante frente al científico, lo que ellos consideraban en su manera ingenua, como «una persona importante». Había que lucirle las mejores telas de la guardarropía. Y de nuevo pudo observar mi madre, como única joya sobre el seno inquieto por la respiración apresurada, el escarabajo de esmeralda.

La conversación transcurrió como el día de la presentación, llena, pero sin altibajos de curiosidad aprovechable. Vagos temores políticos, incertidumbre del vivir,

---

[14] *Trusa:* bañador, traje de baño.

hastío, inquietud por lo que pudiera pasar, hastío porque no pasaba nada, uñas enterradas, fantasmas, no separarse de la orilla. La esposa del comerciante había comido con más delectación que exceso. El comerciante de pasas de Corinto, con tanto regusto como exceso, volcado sobre todo en el Borgoña espumoso, cuyas burbujas ascendentes le recordaban el horizontal extenderse de la espuma playera.

Mi madre después de la retirada del matrimonio, le dijo a mi padre que los males de la esposa había que buscarlos en los juegos de su escarabajo, que lo mismo exornaba sus trusas, que sus vestidos de gala. Estaba segura de que lo volvería a ver reaparecer sobre su pijama de dormir. Los dos, sumando fragmentos, pudieron reconstruir la historia. Entre sirvientas, amigos comunes, mozos de hotel, murmuraciones, inconexos furtivos, picos de frases aisladas, que después se hacían evidentes como un buzo de mar, fue surgiendo la ceniza sobre la que se posaba el escarabajo. La madre, después de tener sus hijos en el matrimonio, tuvo un amantillo, que fue el padre incógnito de la esposa del comerciante. El amante le había regalado a la infiel el escarabajo de esmeralda. Fue creciendo entre cuchufletas de malvados que conocían el sucedido. El padre la marginaba en la familia y el amante había dicho que secuestraría a su hija, aunque fuese quemando el palacio del rey de Tebas. La madre guardaba a su hija, no se separaba de ella un instante, avergonzada por los desprecios del padre y temblorosa por las amenazas del amante. Por eso la pobre esposa del comerciante, arrastraba todas esas cadenas. Se apartaba con su hijo menor, como su madre se alejaba con ella para cuidarla del padre verdadero y del legal. Entre tantos desprecios, surgía el orgullo amoroso de la madre, la galantería de los buenos tiempos del padre, simbolizada en el escarabajo, que la hija llevaba, como un tatuaje sobre el pecho.

Mi padre le aconsejó al comerciante que exagerase su cariño sobre el más pequeño de sus hijos, le hacía histo-

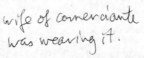

rias sobre la toma de Bizerta y Túnez, del bastardo don Juan de Austria, cómo pudo considerarse más hijo de Carlos V, que la misma descendencia reconocida y legal. Le fue provocando el orgullo de su bastardía, al mismo tiempo que le iba cediendo el pequeño cada día más al padre, aumentando su confianza en el cariño del padre y destruyendo el laberinto que había formado entre la historia real de su madre y la historia imaginativa de ella, derivada del ambiente vergonzante e inferior donde había transcurrido su niñez. Así un día guardó el escarabajo de esmeralda en un cofre gótico alemán y le mostraba a todos la alegría del más pequeño de sus hijos, repitiendo sus aciertos en la escuela y la especial ternura que le mostraba su padre. Una temporada dejó de asistir al balneario, fue entonces cuando mi madre recibió desde Corinto el escarabajo que le enviaba de regalo. Recuerdo que un día hablando con mi padre de esa simpatía universal de mi madre, que parecía que rompía el contorno del otro, haciendo de la no comunicación una transparencia, como si del mundo hubiera sido borrada la especie humana, mostrándose tan sólo el aire o el fuego, es decir, el elemento donde están recostadas las cosas y la claridad que el hombre puede elaborar frente a la luz, le hablé a mi padre de su observación, de los dones que había adquirido en el taller de las piedras preciosas, no pareció ser de mi opinión. Reconocía que tal vez esos ejercicios infantiles podían llevar la proyección de todos sus adherentes a un punto que volaba por la superficie de la materia. Pero, en realidad, él pensaba que todos esos dones no brotaban de un ejercicio, sino de la raíz más naciente de su ser. Era lo que en ella había de madre nocturna, de gran benévola, de sumergidora terrenal, de oidora de la muerte, del tiempo que podía guardar al otro dentro de sí, de ocupar su placenta con el ser que necesita un alimento durante un tiempo en que va a salir de lo envolvente para adquirir lo intraspasable de la estación madura, en el umbral de la muerte, lo que le hacía recorrer el puente en la isla menguante, como si llevase los ojos vendados y sin fijarse en el culto donde las piedras preciosas destellan. Es como una ciega, que es la madre universal; es la mujer Edipo, que es el reverso del Edipo masculino. Dice como en sueños: tú eres mi padre, y tú mi hijo. Vé y ocupa tu trono, reina en paz, vaya la sucesión desde el principio hasta el fin.

Cuando le oí decir a mi padre esas cosas, fui también vencido por la transparencia familiar. Mi padre, mi madre y mi yo, empezaron a ser vistos por mí como cuarzo, como agua que pasa entre las manos, como vidrio para la imagen. Mi madre estaba a mi lado en la mesa, por ejemplo, y la sentía como llamando a las garzas en un lago muy lejano. O tenía la sensación de que con la uña le arrancaba un pedacito a la luna. Mi padre, cuando yo lo acompañaba hasta la playa se me trasparentaba en tal forma que cuando volvía su imagen, salía de una cabaña polar, calándose la gorra, frente a un bosque de abeto escarchado, contemplando con unos prismáticos la fuga de los renos.

Sabía que mi madre, mi padre y mi yo éramos ya la nada, y que sólo las imágenes dejaban sus sombras al pasar de la finitud mortal a la infinitud de la muerte. Lo que yo había llamado observación, punto de las piedras preciosas en su destello, transparencia, eran la nada y la imagen, la muerte y la no interrupción. O eran tal vez la misma cosa, la nada era el reverso de la totalidad, cada destello era un sumando, cada observación era una potencia cuya velocidad inicial se hacía uniforme e infinitamente acelerada. La transparencia era una suma total en una pizarra de aguanieve temblorosa, y de pronto un relámpago que destruía todos esos sumandos, se había pasado del caos al bostezo, de la misma manera que el reverso del falo serpiente es el entrante sin fin, el ano como cero absoluto. La concha playera era el telón de la nada. El silencio del oleaje trayendo a los bañistas, era la nada devorándose el silencio.

Un día yo me bañaba en Ukra, acompañado de otros garzones de mi misma edad; pude observar esa nada extendiéndose y tocándome. La nada siempre es indirecta, indecisa, neblinosa, llega como caminando hacia atrás y mirándonos fijamente. Alguien, con el rostro casi cubierto por una toalla, se acercó y le habló a uno de los nadadores y ya entonces no quisieron ir más al agua y comenzaron a mirarme, en realidad no sé cómo decirlo, pero era algo así como una repulsión amorosa. Me dijeron que era hora de irnos a nuestra casa y mientras cada uno de ellos se quedaba en la suya, noté ese algo frío que se nos retira, ese pez aéreo que se nos escapa, la nada, en fin, como si acariciáramos un recuerdo que se desvanece y vuelve como una piedra que tapa al mismo recuerdo.

Cuando llegué a mi casa, ofrecía un aspecto desusado. Los familiares de mi madre lloraban. Mi padre me apretó el cuello con cariño, sus manos estaban muy frías. Me llevó con mucha lentitud a la cama, donde me señaló a mi madre sin vida. Digo sin vida, por no poder usar la palabra muerte. Ese mismo día fue cuando más se agudizó en mí esa sensación de transparencia que me causaban mi padre y mi madre, me pareció que la región que ahora ella ocupaba era la misma de siempre. Su ausencia en días posteriores sólo lograba oírla más, verla más a mi lado, sentir que sus cuidados para mí se hacían de una delicadeza que me la hacían más visible.

A mi padre, lo seguía siempre viendo al lado de mi madre. No podía decir siquiera que a mi madre no la veía, pues mis sentidos parecían que sólo existían para darme testimonio de ella, después de su muerte. No me hablaba, pero si me hubiera hablado entonces sí me parecería que no existía. Su presencia sólo lograría preguntarle a mi madre por ella. Inclusive mi padre no había cambiado *cierta etapa* de su tratamiento, las invitaciones a la comida familiar continuaban como si el mismo hilo hubiera continuado extendiéndose desde su temblor inicial hasta el final de la tela.

Por eso, atenta, con una fascinación que se me hacía inquietante, su alusión al genitor por la imagen, que Fronesis le había oído a Cemí en largas caminatas, cuando recorría La Habana vieja alucinado por la imagen que hace de la vida y de la muerte una sola esfera, al hombre que la muerte sólo logra afirmarlo en su vivir de todos los días, a ese Hernando de Soto[15], enterrado en un río que visita a su esposa en la torre del castillo, que recibe correspondencia con el peregrino después de su muerte. Sólo que esa frase, el genitor por la imagen, se igualaba con lo que llamaría la muerte genitora por la transparencia. Hay la transparencia de la luz, pero existe también una forma de transparencia mediante la cual la muerte, lo sumergido, lo que se oculta en la noche, llega hasta nosotros, y con la aspereza de la claridad en los dominios de la muerte, se vuelve suscitante y creadora. La luz descendida, la transparencia creadora desde la muerte, va perfeccionando esa sorpresa, que es el motivo de su aspereza, hasta volverla silenciosa, envolvente, viajera que siempre llega, esperador que siempre espera.

Como al año de la muerte de mi madre, mi padre fue al pueblo de donde era mi madre, y vino ya casado con la que había sido la amiga más cercana de mi madre desde la niñez. Llegó a mi casa y pareció situarse dentro del mismo cono de transparencia. Se sentó a la mesa en el mismo sitio de mi madre, su relación conmigo era igual a la que yo siempre había tenido con mi madre. Los clientes de mi padre seguían siendo traídos a la prueba de la comida. Parecía que cuando mi padre se casó con Aischa, su amiga se lo había cedido, y luego, cuando mi

---

[15] *Hermando de Soto:* uno de los primeros gobernadores de la isla de Cuba (1499-1542), extremeño, navegante audaz, explorador de la Florida donde muere. Casado con Isabel de Bobadilla, que lo esperaba en Cuba, precisamente en el tan mentado por Lezema Castillo de la Fuerza de La Habana, ella sigue recibiendo sus cartas después de la muerte del marido. Para Lezama es el genitor por la imagen en oposición a Vasco Porcallo de Figueroa, genitor telúrico. Ambos constituyen puntos claves en la concepción lezamiana de lo cubano y de su cultura.

madre murió, Aischa le entregó de nuevo a mi padre en una especie de sucesión sin fin, de familia que se reconocía sin signos, de una tribu de iniciados que recorriesen el desierto con serena alegría, porque la luz ya no los quemaba, ni necesitaban el agua ni la sombra para el sosiego.

Dos años después nacía mi media hermana que le pusieron Aischa, así que seguí oyendo el nombre de mi madre, quizás con más frecuencia, pues cuando somos niños nuestro nombre suena constantemente como una campanilla, y oímos que al paso de los años nuestro nombre se va apagando, y yo supongo que los que lleguen a viejos lo oirán cómo cada día se va amortiguando, de tal manera que la tierra se traga el nombre antes que el cuerpo. A veces me parecía que veía crecer a mi madre, viendo a mi hermana, como una menina de pintura española, que entraba en el mismo espejo, donde un instante antes había salido mi madre.

Pero, querido Fronesis, me parece que estoy volcando sobre usted carretas homéricas de recuerdos y de días familiares, demasiado pasado para aprisionarlo en este instante, quizá algo debería quedar para otro día.

—Cada vez tengo más interés en oírlo —le respondió Fronesis—, además creo que su relato debe ir todo en una pieza, si lo interrumpe hoy, otro día parecerá desarticulado y trunco, permita pues, que esta noche alcance su final.

—Al paso del tiempo, el triángulo en la transparencia se convirtió en un cuaternario, para usar el término pitagórico. Mi hermana era mi madre muerta y la que había ocupado su lugar o mejor dicho, la identidad en el mismo continuo de transparencia. Cuando yo llevaba a mi hermana, niña aún, a la playa, me parecía que mi madre surgía del mar desde su niñez, para cuidarme en una forma que sin ser enigmática ni mostrar comienzo, comprendía el tiempo acumulado y el que iban derramando las tejedoras.

213

En uno de esos cursos de verano que explicaba en la Universidad de El Cairo, mi padre llevó a su esposa, a mi hermana y a mí, para que curioseásemos aquella civilización, al mismo tiempo que nos fuéramos preparando para una temporada en París. «Ya es hora» recuerdo que nos dijo sonriéndose, «que vayamos preparando el salto de Amenofis a Luis XIV, de Keops a Versalles». Mi hermana y yo nos habíamos quedado en el hotel, mientras que mi madre y mi padre se dirigieron a conocer la universidad y su museo. Muy cerca de la universidad, estalló un motín contra la dominación inglesa. Estallaron bombas, en el momento en que salían del auto que los había conducido. Los dos cayeron heridos de muerte. Cuando supimos la noticia, mi hermana y yo nos miramos fijamente, sin quedarnos perplejos. Regresamos a nuestra casa de Ukra, los familiares de mi madre y de mi padre decidieron cumplir los deseos de mi padre y nos mandaron a los dos a estudiar a París. Era como si siguiéramos en el balneario, era un cambio de espacio, pero el tiempo que seguía fluyendo para nosotros era el del oleaje, el que se deslizaba como un río en el ámbito transparente donde la muerte y la vida se habían hecho tan indistintas, estábamos los dos convencidos de que nuestros padres nos seguían acompañando, al extremo que vivo en un apartamento solo con mi hermana, pues cualquier otra presencia nos hubiera destruido nuestro transparente cuaternario.

Ahora usted me preguntará cómo pude saltar de ese sosiego transparante al tumulto de la revolución, y de esa totalidad que habíamos logrado tres muertos y dos vivientes, al deseo de liberar a Tupek del Oeste de las plagas y del cautiverio. Así como hubo una época en que los príncipes y la nobleza se convirtieron en los defensores de los derechos obreros, nosotros, que nos habían sido otorgados los dones de esa transparencia, sentimos el deseo de que las legiones del pueblo llegaran a adquirir esos inmensos dominios donde la muerte no se diferenciaba de la vida y donde toda interrupción, todo fracaso, toda vacilación quedará suprimida, pues la luz y lo sumergido, los envíos de lo estelar y la devolución de lo sumergido, deberían haber ya alcanzado en nuestra época, habiéndole dejado vergonzosamente esos dominios a los físicos, una identidad prodigiosa. Si nuestra época ha alcanzado una indeterminable fuerza de destrucción, hay que hacer la revolución que cree una indeterminable fuerza de creación, que fortalezca los recuerdos, que precise los sueños, que corporice las imágenes, que le dé el mejor trato a los muertos, que le dé a los efímeros una suntuosa lectura de su transparencia, permitiéndole a los vivientes una navegación segura y corriente por ese tenebrario, una destrucción de esa acumulación, no por la energía volatilizada por el diablo, sino por un cometa que los penetre por la totalidad de una médula oblongada, de un transmisor que vaya de lo táctil a lo invisible, y que allí después de siete días sumergido, ingurgite portando una espiga de trigo, chupando la estalactita estelar como un caramelo, lo que se llamaba en el ceremonial de los antiguos chinos, *mamar el cielo*.

Mahomed lucía ya sofocado en su exaltación. Fronesis no se decidió a interrumpirle. Lentamente se fue remansando, después prosiguió sin dejar de hacer visible su temblor. Causaba la impresión de que era la primera vez que alguien oía sus confidencias, que Fronesis era el primero que le había despertado confianza para mostrar lo que en su vida había sido un secreto.

—Yo veía como un túnel —continuó— de una cierta anchura, que penetrase hasta el centro de la tierra, y después se abría una extensión, alumbrada como por una lámpara de minero. Siempre al final del túnel, en una de las piezas de nuestra casa de Ukra, aparecían mi padre y mi madre, casi siempre en el comedor con invitados. La presencia de la amiga infantil, que había ocupado su lugar, se hacía visible como por un aumento de la alegría en la presencia de mi padre. No había nada de su cuerpo, pero estaba porque su neuma aumentaba el de mi madre, como Géminis[16] de dos lóbulos invisibles.

Estaban siempre allí, en ese espacio transparentado, se dejaban ver, pero no podían marchar hacia nosotros. Era necesario provocar una conmoción, algo que estallase para llegar a esas moradas. Un incendio, una revolución. Algo que rompiese el movimiento elíptico de los astros, para borrar esa zona que no era nuestra. Gnomos enloquecidos con sus sopletes, favoreciendo una nueva plutonía[17]. Tenía que ser el fuego, un gran aviso, algo que rompiese y algo que estableciese la unidad de los muertos y los vivientes. El reencuentro con nuestros padres, pues nuestro desprendimiento origina una nueva sucesión infinita, pues el solo desprendimiento sin fin le regalaría la victoria a la muerte, pero este regalo sería la desaparición de la muerte y de la vida. Una nada sin reverso de totalidad, una nada sin esa sucesión para la transparencia.

Había que destruir plutónicamente esa línea, había que prender fuego a ese bosque para llegar a esa ciudad, como se oyen los chillidos de los gnomos mientras arden los pinares y los vecinos agrandan los sentidos como ojos de pulpo. Una espesura carbonizada y los gnomos chillando y avanzando con una farol en la mano. En ese asalto los gnomos tripulan toros y sólo reciben órdenes de una espada lucífuga que les habla. En sus oraciones antes del combate invocan al Rey invisible que ha tomado la tierra como apoyo. Le llaman a ese Rey invisible, el remunerador de las obras subterráneas, buscan el clavo de imán que atraviesa el centro del mundo. Su Rey

---

[16] *Géminis:* gemelos, tercer signo del zodíaco. Constelación del hemisferio boreal que debe su nombre a sus dos estrellas principales, Cástor y Pólux: los gemelos de la mitología, hijos de Leda con Tídaro. El primero era un gran domador de caballos y el segundo un excelente peleador (también conocido por Polideuces). Con frecuencia se les llama los Dióscuros.

[17] *Plutonia:* expresión para referirse a los infiernos. Viene de Plutón, dios de las tinieblas.

invisible lleva el cielo y es el dueño de la simiente de las estrellas. Llegan a la choza, donde una pareja juega al ajedrez, donde un rey conspirador jura ante el pueblo, donde la cabra de Amaltea[18] deposita sus cuernos entre el aire y el fuego, entre los muertos invisibles y los vivientes que hacen visibles a los muertos. Es una lucha de los titanes de Karnak[19], de nuevo entre cielo y tierra, para adelantar la resurrección. Nuestros recuerdos vuelven a ser puntos estelares. Golcia y Parusía, ciencias de invocación de los muertos y de la resurrección, he ahí donde deben dirigirse las llamas de una nueva revolución.

Se oyeron, con pausas enfáticas, tres toques de timbre. Fronesis se mostró un tanto sobresaltado, pensó que podía ser algún policía que buscaba a Mahomed. Este, sin vacilaciones, se dirigió a la puerta y la abrió.

—Por favor, señores ¿es aquí donde vive Fronesis Heterónomo?

Era una voz baritonal de homosexual de sílabas espesas, pero rajadas. Vestía todo de azul oscuro, con un sombrero de castor negro, parecía ese director que aparece en los circos de Seurat.

—No, aquí no vive ese señor, ni en todo este barrio le está permitido vivir a una persona que se llame de esa manera.

A Fronesis le extrañó la respuesta de Mahomed, de una desenvoltura tan desdeñosa como sarcástica.

Mahomed cerró la puerta y se sentó en un butacón para reírse con un estrépito que Fronesis no podía interpretar.

—Pero ese diablo fiambre ha sido enviado por Cidi Galeb, para ver qué estábamos haciendo —le dijo Ma-

---

[18] *Amaltea:* nodriza que amamantó a Zeus niño a escondidas de Cronos. La leche procedía de una cabra que según algunos era quien se llamaba Amaltea y descendía del Sol.

[19] *Karnak:* aldea del alto Egipto que se eleva sobre las ruinas de Tebas.

homed sin poder contener aún la risa—, le debe haber
pagado algunas copas de ajenjo y rogado hasta el ridículo, para que este avechucho se decidiera a dar ese paso.
Galeb me hace siempre recordar aquellos dos versos de
Baudelaire:

—Ah! que n'ai-je mis mes bas tout un noeud de vipères,
Plutôt que de nourrir cette dérision![20]

No es ni siquiera una víbora, es una irrisión. Es un
pequeño demonio cursilón, que juega canasta y habla con
sus amigos queriendo definir lo que es la ternura.

La puerta ahora golpeada por los nudos de los dedos,
vibraba al recibir después furiosos puntapiés.

—Ahora vamos a tener escena —dijo Mahomed.
Abrió la puerta, era Cidi Galeb, convulsionado, tambaleándose como un poseso.

—Si no llegan a abrir la puerta la echo abajo a patadas.
Cuando me fui se rieron de mí, considerándome un
cobarde. Pero ahora vengo a buscarlos para que se rían
delante de mí. Cochinos, haciéndose zalemas durante
horas y ya coaligados contra mí, que fui el tonto que los
presenté. Si no es por mí, jamás se hubieran conocido,
un ridículo señorito criollo y un conspirador de pacotilla,
no coinciden, nada más que cuando hay un tonto como
yo, que los pone en camino para que se conozcan. Deben
de haber estado toda la noche diciendo sandeces de mí, y
preparando toda clase de hipocresías para después acostarse juntos. Ya yo conozco esa treta, de esos que dicen
que no son homosexuales y se pasan la vida en la piscina
juntos, secándose después el culo con gran indiferencia.

---

[20] Versos quinto y sexto del poema de la sección I de *Spleen et ideal* de
Baudelaire titulado *Benediction*. Nidia Lamarque los traduce así: *¡Ah, que no
haya parido un nido de serpientes,/antes que alimentar esta pobre irrisión!*... Lezama
hace una asociación némica que nada tiene que ver con el sentido del texto
completo, ya que se trata del nacimiento del Poeta —así, con mayúsculas—
y de la incomprensión materna respecto a su destino, mientras que él
procede por exclusión y pone el acento sólo en cierto sentido de lo ridículo, *demonio cursilón*, que parece llegarle por la palabra *dérision* traducida como
irrisión.

Cada uno habrá encontrado muy interesante lo que el otro dijo, pujando hasta desbravarse las ternillas. Dos coprolitos[21], mierda endurecida del terciario, que se huelen el uno al otro para calentarse las almorranas.

Mahomed, muy despacio, se le acercó y le dio dos bofetadas en el centro mismo del muelle de los dos cachetes. Galeb se tapó la cara con las dos manos y lloró un buen rato. Cuando sacó el pañuelo, Mahomed lo empujó hasta la escalera y comenzaron a descenderlas. No habían llegado aún a la calle, cuando se oían las histéricas risotadas de Galeb. Mahomed caminaba a su lado sin mirar el ridículo bulto que a su lado se movía, mezcla de esputo y papagayo.

Así siguieron caminando hasta la casa donde vivía Galeb. Mahomed lo quiso acompañar, porque Galeb estaba en un estado de embriaguez que en cualquier momento podía caerse o comenzar a gritar. Caminaban uno al lado del otro sin hablarse. Cuando llegaron frente a la puerta donde vivía Galeb, sin que Mahomed pudiera prever el ataque, le devolvió las bofetadas. Mahomed, enceguecido por la truhanería de la sorpresa, comenzó a pegarle en la cara y el costillar, tirándolo contra la puerta. Galeb empalideció y cayó por el frío final del alcohol. Mahomed siguió su camino en la madrugada de estrellas bajas y frías, pero ya se oía de nuevo la carcajada de Cidi Galeb, último descendiente del árabe que llevó la noticia de la rendición granadina a los familiares de Boabdil.

Al llegar a su casa, Mahomed sintió como la evaporación de un bochorno. Tenía como la sensación de haber ofendido a sus familiares muertos. En la transparencia subterránea, donde su padre y su madre muertos reían con nobleza, llegaba la carcajada maldita de Cidi Galeb,

---

[21] *Coprolitos:* materia fecal endurecida con apariencia y consistencia de piedra.

[22] *Boabdil:* o Abú Abdalá, último rey moro de Granada, entregó la ciudad a los Reyes Católicos en 1492.

anunciando una rendición, un final sin honor. A impulsos de la carcajada, volaba con la cámara transparente un plumón negro de cuervo.

Mientras tanto, Fronesis se dirigió a su cuarto de dormir. Apagó la lámpara, retiró la sobrecama, descansó la mejilla sobre el frío de la almohada, cuando se fue tibiando la volteó de nuevo para sentir un poco más de frío. La tibiedad alcanzada le fue alzando el sueño, así comenzó a deslizarse por las nubes que la almohada iba evaporando. Cuando se despertó, los techos de la Isla de Francia, comenzaban a humear las rodajas de pan preparadas por Chardin, por Matisse con sus trazas blancas moteadas de azules y rojos y por Léger con sus chimeneas como pantalones de tipógrafo puestos a secar.

CAPÍTULO III

(Ukra)
a la playa

Un curvo chorro de agua lanzado sobre la espalda de Margaret se refracta en innumerables gotas sobre el rostro de Champollion. Cidi Galeb hunde otra vez su boca en el agua salada. Fronesis lentamente va entrando en el agua sin que la diversidad de temperatura lo haga temblar. Va caminando en el agua, hasta que de pronto se lanza a nadar. La quilla del pelo parece que no sigue al punto negro. Cidi Galeb sigue la marcha hasta que de pronto aparece el cuerpo de Fronesis equilibrado sobre las ondas. Galeb finge una distracción delatora. Lenta la distracción fingida, pero el acecho hiende como una flecha.

Champollion, Margaret, Galeb y Fronesis han hecho su excursión a Ukra, el balneario de que tanto les había hablado Mahomed. Era el único Fronesis, el que oíamos hacerle el relato de los familiares de Mohamed, que sentía aquellos parajes con una emoción sagrada. Veía por todas partes «el doctor árabe» acercarse a los parroquianos del balneario y decirle en voz baja frases de salvación. Era en extremo sensible a la gravitación de las imágenes, al itinerario invisible, pero densísimo, de éstas buscando un cuerpo donde refractarse. Aquel balneario era para él la historia de una familia con la que había intercambiado imágenes. Veía a toda esa familia fluir en el tiempo, resistente como un arca y entrelazamientos

Fronesis thinks its a special place because of Mahomed's story

221

como árboles nocturnos en un bosque sagrado. Al alejarse de su familia sacralizaba todos los enlaces de la sangre como dinastías con las que tenía que fraguar en secreto pactos de alianza, innumerables y proliferantes, como si en cada esquina coincidiesen la familia de los Habsburgo con la de los Borbones, heráldica donde las imágenes proliferaban como abejas en un cuerno donde la densidad oscura de la miel ofrece un ángulo de refracción tan denso como provocativo. Cada abeja en una hoja fluyendo hasta ser tocada por una mano que obraba como raicillas innumerables.

El resurgimiento en el mar marcaba en los cuatro bañistas maneras muy desemejantes. Champollion, orillero como un garzón, se mojaba las manos y sonaba unas palmadas húmedas, después se pasaba las manos por el rostro como queriendo secárselas. Margaret nadaba con alegría canina. Se proponía ingenuas metas, una pelota con los colores del arco iris. Vacilaba al acercarse a las redes que separaban del mar peligroso, le daba un empujón a Champollion para que cayese de bruces sobre la cresta de una ola. Galeb nadaba un rato largo por debajo del mar, movía acompasadamente los pies, coletazo alegre de un delfín malicioso. Se le veía como si quisiera elaborar, para la única visión de Fronesis, una seriedad respetuosa frente al mar. Frente a Fronesis, diríamos mejor, pues todos sus esfuerzos los destinaba a ganarse la confianza de aquél, que creía que había perdido después de su aparición en su departamento, grotescamente histérico e inflamado, pletórico de bofetadas clownescas.

La ausencia de Mahomed, se debía a que su más trágico frenesí en la lucha por la liberación de Tupek del Oeste, había pasado de una fase conspirativa y enmascarada al señalamiento de los puntos donde se volcaría la acción. Mahomed les había dicho que estaría por toda aquella región en secreto, quizá disfrazado, cerca o lejos de ellos, pero siempre rondándolos. Fronesis había cobrado por Mahomed una confianza serena y fuerte.

Galeb, por el contrario, una desconfianza maligna, se sabía enteramente descubierto por Mahomed, lo mismo si avanzaba con seguridad, que si retrocedía, tapándose la cara con vergüenza. Galeb se sentía frente a Mahomed sin caparazón y sin misterio.

Vivían en una casa extremo de la concha playera, típica vivienda tunecina, con su sala y sus espacios internos indivisos, con parabanes[1] de madera calada. Un descolorido tapiz llenaba una de las paredes de la sala, un sufí[2] ermitaño, entre ríos paradisiacos recibe la visita de los ángeles. Los hilos deslustrados del tapiz tornaban a los ángeles mahometanos en una especie de corte de los milagros, los regalos que mostraban en sus manos parecían caracoles sin terminar, pura piedra en hilachas de color. La desnudez del ermitaño había pasado de un amarillo ceroso a desgarrones deshilados.

—El ermitaño debe de haber disfrazado a los ángeles, para librarlos de que, por el contrario, sea Cidi Galeb el que le haga regalos —dijo Champollion, sin atender a la reacción que podía despertar su frase.

—Me hice el propósito, al hacer esta excursión contigo, de no contestar ninguna de tus insensateces —le respondía en seco Galeb—. Le ruego al mar que me asorde los oídos todos los días, para no oír tus majaderías, desde la voz hasta la raya del peinado. Que te oiga Margaret, que es su obligación, peor obligación que remar en una galera turquesa.

—Te quieres convertir en la abadesa de las tapiñas[3],

---

[1] *Parabanes:* forma de llamar, en Cuba, a las mamparas; viene de la sustitución de la uve, en la palabra francesa *paravent,* por la be, con cambio de la vocal e por la a y eliminación e la t. Es, pues, galicismo, bastante común en la isla, sobre todo en la parte oriental, Santiago de Cuba, más influida por lo francés debido a la inmigración proveniente de Haití como consecuencia de la revolución del siglo XVIII.

[2] *Sufí:* partidario del sufismo, doctrina religiosa, especie de panteísmo místico de ciertos mahometanos persas.

[3] *Tapiñas:* homosexual vergonzante; marica que oculta su condición, pero que no abandona la práctica de la pederastía pasiva.

para que Fronesis cambie de opinión sobre ti —le contestó Margaret, que de veras quería arañar a Galeb, más que por deliberación, por nervios rotos que mezclaban alfileres y flechas.

El asco se cerraba en Fronesis, indescifrable indiferencia. Muy pocas veces caía en indiferencia, sólo cuando observaba delectación en la ingravidez. Las tres cuartas partes de agua de aquellos cuerpos, como las de todos los cuerpos humanos, se habían convertido en humo. Era un humo que brotaba por las grietas de la tierra, seguía por la columna de huesos de sus cuerpos, y se solidificaba en un vapor sombrío, que llovía después durante días y noches sobre las ciudades malditas. Era la lluvia de cenizas, el último envío de la tierra podrida, peor que el desierto, pues ni siquiera crujía ante la permanencia solar. Era el esqueleto ablandado del toro germinativo, era la tiara de mitra metamorfoseada en un cucurucho de cartón babeado.

Fronesis observó en una esquina de la sala un narghilé[4]. Pensó que si cada uno de ellos se apoderaba de los cordones terminados en una embocadura, se convertirían en los tentáculos de un pulpo. Pensó que si aquella carnosidad central empezase a girar como una rueda de tentáculo en tentáculo, mancharían las paredes con una sangre podrida de puerperio, embadurnarían a los ángeles que le llevaban sus ofrendas al sufí ermitaño. Aquellos tres seres chuparían de las embocaduras de la ubre maldita, quedándose los dientes calcinados como si saborearan la lava ensalivada, ya en el helor[5] de la saliva, de

---

[4] *Narghilé:* adminículo árabe para fumar; es una especie de pipa compuesta de un tubo flexible y un vaso lleno de agua perfumada que es atravesado por el humo antes de llegar a la boca. Lezama, como en muchas ocasiones, utiliza una ortografía caprichosa a partir de una supuesta transliteración afrancesada del sustantivo persa, cuando en realidad en español debe decirse y escribirse *narguile*.

[5] *Helor:* frío intenso y penetrante. La Real Academia de la Lengua lo señala como expresión de Murcia. En Cuba no se usa.

otra boca, el pozo negro del trasero de un demonio androginal.

Llegó la hora del almuerzo, la comida se la traían de un hotelito cercano, avisado por la mezcla de la leche agraz, canela y la violencia perfumada de algunos platos donde las especies producían una ruidosa evaporación.

—Parece que uno come —dijo Champollion— como si le rociaran un perfumador de barbería por la cara. Aquí sí que añoro un pedazo de carne, con cebolla y perejil, con una yuca o una ñame[6]. La naranja agria, quemando la carne, y después nuestras viandas, suaves, resbalantes, ablandando cada bocado. ¿Qué crees tú de todo esto, Fronesis? —terminó trazando un ademán que cubría todos los platos puestos en la mesa.

Fronesis se sonrió. Sintió el agrado de la alusión.

—Nuestra comida forma parte de nuestra imagen —le contestó—. No sé si lo que voy a decir es un exceso de generalización, pero discúlpenos como una majadería de desterrado. La mayoría de los pueblos al comer, sobre todo los europeos, parece que fuerzan o exageran una división entre el hombre y la naturaleza, pero el cubano parece que al comer incorpora la naturaleza. Parece que incorpora las frutas y las viandas, los peces y los mariscos, dentro del bosque. Cuando saborea un cangrejo parece que pone las manos en una de esas fuentes de agua dulce que brotan de nuestros mares. *Está comiendo o se está bañando,* son fórmulas que el cubano emplea como

---

[6] *Yuca, ñame:* la yuca es planta lileácea de la América tropical; su raíz, gruesa y de tamaño variable, es comestible y muy apreciada. A partir de ella los primitivos habitantes de Cuba elaboraban una especie de torta cocida al fuego llamada casabe, que todavía se consume como sustituto del pan, principalmente en las provincias orientales de la isla; el ñame, voz conga, es una planta herbácea de la familia de las dioscéreas, su raíz, tuberculosa, de corteza casi negra y masa blanca o amarillenta, es comestible. En Cuba a este tipo de alimentos, a los que se pueden añadir el plátano, la malanga y el boniato, se le conoce con el nombre genérico de viandas, tal cual lo utiliza Lezama en el texto, y sirven de acompañamiento obligado a las carnes y otros platos.

una tregua de Dios. *Está comiendo o se está bañando,* son de las pocas fórmulas de civilidad y de cortesía, que entre nosotros mantienen una perenne vigencia. Tienen un universal aspecto, nadie osa quebrantarlas. *Me sacó de la mesa, me vino a interrumpir el baño,* son formas de execración, de maldición bíblica casi, que el cubano no tolera como descortesía. Quizá eso sea debido a la significación secreta del nombre de nuestras viandas. En algunos dialectos americanos yuca significa bosque. Otros etimologistas afirman que yuca significa jugo de Baco. Ñame quiere decir en taíno raíz comestible. Al comer esas viandas es como el apoderamiento del bosque por medio de sus raíces comestibles. Otras viandas parecen que inclusive ejercen influencias en el mundo moral. Etimologistas más atrevidos creen que boniato deriva de *bonus.* Su primer uso fue como adjetivo, así en Venezuela existió el Cacique Boniato, es decir, el cacique bueno. He observado en el campo nuestro, que existen los guajiros que abusan del boniato y los que abusan del buchito de café. Los dos son muy distintos. El abusador del boniato es fácil, dicharachero, familioso y guitarrero. El abusador del café es discordante, raptor, gallero y fantasmal. Una observación, que se la envió como un regalo a Champollion, que es un malicioso sempiterno, en nuesto argot, *se la comió,* en relación con una doncella, quiere decir que se llevó su virginidad a caballo, de la misma manera que decimos *templar* al cumplimiento del acto sexual, que es una palabra en extremo delicada, pues alude también a la preparación de las vibraciones adecuadas de un instrumento musical. *Se la comió,* alude a hacer suya, con la violencia del acto y con la totalidad del signo a la mujer. Pero *templar* es la coincidencia adecuada de los acordes, es, como dice Cervantes, música de entre sueños. Así el acto sexual para el cubano es como comer en sueños; el bosque, la raíz y la bondad de lo que comemos y el acto posesivo están unívocos en su imagen, templados los humores en el sueño. Precisemos que *se la comió* es palabra con la que se hace referencia a algo hazañoso, triunfal. Si alguien impertérrito, fumándose un tabaco, redondea sin vacilaciones un cálculo integral o vectorial, el coro como aplauso exclama: *se la comió.* De tal manera que entre nosotros lo posesivo, lo hazañoso, la templada vibración del sonido están tan entrelazados como lo que los metafísicos llaman el tiempo cónico, una anchurosa base horizontal de lo incorporativo y lo posesivo que se transmuta en las vibraciones que van como en el ciclón del ojo rotativo de la base ascendiendo hasta un punto que es el que los penetra.

Que ajeno estaba Zequeira[7], cuando dice de la piña que está de *esplendor vestida,* que a su vez la piña iba a servir para vestir otros esplendores. Nuestras criollas se pasean a midad del siglo XIX, luciendo sus trajes de seda de piña, que compiten con los tafetanes y los linos de las Indias Orientales. No es tan sólo en la incorporación de las viandas, donde el cubano ronda el bosque y sus raíces muy de cerca, sino que la más elaborada de nuestras brisas riza como túnicas de igual delicadeza, el ondeante ápice de la seda de piña.

Champollion y Margaret le oían como si la expresión *bosque comestible,* les hubiera producido algo semejante al éxtasis. Galeb le oía como perplejo, como asustado de la claridad de las palabras que le llegaban. Sentía miedo al acercarse a Fronesis, sin poder ocultar sus impurezas, sentía que esa claridad aumentaba sus deseos. Entonces Margaret, como quien siente la llegada de alguien inesperado, o penetra de pronto en un caos que va hacia su amanecer dijo:

—Fronesis, tienes tanta oscuridad creadora por dentro, que cada vez que hablas nos enseñas una claridad que se nos incorpora como ese ñame bosque que nos regalaste hoy. Ay de aquél que te quiera hacer daño, lo

[7] *Manuel Zequeira:* poeta cubano (1764-1846), autor de una célebre *Oda a la piña.*

227

maldigo por anticipado —los ojos de Margaret amarillentos por el exceso de vino árabe, se cerraron como para perseguir una visión indescifrable.

—Cállate, borracha venenosa, grotesca como el sueño de Baco —le salió al paso Galeb, comprendiendo que la *salida* de Margaret iba directa contra él.

—De la única manera que no le hago un disparo a Galeb, es si te sigo oyendo hablar, Fronesis, de cosas cubanas —le contestó Margaret, apoyando el brazo derecho en el espaldar de la silla, como para evitar caerse.

Galeb en broma cogió un cuchillo de la mesa y lo levantó. Margaret hizo un esfuerzo final; el sorbo de vino con el que se enjuagaba la boca, la embriaguez le impedía casi pasarlo por la garganta, lo lanzó sobre el cuchillo y la mano alzada de Galeb. Se tiñó el cuchillo y la manga de la camisa de Galeb del vino mezclado con la saliva. Hizo éste el ademán de abalanzarse sobre Margaret.

—¿No ves que está borracha? —le dijo para detenerlo Champollion—, si la tocas te rompo la silla en la cabeza —Margaret se dirigió tambaleándose hacia la esquina de la sala, donde estaban unos cojines con signos aljamiados, sobre ellos se extendió, parecía que se iba quedando dormida.

—Ahora es cuando necesito que me oigas —dijo Froncesis, dirigiéndose a Margaret.

—Sigue hablando de cosas cubanas —le contestó casi inaudible Margaret—, ahora te oigo mejor que nunca. Cuidado con el cuchillo de Galeb. Tiene rencor de hidrofilia, tiene el rencor que se hereda de la madre.

—Duerme en los infiernos, hijo del perro de los muertos —dijo Galeb con el registro más bajo de su voz.

Se vio que el cuerpo de Margaret se convulsionaba. El rostro se le endurecía, adquiriendo una rigidez pétrea. Alejada de su madre, parecía una niña que acariciase el Cerbero.

—Entre nosotros —dijo de nuevo Fronesis como si

remontase un canto—, la noche y el día tienen escandalosas diferencias, dormir es como un letargo, se duerme como el pájaro mosca o como el majá de Santa María[8], el metabolismo desciende como el mercurio en el hielo. Poca transmutación nocturna, la naturaleza rompe el límite de la piel y el hombre se hace indistinto, tiene raíces hasta el límite del río. Por la mañana esa no diferenciación toma su cuerpo y comienza a reconocerse lentamente, va de sorpresa en pregunta, de reconocimiento lento a súbita penetración, entre los dos cielos propicios por el relámpago. Se podría decir que desnudo frente al espejo, su cuerpo es aclarado, como la partogenesis de las nubes por una fulguración. Por eso, los aparecidos cubanos siempre arengan desde una terraza, están como empinando un papalote[9] con los pies en una botella[10] de Leyden. «Las aves se preparaban para el sueño, dice un naturalista de la escuela de Buffon[11]», posándose tranquilamente en el rincón de la redoma. Veinte minutos más tarde su proporción metabólica había descendido a ocho centímetros cúbicos por gramo y hora. A media noche el pájaro mosca tiene un nivel de metabolismo que, comparado con la proporción diurna, sólo ascendía a un quinceavo de rapidez, nivel al cual invernan muchos mamíferos. Esto, unido a los numerosos signos de invernación que presentan, tales como aletargarse completamente, quedarse casi insensibles e incapaces de moverse.» Así el pájaro mosca se convierte en una

---

[8] *Majá*: culebra cubana, alcanza hasta dos metros de longitud y no es venenosa.

[9] *Papalote:* cometa de colores brillantes muy popular en Cuba.

[10] *Botella de Leyden:* modelo primitivo de condensador eléctrico, que todavía se utiliza hoy día en experimentos de cátedra.

[11] *Buffon, Georges-Louis Leclerc, Conde de Buffon:* naturalista francés y escritor brillante (1707-1788), autor de *Historia natural* y de *Las épocas de la naturaleza*. Fue un gran divulgador de los conocimientos científicos de su tiempo y concibió una teoría de la formación y evolución del universo. A él pertenecen las dos conocidas frases: *Le style c'est l'homme* (El estilo es el hombre) y *Le Génie, c'est la patience* (El genio es la paciencia).

fruta, abre sus alas en la pulpa de un caimito[12]. La noche
lo profundiza, lo lleva a la indistinción total, en mosca
coloreada, fruta viva en la redoma o en la cueva. En la
noche recupera, por la humedad, lo que por el día
desgasta en su metabolismo, la semilla nocturna se iguala
con el día del insecto, la fruta vuela por el paladar, cada
poro se convierte en una pirámide egipcia para los élitros
de un insecto.

La cara de Margaret volvió a congestionarse, con
mayor rigidez ahora. Fronesis, mientras hablaba, la observaba con frecuencia.

—¿Me oyes, Margaret? —le preguntó él.

—Mejor que nunca —le contestó—, sigue hablando
de las cosas cubanas, hasta que me pueda quitar esta
cabeza de halcón, que me ha regalado el Intendente.

Fronesis comprendió la alusión de Margaret al viaje
subterráneo por el reino de Horus[13]. Esa expresión de
Margaret, dicha en el sueño báquico, le hizo visible a
Fronesis la profundidad de la crisis que la agitaba. Se
aprovechó de la anécdota del humo. Desde que era
muchacho le había oído a su padre relatar la anécdota
deliciosa, él la contaba siempre en francés, reproduciendo
con toda exactitud el relato de la condesa de Merlín[14], el
día que coincidió, en el barco que se acercaba a La

---

[12] *Caimito:* fruto del árbol sapotáceo así también llamado, que abunda en
Cuba y en otras islas de las Antillas. De dulce y exquisito sabor, su pulpa
muestra una delicada transparencia que va del verde al morado. Aparece
citado en la *Silva cubana,* poema de Manuel Justo Rubalcava (1769-1805):
*Misterioso el caimito,/Con las rayas de Cyntio reluciente,/En todo su circuito/Mora-
do y verde, el fruto hace patente,/Cuyo tronco lozano/Ofrece en cada hoja un busto a
Jano.*

[13] *Horus:* dios de la mitología egipcia que personifica al sol saliente, se
representaba como un gavilán o por un hombre con cabeza de gavilán. De
ahí que Fronesis comprendiera la alusión, dada aquí por la *cabeza de halcón.*

[14] *Condesa de Merlín:* escritora cubana de expresión francesa (1789-1852),
su nombre era María de las Mercedes Santa Cruz y Montalvo y pertenecía a
una de las familias más opulentas de la época. Su *Viaje a La Habana* (1844)
fue precedido, en la edición española por unos apuntes biográficos de
Gertrudis Gómez de Avellaneda.

Habana, con la famosa bailarina Fanny Elssler[15]. Un inglés viene requebrando a la Elssler, al final le dice a la condesa de Merlín:

—Vous eté adorable, Madame, en verité.

—Puis-je été utile de quelque manière? —me dit l'anglais.

—Oui, monsieur —lui repondis-je—; en fumant sous le vent.

—Avec plaisir.

Et il s'éloigna d'un pas[16].

En esos momentos se levantó Margaret, comenzó a hablar con lentitud como si silabease una sentencia délfica[17].

—Veo la boca abierta de una serpiente recién muerta. Ahora comprendo el Ouroboros[18], el morderse la cola de la serpiente, pues su boca y su ano son la misma cosa. El Ouroboros es la boca que muerde el ano, la identidad

---

[15] *Fanny Elssler:* (Lezama siempre cambia la ele final por una te y la llama Elsster). Bailarina austriaca (1810-1884), considerada una de las primeras figuras del ballet romántico. Se presentó en La Habana en 1841. Regresó a dicha ciudad el año siguiente y permaneció en ella seis meses. Interesada en los bailes españoles, bailó en España la Tarántula y en Cuba el Zapateo. Contribuyó al furor de la música española en París de su época. Fue célebre su *pas de trois* con la Taglioni y la Grisi.

[16] Salvando alguna que otra imprecisión ortográfica la traducción es más o menos la siguiente:

Señora, verdaderamente es usted adorable.

—¿Puedo serle útil de cualquier otra manera? —me dijo el inglés.

—Sí señor —le respondí— Váyase a fumar a otra parte.

—Encantado.

Y se alejó unos pasos.»

[17] *Sentencia délfica:* se refiere al oráculo de Delfos.

[18] *Ouroboros:* la explicación está dada en ese morderse la cola. El origen etimológico, del griego, denota *boros* que sería devorar y *ouro* cola y también aparato urinario, de ahí que se forme ese círculo de la boca devoradora, identificada con el ano, también devorador de la serpiente fálica como se ha visto a lo largo de la obra de Lezama, para lograr lo que él llama la identidad griega pasando por Egipto, que refuerza la metáfora de la serpiente. Al final aparece la frase de Mallarmé que, quizá, corresponda, en contexto diferente, al segundo verso del soneto *Hommage* dedicado a Wagner, ... *Dispone plus qu'un pli seul sur le mobilier* y no sea literalmente *plis selon pli* tal cual dice Lezama.

griega, la A es igual a A, en la serpiente egipcia es la igualdad de lo que crea y lo que descrea. El falo *in integrum restitutum* y el reverso está en las migajas carnosas de la boca de la serpiente. Si vemos la pulpa del plátano, con la cáscara en su extremo, es la misma sensación si en imagen colocamos el falo en la boca de la serpiente. Qué flor la boca de la serpiente evaporando, muestra un olor a puré de plátano. Dos superficies vegetales por las que respira la serpiente, la flor del puré del plátano y la pulpa platabanda. Intestino visible, en acecho de un planeta negro placentario, que la haga dormir. Duerme y comienza a respirar, sueños sin cuerpo, coágulo que pasa por el desfiladero de los anillos. *Pli selon pli,* pliegue tras pliegue, dice Mallarmé. Al fin del coágulo hace una boca.

Se verticalizan, con la boca en la boca del hombre, rodean, montadas unas sobre otras, los brazos, salen por el trasero como rabos oscilantes. La gruta de Trofonio[19] se va achicando, busca el punto negro, alas de murciélago, pedazos de estalactitas, excremento petrificado, *res extensa* de cobre machacado, entierro de sandalias muscíneas, narices tostón, cartón prensado con hilos de araña, deshilachada y aguada maleta de escuela. ¡Todo adentro! Los apretujones del cilindro de la multitud ondulante, queriendo entrar, pulgada por pulgada, y el punto negro, abullonado Trofonio cediendo los elásticos relajados, penetrando un anillo más, las dos flores respirantes, volviendo al piscis, colgándose como una coronilla de la *sub risio phalus,* la sonrisa con lágrimas espermáticas, mandala de la mandanga[20], Trofonio con voz rajada. ¡To-

---

[19] *Trofonio:* arquitecto griego, constructor del templo de Delfos. La gruta en la cual fueron sepultados sus restos mortales se hizo famosa por sus oráculos, pero aquéllos que los consultaban se volvían melancólicos para siempre.

[20] *Mandala de la mandanga:* mandala significa diseño; viene del tantrismo, se origina en la India y pasa por los caballeros de la Edad Media que portan mandalas como amuletos de protección en las batallas. Se le conside-

do adentro! Y luego el pavorreal nutrido de arañas y serpientes, y la cola del pavorreal situada frente por frente al nacimiento del mundo, y la cola de Juno donde se inscriben las constelaciones. ¿Por qué el pavorreal detiene la serpiente? ¿Por qué el gallo blanco inmoviliza al león que quiere leer en el libro de la vida? El triunfo de lo estelar sobre la sangre, que cubre la boca de la serpiente, donde están todos los colores de la cauda como si la estelar cayese sobre la sangre con la rojez que repta y el azul del coágulo, la sangre sobre la hoguera, la brusca totalidad de la cola del pavorreal, paseando por el cielo de estío, la laxitud de la boca de la serpiente para lo fálico, la boca que muerde el ano en el frío esperado del Eterno Retorno. ¡Todo adentro! El centro de la boca, *quincunce* que recibió el viento que pasó por la hoguera, sofocado por la sangre de la serpiente, fruto de un sacrificio, el de la boca del fruto. El dragón cuando come en las Hespérides[21] parece un ciervo, pero un ciervo dormido. En la columna que reemplazó la hoguera, se ven las colas de cinco serpientes enterradas, imposibilitadas para circuli-

---

ra una tetrapolaridad cuyos polos se ensanchan en círculos o esferas que constituyen cada uno un microcosmos, uno de ellos, en el medio, sería la quintaesencia del cosmos. Hay un punto central que reproduce el lunar que las mujeres indias se pintan en la frente, y que a su vez representa el sexo femenino. El lingan contiene el yoni. Del placer, del juego, de la mandala, se pasa a lo esotérico, lo trascendente a través del sexo pleno. El término bimembre, *mandala de la mandanga,* podría parecer sorprendente si no fuera que Lezama abunda en tales audacias conceptuales y lingüísticas. Mandanga significa *pachorra,* es decir, *flema, tardanza, indolencia,* pero cubanizado el término obtiene otro sentido que viene de un uso vulgar de otros nombres. Mandado es, al menos en Cuba, el sexo masculino y de ahí se deriva mandanga, pero si le agregamos el primer significado vemos que se trata al mismo tiempo de un falo retador y demorado, flemático, tardío, indolente. El diseño mágico, esotérico, juguetón y placentero del falo, es presentado por Lezama para culturizar la descomunal petición enajenada de Margaret Mc Learn: *todo adentro.*

[21] *Hespérides:* hijas de Atlas. Tres hermanas que poseían un jardín con árboles cargados de manzanas de oro. Estas frutas estaban vigiladas por un dragón de cien cabezas. El undécimo de los trabajos de Hércules fue matar al dragón y apoderarse de las manzanas.

zarse, para jugar sus fuegos. Cuando logra sacar la cabeza de la columna, es una serpiente muerta, ya la columna no puede estar en su boca, la columna del dios Término[22], como un falo que sonríe. La boca de la serpiente ya no muerde la vela, ya no es el refugio de la columna. El círculo se abre en espiral, la esfera confundida entreabre la cola del pavorreal. Sacudirle la cabeza a la serpiente es un torbellino en el caos, la serpiente muere y se le otorga un verdadero recibimiento persa, en su boca el phalus, con la semilla de la cola del pavorreal. El agua y la sangre, la laguna espermática son para la matriz, pero el azufre es la esencia del hombre, del hombre que ha reemplazado la esperma por el mercurio bailón, y en la boca de la serpiente el azufre llamea para producir el sueño, parálisis del tiempo al lado de la higuera, y la cópula, que desprende a la imagen de su azufre interior, como un árbol.

Margaret había hecho un esfuerzo superior al que su embriaguez podía consentir y volvió a caer sobre la torrecilla de cojines esquinados.

—Sigue hablando, Fronesis —volvió a decir Margaret, haciendo un esfuerzo sobrehumano casi para articular esas palabras—. Mientras tú hablas, le concedo la vida a Cidi Galeb, después, como Piritó[23], se paseará con las nalgas descubiertas por los infiernos.

—Como los cuerpos que siguen al proquerizo Eumeo[24] te haré comer el veneno de tu propio excre-

---

[22] *Término:* antigua divinidad agraria representada, entre otros símbolos, por un tronco de árbol, de ahí su connotación fálica.

[23] *Piritó:* se refiere a Piritoo, héroe lapita, hijo de Día y de Ixión (algunos lo consideran hijo de Zeus y de Día). Participó en la cacería de Calidón y luego trabó amistad con Teseo. Tomó por esposa a Hipodamia, hija de Brutos o de Adrasto.

Después de luchar junto a los lapitas contra los centauros y de ayudar a Teseo contra las Amazonas, bajó con aquel a los infiernos. Mientras Teseo fue rescatado por Heracles, Piritoo quedó sepultado, sentado eternamente en la «silla del olvido».

[24] *Eumeo:* hijo de Otesio, rey de una de las islas Cícladas. Cuando

mento —le contestó con sílabas sombrías, mirando a Margaret con odio que avinagraba sus ojos.

—Un momento —le dijo Champollion—, voy a aprovechar que Margaret parece que va a despertar, para llevarla a la cama —con mucho cuidado, llevando a Margaret recostada en su hombro izquierdo logró desaparecer con ella, camino de su cuarto.

—Ya es hora de que también nosotros vayamos a dormir —dijo Fronesis, mirando a Cidi Galeb, como pidiéndole excusas por una conversación tan dilatada, pero Galeb se sonrió como dando muestras de su aquiescencia a lo conversado.

Es muy difícil que Fronesis se abandone a la sombría voluptuosidad de prefigurar los hechos, como todos los fuertes su reacción ante lo inmediato se ganaba en un súbito. El estímulo no podía ser nunca para él un péndulo moviente en la noche como un fantasma. Aunque previera una situación, nunca le daba un tajo o le salía al paso con un además presuntuoso, dejaba que reconociese sus meandros hasta llegar a él, entonces vería cómo le podía echar mano al cuello. Por eso cuando precisó que había sólo una cama en el otro cuarto, aquél en que dormirían Champollion y Margaret, pareció no darle importancia a la especial situación en que forzosamente tendría que situarse frente a Galeb. No era malicioso, y como frente al caso de Foción, le parecía incomprensible despertar apetencia sexual en alguien que no fuese una mujer. Sabía que Galeb era homosexual, pero le parecía imposible que ese desvío lo fuera a poner en ejercicio en relación con su persona.

Fronesis encendió la lámpara de la mesa de noche, porque el conmutador de luz del cuarto estaba al lado del escaparate[25] y tendría que levantarse para apagarla. Ga-

---

niño fue secuestrado por unos piratas y vendido como esclavo a Laerte, padre de Odiseo, en cuya casa trabajaba como porquerizo.

[25] *Escaparate:* ver nota del capítulo primero.

leb dudó en su ingenuidad de malicia cansada si Fronesis buscaría una luz intermedia. En realidad, todos los signos habituales que Galeb interpretaba, en el caso de Fronesis lo desconcertaban, pues se empeñaba en colocar interpretaciones allí donde sólo había hechos de total simplicidad, que rehusaban dejarse conducir a fáciles antítesis interpretativas o a valoraciones simbólicas.

El primer contraste se hacía visible en la forma en que los dos cuerpos iban logrando su desnudez. Fronesis se quitó la camisa, la puso sobre una silla, cuidando la caída de las mangas. Se sentó después en la cama, para quitarse las medias, después se quitó los calzoncillos, por último la camiseta. Mientras se dirigía a la cama para acostarse, se alzó el esplendor de su cuerpo. Era en su plenitud un adolescente criollo, al andar parecía como si su cuerpo fuese suavemente halado hacia delante y hacia arriba, con la voluptuosidad de un antílope. La primera impresión de él que se nos acercaba no era su boca, ni sus ojos, ni la superficie increíblemente pulimentada de la piel, era su andar, la destreza nada gimnástica ni artificial con que caminaba, sino su gracia de animal fino. Al andar creaba su paisaje, como si se dirigiese a un árbol o extendiese en la madrugada su cuerpo desnudo para beber agua en un río. Su marcha era un extenderse en el aire, no parecía que vencía ninguna resistencia, sino que estaba amigado con todas las variantes de su circunstancia. En ese momento lució toda la estatua de su andar, rápidamente dos o tres pasos tan sólo, caminó hacia la cama, y ya en ella se extendió gozoso, pasando la mano lentamente por la longura de la flaccidez fálica, entornó los ojos y pasó varias veces la mejilla por la almohada, fría en el hilo que la cubría y abullonada en su entraña.

Pero en ningún momento había tomado conciencia de su cuerpo, sus sentidos no lo reconocían, ni veían ni oían, ni levantaban para ofrecérselo en una delectación espejeante. Al recorrer con su mano la vellosidad que rodea al falo, lo había hecho con total indiferencia, lo mismo podía haber recorrido su mano la gracia y la extensión de su garganta, la cola de un gato o una fría repisa. Causaba la impresión de que tenía el cuerpo en la mano, de que lo hacía y lo deshacía, como si a una orden suya se le tornase visible o invisible, se retirase o alcanzase un primer plano. Era difícil para alguien que no fuese un criollo cubano, poseer un esplendor corporal tan logrado y al mismo tiempo una indiferencia radical hacia esos dones. A veces parecía como si desconociese su propia belleza, pero su confianza frente a lo deforme e inacabado, nos daban a comprender que no se sentía instalado en ese bando. Más que desconocer su belleza, su castidad y su puritanismo hacían que, sin necesitarla, la disfrutara como alguien que sin ejecutar su voz no ignora la plenitud de sus registros.

Por el contrario, Galeb espiaba a Fronesis y se observaba a sí mismo desde el subconsciente. Fingía distracción, sin que se hiciera visible su disimulo porque Fronesis no le prestaba atención. No era que se desvistiera con más lentitud que Fronesis, sino que miraba, disimulaba que miraba, volvía a mirar, cobraba más seguridad al sentir que no se le observaba, y por último, observaba sin ser mirado. Pero al final, cuando contempló en todo su esplendor el cuerpo de Fronesis, los dientes le castañearon, lo recorrió un temblor y sintió como una aglomeración, como una oscuridad en los ojos. Allí estaba el cuerpo que se le negaba, ascendiendo purificado, ya en su agilidad, ya en la forma que la oscuridad natural y la luz artificial llegaban a su cuerpo, rebotaban y comenzaban a tornearlo de nuevo, como si surgiese de las aguas y de las sombras. Al verlo en una cercanía lejana, aquel cuerpo tomaba para Galeb el absorto de una aparición. Le pareció que conocía por primera vez el cuerpo que había penetrado por sus ojos, pero que no estaría, que nunca reposaría en su alma. Las miradas furtivas de Galeb tropezaban con la simetría del rostro, con la extensión del costado de Fronesis, entre la garganta bien visible y los flancos enérgicos y decididos a órdenes incesantes que sólo él oía, entre la región viril y los glúteos que respondían a la movilidad de los flancos y a la fijeza del costillar, que a veces parecía como si la voz, el aliento universal, la simple brisa, lo trasladaban al sueño, al delta de un río o a los comienzos de la dicha solar en una playa.

La forma en que Galeb adquirió su desnudo fue muy distinta de la de Fronesis. Galeb cobraba de inmediato conciencia de su cuerpo, eso retardaba en él toda espontaneidad sexual. Si comparamos con Fronesis la forma en que se fue quitando las piezas que cubrían su cuerpo observamos que lo último que se quitó fueron los calzoncillos. Se miró a sí mismo desnudo, como quien descifra en su cuerpo, como si temiese una traición o que su cuerpo se le escapara a su voluntad. Miraba su cuerpo, como si hiciera por Fronesis lo que éste estaba muy distante de hacer. Fingía que huía del cuerpo de Fronesis o que al menos le preocupaba más su propio cuerpo. Quería mostrar indiferencia ante el esplendor del ajeno cuerpo, y para ello, como las densas espirales de una mosca estercolaria, se posaba, con la astucia que distrae la mirada, en la mediocre indecisión de su propio cuerpo.

Galeb tenía su cuerpo en los ojos como Fronesis lo tenía en las manos. Frente al cuerpo ningún supersentido lo acompañaba, por eso su erotismo era lento, difícil y fragmentario. Jamás lograba perderse en el *otro,* el cuerpo que tenía enfrente y que lo retaba era recorrido como si fuese su propio cuerpo, por eso al final estaba tan extendido como insatisfecho. Nunca perdía su cuerpo, y así no podía sentir que su alma navegase hasta el otro cuerpo donde expandirse y ocupar el palacio de la otra piel. Sus ojos se prendían al otro cuerpo, pero no lograba que su cuerpo evaporara los sentidos para llegar a la playa del otro cuerpo. Así no podía nunca poseer ni ser poseído, eran sus ojos como la luciérnaga despedida por un coyote, los que empezaban a rondar el otro cuerpo, y éste ante aquella luz inoportuna, aquel toque alevoso, no podía desprender su alma para el recibimiento del adorador. Desde la profundidad de un abismo, donde un cuerpo, sin evaporación para aquella luciérnaga serpentina, se replegaba en su indescifrable que rechaza, el cuerpo de Fronesis se le hacía intangible, estaba allí, pero como estaban las nubes detrás de las persianas. Deseaba aquel cuerpo, pero se sentía aterrorizado. La luciérnaga desprendida por los ojos del coyote iba elaborando un ídolo de diorita y el ídolo lo destruía. Lo destruía con sus carcajadas inaudibles. Era demasiado débil para sentir el épico crescendo de cualquier deseo, sólo sentía las lombrices, los desprecios que iban cayendo sobre su cuerpo.

Físicamente Galeb estaba muy distante de rondar la fealdad. Pero la parte bella de su cuerpo se desprendía de su zona vegetativa, la palidez de la piel, por ejemplo, presentaba reflejos de imantación, pero con reiterados brotes moteados de serpiente. Sus ojos tenían grácil movilidad y se afincaban en un solo punto amarillento verdoso, pero inmediatamente las ojeras expresivas, en una gana fría y abultada, le prestaban un velo disociado de indecisión, que hacía que se abandonase la contemplación de aquella energía como falsa. Además sus hombros y su cintura no tenían una funcion de soporte corporal sino neutralizaban la prolongación de sus espaldas en el hundimiento de los glúteos. Pero había un detalle, que era lo que más le suprimía atracción a su cuerpo, al hablar enseñaba con exceso los dientes, surcados de hilachas amarillas, causando la impresión de un Antinoo[26] que fumara unos grandes habanos en sus momen-

---

[26] *Antinoo:* la introducción de la figura, escultórica, de Antinoo, permite a Lezama insistir en la ya conocida homosexualidad de Galeb, al mismo tiempo que lo ridiculiza; aunque la paradoja aquí es muy evidente ya que se explica el no afeminamiento de Cidi Galeb, al contrario que Antinoo, según todas sus imágenes conocidas; su apariencia queda magníficamente sintetizada en la expresión de Shelley: *Eager and impassionated tenderness, sullen effiminacy.*

tos de hastío.. Tenía lo que en lenguaje habanero se llaman «los dientes muy presentados». Eso hacía que sus palabras a veces silbasen o que una rápida indecisión de su perfil mostrase el tono viejo y amarillento de su marfil dentario, causando en el peor de los casos, la impresión de un disfrazado de calavera, con la clásica sábana blanca. Eso era exagerando un tanto la impresión sombría que podía causar, pero era innegable que si su sexualidad no ofreciese ningún desvío, podía haber ejercido fascinación con las mujeres. Como muchos homosexuales que no ofrecen caracteres feminoides, ni melíferas traiciones de la voz, tienen mucho más éxito con las mujeres a las que desdeñan, que con los hombres que apetecen, viéndose obligados a copular con verdaderos truhanes, que los poseen como si le levantasen el rabo a una vaca y los rastrillasen con un pisajo fulmíneo. Aunque Fronesis se hubiese mostrado inclinado a una aventura de esa naturaleza, lo cual era improbable, Galeb era el menos indicado para abrirle los sentidos en esa dirección, pues era débil sin reclamar protección, sin despertar en el varón ese deseo que está en la raíz de la imploración y de lo suplicante.

Fronesis reposó en la extensión de su cuerpo. Apagó la luz de la lámpara de la mesa. Galeb aprovechó esa oscuridad para acostarse. Ahora estaban los dos cuerpos desnudos, uno al lado del otro, pero sin entenderse ni hablarse. Galeb comenzaba a desconcertarse, pero sabía que ésa era la noche en que tenía que jugarse su carta. La jugó heroicamente, intuyendo de antemano que tenía perdida la partida. Había algo que le impulsaba a decidirse, era la nobleza de Fronesis. En realidad, Fronesis había llevado esa dignidad al grado máximo de su esplendor, había llegado a desnudarse, a compartir el mismo lecho, con alguien de quien tenía que desconfiar. Era un lenguaje que Galeb no podía descifrar. Ese fue su fracaso y una de sus más grandes humillaciones. La nobleza de ese cuerpo, a su lado, dormido, lo hacía retroceder al límite mismo de la muerte.

Estaban ahí, el uno al lado del otro, y Galeb inmóvil parecía que reptaba hasta el cuerpo de Fronesis. Como los animales de sueño prolongado, su energía manaba de su propia inmovilidad, y Galeb extendido silencioso en el umbral del sueño, se oía todo su cuerpo machacando en el tiempo, para aislar el instante insensanto de la eternidad placentera; sin el más leve crujido de su piel, se replegaba para dar el salto al otro cuerpo, abandonado a su indiferencia, mecido los contornos resistentes de su propia música, pues a medida que dos cuerpos se acercan, para lograr su expresión, es necesario que evaporen, que se tornen invisibles, como si reducidos a un punto, fueran creciendo hasta rescatar sus cuerpos, hasta irse reuniendo lentamente en una voluptuosidad que los lleva a despertar en sus propias orillas, en un territorio que van recorriendo como suyo, como si todos los juegos de la infancia se aclarasen en una fulguración y los gnomos trepados en la copa de un árbol sonriesen unos trompos escarchados que descienden bailando por la corteza del tronco rugoso.

Galeb se decidió a romper sus vacilaciones desesperadas. Sin tocar con su cuerpo el de Fronesis, se acercó cuanto pudo, evitando toda brusquedad y al fin recostó su cabeza en el pecho de Fronesis. Comenzó a oír los latidos, que se iban dilatando en círculos concéntricos cuyos últimos ecos percibía Galeb, cuando ya empezaba otro latido, hasta que la noche, el cuerpo mismo de Fronesis, la cabeza de Galeb hundiéndose en las variaciones de la sucesión irrompible, otro latido y la serie infinita de latidos, comenzó a flotar como un ritmo que va formando una masa de inercia, de muerte con ojos de lince, una potencia que se retira para que las dignidades del sueño puedan danzar silenciosamente en un primer término.

Hubieran prolongado sus pasos danzarios, si el rostro de Galeb se hubiera limitado a seguir en la persecución infinita de los círculos concéntricos formados por las expansiones y contracciones de la sangre de Fronesis. Se había formado entre los dos como un puente de infinito reposo, pero un extremo del puente, el ocupado por Galeb, era de humo quebradizo errante y muy pronto se derrumbaría terminando con las posibilidades agazapadas en la noche.

Fronesis interpretó con nobleza el gesto de Galeb, creyó que era una muestra de reconciliación, con la cual se trataba de borrar anteriores referencias groseras, palabras altisonantes, maldiciones, ambigüedades, todos aquellos juegos sombríos establecidos entre Galeb, Champollion y Margaret, donde más de una vez había sorprendido flechas de enconados sentidos que rebotaban en su delicadeza. Pero Fronesis era siempre proclive a derivar un sentido noble y digno de los hechos, y poner el rostro sobre el pecho de un amigo era imposible que él dejara de concebirlo como una acción noble que quería expresar la más recóndita dignidad de Galeb. Pero muy pronto se convencería de que no había ninguna nobleza en el reposo de aquel rostro, guiado por las lombricillas más sombrías de sus instintos.

Pero la culminación de la sorpresa de Fronesis ya se acercaba. Crecían los latidos, los círculos que irradiaban iban a romper sus contornos. Galeb sentía el rostro batido por una marejada. El cuerpo de Fronesis se le perdía y sólo quedaba el batiente de aquellos latidos. El aislamiento de aquellos latidos que empezaban a sonar en sus oídos como una inmensa convocatoria de muerte, se hacía un instrumento de percusión que reducía todo su cuerpo al tamaño de un puño y después lo dilataba en un inmenso árbol que apuntala el cielo que se derrumba sin quebrantar el peso imperturbable de la noche.

La mano de Galeb temblaba, se liberaba del resto del cuerpo ansiosa de articular su expresión. Su rostro impulsado por el ritmo de la sucesión de aquellos latidos se escapaba, la mano, por el contrario, quería evitar aquella dispersión, levantar el rostro de la fuga de la marejada.

La mano sacudió su temblor, como un pequeño ánade remueve sus muñones antes de alegrarse en el chapuzón. Era innegable que una alegría recorría el cuerpo de Galeb, se encontraba en la última posibilidad que podía otorgar la proximidad de aquellos dos cuerpos.

Todo el temblor secreto de la noche, todo el temblor que fruncía la superficie de su cuerpo, dudaban en aquella mano, que sabía que tenía que decidirse a nominar una trayectoria, sin tener aún fuerza para despegar, para lograr el vacío aéreo de su potencia, como el hueso de las aves. Era su mano la que tenía que tocar su destino, tenía que recorrer en la extensión pulimentada del cuerpo que lo acompañaba, letras que aún no estaban escritas, apoderarse de un relieve con el tacto de un ciego.

Un gesto de Fronesis vino en su ayuda. En su ayuda para esclarecer su destino sombrío. Galeb confundió a una devanadora, a las parcas de rostros sombreados, con una hamadriada, ninfa del río que penetra por la corteza de árbol y surge de nuevo convertida en un cervatillo, símbolo androginal, pues lo tripula con gracilidad suma Ganimedes[27], en sus ocios de copero. La devanadora había trasladado su manto brumoso al rostro de Galeb, cuando éste, como sucede con frecuencia, creía entreabrir una dicha.

La mano de Fronesis, sin la menor vacilación —creía devolver el gesto de reconciliación de Galeb— se posó en el rostro de éste, palmeándolo con cariño de hombre. Fronesis creyó que estaba en un paso de armas, en que un caballero se adelanta para recoger del suelo la espada del enemigo, que ha saltado de su mano y la devuelve con un saludo. Creía que el sentir en su pecho el rostro de

---

[27] *Ganimedes:* príncipe troyano, hijo del rey Tros y de la ninfa Calirroe. Zeus, prendado de su belleza, se transformó en águila y lo raptó para sacarlo del monte Ida y convertirlo, entre otros menesteres, en copero de los dioses. Lezama, gongorino, no podría haber evitado la referencia; recuérdense los versos famosos de la *Soledad primera: ... cuando el que ministrar podía la copa|a Jupiter mejor que el garzón de Ida...*

Galeb, la única conducta esperada en devolución de ese gesto que él estimaba tan desinteresado como noble, era poner su mano sobre las mejillas del árabe. Galeb no tenía reacción ante ese gesto, se enredó en su perdición, una secreta luz le llevaba a hundirse en la confusión y la ceniza.

La mano del árabe ya tripulaba la flecha de sus instintos confundidos. Su mano se metamorfoseaba en un gorrión tibio, en esa tibiedad del pulgar recorriendo la yema de los dedos. Su mano se posó en la bolsa testicular de Fronesis y ascendió por la longura fálica, iba ya a descender... Pero aquella tibiedad manual produciría los efectos de una espinada cactácea. La mano de Fronesis que estaba sobre el otro rostro, se movilizó con rapidez halconera, pegándole un rebote a la mano invasora, que tuvo que soltar su presa, aturdiéndose al ver el salto dado por Fronesis al salir de la cama y recoger toda su ropa, para comenzar de nuevo a vestirse en la sala. Galeb sintió una momentánea vergüenza, pero después su cínica sonrisa defensiva quería hacerse visible en la profundidad de la noche.

La decisión de Galeb iba a producir en Fronesis una gran vaciedad. Se le había engendrado un perplejo, no un atolondrarse, pero en aquel vacío se iban a levantar para Fronesis las más opuestas claridades. Le pareció entonces que veía por primera vez a Foción. Lo vio a una nueva claridad, despedía una luz que iba surgiendo de los profundos de ese vacío en que momentáneamente se anegaba. Ese vacío rechazaba a Galeb, como si un oleaje lo llevase a una oscurísima lejanía, y de la misma lejanía, como el lado opuesto, iba surgiendo, primero la sonrisa, después una risa, inocente y blanca al sentirse no observado, y por último una carcajada, mantenida y creciente, era Foción que se acercaba a él, decidido, alegre, con el convencimiento gozoso de su encuentro. La decisión de Galeb era inservible en relación con la visión despertada en Fronesis. Todo servía para despertar otra visión, otra imagen, ocupada totalmente por Foción.

Se le aclaró entonces su relación con Foción. En realidad, la había tratado siempre en una dimensión exterior, ya por espíritu de mortificación, ya por una fuerza desafiante propia de su adolescencia, ya por un noble reposo en el centro de sus facultades de aceptación y rechazo. Una delicadeza secreta regía también ese acercamiento, Fronesis adivinaba en el fervor que siempre le había demostrado Foción, algo muy semejante a esa delicadeza esencial de su espíritu. La grosería de Galeb sólo le produjo un efecto, que se hiciera evidente a su espíritu la extrema delicadeza de Foción. Reconocía que ese sentimiento manifestado por Foción era mucho más difícil que en él. Foción lo rondaba, lo perseguía, lo acechaba. ¿Qué hacer frente a esa conducta de un amigo? Rechazarlo hubiera sido cruel y brutal. ¿Acceder? Le era imposible, ni su cuerpo ni su espíritu sentían el erotismo amistoso. Pero ahora se le aclaraba la tenacidad, el acercamiento, ciertas majaderías de Foción. Ahora podía ver, sin verlo, que la sonrisa de Foción al acercársele, le iba despertando, le hacía nacer a él una nueva sonrisa.

Ahora le divertía el candor de la dialéctica de Foción, hablaba, hablaba siempre de los griegos, creyendo tal vez en que algún día Fronesis participase de su júbilo verbal. Había en él como una fe ingenua en el verbo, como simple signo, no como invitación a la danza y al frenesí. Nunca había intentado sorprenderlo, acorralarlo, ni inmovilizar su bondad. Sólo se hería a sí mismo, se ponía en evidencia por sus himnarios a los gimnastas y a los aurigas. Pero mantenía siempre en secreto las alabanzas que podía haberle despertado Fronesis. El día que su padre lo había agredido groseramente en una escaramuza muy difícil, había sido también el día en que Foción había demostrado su orgullo y el linaje de su rebelión. Casi siempre la lección final que recibía Galeb era su humillación, la que recibía Foción era la del fracaso, pero arrostrado con cierto elemental titanismo, le quería robar a los dioses la chispa de una nueva fuente de placer. Lo que eran sus sentidos habituales, lo que era la reestructuración por la memoria de un contorno dichoso, lo que se le escapaba como la maligna evaporación de una nebulosa era lo que quería trágicamente asir y continuar. El cumplimiento del placer era para él el llamado de un dios, que le esclarecía su ananké, el placer de ser destruido, para quedar como ser sobreviviente del delirio de la madre universal.

Ahora comprendía el sacrificio de Foción. Paseaban, hablaban interminablemente, su amigo siempre con los griegos a cuestas, pero nunca lo había mortificado con una alusión sexualizada hacia su persona. Por ese sacrificio, a medida que en esa ocasión Fronesis iba hacia el sueño, la imagen de Foción se hundía, como si las arenas de una playa desierta se lo tragasen. Pero cuando Fronesis se quedó de nuevo dormido, la imagen de Foción fue reapareciendo, sonreía, se mostraba en una inocencia alegre, comenzaba a silbar. Después, su sonrisa se iba tornando triste, como si tuviese el acarreo de la pesadumbre de todos los días, como si eso fuera el símbolo equivalente del sacrificio cotidiano a la amistad y a la carne, como si hubiese recibido la condenación de tener que demostrar por lo que más interés tenía en el mundo, una acerada indiferencia, una gemidora despreocupación. ¿Esa actitud de renunciamiento sería placentera? La imposibilidad que se puede tornar posible, por el simple hecho de que en alguna región existe el cuerpo donde se puede encarnar, tenía que engendrar en Foción una espera tan fija como un placer errante, pero en realidad la voluptuosidad que se desprende de la fijeza de la espera y el deseo errante es tan enloquecedora como infinita. Ahora podía comprender Fronesis que Foción estaba habitado por la infinitud de una esencia errante y paradojalmente encarnada en un solo cuerpo.

Fronesis penetró de nuevo en el sueño. El sueño al

romper sus barreras, lo puso en relación con la infinitud de esa esencia. Volvió su sueño para apoderarse de la realidad que había vivido momentos antes, pero ahora la infinitud del sueño reemplazaba a Galeb por Foción. La realidad de esa escena había sido lamentable para Fronesis, pero ahora la realidad del sueño le iba a mostrar la cercanía y la voluptuosidad secretas de su amistad con Foción. El sueño le daba una nueva extensión, era la nueva tierra que necesitaba pisar su amigo, para que él lo viera de una manera distinta, ya sin la finitud del cuerpo, ya con la infinitud de imagen. La imagen y la extensión del sueño se volvía dichosa como la escarcha que se funde en el árbol de una hoguera.

El sueño volvió a repetirse, pero partiendo del momento en que el brazo de Fronesis le daba un empujón a la mano de Galeb, que ascendía con fingida confianza por la oscuridad germinal de Fronesis. En la infinitud de la extensión del sueño parecía que Galeb, como reptil, era reemplazado por Foción como perro de aguas con las orejas muy caídas. Era el rostro de Foción, ahora reclinado sobre el pecho de su amigo, sin enojo carnal, poseído por una voluptuosidad milenaria al apoyarse y al respirar, sin que la carne sintiese deseo de avanzar hacia un final o de alojarse en lo placentero intermedio. Entre la mano y el monte oscuro se había borrado toda conciencia concupiscible, toda valoración vergonzante, era un placer semejante al que puede sentir una paloma al ver a un caballo tomando agua o a un tejado escurriendo de una luna húmeda. Era el placer de las cosas que se desconocen, por un retiramiento de todo lo conocido, por el peso de la noche sobre la extensión con dos móviles que la noche siente como enemigos, pues presiente que van a horadar su matriz, que se van a tocar los dos cuerpos al romperse las murallas de la noche. Cuando la mano de Foción, en la superficie del sueño, luego de ascender con la energía de Fronesis, comenzó su abandono en el descenso, el cuerpo de Fronesis comenzó a temblar, a

247

convulsionarse casi, equidistante aún de la aceptación o del rechazo. Aquel cuerpo, aún bajo las ondas somníferas, estaba poseído por el violento rechazo de la excursión manual de Galeb. El cuerpo de Fronesis, en las exteriores extensiones que mostraba, descendió un peldaño más, su sueño empezó a recorrer regiones más oscuras, pero ese nuevo descenso le era necesario a las ondas que recorrían su cuerpo. Su cuerpo se extendía muy lentamente, como buscando una frescura vegetal, el amanecer en los junquillos. Su cuerpo en el sueño comenzó a incorporar los ascensos y descensos de la mano de Foción. En una placidez nerviosa, todo su cuerpo parecía que marchaba hacia la incandescencia de una punta de alfiler corroído por la humedad del agujero en la piedra.

Descendió otro peldaño más, era un círculo más oscuro. Dentro de aquella oscuridad, la mano de Foción se tornaba más clara y resplandeciente, era un resplandor como si la luz crujiera, como si una membrana lo ciñese agitada por continuas vibraciones. Apartó la mano de Foción, extraño disfrute de una suspensión, como si el recuerdo de la mano y la ajena energía que empuñaba, se oyesen y supiesen que era muy breve la separación. Observó un círculo con numerosas tiras de papel blanco, como los que se usan para marcar los libros. Resplandecía el olor de una granada defendida por verjas de papel. En una esquina, alzado sobre una tarima, fijos los ojos en un facistol, empuñando una larga pluma de ganso, típico humanista del Renacimiento, con un gorro semejante al de Erasmo, iba recogiendo, inclinándose aun con riesgo de caer, las tiras de papel que como escarcha coloreaban el monte oscuro. En esas tiras escribía de un solo ímpetu sentencias destinadas a ser leídas por Pico de la Mirándola[28]. Fronesis con reidora astucia le indicaba a Foción

---

[28] *Pico de la Mirándola:* ver nota 4 del cap. IX.

aquel descuidado espionaje, pues dado el tamaño de la habitación tenían que ser vistos por el escriturario.

—Es un homúnculo de cera —le dijo Foción—, alguien le da cuerda cuando lo piensa, pero nosotros poseemos el instante que lo hará caer.

Se veía cómo su cuerpo iba ascendiendo por el dolor que se concentra para ganar el éxtasis. Llegó un momento en que se trocó en un San Sebastián, con la cara ladeada por la paradojal ternura comunicada por la oscilación de la flecha en su carne. Llegaba ya el momento en que su energía iba a expandirse en la cascatina[29] de circulillos blanqueados. Ese era también el momento en que el muñecón erasmita caería de su tarima, volándose las tiras de papel, manchadas por la sangre de la escribanía. La cascatina al refractarse en innumerables meandros por el brazo de Foción, dejaba unos surcos calcificados como la tierra cuando se acerca a la humedad orillera. El brazo se iba endureciendo, petrificándose casi, ante la invasión de aquella agua espesa, espejeante como un congrio hervido. Fronesis comenzó a recorrer con sus manos las grietas y los endurecimientos de los brazos de Foción. El brazo recobrándose de su flujo ganaba de nuevo la piel repulida. Era como una forma de borrar la madición, la nitidez de la otra mano iba suprimiendo las huellas de la caída. Fronesis prolongaba así el asalto de su energía sobre las dos líneas cruzadas que forman el punto, la cabeza de hormiga del éxtasis. Fronesis despertó. Era la placidez, el descubrimiento. Era la médula de saúco transportada como un cuernecillo por la cabezuela de la hormiga. Fronesis saltó de los cojines esquinados donde había tenido el sueño en que se lucha con el ángel. Fue al cuarto donde habían dormido Champollion y Margaret. Se habían marchado. Le habían dado muchas vueltas a la idea de abandonarlo, las sábanas estaban extendidas y las

---

[29] *Cascatina:* semejante a la clara de huevo, puede venir de cascarilla, denota el semen desecado, con su color blanquecino.

almohadas sacudidas y frescas revelaban una ausencia muy premeditada. El cuarto donde había dormido Galeb estaba también abandonado, pero la cama estaba desarreglada, la habitual sutileza de las sábanas descorridas, mostraba la anchurosa risotada del colchón.

Abrió la puerta de la sala y recorrió la cuadra varias veces. La madrugada no había abandonado aún su silencio en favor del gallo y de los cantos lecheros. Volvió a entrar en la casa, pero en ese intervalo la casa se había vuelto sobre sí misma, la cal, el agua aprisionada, el odio estelar de los techos, los glúteos grotescos de los lavabos habían endurecido sus contornos para fortalecer la casa de cualquier acechanza. La blancura de la cal, como la cáscara de un huevo, encerraba una nueva vida. La casa, ya sin los moradores que se habían marchado como íncubos a la madrugada, lucía como un reflector sobre el mar, su blancura se refractaba, se partía, tenía algo de oficina recaudadora vacía, de gruta submarina. Fronesis tuvo la sensación de algo que le había estado reservado durante mucho tiempo y que ahora se le entregaba. Al irse Galeb, Champollion y Margaret, la casa parecía que se había estirado, pues así como antes le había permanecido indiferente, ahora cuando se paseaba solo por ella tenía la sensación de algo que lo había esperado, que había permanecido oculto, que necesitaba verlo en su soledad para darse a conocer por los destellos de una cal, antes fría, que ahora lucía todas sus lámparas como una mina de diamantes.

Volvió a hundirse de nuevo en el agujero abierto en la camiseta, en la grotesca persecución de Diaghilev, en el relato de la muerte de su padre que le había hecho Cemí, en la mano real de Galeb y en la mano somnolienta de Foción, en el subterráneo donde un rayo de sol atravesaba la mesa donde comía la familia de Mahomed después de muerta. Le parecía que ese era el mundo atesorado por todas aquellas paredes de cal. El oleaje de aquella playa de Ukra donde se paseaba el médico egiptólogo antes y después de su muerte. Cada instante la casa abría y cerraba sus puertas, de tal manera que no se sabía si estaba abierta o cerrada. La fortaleza que no puede destruir el tiempo en la sobrenaturaleza. Una fortaleza derruida o un bosque salvaje, la sobrenaturaleza donde parecía que se había perdido la esposa del aduanero Rousseau. Es la casa o el bosque donde la punta del paraguas tiene el imán de la brújula. Es la sobrenaturaleza del ozono, del viento magnético en el desierto, del gamo que llega hasta el acantilado. Su cuerpo, al rechazar la mano de Galeb, al aceptar la mano de Foción en el sueño, al quedarse solo frente al espejo velado de las paredes de cal, se había convertido también en sobrenaturaleza.

Se dirigió al fregadero. Abrió la pila de agua caliente. El humillo del agua se desvanecía, pregonaba tal vez la muerte de la criatura, pero a su vez el sonido del agua al ser interrumpido, mostraba el nacimiento de las espirales, el manto moluscoidal asumido por el sol sobre la colinas. La pila de agua tenía el humo y el sonido, bastaban esos personajes para el origen de los mundos. La casa se iba transparentando, creyó que el agua subiendo por las arenas, llegaba hasta las paredes de cal, dándole brochazos irregulares, manchas, nubes. Las nubes, desprendidas dentro de la casa, lograban hacerla flotar, favoreciendo su levitación. Sentía ya la casa sin peso, el agua penetraba en su fundación y la removía como un arca. La casa ahora estaba sobre el oleaje y la potencia lunar dictaba las leyes de sus movimientos. Todas las casas eran una sola casa, celdillas de cristal. Fronesis corrió de nuevo a lavarse las manos en el agua caliente que salía del fregadero. Sus manos, como si fuesen tuberías, transportaban el agua a su interior, así su peso lograba evitar el vaivén de la casa, que las paredes se fueran arenando y que la casa como un huevo de tortuga fuera devorada por las aves de mar.

Estaba en el mismo cuarto donde había rechazado la mano de Galeb, donde había soñado con la mano sustitutiva de Foción. ¿Qué hacer entre una realidad, la mano rechazada, y lo inexistente, la mano aceptada en el sueño? No le interesaba la flecha en el camino medio de la ciudad y el bosque. Sentía la necesidad de abatir su cuerpo en un oscuro naciente, en un alimento desconocido. Quiso luchar contra la transparencia alcanzada por la casa, como se lucha contra las tinieblas, aseguró el cierre de todas las puertas y ventanas. Atravesó rápidamente el patio, miró hacia arriba; temía alguna indiscreción de lo estelar. Cerró también la llave del agua caliente del fregadero. Desaparecieron el humo y el sonido, la casa planeaba entre dos nubes, resbalaba por una temporalidad inaudible.

Fronesis volvía a estar desnudo. Su cuerpo descendía como los golpes dados en la tierra por el bastón poliédrico de una purificación. Se sentía desamparado en los confines, entre la mano que se rechaza y la mano que se acepta. Se sentó en el suelo, en una de las esquinas de la sala. Su pensamiento se anegaba, pero su energía comenzó a dilatarse hasta alcanzar su plenitud, pero era ahora su propia mano la que empuñaba su realidad y su sueño; ya no había que rechazar ni que aceptar. Era, por el contrario, una aceptación cósmica. Retardaba la expresión de su energía, se burlaba, avanzaba hasta el éxtasis, pero allí retrocedía, hasta que se logró el salto final de su energía en la momentánea claridad del éxtasis. Pero por cerrada que esté una casa, la cola de una lagartija tintinea una cacerola. Fronesis se vistió y fue a lavarse en la pila de agua caliente. De nuevo el humo y el sonido, la evaporación y el silbo de las espirales; volvían los personajes no novelables del comienzo de los mundos.

Se asomaba a la puerta cuando rompía la mañana, creyó que la transparencia de la casa invadía un ámbito que se agrandaba cada vez que iba a tocar sus contornos. En la esquina, muy cerca de la azotea, se esbozaba un menguante disimulado en la transparencia. El menguante servía de basamento a una concha sudorosa. Sus contornos estaban formados por rayas negras y verdes. En el interior de la concha listones de los mismos colores, mezclados con amarillo, con clavos dorados en las franjas negras y clavos negros en los brochazos verdes. Pudo observar que la concha, húmeda de colores, estaba vacía. Le cegaban a Fronesis los reflejos de la concha, brotaban de un centro que por permanecer oscuro se percibía como vaciedad. Miraba de nuevo hacia la esquina y le parecía que desde muy lejos alguien venía a buscarlo. Alguien marchaba hacia el centro de la concha, pero su punto luminoso desaparecía tragado por la iridiscencia que despedían los colores mezclados. Miraba ahora con más fijeza, pero a medida que el punto luminoso se trocaba en figura, la concha sobre el menguante iba desapareciendo, hasta desvanecerse en su totalidad, como una llama soplada por un irascible jabalí cerdoso que hubiera contemplado la aparición escondido detrás de un árbol.

CAPÍTULO IV

A las dos de la madrugada Oppiano Licario sintió como si despertase en tierra desconocida. Eran las horas pertenecientes a lo que los Evangelios llaman los hijos de la promesa, el primer aposento en la tierra desconocida. Era insomne de nacimiento, diríamos sin exagerar, siguió sin dormir, cada noche eran cuatro noches y seis tabacos. La noche tenía para él una resistencia como imposibilidad, no obstante sentía su piel como una red en la noche, como la refracción lunar en el cuarzo, oleajes, espaldas, gritos antes de llegar al bastión. Por el otro lado, el día se le abría como una flor nocturna. Sentía que frente al desligarse en el día, había un trabajo en la nocturna, desconocido, húmedo. Su no trabajar nocturno se abría, y su faena diaria se ocultapaba (de ocultar y tapar), bien tropezando, bien destemplando. En las dos bisagras, la que unía por la noche y la que separaba por el día, dejaba más huellas la resta multiplicadora, una mezcla de quitar y poner con una diagonal resultante desconocida, que la suma raspada, como si con el meñique raspáramos un caracol, aunque también la marea alta donde estaba la luna.

—Engañar —decía Licario— sin tomar precauciones, es como el mal gusto, en el momento en que todavía no hemos pasado, por astucia, del buen al mal gusto —aunque él sabía que tampoco le interesaba el mal gusto provocado, sino el gusto en la tierra desconocida. A veces se complacía en mostrarse como un engañador, como un mago de feria, cuando era un verídico, un tentador y un hechicero tribal. Un verídico por la gravitación de lo desconocido arribado. Comprendía por qué, después de haber visto a unos juglares alcanzar prodigios, aislarse en torres para descifrar escrituras lejanas, declamar con un cinismo dialéctico de topo: todo tiene su picardía, todo es un juego. Ante tanta gente dispuesta a creerles de entrada, Licario los hizo enrojecer al anunciarles: Digan la verdad, ustedes están en estado de gracia, no hay juego ninguno. Los juglares se atemorizaron y cambiaron de mercado. En el mundo actual los juglares prefieren declararse farsantes, antes que entrever su estado de gracia. Prefieren manifestar el engaño imposible, antes que la posibilidad de la gracia. Un griego hubiera hecho todo lo contrario, hubiera escogido el *protón seudos,* la mentira primera, a un *daimón* que dejase de ser una buena compañía, para ser un enemigo en presencia y un amigo en esencia.

Licario no se había alejado del cenobio, ejercicio y humildad, trabajaba en la vía iluminativa y en la purgativa, no sabía si también en la unitiva, pero persiguiendo un desarrollo goethiano se hacía pasar por un sarabaita giróvago[1]. Los sarabaitas, *sed in plumbi natura molleti,* ablandados a la manera del plomo, juran fidelidad al mundo y a Dios. Pasean de dos en dos, *sine pastore,* según sus humores y sus fastidios, consideran su fuerza incorporativa como santidad y maldicen la lejanía que no los reconcilia. Para estar más cerca de la maldición se hacía llamar también de la Orden de los *Gyrovagun,* giróvagos,

---

[1] *Sarabaita giróvago:* el término bimembre se explica a continuación como la fusión de las dos tendencias o posiciones religiosas.

semper vagi et nunquam stabiles, et propiis voluntatibus et gulae inlecebris servientes, et per omnia, deteriores sarabaitas, vagos, inestables, caprichosos, glotones, en todo peor que los sarabaitas. Era un cenobiarca que se hacía pasar por un sarabaita giróvago, por inteligencia astuta de poeta, para no tener que llevar su testa decapitada en una mano. Un relojero hegeliano creyó en su locura que había sido decapitado. El juez burlón dijo que se le devolviera la cabeza pero la cabeza que le habían regalado no se podía comparar con la suya. Un día supo la leyenda de San Dionisio, que besaba su cabeza decapitada. Otro loco le dijo ¿la iba acaso a besar con el talón? Al oírlo, se curó de repente.

Era uno de los momentos iniciales de la noche, después que el tiempo silencioso se hacía metálico y corría en puntillas hasta pegar en el gong. Eran una sonoridad y un eco para ser particularizado, no para que lo sintieran los ejércitos en marcha, desembarcados o acampados. Después de las doce de la noche el tiempo marchaba a horcajadas, su cara se agrandaba entre dos puertas, punto fijo y saltante en el glóbulo del lince. Era una campanada en las doce y media, era otra campanada a la una y otra campanada más interrogante y comenzando a sumergirse como una sirena, a la una y media. Era una hoja de la puerta que se abría con lentitud inaudible, pequeño chorro que asciende, punto de confluencia de siete ríos, ante la puerta cerrada de la noche. Cada una de esas campanadas distintas, en peculiarísima longitud de onda, mostraba tan sólo el brujón de oscuridad, el abullonamiento o espesura nocturna, pero no era esa canoa que, como una flecha muy lenta, inaugura todas las mañanas su recorrido entre el árbol de resinas y el lavadero.

Eran las dos de la mañana. Cemí y Licario volvían a encontrarse, lo mismo en la cabeza de fósforo del sueño que en la fundamentación sin bordes de las aguas centrales. Con pantalón citrón[2] y camisa de mangas de campana, con pequeños puntos rojos, se mecía en un trapecio. Era una noche sin representación, se hacía pues ejercicio de trapecio. El cuerpo de Licario mostraba el secreto de sus proporciones, a su alrededor todos los artistas del circo, desde la rubia pintada que a cada vuelta circular del caballo abría su túnica y mostraba la costurilla, su Ceylán en pomo, hasta el enano cuzqueño que hacía bailar a las vicuñas con su flautín. Murmuraciones, islotes y apartes conversables, jamonadas al desgaire, pero el reojo postrero, el papirotazo más que el afincamiento, se descargaba sobre el ritmo aéreo de Licario. Se agrandaba el techo del teatro, era el rocío y era el sudor, empezaban los guiños y los animales estelares. Los ojos del pavo recurrente, la muerte, que habían brillado y saltado en las espaldas de una tapia, cobraban una lentitud vertiginosa, iban coincidiendo en sus cabañas polares y comenzaban a aserrar la madera.

Cemí en parte repetía como un microcosmos las visitas nocturnas de Licario. Percibía la impulsión misteriosa de Licario, de la que ya tan sólo quedaba como una nebulosa sin principio ni fin, pues cada día precisaba más el secreto de esa vida, que había vivido en la muerte, y que ya muerto era dueño de fabulosos recursos para tocar la aldaba y seguir conversando. Esta vida se había impulsado tan sólo para llegar hasta él y tenía que ser él, dos destinos complementarios, el que sintiera la imposibilidad de su finitud. La fe de Licario le daba al destino de Cemí una inmensa posibilidad transfigurativa. Licario se había acercado al tío Alberto y al Coronel, pero la muerte había sido más poderosa en su impedimento. Después, habiendo coincidido ya en el puente con Cemí, sería la muerte la que tocaría a Licario, pero sus relaciones con la vida serían inextinguibles a través de Cemí.

---

[2] *Citrón:* pantalón citrón: de color verde limón.

Había hecho un cuaternario, en cada uno de cuyos ángulos se veían los rostros del Coronel y de Alberto, de Licario y de Cemí. En el centro del cuaternario su madre Rialta mostraba su sonrisa en el reino de la imagen. La obstinada, monstruosa y enloquecedora fe de Licario en Cemí, sería para siempre el sello de su supervivencia. Volcar nuestra fe en el otro, esa fe que sólo tenemos despedazada, errante o conjuntiva en nosotros mismos, es una participación en el Verbo, pues sólo podemos tocar una palabra en su centro por una fe hipertélica[3], monstruosa, en las metamorfosis del leyente a través de la secularidad. Licario con su camisa de seda en el trapecio, en el otro extremo subía por corredores y sombras góticas, el hermano se despedía y se cerraba su celda. Se levantaban los maitines, comenzaban la vigilia. La noche se hacía como un vuelo, en punta de mosca y comenzaba a pesar sobre las espaldas. La noche, como una piel, cubría toda la extensión. El oído percibe como un murmullo que se va a llenar de agua. Estamos inmovilizados, pero percibimos que alguien desde muy lejos avanza hacia nosotros. Salía Licario de su celdilla, un poco tembloroso, miraba y murmuraba como un hombre lobo. La frescura de la hoja de plátano comenzaba a luchar con el murciélago. Licario en puntillas por los corredores, con el temor de oír de pronto como una campanada. La posibilidad de una sombra lo erotiza como si fuese un lamento. Es un anfiteatro y es un abismo. Las alabanzas eran dichas con sílabas romanas por los ascetas y las vírgenes. Había que lavarse los ojos

---

[3] *Hipertélica:* adjetivación muy cara a Lezama, de Hipertelia, indica algo que va más allá de su propia necesidad u objetivo. En su poética aparece el llamado camino hipertélico como acto que vence todo determinismo para ir más allá de su finalidad. La hipertelia es un fenómeno que rebasa su finalidad, una decoración

en el que el agua, que no es intermedia como el fuego
se deja caer como la continuidad de la criatura enlazada

De un diario de José Lezama Lima: 1944.

y alejarse del cementerio romano. Cada noche apestaba como una carroña, pero las alabanzas tenían que ser dichas y buscado un nuevo camino.

Licario llegó a la Plaza de la Catedral, se había pasado el día paseando por librerías y bilbiotecas y al llegar la noche comenzó a dar volteretas sin finalidad hasta llegar al cuadrado mágico de la fundamentación. Alegrémonos que sea un cuadrado, no la concha de una fuente o el rabo de un círculo quemándose en el aire. La casa mayor y enfrente tres casas cerrando el cuadrado. Pero su alegría fue aún mayor, dentro del cuadrado había como un coro en la medianoche. En uno de esos palacios, cementado por la grosería de sus dueños, que ya no eran sus moradores, las barretinas comenzaban a darle paso a sus antiguas preciosas arcadas, alegres de nuevo al recibir la frialdad del menguante lunar. Los albañiles, como en las fiestas medievales, eran más conscientes de ese jubileo que la pusilanimidad de la masa coral, enardecida, sin saber prorrumpir en un entorno fiestero, mientras los monjes de la Catedral extendían hasta los confines, sin sentido de lo que allí estaba sucediendo, sus hipnosis banal. No se tañían las campanas ni se repartían entre el coro, añadiendo al silencio la escasez sin sentido, el vino que no embriaga y el pan perfumado. La esbeltez de las columnas como la gloria del cuerpo en el mar, volvía a proclamar la nobleza de su espacio primigenio.

Sólo Licario, estremecido, tuvo que ir a tomar vino en un cafetín cercano. Ya después de la cuarta copa, lo conocido y el *inconnu* se entrelazaron. Las caras se rodeaban de estrellitas, como burbujas que saliesen de los ojos y las figuras se iban como esquinando en un camarote donde se oía un radio. El camarote oscilaba en lo alto de una escalera de naipes. La alegría indiferente de un café nocturno depende de que el solitario o el grupo logren mantenerse dentro de su noche, soplando centellitas,

(en un café)

lechucitas y el caracol sobre la lechuza sorbiendo leche. El primer caso es el de un pintor que se quiere frustrar y recibe una beca. En el segundo, una adolescente siente que un pequeño susto nocturno refuerza su libido (escena del botellazo, alguien se orina, una ex-monja comienza a bailar con el negro del drum [4]). En el tercero, el ladronzuelo del cepillo chino de Licario, conversa con un ingeniero de Liverpool, que un día a la semana en un café de la catedral se somete al *bairán,* al carnaval sexual, y el resto de la semana se lava la cara con agua de tierra en una mina de cobre.

El ladronzuelo, desafiador por la compañía del inglés, se acercó a la mesa de Licario. Las estrellitas que picaban y saltaban en su rostro, se concentraron en una pequeña cauda [5] rumbo al zodiaco y allí fosforó con cuernos de cabra.

El inglés hablaba, con ese indiferentismo magistral dictado por el cuarto scotch [6] en la roca, de que los agentes de la compañía de seguros de Liverpool donde él trabaja, eran incesantemente secuestrados por los bandoleros de la Mongolia. Pedían luego ahondados rescates para devolverlos con vida. La compañía se olía que sus irreprochables delegados y los feroces merodeadores de la frontera formaban sus irregulares compañías colectivas, con desigual *dossier* [7] en los dividendos. Y la compañía de seguros de Liverpool sospechaba que todos sus delegados podían estar en el juego. Para garantizar su irreprochable el delegado ingeniero exigió que si él era el escogido,

---

[4] *Drum:* negro del drum: negro del tambor, tambor.

[5] *Cauda:* cola de un cometa o estrella. En el soneto *Fuente colonial* el poeta cubano Emilio Ballagas, admirado por Lezama, afirma: *Haced de cauda y cauda sonriente/la agraciada corola que el sol deja/la última gota de su miel bermeja/cuando se acuesta herido en el poniente.* (1951).

[6] *Scotch en la roca:* whisky escocés a la roca, whisky con hielo.

[7] *Dossier:* expediente, archivo.

aunque la compañía recibiera cartas con su firma pidiendo el rescate, aun en riesgo de muerte no se las contestara. Ya está en la frontera, ya está en poder de los bandoleros chinos.

Licario pensaba en el Varón de Dios, en San Benito, patriarca de los monjes de Occidente, el que se adhería a la madera cada vez que veía un relámpago. En tiempos de escasez, con una botella de cristal con un poco de aceite, para toda la comunidad, llegó un subdiacono pidiendo un poco de aceite. El Varón de Dios ordenó entregar el poco de aceite. Pero el mayordomo en secreto se negó a cumplir la orden. Fue preguntado si había entregado el aceite y dijo que no, que si lo hubiera dado, toda la comunidad hubiera pasado hambre.

Ante la insistencia de firmar las cartas de rescate, ante la negativa del inglés, «yo les he dicho que no contesten ninguna carta con mi firma», le dijo con elegante engallo, todo muy inglés, el jefe de los bandoleros se enfureció y le dijo que empezara a cavar su sepultura. «Yo cavaba» siguió diciendo el ingeniero de Liverpool, «con un furor como para llegar al centro de la tierra. El jefe de los bandoleros comenzó a darme latigazos y a pedirme con gritos y escupitajos que acabara de firmar la carta de rescate, que si no lo hacía sería enterrado hasta el cuello, con la cabeza de fuera para ser picoteada por los buitres». Lo miré de frente y le dije: «cuanto más hondo es el hueco mayor es el placer».

En el sueño, Licario seguía leyendo la vida del Varón de Dios. Mandó tirar por la ventana la botella con el poco de aceite. La botellita se prufundizó en los abismos, el diedro rocoso lo cuidó con amor. Pero aun en el abismo, el frasco conservó su medida. Ordenó que lo fueran a buscar y lo mostró en el refectorio penumbroso para el descanso del cuello de la botella.

El jefe de los bandoleros comenzó a reírse. Era una tradición que si el jefe se reía, remediando su melancolía de bandolero discípulo de Buda, la víctima que despertaba esa risa tenía que ser perdonada.

Benito comenzó a orar, seguía pensando Licario. Sus recuerdos se ordenaban entre sueños. Las burbujas de alcohol ingurgitaban en sus cabezazos. La botella de cristal se metamorfoseaba en una tinaja con su vacío y su tapa. La tapa de la aceitera, como si fuera el Espíritu Santo, comenzó a elevarse. El aceite como en una secreta ebullición, iba aumentando sus medidas y su peso. Saltó los límites de la aceitera y el aceite comenzó a ser absorbido con dignidad terrenal por la madera del piso.

—Hacía tiempo que mi risa no estaba con tal abertura mendibular, es lo que ustedes llaman el triunfo del Verbo, jamás me habían hecho reír las palabras, así es que estás perdonado —dijo el jefe de los bandoleros—. Y mientras olía la orden de libertad, extenuado me derrumbaba en el hueco —dijo el inglés. Al silabear enfáticamente *me derrumbaba,* como un pasaje del *Parsifal* interpretado ceremoniosamente por Sir Thomas Beecham[8], su mano caía sobre la presuntuosa vitalidad del ladronzuelo. Este, tal vez influido por la estricta elegancia del inglés, saludó con una inclinación sin torpeza y se fue tarareando a colocarse frente a la aparición de una nueva arcada de la sala de un palacio de la Plaza de la Catedral.

Ahora Licario daba unas palmadas clownescas, se desprendía del trapecio y se rodeaba de un polvillo harinoso. Adquiría la horizontalidad de un pájaro y volaba rompiendo en lluvia los cristales del aire. El color azul de

---

[8] Ironía lezamiana al asimilar el derrumbe, la caída, con la manera de interpretar la música de Wagner del gran director de orquesta británico Sir Thomas Beecham (1879-1961).

su camisa abrillantada parecía el azul del ojo de vidrio de la gallina. Sus pantalones, de un siena horneado, cerámica al fuego, se humedecían, como si en el aire el hombre se abandonase a la función natural de hacerse agua en los pantalones. Así no se quemaba su piel, se protegían sus anfractuosidades testiculares, pues cuando el hombre vuela, sus pelotas son de oro.

Licario seguía la regla 77 de la Orden de mezclar el ocio con el trabajo, rehusando excesos de trabajo o de vuelo. Cuando entre nubes un rostro le habló ¿quién es el hombre que quiere la vida y desea gozar días felies? Licario respondió en el sueño: Yo. De tal manera que antes que sea dicha la palabra, antes de que se me invoque, yo diré en la nube que se va deshaciendo sobre las hojas: aquí me tenéis. Los signos de la vida verdadera son los signos de la vida perdurable. Licario sentía su ingravidez penetrando en el sueño de los demás, entonces salía a pasear por la catedral y por los alrededores de la bahía. Una como balanza egipcia, la de Osiris, demostraba que su verdad terrenal le regalaba la perdurabilidad onírica. Saltaba de la boca de un durmiente y penetraba con su mechón argelino por las dos cejas y ahí escarbaba. Después de esa ópera se iba a tomar un helado a la Plaza de San Marcos o a la de la Catedral. Su vida había tenido la misma fuerza germinativa que la muerte, ahora, en la muerte, tenía la misma fuerza germinativa que en la vida. Antes evaporaba en el sueño, ahora era la misma evaporación. El sol lo había sumergido en el agua, pero cuando el sol llegaba a la línea del horizonte, Licario volvía a habitar la extensión, se adormecía contemplando el encono sedoso de una cactácea.

Entre maitines y laudes, en el humeo del invierno, los oficios se interrumpen. La extensión del sueño elimina todo espíritu de mortificación, la vigilia abandona su torre de vigilancia, pero el combate entre la vigilia y los

263

maitines se hace feroz y sólo se remansa cuando levantamos el entono. Los monjes siguen atravesando los corredores y van cantando el salterio, como si el canto los fuera preparando para sus trabajos manuales. Un aviso a la precisión temporal del cuerpo. El relleno, un relleno de piedras, comienza a sentir la brisa que irradia, el aire en la luz. Separación del tiempo de laudes del tiempo que tercia, para tener dos mañanas, la hora de prima entre el alba y la aurora, la noche que rueda y se separa del caos y los primeros vestigios de la luz. Surge un amigo, blanco como un cordero, seguido de un novicio y de un diácono que va diciendo palabras ancestrales, pero aún no descifradas. En las semitinieblas las imágenes no se liberan de las aguas, las imágenes no organizan un lenguaje, se bifurcan en color y luz pero todavía no tienen las dos mañanas, el río centra el espejo que desprende las oscilaciones de la llama.

Licario gustaba de una de las delicias de La Habana, darse un paseo en la medianoche por la Avenida del Puerto, cuando había pasado el cuarto copetín. Delicia centifolia si la caminata es en nuestro inviernito. El parque está por entero vacío, los árboles chispean casi en danza el vapor líquido. El paseo comanda cierto pecho jupiterino, pues la soledad brincada si se excepciona es para la centella o la muerte. Los bancos, burilados por la soledad, ofrecen otra piel para la rana, su verde provinciano crece desde la yerba. La noche como un bulto inapresable se sienta en los bancos, tenaz como la medusa de una nalga, blandura de la aurora boreal. Se oyen las bocas de los peces en los arrecifes, ingurgitando, tragando y devolviendo. Licario sólo hacía ese paseo, esa prueba, dos o tres veces al año. Necesitaba un aire de invierno, la impulsión báquica, desatada llamada sexual, indiferencia para la muerte, para su verificación, pero el año en que le era imposible su cumplimiento lo notaba tergiversado, simplón, vacilante. Tanto se acordaba con ese ritmo que cuando estaba en el extranjero jamás hacía esa prueba, la sentía como inútil. Pero en nuestras noches de invierno, le daba como la vivencia «del rey del país lluvioso». De una tierra única donde él era el único rey. Donde oía el llamado, donde todo le estaba regalado. Le parecía que llegaba a una isla deshabitada, con las metamorfosis de las grandes hojas de plátano, donde iban desembarcando ejércitos con el cuerpo desnudo, con el sexo sostenido por dos de sus dedos. Licario en su juventud, después en su madurez, atravesaba ese parque como si estuviera muerto, la muerte hecha dos porciones desiguales por el ruido de una lancha, pero ese ruido como en la muerte, aumenta el grosor de la noche. Se oían canciones del grifo del agua en la lancha, cada uno de sus pitazos le regalaba un humo negro al bajo vientre de la noche.

San Buenaventura[9] estudia las relaciones entre el paraíso terrestre y el celeste. Lo que se oye en el paraíso celeste no se puede repetir en el terrestre, «oyó palabras inefables que no es lícito a un hombre el proferirlas». Lo que se oye en el paraíso terrestre se puede repetir en el celeste. «Enoc agradó a Dios y fue transportado al paraíso para predicar a la gente la sabiduría.» A Licario le parecía maravilloso la adquisición de esa sabiduría terrestre, analógica, por la que están esperando en el Paraíso. *El huerto cerrado, la fuente sellada,* necesitan de esa sabiduría. Y a Licario le parecía que en esos paseos estaba la sabiduría por la que se esperaba en el Paraíso. En la visión postrera, en el Apocalipsis, la luna es menospreciada, «vestida de sol, y la luna debajo de sus pies, y en su cabeza una corona de doce estrellas». Le corresponde a la luna la mutabilidad y las tinieblas, pero esas humillacio-

---

[9] *San Buenaventura:* teólogo y filósofo franciscano (1221-1274). Su pensamiento enlaza, a través de Alejandro de Ales y Anselmo de Canterbury, con la gran corriente del cristianismo neoplatónico agustiniano.

nes son las del Apocalipsis, la descripción final, cuando ya la luna no puede estar entre el sol y la tierra. A Licario la referencia a la «luna debajo» lograba erotizarlo. Era lo blando, la glútea, las mejillas, la boca, los espongiarios, la absorción audicional de la noche.

Al caminar en la noche, Licario parecía ganar la afirmación: éste que ahora se llama Licario antaño se llamó Enoc. Desaparecía, era traspuesto, pero antes tuvo testimonio de haber agradado. Licario no causó nunca la sensación a los que lo habían conocido de la muerte, sino de la desaparición, por eso en la noche parecía que volvía, que estaba con nosotros. Una ley de equivalencia cronológica afirma que lo que desaparece en el día aparece en la noche y Cemí sentía siempre la presencia nocturna de Licario. Llegaba en una anchurosa soledad de la nocturna[10], en el espejo dejado por la lluvia, en el asfalto, en la niebla arañando el esmalte de la tetera, en la solemne absorción terrenal de una orina. A veces, en una desusada obstinación de nosotros mismos, sentimos que nos arañamos, un peso desconocido sobre la nuca, percibimos, de pronto, los trazos de Licario, su mechón de pelo por la frente. «Por la fe Enoc fue traspuesto para no ver muerte y no fue hallado, porque lo traspuso Dios. Y antes que fuese traspuesto tuvo testimonio de haber agradado a Dios», San Pablo, epístola a los hebreos, Cap. 11, vers. 5.

Una vez estábamos sentados en un parque, alguien pasó por el frente de nuestro banco tres o cuatro veces, se precipitó de pronto, tomó una máquina. Era Licario, que con un rasguño se apoderaba de la tarde. A medida que fue pasando el tiempo, Cemí se hizo hipersensible a esas llegadas de Licario. Aunque no fuese cierta la presencia de ese otro plano, de esa doble existencia, de esa desapari-

---

[10] *Nocturna:* noche.

ción, era una muestra de la complicadísima huella terrenal de Licario, pues muy pocos tienen fuerza reminiscente para poder crear en otra nueva perspectiva después de su muerte. Generalmente es un recuerdo muy atado, totalmente trágico, pero no como en el caso de Licario, infinitamente particularizado, universalmente mágico y abierto a las decisiones más inesperadas. Era una metáfora que en cualquier momento podía surgir, el infinito posible análogo de la metáfora, pues parecía que la muerte aumentaba más su posibilidad al actuar sobre una imagen extremadamente vigorosa e inesperada en el reino de lo incondicionado. Licario vio que el ladronzuelo sacudía la caparazón de periódicos que lo cubrían para el sueño. Sobre un pétreo jarrón con cactáceas, un gato enarcaba fósforo de medianoche y maullidos del plenilunio de estío. El ladronzuelo arañaba los periódicos e interjeccionaba los puños. El gato despaciosamente maúlla sus orines en el párpado lunar. La luna orinada sonríe con sabiduría senil. Es la estupidez sabia de los embajadores de Holbein. Es el viejo que sonríe cuando la joven lo orina en el pecho. En el jarrón pétreo, ¿qué actitud esboza el lagarto al adormecerse en el relieve orinado? Al llegar a este momento de su relato, Licario recordaba el aprovechamiento en sus ochenta años de la energía matinal de Goethe al orinar, que le recordaba el encandilamiento fálico del adolescente al despertar, para escribir un verso más del Segundo Fausto. Después descorchaba otra botella de vino del Rhin para prolongar la mañana. Eran sutiles trampas occidentales para apoderarse de la energía solar.

El ladronzuelo lanzó una piedra sobre el curvo lomo del gato, al rebotar la piedra adquirió el grave del agua al devolver una inopinada tangencia, deslizamiento, no manotazo, es la mejor manera de acercarse al mar. El gato se apretó todo hacia un punto, como si una bola de fuego lo hubiera magullado, lanzó una fulmínea chorretada de orines, y como rompiendo sus bigotes dijo, con sílabas evidentes y remordidas: —el coño de tu madre—. El ladronzuelo lo oyó con inmutabilidad sin sorpresa, como quien nunca se pudiera asombrar de oír hablar a los animales y con nonchalancia[11] de nadador de río, enseñaba como Adonai un muslo sonrosado bajo el pantalón roto, donde parecían cloquear los acomodados testítulos, y como si la furia de un gato no fuera capaz de perturbarlo, le gritó —el recoño de la tuya—. Se agazapó de nuevo bajo los periódicos, luego se extendió para sentir en los pies y en el pelo la humedad de la yerba que se filtraba a través de las sábanas del periódico. La humedad avanzando y el sueño deteniéndose, hacían que el semidurmiente diese vueltas, buscando a veces el rocío y otras el calor del periódico. Su fósforo comenzó a enarcar como el gato, sensualizado en un lentísimo frenesí que se volcaba con diptongos de escalofrío. Entonces vio sentado cerca de él en un banco, con la cara y las manos abrillantadas por el aluvión báquico[12], a Oppiano Licario, parecía triste, un poco más rígido que las veces que había paseado con él. Parecía que lo esperaba, pero con indiferencia, como si se fuera a caer de un lado del banco, como un cuerpo de arena con la cara abrillantada por el alcohol. La sopresa de la aparición impedía que el ladronzuelo hubiera recuperado la flacidez del fósforo enarcado. Licario continuando en su indiferencia parecía mirar con un ojo la fruta cuyo color detonaba en el menguante lunar. Parecía sentir el rocío que cubría la piel de la luna y de la fruta. —Ay, ay, mi padre— le dijo el ladronzuelo, y palmeaba las espaldas y el mechón argelino de Licario—. Ay mi padre, qué bueno que te vuelva a ver. No obtuvo respuesta, pero le pareció percibir una señal que le decía que se sentara a su lado en el banco.

---

[11] *Nonchalancia:* galicismo por despreocupación.
[12] *Aluvión báquico:* copioso llanto provocado por la borrachera.

Entonces fue cuando la hidromancia empezó a funcionar. La indiferencia en la muerte de Licario y el fósforo nocturno del adolescente, favorecían el destello de la potencia germinativa. Licario había sido traído por la tortuga hasta el acantilado de la bahía y el ladronzuelo desnudo sobre un pequeño caballo escita era llevado desde los árboles al límite rocoso. La piel del muchacho brillaba también como una constelación, tenía la belleza definida del pavorreal y la belleza sin definición de la muerte. La lancha pitando en la bahía, con los tripulantes ebrios y dentados como caballos, desembarcaban la noche en la muerte. Licario como Parsifal había atravesado la floresta y tenía que reaparecer en la bahía, como esperando la barca con los silenciosos remeros. La barca al deslizarse, al oírle el chapoteo de los remos, anticipaba la boga matinal, alejándose con estrépito de la muerte y de los cisnes, como la cópula necesita estar envuelta en todas las tenebrosas presiones de la noche.

El ladronzuelo miraba hacia el cielo y veía cómo se le aclaraba la figura de Licario. Veía un pestañeo celeste, como un encogimiento de lo estelar y entonces aseguraba el perfil de la figura sentada en la fulguración del verde del banco. Cada engurruñamiento del cielo traía una comprobación de la presencia del extraño visitante. Para asegurar que Licario no se iba, miraba los huecos celestes abiertos por los árboles eléctricos. Sentía como la cercanía del parimiento, del abrirse para expulsar el nuevo cuerpo. Gea engendrando a Urano y la Urónica celeste engendrando el Océano y los Titanes. Gea abriendo un hueco cuyo revés es el cielo y el cielo movedizo engendrando la líquida fluencia. Cuando el ladronzuelo palmeó a Licario, le pareció oír que su cuerpo de arena rebotaba contra el suelo, ay, mi padre, qué ganas tenía de volver a verte, volvió a repetir. Pero ya Licario ocupaba de nuevo su sitio en el banco húmedo y el otro se sentaba a su lado como un caracol segregando arena

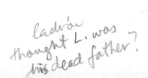

269

coloreada. El otro tenía la sensación de que Licario iba deshaciéndose como un trozo de hielo convirtiéndose en agua muy densa, prolongada en el quicio de una puerta sin timbre de aviso.

Aquella noche Licario pasaba rápido por la fluencia líquida de la bahía como *animus,* como una llama que se rescataba del fluido vital. Su *animus* estaba muy alejado del *meus,* o situarse entre el bien y el mal. Su *animus* se amigaba con el *spiritus,* logrando un cuerpo en el que intervenía el vaho lunar o la energía solar. De las setenta y dos variaciones astrales que ofrece el Talmud, Licario había escogido el fuego de San Telmo del *animus* y al Hebel Garmin, soplo o irradiación que los huesos trasudan después de la muerte. Así, el ladronzuelo veía un bulto de arena que rebotaba, una piel abrillantada que trasudaba como las hojas de los árboles. El alcohol y el fósforo lograban poner en marcha al cuerpo arenoso, al menos lograban sentarlo y hacerlo rebotar contra el suelo. Contrastarlo con el verde de un banco de parque en la medianoche.

El gato lapidado dio un salto con la boca abierta, tan abierta que de su oquedad se desprendió un pájaro negro. Sus dientes crecidos desmesuradamente en el helor de la noche, se hundieron en el brazo del ladronzuelo. Como antes el fósforo había irradiado en su lomo por el ardor del plenilunio, ahora el fósforo encolerizado, como el hacha de sílex de un sioux, agrandaba las dimensiones del salto y lo fijaba como una giba de tinta que crecía con la respiración. El ladronzuelo ondeaba, giraba, tiraba de la cola, rebotaba al animal contra un banco, pero los dientes del gato iban taladrando la carne y la osteína, como si sus mandíbulas al cerrarse serruchasen al brazo por su mayor anchura. A cada rebote contra una jarra pétrica, contra un troncón de ceiba, el gato hundía más los dientes y su cuerpo se agrandaba en una sagrada hidropesía, como si tratase de impedir su sacrificio en una misa negra, dilatándose su placenta por la humedad estelar hasta hacer estallar el templo.

Las noches de riesgo y caminata, Licario llevaba un cuchillo en el bolsillo del saco que nervaba la billetera. Hasta ahora solamente lo había relumbrado o esperado con él en la mano cualquier tropelía. Estaba virgen de hendir, de cortar. Licario se acercó a la entintada giba, le tiró del rabo que se densificó como una jalea y cerca del culito donde comenzaba el rabo, Licario inició el corte. La furia mordiente movía las uñas como buscando la improbable cara del defensor, pero no despegaba los dientes del brazo amoratado como un lingote al fuego martillado. Licario limpió la hoja del cuchillo en una hoja de álamo. En la noche sintió la correspondencia de las dos hojas, cómo el negro de la sangre del cuchillo granulaba sobre el rocío de la hoja. El cuchillo quedó nítido para un próximo jarrete.

Licario decidió cortarle la cabeza al gato, para aflojarle los dientes. Fresco por la caricia de la hoja, el cuchillo se adelantaba a vértebras, venas y tendones. La cabeza del gato volcada sobre su furia, no parecía adivinar la caída del cuerpo. Prendida al brazo, la cabeza del gato como una gorgona etrusca, recobraba una salvaje autonomía. Sin rabo, sin cuerpo, sus dientes se hundían más en la carne rígida, sin fluencia sanguinosa. Al principio el ladronzuelo movía los brazos como aspas que luchasen con enemigos que no se dejan ceñir. El cuerpo gatuno en el suelo era como una capa que se deshacía en un líquido negro, después en un plasma amniótico, como si el cuerpo aún cuidase de sus ojos, después evaporaba como el estiércol al arder. La lancha dio un pitazo de nuevo al acercarse a las cañas podridas. Era un anticipo de la mañana, los cuernos del caracol hundiéndose en la boñiga. Un amarillo de metal bajo el fuelle, el betún que arruga y el bermellón que retrocede en el plasma sanguí-

271

neo. Licario se iba metamorfoseando en un centauro, en la reminiscencia de un rejoneador goyesco, pues la aparición de las entrañas —el cuerpo del gato, metalizado por la humedad de la noche, sin rabo y sin cabeza— trae aparejado el incienso germinativo del taurobolio[13], la sangre del negro ritón[14]. El odio entre el gato y el toro es superior al odio cosmológico entre el gato y el ratón, sólo que ese odio cuando desfila en la noche ni el gato pierde su elástica voluptuosidad ni el toro el ritmo de sus mugidos.

Licario reojó y pudo precisar una palaciana mansión colonial y a su lado una pequeña casa de arquitectura indiferente y banal. Pudo ver una plancha metálica y supuso que allí podía alojarse un medicastro, bueno para el desespero del momento. La casa iluminada por una luz intermedia, sin la menor ofuscación de luces ante la noche, parecía que esperaba la llegada de los visitadores. Surgió un hombrecillo con una risita reiterada y tintineante que hablaba con las sílabas partidas por las risitas, muy meloso, que por un momento logró afincar sus palabras por encima de las risitas. —Ya yo esperaba —dijo—, que el día de la conjunción de Júpiter con Leo, esto sucedería—. Prescindió de Licario y llevó al ladronzuelo a lo que antes había sido la cocina y ahora era una cámara al parecer de alquimia. Lo habitual en tales menesteres: probetas, tubos de ensayos, fuelles, vasos comunicantes, con manchas ámbar, violeta, crema arenosa. Y la chamusquina, el sulfito oval, triturada pancreatina. Saltando, impulsadas por las brisas nocturnas irregu-

[13] *Taurobolio:* rito iniciático que consiste en rociar la cabeza o el cuerpo de un neófito con la sangre de un toro sacrificado. Se consideraba la sangre como un vehículo de redención de los pecados, de la inmortalidad y, en ocasiones, de la identificación con el dios.
[14] *Ritón:* parece ser un aumentativo de rito, en una de esas derivaciones peculiares del autor.

larmente repartidas por la casa, plumas de guineo. El habitual médico enloquecido que prueba con la alquimia, la brujería y la provocación del semen artificial.

El presunto mediquillo brujo cogió un cuchillo y empezó a cortar, para separar las mandíbulas. La carne ya estaba endurecida y tuvo que esforzarse. Su risita desapareció por el enrojecimiento esforzado del rostro. El loquito reído se metamorfoseó en el diablito seriote y apuntalando con el índice. Cayó la cabeza con brevísimo rebote y la boca lució como un orificio fláccido como si oyese una historia que no puede tener término, la boca abierta ante la eternidad que se cierra. Cayó la cabeza, pero los dientes quedaron dentro de la carne como los huesos injertados en un bastón tribal. Con unas pinzas, más parecían tenazas, comenzó el mediquillo la extracción de los clavos de hueso. Se retorcía el ladronzuelo como en una posesión diabólica y el extractor de huesos comenzó una lenta erotización. Oyó las sílabas lentas que le decían: *desnúdese*. Lo hizo de inmediato y su cuerpo ingurgitó de la noche con el esplendor de una visión beatífica. El cuerpo al lado del brazo inflamado y cianótico, lució su plenitud como rodeado de nubes, con incrustaciones de conchas y delfines, con las espaldas recorridas por arcos de violas del Giorgione. El brujillo enloquecido y errante quería llavear todas las tubas del concierto, como todo falso aprendiz de alquimia era un poseso sexual. En algunas sectas cubanas de brujería se verifica un bautizo por inmersión, el neófito tiene que descender al río o al lagunato desnudo, quedando unido de por vida el padrino o protector y la persona puesta en el camino de la gracia. El bautizado es un adolescente, no puede escoger a su protector o padrino, éste es el que escoge, casi siempre con muy buenas agallas. El protegido está en la obligación de dibujarse un tatuaje que debe decir invariablemente: Mi padre es... y aquí el nombre del padrino, del protector y del amante.

—Míreme a los ojos —volvió a decir el brujillo, y por sus ojos le salieron metálicas culebrinas que buscaban el abrazo. El ladronzuelo comenzó a temblar y a oscilar, hasta que con las manos quiso tocar el cortinón del vacío. Se oyó otra voz: *acuéstate en el sofá,* esta vez había en la voz un júbilo de desembarco victorioso. Fue también obedecido de inmediato y el cuerpo lució el esplendor de su extensión. Extensión y pensamiento, tal como reconocía Cartesio[15], sólo que el pensamiento estaba remplazado por una respiración que más producía ondulación que sobresalto. La respiración en un cuerpo joven que luce su esplendor, parece librarse y adquirir en el ritmo otra sorpresa mágica. Parece como dos animales, uno que se extensiona, como la nieve, otro que se contrae, como una hoja que alcanzara vida animal y su ritmo de respiración fuese la locomoción, la señal de la marcha.

Extendió el brazo del mozalbete, ponía la palma de la mano a descansar en la suya y después recorría con lentitud las venas. Abrió el armario de cristal, que más parecía una urna de barbería, rellena de pinzas y tijeras, y extrajo un serrucho del tamaño de un brazo, acero que relumbraba como una lámina líquida, con unas crestas que hacían retroceder. Levantó el serruchete inapelable sobre el hombro, los ojos se clavaban como los de unos vultúridos[16] sobre la carne. Pero entonces llegó Oppiano Licario, lucía una serenidad concluyente, la que aparece en los muertos cuando penetran por nuestros sueños y hacen largos desfiles y nos dicen muy pocas palabras.

Se dirigió al mediquillo y le hizo con el índice de la mano un gesto fácilmente descifrable, le decía que esa amputación no podría ser. El brujillo que parece había comprendido la situación de privilegio que tenía Licario,

---

[15] *Cartesio:* Renato Descartes.
[16] *Vultúridos:* buitres.

serenamente asintió, pero sin pasmo protestario. Una alegría melodiosa invadió al ladronzuelo, al bañarse de nuevo en la longitud de onda de Licario. El brujillo comprendió de inmediato que no le podía hacer frente a un aparecido que tenía organizadas todas sus compuertas para llegar y desaparecer, para dar un salto en la barra y llegar a la otra ribera del gemido invisible.

Licario tiró al ladronzuelo y le dijo: despiértate y víste-te. Ahora el brujillo se sonreía, asentía, se apretaba las manos con júbilo cortesano. Ahora todo era en él ceremonia, reverencia, aquiescencia. Genuflexo, cada vez que pasaba frente a Licario, se inclinaba. Quería ayudar a vestir al ladronzuelo, pero la mirada infinitamente benévola de Licario, le impidió la profanación de la retirada.

El brujillo se retiró momentáneamente a una cámara cerrada y reapareció portando como una rama de almendro dorada. Hizo la última de sus más prolongadas reverencias y le hizo a Licario la entrega con la mayor solemnidad. La hoja en la mano de Licario brilló como el oro con franjas cúpricas. El secreto brillo fosfórico de Licario se sumó a la luz dorada y verde, pero sus manos, portaban la rama con inevitable desgano.

Licario y el ladronzuelo salieron de la casa, que ahora lucía como embadurnada la plancha metálica. Caminaban uno al lado del otro, el ladronzuelo se sacudía la cabeza como para provocar que el sueño se retirara. Licario parecía muy cansado, fugadas ya las estrellitas báquicas, se sentó en un banco empapado por el rocío. El ladronzuelo con el mismo brazo que había mordido el gato, adelantó la mano y empuñó la rama que él creía era de oro. Se echó a correr, asombrado de que nadie lo persiguiese. Se detuvo cuando la rama, deshaciéndose, comenzó a gotear.

CAPÍTULO V

Cemí quiso hablar con Ynaca Eco Licario, después de la muerte de Oppiano. Volvió a Espada 615. Apretó el timbre, su sonoridad pareció refractarse en todas las angulosidades de la casa. El timbre no convocaba a los moradores, era el silencio de la casa habitada por sonánbulos o por esquiadores, gente que toca la tierra muy peculiarmente, con el algodón del sueño o con el cuchillo de los zapatos. Otra vez el timbre, el pulpo minoano, onduló por toda la casa. Ya Cemí retrocedía como queriendo reconocer la puerta de nuevo, la misma puerta que se había abierto con extraña instantaneidad el día de su primera visita, se cerraba como una muralla en cuyas terrazas el pavorreal de la muerte mezclase la migajas de pan con la marea lunar.

Se abrió la puerta del elevador y apareció de nuevo el mozalbete que había ascendido a Cemí hasta Urbano Vicario y después rectificado la vertical por la horizontal cognoscente de Licario. Mezclaba palabras y risotas:
—Enseguida lo reconocí, pero ya no vive ahí el señor Licario, que como usted sabe debe estar ya hablando con Ascálafo [1] del heliotropo que le van a regalar a Proserpina. Vivía solo, desconozco dónde vive su familia, ni sé si

---

[1] *Ascálafo:* hijo de Aqueronte y Gorgira u Orfne, delató a Perséfone cuando ésta rompía su ayuno y por ello fue transformado en lechuza.

la tiene. Pero no crea que después de la muerte de Licario el apartamento ha perdido interés. Lo tiene ahora mi hermano, dedicado a las arañas y a la yagruma[2], se gana el dracma siciliano deteniendo la sangre, por eso se justifica la referencia a una moneda de veinte siglos. Ese dracma me lo regaló Licario, por eso lo he disparado en la primera oportunidad conversacional, pero yo no hago nada con ella. No me sirve, ya la utilicé, se cumplió en un grotesco verbal. Una Minerva y un Pegaso[3], la mejor protección en las batallas. Ahora se la regalo.

En ese regalo, Cemí vio la más cabal respuesta del timbre. La vibración incondicionada del timbre adquirió su causalidad en el regalo del dracma siciliano. Parecía que al establecer esa nueva causalidad, la puerta daría su respuesta al abrirse. Lo que vio no le produjo el menor asombro, como si esperase beatíficamente su serie causal. El triángulo metálico de Licario había hecho una metamorfosis proliferante en las redes de araña que iban llenando la sala y dos habitaciones. Las redes habían crecido a cordeles y las arañas adquirían un puño de cuadriguero. El crecimiento de redes y arañas era tan lento, que con una penetración de energía sin duración, se escuchaba, se veía el crecimiento por un infinito agrandarse en el espacio vacío. Las arañas y las redes que se limitaban en un espacio, en el tiempo parecían extender sus redes como constelaciones. En realidad, lo que se veía era un rumor inaudible, lo que se oía era una detenida, congelada cascada que al llegar a la tierra ascendía de nuevo en insectos de cristal, en polvo con

---

[2] Se refiere a las cualidades hemostáticas de la araña y la yagruma-hoja, de grande y misteriosa belleza que inquieta al poeta Lezama Lima en su diferencia entre haz y envés. El dracma siciliano revela un oficio que produce ganancia.

[3] *Minerva y Pegaso:* respectivamente, divinidad itálica asimilada a Palas Atenea y caballo alado nacido de la tierra fecundada por la sangre de la medusa decapitada por Perseo y transformado en constelación. En realidad Lezama Lima se está refiriendo a los motivos grabados en cada una de las caras del dracma siciliano.

ojos, en invisibles orejas volantes. Dispersados los sentidos en el espacio, al fluir en una fuga temporal, adquirían como el incesante pico de succión del pitirre[4] sobre el águila de Júpiter, que ésta después ejercita al picotear la parte inferior del cisne, tiñendo implacablemente el apacible atardecer de las nubes.

El mocito se impulsó hacia las últimas piezas de la casa de los arácnidos. Numerosas macetas con una hoja de yagruma sostenida por un tallo en la tierra húmeda, mostraban el verde como mojado de la hoja y en su envés un blanco de plata y de cal mezclados. Contrastaban el verde vivaz y la plata cansada. Causaban la impulsión de la vida y de la muerte como en acecho, aliadas, dispuestas a precipitarse sobre una contingencia desconocida, dispuestas también a mostrar una terrible venganza contra el agua y el fuego entrelazados. Parecía como si esas hojas hubieran crecido a un ensalmo ordenancista de las manos. Las hojas mostraban ya un tamaño inalterable, su crecimiento recurvaba sobre una espera, sonaba inaudiblemente el crecimiento invisible de las redes de las arañas, unido a la espera secular de la hoja. Era el tiempo liberado de la movilidad, una secreta boca mojaba los hilos, un árbol cabellera se metamorfoseaba en una coliflor que se movía en el sueño de una tortuga.

El mocito del elevador saltaba casi, contentado hasta el exceso saltaba, con frecuencia se llevaba la mano a la faja y se subía los pantalones, movía las manos como si le picasen. Cogió un tubo de ensayo con un agua espesa y lo mezcló con un polvo y así formó un líquido sanguinolento. Tomó después una caja que parecía una bombonera, donde se entremezclaba un polvo pardusco con el verde y la plata de la yagruma. Sobre un plato de sopa

---

[4] *Pitirre:* pajarillo pequeño e insistente, de color oscuro, menor que el gorrión, pero de cola más larga, anida en los árboles y se alimenta de insectos, sigue a la auras y las limpia de los parásitos que las mortifican. Muy popular en Cuba y en su refranero.

volcó el plasma sanguíneo y después lanzó con una cuchara dos o tres veces el polvo. Desaparecería la sangre atraída por aquel polvo que la convocaba como una piedra imán. No crecía el polvo, causaba la impresión de que solamente con mirar la sangre la abatía. En esa sangre reconstruida, en ese polvo de yagruma y de hilos de araña, se mostraba de nuevo la vida impulsiva, su reojo y su frenético combate, donde el polvo se avivaba para nutrirse de nuevo con la sangre.

Los círculos concéntricos de las arañas mostraban un tiempo inteligible, pero no descifrable en signos, los círculos cobraban una esbeltez misteriosa, pero retadora, los filamentos cubrían los círculos, parecían un alfabeto para los que tuviesen un tiempo especial para el crecimiento de los vegetales. Aquel tejido debía reproducirse como una palabra muy usada, como las monedas, como la manteleta del catarro, como en alguna página de San Agustín, donde la palabra peldaño, después de unas interrupciones como peldaños borrados por la cotidiana furia de la friega, está continuada por una alusión a la tierra invisible y caótica, como si lo muy usado, después de una pausa provocada por un tiempo que no se determina, adquiriese la vibración y la nitidez de los metales. Nos hacía pensar en una ballena que segregase un hilo como la araña, capaz de trazar una viviente escala entre las profundidades de la tierra y las extintas mareas lunares, de establecer una nueva relación causal entre la semilla y el misterioso peso que sentimos sobre las espaldas.

El tiempo era aquí la contemplación incesante, sin refracción de un cuadrado de hielo, que jamás llegaba a ninguna ribera. Serpientes, pólipos, enredaderas de madréporas tiraban del fragmento sumergido en la masa líquida. Las miradas se dirigían al cuadrado de hielo y allí formaban como escamas. Era la equidistancia infernal, eterna, sin aproximaciones, la ambivalencia de la hoja de algodón con la esfera de oro se hacía inalterable. Nada se desprendía, nada llegaba, el bosque se había cristalizado y la lluvia era inaudible. En la probeta, como en un vacío absoluto, las monedas descendían con el ascenso del humo. Y mientras el tiempo no se movilizaba, los jinetes cabalgaban dormidos, el deseo de un fin, de una silenciosa catástrofe, nada espectacular, soplaba en las orejas de la araña, amoratándola como para oficiar en una caverna sin aire.

Dejé de caminar, me apoyé con la mirada en una cerradura de metal, la vibración amarilla del metal fue capaz de sostenerme. El tiempo, sin la bisagra de su polaridad, convertía la imagen que tenía que marchar desde la sustancia espejeante hasta la punta de los dedos, y saltar después en una lluvia de chispas, atravesaba un desierto donde la luz y la sombra formaban un anfiteatro donde galopaba una cebra. De pronto, una puerta se abrió. Los dedos empezaron a teclear en los resortes de las puertas, a marcar un compás, a señalar una mosca en el espejo. La tierra alcanzaba velocidades uniformemente aceleradas, yo estaba detenido, inmovilizado como un rey en un sueño de mandrágora. Ahora, el planeta se detenía y yo comenzaba a caer, pero mi conciencia cobraba como ojos de pulpo.

Aquellas redes de araña eran como relojes, el mundo viviente y el inorgánico se unían en el tiempo. Volvían a hablar con Rodolfo II en Praga y con Luis XVI el día de la toma de la Bastilla. Con los reyes relojeros. Uno gobierna treinta años de entera disipación y el otro fue decapitado, pero aquellas arañas relojes igualaban sus bostezos y sus carcajadas. Allí el tiempo habitaba la cripta de los reyes muertos. Era tal vez el mejor homenaje, la apoteosis de Oppiano Licario. Recordó que la flor llamada entre nosotros Arañuela, en francés se llama Cheveux de Venus, Cabellos de Venus, Diablo del matorral y la Bella de los cabellos sueltos. En lugar de la sonoridad desprendida del triángulo metálico, capaz de corporizarlo después de muerto, el crecimiento vegetal, invisible en la suma de sus instantes, pero dotado de un acarreo, de un crecimiento madrepórico donde el tiempo no soporta las contracciones del reloj sino un lenguaje que va desde la plenitud de las mareas al silencio de la base marina.

Todo estaba a la espera y aquellos relojes orgánicos continuaban segregando en el espacio vacío. La instantaneidad secular, el apoderamiento temporal de la interrogación que le permitía el ideograma de la respuesta, semejaba el salto de la araña y su tela para verle la cara a los visitadores y esparcir su sangre por aquella estrella de mar. Cemí no tuvo la sensación de la ausencia de Licario, sino un infinito acercamiento de la figura y de la imagen, las vibraciones esparcidas por el triángulo pitagórico continuaban, pero eran como sucesiones o vibraciones algodonosas, como las ondas que se desprenden de un golpe plano sobre la madera. El mundo relacionable, de sucesión vertical y esparcimiento horizontal, de las relaciones entre el centro y las vibraciones de un ámbito, estaba trabajando incesantemente en un criadero de araña. Se reducía al polvo, pero ese polvo dotado de las más voraces moléculas, donde estaba en secreta imagen muy avivado el salto de la araña, deglutía de nuevo la sangre, como si el polvo de las arañas mantuviese todos los recursos de su trabajo en vida. Y la influencia de la blancura lunar en la hoja de la yagruma[5], comunicándole un sosiego, un inalterable reposo, como si ese prodigioso hemostático necesitase ahora de la sangre para aplacarla, su voracidad primero y su sosiego después, como si la sangre al tiempo de ser deglutida por aquellos polvos perdiese todas sus decisiones, como un chorro de agua tapado por una piedra. Era la mejor imagen del reposo en la muerte de Licario. Infinitos entrecruzamientos, ríos

---

[5] *Yagruma:* árbol de diez o veinte metros de altura, *Cecropia peltata* L., de la familia moráceas. Su hoja es verde oscuro, o parduzca en la parte superior y blanca plateada en la inferior. Ver nota 2 de este mismo capítulo. Las infusiones de sus hojas se consideran como un eficaz pectoral.

subterráneos que terminan en bancos de arena, humeo de la sangre que pedía su corporización, avivamiento inaugural del polvo, formando una danza de hongos en el comienzo de las metamorfosis, pero con signo contrario, es decir, la sombra engendrando el cuerpo, el cuerpo paseando por las moradas subterráneas y el doble sentado en un parque esperando el regreso de la excursión de su cuerpo.

Cemí se despedía, le quiso devolver el dracma griego al mocito, pero éste se sonrió, hizo una reverencia concluyente y terminó: ¿para qué lo quiero yo? Cemí intentó propinarlo, pero el del elevador se transfiguró al decir:

—Hoy es el día de su recuerdo y no debemos mezclar las vibraciones del triángulo con el tintineo de las monedas.

Cemí pensó que no sólo había estado a la altura del instante sino que se había excedido. Había mostrado evocación, obsequiosidad y reverencia. Horas subiendo y bajando, hubiera sido un tiempo caro a Licario, y después, al lado de las arañas, como si se hubiera retratado al lado de las pirámides, en una tempestad de arena. Cemí tuvo que repetir el trayecto de su último encuentro con Licario, para precisar la dirección de Ynaca Eco, tuvo que encaminarse de nuevo a la funeraria. Era una mañana de un sol pedigüeño, reiterado, furiosos rayos de un can hidrófobo. El abejorreo de las luces estaba remplazado por el apergaminado frontis de la piedra. Cemí sintió de nuevo la humedad de la noche de su último encuentro con Licario, una humedad relacionable, el coro de los vivientes en medio de la comunión de los muertos, pero ahora, en esa mañana del sábado, lo que sentía era el sol sobre las piedras y sobre su piel. No era la iluminación, la luz descolgándose por las paredes, sino como si la casa se tostase en parrilla. Por uno de esos sortilegios del surgimiento de lo reminiscente que hubieran hecho las delicias de Licario, pudo precisar Cemí que era un siete de agosto, el día de San Lorenzo, el santo de las tostadas y los humeos[6]. Era la piedra calcinada, agujereada por innumerables termitas, ya rastrillada por un mediodía sin término o por la sal depositada por el megalón calcaranón, el tiburón del terciario. Lo que había entrevisto como una casa chorreada de luces la descubría ahora seca como una quijada de coyote pelada.

Había desaparecido el parque con los caballitos y la rueda. La tierra, liberada del apasionamiento infantil, estaba húmeda, pero sin vegetación, convaleciente del peso que había soportado. Sólo quedaba un anchuroso círculo de tierra amoratada, anhelante por el rocío que recibía de nuevo. Pero le quedaba como una sonrisa, residuo de los juegos infantiles que había soportado. La tierra había recuperado su infancia y se mostraba impaciente, para inaugurar sus fiestas y sus retozos. Tenía esa alegría, abriendo todos sus poros, como cuando un niño la orina. Bulle la tierra orinada, como el crujido de las castañas en el asador de invierno. Cemí parodió casi inconscientemente el verso famoso y silabeó varias veces: orina es la melena de la castaña.

Cemí sintió esos escudetes que cierran los poros cuando la indiferencia va a llegar y a regañadientes dio varios pasos hacia la vertical casa de las estalactitas, los pasadizos, el ajedrez y los bufones, pero la alucinación proporcionada que sintió la noche del velorio de Licario dependió de una triada, la funeraria, el tiovivo y la casa serpiente escalera. Desaparecido el sortilegio de los dos primeros términos del hechizo, el tercero, la casa, se derrumbaba sin expresión, fláccida y hueca. Pensó que esas tres piezas, la funeraria como alfil, el tiovivo como caballo y la casa como torre, eran una jugada maestra, la última de Licario, donde su ajedrez como compilatoria cognoscente, lo habían obligado a visitarlo después de muerto y a recibir

---

[6] *Tostadas y humeos:* curiosa fusión retórica que puede despistar a un lector desconocedor del humor lezamiano. Se trata de la parrilla de San Lorenzo y de su martirio.

una herencia que no sabía si aceptar como una alegría o una maldición.

Pensó en las leyes del reverso, del péndulo complementario. Una noche había sorprendido la alucinación y el esplendor que rodea a la muerte. Y ahora veía la simplificación yerta, el esquema deshabitado que puede rodear a la vida. Aquella noche la muerte le pareció vital; ahora, esa mañana, le parecía desinflada y pétrea. Entró en la funeraria, en su departamento de administración. Un hombre joven, demasiado rotundo, extendía sus piernas sobre la mesa, cerca del teléfono oxidado, coronado por un moscardón. Cemí no pudo evitar que le aflorara la furia que se le desataba cuando entraba en alguna estafeta y veía la suela de los zapatos convertida en espejo mirándolo. Otro, larguirucho casi cincuentón, frente a un archivo de metal, abriendo y cerrando gavetas, comprobando una lista tachada a medias. Al lado de la mesa mayor, una mesita con una bonitilla pálida de unos veinticuatro años, entrando y saliendo de la oficina cada cuarto de hora, para pintarse los labios y tomar gaseosa con bicarbonato, la franquicia disimulada que allí reinaba la denotaba queridita de uno de los dos, también podía ser, para no hacer una elección forzosa, esposa del cincuentón y barragana oficinesca del señor que quería que le dieran la mano a la suela de sus zapatos. El cincuentón reojó una calma casi aparatosa. El más joven suprimió las piernas entrecruzadas, movilizando hacia el murano caracol[7] la ceniza del cigarro, y la mecanógrafa en lila deslizó un papel en el rodillo y lo suspiró después. Un júbilo —decidieron que era un cliente a la vista— de oda conmemorativa, recorrió el umbral de la casa de los muertos. Eran los extractores del ritual de la moneda en la boca de los moradores subterráneos[8].

---

[7] *Murano caracol:* cenicero en forma helicoidal hecho en cristal de Murano. Abundan en las casas cubanas.

[8] Moneda que los romanos ponían en la boca de los difuntos para que así pagaran su tributo a Caronte.

Cemí le dijo que quería saber el domicilio de Ynaca Eco, la hermana de Oppiano Licario, que había sido tendido en aquella funeraria.

Con voz fingida anhelante, pero ansiosa de una comprobación afirmativa, preguntó el cincuentón, ¿ha habido alguna novedad?

—La única novedad fue la muerte de Oppiano y vida nueva es también su muerte —secamente le dijo Cemí.

—Tendré que buscarlo en el archivo. Son nombres raros como de extranjeros, parecen nombre de reyes. Hace poco aquí tendimos a una tal María Antonieta Gratina Grullas de Pomaca, que se titulaba Condesa del Oeste, decían que había sido querida de un escritor llamado D'Annunzio[9]. Venga la semana que viene. Hay que buscar con cuidado, arañar casi para encontrar esos nombres, López salta, Licario se esconde —contestó el de la suela de los zapatos muy visibles.

La semana que viene, le sonó a Cemí como una piedra caída en el vacío, hizo que se le borrase la figura de Licario, pero instantes después le parecía que las vibraciones del triángulo metálico, del fondo de una llanura traían un retrato hecho por Pontormo[10], con el pegaso del dracma griego agrandado por un vidrio convexo. Caía en el vacío, pero al sonar un timbre, salía de nuevo por la puerta de un elevador.

Al día siguiente, Cemí, se dirigió a la biblioteca que estaba en el Castillo de la Fuerza[11]. Angeles forrados en

---

[9] *Gabrielle D'Annunzio:* escritor italiano (1863-1938), prosista armonioso y sonoro, descriptor de pasiones desbocadas, fue un partidario ardiente de la intervención italiana en la Primera Guerra Mundial. Entre sus novelas se encuentran *El triunfo de la muerte; Las vírgenes de las rocas* y *El fuego;* y entre sus obras teatrales *La ciudad muerta, La Gioconda* y *La hija de Iorio.*

[10] *Jacobo Carruci:* llamado el *Pontormo:* pintor italiano (1493-1558) de la escuela florentina.

[11] *Castillo de la Fuerza:* fortaleza colonial de La Habana, la más antigua de América. Fue construida en el siglo XVI (1558-1577) sobre los restos de una anterior de madera y su función, junto al castillo del Morro, la Cabaña y la Punta, era defender la ciudad de ataques de piratas. Aunque su piso alto sirvió de residencia a los gobernadores españoles hasta la construcción

agujetas transparentaban la mañana, con una luz tan descorporizada como la fundamentación de una hoguera avivada por las uñas de un coyote. La luz avanzaba como el cuenco metálico de una lanza que al tocar los objetos se subdividía en lo que pudiéramos considerar como la pulpa de la luz, pues si algo se asemeja a la luz es la pulpa de la piña, parece luz congelada, como si por una magia suavemente ordenada por la voz la luz se trocase en una tela. La luz, la pulpa de la piña, la materia cerebral se asemejaban como si coincidiesen en un banco de arena. El sol quemando con una brusquedad excesiva la tierra, formaba después un remolino, que era en su dimensión más profunda el vencimiento del caos, el esqueleto de un ciclón, cada gránulo de luz un ojo disecado, dispuesto a reavivarse de nuevo con la humedad yodada de la bahía.

Cemí atravesaba el puente levadizo del Castillo de la Fuerza y sentía la confluencia del cuerpo compacto de la luz y la disolución hacia las profundidades del agua estancada. Formando varillas de gráciles estalactitas los insectos cobraban fuerza ascendente de la putrefacción de las aguas y la luz los decapitaba y rodaban de nuevo a su infierno de agua podrida. En ese momento Cemí sintió que lo llamaban. Era Ynaca Eco Licario. Se habían conocido en la casa de los muertos y coincidían de nuevo al entrar en el castillo, convertido ahora en una biblioteca

---

del Palacio de los Capitanes generales. Consiste en un cuadrado de treinta metros de lado con baluartes triangulares en cada uno de sus ángulos. Los muros son de sillería de seis metros de ancho por diez de alto. Lo rodea un amplio foso y tiene una estructura muy sólida. Su aspecto y resonancia poéticos están dotados por dos elementos entrañables para los cubanos. Isabel de Bobadilla, de riguroso negro luctuoso, esperaba la llegada imposible de su esposo Hernando de Soto, ya muerto en tierras de la Florida. Enloquecida recibía las cartas del ausente.

En la torre cilíndrica del Vigía se encuentra la Giraldilla, estatuilla de bronce, obra de un escultor y fundidor cubano del siglo XVII, Jerónino Martínez Pinzón; significa la ciudad que preside, sus rasgos y facciones de delicada belleza indígena ponen una nota de nación auténtica al conjunto, en su mano la palma real.

Cuartel de la Fuerza. La Habana

destartalada, húmeda y rellena de una sabiduría que intentaba la misma ascensional de los insectos, del esqueleto arenoso, del remolino del ojo disecado, y frente a ellos la luz decapitando inexorablemente y proclamando sin tregua las glorias del cuerpo en sus transformaciones incesantes. Venía cubierta con telas de color tan transparente que a Cemí le recordaron los colores que aparecen en algunos retratos de Gainsborough, donde para huir de la niebla se buscan los colores que más absorben y devuelven la luz. La falda era de un azul muy atenuado y la blusa blanca con encajillos cremosos, que le daban a su mirada una continuidad entre la tela y su cabellera de castaño con hilachas áureas muy abrillantadas. Los pintores de ciudades neblinosas buscan esos colores contrastantes, de la misma manera que una niña pintada por Renoir, o unas ruinas de Corot plenas de luz, nos causan la impresión de que se han logrado apretando las nieblas y a veces hasta las nubes huracanadas. Si consideramos la niebla como la sangre del aire, con su dispersión de colores, rojo, azul, negro, vemos cómo se huye de ese coágulo en líneas como flechas, en transparencias, en colores neutros que se estabilizan en una zona templada. De la misma manera la densidad del coágulo neblinoso produce figuras ligeras, graciosas, la yerba de sudores brillantes, niños o el presunto dorado de las teteras de marfil y plata. Tal vez por eso la pintura de las variaciones brillantes de la luz, la de los más esenciales impresionistas, reconoce como antecedente la de la niebla fija sobre los puertos ingleses, en el verde marino de Turner o en el plata de Whistler. Dos colores muy frecuentes en tantas hojas nuestras. En aquella yagruma que vimos mezclada con las arañas, que sosiega el salto de la sangre.

—Yo lo hubiera esperado en la torre donde Isabel esperaba la llegada fantasmal de Hernando de Soto —le dijo Ynaca Eco, entreabriendo su sonrisa—, ayer lo estuve esperando, acompañándolo hasta que se interpusieron las piedras.

—Mientras usted me venía a buscar al Castillo como biblioteca yo convertía la casa de los muertos en agencia de información.

Su respuesta mostraba una evidencia muy alejada del tono sibilino de las palabras de Ynaca Eco, dichas con desenvuelta indiferencia, sin vestigio oracular alguno. Pero aquel «se interpusieron las piedras» alcanzó una vibración no previsible, como si hubieran chocado dos longitudes de onda separadas por una clavija de un metal transparente.

—Yo pude seguirlo hasta la casa de las arañas, después hasta el umbral de la casa de los muertos. Es cierto que la puerta era de vidrio, pero tan espeso que por ella no pude penetrar, pues tenía extendida una cortinilla marrón que me rechazaba, pero nos unía el soneto último de Licario: *La araña y la imagen por el cuerpo —no puede ser, no estoy muerto.* Ya ve cómo él señalaba las arañas como sitio propicio al primer encuentro y la imagen por el cuerpo rompiendo el tabique del espacio interior del cuerpo y el espacio donde se inserta el cuerpo. El cuerpo convertido en imagen y obediente a las palabras que le dictaban una última cita. Nuestro encuentro tiene que ser la comprobación de que esa cita se ha verificado. Si trasladamos a las palabras este encuentro nuestro, quiere decir sencillamente: Ha resucitado. Pero yo, tal vez desgraciadamente, no vivo en el arrepentimiento purgativo del Eros, sino en la comprobación por el *simpathos* de la vía unitiva.

Cemí no sintió la aparente solemnidad derivada de las palabras de Ynaca Eco, pero vio en lo alto de una verja herrumbrosa por el salitre cercano, a un gavilán, amarillo y rojo, que se mecía en la humedad matinal haciendo un buche con agua de mar. Una línea de fuego movible, como cuando se intenta amenizar un fuego considerable, el engendrado por los líquidos oscuros de las profundidades, echándole paletadas de arena. Saltaba el gavilán a una rama que se doblegaba, después a un balcón que se extendía bajo los ijares del amarillo, después se estabilizaba junto a una piña de cobre en lo alto de una columna pétrea. Sus saltos habían proclamado un círculo de llamitas que comenzaban a extenderse por los bordes dentados de las nubes.

Al abrirle la portezuela de la máquina[12] que los esperaba, Cemí observó la palma de la mano de Ynaca, era como la concha interior de los ostiones[13], esmalte blanco sobre una oscuridad como la que aparece en las algas de los comienzos. Oscuro que forman los pliegues verdes de las plantas acuáticas. Su mano se abría lentamente con la voluptuosidad de una petaca del XVIII, como si dijera un secreto. Como si en el sueño se dijera un secreto. Cemí esbozó una inclinación muy rápida que se venabló[14] brevemente en los ojos de Ynaca. Ese gesto, Cemí lo había heredado de su madre, era como un eco de una presencia amable, de una palabra paladeada, como un ancestral signo de cortesía la primera vez que se usó, desprovisto del cansancio de la reiteración, sino como un ligero sobresalto amable. Era la eléctrica abreviatura de una inclinación de cabeza.

—Cuando entramos en una zona de hechizo asumimos de inmediato la sobrenaturaleza. Cuando entramos en la sobrenaturaleza parece que nos revestimos para un oficio, cuando salimos y regresamos a la naturaleza estamos desnudos —empezó Cemí hablando de sus cosas—. Cuando trasladaron la biblioteca para el Castillo de la Fuerza fue cuando nació en mí la cantidad hechizada. Veía incesantemente la entrada y salida de los personeros, mientras Hernando de Soto entraba por tierra floridana en la muerte, Isabel de Bobadilla lo esperaba llegar en la torre de la azotea, esa agitación entre lo que

vaivenes de sus efectos (hechizados)

---

[12] _Máquina:_ en Cuba, automóvil.

[13] _Ostión:_ ostra cubana, de sabor intensa. Muy popular entre los hombres bebedores de cerveza.

[14] _Venabló:_ Forma del verbo veneblar, neologismo lezamiano que parece derivar del sustantivo venablo: dardo o lanza corta y arrojadiza; expresión de colera. Naturalmente está usada en sentido figurado.

desaparece en lo telúrico y reaparece en lo estelar, la imagen penetrando en la cantidad, ya sea extensión poblada o abstracción arenosa, es la sobrenaturaleza. Durante años asistía yo a esta biblioteca castillo, a estas despedidas que terminan en la muerte y recomienzan el tejido en el aire de Isabel de Bobadilla, que une a Penélope y a Casandra, tejiendo y anunciando enloquecida la destrucción de Troya, tejiendo la tela como un espejo donde la imagen en su oleaje estelar está reemplazada por el rodar de la ceniza. Le recordaba la Profecía de Casandra, en Licofrón: buscando el asilo de las barcas como una joven invoca y busca cerca de las sombras de la noche, sorprendida por una espada desnuda.

—Cuando yo leí —dijo Ynaca Eco, sabiendo que no iba a sorprender a Cemí, es más, contando con esa no sorpresa— que usted nos hablaba del genitor por la imagen, supe su captación de la esencia de lo que Licario le había escrito en su soneto de despedida. Recuerdo que yo era niña y estaba haciendo unas edificaciones por la calle que llaman Empedrado[15]. Para situarle a la construcción un fundamento vigoroso había ahondado la tierra. Muy pronto se formaban pocetas de agua y la decisión del rayo de luz hervía las entrañas, como algunos místicos suponen que en el centro de la tierra aparecerá un agua como un cielo, una médula de agua como cielo que reaparece más allá de la piel exterior de la tierra. Por traviesa curiosidad hundí el índice y el medio en la poceta y el agua parecía hervir. El aire estaba edénicamente matizado por la brisa marina y al acentuarse aquel calor de agua en mis dedos, sentí el impulso de hacerme cruces en la frente. Una vieja negra que pasaba por allí, mojando con exceso las palabras en la humedad de su

---

[15] *Empedrado:* calle de La Habana vieja que va a terminar a la Avenida del Puerto pasando por el frente, pórtico, de la Catedral. Actualmente en ella se encuentra la famosa Bodeguita del medio y muy cerca el palacio de la Condesa de la Reunión, actual sede del Centro de Estudios Alejo Carpentier.

boca, soltó una carcajada y me dijo: Muchacha, te estás bautizando a ti misma y eso es pecado. Yo le pregunté: ¿usted quiere ser mi madrina? Su risa tenía algo de campana de bautizo. Otra carcajada y me dijo de nuevo: qué más quisiera yo, pero ya tú fuiste bautizada con agua de mar y haciéndote cruces con agua hirviendo de las profundidades —y otra carcajada la desapareció por la esquina.

—Es curioso que Licario no escogiera la iglesia de su bautizo, sino que usted misma se bautizara en una zona de hechizo. Clavar en la pared puede ser un acto banal, pero una triada de piedra, hierro y manos, tiene el relieve de un acto esencial lo mismo para un mistagogo que para el simple respetuoso de la materia. Si pensamos en la nobleza del hierro en su desenvolvimiento temporal, en la oquedad de la piedra o en los clavos de oro que surgían en la piedra como sostén de las capotas de los iluminados en estado de gracia. Clavos que sólo eran vistos por ellos y únicamente a ellos les sostenían las capas. Juego como las barajas españolas, al coincidir el hierro, las piedras y las manos, el artesano se convierte en un peregrino y ve el clavo de oro como una estrella, de la misma manera que el tahur en el brotar sucesivo del as de bastos, la reina de copas y la sota de espadas, siento un temblor como un miedo secreto, como quien contempla la ejecución de un rey y por la noche sueña que la cabeza guillotinada ya en el cesto es la suya abriendo desmesuradamente los ojos. Siente que lo escupen. Se despierta muy trasudado y con la idea fija de que ha orinado sangre.

Ynaca Eco no mostraba esa voluntariosa fijeza de algunos aurigas, parecía más bien como si las calles la mirasen y ella penetraba por esa mirada. Oía a Cemí con más atención que miraba el camino. Oía con ese absorto que a veces asumen las aves cuando se les habla, una raya parece que les corta la cara, una graciosa oblicuidad de malicia serena. Impulsada la máquina, cerca el tabique de piedra que separa la tierra y el agua, sobre rayas azules, con abejas tropezando en angulosidades áureas. Ynaca Eco se transformaba, saltaba desde la proa de un trirreme a un lanchón sobre el Támesis cuyos tripulantes ejecutasen la más adecuada música de Haydn para esos paseos. Se extendía, se desperezaba, ronroneaba sobre las algas de los corceles marinos.

—Ese hecho de su bautizo— le dijo Cemí—, es la primera comprobación de la imagen que usted irradia. A su lado se siente algo que concluye y algo que continúa, como si nuestro cuerpo fuera una densidad distinta de la sustancia universal, pero esa excepción del paréntesis corporal, como una empalizada frente al desierto, termina anegándose, sumergiéndose ¿reapareciendo? Pero cuando surge esa pregunta ya estamos nosotros también anegados, el agua ha profundizado los ríos subterráneos y ha formado la sangre negra, la llama se ha hecho hoguera, las hogueras se han hundido por sus lenguas y han calcinado la ciudad. ¡Qué trasmigraciones de la imagen! Como el gavilán amarillo y rojo ha hecho su aparición, si antes hablaba de una cabeza guillotinada que abre los ojos, ahora arrancamos la lengua y la vemos saltar en lo alto de una llama. La lengua de la llama, me siento de nuevo calcinado por Oppiano Licario, ya no podemos invocar sus respuestas, pero mientras tanto las preguntas, el espacio gnóstico, penetra en nuestro cuerpo. Licario hizo de sus respuestas sobrenaturaleza, pero usted parece decirnos que hay que hacer de toda la naturaleza una sobrenaturaleza total. Sus respuestas un tanto hieráticas nos condenaban sin pavor al silencio, pero usted, Ynaca Eco —Cemí la recorrió con lenta mirada de yodada voluptuosidad—, nos dice una alegría, nos aconseja una dicha. Pero no quiero ganarme su reacción al recostarme demasiado apresurado en la alabanza.

—Por el contrario —le contestó Ynaca Eco—, no le tema a mi reacción a su alabanza, pues tengo que decirle

tales cosas que me harían no palidecer, pero sí temblar.
No se asuste, pues Licario me decía con frecuencia: él
tiene lo que a nosotros nos falta. Después añadía: yo lo
he conocido demasiado tarde, la muerte está cerca, pero
tú debes conocerlo en la juventud de los dos. Pero nunca
me dijo qué era lo que nos faltaba y qué era lo que usted
tenía. Conocerlo a él, será tu mejor fuente de conocimiento, me repetía. Al morir Licario creyó que su vida se
había logrado por dos motivos: porque al fin lo había
conocido a usted y porque nosotros dos nos conoceríamos. Ahora, los tres podemos estar contentos. Él puede
entonar una cantata que puede ser de Bach: no estamos
solos en la muerte. A la que podemos contestar con otra
cantata que puede ser de Haendel: no estamos solos en la
vida. Es un anticipo de la resurrección, pues él juzgará a
los vivos y a los muertos. Por Licario sé, y eso es para mí
como una orden sagrada, que lo que me falta sólo podré
conocerlo en usted. Licario lo buscó queriendo amigarse
con su tío Alberto y con el Coronel, pero llegaba tarde a
la fiesta. Esas personas se le escapaban hacia la muerte.
A usted le habló cuatro o cinco veces, las suficientes para
saber si usted conocería por la imagen y él por las
excepciones morfológicas. Si los tres trabajásemos juntos
o puestos de acuerdo, recuerdo que me dijo una de las
últimas veces que hablé con él, sería el fin del mundo, los
muertos entenderían lo que les transmitimos a los perros
para que les ladren, pues los perros más le ladran al aire
que al que ven llegar y toca el timbre, pero se afilan los
dientes para el aire y saltan y lo muerden.

Cemí sintió más la transmisión de las palabras de
Ynaca Eco, que la vibración que en él adquirieron las de
Licario. Meses después, esas palabras de Licario, le
despertaron algo semejante al primer descubrimiento de
su destino, al sentir la sabiduría de Licario, al pasar por
los labios de Ynaca y su belleza. Nunca Cemí había estado tan cerca de la mujer, en el mismo círculo, regido por
el Eros. Sintió el deseo, la lucha de la imagen con su

Hermana

sangre, con su piel, con su pelo. Un punto, reducción del ajeno cuerpo dentro del mismo círculo, volaba por todo su cuerpo. Inapresable, saltando de un punto a otro, sumando puntos. El deseo de fundirse, de unificarse saltaba sobre el otro cuerpo cada vez que cerraba los ojos. Era en extremo blanca, de un blanco azul de sangre cansada. Su belleza llegaba o se esparcía por la exensión de su blancura, como la contemplación de una llanura de nieve que nos sobrecoge y nos invita a no interrumpir nuestro paseo. La blancura de la piel en el aire era muy diferente de la de los dientes, cremosos, con las hilachas azules de la leche batida, brillantes por la humedad de la saliva, contrastaba con el aire seco donde se agitaba su piel. Tenía algo de las sílabas lentas del nombre Semíramis y del misterio que acumula la energía de Carlota Corday. Parecía una Semíramis[16] pintada en un columpio por Fragonard o mejor una Carlota Corday pintada por Gainsborough o por Reynolds. Una solemnidad sin énfasis la apoyada con gracia en las brisas de la bahía. Cemí sentía la frescura del agua cerca del aire, tal vez porque le distendían sus bronquios de asmático, en el Eros de la lejanía que caminaba hacia un cuerpo en el círculo donde el fósforo, cercanía de conchas, delfines y mareas, operaba en la madrugada como el animal que anuncia, dice, proclama.

Sus ojos eran una pequeña mancha gris y verde de la espátula, una mancha, no un deslizamiento del pincel. La manchita dardeaba esos reflejos metálicos de la Casandra cuando profetiza en el turbión. Pero Cemí pudo precisar que lo que más le erotizaba eran los absortos de Ynaca. Cuando terminaba una frase ésta parecía encaminarse al trípode de la sentencia oracular. Movía ligeramente la cabeza en el aire, parecía como si un demiurgo en colmo

---

[16] *Semíramis:* Reina legendaria de Asiria y Babilonia a quien la tradición atribuye la fundación de Babilonia y la creación de sus jardines colgantes. Siglo XII a. C. Conquistó el Asia hasta el Indo y reinó durante cuarenta y dos años.

de delicadeza lograse situarla en el número de oro de las proporciones [17], y después se quedaba absorta, como esperando la llegada del eco a la concha del oído del dialogante. Las más de las veces el proceso era inverso, si lo oído lograba interesarla, se abría el absorto como sintiendo el recorrido de las vibraciones de la palabra, como si se engendrase en ella una nueva circulación. Su oído se quedaba atento a la circulación del ritmo del verbo en sus profundidades.

Sintió Cemí la llegada del deseo, la imagen de Ynaca aparecía y se borraba, estaba a su lado y sentía que desaparecía. Como el cese de una resistencia y después grandes carcajadas que decían un nuevo comienzo. El *simpathos,* el Eros de la lejanía irradiando en el cuerpo que estaba a su lado, el *nexus* universal que abatía todas las esclusas y después el agua salitrera, la división rebullendo en cada poceta. El agua del mar extendiéndose por los canales, cayendo con su rebrillo en cada una de las pocetas y ofreciendo los nuevos hexaedros salinos. En presencia de Ynaca sintió por primera vez el camino del agua hacia la sal, del cristal salino deshaciéndose en la hoguera. A Ynaca se le hizo visible ese camino, pues Cemí trasladó la mano, que apoyaba en su pierna derecha, a su mano izquierda y la apretó con lentísima sudoración.

Llegaron a la casa de Ynaca Eco, rodeada de jardines, arboledas, fuentecillas donde dormitaban careyes con el espaldar metálico excesivamente pulimentado. El agua de la fuente al refractarse en aquellos escudos chisporroteaba como una carcajada solar. Al acercarse el mediodía se liberaban las metamorfosis de toda aquella naturaleza. El sueño de las tortugas se igualaba con el de las grandes hojas de malanga. Las hojas se desperezaban lentísima-

---

[17] Referencia al segmento aureo.

[18] *Malanga:* planta aroidea, de origen africano, abunda en Cuba y se cultiva como planta ornamental. Existen distintos tipos y sus hojas son muy llamativas. No debe confundirse con la planta hortense cubana cuyo

mente en la lámina de los estanques. El loro ironizaba bizarramente con su caperuza de siete colores descompuestos en el prisma, al mecerse en su aro de cobre arañaba a la impasible niña de los ojos. Recordaba al hijo cabezón de Mallarmé jugando con su loro Semíramis que le había regalado un amigo de su padre. El cuadrado rosado de la casa, en el centro de la finca, recibía las finezas o los brochazos de todas esas metamorfosis acabalgadas. El rezumo líquido de las hojas, el polvo de carey, los subterráneos estallidos del loro, tripulando la levitación de una pluma pasaba cariciosa por la superficie del cuadrado rosado, dejando manchitas, hoyuelos, girovagancias.

Los tres peldaños que ascendían al portal estaban defendidos por dos beduinos del tamaño de un pie, uno en verde, otro en amarillo, portaban sobre sus espaldas dos afiladas medialunas de bronce. Su destino era que allí se depositase el fango que pudieran traer los zapatos. Pero su destino era ilusorio, por eso estaban tan sonrientes, pues el senderuelo que conducía a la entrada del cuadrado era de piedras pelonas, como se decía en la época de la edificación de esa casa, tan pulidas como guijas que jamás hubieran consentido el *humus* fraccionado. Ahora esos beduinos ofrecían como una *flatterie*[19] del siglo XVIII, regalándole una luna propicia al visitador. Cemí no pudo menos que recordar el deshollinador usado con finalidad detestable por algunas sectas de los estoicos, exhibido en algunos museos de provincia del Adriático[20]. Cemí agradeció el envío de esa precisa pluma reminiscente para oponerla al guiño atolondrado del loro.

En la sala, el centro lo ocupaba un espejo veneciano

---

fruto, malanga, es comestible y constituye una de las llamas viandas cubanas. Ver nota 6 del cap. III.

[19] *Flaterie:* galicismo, galantería cortesana.

[20] Picardía obscena típica del autor.

con marco dorado tan ornamentado que hacía pensar en el baldaquino toledano de Narciso Tomé[21]. El espejo, frente a la puerta de entrada, reproducía en tamaño natural las figuras que ascendían por el senderuelo que conducía a la casa, ofreciendo la visión de una lámina metálica que gemía como una veleta. Recogía una tortuga, apuntaba una cesta de mameyes y papayos, rectificaba incesantemente a una perdiz saltando los granos de maíz. Al abrirse la puerta, el espejo destrenzaba colores más que figuras, rojos, amarillos, verdes, en sus aguas inmóviles aparecía una instantánea naturaleza muerta. Sin embargo, el estilo no se apoyaba en lo muerto. No era el endurecimiento en un estilo, el espejo tragaba diversidad y se iba haciendo un hilo que recorría toda la casa. El hilo atravesaba conchas gaditanas, pájaros disecados, gallinas de loza escocesa, pero al final se movilizaba para recibir la apagada sonoridad de los pasos de Ynaca Eco. Sus pasos rápidos convertían aquellos objetos en agazapados animales coléricos, enfurecidos por la espera, sentados en un taburete circense. Alguien, un alguien que era la atmósfera de toda la casa, los había hecho replegarse y esperaban confiados las sucesivas máscaras de los desfiles en el tiempo. Eran, bien el sobreviviente de un paseo por una playa bética, la amistad del naturalista Gundlach[22] con uno de sus ancestros o la respuesta a la obsequiosidad criolla de un almirante inglés que había pasado días en la casa, pero todo como traído por los

---

[21] *Narciso Tomé:* escultor español (siglo XVIII), autor del Transparente de la Catedral de Toledo.

[22] *Juan Cristóbal Gundlach:* naturalista alemán (1810-1896), nació en Marburgo y murió en La Habana ciudad en la que residió y trabajó por largos años pues había asumido a Cuba, a partir de 1839, como su segunda patria, sus colecciones permanecen en el país. Independientemente de su prestigio como científico llamaba la atención la actitud de este hombre respecto a todo lo que no fuera su actividad investigadora; solterón empedernido, no se le conocieron aventuras eróticas, ni afición a las bebidas alcohólicas ni al tabaco. Se le conocía como paradigma de la templanza.

Casa de Ynaca Eco

espumarajos del espejo central cortando las imágenes. La
casa tenía algo de mastaba egipcia con secretas galerías
para los gnomos bailando en una mina de diamantes.
Algo de catacumba donde conversan los plateros de
Bagdad. La muerte como una higuera en la extensión sin
término y la luz llegando y preguntando por la agonía
del delfín sin regreso. La luz encristalada en una urna y
la muerte saltando como un clown en el espejo. La casa
era un malentendido donde se coincidía en una cita,
aunque todos llegaban fuera de hora. Cemí tuvo la
sensación de haber pasado por un subterráneo del Castillo de la Fuerza a la casa de Ynaca Eco, pero todo había
transcurrido en el espejo de la mañana, o mejor en la
mañana del espejo.

La casa parecía las ruinas del cafetal de Angerona[23]
reconstruidas. En sus jardines, detrás de la casa, la
silenciosa diosa romana del silencio, con el dedo índice
de la mano derecha cruzándose los labios. Hoy la mano y
su índice que apuntaban la cantidad de silencio que debía
rodear la casa, están mutilados. Sólo conserva la mano
con la que se cruzaba la túnica. Allí no se exigía el
silencio que acompañaría al cansancio de las fiestas dan-
zarias, sino al silencio de sus moradores. Por ese cafetal,
situado cerca de otro llamado La Sibila, cerca a su vez de
otro, La Simpatía, habían desfilado dueños alemanes,
belgas, colombianos, que eran músicos, jardineros, eclesiásticos, poetas, elfos, locos, fantasmas errantes que se
deslizaban desde las plantas amorosas hasta la prisión de
la torre. El maíz desgranado se mezclaba con collares de

---

[23] *Angerona:* Ver prólogo, nota 15. Este antiguo cafetal, ya en ruinas,
constituye un escenario ideal para la casa de Ynaca Eco Licario con su
ecléctica acumulación de elementos diversos que se integran en la parafer-
nalia del neoclasicismo personalísimo que conduce al barroco criollo.
Debe su nombre a Angerono, diosa del silencio entre los antiguos
romanos. Protectora de Roma. Su representación muestra el dedo índice
junto a la boca para denotar silencio y misterio. Ha sido reconstruido en la
actualidad como patrimonio nacional.

299

vidrio; el paño de pinta insolente con el café en su cáscara, el tejido de sombrero con el cristal del azúcar, el molino de viento con sepulcros profanados. Allí la locura era una asimilable costumbre, la excentricidad exquisita y conversacional, lo irreal invisible tocaba la puerta y lo visible se recostaba en una fuente submarina. Sus moradores estaban inmunizados contra la viruela. En esas tierras el descendiente de un titán alemán se había casado con la más delicada hija de Luisa Pérez de Zambrana, se llamaba Angélica. Todos habían muerto enloquecidos, mostrando en sus dedos sin sangre la ceniza de la flor del café.

Pero en esas tierras su final había llegado de la manera más condigna, como una hogareña cantata de Bach que terminase en un *requiem* mozartiano. Lo solemne, sin querer serlo, se remansaba en un final donde el andantino imponía sus compases gráciles y agriados a la inconmovible dignidad de la muerte. Sus ruinas mostraban el pórtico columnario, las estatuas volcadas en los matojos, las verjas devoradas por la húmeda brisa salitrera, los murciélagos fumando plácidamente en el torreón, los nombres de las tumbas astillados por patadas de los caballos. El tiempo, cierto que con un *vivace* más que con un *maestoso,* había hecho su digestión sin el agravio tropical de la fermentación. Por la noche seguía evaporando en la imagen, por el día el sol seguía masticando las yerbas y las piedras. Esas ruinas se reavivaban al esbozar la posibilidad de una segunda muerte.

La casa de Ynaca Eco tendría que sufrir el frío inexorable de un destino abrasante. Como una pesadilla sin reserva de apoyo, al despertar no se encontraría con las mutilaciones ni con las lagartijas confundidas con el jaramago de las grietas. Al borrarse el tiempo, en la desaparición de la generación de efímeros que la contemplaron, o fluir en la llanura sin resistencia de piedras o de árboles, la casa no podría ser reconstruida por la reminiscencia sino tendría como una nueva arca de la alianza que ser trasladada de nuevo de las aguas al monte Ararat[24] para ser alcanzada por la imagen corriendo como un jabalí por la llanura de nieve, seguido de perros que llevarán en la boca los troncos de la nueva edificación. La reminiscencia remplazada por la imagen favorecía una coordenada de coincidencias que reproducía la idéntica población en el mismo espacio. Al desaparecer la reminiscencia de la casa sobre la tierra, tenía que descender la imagen de la misma casa del cielo a la tierra, pues solamente evapora la reminiscencia cuando la imagen gravita hacia el espejo central de la tierra. El hecho de que la imagen tuviera que reconstruir la casa, nos llevaba al convencimiento de que sólo la imagen la había destruido, pues jamás sus moradores habían pensado en cumplirse por la sucesión en la sangre o en el espíritu. Al no actuar la reminiscencia espermática en la naturaleza, no podían resurgir por la imagen en la sobrenaturaleza. La casa fue destruida alegándose la polémica necesidad de un parque infantil en aquella zona casi rural, que desde luego nunca fue construido[25]. Este es el relato, más bien un silencioso y secreto cantar de gesta, de cómo Ynaca Eco Licario sobrevivió a la destrucción de la casa.

La sucesión posible, nonatos coros de niños danzando en parques que no se han construido, han venido a remplazar lo que eran ruinas en otras edificaciones palacianas[26]. Una casa como un caracol en un fondo rocoso y batido por las corrientes submarinas. Una casa que no dependía de su círculo o cuadrado en el espacio, sino del tiempo de sus moradores, por el estilo de su marcha, de su mirada, por el eco o la desaparición de la voz. Un tiempo creando en la extensión inexorable y desértica.

---

[24] *Monte Ararat:* lugar donde se supone se asentó el arca bíblica de Noé. Montaña de Anatolia, Asia Menor.

[25] Ironía lezamiana que fustiga la costumbre de destruir monumentos y construcciones de valor histórico, arquitectónico y cultural, so pretexto de edificar obras de utilidad más inmediata que finalmente no se realizan.

[26] *Palacianas:* adjetivación referida a palacios: palaciegas.

Why, if they're talking about a house torn down, are they still in this house?

Una partogénesis de la extensión que cruje y se fragmenta y se enlaza de nuevo. Al romperse las murallas, al deshacerse la casa en el polvo, la voz se expandía, la marcha hacía visible su destino, los gestos volvían a ser acompañados por las órdenes o las súplicas. El continuo que había fluido en el tiempo, al perder su envoltura, su casa alcanzaba su atropía[27] como si el espacio hubiera sido tan sólo un paréntesis, una imantación del tiempo entre dos polaridades. En ese campo la aguja había sido tan sólo remplazada por el continuo temporal. La casa, como el cuerpo, tenía también su imantación temporal donde se alojaba la semilla de la imagen. En el espacio vacío pone sus huevos la imagen, cuyo líquido amniótico viene siendo el fragmento del continuo temporal, que se totaliza por el aglutinante de los poros de imantación. El aquí y el ahora se han transformado en la plomada del nuevo muro, después que al muro se le tragó la invasión de las aguas o la desazón temblorosa de la tierra.

Ynaca Eco y Cemí se adelantaron hacia el patio. El cuadrado del patio enmarcaba lo estelar sin lo que hubiese sido la presencia ofensiva de las nubes. Así como los vistadores penetraban por el espejo de la sala, la casa parecía mirarse en el espejo estelar ¿sería tal vez el círculo de encina sobre el cuadrado de metal? Las sillas y mesas de hierro de un azul muy oscuro anegaban la luz incisiva, buscando como un can del mediodía. —Hace demasiado sol y nos cansaremos al hablar —dijo Ynaca Eco—, recuerde lo que decía el Greco: el sol me rompe la idea. Aquí es mejor sentarse por la tarde, cuando va entrando la noche y el patio es como un acuario, pensamos como si nadáramos, cada idea es un pececillo.

Ynaca dibujó en sus labios la graciosa ingenuidad de esa frase.

---

[27] *Atropía:* parece venir de atropos, que, en un caso, es el nombre de una de las tres Parcas, aquella que corta el hilo de la vida de los mortales, y en otro señala la propiedad de no cambiar, la inflexibilidad, la permanencia estable.

Por una escalerilla subieron a la biblioteca, donde la luz parecía favorecer la destreza y los secretos de la conversación. La diosa Hera sostenía una urna para las cenizas de los placeres de la inteligencia. Los finales de frase cobraban la aparente dignidad de la ceniza de los cigarros cayendo en la urna, pero esa ceniza parecía reanimarse con la llegada de la luz. Nos hacía recordar que los placeres de la inteligencia era una expresión de Le Notre[28] y el *Arte de la tierra* un libro de Palissy[29]. Las paredes con grabados coloreados de los diversos cuadrados florales de Versalles, nos hacían pensar, lo mismo que si viéramos un Kandinsky, una bahía japonesa o una vega de tabaco pinareña, como el vómito de un niño que ha saboreado una pulpa de mango nos hace descubrir la hecatombe de un avión o la cólera de un samurai. Toda la *hybris*[30] se había unificado en la luz, en la

---

[28] *Andrés Le Notre:* arquitecto francés (1613-1700), creador del estilo francés de jardinería. Autor de los parques de Versalles, Chantilly y Vaux-le-Vicomte.

[29] *Bernardo de Palissy:* alfarero, escritor y erudito francés (¿1510-1589?), uno de los creadores de la cerámica en Francia.

[30] *Hybris:* para los antiguos griegos el concepto de Hybris o Adikia desiguala el Orgullo o la Injusticia y su consecuencia tenía que ser muerte. Es un pecado que puede identificarse con la soberbia del cristianismo. No tiene solución, no puede ser redimido ni siquiera por la sangre de Cristo. *Hybris* es una ruptura de las normas establecidas para la conducta en relación con la ética de los dioses. Transgresión. Situación límite a la manera heideggeriana. Exceso. Desvergüenza. Afán desmedido que rompe el equilibrio entre las tinieblas y la luz. Según la tradición griega era una ceguera enviada por los dioses para precipitar la ruina de los humanos. La *hybris* ofende y ha de ser castigada. Considerado así, el concepto parece referirse al estado ruinoso del cafetal Angerona, quizá como consecuencia de la soberbia de sus moradores, pero, independientemente de la insistencia en el uso del comparativo *como,* para establecer la predilección lezamiana por las comparaciones, hay una referencia reiterada de la luz, tal si ésta hubiera triunfado de las tinieblas, de la sombra. Y se desliza otra posible acepción, la *hybris* como hibridación, mezcla, producto nuevo de elementos disímiles. Gusto y regusto de Lezama Lima por las palabras con resonancia y reminiscencias clásicas a las cuales imprime un giro semántico propio y polivalente. Luego de redactadas estas notas, en el momento de corrección de pruebas, descubro en una carta, inédita hasta entonces, de Lezama o Carlos Meneses, lo siguiente:

luz pensada, tragada o vomitada por el pensamiento. Toda la cultura fluía como una comparsa en un Día de Reyes[31], dirigida por un farol y un perro. Allí estaban las excepciones morfológicas de Licario, lo infuso revelado por Ynaca Eco y Cemí con sus imágenes.

Todos los objetos de la casa parecían imantados y digeridos por el continuo temporal que la recorría. Guardaban como una heredada amistad con sus moradores, aun los más recientes objetos pendían como frutos de un árbol genealógico. Nada parecía reclamar su arrogancia de fragmento, todo se sucedía y apoyaba como las láminas de una botella de Leyden. Los platos de cerámica árabe, los cupidillos vieneses del rococó, las genesiacas divinidades eritreas, los aparatos para proyectar microfilms, los abaniquillos de las criollas de los grabadores habaneros, el paraguas puesto a secar en el patio, el joven mestizo uniformado que con pasos de danza traía la bandejilla con el café, no se retardaban en el tiempo ni se agazapaban en el espacio, formaban la cabalgata visible del continuo temporal. Un zumbido, un río, la instantaneidad de los movimientos de los brazos. El tiempo indivisible recorrido por el movimiento de los cuerpos, con la fatalidad de una paradojal caída horizontal... Secreta gravitación, no del Ícaro que cae, sino del peregrino inmóvil en el espacio eleático.

Pero ese espacio incesantemente subdividido era recorrido en su totalidad por la parábola viajera de sus

---

«1.º Creo que cometemos un error, usar viejas calificaciones para nuevas formas de expresión. La *hybris,* lo híbrido me parece la actual manifestación del lenguaje. Pero todas las literaturas son un poco híbridas, España, por ejemplo, ¿quema? como siete civilizaciones».

[31] Se refiere a la tradición carnavalesca que parte de la época colonial, cuando el día de Reyes los esclavos, disfrazados, principalmente de diablitos o *iremes,* en su única oportunidad de limitada libertad, salían a las calles a bailar y cantar integrando comparsas. La del farol persistió y dio lugar a un poema de la etapa negra de Emilio Ballagas (1908-1954), *Comparsa habanera,* que comienza invocando: *La comparsa del farol/(bamba uenibamba bó)...* para llevarnos hasta casi el final donde aparecen los perros: *... Encrespan los perros/sombríos ladridos...*

moradores. Licario e Ynaca habían sido incesantes viajeros con incesantes regresos a la insularidad. Viajaban y abrían sus maletas como una lluvia fecundante sobre la casa. Tenían que regresar para vencer la dispersión, cuando en sus viajes sentían que un brazo les pesaba con exceso como queriendo seguir una individual aventura, sentían la necesidad de regresar para umbilicarse de nuevo, para encontrar la totalidad de la salud. Licario, le susurró un día Ynaca, decía que viajaba para enfermarse, pero que regresaba para salvarse, para aumentar la posibilidad de conocerlo a usted, para poder vivir en la imagen. Cemí pensó que Ynaca le había dicho esa frase para halagarlo, pero era en realidad una de las pocas veces que un halago es el esclarecimiento de un destino.

—Me gustaría que tironeásemos la primera expresión que le oí cuando nos encontramos en el puente del Castillo de la Fuerza —comenzó diciendo Cemí—: yo lo hubiera encontrado si no se interpusieran las piedras. Podía quedar en su simple potencia oracular, como dicha por un babalao reglano[32] o por una pitia délfica, pero yo preferiría para excepcionar la mañana que me regalase un secreto más que ocultase un misterio, pues hablar es después de todo un misterio que se convierte en un secreto que se comparte, aunque es innegable que cuando un secreto está, yo diría, bien conversado, vuelve a ser un misterio. Ahora en la cuerda de la conversación es necesario que los dos nos pasemos el paraguas que se está secando en el patio.

Cemí prefirió ese final socarrón para no darle a su invitación una solemnidad excesiva, mediúmnica o profética.

De inmediato Ynaca recogió el guante, agitando como

---

[32] *Babalao reglano:* sacerdote de la villa de Regla, puerto de La Habana, consagrado al culto de Ifá —divinidad de la religión sincrética consecuencia de fusiones entre creencias españolas y africanas. En lengua yoruba este término significa padre, es decir la misma forma con la que son denominados los curas católicos. Ver prólogo.

una vestal de Cagliostro[33] la lámina de agua magnetizada.

—Usted hablaba de un secreto, pero yo también desearía que nos paralelizáramos, sin miedo a disfrutarlo, pues coincidiríamos en el espacio curvo, es decir, que debemos dedicar la mañana a los secretos paralelos. Usted me dirá el suyo, yo sé por Licario que lo tiene.

La expresión espacio curvo aminoró su pesantez al entreabrirse sus hoyuelos como las mejillas de una muchacha japonesa que hubiera pasado en tren por Yoshiwara. La expresión *paraguas abierto* usada por Cemí se paralelizó con la expresión *espacio curvo,* como una reverencia, un gracioso gesto de aceptar la invitación de un rigodón. Al rebajar Cemí la solemnidad, Ynaca añadió la gracia. El continuo temporal comenzaba por hacer indistintos el paraguas bailando en la cuerda floja y media mejilla japonesa asomando en el espejo central de la sala.

—Cuando yo era muy niña —comenzó a decir Ynaca sin la menor vacilación—, veía a una persona caminar, después precisaba que ya no la veía con los ojos, pero la seguía viendo en su marcha, aunque fuera excesiva la extensión que recorría. Pude observar que mi visión se detenía si esa persona abandonaba lo que yo llamaría el espacio abierto para penetrar en su casa, o un objeto cualquiera, un árbol, una pared, una densidad mayor que refractase la potencia de penetración de mi pensamiento, se interponía. Si Licario, por ejemplo, iba o regresaba del trabajo lo podía seguir mirando en cada uno de los puntos que recorría, pero la visión se me hacía más difícil si tripulaba un ómnibus muy lleno, sobre todo cuando lo rodeaban pasajeros de mayor estatura, o cuando comenzaba a trabajar en la oficina, rodeado de paredes, pero cuando para descansar se paseaba por el balcón lo volvía

---

[33] *Cagliostro,* Alejandro, José Bálsamo, conde de: aventurero, farsante, médico y alquimista italiano (1743-1795). Miembro de la masonería y fanático del ocultismo. Tuvo mucho éxito en la corte de Luis XVI. Comprometido en el caso Collier, abandonó Francia exiliado.

a ver, para borrárseme de nuevo al regresar a su mesa de trabajo. Un día en su oficina conmemorándose un año más de su nacimiento, permaneció con algunos amigos que querían agasajarlo más allá de las horas de faena, embriagándose con discreción. Como me encontraba paseando cerca de la oficina, sentí deseos de irlo a buscar para comer juntos en su cumpleaños. Estaba indecisa, cuando salió al balcón y pude precisarlo sudoroso, vacilante, como en inconexo silabeo con su sombra, me apresuré en llegar hasta el balcón y sentir la alegría de verlo, fue la única vez que lo vi así en su vida, con una embriaguez que lo sorprendía. Lo vi alegrarse cuando me vio llegar tan apresurada, me elogió la oportunidad de esa visita y me dijo, con no disimulada sorpresa de mi parte, que estaba tan alegre que había sentido el deseo de lanzarse por el balcón y que mi llegada desviaba esa alegría a un cauce menos asombroso y pintoresco.

Entonces me vi obligada a explicarme, pues sabía que no le gustaba que nadie de la familia lo fuera a buscar a su trabajo. El día de su muerte yo sentía como una misión que me obsesionaba, el deseo de entregarle el soneto que había escrito para usted. Él pensaba que era necesario e imprescindible, como una fatalidad a la que hay que ofrecerle con astucia nuestro mejor costado, que nos conociéramos. El soneto, al ser entregado, era como una respuesta que él nos daba después de muerto, ponía mi mano en la suya. Estando a mi lado muerto, como él me hablaba con reiterada frecuencia de usted, con obsesión mientras duró su enfermedad, aunque me dijo que no le avisara, pues prefería que lo que tenía que suceder se verificase después de su muerte, pude precisarlo cuando se acercaba, sin saber la muerte de Licario, a la funeraria. Lo vi mientras venía caminando, me atemoricé al verlo doblar por la calle del tiovivo, lo perdí de nuevo cuando entró por el túnel, reapareció por la terraza, se me borró, lo veo caminando por la calle de nuevo, desaparece cuando sube por el elevador. De pronto, está delante de mí recibiendo el soneto. Como esta mañana, otra vez de pronto, nos encontramos en el puente levadizo del Castillo de la Fuerza. Si llega a atravesar el puente, si penetra de nuevo en el Castillo, se me pierde de la visión y tengo que seguir esperando y cada espera, aunque sea de un día para otro, puede ser un bostezo en la eternidad.

Licario me ayudaba a salir de la confusión de ese extraño regalo, de esa visión hecha como de miradas que se sumaban, crecían y desaparecían al surgir una interposición, una resistencia a la penetración de la mirada. Observaba también que me era agradable mirar el sol, aunque me producía escozor, irritaciones conjuntivas, lágrimas. Yo había leído que algunos fakires de la India se quedan ciegos por la prolongada contemplación solar. Me atemorizaba y me alegraba, la posibilidad de la ceguera era compensada por la irritada desazón de las lágrimas. Se lo dije a Licario y él me fue aclarando, alejándome de la ceguera y del impremeditado don de las lágrimas. —Estamos adelantándonos al ajedrez del futuro, yo tengo que dar una respuesta inmediata a la jugada que todavía no has hecho. Es lo único que vale la pena en la relación de las personas, pero esa partida tiene que tener un espectador que participa, José Cemí nos trae el doble de la imago, fue una de las últimas cosas que me dijo. —Ahora —continuó Ynaca—, con la muerte de Licario, su labor, Cemí, es mucho más difícil, pues tiene que jugar con las blancas y con las negras un juego que no se pudo empezar, pero que usted tiene que llevar a su término.

Ynaca hizo una pausa como si quisiera favorecer la entrada conversable de Cemí, que, por el contrario, espesó su silencio.

—Prefiero oírla, seguir viendo cómo su tijera corta la tela —dijo al fin—. Me hace recordar que hace mucho tiempo, mi madre me relataba que, en una ocasión, cuando tenía doce años, su padre le había preguntado cómo se hacía el tejido llamado alfajol[34]. Eran los días de la emigración y su escarchado. Mi madre le respondió: A little tuck (una alforcita) and a little embroidery (y un bordadito). Acompañaba la frase con un gesto como si bordara en el aire. Era una pausa que no interrumpía la prolongación de la tela. Procuraré, sin interrumpirla, añadir como un eco, con la avidez expectante de la oreja tensa del gamo.

—Pues volvamos al *ricorsi* —siguió Ynaca Eco—. Entonces me fue haciendo leer a Santa Teresa y a San Juan de la Cruz, pero recuerdo que me dijo que la *Guía en lo espiritual,* de Molinos[35], debía ser mi manual de cocina. Yo le llamaba a esa contemplación solar, la turbación provocada, expresión que, desde luego, es molinismo puro. «Si la tentación no le refrenara, sin remedio se perdería», pues el Señor, el Magnánimo, el Dador, permite por momentos la perversión, pensamientos contra la fe, horribles tentaciones, gula, lujuria, maldición y rabia, «para que nos conozcamos y humillemos» (*Guía en lo espiritual,* Miguel de Molinos, cap. IX). Después que esa turbación me hacía llorar, Licario me llevaba a un cuarto en sombras, donde la turbación se iba trocando en la visión, pues me iban quedando delante de los ojos unas manos, o un botón luminoso, el rebrillo de una lanza, ojos remedando la ignición solar. Al paso del tiempo, ejercitándome bajo la dirección de Licario en la turbación y en el punto luminoso, con dejar una luz encendida en el cuarto mientras dormía, podía en el

---

[34] *Alfajol:* posible grafía errónea por alfajor. Pero no se ha encontrado ninguna acepción que indique tejido, aunque es obvio, tal como lo describe el autor, que se trata de una tecla bordada y con alforcitas. Alfajor es un dulce americano sobre cuyos ingredientes los diferentes autores no se ponen de acuerdo.

[35] *Miguel de Molinos:* heterodoxo español (1628-1696), iluminista, fundador del quietismo. Preconizaba el total abandono a la gracia y la irrelevancia moral de toda obra realizada. Encarcelado en 1685, abjuró en 1687 y renunció a su defensa.

sueño seguir la marcha de las personas, la irregularidad de las poblaciones como móviles en la extensión.

Cemí hizo un gesto en el aire que recordaba el relato del tejido de su madre. Ynaca lo interpretó como la pausa que sin estar en la partitura se deja al arbitrio de los músicos.

—En el momento en que usted habla de la reducción de la turbación a punto luminoso, creo que podemos empezar con el paralelismo que me pedía en esta primera conversación, pero ese paralelismo tiene que ser un poco irregular, asimétrico, como se ha descubierto en los últimos tiempos en las estatuas griegas, por los helenistas que reaccionaban furiosamente contra el sopor del *metrón griego*.

—Entramos, pudiéramos decir —continúo Cemí—, con el mismo paso de danza, pues lo que usted llama la turbación, para mí es lo increado creador, Dios que nos da las dos dimensiones, lo increado, la futuridad, y lo creado que es el pasado, la instantaneidad coincidente de lo increado y de lo creado es lo que llamamos presente. Lo increado creador actúa como turbación, cerramos los ojos y ya están volando los puntos de la imago. La suma de esos puntos forma el espacio imago y lo convierte en un continuo temporal. Observe que ese proceso no es más que lo increado futuridad buscando la instantaneidad presente.

Después aparecerá el movimiento actuando en el continuo temporal. El movimiento suma los puntos imagos, los circuliza y rota y los somete a la polaridad. Esta a su vez engendra la linealidad y la fuerza de atracción. Esa linealidad y fuerza de atracción unidos a la polaridad, es el paso previo para lograr el continuo temporal.

Al lograrse ese continuo temporal, las dos dimensiones del tiempo, pasado y futuro, desaparecen. La linealidad y la fuerza de atracción buscan la línea divisoria entre lo increado y lo configurado, o lo que es lo mismo, los puntos de la imago al actuar en el continuo temporal borran las diferencias del *aquí y ahora,* del *antes* creado y del *después* increado.

Lo que ahora le voy a decir tiene algún contacto con sus experiencias, pues usted ve caminar y la imago cabalga también en el continuo temporal. La infinita posibilidad cohesiva de la metáfora que usted la ve como *res,* como cosa, yo la observo como posibilidad cohesiva que al actuar en el continuo temporal se trueca en la posibilidad de la imago como cuerpo en el espacio. La imagen dura en el tiempo y resiste en el espacio.

El hombre participa por la imagen, al igual que por la caridad, de la futuridad increada del demiurgo, pero la imagen es concupiscible, pues tiene que fundamentarse en lo creado para llegar a lo increado creador. Nuestro cuerpo es como una metáfora, con una posible polarización en la infinitud, que penetra en lo estelar como imago. Caminar en el espacio imago es el continuo temporal. Seguir ese continuo temporal engendrado por la marcha, es convertir lo increado en el *después,* la extensión progresiva fijando una cantidad novelable.

—Ya estamos en la novela, *pour la mère de Dieu,* no andemos tan de prisa —interrumpió Ynaca—. Volvamos al cuarto oscuro y a los errantes puntos luminosos que lo recorren. Recuerdo ahora que Della Porta, el creador de la cámara oscura, tiene un precioso tratadito sobre la destilación —Cemí observó la recta interpretación de las pausas y el adecuado y natural traspaso de la conversación, al principio pensó que sería imposible evitar cierta disimulada violencia al pasar la conversación del uno al otro. No se interrumpían, ambos se proseguían. Las turbaciones coincidían, los puntos imagos concurrían, furiosa imantación de la línea del horizonte.

Durante años seguí acariciando el libro que me regaló Licario. Molinos hablaba del silencio como en nuestra época se habla del vacío o de la nada. Hablaba del silencio verbal, el de deseos y el de pensar, para lograr lo que los alumbrados españoles[36] de la época de la monja Encarnación de la Cruz, llamaban el dejamiento. Por el silencio de palabras se obtiene la virtud, es decir, la fortaleza. En el silencio de los deseos se nos regala la quietud. En el silencio del pensamiento alcanzamos el total recogimiento. Comenzamos a ver, marchamos y vemos las huellas y la progresión de la marcha. Es el silencio del homenaje y parece que alguien, digamos Dios, nos comienza a hablar. Es el silencio que rodea los cuerpos cuando comienza el amor. La Magdalena no habla, «y el mismo Señor, enamorado de su amor perfecto, se hizo su cronista» (*Guía en lo espiritual,* Molinos, cap. XVII). Para la obediencia a ese silencio, Molinos requiere a San Buenaventura que le aconseje que sea voluntaria, *sin contradicción;* simple, *sin examen;* perseverante, *sin pausa;* ordenada, *sin desvío;* gustosa, *sin turbación,* y universal, *sin excepción.* Para conseguir ese silencio previo, esa dejación, sin tiempo ni espacio, aconsejaban los padres fundadores los más inopinados tejidos de hora. A unos les dicen que planten lechugas por las hojas, que dispersen el agua sobre troncos secos o que cosan y descosan el propio hábito. Así van surgiendo las que llama centellitas del espíritu, «las cuales aborrecen como la muerte las formas y especies». En esa distancia entre el silencio y la centellita, comienzo a ver a un hombre que camina, que se me pierde, lo retomo. Pero nunca puedo saber si dentro del silencio el

---

[36] *Alumbrados españoles:* ciertos seguidores de una corriente mística que preconizaba la unión directa del alma con Dios; esta secta nació en España (fines del siglo XVI) y llegó a cobrar gran auge, pues se creían bajo la dirección inmediata del Espíritu Santo. Fueron perseguidos por la Inquisición. La actitud recibe también el nombre de dejamiento —ver el poema *Dejos de Oppiano Licario*— y a veces se la considera una «herejía fantasma» con antecedentes en los movimientos europeos de begardos y estrecha relación con la reforma protestante y el erasmismo. Entronca con las corrientes de la *devotio moderna* y presenta analogías con el movimiento franciscano de *recogimiento*. Las aberraciones de Llerena son innegables, pues hay pruebas fehacientes de que se entregaron a sorprendentes orgías lascivas.

que marcha me habla, o se interrumpe mi silencio y cesa el desfile. Puedo seguir esa marcha, pero a veces lo que yo percibo como abismo, y Pascal creía que todo hombre lo llevaba a su lado, se lo traga. Puedo decir que esa visión, pues el abismo acompañante lo que hace es reproducir la primera turbación de la contemplación solar, consiste tanto en ver como en no ver. Nunca podré saber si tengo el don de la visión, pues sólo veo lo que se prosigue y me obnubila lo que me interrumpe.

—Me voy a aprovechar de su última afirmación para interrumpirla —le dijo Cemí—. En esa dimensión la imago viene para completar esa *media visión,* pues si no existiese lo posible de la visibilidad de lo increado, no podría existir la cantidad novelable y este diálogo entre usted y yo sería imposible. El simple existir se nutre de la cantidad novelable, cuando ésta se circuliza, es decir, cuando se equilibra en la hipolaridad del círculo, desaparecemos. Es la única justificación de la muerte, cuando los agrupamientos cohesivos de la metáfora no funcionan como *incipit*[37] en el espacio imaginario, regido por el cuerpo en marcha de la cantidad novelable, se engendra la *putrefactio* de la muerte, la bipolaridad impide el movimiento, lo que se prosigue no irrumpe en lo que interrumpe. El continuo temporal de la imago es lo único que puede prevalecer sobre lo que nos interrumpe.

—Buena señal para que me interponga, una vez más el nombre creando la realidad, aunque yo no intento prevalecer, por lo menos por ahora, siguió Ynaca la conversación... No es una amenaza, pero detesto toda hipocresía preliminar, pues aunque Licario quiso siempre que mi sentido de la visión no pasase de un juego de salón, ahora comprendo por la cercanía de usted, que nosotros dos aliados en el reino de la imagen seríamos la nitroglicerina de las transmutaciones, algo así como el descubrimiento de las cadenas nucleares del mundo eidé-

---

[37] *Incipit:* toma la palabra, empieza.

tico, haciendo de nuestros pensamientos homúnculos jugadores. Voy a seguir aclarándome, para que sus jugadores sean más sutiles, para que no sean sorprendidos por lo que son simples variaciones. Observe que los dos últimos ritmos de progresión verbal son interrupciones. Lo que interrumpe las ideas, como una *fuga per canon*[38], marcha acompañado por la voz que refuerza, pero como una desdicha que no soporta la tregua, mi visión no está pautada sobre nuestro diálogo, cuando mi visión se interrumpe no oigo que nadie me habla, no lo tengo a usted a mi lado, la imago no viene en mi ayuda. Muerto Licario, el dueño de las excepciones morfológicas, no puedo yo, una inconsciente infusa, aprovecharme de su herencia, si usted no me insufla el aliento de la imagen. Somos la otra trinidad que surge en el ocaso de las religiones.

Licario acostumbraba decir que había siempre quien ve en una puerta una entrada y quien ve en una entrada una puerta. Es decir, quien ve todo lo estelar como salida y quien ve lo estelar como pisapapeles. Con esa graciosa precisión que tenía para reforzar sus afirmaciones más cosmológicas, ejemplificaba que el romano era muy exigente para situar las cosas en su casa, en la ciudad o en el cosmos, así decía *porta,* puerta de la ciudad o de la muralla; *fues,* puerta de la casa, e *iamia,* en general entrada. *Inferni iamia,* puerta del infierno[39]. Él situaba

---

[38] *Fuga per canon:* en terminología musical se llama así a una variedad de fuga particularmente compleja, dentro del contrapunto imitativo, en la que dos o más de sus partes o voces desarrollan un tema musical nuevo, ya sea diferente o igual al de la fuga, por medio de los procedimientos del canon (imitación rigurosa e insistente durante un periodo de tiempo prolongado).

[39] Para éstas y otras imprecisiones lingüísticas de Lezama véase *Anotaciones sobre la erudicción en Lezama Lima.* Horst Rogmann, Coloquio Internacional sobre la obra de José Lezama Lima, *op. cit.,* tomo I, págs. 77-85. Independientemente del criterio del profesor Rogmann no se olvide que estos dislates, casi siempre reprobables, ocurren en el ámbito de lo cotidiano insular, como por ejemplo, la corrupción latina, tal vez incomprensible para un oído cultamente académico, del nombre de una antigua

314

siempre en lo estelar la entrada y la salida. Hablaba de la normalidad de mi visión, pues según él todo caminaba por lo estelar y la tierra lo reproducía. Definía las ideas como el paso de las nubes por el cerebro, decía que la contemplación del relámpago era lo que había enseñado a caminar al hombre. Una de las últimas cosas que le oí fue que el día que se extinguiera el sol o dejase de alumbrar, el hombre sería ciego durante el día y estaría toda la noche soñando, es decir, viendo.

Yo percibía la verdad de lo que él me decía a medida que mi visión se perfeccionaba, pues el móvil, el caminante, se hacía como de puntos luminosos, mientras yo caía como en el sueño. El coágulo evocante que se formaba en mi sueño reproducía el coágulo de requerimiento o llamada, como si oyese una voz que ordenaba que se acudiese a la reunión y todos los puntos se integraban en un cuerpo que yo podía seguir hasta que surgía el infierno, el subterráneo. A veces tenía que golpearme para producir un estado de suspensión y el resplandor del móvil pudiese penetrar en el sueño[40]. Observé que cuando ese estado intercambiable entre mi sueño y el móvil luminoso se verificaba en el crepúsculo, la visión se hacía diabólica, surgían íncubos, suplicaba.

—Nuestra primera conversación ha sido una constante evocación de Licario. No podía ser de otro modo, pues si su vida fue conocer, su muerte no puede ser otra cosa que hacernos conocer —dijo Cemí, creyéndose obligado a intervenir para evitar el suplicio crepuscular de Ynaca, pues su visita entraba ya en el mediodía y había que ir preparando la despedida.

—Por eso la muerte —continuó Cemí—, no puede

---

ciudad, hoy también provincia, de la región central de Cuba: Sancti Spiritus, que, sin embargo, sometido a un examen más minucioso revela un doble genitivo que corresponde a un sustantivo tácito, ciudad, así que sería la ciudad del Espíritu Santo.

[40] Ver en el prólogo en la sección *Esbozo para el Infierno* lo referido a la manera de Ynaca Eco Licario.

existir inasimilada por el hombre, que la incorpora de nuevo como visible increado, com resurrección. En el budismo donde se enfatiza la infinitud del no ser, la visibilidad de lo increado engendra la infinitud de las tansmigraciones, en el catolicismo donde sólo hay una muerte, sólo puede existir una resurrección.

Al participar el tiempo en la eternidad —Cemí se fijó aún más en Ynaca al hacer esa afirmación y sintió como un temblor rapidísimo— es decir, el continuo temporal y lo que viene en su busca, lo creado metáfora, concupiscible, se unifica con lo increado, imagen, estelaridad. Al ingurgitarse el continuo temporal en la instantaneidad del presente, se convierte en espacio, metáfora, creado, pero sólo cuando el cuerpo se integra en ese espacio es cuando surge la imagen. Requiere pues la imagen, continuo temporal, instantaneidad, cuerpo espacio y cuerpo en marcha tiempo.

No es lo mismo el flujo que el continuo temporal. Así se puede hablar del flujo poético de Shakespeare y del continuo temporal de un hombre en marcha. El flujo poético es una cabalgata cuya finalidad ondula y desaparece. El continuo temporal se fija en el tiempo espacio. En el flujo en un instante se suman todos los fragmentos y se describe una parábola cuya final se desconoce. En el flujo la violencia acumulativa de la instantaneidad se apodera de todo el desarrollo y las metamorfosis de la instantaneidad forman un nuevo cuerpo.

De la misma manera que el flujo no es el continuo temporal, la imago no es la imaginación, ésta es, pudiéramos decir, la intención arribada, la imago es un potencial, una fuerza actuante, una superación del espacio y del tiempo. La vieja pregunta aristotélica, que jamás aminorará su enorme enigma interrogante ¿cómo puede ser algo que se compone de lo que no es? La única respuesta posible no está en el tiempo ni en el espacio, sino en la imago. La expresión de Heidegger *salir al encuentro,* sólo puede tener sentido acompañada de otra, *nos vienen a buscar,* la instantaneidad coincidente de ambas expresiones es la imago.

Cemí observó que ya ambos se continuaban sin posibilidad de interrumpirse, de tal manera que cuando Ynaca comenzó de nuevo a hablar, la pausa de Cemí era una concha recipiendaria. La *volupta voluptatis* iba llenando la concha, su rumor era nuestro temblor. Comenzábamos a repasar la piel, la mirada se hacía muy lenta sobre aquella superficie en extremo pulimentada, la mirada parecía reinventar por anticipado la lentitud cariciosa. El bastón de jade de Fou Hi[41] casi indiferenciado con el agua, engendrando la familia del Emperador, se hundía, reaparecía, Grititos, dientes de ratón blanco, se salpicaban de espumas.

—Esa dejación va a cegar, va a reaparecer como contemplación, cuando llega ese momento, dice Santa Teresa, «ha de estar ya despierto el amor». Un santo, muy querido por Teresa, viene también a esclarecer la contemplación, lo que empezamos a ver después del dejamiento, nos dice Pedro de Alcántara[42]: «...debe por entonces cesar aquella piadosa y trabajosa inquisición, y contenta con una simple vista y memoria de Dios (como si lo tuviese presente) gozar de aquel afecto que se le da, ora sea de amor, ora de admiración o de alegría, o cosa semejante». Se nos ha dado —continuó Ynaca—, un imán de la evocación, todos los fragmentos hacia un posible cuerpo nuevo, vemos al homúnculo en su marcha, y como una prueba de su existencia recurva sobre nosotros, nos inflama y al final nos abraza. El imán de la evocación ha remplazado al bastón de ágata de los

---

[41] *Fou-Hi:* parece ser Fo-Hi, hombre santo o «sheng yen» de la mitología china. Organizó el mundo con su hermana Nü Kua, que inventó los ritos matrimoniales. Se le representa con cola de serpiente. Se le atribuye la invención de la escritura. También es el nombre del primer emperador y legislador legendario de China (hacia el 3300 a. C.).

[42] *Pedro de Alcántara:* santo español (Alcántara, 1499-Arenas, 1562), asceta y reformador de la orden franciscana.

Emperadores chinos, desprende la nueva criatura, se subdivide en la eternidad. Por ahora, termino en una cita de Santa Teresa y con la evocación de los reyes sagrados de la cultura china.

—No terminaremos nunca, pues si terminamos invocando a Eros es tan sólo una fiesta de iniciación —intervino de nuevo Cemí—. Su recorrido está ya cumplido, pues ha ido desde la contemplación solar hasta la cópula de los reyes con las semillas y las hojas, cuando el ser interrumpió la muerte y el tiempo interrumpió la eternidad. Hasta llegar a la instantaneidad el tiempo que viene del futuro avanza retrocediendo. El presente que avanza hacia el futuro no tiene sentido, pues ya es pasado, pero el futuro que viene hacia el presente es el continuo temporal que la instantaneidad del presente no interrumpe, pues el tiempo ni aún críticamente puede fraccionarse, ya que la imagen actúa en la eternidad. La creación, la poesía, no tienen que ver ni con el pasado ni con el futuro, creación es eternidad. Por la imago se sustantiviza el mundo óntico, pensado del tiempo. Por la imago el tiempo se convierte en extensión. Presente y pasado son una extensión recorrida por la cantidad novelable. Como la extensión crea el árbol, por la imago el árbol se convierte en casa, en hombre como expresión de la cantidad novelable.

Ya la mañana está ganada. Me he mostrado como siempre, enredado en mis palabras. Sólo puede mostrar fragmentos, resúmenes. Usted, por el contrario, nos ha enseñado sus dones, la fiesta de la heliopatía. Vive en la imagen, para que alcance la dimensión sagrada de la cantidad novelable. Que así sea —Cemí fue alcanzando sus palabras finales con una lenta proclividad irónica—. Casi siempre que hablamos mirando fijamente en una sola dirección, las palabras se ironizan o se alegran en su infancia.

—Sólo me queda cumplir el legado de Licario —dijo Ynaca—. Voy a buscar el cofre donde guardo su obra. No tengo que subrayar que es para usted una responsabi-

318

lidad trágica la custodia de éstos papeles. Si desaparecieran, Licario se convertiría en esas yuxtaposiciones fabulosas que son el fundamento de la tradición oral, pero se moriría de verdad tan pronto nosotros nos fuéramos a oír los diálogos de Proserpina con Ascálafo[43], el chismoso. Es la única obra que dejó: *Súmula, nunca infusa, de excepciones morfológicas.* Me la dio a leer cuando yo era niña y ahora cuando sueño la voy leyendo de nuevo, memorizándola página tras página.

Fue a la pieza vecina, trajo el cofre, lo besó y se lo entregó a Cemí. Las lágrimas en sus ojos cobraron la transparencia del agua que bebe la gallina al despertar.

Ynaca que hasta ese momento se había mostrado muy despaciosa, comenzó a inquietarse, mostrando su audición provocada en una sola dirección. Dijo que su esposo tendría que embarcarse después del almuerzo para un congreso de arquitectos, que debía estar buscándola para despedirse. Era la mejor oportunidad para que lo conociera. Ynaca descendió como bailando por la escalerilla, atravesó de nuevo el cuadrado del patio. El esposo salió por un cuarto lateral. Todos fueron entrando al espejo central de la sala. Ynaca hizo una reverencia y formuló el ritual de la presentación: —Mi esposo, el arquitecto Abatón Awalobit —dijo.

El arquitecto se sonrió: —Tenía muchos deseos de conocer al gran amigo de Licario.

Cemí mostró su alegría final: —En París procure conocer a Ricardo Fronesis. Vale la pena —respondió. Tuvo la sensación de que abrazaba a Fronesis, de pronto, como si los dos hubieran tropezado.

En el estallido final del nombre de Fronesis, decidió la irrupción del nombre de Adalberto Küller. El pestañeo reacción presentante se impuso sobre su contrastante

---

[43] Ver la nota 1 de este mimo capítulo: por la delación de Proserpina, Lezama llama a Ascálafo, en coloquialismo extremo y epíteto un tanto clásico, el chismoso.

acústico. La presencia tuvo de inmediato derivaciones, las sílabas patronímicas cerrazones de tapia. Cemí volvió a pasearse con la tiza deslizándose por las paredes, las maldiciones corales en el centro de la casa de la hondonada, el precoz pintor de cafetines, sus cópulas con apoyos ancestrales (*Paradiso,* cap. III). Los seguimos en el ómnibus con la cabeza rodante de Taurus, en la mercurial solución de las obstinadas negativas de Roxana, después entrelazando espirales frente a la vulva de lona crujida por el centro, risotando la humareda del caricato, haciendo bailar con su flautín el cangrejo de llamas (*Paradiso,* cap. XIII).

Cemí sin conocer a Adalberto Küller sintió que en tres momentos esenciales de su vida, sus ojos lo habían chupado sin posibilidad de olvido. Küller jamás se había fijado en Cemí, como las veces anteriores, la imagen de Cemí había tomado el camino de la higuera en el desierto, lo mismo que cuando era el precoz caricaturista vienés, ahora metamorfoseado en el insignificante esposo de Ynaca Eco, sin penetrar su imagen por su cuerpo, ni con la rapidez del pájaro en el estío, ni con la lentitud de la caída de la hoja en semicírculo en el otoño. La impresión de Cemí por Küller, crecida para derivaciones, pero sin relaciones con la motivación, y la opacidad dejada en Küller por Cemí se igualaban en el vacío de su reconocimiento, pero a través de él Cemí logró un puente en la imago donde se encontraría con Fronesis. Al movilizarse Küller en la extensión, se convirtió en un homúnculo dirigido desde el centro de la urdimbre por Cemí con desconocimiento de ambos. Cuando en los meses siguientes, Küller paseaba en París de noche con Fronesis, Cemí salía a pasear la mañana por los estanquillos de libros viejos.

la imago is often used.

CAPÍTULO VI

Como un inmenso conjuro la ciudad clavaba su ataúd. Por todas partes la madera y los clavos en un martillar que volvía sobre sus pasos, como en un ritual de magia para conjurar a los demonios errantes a horcajadas sobre un viento del noroeste que comenzaba a ulular. Por el noroeste donde casi todas las noches se irisaba, se refinaba cada vez más una brisa suavemente coloreada y apacible, asomaban a intervalos furiosos demonios sin capota y como si quisieran hacer retroceder a los árboles.

Inadvertidos, sólo el incesante martillar que desde la calle se oía como un grave apagado, los cuidados minuciosos que interrumpían el tedio de la diaria continuidad doméstica. Pero el grave del martillo, si no lejano, cortado por la puerta de cada casa, era contrastado por un aleluya, por un ambiente verbenero que como una comparsa avanzaba de cantina a barrio, de barrio a serpiente que iba jadeando y suspirando por toda la ciudad. La serpiente llorosa abrazada con un danzante, sobre el carbón líquido de las cloacas abiertas como surtidores hacia dentro, el dentro de la sangre negra del infierno, sacrificando cabritos negros para unirse con la inapresable serpiente marina que ese día reposaba adormilada sobre los acantilados del Malecón. Su cola con indolencia espumaba sobre el torreón de ojo más abrillantado, como si quisiera regalarle escamas y cascos de botella.

Ese regalo cosquilleaba a los habaneros. En las pocetas del malecón, adolescentes impulsados por el día de excepción, abandonaban sus ropas sin importarles la certeza de su recuperación y lucían su abullonada geometría. Una esbeltez sin provocaciones que era contemplada con avidez disimulada. Un dios irritado, cautelosamente traslaticio y engañador, cuya cólera, al alcanzar su plenitud se hacía dueña de toda la llanura, era recibida con chumba[1], con risotadas, con hollejos volantes, con paga doble en las cantinas. Con risitas y orinadas en todas las esquinas. El comienzo del ciclón venía a sustituir entre nosotros a las antiguas faloroscopias[2] sicilianas. Antes de la llegada del dios irritado se preparaba un gigantesco espejo en semi-luna en cuyo centro oscilaba una llama fálica. Niñas que habían sacado del colegio se apeaban de las máquinas para contemplar en las pocetas la desnudez de los saltimbanquis acuáticos. En los balcones las ancianas venerables precisaban en sus manos temblorosas los anteojos que les acercaban los frutos de la juventud. Los nadadores se pegaban nalgadas que despedían chispas, flotaban silenciosos como si su protuberancia fuera una vela latina. Pero lo más curioso es que ese primer umbral abierto frente al ciclón, grotesco y de una sensualidad helénica, era acatado, transcurrido y paseado en silencio, como si todos estuviesen acordes en aceptar sin aspavientos esa entreabierta franja del paraíso. Lo concupiscible latía en secreto enloquecido, pero ofrecía una forma inalterable en toda su extensión, pero nunca podremos saber si esa incólume contemplación del esplendor de los cuerpos era ese fingido paraíso que se entreabre antes o después del terror o en los avisos de la visita de un dios desconocido[3].

---

[1] *Chumba:* parece denotar guasa, o una variante de chunga que es burla festiva.
[2] *Faloroscopias:* exhibiciones fálicas. Ver Paradiso, cap. VIII, págs. 343, edición citada.
[3] *Dios desconocido* ver prólogo, nota 51.

Cemí se aseguró en un bolsillo de los pantalones la *Súmula, nunca infusa, de excepciones morfológicas.* Tenía el terror, y de inmediato lo sacralizaba, de las cosas que no eran suyas y que le daban a guardar. A pesar del agua llegando lo mismo del cielo que de la tierra, lluvia, ras de mar y ciclón, Cemí no quería desprenderse de los escritos de Licario. La letra era de trazos muy uniformes y parecía ser la primera escritura de una sincronización muy adecuada entre la ideación y los signos. Sólo las sílabas finales de algunas palabras parecían tachadas o esclarecidas, como si la ideación demasiado tumultuosa y apresurada adquiriese una velocidad que salta por encima del dibujo del signo. Era un manuscrito de unas doscientas páginas y en medio del texto, ciñendo las dos partes como una bisagra, aparecía un poema de ocho o nueve páginas. Cemí había intentado comenzar su lectura por la noche, pero una durmición con alas impalpables lo había penetrado con una modulación tan secreta que por la mañana fue reconociendo a su lado en la cama, el texto con su preciosa suma de excepciones. Esbozaba un pequeño cuadrado que se hacía muy visible al abrirse la ventana por la mañana, abstracta superficie que se hacía voluptuosa como si fuera una extendida piel de gato blanco.

Cemí sabía que estos libros secretos, entregados como una custodia, como el *Enchiridión*[4] regalado a Carlomagno, tendían a convertirse en copas volantes, en el Santo Graal o triunfo de lo estelar sobre el tesoro escondido en el infierno subterráneo. Se perdían, reaparecían, se le arrancaban páginas o en las covachuelas se le hacían interpolaciones. El *Enchiridión* tendía a ocultarse como el Libro de la Vida. Eran sagradas donaciones del Padre, del cónclave a los reyes como metáfora, para unir el uno y la dualidad en el absoluto de la metáfora. Era el Libro, el

---

[4] *Enchiridión:* en realidad se trata de un nombre genérico con que se designa un libro manual.

Espejo y la Llave. Era la transmisión de los fundadores, los que habían inaugurado nuevas hogueras en nuevas tierras desconocidas. Muy pocos sabían que existía ese libro. Cemí desconocía quiénes podían haberlo leído o simplemente haber estado cerca de su elaboración. Intuía que por su gestación secreta, con un fanático convencimiento de que no había lectores y de que sí había lectores, por su desenvolvimiento implacable e inexorable, como si con la misma indiferencia se convirtiese en la diaria salmodia de un coro o acompañando a las tortas de carbón ardiese en la estufa de un pescador finlandés, tenía que ser un texto sagrado, Licario lo había segregado de su cuerpo como la sudoración mortal, como esa gota que inadvertidamente cae del ojo y suma la osteína, lo amniótico, la urea y lo salobre y nos trueca en un instante en pez y en ave, como si la incesante contemplación del ojo del pez y del ave, nos llevase a sumergir en las aguas o a flotar en el aire. Como si el gigante de la niebla le hubiera dicho: siéntese en su nariz y el sueño se derrumbase sobre su cuerpo, como la última asonancia o ambivalencia engendrada por apoyarse con su mano en un árbol para orinar y haber echado a andar una nueva serie de resultados no previsibles. Licario estaba convencido que la polarización del cuerpo en el aire era infinita, que cada paso del hombre era un entrecruzamiento de los carretes eléctricos. Por eso, cuando oía a *alguien* hablar solo, pensaba en qué distancia irreconocible se encontraba *alguien* que lo oía en la soledad del desierto. A veces, veía girando incesantemente todos los brazos de los hombres, todas las piernas caminando al unísono, las bocas articulando sonidos que eran como el mugido de los animales, sin organizarse en palabras ni en sentidos. Los titanes, desde Polifemo a los hombres de Karnack, sin desconocer el lenguaje intermedio, preferían los ruidos que los unificaban con la naturaleza, la risa como fuerza cohesiva, lo erúctico como fuerza de dispersión, el bostezo como una hamaca que se extiende entre dos ríos,

en un claro del bosque por donde penetran los halcone-
ros, seguidos de un cortejo sombrío, enrollada cola gris
girando para los erizos, de peones y de infantes con sus
ballestas.

La posición de Licario era en extremo peculiar y
arquetípica. No tenía relación con escritores novedosos y
arriesgados en sus formas, ni con los *dilettanti* periodistas,
ni con los que escriben en las seudo revistas boletines de
los centros oficiales de cultura. No tenía relaciones con
los genios, ni con los muchos genios ni con los genieci-
llos pimpantes. Le parecía imposible que existiese la *clase
intelectual,* pasando ante la taquilla para recoger su boleto
de entrada, olfateando la conciencia de la especie, en el
desfile amaestrado de zorros, cabrones y perros lobos.
Sabemos que había querido conocer al tío Alberto, al
Coronel, y, al fin, había conocido a José Cemí, habiéndole indicado a su hermana que le entregase a Cemí la
Súmula, nunca infusa, de excepciones morfológicas, y esa entrega como muchos libros sagrados, como muchos secretos,
había sido acompañada de excepciones en la naturaleza,
como si en una dual refracción de la luz apareciese la cara
rotativa del ciclón, como una visible calabaza pateada por
un mamuth, símil tolerable si pensamos que el vértice del
ciclón se ha comparado a un ojo en calma y el vórtice a
una oreja infinitamente receptora y moviente. El desplie-
gue de formas de un altar barroco se ha comparado al *ojo
calmo del ciclón.* Un ojo que crece como un embudo cuya
boca recepta todos los retablos de la Navidad y las
escarchadas constelaciones reducidas a mágicos parches
de tarlatana[5]. Un ciclón reducido en ingenua tarlatana
escolar es la primera definición perentoria del barroco
americano. Definición que estará siempre como una nuez
en el relleno del estofado de más amplia perspectiva
ambulatoria y acumulativa. Pero no olvidemos que un

---

[5] *Tarlatana:* tipo de tela de algodón parecida al tul, pero de más cuerpo;
muy usada en trajes de vestuario teatral y disfraces carnavalescos.

hombre con un parche de tarlatana en un ojo se vuelve misterioso como el bufón ahorcado en el Tarot. Tiene algo de filólogo alemán, de ángel incendiario, dueño a medias de un cielo anaranjado, de un intocable disfrazado como para matar a un rey nórdico en un baile. El parche de tarlatana en un ojo, aunque haga reír, hace que se le acerquen con desconfianza los niños y los viejos lo dejan pasar sin hablarle, desprecio que sacraliza de inmediato al presunto tapador del entuerto. Al cojitranco se le huye con estruendo, pero al emparchado se le rehúye y nos aleja con silencio de ovillamiento vespertino.

La situación de Oppiano Licario ante el Eros reminiscente era extrañamente fascinante, pero es muy difícil señalar los elementos formativos de esa secreta reducción. Su compás formativo ofrecía una abertura muy poco frecuente, pues había ofrecido la formación intensiva, la traslativa y la sorpresa por un azar favorable. Había pasado temporadas, no cursos completos, en Oxford, en la Sorbonne, en Heidelberg y en Viena, pero de esos centros culturales había derivado no una disciplina, no tan sólo una disciplina, sino una manera secreta, un *plein air,* algo que en algún momento se llegaba dichosamente a descubrir. No era solamente que poseyera cultura, sino que los que lo rodeaban llegaban a percibir que todo lo que recordaba formaba parte de una melodía que entrelazaba a la persona en su circunstancia secreta. Pero se percibía de inmediato que esas excursiones por las clásicas covachas del saber occidental, no eran el diapasón fundamental de su saber, donde participaban también su sonrisa a veces, otras su adustez, llegar como una aparición y despedirse como la desaparición del ángel anunciador, que dijo una palabra, la que se esperaba y después formaba parte de incógnito en el cortejo de los Reyes Magos.

Cuando los años transcurrieron, Cemí se sentía incomprensiblemente empujado, a recordar a Licario más como un personaje leído en la niñez, que como una persona conocida en la adolescencia. Se le acercaba siempre Licario, muchos años después de muerto, entre los asistentes al banquete que aparece en las primeras páginas del *Angel Pitou,* de Dumas. Entre el matemático Condorcet, el viajero La Perouse, la Du Barry, el viejo maniático Príncipe de Condé, el rey de incógnito en París Gustavo Adolfo de Suecia, y de pronto la aparición del Conde de Cagliostro. Esos personajes desaparecían, pero la abstracción de algunas de sus cualidades o algunas abrillantadas hilachas de sus leyendas, salvo la Du Barry, de la que se salvaban algunas carcajadas, o el Príncipe reumático, del que perduraba el ceremonial de sus secretos escándalos, parecían en la medianoche bailar su aquelarre fantasmal con Licario. Un estoicismo, una sabiduría de fineza geométrica y esotérica, misteriosos viajes, una heráldica tribal, la muerte y su sobrevivencia en la *terra incógnita,* parecían que lo acompañaban todos los días y que avivaban como una yesca su rostro en las moradas subterráneas.

Licario en su trato mantenía una actitud dual que lo favorecía, después que pasaban las primeras nubes llenas de moscas, las ofuscaciones de la animalidad y los juicios fácilmente desarmables. Si hablaba con un golfillo y en esos momentos lo saludaba un embajador, éste pensaba que perdía su tiempo en desbabarse[6], sirte del saber principal, y el mismo golfillo, cuando abría los ojos en el tiempo desmesurado que se le dedicaba, pensaba que se le acercaban en el recuerdo del hijo muerto, en el mejor de los casos, o por el contrario, pensaba que era un viejo que se acercaba con su trampa habitual y él preparaba su ratonera para burlar al quesero. Licario siempre le recordaba a Cemí la frase de Talleyrand: *Il ne faut jamais être pauvre diable*[7], que en este caso se aseguraba por su

---

[6] *Desbabarse:* purgarse, expeler sus babas; hacer que el caracol suelte su baba: esta acepción parece adaptarse mejor a lo lezamiano, pues no hay que olvidar la insistencia de éste en la metáforo del caracol, siempre segregante.

[7] La traducción es: No hay que ser nunca un poble diablo.

reverso, pues Licario causaba la impresión final de un magnífico pobre diablo perdido en una ciudad de incógnito. Un diablo vestido de azul, que llegaba al mesón en el momento de las bofetadas y el primer estallido lo recibe sobre su mejillón[8], pero instantes después todos los parroquianos vuelan por el suelo boqueando, agonizando, rezando. Mientras el que entró pobre diablete sale con su juvenil capa ondeante, cantando una coplilla estudiantil y reluciente la fundilla que cubre su espada con el fósforo de todos los poderes de las tinieblas, quedando como el príncipe para todos aquellos parroquianos que se hundieron tendidos por debajo de las mesas. Licario le había contado que cuando era estudiante en la Sorbona, había hecho una excursión a Florencia para estudiar el Perseo[9], había llegado sin un céntimo. En una de las plazas sintió como un absorto, una detención del tiempo, como cuando dejamos que nuestro corcel descifre la encrucijada y aflojamos las riendas, cerrando los ojos. Se dirigió casi como un sonámbulo a una pastelería, donde fue atendido por una muchacha de clásica y preciosa fineza en el rostro y en todos sus ademanes. Tuvo la sensación de entrar en un refectorio donde San Bernardo leía la Anunciación, rodeado de llamitas y de transparentes paños curvados. La muchacha le trajo un plato de cristal azul rafaelesco, que a veces detestaba, pero que ahora formaba un bodegón delicioso, una torta de vainilla, pastelillos vieneses y un melocotón. Le dio una moneda grande acompañada de pequeñas piezas, diciéndole que con ese dinerillo podía ir pasando los días, pero que siempre presentara la moneda grande, para que su padre no precisara su ayuda, pues si llegaba a

---

[8] Parece haber un juego de palabras con *mejilla* y *mejillón,* que ademas de alguna dudosa referencia al marisco puede señalar una de las nalgas del diablo vestido de azul.

[9] *Perseo:* es obvio que se refiere a la estatua de bronce realizada por Benvenuto Cellini (1553) que se encuentra en la «Loggia della Signoria», también conocida por Lonja de los Lanzi, de Florencia.

darse cuenta de lo que estaba pasando, sería capaz de raparla y echarla de la casa a pesar del invierno que ya comenzaba. Así pasó como un mes, reuniendo a los pastelillos del mediodía los requiebros vespertinos. Uno de esos días Licario recibió su mesada y la llamada, fresca como una valva de ostión, de un cónsul amigo que le rogaba lo acompañase en una excursión. Licario acudió a la cita a esa hora en que ya precisamos en el cielo florentino a la casta Venus, con su rosada alegría y su tintineo. La misma muchacha que le había regalado monedas, pastelillos y melocotones, le dijo como una inxorable Sibila de Cumas[10], sin esperar que Licario volcara su alegría: tengo miedo y no quiero verte más. Licario, que había llegado a Florencia como pobre diablo, se fue como diablo lloroso y achicharrado en sus propias parrillas.

Esa condición de pobre diablo a la postre lo magnificaba, pues el primer rechazo a la defensiva se lo evitaba, sin que él hiciera el menor esfuerzo por ganar o perder.

Partía de que él no le interesaba a nadie, para poder escoger con severa libertad las cosas de que se rodeaba. Del título de su obra, la justificación de su vida fue la búsqueda de esas excepciones morfológicas, él sabía que la fuerza vibratoria, ese vacío y ese refuerzo, el espacio vacío desalojado por la expansión de la fuerza cohesiva, que aflora y nos da la mano, haciendo una pareja, siquiera sea momentánea entre nuestro yo y lo desconocido como excepción, como vacío insuflado de nuevo por esa parte de nuestro yo que se entierra, nos lleva nuestras piernas o se sumerge en el agua, nos borra el rostro con una máscara con infinitas mordidas. Pero a esas piernas enterradas y a ese rostro sumergido era al que Licario le extendía su mano y sentía la tibiedad de quien se justifica

---

10 *Sibila de Cumas:* sibila es término genérico que se aplica a las sacerdotisas encargadas de transmitir los oráculos; entre las latinas la de Cumas es la más célebre.

en la gracia. Impasiblemente le fue otorgado el don de contemplar el rostro de lo desterrado y sumergido. El rostra era para él el signo de lo que había vivido, que ofrecía sus piernas enterradas, y de lo que iba a vivir, que ofrecía su rostro sumergido. Licario sabía que no había secretos, pero sabía también que había que buscar esos secretos. Sabía que no se podía ir más allá de la conciencia palpatoria de los ciegos, pero daba un paso... y el arco de la superficie de la ballena estaba bajo sus pies.

Licario habitaba o completaba alguna de las metáforas, en las *Iluminaciones,* haciéndolo como el complementario novelable de las alusiones, mordeduras y arañazos de Rimbaud. Cada una de esas metáforas tenía como un impulsivo esclarecimiento donde aparecía como inicial o despedida a Licario. *El enjambre de hojas rodea la casa del General.* Licario ha llegado muy temprano a la granja del General, se esconde en un montón de hojas para dormir un rato. Despierta con la cabeza fuera de un basurero y con el cuerpo mordido por una trilladora. Los perros del General se le acercan, van al norte de Escocia a correr un cervato. El General lo reconoce de inmediato, lo lleva a su castillo, comienza el ajedrez... *El castillo está en venta; las persianas desprendidas.* Comprende que el General tiene dificultades económicas, juega quinientos escudos y se deja ganar para ayudar a su antiguo amigo. El General comprende la treta, la esperanza de Licario, para no rechazarla le ofrece en cambio regalarle el castillo, Licario parece acepar, pero ya por la mañana ha desaparecido. El General con esos quinientos escudos, manda cercar un claro del bosque, para dedicarlo a la cría del animal que perseguía cuando el reencuentro con Licario, para que los ciervos no sientan la presencia del hombre como sienten la de la serpiente. *El cura se había llevado la llave de la iglesia. Alrededor del parque las casetas de los guardas están deshabitadas.* Licario comprendió de inmediato que se le había tendido una trampa para asustar a algún paseante perdido en la noche. El cura había remplazado la cruz por una gran llave visible para todos; en cada garita abandonada se veía una copia exacta de la llave de la iglesia. En una de las paredes de la garita se veía una iglesia fundamentada en una llave. Licario llegó a esa iglesia, lucía todas sus puertas abiertas, se sentó en uno de los bancos y se fue adormeciendo. Soñó que la llave con la ligereza de una ardilla y la seguridad de la mano de la madre cuando nos acaricia nuestra frente, iba saltando del rostro al vientre, al sexo, a la planta de los pies. Cuando despertó era ya el amanecer, seguía jugando al ajedrez con su antiguo amigo, ahora el General. Se acercó a la ventana y pudo ver, como en un Libro de Horas, cientos de ciervos que como llamas de plata rodeaban al castillo.

A cada momento Cemí se llevaba la mano a los bolsillos para comprobar que allí estaba la *Súmula, nunca infusa, de excepciones morfológicas*. El viento lo impulsaba inflándole la ropa, como si lo soplaran por debajo del pantalón. Apegado a la sacralización del huracán, Cemí sintió la trágica responsabilidad de ser el custodio, el guardián de algo que tiene que llegar a su destino. Al llevarse la mano al bolsillo remedaba grotescamente al ángel que con su espada llameante establece un arco entre los dos extremos del tiempo, entre el cuerpo secreto que se guarda y el cumplimiento de su destino. Impulsado por el huracán, que lo volvía suscitante a las más temerarias intuiciones, Cemí sintió que guardar un cuerpo secreto dentro de su cuerpo, le comunicaba una secreta misión a su vida. Se apresuró aún más acorralado por el viento titánico del huracán, ya casi corría.

Cuando se acercaba a su casa sintió la voz de dos mujeres que lo llamaban. La poca frecuencia del tono alto les rajaba la voz. El aserrín y las virutas saltaban o se adormecían por sus faldas. La punta de los dedos amoratados o acanalados guardaban el relieve de las cabezas de las puntillas martilladas. Estaban absortas por el exceso de trabajo que les imponía el ciclón, como una divinidad que viene a cobrar sus ofrendas después de un terremoto. Al llamado sus voces temblaban como si bajasen por la escalera de incendio cuidando un nido o un pesebre de retablo. Una hermana, suavemente enajenada; la otra, chismosa prudencial y misántropa desatada, temblaba y se le rompía la voz, pero el crescendo del ventón llegaba con tironeos perentorios y entregaba la voz en demanda de ayuda y resguardo.

Cemí regresaba a su casa, lo perseguía hasta acorralarlo el ruido de lo claveteado. El ritmo pitagórico del martillo al golpear se apagaba sobre la madera. La cloaca al destaparse para favorecer la mayor fluencia del agua remedaba un surtidor grosero, el surtidor del almacén de la esquina. El agua ennegrecida de la cloaca se paseaba con el olor de la cebollina aumentado por la furia de la humedad. Al entrar en su casa las hermanas solteronas que eran sus vecinas, lo llamaron. Temblorosas, dándole vuelta a sus manos entrelazadas, querían recomendarle su perro, pues ellas se iban aterrorizadas para Jagüey Grande, donde tenían unas primas. El miedo las orinaba a gotas, melindrosas, lloraban con la vista fija en el perro. Comprensivo el perro, indiferente a la cuantiosa extensión de caricias recibidas durante el día. Después, las dos hermanas repasaban el teclado, llenándolo de ternuras entretejidas con pelusillas del can. Sus manos, puras neverías, apretujaron las de Cemí. Tenían algo de la levedad de la muerte, del suspiro final. Eran la muerte en pantuflas con las pautas retorcidas como escorpiones de algodón.

Las hermanas sostenían, con intermitencias temperamentales, que la más tierna pedagogía al volcarse sobre los perros recién nacidos producía resultados inauditos. Cuando Cemí pasaba frente a la casa de las dos hermanas y reojaba, veía cómo acariciando al perro le enseñaban vocales, sílabas, palabras breves. Decían que ya el perrito sabía veintitrés palabras, pero el animalejo nunca daba pruebas de sus fonemas. Ellas lo justificaban afirmando estaba amoscado en presencia de la visita. El perrillo se relamía, pues las lecciones se acompañaban de unos berlingones[11] recién horneados que le cubrían los morros con babilla signada con estrellitas risueñas.

Las hermanas lloraban al hacer el ofrecimiento del perro por la más grave de las temporadas. No se sobresaltó el perro al despedirse de lo histérico para acercarse a la imagen. Algo le decía que ganaba con el momentáneo traslado. Cemí, por el contrario, invocaba a las sombras para que lo oscurecieran un tanto y no lo vieran en el trance ridículo del traslado del can.

—Con el perro de las solteronas —decían los vecinos, sonriéndose ocultos por el puño de la camisa, pero él procuraba hacerse invisible, hundiéndose en el relieve de las columnas, siguiendo las filas de hormigas que transportaban un piramidal grano de maíz. Dormir en un relieve de la piedra, apretado paquetico de imágenes, como una cajetilla de cigarros muy arrugada por la mano antes de lanzarla en una escurrida agua de hielo, entre el comedor y el traspatio. En el sueño cuando escalamos las paredes, relucimos como moscas con lentejuelas.

Al llegar a la nueva casa, el perro sintió con inalterable reposo su provisionalidad. No ladró, no arañó a su nuevo amo. Se paseaba frente a los espejos y se mostraba indiferente a la presencia del doble, pero ya fatigado de la visita inoportuna, comenzó a raspar sin furia, pero con isócrona insistencia, en la lámina. Ladró, pero al sentir que el otro can aparecido no le devolvía la emisión sonora, decidió guardar silencio y pasearse por el patio. Saltaba, pero no para morder moscas o abejas, se prendía a las paticas de la luz.

Pudo comprobar que el ras de mar se extendía con el velamen del huracán. Por los quicios, como fuentes para enanos, entraba el agua, daba un pequeño salto para su

---

[11] *Berlingones:* dulces de repostería criolla.

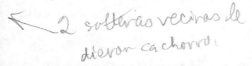

2 solteronas vecinas le dieron cachorro,

333

acomodación y después se extendía con la mansedumbre del sueño. Llegó a su cuarto y sobre la mesa su madre había colocado un sobre: «Por Júpiter, reverso de la cipriota diosa[12], no voy a surgir de la concha, arañada por un delfín arapiezo, sino corro el riesgo de perderme en la extensión, sin el ángel o ancla de la cogitanda. Quiero llegar a la orilla golpeándole sus espaldas, mordisqueando algas y líquenes. Un cangrejo corre por mis brazos, abro lentamente la boca y me quedo dormida de súbito. Itinerario: pase de la Medialuna al Espejo, después al Libro. Todas las puertas estarán abiertas, crecidas una después de otra, después salte por la Escalera. Dispénseme las Mayúsculas, pero se trata de un ritual. En la estación está también la excepción. Bienvenido. *Ynaca Eco*[13].»

Cemí procuró centrar su mesa de trabajo en su cuarto de estudio. La humedad mezclada con la arenisca de la cementación parecía oler a incienso rancio. Cada vez que lo ácueo presume una imposición sobre lo solar, la reciedumbre cruje y asoma sus fibrinas verde amarillo. Sobre la mesa, en su centro también, colocó una caja de madera china y ahí hundió hasta su fondo la *Súmula, nunca infusa, de excepciones morfológicas.* La mesa y la caja china parecían tironeadas por cuatro imanes que le aseguraban el centro en el tiempo y en la extensión. La urna, tortuga tirada por los cuatro imanes igualitarios, mostraba por sus costados de cristal, las excepciones morfológicas, en su afán de saltar un escalón e inaugurar nuevas configuraciones. Recordaba una sentencia de Licario: cuando copula la marta con el gato, no se engendra un gato de deslumbrantes cerdillas, ni una marta de ojos fosforescentes, surge un gato volante, pues la marta y el gato al saltar el escalón se ven obligados a volar.

---

[12] *Cipriota diosa:* se refiere a Afrodita, pues cipriota —de Chipre— es un epíteto de esta diosa, que tenía en la isla uno de los sitios más importantes de su culto.
[13] Ver, en relación con la carta, el prologo.

Con deleitable facilidad la camerata se sacralizó. Precisas, como los dedos entrecruzando en la mañana fibras henequeneras[14], fueron surgiendo en Cemí las palabras con que se abre el Mahabharata[15]: *Desde el comienzo alabemos a Narayana, y la diosa Saravasti, a continuación lean este poema que nos da la victoria.*

En la casa de Ynaca y el arquitecto Abatón, acrecía el peligro del aire enfrentado con las puertas grandes coloniales y sus lucetas frutales y desaparecía el del agua lenta e incesante que se extendía tapando los agujeros larvales, de donde brotaban espantadas hormigas con pelucas de granos de arroz. Cemí corrió desde la verja de entrada hasta la casa central y para cumplimentar la primera ordenanza de Ynaca limpió las suelas de los zapatos en la pequeña estatuilla de bronce, donde la medialuna era alzada por dos sonrientes negritos. ¿Era una medialuna o una perfumada lasca de sandía? Hizo más lentos sus pasos al penetrar por el espejo que imantaba toda la sala. Cerró con cuidado ceremonial, evitando todo apresuramiento, las puertas que daban de la sala y el comedor lateral al patio. Se levantó como una húmeda oscuridad y Cemí sintió una leve punzada umbilical. Su cuerpo se reducía a un punto y ese punto se volvía incandescente en la oscuridad. Cuando la oscuridad, como las aguas, convergía hacia un punto nuestro interior, sentimos también la convergencia de nuestra energía que busca un apoyo, una comprobación, como si en presencia de una cascada sintiéramos el deseo de apretar la mano del que está a nuestro lado, como si fuésemos nosotros mismos los que nos despeñásemos en la corriente. Perdido el sentido dentro de una masa líquida que se desploma,

---

[14] *Henequén:* planta textil fibrosa.
[15] *Mahabarata:* gran epopeya nacional de la India, escrita en sanscrito, según la tradición, por un sabio legendario, Vygasa. Consta de más de 200.000 versos y relata las guerras de las kuravas y los pandavas y las hazañas de Krisna y Arjuna. Contiene todos los mitos y leyendas de la India. Siglo XV o XVI a. C.

inconscientemente extendemos la mano, secreto rescate de una energía que sabe que va a morir por un incomprensible exceso que la rebasa, pero que busca en ese mismo excesivo misterio destructivo la única posibilidad de su renacer, pues al exceso de la oscuridad que nos envuelve sólo podemos oponer el exceso de reducirnos a un punto, dos nadas que se cruzan. La energía del renacer sólo puede ser interpretada como la explosión acumulativa de la oscuridad, que no puede ser otra cosa que los infinitos puntos de las infinitas nadas que se cruzan.

Al cerrarse las puertas nació en él una tensión, como si cayera al centro de las aguas, sintió en él como un lince frente a las insinuaciones de la oscuridad. No era tan sólo el punto de la visibilidad que acrecía, era, por el contrario, como si toda su piel se pusiera en aviso para recibir el pinchazo de una aguja. Esa tensión hacia un centro siguió en aumento al contemplar la escalera que nos llevaba a la biblioteca de Ynaca. Cobró visibilidad la otra tensión de la escalera, como quien oye el chirriar de un tren sobre un puente romano apuntalado con columnas de acero. Chirriar en el oído era reemplazado por picor sobre su piel. El invisible esfuerzo que conlleva la escalera, entre la funamentación y el nuevo punto que se toca, avisaron a Cemí que entraba en las regiones del despertar fálico. La oscuridad provocada en la mujer al cerrar las piernas, y enfrente columnas, puentes, escaleras, el chirriar de la llave en la oquedad que se sonríe. Lo que nos interesa de la oscuridad es tocarla en un punto y ahí está el origen del Eros. Tal vez sea el encuentro del *diferenciador* del Empédocles[16], con el *artífice interno* de

---

[16] *Empédocles:* filósofo, profeta y taumaturgo (483-430 a. C.), nació en Agrigento, Sicilia. Griego, introdujo el concepto en Filosofía. Su teoría de los cuatro elementos dio origen a una corriente en la medicina que interpretaba la salud como un equilibrio entre lo seco, lo húmedo, lo cálido y lo frío, como consecuencia de su concepción según la cual todo fenómeno natural se considera como la mezcla de cuatro elementos o principios —agua,

Bruno[17]. Su actividad, dice Bruno refiriéndose a este *artífice interno,* no está limitada a una parte de la materia, sino que de continuo lo obra todo en todo. Hay ahí como un canto guerrero para invocar el Eros, el éxtasis de la totalidad en la totalidad. La oscuridad y la contemplación de la escalera iban haciendo nacer en la piel de Cemí el vuelco de esa totalidad. Como siempre la imagen iba creando previamente en Cemí su cuerpo de apoyo.

Ya en la biblioteca divisó a Ynaca Eco acostada en un anchuroso sofá de mimbre. Cubría su cuerpo con una azulosa seda oscura que se doblaba a la manera del *hymation*[18] griego. Lo veía, su visión se había aposentado en él desde que había limpiado la suela de los zapatos en la Medialuna risueña de los negritos. Ynaca aspiró con silábica lentitud el barro apisonado por todo el peso del hombre y sus poros comenzaron a dilatarse curiosos del rocío. Cuando Cemí traspasó la puerta de la biblioteca, Ynaca se levantó, abandonó la túnica sobre el sofá y marchó en busca de Cemí. Estaba desnuda, sin la menor exclamación, y sus nidos oscuros se humedecían en contraste con el extenso blancor de la piel. En antítesis con todo intelectualismo, la extensión y el pensamiento se habían apoderado del cuerpo de Ynaca Eco. La extensión de la blancura provocaba el deslizamiento del trineo táctil sobre la piel y el pensamiento insistía en los nidos oscuros. En ese traslado de la extensión y el pensamiento al cuerpo, se había alterado la raíz de todo cartesianismo. La extensión era ahora, enfrentados los

fuego, aire y tierra. Estos elementos se mezclan y se separan por acción de dos fuerzas: Odio y Amor, que representan un poder natural y divino y que son, respectivamente, el Bien y el Mal, el Orden y el Desorden, la Construcción, y la Destrucción. Esto lleva a un proceso de purificación que sólo terminará cuando triunfe el Amor.

[17] *Giordano Bruno:* filósofo italiano neoplatónico (1548-1600), influido por Copérnico, fue condenado a la hoguera por negarse a abjurar de sus ideas.

[18] *Hymation:* manto griego, oblongo o rectangular ricamente bordado que usaban hombres y mujeres para salir a la calle. Existían muchas formas de doblarlo para colocárselo alrededor del cuerpo.

337

dos cuerpos, el repaso incesante de la extensión de la piel y el pensamiento un zumbido cristalizado que iba recorriendo el hueco barroco de la gruta.

Ynaca con un pie como centro, como si fuese un compás, trazó un círculo. Se sonreía en su interior Cemí al ver esa gravedad sacralizada en la mujer, pero a medida que su cuerpo se fue despojando de la ropa, el hieratismo comenzó a ejercer su influencia en la rotundidad de su erotismo, como los ensalmos de un ritual egipcio que lograsen la vibración de la diorita[19]. Como en la inauguración de una hoguera playera, cuando Cemí estuvo desnudo, Ynaca le dio fuego a la ropa. El viento huracanado dificultó las llamas que vinieron para amenguarse en la irregularidad de las pavesas.

Hizo unos signos cabalísticos sobre la costilla izquierda, después cruzaba las manos y las pasaba a la cadera derecha, después a la cadera izquierda. Roció primero a Cemí por la espalda y las nalgas, después por los genitales. Ella se roció por delante, después por la espalda, siguiendo los consejos zoroástricos para la aplicación del Nasu del rocío. Ynaca veía en la región de la energía de Cemí las dos aspas cruzadas. El cuadrado con predominio del rojo giraba apoyado sobre el cuadrado anaranjado. Una cruz con tachones flamígeros y sierpes recorridas por el fuego serpentino. Al girar desde el vórtice salían como llamas negras que saltasen por los dos cuadrados anaranjados y los dos cuadrados de un rojo entremezclado con el amarillo, el blanco y como un negro apresuramiento que desaparecía. La energía aposentándose en la columna de diorita se esparcía como una cruz que al girar vertiginosamente comenzaba a despedir las llamas de su corteza creadora. Era el *kundalini*[20], el

---

[19] *Diorita:* anfibolita de textura parecida a la del granito. Con el antecente próximo dado por el sustantivo *erotismo* la conexión con la dureza del falo erecto se establece fácilmente.

[20] *Kundalini:* placer sexual máximo con gran carga de energía. Textos hindúes.

fuego zigzagueante que comenzaba a ascender por la columna vertebral.

En la biblioteca había un pizarrón que Abatón a veces llenaba de ecuaciones o cálculos parabólicos de sostén. Allí volcaba lo que pudiéramos llamar el doble, el *ka*[21] egipcio del placer. Ante la penetración del aguijón creía proyectarse en la pizarra discos de colores, que primero abrían sus brazos, dilatando el color, hasta perderse en sus confines y luego, mientras cerraba los ojos en el éxtasis, se reducían a un punto, parecía que se extinguían, pero después girando con fuerza uniformemente acelerada, se iban desplegando espirales de color, vibraciones, letras de alfabetos desconocidos, más rápidos en surgir que en sus agrupaciones o cadenetas significativas. Veía el pizarrón surcado por rayas eléctricas. —Cuidaba por anticipado la salud de su hijo —se decía a sí mismo. Preludio por anticipado de un desarrollo en el tiempo, era como si en la pizarra el embrión engendrado por el éxtasis se trocase en el permiso concedido a su hijo, diez años más tarde, para que fuese a jugar al jardín.

Ynaca sentía, como proyectada en puntos blancos sobre el pizarrón, la progresión del *Lingam*[22] como el bastón de Brahma recorriéndola en vibraciones por la columna vertebral. Sintió como si una llamada le recorriese la columna vertebral, después eran dos llamaradas entrelazadas, formando como un caduceo[23]. Le pareció que aseguraba el tronco de la nueva criatura en plena vigilancia del plexo solar. Su hijo no debería ser asmáti-

---

[21] *Ka:* entre los egipcios, fuerza vital, distinta del alma (ba), asignada a cada hombre en el momento de su nacimiento y que posibilita todas sus actividades.

[22] *Lingam:* representación muy estilizada del órgano sexual masculino o, en el Kamasutra, el propio órgano, en oposición al yoni, órgano femenino. Generalmente aparece como una piedra muy blanca con la que los hindúes simbolizan al dios Silva en su capacidad generadora de cosas. Lezama lo utiliza aquí como sinónimo de pene.

[23] *Caduceo:* atributo de dios Mercurio. Insignia heráldica terminada en dos alas y rodeada de una culebra, que es emblema de médicos y comerciantes.

co[24] como Cemí. El fuego serpentino tendría que ser sentido por Ynaca hasta su transmutación en sonidos, no los inoportunos silbidos de la disnea bronquial. El *kundalini*, el fuego serpentino, debería asomar en la nueva criatura, con la cabeza de una serpiente que modulase sílabas latinas en un *quasi cantabile*.

Veía Ynaca que las cuatro divisiones del círculo se iban trocando en seis partes más ricas de color. El rojo y el naranja se mezclaban con un amarillo que iba en aumento por la invasión de franjas blancas. El negro comenzaba a vibrar y en la rotación iba aumentando. Alrededor del punto negro central, el rojo y el naranja invadidos por el blanco, se iban tornando del color de la tela del calamar. Los bordes del círculo gigante, en sus seis partes, comenzaban a curvarse. Era la energía caliente de la tierra mantenida por el rayo solar. Ynaca veía en la pizarra fibrillas como ganglios, como el inicio de una glándula que después se extinguiría sin alcanzar su desarrollo.

Después del disco coloreado se dividió en diez partes. En cada una de esas divisiones predominaba el rojo con franjas blancas y el verde con tachonazos blancos. Al girar aparecía como un amarillo muy tenue. La espiral negra se extendía y alcanzaba ya seis de las diez divisiones. La espiral blanca que predominaba en las cuatro divisiones restantes completaba las progresiones del negro. Aquí Ynaca se movía con extremo cuidado, como si quisiera asegurar el plexo solar, sin posibilidades de ahogo. Procuraba llenar la boca de Cemí con un aliento caliente. Frotaba los dos ombligos como procurando arañarlos, aumentando en esa zona el fuego serpentino.

Las divisiones internas del círculo coloreado son ahora doce. Se han estabilizado las espirales blancas y negras. El rojo, el blanco y el amarillo han formado como una

---

[24] *Asmático:* aquejado de asma bronquial, enfermedad que tanto Lezama como su personaje José Cemí padecían.

340

tela de araña. El blanco se ha esparcido y permanece el gran tachonazo negro. Ligeras franjas verdes. Las líneas que logran la división en doce partes son evidentemente rojas, ante el surgir arremolinado de los nuevos colores las divisiones se quiebran, desaparecen y el color avanza invadiendo los espacios diferenciados. Asoma su predominio un esparcirse como de oro.

Los radios del círculo son dieciséis. Los radios como cadenas ganglionares van formando unos incipientes celentéreos[25]. Al aumentar las radiaciones, el centro va acreciendo y provocando un vacío por la fuerza que logra un robustecimiento central. La energía no se vuelca del centro al arco circular, sino que se va esparciendo por todo el cuerpo, como un metálico tegumento estelar. La energía no se esparce tan sólo por los radios, sino el cuerpo como un ojo va logrando un campo de irradiación, una longitud de onda, un cono de visión.

Los agrupamientos de color son alternados en las cuatro subdivisiones de las cuatro en que ahora se divide el círculo. En las divisiones van predominando en parejas alternadas los verdes con rayas blancas y fibrinas bermejas. En las otras divisiones encontramos una zona de blancos con rojos, amarillos y naranjas. El negro tachonazo en espiral se prolonga en su impulsión en un blanco muy matizado con los colores anteriores. El verde nos indica la tendencia a una célula vegetal, pero la sutileza de las espirales, sus mezclas, nos señalan que vamos en camino de la extensa red ganglionar, como si de la clorofila saltásemos a la linfa, a las formas lentas y espaciosas de la circulación.

La anatomía interna de la nariz y de la boca remedan una corola. De ahí el predominio del verde sobre el blanco y los ganglios enrojecidos. Mabille ha inter-

---

[25] *Celentéreos:* grupo de animales de simetría radia, provistos de una sola cavidad digestiva central. Constituyen una de las nueve ramas o tipos en los que se divide el reino animal según las modernas clasificaciones.

pretado la morfología del cráneo como un conjunto de corolas. Parece como si la corola fuese el paso previo de la esfera. La ornamentación de corolas de los egipcios preludia la esfera griega, como las mediciones del curso solar de los egipcios anticipan el *número de oro* de los pitagóricos. Ynaca abrevaba anhelante en una corola, como queriendo comunicar los acordes sosegados de una respiración métrica numeral.

Cemí sentía caer en su bahía bronquial ese rocío de dilatación estelar.

Las variaciones van aumentando hasta el vértigo. El aumento de la energía que brota del centro, no sólo ha aumentado las radiaciones, sino que las va como arrugando, pues ese aumento energético quiere saltar la linealidad. Todos los colores se han mezclado. El centro enriquecido ha creado una carnalidad que se volcará sobre la red de los ganglios, sobre las fibrillas nerviosas. Los agrupamientos de color se han distribuido sobre los dos semicírculos. En uno de ellos predominan los colores de la luz en lo estelar; en el otro, la oscuridad devolutiva, en el curso de las estaciones, de la luz buscando el centro de la tierra. Son las dos fuerzas que concurren al entrecejo, el punto que surge de las dos cejas cuando procuran unirse. La energía que ha comenzado por cabalgar el número, que puede seguirse en la visión, hasta que incesantemente multiplicada llega a perderse en la extensión.

La parte oscura del centro se iba tornando carnal, abullonada como el centro de una anémona. Las vibraciones adquieren tal rapidez que forman una presencia uniforme, ya que el ojo no las puede captar en su infinita diversidad. La parte central, dentro del disco de incesantes vibraciones, es blanca con un núcleo amarillo oro. Esta fuerza rotando dentro de la fuerza del disco mayor, produce como un domo en la cabeza del innombrable. Colocado ese disco sobre la cabeza del hombre, los doce pétalos amarillos centrales se elevan con un centro donde

342

el amarillo y el negro mezclados pasan a un negro que es como un ojo pineal para unir los dos espacios, el respirante interno del hombre y el espacio estelar. Cristalina pared a donde asoma el hociquillo del manatí, con sus pectorales como brazos. La fuerza que nos enviaba del doble, aquí es devuelta como pequeñas hogueras que se vinculan y nombran. Rotación de un amarillo halconero en torno a una oquedad llena de estalactitas grotescas. Manera de restituir, el hombre devuelve con su esperma y como un pez nada en el verbo universal.

El mundo hipertélico alcanza su visualidad por la unión de su protón y su metáfora, es decir, de su fuerza germinativa y las sucesivas e infinitas nupcias o parejas verbales. Contemplando la pizarra negra prolongada en la infinitud, con todas sus vicisitudes temporales, o éxtasis. Disfrutaba de un tiempo protometafórico, como una horquilla puesta sobre el zumbido temporal, dominaba el delta de la desembocadura del río, donde los muertos continúan cazando ciervos.

Ynaca pasaba su rostro por todo el cuerpo de Cemí, sentía la sal de sus escamas sudorosas. Sentía cómo el sudor del diálogo amoroso nos convierte en peces. Ynaca restregaba su rostro en la humedad de la espalda de Cemí y saboreaba la sal como si chupara un pescado congelado.

Ynaca se separó, respiraba lentamente y como si no tuviera nadie a su lado, volvía a la impasibilidad mineral y tornaba en mineral el cuerpo que instantes antes se agitaba como un pájaro y que la recorría y la cubría concentrando y desencadenando el germen de su energía. Se levantó y fue a buscar un paquete colocado en uno de los compartimentos del estante de libros. De la camiseta colgaba una bolsita blanca en cuyo interior se encontraban tres semillas. —Es la semilla de gabalonga[26], inmejora-

---

[26] *Gabalonga:* se trata de la cabalonga o cobalonga o covadonga —que por todos estos nombres se le conoce en Cuba— y no por gabalonga;

ble para los males del asma. Cuando la uses, hazlo con los labios secos, con la humedad de la saliva se vuelve venenosa. Ahora, también tú la puedes besar—. Fue extrayendo la ropa del paquete, igual a la que al empezar la ceremonia había quemado dentro del círculo. Lo fue vistiendo pieza tras pieza, con la misma serena fruición que lo había desvestido. Después volvió a repetir los conjuros zoroástricos, las bendiciones del Nasu del Rocío sobre la espalda y las nalgas, y luego, sobre el sexo. Ella comenzó, según los consejos clásicos, por rociarse la vulva, «la vulva fangosa y fiestera cochinilla», como diría Cemí en unos versos muchos años después de ese memorable fin de fiesta.

Al regresar Cemí a su casa, se fijó en las paredes donde se marcaba la altura alcanzada por el ras de mar, un poco más de medio metro. El suelo estaba manchado de una arena ennegrecida por el fango, diminutos fragmentos de caracoles, pasados como por un mortero de cocina, alguillas, vidrios convertidos en láminas por el peso del oleaje. La salitrera se extendía y sutilmente comenzaba a morder la madera. Al entrar en la casa sintió los ladridos

---

Thevetia peruviana (Pers.) K. Schum Fam. Apocináceas. Es un arbolito bastante común sembrado en jardines, parques y avenidas. A veces parece ser planta silvestre. De acción tóxica rápida y enérgica, debe dicha toxicidad a la *tevetina* y a la *teversina,* violentos venenos narcóticos que se pueden extraer de las semillas.

Las semillas o, mejor dicho, los frutos pelados de la cobalonga, se usan como amuletos o para llevar en el bolsillo y así evitar las hemorroides. Para curar esta enfermedad se aplica una pomada hecha con las semillas amasadas con sebo, aunque se considera que esta práctica resulta peligrosa. El latex que segregan se utiliza contra la sordera, la sarna, la úlcera, dolores de muela y para reabsorber los tumores. Las flores hervidas actúan como calmante y somnífero. La semilla tiene una forma que se asemeja a la del glande y los muchachos cubanos en jocosidad pornográfica le practican una incisión en su extremidad, imitando el meato urinario, por la cual incisión de inmediato brota un líquido espeso semejante al semen. Aunque la referencia a su potencial terapéutico contra el asma no se confirma en la bibliografía consultada la connotación queda plenamente establecida con el señalamiento de los labios secos y los besos.

344

del perro. Cemí oyó en esos ladridos el golpe seco del badajo funerario. Le pareció, como afirman algunos demonólogos, que los habitados por el demonio al pasar frente a un espejo su imagen no es devuelta, que el ladrido crecía y el cuerpo se reducía hasta tragárselo el espejo.

Esos ladridos anunciaban lo peor que le podía pasar a Cemí, una especie de sequía en las fuentes que nutrían su espíritu. En el cuarto de estudio de Cemí, el perro había saltado sobre la mesa que estaba en el centro, retirándose estratégicamente ante la invasión de las aguas. Pateando, mordiendo la tapa de la caja china donde esta la *Súmula, nunca infusa, de excepciones morfológicas,* había logrado abrirla y mordiendo las páginas las esparcía sobre las aguas. Cuando Cemí entró en el estudio, todavía el perro mordía con furia las hojas. Como si las rescatara de las llamas. Cemí empezó a saltar y a recopilarlas de nuevo. El agua había borrado la escritura, aunque al arrugarse el papel, le otorgaba como una pátina, como si al volatilizarse el carboncillo de la tinta quedase en la blancura de la página un texto indescifrable. Se acercó a la caja china y en un fondo precisó unas páginas donde aparecía un poema colocado entre la prosa, comenzó a besarlo. El perro ladraba sin querer dejarse arrancar la presa. Con el rabo incrustado de salitre golpeaba las páginas amarillentas por la humedad, queriendo favorecer su dispersión. Hundía su hocico en el fondo de la caja, mordisqueando la escritura. En ese momento, de una gran desolación para Cemí, oyó que su madre lo llamaba para brindarle un tazón de chocolate, acompañado de galletas de María. El perro lo siguió inquieto por la proliferación de las hojas de papel, bastó la contemplación del humo desprendido por el chocolate para que se fuera remansando, golpeando con lentitud el suelo con el rabo, regodeándose con el picor dejado por las quemaduras de la sal.

CAPÍTULO VII

La visión se iba precisando, le parecía una figura conocida, pero le parecía también tan imposible lo que se iba haciendo posible, que la imagen oscilaba, se perdía, volvía a tocar el sitio de un recuerdo, tocaba a la puerta. Ya era sombra, pero la sombra lo tocaba en el hombro. La concha húmeda, sobre el menguante, reabsorbía la figura, no pudo verle la cara. Después, la suma de los colores se concentraba en la cara, pero la cara ladeada y un resplandor le quitaban semejanza con el rostro que entreveía. Pero la persona avanzaba, la suma de los colores cristalizaba en el centro de la concha. Ya ha ganado la esquina, una esquina de la casa transparente le regala un cono de luz. Fronesis extrae la figura de la luz evidente. Pero... si es Lucía. Y Fronesis corre a levantarla en peso.

Pero al levantarla, toda su cara sintió la protuberancia de Lucía. El júbilo, inconscientemente, se había convertido en un recorrido caricioso que le daba las noticias sin palabras. Fue quizá la única vez que un inicio caricioso se convertía en su vida en una comprobación de un nuevo peso, de dos sensaciones semejantes que se acercaban para después mostrar un doble camino, tal vez una encrucijada. Sintió la inflamación germinativa que recorría su rostro, sintió en todo su cuerpo el aumento de peso de Lucía, como si algo invisible la llevase, algo invisible que iba hacia lo germinativo, todas esas sensaciones marcharon en un súbito para entregarle una evidencia, que una era la Lucía que él había dejado, otra cosa la que ahora se encontraba, pero que ambas se unificaban por fortalecerlo, para arrancarlo casi de esa encrucijada, una realidad que rechazaba, una ensoñación que lo dejaba en un lastimero estado de vaciedad. Aquel cuerpo de Lucía, hinchado, apesadumbrado, lleno de semillas, llegaba a esas playas con un nuevo mito que rompía esa tenebrosa vaciedad ocasionada por el rechazo de Galeb y el sueño con Foción.

Alejar el cuerpo de Lucía fue como un conjuro. Aviso y rechazo, aviso de una iluminación, rechazo de los malos espíritus. Un cuerpo que se abalanzaba sobre otro y le habla el lenguaje del cuerpo integral. Al lanzar el cuerpo de Lucía, se transparentó de nuevo sobre la concha, la que vio sobre el mar, sumando incesantemente colores, sobre el menguante de carne lunar, blanda, cariciosa, como cuando la mejilla necesita toda la extensión restregada de un vientre para que su poder receptor se agudice, eléctrico ozono para las más altas hojas de los pinares.

Fronesis no necesitaba de Lucía, el excepcional día de su encuentro íntimo nohabía dejado en él la menor huella, pero al verla llegar con seguro paso mágico, en una inaudita ruptura de toda causalidad, sintió los dones de su llegada. Llegar a donde estaba él, era como llegar a un punto exhalado por un centro, pero que después perdía su coincidencia, conjugándose en dos órbitas distantes. No obstante, Lucía estaba otra vez en su cuerpo de gravitación, el punto y el centro que lo exhalaban comenzaban a utilizar de nuevo sus propias fuerzas, dispersas en el diálogo, acrecidas en el centro de la fuerza coincidente.

Lucía intuyó el perplejo [1] de Fronesis. Su súbita apari-

---

[1] *Perplejo:* otro de los conceptos o términales claves de la poética de Lezama. Ver prólogo.

ción le hacía saltar centellitas por la visión, después que se acercó la concha con banda de colores calientes. Verla aparecer inflada de vientre lo llevó a sentir la sal del molusco arañando la internidad de la valva. Si Fronesis, después de largas conversaciones con Cemí, no partía siempre de la supresión de las cadenetas causales, la aparición de Lucía lo hubiera llevado a colocarla en el centro de la concha, oscilando en la punta de una aguja. A Lucía le preocupaba más la aclaración de su viaje que a Fronesis, pues le aterrorizaba la posible interrogación laberíntica de Fronesis. Eran sus pocas y errátiles intuiciones sobre su preñador. Sin embargo, esta dislocada y confundida muchacha había llevado a Fronesis a ser un preñador, le había comunicado su primer sello categórico. Ella había sido el vehículo del diálogo energético, de la secuencia del vientre inflado, lo había convertido en esposo y en padre. Los dos se habían ennoblecido en ese encuentro. Lucía creyó siempre que ella era la que había ganado en el diálogo. En esa relación sus intuiciones fueron menos logradas, pero más eficaces. Fronesis no pudo menos que abrir los ojos cuando Lucía desembarcó por su visión y lo hizo saltar como en la consagración del vientre solar. Pero hasta ese momento no había sorprendido el misterio de la puerta de la vulva y la participación en el neuma[2] universal del vientre soplado.

Le dijo a Fronesis que Foción y Cemí le habían regalado el pasaje. Ella le dijo a Cemí su necesidad de hacer el viaje y su preñez. Cemí habló con Foción. Fingió éste con su padre una temporada de reclusión, quien le dio el

---

[2] *Neuma:* del griego *pneuma,* derivado de soplar, significaba originariamente soplo, aliento, aire desplazado y movido, producido por la acción de soplar. La historia del concepto de pneuma es una de las más complejas y describe, por lo menos en la antigüedad, un arco que va desde una realidad palpable a o impalpable e incorpóreo por excelencia. Aquí Lezama parece atenerse a la primera y más tradicional acepción, sin entrar en otras consideraciones filosóficas e históricas. También se denominaba así a un signo de notación musical eclesiástica latina, a partir del siglo VII.

dinero que necesitaba. Fronesis cerró los ojos, que era su manera de dejarse invadir por el misterio de la caridad. Así se sentía sin limitaciones, en la comunicación de las dos esferas, vuelto otra vez a la oscuridad de abrir los ojos por primera vez y de cerrarlos por última vez. Así, con los ojos cerrados, le pareció que agarraba un día, que lo diferenciaba de la monótona cabalgata de lo sucesivo y que ese día escogido se volvía como de un agua cristalizada. Recordó la noche de su sueño con Foción, su bondad, el cese de toda la resistencia, el molusco girando en las abullonadas espaldas de las nubes y coloreándolas. Con los ojos cerrados sintió que se le revelaban las infinitas sucesiones del loto y la tortuga en la espalda del elefante, como las barajas que se apoyan sobre las barajas, como el cuerpo cuando ya ha dejado de ser blando y comienza a ser cuerpo, abandona en silencio lo blando y salta. Tiramos del cordel y todos esos instantes y coágulos dan un ¡ay! de alegría, los vemos detrás de unas persianas menos neblinosas de lo que creíamos, están ya ensayando sus ejercicios gimnásticos y nuevos aires de música.

Fronesis sintió, seguía con los ojos cerrados, que esos fragmentos eran formas de posesión. Sintió esa diversidad del deleite, esa descifrable hilacha de la absorción universal. Era un secreto deleite que en un mismo día Fronesis pudiera soñar con Foción y Foción buscara el pasaje para Lucía. Pero ¿qué nos absorbe, qué nos impulsa a engendrar y a darnos de cabeza con esos hechos?

Cidi Galeb antes de alejarse de un fracaso que cubría toda la llanura, tenía la costumbre de reobrar gemebundo como una hiena. Él siempre volvía, era de esos que esperan encontrar en los basureros el sello de Salomón. Como vencedor le gustaba pararse en su cola como la serpiente y vahear, emboar como dicen los conjuros negros, al vencido, quitarle la dignidad de vencido. Como vencido volvía para aprovecharse de un descuido, coleccionar una bofetada más o decidir como broma macabra que se le cortasen las orejas. Sintió el súbito[3] de la alteración de las circunstancias de Fronesis con la llegada de Lucía. Comenzó a espiarla, a ver cómo podía acercarse. Lucía no lo precisaba, no podía aceptar su existencia, después de la comprobación en milagro, en cuerpo, en llamas de cercanía, de Fronesis.

Galeb se fue haciendo notar, preguntaba direcciones, inquiría por fragmentos pintarrajeados, trataba de ir haciendo un cuerpo de equivocaciones para levantarlo como un homúnculo y crear una sombreada criatura de amor. Una especie de creación homuncular como medio de interrelación, algo así como el error como fuente de conocimiento. Creaba, como un falso etimologista, una cercanía entre *fallor,* mentira, y *falo,* como apoyatura concluyente. Creía estar en el centro de la verdad de que el jinete y el espantapájaros están por igual en el centro de la noche. Entran en la ciudad por la noche, por una de las cien puertas y salen por la puerta del este de la madrugada. ¿Los dos juntos? ¿Por separado?

Galeb merodeaba por los mercados, por las tiendas donde se vendía té o café. Estaba obsesionado por forzar un encuentro con Lucía. Había fracasado con Fronesis, ahora intentaba asediar a Lucía, con la sola finalidad de dañar a Fronesis, de mortificarlo. Lucía era el único recurso que le quedaba para tener una presunta relación con Fronesis. No le interesaba, pero intuía su devorador amor por Fronesis. Ahí se agazapaba, se enroscaba acariciando su última posibilidad. Intentó hablarle, pero Lucía lo miró lentamente recorriendo cada uno de sus anillos y siguió su caminata. Pero él parecía erotizarse con cada uno de esos fragmentos de fracaso. Su pequeño demonio, tití de diablo, se hinchaba en los fragmentos.

Fronesis preparaba su vuelta a París con Lucía. Salió por la tarde para asegurar los visados y valijas. Galeb lo vio salir de su casa y creyó oportuno jugarse su última

---

[3] *Súbito:* de la misma serie sintagmática que el sustantivo de la nota 1.

carta. Lucía estaba en el portal. Cuando Galeb se decidía a una de sus aventuras, le afluía a los cachetes su insensibilidad para el posible bofetón de su suerte. No le importaban la verificación o el incumplimiento de sus propósitos, sino tan sólo que el hecho sucediese, aunque fuese como un muñecón de arena, a un lado y a otro de un inexistente eje central. Lucía pudo precisarlo, se acercaba con lentitud reptilar, como si anduviera por el aire con los pies amputados, con las manos cogidas por la espalda. Lucía pudo comprobar que no sentía el menor miedo, sentía cómo se acercaban esas ojeras enormes con los ojos vacíos. Ya Galeb había alcanzado esa textura de vidriado y mazapán de los que no alcanzarán jamás la vía unitiva, sino de los que raspan hacia los lados, del centro hacia afuera, de los que se colocan en un hueco húmedo para dormir. Cuando estuvo cerca de Lucía, ésta, cortando la palabra de arriba abajo con la mano, le dijo: —¡Lárguese!—. Parecía como si Galeb ya hubiera oído esa palabra por anticipado, como si ya hubiera nadado tranquilamente por todo su cuerpo. Imperturbable, adelantó su última carta de Tarot. Entonces, silbó más que silabeó: —Usted le será todo lo fiel que quiera, es tan sólo una bonita estatua a la estupidez de la fidelidad, pero él no es su igual ni en ese ni en ningún sentido, pues hemos dormido en la misma cama. Es todo lo que quería decirle, nunca me despido de las estúpidas.

Siguió su caminata con las manos por la espalda, mientras Lucía le gritaba de nuevo: —Lárguese, cochino—. Al oírla Galeb pareció contentarse, tuvo la sensación de que salía de esta aventura tripulando como Asmodeo[4] un cerdo.

Fuera verdad o mentira lo que había oído Lucía, no alteraba su relación con Fronesis. Ya había oído murmurar en algunos corrillos de la extrañeza amistosa de

---

[4] *Asmodeo:* nombre del príncipe de los demonios. Probablemente debe interpretarse como la personificación de la sensualidad.

Foción. Siempre sintió que eso no limitaba sus relaciones con él, sentía que sus límites eran otros, indiferencia, discontinuidad, tolerancia y más que todo *ordo caritatis.* Fronesis tenía que verificar como un descoyuntamiento para demostrarle a alguien que se acercaba con el simpathos en la bandeja, que él era incapaz de darle un puntapié a esa bandeja. Era capaz de tomar un vaso de agua, si alguien se lo brindaba, aunque no tuviese sed. Una de las muestras de su señorío era la sacralización del acercamiento de las personas, algo muy semejante le pasaba con la escritura, cuando veía una palabra al lado de otra, le daban deseos de soplarlas, para que su copulación fuera más frenética. Sentía las palabras como nidos de hormigas que se dispersan en parejas para conversar en una soledad que las transfiguraba. Eso le recordaba su lectura de hagiografías, donde los santos, sin poder dejar de reírse de los efímeros, comen y beben con exceso para hacer visible que son iguales a los demás hombres. Como los ángeles que a veces sueñan con hipostasiarse[5] en hombres para demostrarles su existencia, pero sólo han logrado que los hombres sueñen con ángeles caídos. Y se aprietan con esos sueños como realidades, logrando coincidir, en el sudor de la medianoche, los hombres con los ángeles.

—Se me acercó un arabito y al ver que yo ni lo miraba, tuvo el descaro de decirme que se había acostado contigo —le soltó Lucía tan pronto Fronesis llegó a la casa. Fronesis notó en ella ese sobresalto secreto de los nervios que sobreviene a una situación excepcional enfrentada con dominio y se inclinó a la táctica de sobresaltarla de nuevo para armonizarla cabalmente. —No te dijo mentira —le respondió Fronesis—, durmió sólo un rato, mientras estuvo tranquilo, se sonrió al decirlo, pero después lo boté porque actúa siempre como un enemigo

---

[5] *Hipostasiarse:* hipóstasis. Transformación de la divinidad en ser humano.

que se aprovecha ruinmente de la sorpresa, como un enemigo que pone una trampa, nunca causa la impresión de un amigo erotizado por otro amigo, es la antítesis de Foción. Por eso, cuando su realidad me despertó, como una compensación prodigiosa, estuve toda la noche soñando con Foción. Tal vez mi sueño coincidió con el día que él te consiguió el dinero para tu viaje. Si el hombre pudiera perderse en el bosque al mismo tiempo que se mirase en un espejo, se podrían establecer nuevas leyes entre las imágenes y las oscilaciones de la hoguera.

En ese espejo le pareció a Lucía que contemplaba ahora a Foción. No sentía celos, en una dimensión que ella no podía precisar, Foción era su aliado. Alianza sin que ninguno de los dos se conociera, como si hubieran firmado un pacto enmascarado. Fronesis había copulado con ella en una aventura que era más un deseo de experimentar que de sentir las vertiginosas exigencias del Eros. Su preñez había sido una consecuencia impremeditada del acto, la sucesión oscilante de un acto que sin exagerar podemos llamar indiferente, provocado con todos los ijares de la imago. Foción era una obstinación furiosa que no podía lograr nada, ella lo había logrado todo, el acto y la preñez, pero ese todo se igualaba con la nada. Pero el todo y la nada irían desprendiendo una sucesión con una fruta indiferente al veneno o a las glorias del paladar. Ninguno de ellos ponía sus manos, tal vez no les estaba permitido en su desenvolverse. Iban desprendiendo la muerte que tal vez otros vivían como un destino visible, la imagen no puede tocarse a sí misma. Es inextinguible, se hace visible en el espacio y no apoya su deslizamiento en el tiempo. No es el espacio o el tiempo, la ruina o el esqueleto, que son saturnianos, sino la esferaimagen, que es la resurrección del espacio tiempo en un nuevo cuerpo de gloria. Como el hombre, el espacio y el tiempo verifican tmbién sus metamorfosis.

—Así como lo que dijo ese hazmerreír era verdad y tú

no lo creíste —le contestó Fronesis—, pues has tenido la fe inocente de esperar la otra verdad, aquella con la que se concluye, como si anticipara nuestra muerte, sé que también me vas a creer cuando te diga que pocos momentos después de acostarse saltó para seguir saltando toda la noche, perseguido por la luz que nos antecede y que nos guía. Ese miserable está perseguido por lo que tiene que guiarnos. Se siente perseguido por lo que no se siente y nos guía. Sé que nada de eso te interesa, pues los seres débiles como tú están compensados por una decisión terrible. Esa fuerza que te acompaña y que tú todavía no has descubierto como tu secreto más poderoso, eso es lo que te hace llevar con una deliciosa sencillez el milagro de que estés a mi lado. Eso es lo que los seres dañados no podrán comprender nunca, que todas las personas están protegidas por una envoltura que a su vez necesita también de ese apoyo para existir, como la brisa gusta de los árboles y se querella contra la columnas.

Lucía pudo precisar después la sombreada presencia de otro arabito. Parecía que perseguía a alguien que se le escapaba, que lo burlaba y exacerbaba por lo inopinado de sus escondrijos, y que al final se reía de él como una ardilla listada que le hiciera muecas y saludos con el rabito. Un día se le acercó a Lucía y le preguntó si conocía a Cidi Galeb, al recibir con disimulada inquietud la negativa, se limitó a apresurar sus pasos y a perderse por la esquina sin farol. Otro día pasó con una ronda de amigotes, como para atemorizar. Luego lo volvió a ver, por las persianas entornadas, permanecía frente a la casa, encendiendo cigarro tras cigarro para que le vieran bien la cara. Enjutado[6], de huesoso rostro con excesiva nariz carnosa que convidaba a la huida con sigilo o a la desbandada tumultuosa. En otra ocasión le hizo la misma pregunta a Fronesis quien sólo le contestó que sí conocía a Galeb, pero que ya éste se había ido. Quiso forzar el

---

[6] *Enjutado:* enjuto, seco.

Galeb = hijo del Sultán de Tupek del oeste

interrogatorio, pero su desenvolvimiento era tan causalista y oficioso, que forzó aún más la indiferencia. Al fin, se declaró jefe de policía de Tupek del Oeste, su nombre era Adel Husan. Dijo que perseguía a Galeb por orden del Sultán que era el padre de ese malvado y que le recomendaba con toda cortesía que prescindiera de su trato, pues era una persona que evaporaba daño y maldad como el grajo peste insoportable. Seguía describiendo su maldad planificada en la pura gratuidad. Se despidió con escasa reciprocidad de quien le oía impasible. Días después apareció de nuevo frente a la casa con subrayada provocación. Al desaparecer, hizo un disparo al aire. Lucía se apretó con Fronesis y estuvo un rato llorando. Fronesis permaneció más absorto que perplejo, como quien oye una melodía indescifrable, pero su respiración continuaba igualmente armoniosa.

En el tren que los alejaba de aquella playa, Lucía asomada a la ventanilla, pudo observar cómo golpeaban los cristales la infinita sucesión de ramillas y la denodada permanencia de un insecto que saltaba por las hojas, pero después se agazapaba inmóvil y se reía de ese brujoncito que es tan sólo lo que logra atrapar nuestra visión.

Lucía y Fronesis habían ido a parar a Fiurol, un pequeño pueblo de la costa mediterránea de Francia, que tenía como todo pequeño pueblo sus grandes arrogancias, las viejas se enorgullecían de repetir que allí gustaba de ir a rezar San Luis, antes de partir para Túnez, y que, algunas noches por la desembocadura del río se aparecía el rey orante rodeado de pájaros y delfines que cantaban. Una modesta carretera unía ese pueblo con una aldea de pescadores, donde se había instalado una pequeña feria que justificaba las romerías de jóvenes que venían del pueblo. Las pobrísimas casas de los pescadores, descaladas[7] y apuntaladas, se contrastaban con una pequeña pensión con ribetes de hotel para excursionistas domini-

---

[7] *Descalado:* con las paredes desconchadas, que ha perdido la cal.

cales o presuntos arqueólogos. Era una casa de dos pisos; abajo, la cantina, con unas pocas mesas para bebedores que se apuntalaban unas cervezas con algunas fritadas o empanadillas de langostas. Después, unas mesas donde podían sentarse ocho o diez parroquianos que vivían en la pensión o venían de los alrededores cuando el sofrito convocaba para algún jabato[8]. En el otro piso estaban las habitaciones, entrelazando las sábanas bien almidonadas con una costra de aljamiados papeles adherida a las paredes sinusoidales. En general, la impresión si no era de nitidez, era de blancura barata, acompañada de una modesta alegría saludable. Era el ambiente de un pequeño hotel donde a veces coinciden un profesor soltero en vacaciones y una pareja improvisada en una estación de tránsito. Era pues esperado que alguien tuviera que coincidir con Fronesis y Lucía, que ya comenzaban a pasear por las márgenes del río y a curiosear con los pescadores.

En una de las márgenes de la desembocadura estaban las casas de los pescadores, el hotelito, los quioscos para los tiros al blanco, los juegos de argollas pestañeantes y las márgenes de azar concurrente. En aquella aldea esas máquinas eran como un escudo de maldición, como una banderola en un árbol que anunciase el bosque donde se encontraron el chivo del Sabbat[9]. Nadie se les acercaba, ni tenían dinero que quisieran introducir en la voracidad de sus bandejas. Ni siquiera funcionaban. Habían sido llevadas por camiones enlonados, ya que algunos pueblos corrompidos por la moralidad, los botaban a patadas y a bastonazos de la gendarmería. En aquel pueblo eran tan sólo como un símbolo de la maldad, como un murciélago puesto a fumar en la habitación de un hotel suizo donde Rilke pasó una noche desvelado.

La otra margen deshabitada era un matorral de bam-

---

[8] *Jabato:* jabalí joven, o macho cabrío.
[9] *Chivo de Sabbat:* macho cabrío, cabrón, de las fiestas de brujas.

bú, helechos provocativamente rizados y manglares achicados por sus luchas contra una tierra calcárea y peladilla. Buitres porquerizando[10] se mellaban los picos contra cangrejos que corrían a ocultarse en sus sueños infernales, haciendo huir a los conejos temblorosos. Otras aves sombrías añoraban las carroñas del Ganges[11]. Oculta por los yerbajos se divisaba una casa, a donde según le decía el hotelero, desconfiado por la posible competencia, iban gentes raras, excéntricos o enajenados. Ahora estaba allí, le habían dicho, un pintor con una americana que se pasaban el día pintando botellas, que después por la noche usaban como candelabros. A veces se oían tiros, después por la mañana sacaban una galería de retratos agujereados por las balas. Fronesis ocultó con el pañuelo su sonrisa.

Lucía se acercó a un hombrecito calvón en un escritorio que hacía las veces de carpeta. Cada vez que genuflexaba[12] una de sus amabilidades nos pasaba por la cara el espejo de su calva. En ese espejo, como si fuera una bandeja, mostraba una carta. En esa calva bandeja espejo, Lucía deslizó una propinilla. Sonaron las monedas con poca alegría, como si cayesen en la alcancía de un iglesia. Era la broma que como una ardilla corría por todo el hotelillo cada vez que llegaba una carta. Fue la primera carcajada que le disfrutó Fronesis a Lucía en su reencuentro. Esa alegría la recorría cuando dijo en voz alta: Para Fronesis, de Cemí. Un hombre que pasaba a su lado se detuvo como si hubiese sentido una viperina eléctrica. Después, apresuró de nuevo el paso. Miró a Fronesis y se detuvo.

—Cuando salí de La Habana, mi esposa Ynaca Eco,

---

[10] *Porquerizando:* que actuaban, los buitres, como cuidadores de puercos.

[11] Pueden ser otros animales depredadores, como las cubanas auras tiñosas.

[12] *Genuflexaba:* forma verbal originada en genuflexión, genuflexo. Arrodillarse. Humillarse.

como usted sabe, la hermana de Oppiano Licario, me presentó a José Cemí, pues después del velorio de Oppiano, donde se conocieron, no se habían vuelto a ver. En la primera carta que me escribió Ynaca Eco me decía que Cemí había ido a ayudarla el día del ciclón. Yo sé por las cosas que nos contaba Oppiano que usted es un gran amigo de Cemí. Licario, recordando las teorías de la refracción en los espejos cóncavos, decía que era la misma llama que se refractaba en tres espejos (a Fronesis le sonó a falsa la cita de Licario hecha por el que se presentaba, pero cierta en relación con la impresión que quería causar). De tal manera que ahora mismo me parece que lo veo a usted entre Cemí y Foción (en ese momento el hotelito se metamorfoseó en el recodo del Malecón. Esa era la sensación que recorrió totalmente a Fronesis).

—Celebren el encuentro —se oyó que decía el espejo calvo, con una naranjada anisada. Fronesis sintió en las incesantes metamorfosis de los complementarios, que el centinela que lo había invitado a que se fuera del Malecón, el día de su primer conocimiento de Lucía, era el mismo que ahora proponía interesadamente una invitación. Sentía como indiferencia ante las palabras por su indistinción, la total homogeneidad aun de los hechos más diversos en su apariencia, como la ilusión que viene a diferenciar un centinela de una calva se borra. La noche que envuelve al centinela se iguala con el espejo de una calva. Es cuando escoger una palabra se vuelve imposible. No distinguir se ha hecho equivalente de escoger. Otras palabras soplan sobre las palabras y los hechos se entrecruzan y se pulverizan para renacer. La palabra incial tiene que coincidir con el hecho final para que el verbo no se muestre al desprenderse del neuma universal. La tierra produce al girar un zumbido casi inaudible, pero es eso lo que tenemos que oír. Y en ese zumbido meter la mano y sacar los peces de la corriente estelar. Inmediatamente le nacen los ojos que acarician al hombre.

—Yo he venido a un congreso de arquitectos, después vendrá mi esposa Ynaca Eco y es casi seguro que nos volvamos a encontrar todos en París, pero antes siempre paso por Fiurol, donde hay pescadores, ferias, apariciones de San Luis y yo diría que hasta chozas para penitentes. Por aquí pasaba Oppiano y en este mismo hotelito hacía sus temporadas. Cuando Ynaca vuelve a Francia le gusta pasar siempre unos días en este sitio, antes de entrar en París a los Licario les gusta tener este pequeño apoyo, que es al mismo tiempo un descanso y un impulso. A la manera de las plantas que devoran insectos, la costumbre engulle monstruos y yo creo que por eso este pueblecito perdura desde los etruscos y no se sabrá nunca si los moscones vienen por la costumbre o la costumbre subsiste por los moscones. La costumbre hace invisible la excepción, de la que se nutren constantemente. Dispénseme, estoy hablando con un poco de atropellamiento, pero sé que su comprensión es grande, pues al verlo a usted me ha parecido de nuevo estar en La Habana y coincidir todos, qué alegría, en un banco del Prado. Licario, Foción, Cemí usted, Ynaca y yo tal vez sólo por estar emparentado con los Licario, hablando de la aparición de los lestrigones[13] como solución del caos contemporáneo. Yo creo que los Licario gustan de este pueblo por su devoción por los lestrigones. Ya ve, usted que nunca ha estado aquí y yo que siempre que vengo a París paso por este pueblo, eso es casi mi obligación, hemos coincidido. Dispénseme, quiero abrazarlo —se dirigió después a Lucía y le extendió sus dos manos. Fronesis sintió desde su partida su primer estremecimiento.

—Me ha gustado abrazarle y después tener que decirle el nombre, al revés de lo que es costumbre hacer. Yo me llamo Gabriel Abatón Awalobit. Claro, usted comprende

---

[13] *Lestrigones:* referencia a la *Odisea*. Pueblo antropófago de Sicilia, vecino de los cíclopes.

de inmediato que ese nombre me fue puesto por Licario. Al bautizarme él me hizo, me dio mi verdadero nacimiento. Gabriel, el anunciador de la sobrenaturaleza; Abatón, el inaccesible, y Awalobit, el sánscrito. Avalokitewara, el que lleva un loto en la mano, que es, desde luego, Ynaca Eco Licario. Él me decía, riéndose, que si tenía un hijo, borrase todos esos nombres y le pusiese: Martín Licario Squiateras, o sea, el que encuentra la sombra imposible haciéndola habitable, descubriendo de nuevo el secreto de que la sombra de los árboles es la mejor sombra para la mejor ensoñación. Así como Goethe sentía la pintura como un organismo viviente y por eso en su casa transcurría entre las escala de los minerales, las vértebras del cuello de las tortugas y la semejanza de la raíz y el pistilo, Licario había llevado el Eros a la cultura. Hasta que sosegadamente y sin ninguna sorpresa me pudo bautizar de nuevo con mi nombre actual, no me presentó a su hermana y favoreció nuestro matrimonio. Hasta que yo adopté ese nombre sin ningún sobresalto, no me llevó a su sangre. Si no fuera por ese Eros del conocimiento, Cemí, usted, yo y el mismo Licario, seríamos una mueca grotesca de enajenación. Si no fuera por ese Eros del conocimiento que es la sombra de la poesía, de nuevo un organismo viviente que viene a dormir a la sombra de un árbol, seríamos locos y no mitos para ser cantados por los efímeros venideros. Pero cuando estemos en París volveremos a hablar de todas estas cosas que ya han dejado de ser para todos nosotros una punzada de clavo o un clavo de olor —hizo una reverencia y se dirigió a su pequeño carro[14]. Con movimientos precisos, sin subrayada elegancia, comenzó con la gamuza a limpiar el parabrisas. Fronesis sintió en su piel cómo se iba extinguiendo la humedad en el cristal.

Al atardecer, Fronesis se acercó a uno de los quioscos donde se lanzaban las argollas sobre objetos alzados

---

[14] *Carro:* así también se le llama en Cuba al automóvil.

sobre una pequeña cuña de madera, si la argolla terminaba totalmente su homenaje, engendraba la ingenua y ridícula cadena causal de llegar a su casa con un paquete de talco, una muñeca negrita y una botella de ron. Fronesis, en esos objetos ganados en suerte y las entrecruzadas espirales de su posible desenvolvimiento novelable, sintió esa fascinación imantada que de una manera o de otra asomaba también en Cemí. En Foción esa sucesión engendraba una dolorosa irritación, un avanzar y un retroceder que se calcinaba al no poder fijar su finalidad, ya que en su presencia el cuerpo se gozaba en deshacerse en polvo y en rocío. A veces le parecía a Fronesis, cuando tenía esa sensación se precipitaba vorazmente sobre el entrecruzamiento que lo tentaba, que tanto él, como Cemí y Foción, se habían juramentado en un sueño cuya única prueba era el impulso frenético, en reencontrarse en el mismo castillo hechizado. Foción, al adormecerse de repente, Fronesis por la incesante continuidad de la vigilia y Cemí por lor reflejos y grietas del espejo, habían encontrado la llave que entreabre el prodigioso portalón de los azules fajados por los esmaltes de los hermanos Limbourg.

Pero aquel quiosco ofrecía unos premios que eran muy distintos a aquellos que se daban en Santa Clara o en sus primeros días habaneros en el relleno del Malecón. En una de las paredes había un aviso donde podía leerse: «Recuerde la noche ochocientas ochenta y cinco de Las Mil y una Noches[15], gane en el juego de las argollas el canuto de marfil y verá lo que sucede en la otra margen del río.» De las cinco argollas, Fronesis pudo situar tres y se ganaba el premio de la visión en la imagen escogida como privilegiada.

Fronesis quiso comprobar de inmediato la creación de la imagen en aquel canuto de hueso amarillento, que reme

---

[15] Se refiere al cuento del macho cabrío y la hija del emperador. Ver prólogo, nota 53.

daba el marfil de la leyenda, dio unos saltos por las piedras enlosadas que lo llevaban en la orilla del río y se llevó el canuto a los ojos para ir acorralando el campo óptico. Se restregó los ojos con el pañuelo, pues la imagen se refractaba incesantemente por la luz, obligándose a pulir los lentes neblinosos con los vapores húmedos del río. Al fin la imagen soldó sus distintos fragmentos, como el ectoplasma fugitivo de un aparecido que de pronto se detiene y nos hace una reverencia. Alrededor de una mesa con botellas y emparedados estaban Champollion, Margaret Mc Learn y el arquitecto Abatón Awalobit. Se veía que hablaban, más por el movimiento de los brazos que por el fruncimiento de los labios que se hacían invisibles por la distancia, y que Champollion, excedido ya en el whisky, costumbre cuya reiteración mantuvo aun después de dejar la pintura, procuraba comunicar su exceso a Abatón, que se mantenía aún en las proximidades de su apelativo el *Inaccesible*. Margaret se mostraba también muy obsequiosa, seguida de largos períodos de indiferencia, en los que prefería mirar a los ánades tiznados que pellizcaban algunas sardinas. A veces, Abatón hablaba, pero Champollion se iba extendiendo hacia atrás en su silla esbozando una tímida aquiescencia de lo que oía. Lo oía como si fuera un turista americano que hablara el francés, engendrando una irónica expectación. Margaret se fue adormeciendo, Champollion le tiró una botella a un manglar poblado de estorninos. Fronesis pudo comprobar que en las márgenes despobladas de un río inauguraban el mismo estilo que en las más entrecortado barrio parisino. Se repetían sin fidelidad, siempre en la misma mentira provocada.

Descansó como en un hastío despertado por la pobreza de la *combinazione* ofrecida. Miró detrás de la choza donde parecía que vivían Margaret y Champollion, estaba en el centro de la casa como de una media legua de frutales, perros del tamaño de lobos, loros y monillos. La casa estaba rodeada de una cerca que tenía pretensiones de muralla, muralla que a su vez tenía la pretensión de mostrar unos murales. La casa le había sido prestada a Champollion por ese perdurable millonario americano que vive en Florencia dedicado al estudio de Simone Martini y a la amistad griega. El préstamo de la casa se había hecho con la condición de que pintase Champollion unos murales con los temas de la pastoral de Longo. Ahora Fronesis veía a Abatón acompañado de Champollion y Margaret enseñándole el desfile mural donde los faunos asustaban a los pastores que se hacían el amor acariciados por los aires de los valles sicilianos.

Precisó de nuevo el canuto de presunto marfil. Del otro lado de la cerca los temas del mural se volcaban en la comprobación palpable de sus variantes. Poderosas campesinas movían como a compás sus coladores de arena, mostraban de espaldas indetenidas trenzas entrecruzadas de flores azules y amarillas. El juego de las formas, a la orilla del mar o de los ríos, de Renoir a Cezanne, de Gauguin a Matisse, donde se contrastaban la esbeltez del cuerpo inmovilizado frente a la horizontalidad cuantitativa de la fluencia, se trocaba en la sacralización de un acto ritual de iniciación, ofrecido con la más casta de las desnudeces. Hombres ya mayores por los años o la obligación reflexiva, acompañados de adolescentes aprendices y absortos, de nuevo los sofistas atenienses, en las tardes de vino y abejas conversables, paseando con Agatón[16] o con Carmides. La lujuria se había extraído de los cuerpos como la transparencia del aire, pero era como un paréntesis acompañado por la melodía, que después tendría que reaparecer convulsionada y frenética, como el indetenible *crescendo* de unos tímidos pasos de danza esbozados por la flauta que van a culminar en las aglomeraciones ululantes de la bacanal de Tanhauser. Otras matronas, pletóricas y madurotas, mos-

---

[16] *Agatón:* Hijo de Príamo, rey de Troya. Hizo cuanto pudo por retirar el cadáver de Héctor, su hermano, del campo de batalla.

traban unas tetas repletas, saltantes, en cuyos pezones podían colgarse campanas o pisapapeles con el ingenuo afán de impedir sus brincos abisales. Se abrazaban, con regalada impudicia con unas muchachitas de senos esbozados por las arenas rotas al surgir los cangrejos. La presión de aquellas grandes tetas sobre las pequeñas sombras que surgían en espiral, lograban casi aplanar la extensión de la piel del pecho donde se esbozaban. Fronesis afinó de nuevo el canuto de seudo marfil. Por aquellos agrupamientos corales desfilaban Champollion, Margaret y Abatón Awalobit. Se señalaban entre sí hallazgos de color, se sonreían cambiando lo que creían eran aciertos verbales, o coincidían elogiando con exclamaciones el esplendor de algún cuerpo hermoso que saltaba como un animalejo al recibir unas nalgadas de los visitantes. Abatón parecía tolerar el fácil cinismo de los que lo acompañaban, pero se mostraba más grave y alejado. Existe un cinismo más trascendental que desdeña las formas elementales de la desnudez, de la misma manera que existe quien jamás se declararía homosexual, pero está dispuesto de entrada a la aceptación de la androginia universal. Margaret y Champollion caminaban y se desenvolvían entre aquellos cuerpos, con preciso conocimiento de secretos que habían compartido y de aleluyas de coral estremecimiento. De pronto, aquella teoría de cuerpos en su desnudez, como su soplo vehemente en los agujeros de la siringa[17] los precipitaba sobre una palmera y allí se detenían en un hieratismo de un grotesco solemne.

Le llamó la atención a Fronesis la anchura de un tronco que oscilaba como con contracciones y dilataciones en el diafragma ventral, era como una sombra de crecimiento horizontal que después se refugiaba en el tronco

---

[17] *Siringa:* instrumento musical antiguo, de viento. Es la flauta formada por una serie de cañas de tamaño desigual unidas paralelamente que toca el dios Pan.

del árbol. Allí hundió varias veces el canuto para precisar un cuerpo escondido detrás de un árbol. Era Adel Husan procurando precisar los funcionamientos del entorno. Su mirada saltaba como una zarigüeya de la casa a los murales en la cerca, seguía el cortejo de los cuerpos desnudos. Parecía esperar que alguien llegase, que el grupo estuviese completo. Su inquietud se mostraba en la irregularidad de sus posiciones, pareció estabilizarse cuando vio que alguien llegaba, que ese alguien estaba ya en sus redes. Volvió Fronesis a mirar las mesas que estaban delante de la casa, pudo observar un nuevo invitado: era Cidi Galeb, formando ya parte de las risotadas, de las ingeniosidades letales, del diestro ejercicio de reírse sin ganas. Champollion enriqueció sus ademanes y la verba con la nueva incitación, pero a Abatón se le endureció aún más su perplejo y cambiaba visiblemente, como en una cámara lenta, su rostro para poder seguir el desfile de aquellos clowns. Champollion empezó a traer los retratos que había hecho en aquel retiro y a ponerlos en los peldaños de la escalerilla central, como un improvisado anfiteatro capaz de centrar la visión errante. Comenzó a lanzar a los retratados, más con afán de magia negra que de querer asombrar, las ráfagas de un pistolete que mostraba el peine con las balas como si fuesen pelícanos.

Lanzó Fronesis el canuto sobre el árbol que escondía a Husan. Corría con la desesperada celeridad de un cervato, como impulsado por la escandalosa sonoridad de los disparos. Fronesis se retiró de su escondrijo y volvió a una caseta donde se ejercitaba el arco y la flecha. Pudo ver a Husan llegar a la otra orilla, sentarse en una roca buscando el sol para escurrir rápidamente el agua, después lo vio que caminaba a saltitos por aquellas callejas, hasta perderse de nuevo siguiendo la misma margen del río. Fronesis quiso llevar hasta el final la leyenda que se insinuaba en el tiro de las argollas, adquirió a sobreprecio una flecha, se acercó de nuevo al río y lanzó la flecha sobre la otra ribera. Fue a caer sobre una pandilla de quebrantahuesos que graznaban con temblor.

Pasados cuatro o cinco días, Fronesis volvió, apoyado en el canuto de huesos cremosos, sobre la otra margen. Vio que salía de la casa una mujer joven, con flores en la cabellera como remedando una tahitiana sonriente vista por Gauguin. Su juventud se contrastaba con la gravedad de su gesto y la obstinación de sus miradas que conjuraban un punto errante. Llevaba en sus manos una flecha, a veces la alzaba, parecía cantar. Era Ynaca Eco Licario. Mientras intentaba situarla en el centro del lente, Fronesis observó como si ella viniera caminando hasta colocarse en ese mismo centro. Se acercaba a la orilla y alzaba la fecha, la misma que Fronesis había lanzado para conjurar la distancia y favorecer el hechizo.

De vuelta al mesón, el que fungía[18] de administrador se dirigió a Fronesis, hablándole un tanto apresuradamente como si ya hubiese pensado lo que tenía que decirle y le urgiese la conversación con el huésped:

—Abatón Awalobit se fue y me encargó que lo despidiese de usted. Ahora estamos esperando a su esposa que llegará en estos días. Este hotelito era el preferido de su hermano Oppiano Licario, siempre que venía a Europa se pasaba una semana con nosotros. Decía que este pueblo había sido una colonia etrusca y que él era un estudioso de esa cultura. Decía que en las ruinas que están por los alrededores de este pueblo, tenía al alcance de sus manos todo lo que él necesitaba. En un templo, en lo alto de la colina, se le rendía culto a Júpiter, a Juno y a Minerva, y le gustaba adorar en un mismo acto a la semilla en la tierra y en la mujer y al *intelligere* que protege al hombre. Allí estaba también el templo de Isis en el mismo mercado, la muerte en el centro de los afanes más inmediatos. El templo de Hércules, a los pies de la colina, ponía en comunicación al gimnasio con el

---

[18] *Fungía:* actuaba como...

circo. El templo de Venus, donde sólo se podía entrar por parejas, para la soledad de la pasión, y después el de Vulcano, con sus lámparas fálicas encendidas desde el mediodía hasta la totalidad de la noche, como si pretendiese unir la luz con la muerte. Después del fuego el camino desconocido, que nos obliga al silencio.

A veces, recorría esos templos con sus amigos. Un día que salió solo me decidí a seguirlo, evitando que él me viese. Se dirigió al templo de Venus. Llevaba en las manos unas semillas y comenzó a mascarlas. Lo que vi me aterrorizó y creo que nunca podré olvidarlo. Empezó a temblar y la cara se le puso roja como si estuviese ardiendo. Se arrastraba por el suelo y mordía las yerbas y la tierra. Después corría y se abrazaba con las columnas en ruinas. Besaba los árboles, luego los arañaba, arrancaba las hojas y las masticaba. Temblaba y comenzó a vomitar. Se tendió después en la tierra, se acariciaba los brazos y se fue quedando dormido.

Llegó por la noche y noté, cuando pasó por mi lado, que no me saludaba. Eso me extrañó, pues era en extremo cortés, casi ceremonioso, y su sonrisa al saludar era como una especie de seguridad por anticipado que daba su trato. Cuando se encontró conmigo en el almuerzo, en un aparte me dijo: Me seguiste, vi las huellas, pero pagaste con el susto la curiosidad. Dos personas me siguieron y me vieron, tú y mi hermana. Mi hermana, inmóvil desde La Habana, pudo seguir mi imagen. Pero ella no se asusta, no se sorprende, no huye, no tiembla. Puede corporizar el desenvolvimiento del aire. Lo que camina sobre la tierra, ella lo ve como si caminara para buscarla, y se encuentran. Tiene el don de ver la flora y la fauna que se encuentran entre lo telúrico y lo estelar. Sabe que las nubes están habitadas y forman cuerpos con la evaporación de las piedras. Aquí coincidieron los dioses de lo estelar y los monstruos del sótano terrenal. Ese encuentro se verificaba entre los montes de la tierra y los volcanes apagados de la luna. Por estos aires tienen que quedar vestigios de aquella ciencia, hoy desaparecida, de la oslentaria dedicada a estudiar las excepciones o prodigios que forman parte de la verdadera causalidad. Mi hermana y yo buscamos, quizá no lo encontremos nunca, el *nexus* de esos prodigios, lo que yo llamo las excepciones morfológicas que forman parte del rostro de lo invisible. Digo que quizás no lo encontraremos porque somos tan solo dueños de una mitad cada uno. Yo tengo la mitad que representa las coordenadas o fuerza asociativa de reminiscencia, ella la *visión* de reconstruir los fragmentos en un todo. Si yo lograra el *nexus* de la reminiscencia en el devenir y ella pudiera recordar en su totalidad la fatalidad de cada movimiento, o la necesidad invariable de lo que sucede, lograríamos como una especie de esfera transparente, como un lapidario que hubiera encontrado una sustancia capaz de reproducir incesantemente el movimiento de los peces.

Todo lo que me dijo me impresionó en tal forma —que era una sorpresa inaudita que yo podía asimilar sin sobresaltos por la tierra en que vivía—, que antes de acostarme lo escribí y al despertar lo volví a retocar, que ahora, pasados algunos años, se lo he podido recitar más que recordarlo. He creído que debía contarle esa conversación, porque el otro día lo vi mirando la otra margen del río. Ya no están en la casa donde usted había visto los dos pintores. Ahora quien vive ahí es nada menos que la otra mitad de la esfera, Ynaca Eco, la hermana de Licario, la esposa de Abatón Awalobit. Siempre que viene recorre los mismos templos en ruinas a los que iba su hermano. Sigue la tradición de la familia, pero un día desaparece sin saber por dónde se ha ido a otras peregrinaciones.

Al día siguiente Fronesis alquiló un bote para pasar a la otra margen, iba en busca de Ynaca Eco. Le había oído a Cemí hablar de Licario como la única encarnación que había conocido del Eros de la lejanía en el Eros del conocimiento, que no quiso perder ese regalo del azar que era un acercamiento con su hermana. Fronesis no sabía que después de la muerte de Licario, en un día ciclonero propicio a los excesos, Cemí había conocido en forma definitiva a Ynaca. Al desembarcar vio a Ynaca que caminaba con la flecha que él había lanzado en la mano. De inmediato oía ya sus palabras antes de precisar su rostro, su cuerpo y la lineal perfección de sus movimientos en la marcha. Tuvo la sensación de oír sus primeras palabras con los ojos cerrados y al abrirlos le recorriese la nitidez de una imagen en la dicha. Tuvo también la sensación de que la palabra, geniecillo que daba pequeños golpes de ala, caía sobre aquel cuerpo que la esperaba con la transparente oportunidad del rocío. Sin precisar la sensación tuvo la secreta alegría matinal de frente al lavabo lanzarse agua sobre la cara. Era la contemplación del agua.

—Cuando leí en el quiosco —comenzó diciendo—, la alusión a la noche 885 de Las Mil y una Noches y días más tarde me encontré con la flecha a la orilla del mar, pensé que tenía que ser alguien acogido al reino de la imagen de Licario, decidida a completar aquella noche con las sucesivas, cuando sigue la flecha perdida hasta encontrarla en la casa de los hechizos. Es casi seguro que cuando un hombre de su edad incorpora a su vida por el recuerdo una noche árabe, es también un lector de Goethe. En ese momento estaba presente en usted el pasaje que nos recuerda Eckermann, cuando Goethe desciende al sótano de su casa, extrae las flechas y demuestra su precisión con el arco. No crea que intento remedar la manera de Licario. Son cosas que le oí y ahora las veo, pues él siempre decía que la imagen y todo el Eros del conocimiento surge en el punto coincidente de lo que se oye con lo que se ve. Esas cosas que yo le oí a Licario se me han hecho visibles tan pronto lo vi a usted. Ahora voy a enterrar la punta de esta flecha para que vibrando al recibir la brisa que viene por el lado del río, señale la verificación del encuentro de la movilidad con el sonido. Así nuestra coincidencia tendrá siempre la alegría de toda posibilidad aporética, la del conocimiento que se reafirma al negarse en su identidad, la de la flecha que sigue siempre su marcha, en un espacio que ella ha comenzado por crear como incesante multiplicador. Toda metamorfosis en el hombre sólo puede verificarse en la metamorfosis espacial que desplaza. Yo sé que usted no se sorprende, pues tanto usted, como Cemí y Foción, tienen ya muy asimilado que todo conocimiento verdadero culmine en el delirio. Pero eso sí, el delirio no puede ser otra cosa que la normal comprensión de la respiración. Respiramos porque deliramos, deliramos porque respiramos. Vemos al hombre, si oímos su respiración, ya estamos en el delirio. Deliramos como un grito silencioso que se esparce por todo el cuerpo, con peso, número y medida.

Yo creo que la mejor manera de batir el tiempo en esta mañana es recorrer los templos de que gustaba Licario. No crea en la versión que le dio el hotelero. Algunos años después él me contó riéndose que había fingido esos espasmos y éxtasis, para que esa sorpresa tuviera más relieve en la memoria del persecutor. Así, ha podido observar lo bien que la recuerda y la precisión con que se transmite este pequeño fingimiento, era lo que Licario llamaba la alquimia del nacimiento póstumo. El recuerdo es un homúnculo, solía decir. Él estaba trágicamente convencido de que la plenitud del hombre, mientras estuviese en lo visible, consistía en segregar ese rocío que la imagen reconstruye, evaporar la posibilidad de otro cuerpo, que es el homúnculo que salta en lo invisible, después de la muerte. Ese homúnculo es muy travieso y gusta con frenesí liberarse del cuerpo anterior que estaba en lo visible y del que depende. Pero algunos hombres han podido ejercer un control, por la cualificación de su cantidad en lo visible, sobre los saltos de ese homúnculo en el tiempo.

—Pero antes de ir al bosque vayamos a la casa, donde hay algunas cosas que debe ver.

En el portal de la casa estaban amontonados, puestos unos sobre otros con descuidado ensañamiento, los retratos que había hecho Champollion durante esa *etapa* de su pintura. Uno a uno Ynaca los fue poniendo en semiluna. Allí estaban los rostros de Galeb, Mahomed, Husan, Margaret y Fronesis atravesados a balazos. Husan en el sitio de los ojos tenía dos enormes huecos, Galeb en la boca, Mahomed en la garganta, Margaret en las orejas, Fronesis en la frente. Se observaba que quería causar el efecto de que los balazos eran también un elemento de composición. Los bordes de la oquedad estaban retocados con negro y rojo ladrillo.

Se encaminaron a la llanura de los recorridos de Licario. Por las grietas de la tierra, túneles para hormigas, comenzaba a salir un humo tan denso como una niebla carnal. Esos cuerpos que saltaban de corceles que venían del río, se agrandaban como los árboles y comenzaban a balbucear, a bostezar, a llorar por la sorpresa reciente de su extracción, como llora el topo al encontrarse con un bastón de jade frío. Al lanzarse de sus caballos, en pleno galope, se hundían en los agujeros humeantes de la tierra, pero después de la evaporación se solidificaba en cuerpos duros y resistentes a la penetración del lince, como si apretáramos en nuestras manos una miga de pan en un día de mucha niebla. Y la miga de pan chorreaba esos sonidos que se perciben al apisonar la luz en un pajar.

Del otro lado del río, comenzó a levantarse el cortejo de una ninfa de maldición, Leinth, un velo le tapa el rostro y un manto ondulante no define la llegada de su cuerpo, así, como el fuego de las entrañas terrenales tiende a condensarse y a esbozar figuras, el cortejo de esa ninfa maldita gusta de deshacerse en incesante rocío, en imprecisiones que son como deshechos instantes en el espacio. Ynaca Eco se arremolinaba en el centro de las condensaciones del humo y de los jirones de la niebla. Todo lo que los rodeaba se dirigía a formar o deshacer un cuerpo. Las figuras que se apeaban de sus caballos y desaparecían. La sucesión de los relámpagos nos entreven un rostro, una insepulta cabeza que comenzaba a hablar con mesurada gracia, sonriéndose. El cuerpo era el primer apoyo de una lectura en la infinitud, el espacio volvía a ser una criatura primordial. La tierra, al abrirse, paría incesantemente sobre el espacio; el espacio, por el lado del río, al desgajarse ocultaba sus huevos en la tierra.

Ynaca Eco interpretaba ese ritmo germinativo, vivía una continuidad que no se interrumpía. Sentía sus instantes como una sucesión de reyes en una baraja descifrable. Se acercó a un árbol, sacudió el ramaje y de una baya extrajo unas semillas doradas que comenzó a mascar con lentitud. Como en un ritual le entregó a Fronesis una de las semillas. Sintieron como si mascaran una claridad, como la precisa ambrosía gomosa de una transparencia que se esparcía por sus cuerpos en un inexorable oleaje de humo. El efecto de esas semillas era todo lo contrario del espasmo convulsivo que había fingido Licario para asombrar al hotelero y provocarle los más elementales resortes de la reminiscencia. Era, por el contrario, la ruptura del ámbito y la aparición de la criatura primordial en la totalidad del espacio germinativo. El sexo volvía a ser la voz del neuma sobre las aguas. Una chispa de esclarecimiento entre el hombre y el transparente parimiento estelar.

Llegaron al templo de Venus. El polvillo de la luz completaba las columnas truncadas, miraba las piedras que rodaban. Sintió por primera vez que la luz era lo que completaba, el misterio revelado de la composición universal. Los árboles se volvían infinitamente nítidos, como si convertidos en sílabas de un ritmo progresivo recorriesen nuestra sangre. Sentía como si su índice siguiese el contorno de las hojas, la abstracción del contorno permanecía en el aire como un halo incandescente. El nido del pájaro permanecía incansablemente fijo ante su mirada, como la raya de la tiza sostiene el aluvión estático de la negrura pizarrosa. El pájaro en su vuelo se detenía, comenzaba a penetrar lentamente por sus ojos. Después, con igual lentitud, huía del pisapapeles a la docena de sellos envueltos en papel celofán. Se sacudía, goteaba como un árbol, tenía escamas como un pez.

La gota y la escama tenían pues su instante de hermandad. Fronesis sentía todo lo contrario de su primera noche con Lucía. Era esa la noche de la total interrupción, el obstáculo, el muro que hay que saltar. Allí era necesario provocar un oscuro donde penetrar. Un pequeño oscuro, como el pequeño vacío, una incisión en la pared en las ceremonias del té. Los dos cuerpos estaban tensos y separados, la imagen no reconstruía, no soldaba. Los dos cuerpos, como si estuviesen de espaldas, caminaban en sentido contrario. El agujero en la camiseta creaba un nuevo ojo pineal. El pequeño oscuro era el único apoyo de un cuerpo al caer sobre otro. La preñez de Lucía la sentía como el crecimiento elástico de esa oscuridad provocada. La oscuridad del túnel, y la oscuridad que lo rodeaba, restablecían la normalidad comunicante para lograr la claridad instantánea del chorro final.

La desnudez de Ynaca le producía a Fronesis todo lo contrario de lo que había sentido frente al cuerpo de Lucía. Sentía que en Ynaca se continuaba, no la interrupción espacial de los dos cuerpos, sino como una transparencia extendida y acariciada. En ese instante sentía también su sucesión con los árboles y el río, con las columnas y sus reflejos. Nada interrumpía, nada irrumpía, nada prorrumpía. Su piel no era el límite de su cuerpo, sino la sucesión infinita en la piel de otro cuerpo, en la llanura, en la corteza de los árboles, en la afluencia del río. No pudo precisar si su posesión de Ynaca había sido horizontal o vertical, acostados en el sueño o en una danza ascendente. Tampoco pudo precisar el comienzo de la dicha o la extenuación final. Los dos cuerpos caminaron hasta el río, pero algo invisible de ellos que allí se había quedado comenzaba de nuevo la medianoche de las bodas.

Fronesis tuvo la sensacion de ver como fondo de los pasos de Ynaca, *La tumba de los augures*[19]. El sacerdote, en el lateral izquierdo, hace gestos de ensalmo en torno a una espiga de trigo. Un pájaro que se acerca queda detenido sin poder posarse en el ámbito hechizado de la hoja. En el lateral derecho, el sacerdote repite idéntico rito, pero ahora de la raíz corroída hace saltar la liebre que cavaba en las profundidades. El aire cubría como con unas redes de secreta protección en torno de la mutabilidad de las hojas y de la inmóvil jactancia de los troncos. Una indetenible pero resguardada evaporación alcanzaba aquella llanura venusina, en torno de la puerta que conduce a la conversación con los muertos, el pájaro se detenía y la liebre saltaba. La conversación subterránea era el símbolo del vencimiento de la muerte.

Aparecieron dos caballos, uno color ladrillo, otro era de un negro azul. Muy parecidos a esos lindos caballitos que pretenden sacarle de su mundo subterráneo a Francesca Giustiniani. Un demonio azul se enfrenta ahora con esa dama etrusca en su reposo. Una mano cierra su puño con violencia como queriendo mostrar sin excusa la inexorabilidad de su castigo. El gesto del augur, que en otra tumba detenía al pájaro y hacía volar a la liebre, muestra ahora la palma de la mano, como si fuera un espejo, para hacer perdurables las líneas de su rostro en su desaparición. La pasión de los etruscos por el espejo muestra su anticipo en esa palma de la mano, arrugada tal vez como esos espejos de bronce granulados aparecidos en algunas de sus tumbas. Esa palma de la mano guarda para siempre el recuerdo del rostro que allí se

[19] *Tumba de los augures:* el arte etrusco obsesionaba a Lezama. Ver prólogo. En este pasaje describe la pared posterior de la cámara funeral, creada por un notable artista de la época, alrededor del 530 a. C., de la escuela de Tarquinia.

374

Tumba de los augures

asomó, antes que el espejo de bronce o de cristal pudiese asumir el rostro y devolverlo.

Los dos caballos con parejo galope parecían conocer el camino a seguir. Ynaca acariciaba el cuello de su corcel con la misma alegre ternura que miraba a Fronesis. Pasaron frente a las ruinas de un palacio, de un puerto guarnecido por una muralla que aún hoy ofrecía cierta simetría, era tan sólo un efecto óptico ocasionado por una armoniosa distribución del jaramago y el muérdago. La homocromía de algunos lagartos mantenía la uniformidad coloreada de las rocas amuralladas.

Ynaca señaló para las ruinas del palacio y le dijo: —Desde la altura de aquella torre, sólo el rey podía contemplar un puerto secreto y ordenar las maniobras de la escuadra que se encontrase allí oculta. La que quedó como reina viuda conocía también ese secreto. Y el resto de sus súbditos, que no quería ser mandado por una mujer, se declaró en rebeldía. Partieron en una escuadra para apoderarse de la reina viuda. La reina ordenó que sus tropas se escondiesen en aquel puerto secreto, otros soldados enmascarados se mostraron en las más altas torres falsamente jubilosos, como si fuesen a entregar la ciudad. Cuando los marinos desembarcaron por el puerto visible y amurallado, la reina ordenó que se abriese el canal, y la marinería oculta en el puerto secreto se apoderó de la escuadra. Dirigidos por la reina llegaron al puerto de Rodas, fingiendo laureles. La reina exterminó a los jefes militares y convirtió en esclavos a sus moradores. La reina hizo levantar dos estatuas de bronce, una de esas estatuas representaba su figura como Minerva Promakos, como inteligencia armada; la otra, representaba a los vencidos trocándose en esclavos, llorando y pidiendo piedad. Al paso del tiempo esos trofeos fueron cubiertos con planchas metálicas, con obligación de ser llamados Abatón, el inaccesible.

Licario conocía ese puerto secreto. Por eso le gustaba visitar a este pueblecito. Yo creo que su amigo el anticuario florentino era el que le había descubierto ese secreto. Licario venía, se apoderaba de piedras y de estatuillas, de espejos y de alfileres de oro y un buen día desaparecía. Su amigo tenía una tenaz obsesión por la religiosidad etrusca. Como si fuera una misión repartía las piezas gratis por todos los museos, como era extremadamente rico se permitía esa especie de voluptuosidad de propagar una de las más antiguas religiones de Europa. Así como en su país[20] hay muchos millonarios que propagan las más novedosas religiones, que fundan nuevas sectas y evangelios, que se declaran discípulos de Marción o de Simón el Mago[21], o viven para demostrar que San Juan el Evangelista fue una figura más fascinante que Cristo, este amigo de Licario, desde su logia florentina, preparaba como los etruscos su sepulcro subterráneo. Ya usted ve por qué mi esposo se llama Abatón, mi hermano lo quiso bautizar por segunda vez. Ahora no le quiero explicar por qué es inaccesible. Cuando estemos

---

[20] Este comentario sobre los millonarios y las religiones novedosas no parece tener nada que ver con Cuba, más bien señala a los Estados Unidos, sin embargo, Ynaca Eco Licario se dirige en ese momento a Fronesis, aunque la imprecisión del *su* (amigo florentino de Licario) podría orientar de otro modo y obligaría a pensar en Italia, país al cual tampoco parece corresponder la extravagancia de la dilapidación con fines religiosos.

[21] *Marción y Simón el Mago:* cismáticos, contrarios a ciertos aspectos de la doctrina cristiana.

Marción (siglo II) fue un filósofo gnóstico, originario de Sínope, en el Ponto, sostenía ideas dualistas y al ser expulsado de la iglesia fundó una nueva. Escribió una Antítesis para demostrar que el Dios del Antiguo Testamento era distinto e inferior al Dios de Jesucristo. Admirador de San Pablo, sostenía que el cristianismo judaizante no había comprendido la predicación de Jesús. Su obra citada, así como la reedición marcionita del Evangelio según San Lucas y las diez epístolas paulinas que consideraba auténticas (fragmentos de Tertuliano) se han perdido.

Simón el Mago es una denominación que cubre dos personalidades distintas: el Simón citado en los Hechos de los Apóstoles (89-24), sanador conocido por «el Gran Poder de Dios» y la segunda, nombrada por Justino, Hipólito, Ireneo y las *Homilías Clementinas* (si no se trata de otro tercer Simón). Se puede deducir la existencia de un Simón, samaritano, siglo II, natural de Gitta, que pasó a Roma predicando un misterio gnóstico en categorías helenísticas.

en París se lo explicaré, pero, en fin, yo creo que allí ya no será necesario.

Ynaca se apeó del caballo, Fronesis precisó que se quería despedir porque el caballo que la había traído se perdió de nuevo en el bosque. Ynaca le dio la mano, apartó unos ramajes. En el fondo de la bahía secreta se veía un pequeño yacht, su chimenea lanzaba el humo fácilmente reconocible de un inmediato zarpar. El ramaje bajado hasta la tierra se trocó en una puerta por donde desapareció Ynaca. El caballo de Fronesis, de un negro azuloso, como escapado de una tumba tarquinia, recuperó su galope. No se sintió sobresaltado, ni siquiera intranquilo, pero lentamente fue cobrando conciencia de que las manos le temblaban.

En la mañana del día siguiente. Ynaca sentada en una silla de extensión en la proa del pequeño barco, procuraba ocultarse de la violentísima luz que venía de los valles sicilianos. Miraba el sol y después cerraba los ojos para provocar una rueda de chisporroteos, los párpados sólo recogían el oleaje de la oscuridad que aseguraba el movimiento de aquella noche en el descanso de la mirada. Con la mirada seguía un itinerario que se verificaba en la lejanía: Lucía, antes de ir al mercado, llevaba el cuadro agujereado debajo del brazo. Vio la flecha enterrada en la arena por Ynaca, aún vibraba. Empezó a cavar en torno a la punta metálica de la flecha. Besó cada uno de los agujeros que se entreabrían en el retrato de Fronesis. Con unas tijeras fue cortando en pedazos el lienzo y colocando esos pedazos en torno a la punta de la flecha. La visión de Lucía en Ynaca se fue reduciendo a un punto, después el punto se anegó en el oleaje de la oscuridad. —¡Pobre muchacha! —dijo Ynaca, era lo peor que podía haber hecho —dejó caer las manos, después comenzó a restregarse los ojos, moviendo la cabeza con acompasadas dudas, como queriendo desautorizar el inadecuado y erróneo ceremonial que Lucía había inaugurado aquella mañana.

(letter from Fronesis).

Capítulo VIII

Requetequerido Cemí:

Alejado, puedo, sin embargo, darte la noticia que más te puede conmover. Conocí, por lo profundo a Ynaca. Realizó a cabalidad el idel paulino en la cópula, me dijo que ya tú le habías sembrado la semilla. Vas, pues, a ser padre. Yo a contracifra realicé el mismo ideal paulino, en la cópula pude oírla decir, era un arte prodigioso cómo en medio de la cópula podía manifestar esos apartes verbales, tu futuridad paternal. Es decir, si ya con tu amistad con Licario realizaste la unión de la imagen con el conocimiento, que es lo único que podía hacer el doctor Fausto por nuestras tierras, tu cópula con Ynaca llevaba la imagen al palacio de Elena de Troya unida a las mordidas arenas de la Sibila de Cumas. Albricias, tu cópula con una profunda raíz de símbolo y de realidad transfigurada, ha sido la eficaz. La mía, que debo declararte fue perfecta en el sentido de la reabsorción de los dos cuerpos, careció de sentido. Fue una *delectacio morosa sine felix culpa,* fue puro pecado sin redención posible, pero me era exquisitamente necesario. El ajuste, o mejor, volviendo a una vieja frase, el conocimiento carnal con ella tiene la secreta voracidad de los complementarios. Desearla y estar con ella cobran una decidida unidad temporal. Todo lo tuyo entra en ella, porque su totalidad ha salido a recibirte. Supongo que todo el que se ha apretado con ella hasta el éxtasis, tiene el recuerdo

Este parece el primer, verdadero amor del texto.

379

dichoso de haber cumplimentado el acto por primera vez. Durante todo el tiempo del encuentro un olvido, después un recuerdo que tiene como morada todo nuestro cuerpo. Un instante con ella y después quedamos inundados de recordación, diríamos parodiando la frase vergonzante en que se alude a un tiempo distribuido entre Venus y Mercurio. Pero aquí en presencia de Ynaca, Mercurio vuelve a ser, como en los alquimistas, plata viva, cuerpo de los ángeles, los cuatro elementos, cuerpos terrestres y quintaesencia. La cópula con ella es como un secreto alquímico, una revelación que se comprende en la *quintaesencia*. El falo, que frente a ella vuelve a adquirir su ancestral textura de as de bastos primaveral, de espada, de llave, golpea en un punto y van surgiendo planetas y planetoides en la cubeta de ensayos en el pequeño cielo que soporta nuestras espaldas.

Me dijo también sin inmutarse que cuando Licario le presentó al ingeniero Abatón Awalobit, en la presentación marchaban implícitos sus deseos de que fuera inaccesible para él, ya que el ingeniero por su total impotencia era inaccesible para todos, pues al llevarla como un loto en la mano, según la simbólica budista, la convertía en la pureza inalcanzable. Yo creo que Licario, conocedor de ese secreto como de otros muchos, lo hizo budista. Ha dominado el ansia nefasta ¿tuvo acaso que hacer ese esfuerzo?, y en él, según el símbolo tan reiterado por los devotos de esa religión, el dolor resbala como una gota de agua en una hoja de loto. Pero esa imagen se ha hecho en mí vivencial en un sentido muy opuesto, cuando nos apretamos con Ynaca, esa sensación disfrutada en común nos debe de haber unido una vez más, sentimos la voracidad silenciosa de la hoja por el agua, suponemos que por eso antes de la cópula invoca al Nasu del rocío. Y sobre todo la prioridad de las invocaciones, que te debe haber hecho sonreír, y que a Foción lo tornaría en malhumorado, frenetizándolo casi.

Me decido a atribuirle a Licario un simpathos por la

cópula búdica. Su contemplación paroxista, ya frente a un texto o una piel, respaldada por la hipérbole reminiscente que nos deja la contemplación en activo, pues es una contemplación que no se abandona al anonadamiento, sino a lo vigílico[1]. Es una contemplación que espera el accidente como una araña, las hormonas masculinas copulan con las femeninas. Puedo precisar ese tipo de sexualidad porque yo pertenecería a él si no fuera por mis constantes reacciones para habitar lo contingente necesario. Por eso Lucía me intuye, porque sabe que en mi fondo hay un complementario que la solicita con terribilia[2] y temblor, pues lo que no es necesario permanece en nosotros secreto e irrumpe como sorpresa, por eso la voluntad visible, externa y proyectada se gana todos los arañazos y desprecios. Por esa contemplación que le permitía resolver en su propio cuerpo, el otro y la otra aquí aparecen indistintos, es sencillamente lo que está fuera de nosotros y nos hace guiños, se colocaban fuera del tiempo. Su mirada podía seguir una línea puramente eidética, tan abstracta como el lado de una figura geométrica, pero lo que pudiéramos llamar una inundación del agua que contempla, terminaba por establecer una contracción de la mirada incesante que seguía una línea sin apoyo, oculta y con un relieve momentáneamente otorgado, pues en el instante del éxtasis lo que logramos es un relieve del espacio puro que es una línea que se encandila de puntos sucesivos y que se van oscureciendo a medida que nos transmite su energía a los puntos de apoyo. El cuerpo, Licario estaba convencido de eso, es un factor recipiendario y derivado en la cópula, si no se presenta el relieve momentáneo de la línea contemplada, el cuerpo no desaparece, desaparición momentánea que es la raíz de la cópula, y reaparece,

---

[1] *Vigílico:* referido a la vigilia en la forma peculiar y libérrima lezamiana.
[2] *Terribilia:* de terrible, pero que mantiene una forma que, posiblemente, al autor, por más latinizante, le había de parecer más adecuada.

como en un naufragio, en los braceados finales para escoger trágicamente el mismo cuerpo. Así como el hallazgo del electro de la energía le dio al hombre el dominio de la naturaleza naturalizante, una metafísica de la cópula sería la única gran creación posible frente a la destrucción total que se avecina. Destruida la tierra por el fuego nuclear, los cuarenta millones de espermatozoides recogidos y conservados por el calor pueden poblar de nuevo la tierra en un cuarto de hora. Basta que el chorro espermático salte frente a espejos giradores que multipliquen la semilla en la imagen. Tú pensarás que estoy aún un poco en el efecto tardío de mi primera aventura con Lucía, punto de vista que acepto si estás dispuesto a concederme las derivaciones que entre nosotros dos ha formado la sabiduría copular de Ynaca. Ynaca, que fue en esa aventura para ti vegetativa, pasiva, resultó para mí activa, yin [3]. Pero en ese incesante complementario, está todo entero el recuerdo de Licario, sólo que ya él no necesitaba proyectarse sobre el relieve adquirido por el espacio puro, él era el territorio conocido y la nueva provincia. Dominaba, estaba en el ombligo, las apariciones y desapariciones de su cuerpo. El espejo ha desempeñado un papel pasivo en las aventuras galantes. Se limitaba más que a reproducir, a desdoblar. Dejaba al huésped en un límite y allí soplaba. Pero Licario intuyó prodigiosamente que la nueva actividad que se deriva del espejo, fuera tal vez un misterio dejado en él por la cultura etrusca, colocando espejos en la mano de los muertos, como si el espejo fuera un hacha que hiciera retroceder a las furias de las moradas subterráneas.

El espejo metálico y el de azogue complican y sutilizan la imagen del cuerpo y el cuerpo de la imagen. Ambos hicieron nacer en el hombre la idea de que el espejo llegaría

---

[3] De nuevo el calificativo sorprendente: sabiduría copular. Unido a los conceptos orientales del *yin* y el *yan*. Obsérvese que en el nombre de Ynaca, que como se ha señalado no siempre aparece escrito con la misma letra inicial, está contenido el yan.

a expresarse por el sexo. El espejo de metal introduce la espera de la energía en sus moléculas, la imagen que aprisiona en su interioridad debe de hacer inclinar sus pequeños movimientos traslaticios. Esos espejos jugaban con la energía solar, refractaban su imagen, la dejaban pasar por un agujero que era como un ojo. De alguna manera, la imagen debe pasar a la ecuación de su energía irradiante, y como todo calor es propicio a lo germinativo, en el centro del espejo aparece siempre lo priápico, como si creáramos una nueva divinidad: el término del dios de la imagen. En el espejo de azogue, el calor como en un termómetro hace ascender la imagen, ya aquí no es lo sexual, sino lo ascensional estelar. En el espejo metálico la imagen procura quedarse, apagarse; en el espejo de azogue, la imagen asciende, desaparece, como un humo que se apoya para cosquillear.

La mente de Licario era ya en sus últimos años una caja de imágenes. Sus sentidos se bifurcaban e iniciaban sus aventuras, sin que él perdiese las correas de cada uno de esos corceles. Se extasiaba en un cuerpo, pero ya el hielo se diluía en el agua con igual transparencia. Las piezas de su ajedrez estaban en constante vuelo, la mano llevaba la torre al último cuadrado horizontal, cuando en la lejanía se oían los platillos para que el oso comenzara a danzar. Hay quien cubre toda la llave con la mano, pero hay quien en la medianoche se sienta en el quicio y cuando penetra en su casa la puerta sonríe y está abierta. Cuando murió ya estaba acostumbrado a prescindir del cuerpo, por eso ya en lo invisible se apodera de un cuerpo cualquiera para venir de la ópera a conversar con un insomne que ni siquiera se siente sobresaltado. Pero él sensiblemente ha continuado su paseo y el otro ha demorado en afeitarse.

Tu creyón[4] resbalando por los muros que me contaste

---

[4] *Creyón:* galicismo usado en Cuba para denominar el grafito o mina de los lápices. Así también se dice creyón de labios al lápiz labial o pintalabios.

como entretenimiento inmotivado en su niñez, se ha vuelto a verificar en París en mi adolescencia. Una sorpresa que llegó indecisa y luego se fue agrandando para hacerse recordar el desfile de los detalles que me relataste en el cafecito al lado de la universidad. Bastó el surgimiento de ese momento, su relieve fragmentario, para que la memoria reconstruyese como en una mañana todo el lejos del claroscuro. Lo que me asombró, que un sucedido meramente subjetivo, de importancia tan sólo dentro de tu reino, recogiese tantos años después en forma grotescamente objetiva, sin que las dos apariciones del hecho tuviesen consecuencias aparentes para los dos. Pero por encima de esa sensación falsa pude precisar la verdadera exigencia imprevisible que ese hecho tomaría en nosotros dos. Tú me lo relataste muchos años después, yo te lo relato a ti dos o tres días después de la triunfal reaparición de la tiza. Abatón Awalobit, Champollion y Margaret (creo que a esos dos pintores no los conoces y no sé si su desconocimiento te es conveniente, en todo caso el interés que pueda tener no se deriva para nada de su pintura), Ynaca Eco y Lucía. Era una excursión matinal, una mañana muy metálica, poco frecuente en París. Al timón de una de las máquinas, el ingeniero Abatón, ensimismado búdico; el de la otra, Champollion, manejando con tosca y decidida voluntad de muerte. Esa mezcla de budismo vagotónico[5] y sobresaltada dipsomanía[6] le daba a la excursión una presencia excéntrica y tumultuosa. Las gallinas saltaban las carretas, hundían sus patas en el nácar de su cagada, otras con ojos inmutables absortas ante el búdico auriga se despedían al fin con un guiño. Te describo los dos timoneles para que de inmediato percibas lo abigarrado de la excursión. Desde luego que era Abatón el que conocía el dueño de la

---

[5] *Vagotónico:* predominio el vago sobre el simpático. Término tomado de la fisiología.

[6] *Dipsomanía:* afición a las bebidas alcohólicas.

granja, comenzaba sus frases con un untuoso «cuando nos conocimos», frase que sin ser transparente, amenazaba con etapas aventureras y colocadas como islotes en dilatados momentos de venturosos deslizamientos calmosos.

La granja pertenecía a un americano, Arthur McCornack, cuyo orgullo suficiente era un tío cantante en el Metropolitan. Fotografías del tenor rodeado de periodista y alzando su copa. Con la mano en el tahalí, cantando Rigoletto, en diálogo con su madre, maizando[7] las palomas. McCornack tenía un criadero de caballos, ya él, Abatón, llegaba a un momento de su economía en que tenía que decir: «Mi cuadra», y ambos se visitaban con periodicidad precisa sin exageración. Todos los años, por los menos, se verificaba un encuentro que ellos y nadie más creía necesario. Las patadas de los caballos corroboraban esa necesidad.

Ya que hablamos de equinos privilegiados, no tiene por qué destruir el asombro del que comenzaron por mostrarnos las cuadras con los habituales árabes, *horses that sweat blood*[8] y yeguas de la Bética que esperan con grandes rugidos el aire carbunclo que les quema la lengua. Pude observar que el mocito que iba enseñando los caballos, muy florido y aderezado, se fijaba en mí, no como cuando una persona conoce y puede reconocer, sino como alguien que pudo fijar una visión que se reiteró sin apoderarse de ella.

—Quizás usted conozca en la universidad a un joven de su edad llamado José Cemí, yo trabajé con su padre y todos mis hermanos trabajaron también con su padre.

—Cómo no —le contesté—, es muy amigo mío.

—Cuando le escriba dígale que me vio, mi nombre es Vivo[9], hace tantos años que yo salí de La Habana, que no

---

[7] *Maizando:* neologismo lezamiano para expresar la acción de ofrecer granos de maíz a determinados animales, en este caso a las palomas.

[8] Caballos que sudan sangre.

[9] *Vivo:* contracción del nombre propio Vivino, uno de aquellos perso-

sé si me recordará, yo no lo puedo olvidar, pues todos los familiares que rodeaban al Coronel son mi mundo, mi familia, dondequiera que yo estoy ellos están a mi lado—. Se emocionó al recordar, aunque la impresión total que causa es la de un aventurero duro, con total dominio de su finalidad. Yo creo que esos hechos son aparentemente insignificantes, pero en el fondo forman parte del potencial de universalidad con que cuenta un país. A pesar del aparente respeto en el trato de Mc Cornack y de Vivo, se percibe una fácil emanación de intimidad. Yo me atrevería a afirmar que el guión relacionable entre Mc Cornack y Abatón ha sido Vivo. Por ahora no te puedo decir si Oppiano tuvo algo que ver con esas *liaisons,* los detalles de su vida son como versículos zoroástricos que no se escribieron, así, lo que no sabemos de su vida se nos va convirtiendo en un misterioso reto inagotable. Cada hombre será un poco la imagen llena y rica de los blancos de extensión, del vacío de los momentos que nos son desconocidos de Licario. El *horror vacui* nos llevará a reencontrar y reconstruir todos sus vacíos. Será su fatalidad hacer su biografía como una sucesión de hormigas que han llegado a formar un nuevo hilo de Ariadna.

En un momento en que Vivo y el arquitecto Abatón chocaron con levedad, pude oír que Vivo le decía con la expresión neutra de todos los días: Adalberto. Estaba también presente un arquitecto japonés que caminaba con un auxiliar, también al pasar por el lado de Vivo pude oír: Martincillo. Todos ellos contribuyen a la formulación de una posible constante dentro de la población flotante, es decir, cuando en un núcleo de población alguien tiene fuerza expansiva, de ir más allá de sus límites o de sus fronteras, ese núcleo tiende a reaparecer en el sitio donde se dirijan sus representantes, manteniendo a pesar de las mutaciones su unidad y su principio.

---

najes que había criado Mamita, y que parece por primera vez en *Paradiso*, cap. II, pág. 31, ed. citada.

Vaciado el tiempo, ahora ese grupo en París, es el mismo que se desenvolvía en un tiempo y un espacio habanero. Su tiempo no tiene en realidad ni un antes ni un después, es una isla sin sus tentáculos, ni coralino ni fangoso, que fluye obediente a factores cosmológicos, el viento magnético de la noche, el fósforo de la brisa, el fuego de San Telmo brincando como innumerables pájaros, flores y hojas. Ya puedes ver que parte de tu Habana vuelve a retirarse en París, parece agazapada, pero no adoptó ese estilo al trasladarse, sino que era connatural a su *humus* y a su alma, que causa la impresión de estar trastocada, arremolinada, pero que clama con inquietante temblor por su placenta y por ser protegida.

Más y más abrazos de

    Fronesis

Días después, Fronesis recibió la siguiente carta de Cemí:

Pluscuamperfecto Fronesis:

La sutil y fría concatenación me hace presumir el causalismo del diablo. Un perro que no era mío, prestado por una vecina en un día de ciclón, una caja china cuya tapa se ofrece ingenua a la sabiduría del can, el timbre de urgencia que suena para una cópula ciclonera, fabricaron con una desconfianza malintencionada la hecatombe que me daña de día y de noche, que no me da tregua. Ya es el momento que sepas que Ynaca Eco después del vuelco de su fogosa intimidad, me había entregado, eran los deseos de Licario, el manuscrito de la *Súmula, nunca infusa, de excepciones morfológicas*. El agua creció en mi casa, el can diabólico saltó sobre la mesa, parece que tuvo la intuición genial de guarecerse en la caja, y para favorecer su nido en el ciclón, fue extrayendo las cuartillas y lanzándolas, supongo que entre ladridos enloquecidos a las aguas que crecían. Me lancé sobre las hojas, pero el agua se querellaba contra la póstuma sabiduría de Licario y borraba su escritura. Logré extraer con vida para su lectura unas cuatro páginas, que deben de formar parte de un poema, que te remito para su posible reconstrucción. El fragmento que conservamos tiene fuerza de emanación, de *aporroia*[10] griega. Te envío los restos sacramentados de la *Súmula,* de Licario, pero quiero compartir contigo las exigencias que desde la Moira[11], nos hace este indescifrado espíritu. Todo secreto de esta aventura demoniaca es poco para Ynaca y Abatón. Escríbeme de nuevo, cálmame. Ahora, contigo su escritura sobreviviente de un ciclón: *

* El poema a que se refiere el texto falta en el manuscrito original. [E.]

[10] *Aporroia:* puede ser aporía, viene del griego, que significa literalmente sin camino o, mejor dicho, camino sin salida, dificultad. La aporía es entendida casi siempre como una posición sin salida lógica, como una dificultad lógica insuperable. Así ocurre con las paradojas, aporías o dificultades de Zenón de Elea y también con las aporías y paradojas de los sofistas y escépticos. El estudio de las aporías puede dar lugar a una aporética, la cual sería, un último término, la descripción e investigación de todos los elementos aporéticos descubiertos en el proceso del conocimiento de lo real.

[11] *Moira:* Las Moiras fueron en su origen los espíritus de nacimiento y concedían al niño el lote que le correspondía en la vida, incluido el momento y la forma de la muerte. Se consideraban divinidades terribles, siniestras. Hijas de la Noche, se identificaban en los Parcas, ancianas hilanderas, y a veces se individualizaban —Moira— y suponen Ananque —Ananké—, escribiría Lezama o Tique, necesidad o fortuna que otorga una dote a cada individuo como fuerza misteriosa del destino.

No había que esforzarse en adivinar que aquella mañana en su atelier, Champollion y Margaret esperaban visitas que no eran las habituales. Champollion terminaba un cuadro que creía del gusto de Abatón. Desde el día anterior había extendido una capa de aparejo blanco sobre la tela. Cuando Champollion pensaba que sus marchantes[12], casi todos ellos aquejados de la manera griega[13], lo iban a visitar, según el *dossier* preferencial que él les atribuía, distribuía tres falos si eran simpatizantes, cinco, si eran convictos recalcitrantes, sobre la capa del aparejo. Esos falos ocultos en el cuadro actuaban con virtudes totémicas. Algunos *connaisseurs* llegaban, éstos eran de notorio preferencial griego que se dirigían con decisión temeraria a los cuadros fálicos. Y le decían a Champollion con fingida voz baritonal: —Desde que lo vi, me gustó con rabia, con verdadero fervor. Es mío—. Sacaba la grupa y rubricaba el cheque. Champollion miraba a Margaret con mirada convenida entre ellos. Se sonreían, y Margaret le decía al anhelante comprador: —Se ve que tiene usted buen gusto, ése es el mejor cuadro de Champollion en los últimos meses. A lo mejor no lo quiere vender—. Mientras el *connaisseur* pasaba la mano por la textura persiguiendo con ignorante voluptuosidad provocadora el signo primaveral.

La mesita cubierta de colores, al lado del caballete, había sido remplazada por botellas de ginebra, whisky y coñac. La sala lucía como medio rostro sin afeitar y la otra parte, excesivamente acicalada. Colillas, tazas de café, papeles gravosos habían sido soplados mágicamente, no obstante, la sala no parecía limpia, sino raspada, como alguien que no se ha lavado la cara, sino se ha frotado los ojos con la toalla. Margaret se levantaba, apuntalaba un plato, agitaba un plumerillo como para poner en orden una casa de polichinelas. Estos dos falsos

---

[12] *Marchantes:* en Cuba significa clientes habituales.
[13] *Aquejados de la manera griega:* homosexuales.

demoniacos, querían ofrecer a Abatón y a Ynaca, una recepción gris, peinada. La forma habitual y reiterada de recibir un pintor a sus admiradores y *marchands*[14], cuando hay un poco de disfraz, cuando es un aventurero más que apuntala la escayolada de la mentira, que guarda avaramente un excremento que no arde.

Los primeros en llegar fueron Ynaca y Abatón. Champollion quería disimular que fingía. Así como en el islote de Furiel[15] entre la balacera, había querido mostrarse como *homme terrible*, ahora fingía humildad, renunciamiento y florecillas franciscanas.

Con incontenible sorpresa por parte de Champollion y Margaret, los visitadores no mostraron la menor curiosidad por los lienzos. Los símbolos totémicos debajo de la textura no irradiaron sus conjuros. La pareja, en esa primera presencia, había permanecido inalterable, parecía inservible a esas ocultas y malévolas insinuaciones. Abatón mostró cierta repugnancia, como si hubiera sido sorprendido por la amargura del whisky; Ynaca, marmórea, se prolongó en el silencio.

Ynaca disimulaba que su visión se obligaba a una línea tensa, inalterable. Seguía a Margaret cuando con algún motivo fingido abandonaba la sala y se iba a las piezas interiores. Ynaca procuraba entrecruzarse para evitar el gesto hierático de apegarse a una continuidad implacable. Vio cómo Margaret frotaba otras telas seguramente para avivar la imantación fálica. Luego con los dedos untados de esos arquetipos germinativos, abría los bocaditos y

---

[14] *Marchands:* ahora aparece en francés y no se sabe si se refiere, al igual que anteriormente, a los clientes habituales... o si está señalando a compradores que luego, como intermediarios, venden las obras de arte y negocian con ellas. Acepción acuñada en el mundillo de la comercialización de las creaciones artísticas.

[15] *Furiel:* parece referirse al lugar que hasta aquí había sido denominado Fiurol y que puede corresponder al pequeño municipio de Ferrals-les-Corbières, del departamento del Aude, situado a orillas del río Orbien y con poco más de un millar de habitantes, en la costa del Mediterráneo, muy cerca de los Pirineos orientales.

removía la pasta revisándose la yema de los dedos para asegurarse la permanencia del polvillo mágico, ya que la primera embestida de los lienzos totémicos parecía que había fracasado. Ynaca miró a Abatón con una decisión que éste interpretó con la invisible crispación nerviosa de un timbre algodonado.

Margaret reapareció con los nuevos lienzos untados totémicos. Fingía alegría y casi bailaba al mostrar las telas. Pero Ynaca veía los cuadros con la indiferencia áurea de una Semíramis y Abatón, mirando en la dirección de Ynaca intercambiaba brumas y sus ojos no agarraban y los cuadros se iban por las nieblas.

Llegaron Cidi Galeb y Mahomed. Galeb parecía embriagado y lo subrayaba. Su presencia allí era tan cínica que justificaba la levedad de la embriaguez. Mahomed, que desconocía todo lo sucedido en las playas, había ido con el propósito de ver a Fronesis. Y Galeb con su astucia lo llevaba como resguardo, como un punto que neutralizaba el desprecio de Fronesis hacia él. Había fastidiado, injuriado, intrigado, pero le parecía imposible el esperado final de las relaciones entre los dos. Su mismo cinismo frío lo obnubilaba, le hacía precisar que todo seguía un juego alrededor de un centro donde él tiraba los dados.

—Parece —le dijo Galeb a Margaret—, que los peces que has segado por la infraestructura se han quedado adormecidos. No ves la habitual reacción ante la textura mágica. La calma y el vacío subsisten y éstos son signos de muerte.

—Esa es la primera estupidez —le contestó Margaret—, la próxima coges la escalera. Mahomed, ¿para qué lo trajiste? Adonde quiera que llega Galeb es una figura *demodée,* sin ser absurda. No tenemos por qué hacer ejercicios de mortificación, no hay ningún motivo para tolerarlo.

—Esta es tu primera grosería —le respondió Galeb—, me iré tan pronto me devuelvas los cinco mil francos que me pediste para preparar tu famosa textura y tus anónimos peces fálicos.

Abatón e Ynaca se levantaron para irse, pero en ese momento sonó el timbre. Eran Lucía y Fronesis. La *canaillerie* ante un final demasiado prematuro decidió remansarse, olvidar y buscar otro último acto.

Champollion y Margaret habían manejado los hilos con maligna sutileza. Para asegurar la presencia de Ynaca y de Abatón, habían movilizado a Fronesis y a Lucía, y para que éstos asistiesen, les habían hecho creer que sólo asistían Ynaca y Abatón. En realidad, Margaret y Champollion hubieran deseado la ausencia de Galeb y de Mahomed, sobre todo de Galeb, pero éstos estaban ya tan dentro, más que nadie Galeb, del estilo de vida de la pareja de pintores, que precisó preparativos, copas y se aparecieron con esa sorpresa que siempre puede ocurrir cuando se tiene un amigo como Galeb, que tiene como el pequeño orgullo de propiciar situaciones desagradables, como un alarde de mal gusto, con alguien que está muy convencido de que el mal gusto permanecerá invariable en los tiempos que se avecinan y él será su abanderado con la misma tranquilidad de un *normalien* que nos habla de la armonía, los conjuntos, los fragmentos y la totalidad, como puntos de vista invariables y seculares.

Llegaron Lucía y Fronesis. Lucía fue la más sorprendida. Fronesis pareció que asimilaba rápidamente el golpe por sorpresa. Margaret fracasaba en su tiránica función de copera, sus bocadillos y preparados eran rechazados. Era imposible formar un conjunto con esa mezcla, cada movimiento era un rechinar de clavijero. Parecía como si sonaran las articulaciones el ablandado cartón de sus músculos. Fronesis, en realidad, había asistido para despedirse de algunos de esos demonios intermedios, para despedirse cerrando la puerta demasiado deprisa. Era una despedida conminatoria, que parecía prohibir todo reencuentro, mirándose fijamente antes de irse cada uno a su esquina.

—Ynaca Eco, le dijo Margaret, mientras insistía con un poco de ginebra con limón, pero parece que el olor del cítrico dilató los poros de Ynaca, como una bacante. Como si no quisiera dejar pasar la ocasión, contestó: Les voy a pedir que me llamen, en la forma en que lo hacía Licario, a la manera de las fiestas báquicas. Ecohé, que tanto recuerda a Evohé[16]. Pensar que es una palabra que se deslizaba con frecuencia por los arrogantes labios de Júpiter. Es un lanzazo de vida, una imprecación que revela que estamos dentro del combate lanzando grandes gritos. Esa palabra la había inventado Júpiter mientras lanzaba a sus hijos contra los gigantes. No era una palabra, tenía virtudes de ensalmo. Era una malicia de Júpiter, parecía que iba a formar una palabra pero se deshacía con medio cuerpo de delfín fuera del agua. Difícilmente se encuentra una palabra tan combativa y tan carente de sentido. Su fuerza consiste en impulsar, soplar, despertar los deseos de la marcha. Era la libertad, las titánicas oscilaciones del vino. El grito que sale de la boca de un borracho con máscara. Ecohé me parece un latigazo elástico, como si la vida estuviese siempre madura para la ensoñación y la elevación.

Ni por un momento me separo del fondo de donde surge esa palabra, es su ambiente, su *plein air*. Sentirán que Evohé es el adelantado de Ynaca Eco Licario, que sencillamente no se puede olvidar. Hay una rebeldía, una chispa prometeica, en Ynaca, al negarse a las solicitaciones del dios. Sus movimientos están asimilados por cien ojos. Se ve que al indicar a la diosa de manos y ojos numerosos transformaba de nuevo el animal metamorfoseado, haciéndolo como una vaca alada. Es el Io, desmesurado, rebelde, que viene en ayuda prometeica rodeado de ojos que lo quieren devorar y de moscas que lo quieren enloquecer. Su cara y su ano están perseguidos, vigilados sin tregua, recordándonos que el diablo en el

---

[16] Ceremonias en honor a Baco. Cambio de nombre. Evohé era el grito que proferían las bacantes para aclamar e invocar a Baco. Ver prólogo.

sabbat medieval se presentaba con dos antifaces, en la cara y las nalgas. Y puede ser sublime sin dejar de ser ridícula. Su castigo es en el fondo tan grandioso como el de Prometeo, nace de la misma rebeldía, no ha querido entregársele a Júpiter y soporta la grandeza de los ojos que la miran y las moscas que le hinchan el trasero[17].

El acudimiento de Io a la roca de Prometeo es uno de los momentos más tiernos del mundo antiguo. La desdichada que acude para consolar al gran abatido y cómo allí recibe la iluminación de su sentido. Su tercer descendiente[18], después de diez generaciones operará la salvación de Prometeo. Le ofrece un nuevo destino, como si en ese anticipo del paraíso, Prometeo le ofreciese su salvación a Io, por su gesto único de haberse acercado a la consumación del hijo de la Titánida.

Pero Io es en mí el Eco de Licario, es decir, de la familia de la que se negó a engendrar con Júpiter, una imagen, mi yo es un doble, un doble infuso que intenta lo mismo que Licario por la *dirita vía*. Licario necesitaba una gigantesca sustitución, un contrapunto *magnus,* que devolvía naturalizado, convertido en naturaleza, un nuevo nacimiento causal, buscando licáricamente una ambivalencia verbal entre la vida y la muerte —se llevó el índice a los labios y dijo—: Por ahora, ya no más Ynaca Eco Licario, ahora Ecohé que remedaba la mágica palabra que soplaba al hombre como un sin sentido que todos descubriésemos de súbito. Ahora, Margaret y Lucía vamos a reojar a París. Digo reojar para sugerir una doble visión de nuestro paseo. Vamos a ver qué

<hr />

[17] *Io:* hija de Inaco o de Yaso y amada por Zeus, éste la libro de las iras de Hera transformándola en una vaca blanquísima, pero Hera la hizo asediar por tábanos y en su enloquecida carrera para huir de ellos llegó a Egipto, donde parió a Epafo, futuro rey de Egipto y antepasado de las Danaides y de Hércules.
  Esquilo la utiliza como personaje de su tragedia *Prometeo encadenado,* poniéndola frente al héroe, perseguida por el tábano, con lo que se subrayan los elementos de rebeldía de ambos personajes.

[18] Prometeo es liberado por Heracles (Hércules), quien mató al buitre.

podemos encontrar por las calles que nos haga repensar y enseñar de nuevo a la Orplid[19], las ciudades que hay que reconstruir. Así, como hoy reconstruimos Nínive, Babilonia, Sargón, provocaremos al menos la chispa de cómo nos van a ver a nosotros al paso de los milenios. Vamos a conocer a la sobrenaturaleza de hoy, su mentira o conjuro, aproximación o rasguño, para poder entrever el paso de lo estelar sobre lo telúrico, en una palabra, cómo caerá el cielo sobre la tierra en los siglos que se aproximan. Fatigados por el desolado historicismo vamos a acercarnos a una Historia del cielo, pues un gran sector de la historia se puebla cada vez que bajamos los ojos del gran ojo estelar a la ceguera de la tierra. Pero cuando alguien se queda ciego, y Júpiter no está de acuerdo con su ceguera, le da la visión más allá de la mirada, le regala la visibilidad de todo el cielo.

Sonaban Margaret, Lucía y Ecohé bajando la escalera. Margaret dijo Ecohé con innegable desparpajo, sin risa, pero sin convicción. Lucía dijo Ecohé con timidez, como si temiera equivocarse. Ecohé no necesitó la comparación

---

[19] *Orplid:* continente legendario citado por Platón, en *Critias,* junto a la Atlántida, tal vez la misma Atlántida. Especie de ciudad mágica en la cual se confunde lo real con lo irreal. Aparece por primera vez en *Paradiso* (edición cubana, cap. III, pág. 59), aunque ya había una referencia en el ensayo *El secreto de Garcilaso* del libro *Analecta del reloj* (La Habana, 1953). En carta a su traductor al inglés, Gregory Rabassa, Lezama aclara: «especie de ciudad mágica donde se confunde lo real con lo irreal. Ciudad de estalactitas donde la leyenda y la cercanía, lo real y lo irreal, lo estelar y lo telúrico, la obediencia y la realidad forman un punto que vuela la línea de lo infinito». Ha partido Lezama de ciertas ideas de Vossler y las ha modificado según su criterio poético. Otra referencia a la Orplid aparece también en *Paradiso* (edición cubana, cap. IX, pág. 321), habla Fronesis: «Pero penetrar a un escritor en el centro de su contrapunto, como hace Thibaudet con Mallarmé, en su estudio donde se va con gran precisión de la palabra al ámbito de la Orplid, eso lo desconocen beatíficamente.» Claro que en esta cita, fuera de contexto, en aras de buscar connotaciones para la Orplid, se pierde la sátira lezamiana y su ataque frontal a los críticos —con Menéndez Pelayo a la cabeza— que no saben llegar a la Orplid, a la Tule, a las ciudades que hay que reconstruir.

para establecer diferencias, como si Fronesis no estableciera su lámina de papel entre las dos, se sentía más inclinada a Lucía. Ecohé le vibraba en los dientes a Margaret como una hilacha en un tigre. A Lucía la hacía saltar como un pájaro. A Ecohé parecía que la acompañaba de nuevo una solemnidad más ligera, como dicha por la flauta.

Aún se oían los pasos de las mujeres por la escalera y ya Champollion se había sonreído varias veces gruñendo. Comenzó a hablar con su habitual paso de audacia irónica. —Me parece una felicidad que estemos reunidos de nuevo y así podamos oír a Fronesis que nos hable de cosas cubanas—. Su cinismo frío lo llevaba siempre a ver el pasado como inexistente, porque suponía que los demás iban a asumir idéntica actitud, tal vez por idéntico cinismo. Tenía el necesario relieve de las cosas que habían pasado entre ellos y Fronesis, pero creía que al asumir esa actitud, de fingido olvido, pues en realidad vivía en instantes aislados, obligaba a los demás a rodearse de las mismas nubes de olvido. No podía intuir que en todos los momentos Fronesis era el escapado de él, aquél que se quedaba siempre voluntariamente fuera de sus planes. Los dos eran indiferentes el uno para el otro, pero su error consistía en la dogmática creencia de que su indiferencia obligaba a Fronesis, lo forzaba a una conducta derivada de aceptación. Jamás podría comprender, como una maldición, que el verdadero indiferente frente a él era Fronesis. A pesar de que Fronesis rechazaba la indiferencia como un estado inferior de la conducta, intuía que era la única forma verdaderamente salvadora frente a Champollion. Sabía que era permisible ser indiferente con Champollion y tener una alegría coral para el resto de los efímeros.

—Como hoy es el último día que los voy a ver —comenzó diciendo Fronesis sin enfatizar—, lo mejor es no hablar de nada. Una ausencia de palabras, una página en blanco. Vine especialmente para decírselo y el paseo invencionado por Ecohé ha favorecido, ha solucionado, diría yo, una situación que se hubiera hecho no previsible, tal vez confusa, apresurada. Estoy convencido de que todos ustedes son unos radicales perdedores de tiempo. Están disfrazados de un bisuterismo[20] demoniaco, que a ustedes mismos les provoca risa. No tienen la gracia ni el destino y se ven obligados inexorablemente a copiarse a sí mismos. Salen de una reunión para otra, discuten aún mordiendo el rabo de la anterior discusión, creen en el mal con menos fuerza aún que Tribulat[21] en el bien. Crean que no han logrado molestarme con las simples.majaderías que me han descargado con la naturalidad de un calamar, pero me niego, salgo de ese juego, me empobrece y es estúpido seguir en esas reiteraciones. Ustedes son incansables en la banalidad, son el pequeño diablo aburrido en la plaza que ya ni siquiera espera el paso del Eros iluminado con la presencia de Margarita[22]. Vuestro *non servian* no está acompañado por el Eros. Son un aparte, pero sin irradiación ni vasos comunicantes. Son un aparte como el vacío, como los peligrosos cajones de aire que ofrece el mundo de la visión. Son el pequeño desierto que cada barrio ofrece, instalan un estilo de vida que se fragmenta, que no fluye, donde todo se hace irreconocible. En ese desierto han perdido el «otro», en la arena que los rodea es la misma cal de la muerte. Qué alegre, qué primitivo, qué sencillamente creador, un mundo donde ya ustedes no estén. Pero no participan ni aun en las edades muertas, pues son fuerzas siempre paralelizadas con el no ser y la calcinación. El calor es en ustedes, dispénsenme, no la cualificación de la vida, sino el preludio de la calcinación. No deseo la menor posibilidad tangencial con vuestro mundo, ni siquiera me despi-

---

[20] *Bisuterismo:* bisutería, fruslerías, oropel.

[21] *Tribulat:* puede ser Triboulet, loco de Luis XII y de Francisco I, nacido en Foix-les-Bois, cerca de 1528.

[22] Desmontaje de la posibilidad de la banalidad que predomina en el grupo.

do, pues como muertos no podéis contestar a mi despedida.

Fronesis observó que Mahomed oía con la cabeza baja, apesadumbrado. Le dedicó el párrafo final, como haciendo un esfuerzo para excepcionarlo, pero desconfiando del resultado. Hizo Mahomed un gesto leve como para irrumpir, pero la decisión verbal de Fronesis lo sofocó de inmediato. —Mahomed —continuó Fronesis—, a ti es en el fondo a quien me dirijo, pues tú eres una isla aparte, pero comienzas a equivocarte también a tambor batiente. Crees todavía en la fuerza disociativa de ese gesto y precisas que ese fermento puede servir para algo. No lo creas, están ya muy debilitados. Toda causa que esté apoyada por esa gente está perdida, no tienen la verdadera nitroglicerina demoniaca. Una frasecita, un desdén interesado, no el gran desprecio celeste, la espalda inmisericorde de los dioses para los reyes de Grecia, no bastan para el esplendor secreto que está en la otra isla, que con ellos sería la isla de los muertos. Yo nada más me refiero a Champollion, a Margaret, a Galeb, donde quiera que esa fibrilla antihumana aparece, la muerte tiene ya el badajo en la mano. Mahomed, cuida el apocalipsis de esa canallería, esa gente resucitará con toda su lepra. Será un momento en que desfilarán en el valle del esplendor, mientras la corte de los milagros ocupará los verdaderos tronos. Será un momento en que esos seres negados a la plenitud de la luz que participa, se quedarán mojados de estiércol en la ciudad nueva donde la lejanía ha sido vencida.

Fronesis se levantó para irse ya definitivamente. Champollion hizo el gesto de tirarle un cuchillo y dejó escapar un pedo.

El cornetín chino del cuesco le sirvió a Champollion de tumba, en relación con Abatón que se comprimió porque este airecillo existía. Tenía días en que se le convertía en un punto negro, roto en estrellitas, sobre la frente. Lo oía como una profanación de «en un principio un gran viento rizó las aguas». Le parecía que un cuesco podía ser la gran nube que en un momento imprescindible cubriría, el cielo como un culo descomunal tapando la tierra, con sus llamas y nubes bermejas los trompetazos finales. En una reunión se iba trocando en ese personajillo que aprieta las piernas porque teme que le broten unas burbujas azufrosas en el sitio propicio. La intempestiva presencia de ese neuma le bastaba para confirmar el Maligno, verlo ya aposentado en la ventana tocando la flauta[23]. No se ha precisado la cantidad laberíntica secreta que engendra en el hombre su posibilidad de cuesco. Comenzar una frase con ese duendecillo soplón, o terminar una oración ciceroniana con proclividades de flauta, y la llegada de ese respingo vergonzante, son sustos silenciosos que son capaces de inmovilizarnos para siempre. Su moscardón de los días tenebrosos era la posibilidad, al terminar uno de los trances de Ynaca, en la que ésta cobraba la majestad de una Semíramis, podía interrumpir esa fanfarria digna de un Satie más travieso aún. Jamás había oído nada que se le asemejara en el descaro, su madre era como ya vimos una cantante de *El Caballero de la Rosa,* su padre, un militar de la gran tradición austriaca. Nunca había oído en una reunión la irrupción de ese grotesco y gruñón personajillo. Ahora sí que Champollion tembló. Abatón, sin despedirse, dejó la reunión. Se sintió satisfecho por ser el primero que asimilaba la lección de Fronesis, y olvidaba que un Eolo

---

[23] *La flauta y el Maligno:* ya en su ensayo sobre Juan Clemente Zenea aparecido en *La cantidad hechizada,* Ediciones Union, Contemporáneos, aparece la referencia —que había sido insinuada en 1965 al final de su prólogo a los poemas del propio Zenea para el tomo III de la *Antología de la poesía cubana* que aquí se condensa más todavía:

«La flauta interpreta la voz de Satán.» «Hallach, lo relata el arabista Llouis Massignon, pasea un día con sus discípulos por una calle de Bagdad, cuando lo sorprendió el sonido de una flauta exquisita: ¿Qué es eso? le preguntó uno de sus discípulos. Y él responde: Es la voz de Satán que llora sobre el mundo.» Y comenta Massignon: «Satán ha sido condenado a enamorarse de las cosas que pasan y por eso llora.»

maligno[24] puede ser tan poderoso como la protección de Palas en el combate.

Se veía que Ecohé buscaba las calles más viejas de la margen izquierda del Sena. Miraba hacia atrás como queriendo salirle al paso a alguien, que no podía ser otro que Fronesis. Llegaron a un convento, mitad casi derruido y la otra mitad en extremo encalada y como resguardada. El contraste era la personalidad de la casa.

—Vamos a ver a una persona que dicen que está en estado de gracia y no es ya que relate, sino que hace ver, utilizando todos los recursos de la imagen y del sonido, lo que nos recorre por dentro como una maldición. Ella está en su camastro en oración y gracia, en la última pieza de la casa. Antes de llegar ahí hay que atravesar una larga galería que se anima y muestra signos, emblemas, desciframientos laberínticos. Todo sucede por esos corredores, apenas entramos. Apostrofa, largas maldiciones y otras veces se niega a recibir a la visita. Desde lejos la he estado observando y es incesante en el rezo, en la distancia es un eterno bisbiseo. Todo París habla de sus dones, de su inmediatez para comunicarse con lo infuso. Únicamente recibe con el permiso del prior general de los Dominicos, un viejo amigo de Licario, que concedió sin dilación, a veces se demoran años, el permiso para la entrevista.

Era en un segundo piso donde estaba la posesa. Apenas tocaron la puerta, se abrió automáticamente, con silenciosos resortes. Se encontraba en su lecho, decía sus oraciones y después impartía bendiciones. Tenía cerca de su cabecera a una monjita que se movía en un silencio de diorita. Ecohé propició que Margaret fuera la primera en avanzar. Empezó a proyectarse una especie de película, donde participaba por igual la realidad. ¿Era la pared o un paño sobre la pared? En la pantalla se veía un anciano

---

[24] *Eolo maligno:* el viento ya había sido denominado cuesco. El pedo metaforizado al lezámico modo.

venerable, como si portando su cayado se pasease por las costas del Mediterráneo, larga barba blanquísima, túnica, ademanes lentos y mayestáticos. Margaret aparecía en la pantalla masturbándose con verdadero frenesí. Al mismo tiempo que su imagen se proyectaba, la realidad se paralelizaba y Margaret, arrodillada en el suelo del corredor, se masturbaba con igual frenesí del que aparecía en la pantalla. La escena se prolongó hasta que Margaret comenzó a arrastrarse por el suelo, en ese momento la pantalla comenzó a plegarse. Después se situó, con total olvido de lo anterior, al lado de Ecohé, que fingía total desconocimiento de la grotesca pantomima.

Margaret se iba recuperando, no obstante algún latigazo de nervios. Lucía avanzó con ingenua serenidad. El rostro de la posesa se transmutó, se mostraba muy fláccida y en extremo tierna. Le dijo a Lucía que se sentara a su lado. La vieja iluminada se mostraba con una peculiar contentura. —Acércate, niña —le dijo—, tengo para ti un regalito —musitó la vieja, que se mostraba en extremo cariñosa con Lucía. Sacó una caja y le fue enseñando las pequeñas camisetas para el infante. La vieja se reía e hipaba, mostrando con el índice un agujero en la tela en el lugar del sexo. Lucía, de inmediato comprendió la alusión a su primer encuentro amoroso con Fronesis y al subterfugio a que había acudido para despertar a Eros de su sueño. La vieja se reía y acariciaba con ternura a Lucía, parecía como si descubriese en ella un parentesco.

—Es el círculo —le dijo a Lucía—, el que tuvo esa oportunísima ocurrencia tiene la iluminación, pero él también necesita de ti, pues su iluminación tiene que trabajar sobre tu oscuro, que ahora es tu vientre inflamado. Lo oscuro tiene también ojos, ojos oscuros y de iluminación, como el esplendor de los seres, tiene que ser contemplada. Vete tranquila, los dos están en el círculo.

Ecohé avanzaba y se detenía, miraba hacia atrás. Pensaba con el ijar de su pensamiento, sacar a Fronesis de la reunión, no le gustaba en la compañía que había quedado. Sabía la maldad grotesca de Champollion y de Galeb, la ojeriza que le tenían a Fronesis, y ella se encontraba para respaldar su idea previa a la despedida, la de que Fronesis vendría en su seguimiento. Eran ella y Lucía las que tiraban de la soga. Avanzaba Ecohé y la vieja se perdía en la lejanía, su camastro se oscurecía como si se rodease de nubes. Al desaparecer de súbito el camastro, Ecohé se detuvo como si hubiera recibido en su cuerpo un contrario viento titánico. Hacia delante, una viga del techo se desprendió, crujiendo con lentitud la madera, como si hubiera alcanzado la madurez para su destrucción. En el extremo del sostén de la viga, una lámpara de techo reía sus oscilaciones macabras. Gracias al don de Ecohé, a su creación por la imagen, se había detenido justo donde la muerte no la podía tocar. Miró hacia atrás y en ese momento Fronesis penetraba por la casa de la posesa.

Fronesis se detuvo ante la caída de la viga, recibió un tironeo hacia una camerata lateral. Se encontró frente a un adolescente que lucía sobre su cabeza un cónico sombrero de seda con los signos zodiacales. Al fin de la pieza se veía una inscripción de fósforo que se hacía visible en la oscuridad del fondo: *Fábrica de metáforas y hospital de imágenes.* Abajo, como un exergo, la frase que le había oído muchas veces a Cemí: Sólo lo difícil es estimulante. Fronesis captó sin vacilaciones que se encontraba frente a un loquillo de gran belleza. Por las paredes laberintos, emblemas y enigmas. Comenzó a oírle:
—Tengo que vivir al lado de una posesa para despertar y ennoblecer de nuevo a la poesía. El más poderoso recurso que el hombre tiene ha ido perdiendo significación profunda, de conocimiento, de magia, de salud, para convertirse en una grosería de lo inmediato. Todavía se puede hablar con usted de estas cosas que están en el cuerpo del hombre, y eso es tan raro ya en La Habana como en París, pues así como el hombre ha perdido su cuerpo, también se le niega la ima-

gen. Y no hay nada más que el cuerpo de la imagen y la imagen del cuerpo. La imagen al fin crea nuestro cuerpo y el cuerpo segrega imagen, como el caracol segrega formas en espiral inmóvil, que es el cielo silencioso de los taoístas. Así como para Descartes no hay más que pensamiento y extensión, para mí no hay nada más que cuerpo e imagen. Y lo único que puede captarlo es la poesía y por eso me desespero ante la inferioridad que la recorre en los tiempos que sufrimos y lloramos.

Aquellos tiempos en que la poesía fundaba la casa de los dioses o aquellos otros en que luchaba por la belleza a la orilla del mito, que vivía en la catedral animada de todas las irisaciones, desde el rosetón pitagórico hasta los cultos de Mitra, o en los que Shakespeare dominaba todo el bosque medieval, han pasado. Hay que llevar la poesía a la gran dificultad, a la gran victoria que partiendo de las potencias oscuras venza lo intermedio en el hombre.

El cuarto donde hablaba, dentro del cual tironeaba a Fronesis, parecía una covacha de alquimistas o la azotea habitada por algún aficionado astrónomo caldeo. Ecuaciones, signos matemáticos, triángulos, circunferencias tangentes y secantes, mezclados con símbolos infantiles tales como trompos, papalotes, aros, bicicletas. Los símbolos de la iniciación se mezclaban con objetos infantiles. En el extremo se veía una playa donde un niño oía con extasiada fruición lo que brilla en las entrañas del caracol y un poco más lejos un anciano contemplaba con igual absorto la belleza del infante y el rumor ascendiendo del caracol como una nube de sonidos.

—Hay que volver al *enigma* —comenzó a decirle a Fronesis—, en el sentido griego *(extra et manifestum)*, es decir partiendo de las semejanzas llegar a las cosas más encapotadas. Hay que volver a definir a Dios partiendo de la poesía. Ya usted recordará:

> Qué es el uno, qué es el tres,
> y estos tres si los contares,
> aunque son nones, son pares.

También la vuelta al *jeroglífico*, o sea a la sagrada escultura. En lugar de la letra, que llega a ser muy aburrida, se puede emplear el jeroglífico. Así, el simple dibujo de una palma, por la comparación de sus hojas con los rayos del sol, significa un planeta cercano; porque no entrega su fibra a su pesadumbre significa el himno de victoria. Alude también a la Judea por ser muy germinativa por esos lugares.

Hay que acudir a los emblemas. ¿No debe de llevar la poesía sus banderolas para ser conocida entre remolinos humeantes? Debe de llevar muchas figuras para que su aviso no se reseque. Todas las derivaciones de la expresión *hacha encendida*, que lo mismo significa el renunciamiento que la plenitud fálica. Y puede ser también todo lo que nos agobia y mortifica. Pero nada más fascinante que el poema mudo, formado de figuras que se vuelven sobre sí mismas y se queman como la cera. Decir soldado y ya aludimos a dos prodigios: el sol y los dados. Se lee al derecho y al revés, por el centro de la esfera, en el túmulo.

Pero lo que sí es una obligación es llevar la poesía al laberinto donde el hombre cuadra y vence a la bestia. Unos se hacen en círculo, otros en cuadrado, un perro, un halcón o alguna estatua. Trazaría primero las letras y después como en un topacio las iría llenando de sentencias. Dice letras y entre ellas, *En ave sevane*[25]. Y después, los trabajos del poema cúbico. En fin, la total victoria de la poesía contra todos los entrecruzamientos del caos.

—Recuerdo ahora —dijo—, una teoría imagen de su amigo —Fronesis comprendió de inmediato que aludía a Cemí cuando evocaba al ferrocarril sobre un acueducto romano, se va impulsando hasta alcanzar una velocidad uniformemente acelerada, llegando a prescindir de los rieles y pudiendo entonces remplazar el puente romano por una cinta de seda. Concluyó—: cuando más leve es la

---

[25] *En ave sevane:* palindromo, que se puede leer lo mismo al derecho que al revés.

tangencia, y tangencia quiere decir aquí paradojalmente sustitución, tiene más levitación la imagen, es decir, la imagen es un cuerpo que se desprende de lo estelar a lo telúrico. Era el viejo consejo de los alquimistas: Cuece, cuece, da fuego hasta que aparezca el niño verde en el alma de la piedra —Se sentó, como si pesaran mucho sobre él las palabras que había lanzado y se fue adormeciendo en un sueño con dulce penduleo de la testa.

—Lo felicito —le dijo Fronesis, apretando la mano ya casi insensibilizada del mago. Musitó casi inaudible—: Es una estupidez al revés, una locura lúcida que raya el diamante y después diviniza el polvillo desprendido por la piedra —Fronesis sintió con alegría que lo único que lo recorría por dentro era la sorpesa de encontrarse cara a cara con una cita de Cemí. Se dio una nalgada y buscó de inmediato vencer la puerta de salida.

Antes de volver a la calle, Ecohé miró de nuevo, procuraba concentrarse con esfuerzo supremo hacia un punto fijo de adensamiento invencible. Allí donde su pensamiento, a horcajadas sobre la luz, no podía ya vencer. No podía vencer aquellas fibras de henequén, aquella carne de ácana[26]. Buscaba a Fronesis, que quiso agotar la mañana en una caminata *feroce*.

---

[26] *Ácana*: árbol sapotáceo americano, de madera recia y compacta, excelente para la construcción. Nicolás Guillén lo toma como motivo para un poema de *El son entero* (1929-1946) titulado precisamente *Ácana*, en el cual se pone de manifiesto la resistencia, la bondad fuerte de la madera por medio de la reiteración del propio sustantivo que nombra, ácana, ácana, ácana. El Poema comienza: *Allá dentro, en el monte,|donde la luz se acaba,|allá en el monte adentro,|ácana.* Y termina: *Allá en el monte,|donde la luz se acaba,|tabla de mi sarcófago,|allá en el monte adentro...|Ay, ácana con ácana,|con ácana;|ay, ácana con ácana...* Independientemente de la serie *horcón, bastón, tabla (de mi sarcófago)* que denota una potencialidad trascendente y simbólica, es interesante señalar la reiteración del sustantivo *luz*, tan cargado semánticamente, en las estrofas primera y última, que por cierto contienen el mismo verso, *donde la luz se acaba*, y remitirnos al texto lezamiano que va a introducir el ácana, invencible junto a las fibras de henequén: *Allí donde su pensamiento, a horcajadas sobre la luz, no podía ya vencer.* En ambos poetas la luz se relaciona, aunque de distinta manera, con el ácana.

CAPÍTULO IX

Cuando Foción supo que Fronesis se había marchado tuvo la obsesión del árbol por el agua maternal. Se mostraba todas las mañanas y todas las tardes frente al antiteatro en el relleno del Malecón. Había pensado seguir a Fronesis por las callejas de París. Surgió entonces Lucía con su embarazo, su conversación con Cemí y la solución que él aportó, el pagarle el pasaje para que los dos se reencontrasen. Tuvo la suprema nobleza de cerrarse la última puerta que le quedaba para no caer de nuevo en la locura. Se sentaba frente a los caminos del mar y sentía los corceles marinos que lo transportaban de nuevo a conversar con su amigo. Ya en el crepúsculo, cansado como un labrador bajo la mirada fría de una luna benevolamente irónica, se iba a la casa de su padre, el viejo médico enloquecido, que pudo una noche consultar a Oppiano Licario surgido del Erebo[1] y al pelirrojo en un estado muy parecido a la alucinación sonambúlica. Su padre le contó esa extraña visita, llevó él de nuevo el relato a Cemí que era el que quedaba de los que habían visto en vida la momentánea tangencia, tal vez en apariencia momentánea, de Licario con el pelirrojo, el día del robo del cepillo de dientes chino. Cemí sintió el relato y llevó la imagen a un punto intercambiable entre

---

[1] *Erebo:* región tenebrosa que se extiende bajo la tierra, por encima del infierno. Según Hesiodo surgió del Caos.

Templete. La Habana

la vida y la muerte. Esa triada formada por la muerte, un loco y un adolescente alucinado en la medianoche, pudo ser reconstruida y vivenciada por Cemí a través de la imagen. La muerte, la locura y la alucinación juvenil, con la imagen, formaban un cuaternario, un reino que comenzaba por lentas inmigraciones incesantes.

Le parecía a Foción que cada ola sin diluirse lo podía tripular hasta Fronesis, cada barco, cada pez, cada yerba marina. Se sentaba día tras día en los bancos del relleno para ver a los nadadores que cruzaban la bahía por unas cuentas monedillas, que se sumergían, que rivalizaban en llegar primero al acantilado. Foción lo veía con sobresalto, teniendo que contener el remolerio de la sangre que se le agolpaba en los oídos o le tironeaba en las venas como clavijas que lo detenían. Se esforzaba por permanecer en el banco y no partir en búsqueda de Fronesis, y allí pensaba estar en una esquina horas y horas esperándolo, hasta que al fin se iba y volvía al día siguiente.

Era el alimento de la imaginación de Foción, ya se erotizaba en pensar tan sólo en el rechazo. Lo que ya le interesaba era seguir la flecha de sus fracasos. La ausencia se le había hecho ambivalente de la presencia. Rodeado de espejos se abrazaba y lloraba sobre el hombro del ausente presente. El agua de la bahía le servía de espejo al alcance de la mano.

El grupo de nadadores estaba capitaneado por un negro encendido al que le decían el Tinto. Era silencioso y era un nadador prodigioso. Volvía a reeditar la leyenda del pescador liegarnés[2]. Dormía alrededor de las aguas, en algún saliente arenoso. Se alimentaba de peces medio hervidos, medio crudos y de algunas alguillas con desconocidas peonías.

Era un domingo por la mañana y la superficie de las

---

[2] *Liegarnés:* parece ser un adjetivo gentilicio de origen impreciso, tal vez de Liguria, de Liège o hasta de Lierganés, pueblo de la provincia de Santander en España.

aguas escamaba como un gran ballenato. Los miradores eran grupillos muy heterogéneos. Desde el garzón tironeado por sus padres, hasta los padres tironeados por una reconciliación. Fociòn sentado en un banquillo frente a la bahía, se obsesionaba remordido por el recuerdo de Fronesis. Iba reconstruyendo el día de su viaje y la imago le reverberaba en los ojos y se abría en mil compuertas dándole paso a las aguas de un espejo. De pronto, como un globo que revienta lo invadió de súbito una gran oscuridad y después un relámpago de esclarecimiento. Como si se fuera a caer y en ese momento le nacieran fuerzas para hachar[3] un árbol.

Se dirigió al sitio donde estaban los nadadores capitaneados por el Tinto. Foción se quitó la ropa, se quedó en calzoncillos y se tiró al agua. El Tinto se sonrió viendo en él la proximidad de un rival. Desde que vio su graciosa curva al lanzarse al agua, sus primeras braceadas y la manera como de llevar un ritmo líquido con la cabeza, estaba convencido de la llegada de un rival. Pero se alegró cuando vio que no se preocupaba de la búsqueda submarina de los centavos lanzados por el público, sino seguía sus cortes angulares, sus círculos, sus escoraduras, como un delfín rascándose en delicia con la sal marina. Por una comprensión animal, demasiado profunda para encontrarle explicación, percibió de inmediato la superioridad de Foción y sin rendirle acatamiento, le entregó el campo marino.

Un círculo de peces gimnóicos lo rodeó[4]. Se acercaban, parecían hablar entre sí. Eran peces gimnosofistas,

---

[3] *Hachar:* neologismo lezamiano. Proviene de hacha, dar hachazos a un árbol.

[4] A partir de una referencia científica de clasificación de peces —que no desdeña nombres vulgares y localísimos como *guasa, dejao,* ni la posibilidad humorística culterana a partir de unos acantopterigios transformados en anacantos y contracantos— Lezama pasa a los griegos para rematar con el compositor Satie que ya había aparecido, *travieso,* en el capítulo anterior, a propósito del pedo. Y seguir, avanzar, hasta la llegada del tiburón.

desnudos, corriendo con su arco tenso, dispuesto a arremolinarse para seguir una conversación. Oían a Pitágoras hablando de las constelaciones, Platón se apartaba con Fedro, Calicles mortificaba al más grande de los peces, tal vez Sócrates. Se oía con exagerada nitidez la neblina de Satie.

Se hizo el primer gluglú del vacío en el agua. Se impulsaban hacia los dentros y hubo un recogimiento del líquido por la superficie. Era como si el agua se resumiese para un parimiento. El Tinto aparecía en la contracción descendente, gritaba, movía con furor los brazos, y después se silenciaba en la dilatación ascendente, aparecía como un dios gritón barbado por la espuma. Sus ritmos ascendentes y descendentes se hacían con un acabado flexible y agilísimo.

Foción sintió que la vaciedad del agua era su primera experiencia difícil: el descenso. Cuando se tiró al agua lo hizo con el propósito de imitar la salida de un barco e irse en busca de Fronesis. Pero ese primer vacío fue su primera estación de reconsideración de propósito. Pensó que su obsesión de búsqueda era demasiado reciente y que podía esperar. Le parecía una traición a su imagen enloquecedora abandonarse tan pronto a la destrucción. Y el primer obstáculo que vino a buscarlo lo convenció de la calidad de esa espera. Descendió en el remolino con toda la imagen de Fronesis como clavada en el cuerpo. Su pensamiento ganó la extensión de su cuerpo. Al descender con el cuerpo untado por la imagen, tuvo la sensación de la cópula. Sintió el calambre de la eyaculación, el gemido del vuelco. Descendía, descendía y se apretaba con su única imagen. Jamás se había sentido tan cerca de Fronesis. Se había transfigurado en la imagen, sintió como si él fuera su amigo. El tabique líquido se convirtió en araña y las arañas en polvo. Después sintió cómo todos los sentidos reconstruían una resistencia, cómo convergían en una dicha que se hacía visible en la marcha. Ascendió del remolino dando unos extraños gritos de victoria, que en la orilla apenas se oyeron como graznidos de las sombrías aves del otoño.

Foción se sintió después como si extendiera el cuerpo sobre algas y musgos. Se contrastaba en color, se hería en reflejos. La palabra que venía con reminiscencia a sus labios era; yerbabuena. Sentía como la secreta bondad del mundo vegetativo. Rodeado de la gran bondad de las algas, sentía que sin destacarse del resto de las cualidades podía decir: yerbabuena[5]. Escoger una bondad que se le acercaba con más seguridad y lentitud a sus ocultas preferencias.

La presencia de la hierba húmeda sobre su piel prolongó el éxtasis. Al goce del remolino siguió la electricidad de la piel, como si su piel se llenase de ojos y escamas para la nueva luz que nacía. Así como el descenso en el remolino lo redujo a un punto, al extenderse, al trocarse su cuerpo en extensión fue alcanzando una infinidad corporizada. Se mezclaba, se confundía, era todo en la totalidad. El reflejo de su cuerpo, como el de la yerba, alcanzaba la línea del horizonte.

Pudo ver un pez lora que chorreaba un agua de todos los colores, era el arco iris entrando en una retorta de cristal. Su boca era un piquito que remedaba una decisión fácil. El pico lleno de reflejo esbozaba una conversación silabeada, gustosa y tan sutil que se hacía indescifrable. Entonces, Foción se empinaba como si fuese a oír el aire, donde se articulase una conversación más cerca de la de los dioses. Eran palabras cabalgando números áureos.

Era ahora el reino del hueso, la blancura. Por todas partes un blanco que se entreabría como un relámpago. Era la familia de los teleósteos con su caballito de mar tan infantil y tan maduro. Agrado del garzón y la vieja

---

[5] *Yerbabuena:* hierbabuena, planta aromática de hojas oblongas o elípticas, flores mayormente en espigas terminales. De olor agradable, se emplea como condimento en comidas y bebidas. *Mentha nemorosa Wild.* Familia labiadas.

que los busca afanosamente para el asma. Mágico recreativo y mágico curativo. Y después el pez chucho que nos viene pegando en el costado. Con su colita, leve pellizco erótico.

Tanto la yerbabuena, como el caballito de mar, como el pez lora y el chucho le parecía que estaban llenos de reminiscencias eróticas. Unos por un aroma exacerbado, otros por la simple alusión al caballo, otros por un piquito, otros por un látigo, todo se le convertía en un signo morboso que su locura trocaba en poderoso elemento germinativo. Cuando aparecieron las escuadras de dipnoicos, afanosos del fango, sintió la presencia de lo excremental, la *tau*[6] total del cuerpo con su cruceta vertical estelar y su fango anal, cuyo olor venía como una reminiscencia a espolvorear sus sentidos arracimados.

La visión se fue perfilando, tendía a precisiones. Aparecía entre los fisóstomos la anguila y el agujero del tragante, por donde reaparecía con una boquita rosada, graciosa, simuladora, queriendo hablar. Y al lado de la

_____

6 *Tau:* décimo novena letra del alfabeto griego, sus dos trazos cruzados, como la te latina posibilitan su conversión en signo de carga esotérica que Lezama explota. Esa *cruceta vertical estelar y su fango* explican algo de lo que se quiere decir respecto al erotismo por la vía del recuerdo en una situación límite para el personaje. Es necesario remitirse a *Paradiso* (cap. XI, página 469, ed. citada) para comprender el sentido, de ahí la cita *in extenso: Entre los dioses egipcios Anoubis o Anubis, Hermanoubis o Hermes Anoubis, nombres de reyes dioses, derivados de ano, que significa alto. Luego, como si el hombre tuviese dos cuerpos, o su cuerpo se dividiese en dos partes que no se muestran muy conciliadoras, el ano significa la parte alta del cuerpo bajo. Este dios abre a los muertos el camino del otro mundo, tiene la visión alta, el ano del cuerpo inferior, que le permite ver guiar a los muertos. Es lo alto de lo bajo y lo bajo de lo alto, conoce los dos caminos de la Tau. Entre los vivos tiene la visión baja, el ano del cuerpo superior, y la visión alta, entre los muertos, es entonces el ano del cuerpo inferior, pero la ausencia del cuerpo en las moradas subterráneas, hace que lo alto de lo bajo sea el guardián de todos los caminos en ausencia de la luz. Por eso Fronesis, entre los egipcios significa sabiduría aplicada, entre los griegos el que se adelanta, el que corre, el que comprende, el bondadoso, el virtuoso, el que fluye. Pero, ay, hasta las etimologías nos separan. Porque en frente está en sentido contrario, la detención del movimiento de la naturaleza, el encadenamiento, el vivir molesto, el desaliento, la anía del dios Anubis, que quiere guiar donde no hay caminos, que ofrece lo alto del cuerpo inferior, el ano, el anillo de Saturno, en el valle de los muertos.*

anguila, la terrible morena, la *morena verde* y la *pintada*, que dilatan su boca y se llevan todo el cartucho escrotal.

A la entrada, en la boca del Morro[7], el príncipe sombrío, el tiburón, un peso, un terror que tiene la fuerza elegante para no caer. Príncipe sombrío, dueño de la diagonal intermedia, se acerca a la superficie y refleja como la plata. Se hunde y cae en lo sombrío de las profundidades y reaparece. Su presencia es única, no admite rectificaciones. Su presencia es siempre un primer plano y trae la muerte. Desprecia lo orillero, pero excursiona con sorpresa en lo minucioso que se le permite. Siempre es el terror, pues siempre es el inesperado posible, el que puede tocar la puerta en la medianoche. En cualquier momento crea su noche. En el mar es un dondequiera, sus ojos nos miran sólo una vez.

Sintió una vibración en el agua, como si se rompiese y echase a andar de nuevo; era una pequeña cascada dentro del agua, le rozaba el cuerpo con su escozor, como si despertase muy lentamente. Un *dejao* se movilizaba alegre hacia la cascada. Allí parecía que se reía y comenzaba a cantar. Incomparable el pez cantando dentro de la cascada.

Después las aguas se lentificaban. Era como un goterón de aceite espesando. Veía frente, cachazudo y como si acercara los ojos al cristal espeso de las aguas, el pez *guasa,* que es aburrido en la superficie, y que se contenta cuando se apoya en el fondo marino. Era el contraste esperado con el *dejao,* saltando y cantando en la cascada. El pececillo se exasperaba y contorsionaba frente al regreso aceitoso de la *guasa.*

Alguien deriva una sabiduría: el *galafate,* triunfador del anzuelo sin la medianoche fatal. Era la rebeldía espectan-

---

[7] *Boca del Morro:* entrada de la bahía de La Habana. A la izquierda queda la explanada de la punta, con su fortaleza, y la ciudad propiamente dicha. A la derecha, el castillo del Morro y el faro que todavía lleva el nombre de un gobernador colonial.

te, pero perdurable con su subconsciente sin púas pero siempre a la defensiva, y enfrente el erizo, definido, púas contra anzuelo. Foción también que no muerde el anzuelo ¿para qué? Si ya tiene bien cogida la pierna en la trampa. Inmune a todos los anzuelos, porque ya uno le llegó a las entrañas. Y nada con un pie en la trampa. Ve el *dejao* en la cascada con cierta ternura de lejanía.

Se desenvolvía una colección de estrofas solemnes, eran las parejas de anacantos, con aletas anaranjadas, azules y verdes. Con un casco romano, bomberos para apagar el fuego de San Telmo cuando pica sobre las aguas para buscar el fósforo de las sardinas. Pasan besuqueándose, se frotan tanto que se diría anacantos y contracantos, sus aletas pectorales enfermas con unas llagas que parecen estalactitas. Sus ojos se irritan, la sal, instante tras instante más arañadora, le levanta ampolletas en la córnea. La *guasa,* recordó al tío Guasabimba en la familia de los sustos, pasa su lengua por el cristal del acuario. Su lengua es tan anchurosa, espesa y bobalicona que parece que chupa el cristal como un caramelo. Su lengua parece que está del otro lado y que se adelanta para poner su anchor en la mano del visitante, que aprieta y va cayendo una baba espesa y lenta. Parece que enjabona la mano. Espejo jabón con el que la *guasa* quisiera bañarse a nuestro lado, restregándose por nuestra espalda. Los plectognatos, los guerreros, con sus cascos martillados en la aleta auricular, miraban a Foción con odio que les hacía temblar desde la boca hasta la aleta anal. El galafate se acercaba a su dedo índice doblado, como si fuera a morder el anzuelo, pero despelleja dedo tras dedo, como si trabajase en una mazorca de maíz. El erizo, perenne desconfiado de la maldición de morder el anzuelo, escoge sus piedras y construye su casa sobre sus espaldas. Si la naturaleza muerde también el anzuelo, tanto el galafate como el erizo son del reino de Tiresias, hombre, mujer, hombre. Foción abría los ojos estaba sorprendido por las risotadas del pez glanis, hermano de Bucis, ambos hechiceros que se conservan mutuamente. Se sonrió para ver cómo alternativamente dormían en la curvatura del anzuelo. Dos hermanos, dos hechiceros, se consultaban mutuamente y superaron la era paleolítica del pescador. Hay que acercarse al mar si se quiere conversar con ellos. Los ganoideos pasan agonizantes. El manjuarí[8], en escena circense, se muerde el espinazo en los telares babilónicos. Foción tembló a su lado una pesadilla del pez diablo, del pez lechuza, nadaban como en el aceite, abrazando y yéndose a las profundidades. Un sosiego, un silencio que despedía chispas, chispas de fósforo de hueso. Una bandera toda blanca, polar, que se abría para recoger un lobo albino, saboreando la nieve.

Corrieron todos a ocultarse, aunque el erizo lo hizo riéndose. La terrible fuerza de la contracción muscular de los anillos de la noche. Llegaba el temido, el príncipe, fuego sin sombras, sombra de sombras, muy quieto, ya encubriéndose, lento o ya invisible en la rapidez indetenible de la noche. Avanzaba como una gran barra de plata, produciendo un vacío espectante, un aliento de hiel, picoteado por los vultúridos. Después se detenía, se oía el ritmo alto de su respiración. Su fuerza, en reposo, recorría todos los anillos de su energía muscular. De pronto, un coletazo, un relámpago invisible que iluminaba desconocidas profundidades y su andar era su precipitarse. Su rugido inaudible era el silencio que vomitaba. El vacío del terror y su cuerpo penetrando con todas las elegancias en ese vacío temible. Unía, como el demonio, la pesantez y la ligereza. Era pesado como el plomo y ligero como el aire del desierto. Su fuerza sombría convertía su circunstancia en el desierto. Si en las profundidades del mar hay higueras, era el diablo que se

---

[8] *Manjuarí:* especie desaparecida, de agua dulce, que, por ambas razones, no pudo existir realmente en el mar de la costa habanera donde se desarrolla la acción.

acercaba para conversar con el perdido en el desierto.

Sólo pueden existir dos clases de tiburones, los que desdeñan al hombre y el que lo destruye. De las sesenta y cuatro variedades que se le conocen, hay sesenta que lo desdeñan y cuatro que lo destruyen. Pero esos cuatro disfraces del mismo demonio bastan para mantener el combate secular contra el hombre fuera del aire, sin la peligrosa protección del fuego. El tiburón es el demonio guardián del agua, los temerarios que se pasean por el paraíso acuoso o no son mirados, o si lo son, la mirada es irrepetible, es más rápido su poder destructor que la rapidez de su mirada. Entre esa familia y el hombre existe un combate que no se extingue, una tenaza rompe su costillar, es despreciado o es destruido. El que lo desdeña nada quiere saber de él, pero el otro, antes de destruirlo, lo desprecia. Al menos el demonio terrestre busca y adula, mima y lisonjea, nos acaricia y repasa nuestros cabellos. Nos saluda y nos brinda su petaquera[9] vienesa con pitillos árabes. Promete y nos estira la piel por unos años ¡pero qué escamas las del tiburón al curvarse! Ataúd de plomo con alas, el tiburón escapa de los dedos de la mirada. Es el reflejo y ya se escapó, la sombra que no deja huellas en la arena, sus escamas para la salida de la ópera. Longura de los dedos es el monstruo que exprime la esfera de agua, la perfecta ola neptuniana. A su lado, desde la sardina al pez espada huyen ante la sombra de su bulto, el espacio que desaloja su impulso es la maldición del vacío. El agua de luna cae sobre su cuerpo, sus escamas, agua de luna congelada. Su rostro se refracta con tal violencia sobre el agua, que a pesar de la espesura de su bulto asume el rostro inasible. Su rostro es lo primero en aparecer, para de inmediato confundirse con la placenta de agua, su reposo parece

---

[9] *Petaquera vienesa:* así dicho, en vez del sustantivo más usual petaca, y repleta de cigarrillos árabes, Lezama ha introducido en lo coloquial una suntuosidad y una decadencia peligrosas para los personajes.

que oye misa, oye la campana sumergida y el templo queda a oscuras. Come las sardinas, come las velas encendidas. Su estómago es el gran liberador, vomita un paraguas y una medalla hierática. Incorporar y vomitar se igualan en su asimilación. Come al revés y vomita para nutrir como con una maldición lo descomido. Como ciertos monstruos chinos del período arcaico, su boca chupa un hombre como si fuera un caramelo de piña. La terribilia y lo deleitoso están en la raíz de su asimilación. Si se le exorciza puede convertirse en una gorgona[10] etrusca sacando la lengua, como una hoja que creciera en su rostro o en una gorgona clásica que acaba de ahorcarse.

Pareció detenerse un momento la fluencia del agua. El príncipe plateado se iba acercando a Foción. Se aprovechó de su primera gran elasticidad al salir de su reposo. Como las vibraciones en el aire, que se aprovechan de una pausa y de un refuerzo, salía de la majestad de su somnolencia y cobraba una línea tensa como un arco donde rodaba toda la descarga de sus anillos musculares. La guasa distraída se demoraba, cuando comprendió lo que se acercaba se puso en la misma raya de las sardinas. El pez diablo exageró su descenso y cubrió con su manto espantable la profundidad rocosa. Cuando el príncipe plateado va a entrar en combate se hace en torno un círculo de silencio.

Había divisado la sombra de Foción e iba en su búsqueda. Causaba la impresión de que despreciaba al destructor, pero su invariable estrella fija era el recuerdo, el rostro, el sueño, la voz de Fronesis. Oyó propenso al colmo de la sutileza por la lejanía el ruido de su huella al avanzar, era un ruido pequeñísimo, como si el príncipe

---

[10] *Gorgona:* Monstruos con figura de mujer y cabeza cubierta de serpientes en lugar de cabellos, de entre las serpientes les salían alas y grifos con enormes dientes. Eran tres hermanas, Esteno, Euriale y Medusa y tenían la facultad de petrificar a quienes las miraban. Medusa, como se sabe, fue decapitada astutamente por Perseo, las otras dos eran inmortales.

mirase hacia atrás, era la delectación de la pieza asegurada, avanzaba sin que surgiese de las nubes una torre enemiga. Foción no sentía el terror que se acercaba con la muerte entre los dientes, ya Foción apenas sentía. No sentía la llegada de la muerte, sólo sentía la ausencia de Fronesis. La cercanía del príncipe irritó aún más su imagen. El rostro de Fronesis se fragmentaba, se rompía en fragmentos que llevaban partes de su rostro, lo mismo en lo alto de una ola que en toda la extensión marina.

Sus dientes dieron la primera dentellada en el brazo de Foción, retrocedió brevemente para saborear el manjar. Pero la lucha iba a cambiar ahora de gladio y de gladiadores. El Tinto ojeaba al príncipe con la misma precisión que éste se volcaba sobre Foción. Tenía, como ya sabemos, un brazo inutilizado en uno de los combates que había tenido con el príncipe. Pero el otro brazo ondulaba como una serpiente que rematase en un cuchillo. De inmediato aisló a Foción de su enemigo y fue en su búsqueda. El temido dio una vuelta y rehusó el combate. Una vuelta como de torero que no le interesa cuadrar esa bestia. Miró a Foción por penúltima vez con el convencimiento de que con otro disfraz volvería a encontrárselo. Tal vez estaba convencido de que esa presa estaba asegurada. Dar tiempo al tiempo, esperar en la eternidad.

Se espesaba la sangre que envolvía todo el cuerpo de Foción. El Tinto lo cargó sobre sus hombros. Nadaba rápidamente hacia la orilla. Cuando llegó, Foción estaba como muerto. El brazo pendía sanguinolento. Se convulsionaba y gemía. La oscuridad de la imagen que buscaba, fluía ahora en su cuerpo como una sangre lenta, espesa, que se iba enfriando. El Tinto daba gritos, saltaba como un energúmeno. Acercaba su cabeza al pecho de Foción, oía un ritmo breve, ligero, cuya onda se iba extendiendo con lentitud, como impulsada por el oleaje.

A Fronesis le era necesario impulsar sus recuerdos. Se le fueron uniendo fragmentos, fundiéndose detalles diversos. Recordaba una mañana que tuvo que ir a Casablanca a sacar su partida de inscripción. En el breve viaje de ida todo transcurrió en el silencio de la memoria, en la proa de la lancha de detenía un poco de espuma, luego se dispersaba impulsada por la hélice, que la mezclaba con las contracciones de algunos espongiarios. Pero al regreso empezaron las cosas su nuevo ordenamiento sorpresivo, los pequeños detalles que modifican el espacio abierto. Al ir en la tripulación unas veinte personas, no conocía a nadie, de regreso pudo precisar por lo menos dos rostros que venían a sorprenderlo. Dos figuras que se le fijaron, no por ellas mismas, sino porque representaban momentos de su vida que habían sido fundamentales para él, pero donde los dos personajillos representaban puras insignificancias.

El cobrador era la figura mayestática y solemne de la lancha. Iba cobrando, como en un ritual funerario el pasaje, extendiendo la mano y fijando un rostro. Lo hacía con fingida lentitud, como si fuese una labor ciclópea de subrayada importancia extraer el dinero del bolsillo. Algunos lo esperaban con la moneda en la mano, otros esperaban el momento solemne de tenerlo enfrente para empezar a hurgar en sus bolsillos. A los primeros ni los miraba, a los otros los esperaba con un gesto que no disimulaba el chasquido de la lengua. Cuando estuvo frente a Fronesis, éste comenzó a registrar las profundidades del bolsillo del pantalón y por más que arañaba la tela no se verificaba el feliz encuentro. Colérico, el terrible cobrador le dijo: cuando encuentre las monedillas me avisa. Del subconsciente de Fronesis brotó el recuerdo de las medallas de Pico de la Mirándola[11]. En una de ellas con las tres gracias, la inscripción *Pulchritudo —amor— voluptas.* Puso la mano en el agua

---

[11] *Pico de la Mirándola:* humanista y filósofo renancentista italiano (1463-1494). Según él existe un fundamental acuerdo entre la filosofía griega, la cábala, la astrología, la magia y el cristianismo.

como si las pusiese en el lomo de un pez eléctrico y sintió las vivencias, en lentos escalofríos de la belleza, del Eros y de la voluptuosidad. Lo sorprendió de pronto el recuerdo de Foción. Le pareció que se prolongaba como el espíritu de lo extenso, una invasión de humo esparcido en colores. No aparecía Foción como *dramatis personae,* pero cubría toda la escena, como el estado que precede a la aparición de un fantasma. Como reverso de la sutileza del fantasma, observaba el cobrador del lanchón, que se veía que no quería olvidar la deuda de Fronesis.

El hombre que se ocupaba del motor de la lancha, comenzó a hablar con extrañas palabras. Entrecortadas, vacilantes inconclusas. Hablaba como si se dirigiera a uno sólo de los tripulantes y luego se perdía en indeterminaciones generalizadas. Hablaba como si el sueño se mezclase con sus profecías. Perder la madre y recuperarla, decía con precisión bien audible. Pero después dejaba una frase en larga suspensión: lo perdido, decía que se encuentra en todas las esquinas, pero nadie percibe ese misterio. «La madre vuela como un pájaro, pero vuelve a hacer nido delante de nuestros ojos.» «Lo perdido que no nos sobresalte, pero no reconociendo lo que nos falta, sino desconociéndolo, pero que nos sube como una evaporación antes de la lluvia.» Volvía a mascullar con sílabas lentas: lo perdido que no nos sobresalte. Se quedaba enmudecido, como si él mismo no se diera cuenta de que hablaba. «La madre vuelve de aquí para allí, no tiene un sitio fijo, pero con su mirada fija en una pared cercana, la vamos reconociendo. No tienen a la madre, pero eso les permite las metamorfosis más incesantes, la persona que no la tiene, no se fija. Vive varias vidas y tiene en vida el don icárico del vuelo.»

Fronesis después creyó haber interpretado ese lenguaje en el sueño. Al despertar tuvo la sensación que surgía en él por primera vez, que su estancia en Europa, era la búsqueda de su madre, no solamente en sangre, sino en la universalidad del Espíritu Santo. El hombre del motor del lanchón hablaba como una sibila, como un dios androginal sin dualismo posible. El sueño le revelaba que él, Foción y Cemí se habían convertido en una misteriosa moneda etrusca de alas veloces. La misma persona multiplicada en una galería de espejos de la época de Rodolfo II[12], el rey amante de las diversiones ópticas y de las deformaciones sin término.

El hombre que había alzado la voz con tal incoherencia, hablaba como en tono de profecía para un anfiteatro gigante. Pero en sus pausas, en sus insistencias se volvía siempre hacia Fronesis, como si de su total indiferencia brotase un punto fijo donde se concentrase su incoherente fulgor. Todos los tripulantes del lanchón estaban convencidos de que su meta verbal era Fronesis. Disimulaba, miraba el oleaje, metía sus dedos en el oleaje. Pero ya al final de su incoherente discurso, en los ojos del hombre del motor, como una pesadilla que fija su terror, se quedó absorto en la contemplación de Fronesis.

Se acercó de nuevo el cobrador. En ese momento surgió otra persona que a Fronesis le recordaba un antiguo compañero de colegio, pero con la cara entrecortada, dividida como por varios colores. Se sonrió, más como una sombra que quien verifica un acto cortés. Su sonrisa apenas tuvo el tiempo de fijarse en Fronesis. Se dirigió al cobrador y le pagó el pasaje de Fronesis. Después Fronesis ya no pudo verlo más. Se fijó en cada uno de los tripulantes del lanchón, pero no reconoció aquel rostro en ninguna de las personas que lo rodeaban. Al apearse, Fronesis se detuvo para ver si reconocía aquel rostro, pero no lo pudo precisar de nuevo. Era como un sueño dentro de otro sueño.

Fronesis se encontró una vez más frente al Castillo de la Fuerza que seguía siendo para él el centro de la imantación de La Habana. En torno del castillo había

---

[12] *Rodolfo II:* emperador germánico (1552-1612), hijo de Maximiliano II, nació en Viena y fue emperador desde 1576 hasta 1611.

como una romería. Por todas partes danzas, canastas llenas de frutas. Era una fiesta nupcial. Porcallo de Figueroa[13] había llegado para celebrar el encuentro de Hernando de Soto con su esposa.

Griterías, reyertas y las lanzas entrando como culebras provocaban el salto y la separación de los contrarios. El rostro fantasmal de Hernando de Soto asomaba por alguna ventana del castillo y se redoblaban los cantos y las aleluyas... Pero Porcallo se mezclaba con las cantantes para producir una noche banal, otra inflación ventral en alguna indita. Era odiado, pero se le respetaba como el gran preñador, el *pathos spermatikos* hacía brillar sus huesos.

Como los rostros se fragmentaban, volvían a unirse para iniciar de nuevo otra dispersión, las sílabas surgían, no encontraban al principio la cadeneta de las otras sílabas, volvían a unir sus manos y sus puntos de apoyo en la sucesión. Hasta que surgió como de la plenitud y cansancio de una noche, el verso de las *Soledades*[14].

Ven Himeneo, ven donde te espera
con ojos y sin alas

Cóncava y puntiforme una negrona amamantaba a las frutas. Colocaba sus senos sobre las canastas de frutas. Parecía que las frutas se hinchaban, sudaban, las veíamos ya como dentro de la boca, se deshacían en rocío. Como una gran serpiente la teta cubría toda la canasta. Los mameyes adquirían un desmesurado tamaño en la boca de un tiburón. La negra agrandada era ya la diosa frutal. Porcallo miraba con un solo ojo para fijar la visión. Su yelmo sudaba hablando tiernamente con el rocío de las frutas.

---

[13] *Vasco Porcallo de Figueroa:* ver notas sobre Hernando de Soto en el prólogo y en el cap. II.

[14] Lezama, gongorino, utiliza otras veces fragmentos de este poema. Versos 767-68 y 780-81.

Las sílabas que volvían a dispersarse se iban juntando de nuevo. Pudo de nuevo Fronesis reconstruir la sentencia poética:

Ven, Himeneo, donde entre arreboles
de honesto rosicler, previene el día...

Porcallo se hacía dueño de la noche. Las negras y las indias formaban coro a su alrededor y levantaban el canto. Daba una nalgada o pellizcaba un seno y después reía con carcajada metálica. A medianoche, como el Hércules preñador, debajo de los árboles fornicaba sin disminuir sus carcajadas. Las negras, con sus senos sobre las canastas de frutas, se quedaban dormidas. El sueño las convertía en el árbol doblegado de toda aquella variante frutal.

Se abrió una ventana y apareció alguien más preciso que un fantasma y tan dueño de los dominios de su extensión como una imagen. Se inauguraba el amanecer. Saludó con un guante de piedra que parecía extraído de las arenas. Las canastas con las frutas habían desaparecido. El rosicler saltaba en curvas.

Aquella mañana Fronesis quiso ver a la viejita de la que le había dicho Ynaca que estaba en estado de gracia. Recordó también que le había dicho que había que tener la autorización del Prior de los dominicos para poder verla. No obstante, Fronesis decidió ver a Editabunda. Vivía en un segundo piso y estaba siempre acompañada por una monjita. Se anunció y fue recibido de inmediato y la monjita se mostró satisfecha, contentísima, como si agitase una campanilla al ascender el corpus. La casa lucía como una extensión de blancura, como si la mañana se hubiera apoderado por asalto. Espacio y blancura de luz. La casa lucía la nitidez ilímite de la extensión. En la lejanía se veía a Editabunda sentada en una banqueta principesca. La pobretería que lucía la casa en la primera visita había desaparecido. En cuanto vio a Fronesis mostró su alegría y una espera que se cumplía. Hizo gestos acompasados con las manos para favorecer la recepción.

No había redomas ni el aleph[15] se transparentaba. Pero Fronesis pudo notar cómo la luz parecía que lo atravesaba a él y a las paredes y que en las ventanas la luz sobre la luz se adensaba, hasta que parecía que de allí saltaba un pájaro.

Editabunda le dijo: Ya sé a qué has venido a Europa, a conocer a tu madre y a repetir por el conocimiento la gesta de Oppiano Licario, según las palabras de él que Cemí te repetía. Crees que esa gesta debe engendrar una tradición por la continuidad y la leyenda. Y yo creo que has hecho bien, que has escogido lo mejor, pues desde la primera vez que te vi recordé el capítulo XI de San Mateo, versículo XIV: Y si queréis recibir, él es aquel Elías que había de venir. Igual te dijo que éste que ahora se llama Fronesis antaño se llamó Elías. Ustedes, o mejor dicho Cemí, pues tú lo conociste por el verbo de Cemí, lo conocieron ya en su deslumbramiento fáustico cuando ya podía conocer por la imagen, pero tú volverás a caminar los caminos que él recorrió y lo que tú hagas será la reconstrucción de aquel libro suyo *Súmula, nunca*

---

[15] *Aleph:* Primera letra del alfabeto hebreo. En fenicio quiere decir buey. Utilizado como signo cabalístico, se considera que es uno de los puntos del espacio que contiene todos los puntos. Según refiere Jorge Luis Borges en su cuento titulado *El aleph* —del libro del mismo nombre, 1949— «su aplicación al disco de (mi) historia no parece casual. Para la Cábala esa letra significa el En Soph, la ilimitada y pura divinidad; también se dijo que tiene la forma de un hombre que señala el cielo y la tierra, para indicar que el mundo inferior es el espejo de los números transfinitos, en los que el todo no es mayor que algunas de las partes». Las referencias borgianas a Burton son dudosas, pues entre otras imprecisiones no aclara a cuál de los Burton del siglo XIX se refiere, pero, independientemente de la curiosidad lezamiana sobre el tema, se señalan dos datos interesantes: el espejo universal de Merlin «redondo y hueco y semejante a un mundo de vidrio» y «Pero los anteriores (además del defecto de no existir) son meros instrumentos de óptica». Las inclinaciones ópticas de Rodolfo II ya habían sido señaladas y la ironía de lo no existente aparece en Lezama cuando teoriza sobre las cosas perdidas en la cultura cubana.

infusa, de excepciones morfológicas, que el ciclón arremolinó
y perdió sus páginas quedando tan sólo un poema. Oye:
tu vida será por ese poema que te mandó Cemí, la
reconstrucción de aquel libro que podemos llamar sagrado, en primer lugar porque se ha perdido. Y ya desde los
griegos, todo lo perdido busca su vacío primordial, se
sacriliza.

Lo que no pudieron alcanzar ni el tío Alberto, ni el
Coronel, lo alcanzarán Cemí y tú. Los dos alcanzarán al
unirse el Eros estelar, interpretar la significación del
tiempo, es decir, la penetración tan lenta como fulguran-
te del hombre en la imagen. Pero también has venido a
conocer a tu madre. Pero eso también forma parte de tu
vida en la que ya está la de Oppiano Licario.

Licario le transmitió a Cemí un conocer que él llamaba
curso délfico[16] y Cemí lo conversó contigo, es decir, se

---

[16] *Curso délfico:* Lezama afirma, en entrevista a Ciro Bianchi Ross
(Revista *Quimera,* Madrid, abril de 1983, n. 30, págs. 43-44) publicada
postumamente: «Siempre me gustó orientar las lecturas de la gente más
joven. Al cabo de estar haciéndo durante muchos años se me ocurrió la
idea de sistematizar esas orientaciones y no señalar al tun tun este libro o
aquel, sino poner a disposición de una persona con preocupaciones e
inquietudes intelectuales mi propia experiencia de lector y no sólo ofrecér-
sela de manera coherente sino facilitarle, al mismo tiempo, ejemplares de
aquellos libros que yo considero formadores o que, al menos, lo han sido
para mí. A mí nunca me ha gustado prestar libros de mi biblioteca.
Antiguamente, cuando una persona me pedía uno de ellos, yo iba a la
librería, compraba un ejemplar y se lo regalaba. Ahora he hecho una
excepción ya que no se trata de textos que son fáciles de conseguir y pienso
que es un egoísmo retenerlos para mí cuando en otra persona pueden
causar también una gran resonancia... El nuevo lector no ha de dejarse
impresionar por las frases o párrafos que yo he subrayado en los libros de
mi propiedad: debe buscar sus propias frases. Y no debe jamás prestar
libros que ha recibido. Si lo hace, queda fuera del Curso y más aún, la
sinagoga del infierno será para él.»
Actuales investigadores de la obra de Lezama pasaron el curso délfico
guiados por el maestro, entre ellos el propio Bianchi Ross, José Prats
Sariol y Manuel Pereira. Parece que en 1974, mientras impartía el curso,
escribió el capítulo correspondiente para *Oppiano Licario,* según testimonio
de Prats Sariol.
Al leer las notas del diario de Lezama (notas fechadas en diferentes
momentos entre el 18 de octubre de 1939 y el 31 de julio de 1949) llama la

hizo visible. Y eso es lo que yo te voy a enseñar y después te diré cómo podrás ver a tu madre. Licario tenía el convencimiento de un conocimiento oracular en el que cada libro fuera una revelación, con eso se evita el fárrago de lecturas innecesarias en que caen los adolescentes. El concepto romántico y erróneo de que del error de esas lecturas sobrantes tiene que ser superado por el que oye la palabra de los iniciados, de los que han sabido hacer su camino y comprendido el Eros estelar, el *wu wei*[17] de los chinos. Cada libro debe ser como una forma de revelación, como el libro que descifra el secreto de una vida. La primera parte del curso délfico se llamará obertura palatal, tiene por finalidad encontrar y desarrollar el gusto de la persona. ¿Cuáles son los libros que dejan en nosotros una nemosine creadora, una memoria que esté siempre en acecho devolutivo?

—Mira —dijo Editabunda—, sígueme y verás algo de ese mundo que hace nuestra vida más levitante y más gravitante. Son las obras que yo he leído y que me han dado sabiduría, conocimiento inmediato, mitología y teología. Mira, si un hombre se ha pasado su larga vida leyendo las mejores obras, pero no ha leído *El gran Meaulnes, La Eva futura, Al revés, Mono,* su gusto vacila, como un gourmet que no hubiera probado la piña.

Lo cogió de la mano y lo llevó a otra pieza de la casa, donde estaban tres estantes con unos dos mil libros. Las puertas no tenían cristales, eran de madera. Los abrió y le dijo a Fronesis: fíjate en el nombre de esos libros. Fronesis los reojó primero y vio que en el primer estante estaban *Las mil y una noches* y el último libro del tercer

---

atención la referencia a libros prestados por el autor a sus amigos de entonces, lo cual demuestra lo contradictorio de las declaraciones anteriores. Este diario o fragmento de diario ha sido editado por Carmen Suárez León y aparece en la *Revista de la Biblioteca Nacional José Martí.* La Habana, Cuba, Año 79/3ª época y vol. XXIX; mayo-agosto 1988, número 2, págs. 97-159.

[17] *Wu wei:* en el taoismo es el espacio vacío. Ver *Paradiso.*

estante era el *Timeo* de Platón seguido de la *Metafísica* de Aristóteles.

—Cada uno de esos estantes comprende una parte de la sabiduría —dijo Editabunda—. La primera despierta el paladar de curiosidad por aquello que cada cual tiene que hacer suyo, estableciendo entre él y el curso una continuidad inagotable. Tienes que venir días sucesivos y reconocer el nombre de esos libros que actúan como regidos por la gracia. El segundo estante comprende lo que yo llamo el horno transmutativo, el estómago del conocimiento, que va desde el gusto al *humus,* lo que los taoístas llamaban la transmigración pitagórica con burla de los budistas, a la *materia signata* de que hablaban los escolásticos, a la materia que quiere ser creadora. Se comprueba que la materia asimilada es germinativa y la semilla asciende hasta la flor o el fruto. La tercera parte que trata del espacio tiempo, con lejanas raíces en las bromas lógicas de los megáricos o en el mundo aporético o eleático. Adquirir un espacio donde el hombre convierte en un cristal pineal su circunstancia, el espacio exterior o interior, como si toda interrupción o ruptura de la comunicación se rompiese para vivir nuestro verdadero enigma[18]. Se burla también del tiempo, pues acerca la vida a la muerte y la muerte en la vida, gravita el cielo hasta la tierra y levita la tierra hasta el cielo.

Fronesis recorría una y otra vez los tres estantes. El nombre de los libros se ahumaba, se perdía como si una nube pasase por delante de ellos. Luego se clareaban con la sensación de la mañana del despertar, como si la caminata entre la oscuridad y la evidencia torrencial de la vigilia desapareciese.

—Esa tercera etapa —volvió a decirle—, el paso del horno transmutativo al tiempo aporético se precisa por

---

[18] Lezama asume festivamente el mundo de los presocráticos y llega a ese cristal pineal que puede tener que ver con la hipófisis o pituitaria, glándula pineal, y con la textura cristalizada de la piña, aquella *piña glaceada por la frente* de su *Oda a Julián del Casal.*

aquello que ya tú le oíste a Cemí, de que al chocar con pasión de súbito dos cosas, personas o animales, engendran un tercer desconocido. Recuerdas aquello de que al copular el gato y la marta no engendran una marta de ojos fosforescentes, ni un gato de piel estrellada, sino que engendraban el gato volante.

Hasta ese momento tendrás que permanecer en la etapa que los pitagóricos llamaban del AKOUSTIKOI, en ese tiempo que los discípulos tienen que permanecer tan sólo como oyentes, la perfección de su silencio revelará su calidad. La perfección de ese silencio hace que vaya naciendo la perfección de ese disciplinante y su mayor acercamiento al iniciado le va otorgando un sentido.

Fronesis pudo observar que la madera de los estantes era cubana, como aquella que le producía deleite a Arias Montano[19] frente a la esfera armilar del Escorial. Tuvo entonces como la revelación de que la acumulación de esa sabiduría debía regresar a Cubanacán, al centro insular, a lo desconocido.

—Ya ves —le dijo Editabunda—, que no es la acumulación, sino de encontrar las esencias que nos entregan la sucesión de las generaciones y algo que se pone por encima de lo generacional para dar un salto, pues esos estantes se renuevan constantemente y hay grandes debates, como el que sostuvo Hortensio con Cicerón en el senado romano para decidir sobre la inclusión y la exclu-

[19] *Arias Montano:* humanista español (1525-1598). Su obra amplísima e importante representa uno de los más altos logros del Renacimiento en España. Excelente poeta en castellano y en latín, su producción abarca 71 odas de corte horaciano, así como numerosos poemas sacros. Tocó, en piezas de gran erudición, los temas más variados y buena parte de su prestigio se basa en la publicación de la Biblia políglota de Amberes, considerada un punto culminante en la historia de la imprenta, de los estudios bíblicos y de los métodos científicos de la edición de textos. El enlace a través de la cubanía de las maderas con la esfera armilar —y la sabiduría que ha de regresar al centro de la isla, Cubanacán— obliga a recordar la primera estrofa de la *Epístola* a Arias Montano de Francisco de Aldana (1537-1578): *Montano, cuyo nombre es la primera/estrellada señal, por do camina/el sol el cerco oblicuo de la esfera.*

sión[20]. Y hay libros que después de describir como la parábola de una ausencia mágica, vuelven a ocupar su lugar, estando todos ellos como dispuestos a volar e irse a regiones que no conocemos. Por ejemplo, cuando se prohíbe el *Tao Te King*[21], aparecen entonces mas taoístas en Inglaterra. Esa búsqueda de la sabiduría nos acompaña hasta la muerte. La obertura palatal, el descubrimiento de los libros oraculares nos debería acompañar siempre. El Horno transmutativo nos revela que el paideuma[22] de la creación está vivo en nosotros, que la escritura cae en nosotros, cada una de sus letras como peces que avanzan

---

[20] *Hortensio y Cicerón:* Marco Tulio Cicerón (106-43 a. C.) y Quinto Horacio (114-50 a. C.), famosos oradores romanos que intervinieron en las disputas sobre las primacías de las escuelas en el campo de la elocuencia. Tres imperaban en la época: la neoática, partidaria de la sobriedad; la asiática, caracterizada por cierta afectación de estilo y abundante uso de tropos y figuras y la escuela de Rodas, que mantenía una actitud ecléctica respecto a las dos anteriores Hortensio era el máximo representante de la escuela asiática, pero a nuestros días no ha llegado ninguno de sus discursos; Cicerón, aunque comenzó con ciertas concesiones, más bien formativas, a la ornamentación de la primera, figuró en las filas de la última.

[21] *Tao Te King:* libro filosófico místico atribuido a Lao-Tse, que en forma aforística desarrolla la doctrina de la causa primera y su operación en el mundo.

[22] *Paideuma:* de la voz griega paideia, que desde los tiempos de Cicerón quería decir «educación del hombre como tal, esto es, la educación debida a las buenas artes que son propias sólo del hombre y lo diferencian de los otros animales. Las buenas artes eran la filosofía, la elocuencia, la poesía, etc. El hombre no podía realizarse como tal sino a través del conocimiento de sí mismo y de su mundo y, por tanto, mediante la búsqueda de la verdad en todos los dominios que le interesan. Capacidad de formar al hombre verdadero. Werner Jaegger, filósofo alemán, insistió en el término en sus tres tomos publicados entre los años 1934 y 1944 con el título *Paideia. Die Formung des griechischen Mennschen.* (Paideia. La formación de los hombres griegos.) Pero Lezama prefiere la nomenclatura de Leo Frobenius (1873-1938) quien en 1921 publicara *Paideuma. Umrisse einer Kultur und Seelenlehre* (Paideuma. Contornos de una cultura y de la vida espiritual) traducida y publicada en español en 1935 bajo el título de «La cultura como ser viviente». *Seelenlehre* también puede ser traducido como psicología, pero lo interesante es la asimilación de *Paideia* y *Paideuma* a la cultura. Frobenius es bien conocido por su *Decamerón negro* y su *Atlas africano.* En su diario, 25 de febrero de 1945 señala: La poesía y el paideuma de la niñez.

sin perturbar la masa líquida, pero que desconocen las distancias pues las traga antes de que ellas nos reten... Y la galería aporética o burlas del tiempo y el espacio, nos enseñan si en realiad merecemos la muerte como una suspensión para la resurrección.

Puedes venir varios días. Y siempre te daré una frase para que la medites junto con la memorización de los textos. Esa meditación te crea y te lleva al espacio gnóstico. Un día te daré la frase del oráculo de Delfos: «Lo bello es lo más justo, la salud lo mejor, obtener lo que se ama es la más dulce prenda para el corazón.» Y otro día te daré la frase de Hölderlin: «Hemos nacido demasiado tarde para ser dioses y demasiado temprano para tener un ser.» Otro día meditarás en el verdadero sentido de la sentencia de Pascal: «La pereza es lo único que nos hace pensar que somos dioses venidos a menos.» Así esas lecturas te darán un impulso, una forma de ganar la carrera temporal, sentir cómo tú mismo eres tierra germinativa y por último cómo llegarás a la muerte. Esas sentencias de los iniciados trazarán en torno tuyo como un espacio que te revelan que las tres ruedas funcionan con el debido juego de sus dientes.

—Tú has venido también a Europa para conocer a tu madre —le dijo Editabunda—, como ya te he dicho. Tendrás que ir a Viena a la calle que en este papel te entrego —la vieja le alargó un papelito con el gesto de quien hace una obra de caridad a un igual suyo—. Ella te hablará de mí, me conoce hace muchos años, cuando ella estuvo en París, con la compañía de Diaghilev. Entonces yo le hablaba y no me hacía caso, pero ahora estoy segura que tú seguirás mis consejos, el camino que mis manos que ya tiemblan te indican. Todo eso forma parte del curso délfico, pues ya verás al final cómo la madre y la muerte son la raíz de la verdadera sabiduría. La madre viva puede ser uno mismo, que encontramos en la madre o en Eros, en el amor y la madre muerta que es la sabiduría, la cifra descifrable de cada persona. Quien no se convierte en su madre y no busca a su madre, no ha vivido, no ha justificado el don que le hicieron de vivir. No merece aquella dulzura del aire, de que nos habla el Dante.

Quiero despedirte cantando una estrofa de un poema de tu amigo Cemí —la vieja gorjeó como buscando su escala y después entonó—:

> Cuando el negro come melocotón
> tiene los ojos azules.
> ¿En dónde encontrar sentido?
> El ciclón es un ojo con alas.

Delfina,
Promesis,
Dr. Fronesis

El doctor Fronesis había salido de Santa Clara a La Habana para estar más acompañado. Tenía una casa en la cuadra final del Malecón, seguida del Parque Maceo. Se había hecho acompañar de la familia de José Ramiro, su hijo Palmiro y su esposa. Lo acompañaba también el cartulario y su hija Delfina trajo a Palmiro a regañadientes hablándole de la fascinación habanera de su brisa, de su noche y de la luz que impide que la niebla instale su locomotora botafuego.

Atrás de la casa, la parte que daba a San Lázaro, era como una finca. La casa delante, seguida de una especie de parque chino, con glorietas pequeñas y bancos y fuentes con peces y como con cordeles anchos de anguila. El doctor Fronesis por la mañana paseaba por el parque, acompañado de su esposa. Ella intentaba consolarlo de la ausencia de Fronesis. No era Ricardo exagerado en sus afectos paternales, en gestos, en fechas, pero su más delicada corriente subterránea se proyectaba sobre sus padres. Y sus padres habían tenido el sortilegio de intuir el secreto de sus cariños. Su madre guardaba silencio cuando su hijo se acercaba. Ricardo no lo rompía, pero muy pronto se establecía la comunicación entre ellos. El doctor aprovechaba esos silencios semejantes a un espacio entrecruzado de luces coloreadas por las aguas. Y se acercaba para formar un triángulo donde las oscuridades y las resistencias se borraban para formarse un comunión necesaria, donde ya las palabras tenían su oportunidad para nacer y hacer su recorrido. El doctor estaba acostumbrado a largas ausencias, sus años de Europa, sus terribles soledades de nieve, sus movilizaciones de un París reiterado a una Viena lánguida, le exasperaban ahora la ausencia de su hijo. Además se culpaba grosero y tenía que excusarse a sí mismo cada vez que recordaba la motivación por la que su hijo se ausentaba. Sabía que un viaje era un riesgo y ese riesgo que atravesaba su hijo era producido por un acto grosero suyo. La moral tergiversada, la envidia, los celos, la remoción de su fondo oscuro de donde habían ascendido las más podridas sardinas.

Sabía que la conducta más minervina regía los actos de sus hijos, pero sabía también cómo las fuerzas desatadas, los conjuros, las maldiciones, los equívocos y las imploraciones al Maligno pesaban peculiarmente sobre los castillos más dotados de la resistencia. Y ese riesgo de su hijo, él lo soñaba, lo perseguía como ya lo había obsesionado la amistad de Fronesis y de Foción. Cómo siendo tan opuesto ambos, los dos habían devenido inseparables. Comprendía las razones del acercamiento de Foción a Fronesis, pero se le hacían oscuras, impenetrables, las razones por las que su hijo continuaba y permitía aquella persecución. El misterio de la conducta, sin estar regido por la gracia, lo atormentaba hasta la aridez de los místicos. Cuando se sentía acorralado por aquella melancolía, se creía poseso de la metamorfosis suya en Foción. Después, eso lo hacía reír. Hasta que su sonrisa doblada ante el espejo le ofrecía a su hijo narcisista surgiendo de las ondas, con una imagen sombría.

Pero después de las doce de la noche le gustaba sentarse en el portal. Ya todas las casas habían apagado las luces. El mar con sus olas agrandadas por la noche, envolviendo como si fuese un papel innumerables peces como candelas, parecía que se extendía hasta el mismo portal. Entre el pequeño parque posterior y el portal oloroso a salitrera, transcurrían sus peores horas, aquellas que lo desgarraban y le quitaban las virtudes de la espera y de la aceptación.

Algunas noches el doctor jugaba al ajedrez con el cartulario. Pero la mayoría de las noches el dominó atronaba el espacio puro, corrompía las elegancias dieciochescas de la señora Münster, que ella intentaba salvar con sus cristales fríos mostrando los colores del tokai[23] o alguna limonada anisada. Así como algunos tiranos en América han producido en sus países un incurable trauma, Rosas, Francia o Don Porfirio[24], así el siglo XVIII, las lecciones transmitidas y asimiladas de la época de María Teresa a su pueblo, le daban ya un sello invariable, Leyendo a Musil[25], le parecía que estaba en pleno siglo XVIII, como le gustaba apreciar las semejanzas entre el negrito Solimán y el amigo Zamora de la du Barry.

Formaban varias mesas en la sala para jugar al dominó, embriagándose con el estruendo de las fichas, que se arrastraban sobre la mesa con un sonido gutural de ferrocarril. Era el dominó jugado a la cubana, con interjecciones, con dicharachos, con alusiones mortificantes y sonreídas. Era el puro pasar del tiempo, pero entre humo de tabaco, gritería y liberación de las preocupaciones. Así, cuando el doctor triunfaba, exclamaba: pero mi hijo

---

[23] *Tokai:* famoso vino húngaro, celebrado por Martí en versos como *en fervido tokai para el feliz. Versos libres.* «Pollice verso» *(Memoria del presidio).*

[24] *Rosas, Francia y Don Porfirio:* dictadores de Argentina, Paraguay y México respectivamente. Juan Manuel Ortiz de Rosas (1793-1877), ejerció una tiranía que duró más de veinte años, persiguió a los indios y cuando fue derrotado huyó a Inglaterra donde murió. José Gaspar Rodríguez de Francia, el Doctor Francia, mantuvo un régimen autocrático y cruelmente represivo que encabezó hasta su muerte (1766-1840). Porfirio Díaz, general y político (1830-1915), se distinguió en la lucha contra la intervención francesa en México, luego impuso su poder dictatorial contra el cual se alzó la revolución mexicana. Derribado, se exilió en París donde murió.

[25] *Robert Musil:* escritor austriaco (1880-1942), su obra es hoy mundialmente conocida, pero llama la atención que fuera lectura del doctor Fronesis, a pesar de su estancia en Viena.

está lejos, ¿dónde estará ahora mi hijo? Hacía una pausa y después otra vez el estruendo, las interjecciones que la austriaca no entendía.

En aquel instante predominaba el mundo que rodeaba al doctor, no el suyo ni el de su esposa. A José Ramiro, especie de secretario campesino, le gustaba la broma, el fiesteo y el brillo de las espuelas. Era un gallo de buena pinta, apagada por el matrimonio y la costumbre de todos los días. La presencia de su patrón lo volvía alegre, al recostarse en sus seguridades. Cuando estaba en presencia de él la sangre le corría con más ligero tumulto. Tenía siempre al alcance de la mano el ron, amarillo provocativo que mezclaba con agua efervescente, como para verlo arder. Subían las burbujas con un amarillo que se deshacía en reflejos como si fueran plumas de un gallo de feria.

Antes de que el gallo cacarease con extenuosidad, la Münster comenzaba a apagar los últimos cuartos y el doctor daba la señal con un irrecusable: Ya es tarde.

Los agrupamientos, si no había más invitados y entonces el juego derivaba a comilona, se hacían en dos mesas. En una mesa jugaban el doctor, José Ramiro, Clara y Delfina. En la otra mesa, el cartulario, serio y grave como una herradura, su esposa con sus polvos que se le cuarteaban, pareciendo bajo las luces una máscara laqueada, la Münster y Palmiro que miraba con reojo incesante a Delfina, mitad con temor y mitad tedioso, pues ni él mismo sabía cuál era su llamado. Había como un oleaje de curvas y recurvas. Cuando el doctor seriaba, los demás procuraban remontar el canto, cuando bromeaba guardaban silencio, como si el respeto les impidiese la excesiva broma, ladeando el rostro. La posición en las mesas cambiaba, como cambiamos los colores de la corbata en el aburrimiento sucesivo.

Pero era innegable que el doctor gustaba más de hacer mesa con José Ramiro que con el cartulario, y a la Münster le agradaba más la fineza prestada del cartulario que la violencia interjeccional de José Ramiro, pero a veces, no siempre, la Münster gustaba de las interjecciones súbitas, del cuello que se hincha y enarca con puntitos capilares dispuestos a romperse.

Cuando alguien se quedaba con un doble nueve predominaba el estilo cubano de jugar el dominó con algazara y jubileo, y cuando lo soltaba como una lengua que salta la garganta apretada, se mostraba el ajedrez silencioso que se juega en los puertos al lado de la gaviota que silenciosamente teje un aire que previamente se le rinde.

Cuando ya se retiraban y el doctor salió al portal, se oyó el pitazo de un mensajero de solemnes pasos. Su resoplido en el pitillo llenó por un momento la casa de rápidos murciélagos de vuelo irregular, de espumosas arenas negras.

Temblando el doctor se acercó al mensajero, grave, hierático. Leyó rápido: Fronesis herido. Y firmaba Lucía. El doctor tenía lejanas referencias de la Lucía, pero no la conocía. Se acercó a los cansados jugadores y balbuceando casi les dio la noticia. Se sentó en el butacón de la sala y empezó a sudar y a enfriarse. Llamó al cartulario y le dijo que se sentía mal y después volvió a decirle que se sentía más mal. Se desvaneció unos instantes y los contertulios comenzaron a asustarse. El cartulario con la voz solemne que había sucedido a la solemnidad del mensajero aconsejó que había que llevarlo a una clínica. La Münster se apretaba las manos y disimulaba su lagrimero con un pañuelo de encajes que la reavivaba por la sutileza del perfume.

Llamaron a un chofer esquinero del doctor, de quien a veces se hacía acompañar en las peleas de gallo. Lo acompañaron para acomodarlo en la máquina, mientras el doctor se llevaba la mano al corazón y se acompañaba con un quejido. Todos los jugadores estaban pálidos y confundidos. En el fondo, cada uno veía el peligro de sus secretos intereses, pues la muerte del doctor era la caída de ellos en el anonimato sin la menor alegría. Lo acompañaban el cartulario y José Ramiro. Clara consolaba con innumerables lugares comunes a la Münster, que un poco más y se cogía la escena para ella, pues quería fingir una dignidad sin llanteos que ella estimaba populacheros y de plañideras de oficio.

Pusieron con la mayor seguridad y comodidad en la máquina, que era ya un poco vetusta y que mostraba su ancestralidad en las indiscreciones del escape. Pero en realidad todos estaban asustados, pues el hecho había transcurrido con una rapidez, que ellos creían que había recibido la noticia de la muerte de Fronesis. Los vecinos ya se asomaban por las persianas disimulando su presencia para no tener que ir a prestar ayuda. Como no podían precisar la índole del remolino formado en casa del doctor, desconfiaban y se resguardaban de la presencia policiaca. Cuando ya fueron sabiendo lo que había pasado, empezaron a asaetear a la señora Münster, que iba informando a la ringlera de la vecinería: Nuestro hijo herido, el doctor se ha sentido muy mal. Fingían preocupación y se retiraban con una lentitud y con el esperamos que no sea nada.

Bajó la máquina por San Lázaro, para coger después por la Avenida del Puerto. Allí vieron un tumulto que rodeaba a un hombre que sangraba como si le hubieran amputado un miembro. La ropa sangraba, la cara con un sudor de sangre y la sangre cayendo en gotas sobre el césped que rodeaba un banco donde habían depositado con miramientos y cuidados al que se desangraba.

Entre aquel tumulto el cartulario pudo precisar la placa de un médico. El doctor se fijó en el herido que sangraba. Precisó que era Foción y la presencia de la muerte le dio un vuelco y le hizo ver por primera vez al amigo de su hijo con ojos nuevos, con una visión que borraba todo lo anterior. Le pareció una aparición que en la circunstancia en que él se encontraba, se hallase con el amigo de su hijo. Le dijo al cartulario y a José Ramiro que lo recogieran. Y el cartulario decidió llevarlos a ambos

436

a la casa del médico enloquecido, que era el padre de Foción, frente al anfiteatro. Él no sabía quién era ese médico, pero la multitud decía que lo llevaran a casa de su padre. Y llegaron a una sencilla consulta que parecía que estaba hechizada porque el que habitaba allí era un hechizado.

Era el mismo que se vio recibir a un jovenzuelo malandrín y embriagado luchando con la aparición de Oppiano Licario, el día que un gato endemoniado le había prendido un brazo como un serrucho. El médico era el mismo fantasma capaz de atender a endemoniados alcoholizados y a ectoplasmas, que ahora se iba a enfrentar con otra realidad tan extraña como la anterior: atender al padre de Fronesis y a Foción que se desangraba.

Colocó a su hijo en el sofá de la sala y al doctor en la cama de su cuarto de dormir. Él no sabía la relación que había entre Fronesis y Foción. Él no conocía al padre de Fronesis. Él sólo veía a su hijo que se desangraba y a alguien que se acercaba con la mano en el pecho, no como en el cuadro 12, sino con un insoportable dolor que le cruzaba el tórax por todos lados como un relámpago que le corría, rompía los huesos y que se amoldaba a cada uno de los empujones que le daba el salto de la corazonada.

El mediquillo daba vueltas como un poseso. Se dirigió a la puerta de la casa, donde la madera comida de bichos y la cal se desparramaba con irregularidad. Hizo un gesto para que los curiosos se retiraran hasta que quedaron dos o tres más tenaces que los otros en perseguir desde lejos la vaharada de la sangre. Estaba sereno, con una serenidad incomprensible, pues sentía los latidos que se iban haciendo más fuertes.

El doctor y Foción pudieron entrecruzar algunas miradas que el doctor Foción interpretó con rectitud. Iba a atender a su hijo y a un amigo de su hijo. No hablaba, se dirigió al cuarto donde se mezclaban pócimas, ungüentos, polvos y jeringuillas que esterilizó. Ahora se notaba que le temblaba un poco el pulso. Pero la rapidez de sus gestos era precisa. Le dijo al doctor Fronesis que iba a mezclar las sangres y éste asintió con misteriosa alegría.

Le extrajo la sangre al doctor. Era como un litro que tomaba distintas tonalidades, desde un rosado flamenco hasta la oscuridad de una esquina sotanera. Sintió debilidad y alivio. Después cogió la misma sangre y se la fue inyectando a su hijo que comenzó a abrir los ojos con extrañeza. Esperó unos minutos el doctor Foción para que su pulso se serenara. Después comenzó a hacer las ligaduras. Cosía las venas con la delicadeza del estambre. La aguja entraba y salía enrojecida hasta que fue adquiriendo su color limpio de acero. Después le dio a beber al doctor Fronesis agua enmielada y vio que iba recuperando el pulso, normalizándose.

Ya no quedaban curiosos en la puerta y la pieza de la casa recuperó su solemnidad de misteriosa soledad.

El doctor Foción les dijo que ya podían llevarse al doctor Fronesis para su casa, que la crisis había sido superada. El cartulario esquinó al médico y le preguntó por sus honorarios, que cobrase lo que le pareciese bien. El doctor Foción, lacónico, le contestó: No acostumbro a cobrarle a los amigos de mi hijo.

Ya Foción se iba sintiendo mejor. El brazo le pendía aún un poco inerte, pero la sangre se iba ya acostumbrando a su riachuelo natural.

El doctor Fronesis llamó aparte al médico y le dijo: Cuando ya él se encuentre bien, dígale que Fronesis está herido. El recibir esa noticia fue la causa de que sintiera a la muerte. Pero si él quiere, me gustaría mucho, sería mi curación definitiva, que él fuese a Europa a ver a mi hijo. Que me vaya a ver para resolver lo del pasaje. Yo creo que si mi hijo lo ve, sanaría de inmediato.

Al despedirse el doctor Fronesis, le dijo al médico: Gracias, doctor, por haber mezclado las dos sangres. Fue la mejor solución y el mejor futuro.

Foción dormía y ya soñaba que tripulando un tiburón llegaba a Europa. Y que un toro enguirnaldado salía a recibirlo con mugidos como carcajadas.

CAPÍTULO X

McCornack tenía su sangre tatuada por una historia sombría. Se decía de él que en una ocasión había salido de su casa para su trabajo de comisiones y altibajos. Como todos los días el trabajo se deslizó entre timbres del teléfono y tazas de café. Su secretaria, como todas las que son de calidad, era bastante feúcha. Ya presumía de ser buena[1] y en cualquier momento lanzaba un chorrito melódico. Miraba después en torno para observar el efecto causado. Se sonreía al ver los pescuezos estirados y los ojos muy abiertos. Después llegó la merienda y la secretaria que era muy melindrosa le brindó al jefe la mitad de la suya. Cuando vio las dos agujetas reunidas en las seis, se puso su saco de casimir, había unas noches frías, y se dio como un baño de músculos al perderse y hacer un poco de laberinto antes de llegar a su casa.

Al acercarse a su casa, vio a los vecinos aglomerados a la puerta y todo como envuelto en chorretadas. Un fuego había destruido la mitad de su casa, la sala, la saleta y el primer cuarto. Su mujer y sus dos hijos, una niñita de cinco y el varón de catorce años y el pequinés habían sido enteramente carbonizados y estaban reducidos a

---

[1] Parece que faltan dos palabras, por el sentido se puede deducir que la frase debía de haber comenzado más o menos así: Su voz ya presumía de ser buena... Ya que a continuación se va a hablar de la voz de Mc Cormack y de lo determinante de ella en su vida.

unos pellejos entrelazados, como si la madre hubiera corrido a proteger a sus hijos.

McCornack ya no cantaba, se aislaba de las gentes en una forma tan exagerada, que visto al principio con simpatía que intentaba a su manera compartir su dolor, después lo fueron mirando con extrañeza antipática. Así se fue convirtiendo en la persona más odiada de su pueblo. Todos consideraban su aislamiento como una injuria. Un poquito también de burla no faltaba en ese odio.

Pero McCornack parecía que guardaba un secreto y un tesoro. Sus frases eran de correcta cortesía, pero nunca entablaba conversación.

Foción, como todos los que van a hacer una larga estancia en Europa, entraba por el puerto de Ostia, para acercarse a Roma, y después a toda Italia, convertida en ese *bric-a-brac* que ofrecen los museos, las galerías, las catedrales, las plazas donde se veían las fuentes con tortugas barrocas o con clásicos caballos de grandes colas, mezclados de cangrejos, ranas y calamares. Marchaba Foción acompañado de su hijo Focioncillo[2]. Foción no disimulaba su tedio y Focioncillo fingía su asombro. Se horrorizaba con los calamares, pero hundía sus manos en la chorretada para atrapar alguna ranita.

Fueron a la Villa Borghese. Comenzaron por desfilar ante los dibujos, croquis y manuscritos (citamos de memoria) de Leonardo. Focioncillo le dijo a su padre que tenía ganas de hacer pis, y Foción le dijo, como es costumbre, que esperara un poco, pero Focioncillo insistía en su urgencia. Foción llamó al celador y le dijo, mitad en macarrónico y mitad en gestos, la incontenible necesidad de su hijo. Pensó tal vez en un cubano que inaugurase otra fuente de Roma. El celador lo llevó a un mingitorio que durante cuatrocientos años no había sentido la influencia sanitaria. Un retrete para un cardenal del

---

[2] *Focioncillo:* hijo de Foción. Ver *Paradiso,* cap. X, pág. 489, ed. citada.

Renacimiento, conservado como una momia de la cuarta dinastía.

El celador se lo trajo de nuevo muy sonriente y cortesano. Y cuando Foción le dijo: *Molte grazie,* el celador manteniendo su risa, le contestó: *cinquenta lire.* Empezó a gravitar sobre Foción, el mundo de las etiquetas europeas. Para cada monedilla una sonrisa.

Foción pensó que era rara la reacción de su hijo. La contemplación artística le pesaba sobre las glándulas suprarrenales[3]. Un dibujo, un tono rosa, un azul, le producían un escozor, que pronto se manifestaba en incontenibles ganas de orinar.

McCornack empezó a levantar el canto con excesiva frecuencia en la oficina y por las calles, cuando su cantío dominaba por las calles como una pesadez inoportuna. Pasaron algunos años y McCornack más aislado y más cantante inesperado. Creían que su canto era un reto de orgullo, como el gallo en la madrugada amarillenta como clara de huevo.

La asistolia[4] empezó a corroerlo. En la oficina frente a la lechucita secretaria y por las calles, de pronto de cabeza al suelo. A veces interrumpía el canto con una de esas caídas, como si no quisieran oírlo, como si una parca desconocida sacase un hilo y todo el tejido del contrapunto se viniese al suelo. Después, entonaba la melodía sin la menor vacilación.

Un día McCornack regresaba a su casa, lucía más fatigado que otros días. Faltaban unos cuantos metros para llegar a su casa cuando sintió que se le iba el sentido y que apretaba el vacío con las manos. Cayó al suelo con

---

[3] *Glándulas suprarrenales:* dos veces confunde Lezama la función de las suprarrenales relacionándola con la micción, emisión de orina, imperiosa de Focioncillo; quizá se deba a una asociación, muy libre, debido a la topografía de las mismas, situadas como su nombre indica sobre los riñones.

[4] *Asistolia:* disfunción cardíaca que consiste en la supresión del sístole o contracción del músculo cardíaco.

el cuerpo endurecido como si los músculos se le contrajesen de continuo recorridos por una serpiente. A pesar del odio que la vecinería le tenía, algunos más piadosos lo cargaron y lo llevaron a su casa. Tuvieron que buscar con mucho cuidado la llave de entrada, parecía que él intentaba esconderla dentro de su propia ropa. En un bolsillo secreto la encontraron. Al abrir la puerta de su casa, los que cargaban a McCornack fueron sorprendidos. Allí estaban la mujer, los hijos y el perrito reproducidos en cera, todos de tamaño natural. En su locura no aceptaba el incendio que se había tragado a toda su familia. Todos los días conversaba con aquellos fantasmas de cera, oyendo respuestas imposibles.

Como era de suponer, Foción se encaminó al Museo del Prado. Quería ver algún Bosco y el ardor del Greco lo había atraído desde niño, él también ardía. Pertenecía a la raza de los plutónicos frente a las extensivas invasiones del agua. *Las Meninas* era desde luego un obligado de flauta. Aparte de que el acabado de Velázquez era para él un misterio, pues dejaba siempre la impresión de algo inacabado, de algo que se nos escapa, del hilo que falta y que hay que seguir buscando. En aquel desfile volvieron a funcionar a toda inoportunidad las suprarrenales de Focioncillo.

—Papy, tengo ganas de hacer pis—. La misma respuesta: Espera un poco. La otra vez: si espero lo hago en los pantalones. Foción tuvo que llamar al celador y decirle la urgencia de su hijo. El celador recibió la noticia con mal humor. A quién se le ocurre traer niños a los museos. Foción le dijo que ni él ni su hijo podían evitarlo. El celador interrumpió el entrecortado con una carcajada que no se esperaba. Cogió a Focioncillo de la mano y desapareció con él. Cuando reapareció con el muchacho le había dado caramelos y entre los labios de Focioncillo se veía un cigarro. Era su primer cigarro que magnificaría su presencia en el museo para el resto de su vida. Foción esperó que le dijese el precio de su diligencia, pero el celador permanecía silencioso. Después Focioncillo le dijo a su padre que había hecho menores y mayores. Y que si podía regalarle una caja de cigarros. Foción seguía admirando el gesto del celador, cuando las confesiones de su hijo lo llevaron a otro plano de broma soterrada. Se sintió más espeso, más fuerte, como si él hubiese ascendido en las ascensiones fulgurantes del Greco.

Foción y Focioncillo regresaron a París. Su pequeño apartamento, sin ornamentación alguna, sólo contenía sillas, sillones, cama y mesa de comedor. A Foción los ornamentos le recordaban la casa de su profesor de historia de arte, que tenía en la sala un flamenco disecado. Eso le daba asco. No porque rechazara las chucherías bonitas, prefería desde luego una taza china a una de barro y también desde luego una taza de barro a una taza china, sino porque le gustaba cuando estaba de viaje ver esas cosas fuera de su casa y vivir sin ornamentación prestada, eso le causaba la impresión de que vivía en una casa que no era suya. Como si llegara de remotos países su verdadero posesor.

Cerca de la casa de Foción había un pequeño parque muy rococó, con sus árboles pequeños y sus diablejos de pífanos plateados por la nieve. Al principio Foción llevaba a su hijo, después éste empezó a ir solo. Quería que Focioncillo fuera ganando su libertad. Sabía Foción en carne propia que la vigilancia engendra la culpabilidad. Algunas veces iba él después al parque, sin que su hijo lo notase, para verlo disfrutar de esa libertad. Foción se reía viendo ese secreto juego de prejuicios, pero es lo cierto que el retozo de su hijo le proporcionaba un gusto semejante a los días en que se escapaba de la escuela, hasta que se convencía que vagando por los parques se aburría más que yendo a la escuela. Pero le gustaba ese retozo de su hijo, cuando de pronto aspiraba fuerte y después se lanzaba a correr.

Entonces el pueblo comenzó a quererlo, su viejo odio se traducía en una especie de conmiseración amistosa. Se le tenía como el posesor de un misterio hierático, veían en su intimidad aquellos terribles fantasmas de cera, que era lo que había quedado en el recuerdo. Se le respetó más y se le dejó con su familia de cera. Se le quería más, pero todos huían un poco de él, considerándolo como si hubiese recibido un castigo de dioses desconocidos. Pero mientras las figuras de cera se ponían al descubierto, su voz aumentaba más y más. Se presentó en pequeños teatros de pueblo, pero su fama se fue anchando hasta llegar a cantar la Juana de Arco con *Geraldina Farrar* en el *Metropolitan,* donde tuvo éxitos conservados en papeles mugrientos. Su voz había crecido como una sorpresa y después empezó a disminuir, pero McCornack había sumado entre gavetas de oficina y arias varios miles de pesos. Y se decidió a marcharse a París, donde la desaparición de su familia, el aumento y disminución de su voz, lo habían llevado a una esquizofrenia con fases depresivas y reacción a la agresiva sexual. Su sexualidad empezó a buscar lo raro y desviado. Empezó a recibir clases de español y a tener una cuadra de caballos y se puso en contacto con los vaivenes de la colonia hispanoamericana en París. Había conocido a Vivo en sus primeros días de París. Vivo tenía un siquismo peculiar, no era bueno ni malo, sino totalmente indiferente, al mismo tiempo que le era muy fiel, era muy cuidadoso de sacarle la mayor cantidad de dinero a aquel americano que revisando sus cuadras de caballos se ponía a cantar entre un inmundo olor a boñiga de caballo y sus nerviosas patadas. Vivo controlaba cuentas, pasaba a invitar a los asistentes, servía el whisky y eso hacía que lo respetaran más que un criado. Todos pensaban que era secretario, administrador y marido del americano. Pero, cosa rara, aunque McCornack tenía muchos amigos homosexuales, no lo era y Vivo mucho menos. Había llevado de Cuba un machismo muy subrayado y se rascaba los genitales con tal frecuencia que McCornack tuvo que llamarle la atención.

Foción llevó a Focioncillo a ver el British Museum. Era para él una delicia cuando le enseñaba a su hijo cuadros de Reynolds o de Hogarth, donde aparecían niños. Focioncillo hacía comentarios ingenuos: Papy, todos esos muchachos son rubios, ahí no podría estar yo. Foción le contestaba riéndose, si sopla un viento fuerte, tal vez un ciclón, tú puedes también pasearte por esos jardines. Cuando Focioncillo vio a la vendedora de camarones de Hogarth, parece que el olor a marisco actuó sobre sus suprarrenales y volvió a repetir lo que ya había dicho en muchos museos de Europa: Papy, tengo muchas ganas de hacer pis. La respuesta fue la invariable de siempre, aguantar un poco.

—No puedo, tengo los orines en la puntica—. Como siempre Foción llamó al celador, éste, con extrema cortesía cogió al muchacho de la mano y se alejó con él. Al poco rato reapareció, tenía la cara muy asustada: —Papy, el inodoro parece un trono, tiene una corona arriba y es muy alto. Se me detuvieron los orines, ahí no hay quien pueda hacer eso. Sácame, sácame de aquí, parece que estoy en una funeraria.

Foción lo cogió de la mano, lucía el muchacho muy nervioso y lo sacó al jardín. Allí, de inmediato se puso a orinar, mientras la yerbita se reducía al recibir un líquido que no era de su costumbre. En ese momento, Foción vislumbró que se acercaba un policía, con un paso muy medido, muy mesurado, meciéndose con suavidad. El polizonte comprendió de inmediato la situación y dijo: ¿qué, regando la yerba para que crezca? Se rió con buena risa bonachona y siguió su caminata musitando una cancioncilla.

Esa noche, Foción había sido invitado a la casa del hijo de un periodista, cuyo padre había sido amigo del padre de Foción cuando estudiaba en Inglaterra.

Era Patrick Sherse un anfitrión al que le gustaban con exceso los placeres de la conversación y los de la buena mesa. Foción tuvo la sensación de algo perfecto, preparado con acuciosidad suma por los dueños de la casa. Había comida fría y caliente. Si querías, una ensalada de langostinos o un consomé de camarones, o sopas servidas en el carapacho de tortugas que relucían como si fuesen de carey, y que bajo el color amarillo del consomé, profundizaban sus colores como un cielo cóncavo que antecede a la lluvia.

En realidad, la cena parecía dirigida por un Degas, los colores rosados, los pasos mdios y cadenciosos, un trío de flauta, violín y cello acompañaba la reunión con las músicas que Bach y Telemann habían hecho para acompañar la comida. La perfección había adquirido caracteres indistintos, como si todo perteneciese a lo anónimo, a lo indiferenciado secular. Las damas entraban y salían como en una escena teatral. Una batuta soterrada parecía dirigir todo aquel grupo reunido. La conversación no se hacía nunca fluida, extensiva, cada palabra era contestada con su equivalente perfecto. Las preguntas y las respuestas eran como el tic-tac de un reloj. Y de pronto, la danza comenzó a animar aquel grupo, haciéndolo fluir en el tiempo, como para negar que fueran figuras de un museo de cera puestas a andar por una corriente de agua.

De pronto, el baile se fue haciendo más lento, cesó la música, y como si todos los invitados estuviesen en el secreto, esperaban sin muestras de ansiedad, que algo sucediese. Lady Tandy estaba en ese momento en que para justificar necesitaba favorables ángulos de enfoques. En un ojo de la cámara aparecía ya con sus patas de gallo y ese cansancio de los ojos que dan los años voladores. Bajo otro ojo, todavía lucía rosada, sus brazos resbalaban voluptuosidades un tanto cremosas, pero enlucía con agradables residuos juveniles. Se hizo un silencio, pero expectante. Lady Tandy se extendió en un sofá, después de beberse una sustancia que la transportó velozmente al

sueño. Empezó a hablar dormida y los demás concurren-
tes sacaron unas libreticas y parecía que apuntaban todo
lo que la improvisada sibila dictaba. A veces se veía una
lágrima que le manchaba toda la cara. Sus primeras
palabras fueron apocalípticas, parecían referirse al fin del
mundo. Después habló de las enfermedades de la reina
que eran ocultadas. Dijo que no eran graves, pero que
podían serlo si seguía ocultando su enfermedad. Los
asistentes inmutables apuntaban en sus libretas todo
cuanto decía. Se decía que en sueños había visto el
retrato de un primer ministro lleno de gotas de sangre y
que al día siguiente había aparecido asesinado. Otros
negaban la anécdota y decían que sólo era una morfinó-
mana parlante, que tenía un amante que era el que
hablaba en las reuniones cuando ella dormía. Después sus
visiones se fueron haciendo más acostumbradas y comenzó a relatar cómo había sido la verdadera muerte de
Gustavo Adolfo en la batalla de Lutzen[5]. Lo relató en tal
forma que ninguno de los asistentes llegó a precisiones
acerca de cómo habían matado a aquel rey.

Lo que ya le había pasado a Foción a la salida del
museo y lo que estaba viendo, lo decidieron a partir en
seguida de Inglaterra y volver a la Francia, donde la
gente era menos perfecta, pero más venenosa en todo.

Foción quiso que su hijo se desprendiera un poco de
él, para que fuese ganando su libertad. En la esquina del
hotel donde él vivía, había un parque neoclásico, con
unas fuentes y una Diana con sus flechas. Por la ventana
podía seguir sus pasos, y así estaba en libertad y estaba

---

[5] *Gustavo Adolfo II:* rey de Suecia (1594-1632), ocupó el trono desde
1611 hasta 1632. Intervino en la Guerra de los Treinta Años y llegó a un
acuerdo con el Imperio Alemán, según el cual, bajo los auspicios de la
diplomacia de Richelieu, Francia financiaba la participación sueca en el
conflicto y Gustavo Adolfo respetaba el culto católico en las tierras que
ocupara.

Obtuvo su más brillante victoria en Lützen (16 de noviembre de 1632)
contra las tropas imperiales al mando de Wallenstein, pero también allí
encontró la muerte.

cuidado, pues Foción conociéndose bastante a sí mismo, procuraba evitar cualquier exceso en su hijo. Focioncillo, el primer día que fue al parque, hizo amistad con una francesita deliciosa, con esa piel que sólo las francesas saben cuidarse. Y la muchacha cuyos abuelos de Burdeos hablaban un poco de español, se las arregló para improvisar un esperanto infantil donde todo parecía comprenderse a medias y embriagarse un poco oyendo sonidos sin significado para los dos. Focioncillo le preguntó por su madre y qué estudiaba. La francesita Vivian le dijo que desde ayer empezaba a trabajar en un circo, que habían ido a ver al empresario y que las había contratado de inmediato. Focioncillo se interesó por lo que ella hacía y su madre. Vivian le hizo el relato de su numero en el circo. —Fuimos a ver al empresario en su oficina que estaba a la entrada del teatro.

Ello explicó su trabajo: Ya frente al empresario se horizontalizó, se levantó la falda y empezó a orinar. Sus orines se verticalizaban como un surtidor. En el extremo colocó una flechita y en su extremo una avellana. El surtidor ascendía y descendía como en los juegos de agua de un parque romano. La fuerza de tan curioso surtidor expulsó a la flecha, la que a su vez puso en vuelo a la avellana. La flecha revolaba como un aeroplano de juguete. Y el surtidor de orines proseguía en sus juegos. Subía, descansaba en la altura y después volvía al ápice del surtidor. La avellana caía en la vulva, la que apretada se rompía. La madre enseñaba la semilla limpia y resplandeciente. El empresario se quedó asombrado y le preguntó a su madre, después de contratar de inmdiato a la hija, qué era lo que ella hacía. Y su madre respondió que ella hacía lo mismo, pero con una lanza y un coco. Las dos fueron contratadas y ya la próxima semana empezaban su trabajo.

Focioncillo sí le dijo que lo que le había relatado más parecía un chiste que un número circense. Y ella le respondió que era el mejor número de la compañía.

McCornack daba frecuentes fiestas en su finca de los alrededores de París, donde asistían Awalobit, Champollion y Margaret, Cidi Galeb y por intermedio de este último había formado parte del grupo Husán. Sabía éste que Lucía se encontraba en París sola y que salía pocas veces con Ynaca Eco Licario. Gustaba Ynaca del candor sin complicaciones subterráneas de Lucía y se encontraba muy a gusto con ella. Le iba descubriendo cosas y como en parte Fronesis le había encargado que la cuidase, ella ponía toda su atención vigilante y las cosas que había aprendido de Licario, aunque Fronesis le había dicho que le enseñase cosas elementales, no tan sutiles que la envenenasen. Ynaca no gustaba de McCornack, le parecía un hombrecillo de vida secreta y un tanto sádica, pero Awalobit no faltaba a una de las reuniones del americano, porque su cuadra de caballos, sus faisanes rellenos, sus vinos rosados de Corinto, lograban deslumbrarlo, pero Ynaca intuía que era un hombre falso, misterioso y extravagante. En realidad la riqueza del americano se hacía más atrayente pues se ignoraban sus fuentes verdaderas. Se hablaba de minas de carbón en el Canadá y los más maliciosos llegaban a hablar de que era un contrabandista de estatuillas chinas y de otras cosas que producen ensoñaciones chinescas, ridículas, pero obligatoriamente reiteradas.

Focioncillo le contó a su padre el relato de la muchacha en el parque y el futuro trabajo circense. Foción ya no se asombraba, desrazonado total, todo le parecía que podía descender en la canal de lo posible. Como Focioncillo, viendo que las demás muchachas del parque le decían Susane, buscó los espectáculos de circo y comprobó el número de Susane Langlais y de su hija. Una noche de estrellas muy alegres y habladoras, Foción llevó a su hijo al circo donde se anunciaban esos números excepcionales. Era la primera vez que Focioncillo iba al circo. Cuando pasaron los años y la reminiscencia le devolvía el espectáculo, lo que le acudía a los ojos era una pieza de metal amarillo, pulido, brillante como un poliedro de ágata que lanzaba chispas incesantes. Todo reluciente, las sedas y lentejuelas de los payasos entraban en la barra de metal amarillo y las chispas parecían bailar, darnos pequeños manotazos y saltar como disparadas por un resorte. Focioncillo ya no veía el circo como los hombres que a fines de siglo llevaban a sus muchachos al circo como si asistiesen a un espectáculo religioso, que después prevalecía en la memoria por sus olores. El olor entremezclado de los animales enjaulados lograba unificarse y dispersarse por instantes, como separados por puñaditos de arena. Ya después los muchachos se pondrían serios, casi lloraban con los payasos. Y después soñaban con ellos como golpeados por todo el mundo. El circo es ahora como el reverso de la ópera, todo lo que en él pasa es solemne, blanqueado, asombroso y gigantoma. En fin, ya llegaba el número de Susana Langlais. Foción mostraba más apetencia por ver ese número que su hijo, que parecía tener miedo.

No había tal espectáculo de la avellana y la vulva. Un tubo puesto en la boca lanzaba una flechita en cuya punta se encontraba la avellana, la flechita describía una parábola y después venía al punto de partida. La madre después lo hacía con una flecha de mayor tamaño en cuya punta se encontraba un melocotón, describió la flecha mayor una parábola de mayor curva y el melocotón vino a caer en la boca de Susana madre, quien le pasó la semilla a su hija, que repitió el espectáculo dos o tres veces, hasta que hicieron una larga reverencia. Unos pocos aplausos. Y después se pasó al número de las jirafas que llevaban cestas con niños, colgadas de sus pescuezos, que los asemejaban a pájaros que pescasen en el aire sardinas subdivididas por el rayo solar.

Foción a la salida del circo no le dijo nada a su hijo. Quiso que reflexionara y ésta fue sin duda una de las mayores experiencias de Focioncillo en su niñez. Había sido burlado, pero de una manera digna, a través del asombro y sin ningún propósito de engaño, aunque desde luego lo había, pero Focioncillo pensaba en la diminuta risa de la muchacha al llegar a su casa.

Foción se limitó a decirle: es un bello ejemplo de algo excepcional, pues la mayoría bajo un abrigo de bondad ocultan la pulsera serpiente, pero pocas, muy pocas personas, se presentan como malvadas y en el fondo una pequeña maldad inocente o un engaño de delicias. Que tuviese más cuidado con la gente de la primera clase y huyese siempre de ella, pero que procurase estar al lado de la gente de la otra manera, que quieren regalarnos el asombro sano.

Cuando Focioncillo regresó otra mañana al parque, no disipó la mentira de Susana. Sólo le dijo que había ido al circo y ella se mostró mucho más cariñosa, con la voluptuosidad de la semilla del melocotón, con el que jugaba en la noche llena de luces con los trapecios llenos de peces.

Vivo era el encargado de reclutar a los que se reunían en la finca de McCornack. Vivo aprovechaba esas visitaciones para ir también a sus antiguos amigos, muchos de ellos eran ahora también amigos del sombrío tenor. Todos aquellos que convivían en el solar, en la niñez de Vivo habían acampado en su gitanería, como cuando lo hacían frente a Notre Dame en la edad media. Algunas veces lo acompañaba Martincillo, que convertido en un peinador de fama, había hecho carrera en París. Conocía a las esposas de los directores de periódicos, a las de los académicos, a las de los escritores que eran «celebridades mundiales» como él decía con un pliegue de sonrisa. Conservaba su afición por la flauta y se consideraba un artista sin suerte, que lo llevaba a una frustación que lo atormentaba más de día que de noche, pues sabía aprovechar la noche que era su verdadera vocación. Desdeñosamente obtenía sus mejores éxitos dibujando sistemas orográficos caprichosos en las cabelleras de su peculiar clientela. Había llegado a París sin pensarlo mucho y sudarlo menos. Se encontraba un día en el museo de La Habana, viendo grabados del siglo XIV, cuando se le acercó un extranjero que mascullaba un español aljamiado que Martincillo interpretaba haciéndose repetir varias veces cada palabra. Hicieron amistad, empezaron a visitarse, afluyó en el francés una amistad apasionada del francés por el aborigen. Y así cayó en París. Con la ayuda del francés ingresó en el Conservatorio para superarse, como él decía, en los estudios de flauta, pero Martincillo pudo observar, cosa que le hacía ver el francés con disimulo, que sus adelantos como peluquero superaban a los del flautista. Y con sus amiguitos del conservatorio, empezó un poco disfrazado de aficionado, a peinar a la madre de sus condiscípulos. Cien estilos de peinados novedosos, barrocos y clásicos, churriguerescos y neoclásicos. Y así fue pasando de aficionado a maestro, hasta llegar a ser considerado uno de los mejores peluqueros de París y algunos decían que de Europa. Martincillo miraba de reojo algunas veces a la flauta, pero una urgente llamada telefónica de la esposa de un académico, lo despertaba bruscamente por el timbrazo y recibía de nuevo sus aplausos como peinador. Vivo lo había visto en París y era su amigo en recuerdo de los días pasados en la cochambre solariega. A Martincillo le gustaba ir a las soirées de McCornack, porque así se creía que su asistencia era como flautista y no como peinador. Así se pavoneaba estrenándose unos zapatos con hebillas de oro. Martincillo tenía a su vez un pequeño salón donde los jueves recibía, había oído hablar de los jueves de un gran poeta del siglo pasado. A su vez los asistentes a aquel salón tenían otros salones, donde el tedio de la reunión hacía que le pidiesen que tocara la flauta y su *«Sonata para inmovilizarse, mientras el peluquero realiza su deliciosa faena».* Sus dedos mostraban anillos egipcios con emblemas de gavilanes y cabezas de jabalí. Aplausos y champañazos y Martincillo llegó a ser una figura de las más influyentes en París. Vivo lo utilizaba para que le presentase clientes doncellitas de pechos cañoneros.

Vivo revisaba sus antiguas amistades y sus invitados de Mc Cornack. Sus antiguas amistades del solar habían cambiado de espacio, un tanto mágicamente. Acostumbrados a vivir en promiscuidad, procuraban siempre juntarse, buscar un motivo central donde ellos pudiesen sentarse o saltar. Es raro que todos hubiesen ido a parar a París, que por aquellos años tenía un poderoso centro lo mismo para el hombre de la calle que para el que buscase romper sus planos en geometría y nuevas dimensiones. Unos vivían la misma vida que hubiesen podido vivir en La Habana, vulgar, rota, con cotidianidad oficiosa. Otros, iban de sorpresa en sorpresa, más o menos inútiles, como en una montaña rusa.

Así Petronila, la hija de César, seguía la tradición ebanista del padre al casarse con un carpintero refistolero[6]. Y sin buscar fortuna había logrado la burguesía cómoda tan sólo con colocar a la entrada de su taller un rótulo medianamente iluminado que decía «Madera cubana», que despertaba la misma curiosidad que la niña recién llegada de Güines. Su hijo ya hundía sus grandes labios en las curiosidades del jazz, atronando la vecinería como en los tiempos habaneros.

Awalobit llevaba varias vidas, ninguna de ellas secreta, aunque a veces se hacía un poco invisible. Asistía a las reuniones de Mc Cornack, a las de los viejos amigos de Vivo, de las cuales había formado parte y a las que él daba en su casa, donde las marcadas preferencias de Ynaca Eco predominaban, telepatía, magia verde o de salón y el sueño provocado por reiterados ejercicios de raíz hindú.

Awalobit asistía en silencio a toda clase de reuniones, con un interés silencioso y decepcionado. Ejercitado en

---

[6] *Refistolero:* redicho, forzadamente simpático.

el silencio éste podía prolongarse sin dormitar con risueño cabeceo. Vivo lo quería y entre los enigmas de McCornack y los de Martincillo, se inclinaba por el último. Cuando Awalobit iba a París lo primero que hacía era procurar a Vivo, ya se sentía más tranquilo. Le parecía que en cualquier momento podía surgir Vivo para fortalecerlo.

La relación de Vivo con Ynaca nos es totalmente desconocida, ninguno de los dos existía para el otro. Para Ynaca la amistad de Awalobit con Martincillo era algo totalmente ignorado por sus más secretos centros impulsivos. Si veía una hormiga en la mano de Awalobit se hubiera interesado más.

Vivo conversaba con Sofía Keeler, *La Poderosa,* y pasó por allí un capitán de la Marina, de la época del Presidente Menocal[7]. El capitancillo se fijó en la pareja. Sofía lucía un esplendor austríaco, al que su matrimonio le prestaba cierto brillo de la corte de los Habsburgo. Después el capitán miró a Vivo, que ofrecía para él la curiosidad de que trabajaba en la casa. El capitan era cubano y tenía una ringlera de siete hijos, pero había llegado ese momento para él, en que a todo cubano le gusta tener una amante. El capitán empezó a rondarla con sus panetelas y cremas, pero atenuó sus ardores cuando supo que el esposo de La Poderosa era maestro de sable y espada. Se silenció, pues Vivo fue con él demasiado explícito y le dijo que era familia honesta, que La Poderosa mantenía su orgullo de la gran época austriaca. Pero cuando años más tarde enviudó, la austriaca empezó a intercambiar pastel por sonrisa, sortijas por caricias. El capitán de la Marina fue nombrado agregado cultural en París y decidió llevarse a su esposa, sus siete hijos, su amante y el

---

[7] *Mario García Menocal:* presidente de la República de Cuba entre los años 1913-1921. Político autoritario y corrupto había sido general del Ejército Libertador durante la Guerra de la Independencia de Cuba (1866-1941).

hijo que, ante el capitán, sus balbuceos de caricaturista, eran tomados por signos de un porvenir plástico. Creía que eso traería riqueza material y espiritual sobre su tribu. Vivo trataba siempre a La Poderosa con gran respeto. Había visto cómo aquella mujer había llevado su pobreza con verdadero señorío. En primer lugar aislándose en medio de la tropelía del aquel solar, donde todo olía a pobreza. Cuando el joven caricaturista conoció a Oppiano Licario y conversó en alemán con él, tembló, pues su buena raza y el señorío de Licario hicieron de inmediato buenas migas.

Empezó a hacer la caricatura de Licario, y como quien no puede juntar las sílabas por el miedo, los colores se le dispersaban, caminaban hacia una mancha y después se hacían una nebulosa. El caricaturista le dijo: se me hace invisible, lo mismo si empiezo por el rostro o por el resto del cuerpo, me pierdo, es la única vez que esto me ha pasado. Licario sonrió y desde aquel día comenzó a protegerlo. Lo mandó a escuelas de pintura donde aprendió y después a desovillar lo aprendido. Lo llevó a su casa y lentamente lo fue inclinando hacia su hermana: lejana, indiferente y asexual. Oppiano no se asombraba pues Ynaca era lo más parecido a él. ¿Coincidiendo? Una enorme distancia los separaba, cada uno podía prescindir del otro sin notarlo casi. Además, la más invencible castidad era la característica más profunda entre ellos.

Vivo se dirigió ahora a ver al japonés, antiguo dueño de la tienda bejucalera[8] «El triunfo de la peonía». Su vida a la japonesa era doblemente misteriosa, por serlo y por fingir silenciosamente el misterio. Casi nunca estaba en su casa, sino a la hora de dormir.

Asombraba que este japonés aparentemente insignificante se burló, igual que los otros habitantes del solar, de

---

[8] *Bejucalera*. Viene de Bejucal, pequeña ciudad de la provincia de La Habana. Ver *Paradiso,* cap. II, pág. 35, ed. citada.

las virtudes traslaticias del espacio. Un día el epiléptico hermano de la Lupita paseaba por el puerto y se fijó con desgano al principio, muy curioso después, en un acorazado japonés. De pronto vio girar * al dueño de «El triunfo de la peonía», que unía la cópula * a unos cabezazos circenses, que venían en línea directa del budismo zen. Vio que toda la marinería le rendía honores y que el capitán de la nave lo saludaba con extremada marcialidad, saludándole con la espada. El epiléptico corrió a su casa para decírselo a su hermana Lupita, pero desde ese día no le vio más.

Nadie sabía en qué trabajaba, pero llevaba en París una vida holgada y hacía frecuentes invitaciones en La Rotisserie y en el Enrique IV. Pero incomprensiblemente le gustaba reunirse con aquellos viejos compañeros del solar, que le recordaban un buen sol y los ojos lánguidos de la mulata. Pero ya en su vida había prescindido de los cabezazos eyaculantes.

Por lo demás su vida era en extremo casta y guardaba con silenciosa avaricia su energía seminal.

Ya Vivo había terminado sus visitas a sus antiguos amigos del solar. Ahora empezaría a cumplir la lista que le había dado Mc Cornack. Vivo se fijó en todos los detalles, pues había visto en la lista los nombres de Ynaca y de Awalobit, y se sorprendió pues eran nuevos invitados que casi nunca iban a las fiestas.

Fue a su casa y le mostró a Ynaca y a Awalobit la invitación de McCornack, redactada en forma muy melosa. En cuanto Ynaca la leyó mostró en sus labios un pliegue de indiferencia. Awalobit le preguntó a Ynaca de qué se trataba y al decírselo Ynaca se mostró silencioso. Awalobit se mostraba siempre cariñoso con Vivo, recordaba en él más que una visión del pasado, una proyección del porvenir, como una tierra misteriosa que se

---

* *Girar y cópula* son dos palabras posibles, pero están escritas de manera ininteligible.

abriese en su presencia. Situaba aquellos años de su vida en un tiempo ideal, siempre renaciente, paradisiaco casi. Casi fuera su estilo de ver la vida, vivía como en un encantamiento, en el que pensaba borrar el tiempo y crear un nuevo tiempo donde tuviese la sensación de que abría los ojos por primera vez. Ynaca no dio ninguna respuesta terminante y Awalobit trajo para Vivo ron y la caja de tabacos. Él seguía tratando a Vivo como lo había conocido, como si los dos jugasen la misma aventura. No veía a Vivo en dos tiempos y dos espacios, sino le parecía que los dos iban por un camino desconocido y que cuando coincidían se sorprendían, como si se hubiesen conocido por primera vez y con la misma sorpresa.

¿Gustaba Ynaca de Mc Cornack? Ynaca no era indiferente, pero pocas personas de las que trataba lograba encontrar en ellas una continuidad amistosa. El misterio de la vida de Oppiano, la constancia de su compañía y de su recuerdo, creaban en ella un aire diferente, una atmósfera que surgía de pronto y que parecía envolverla como una nieve lejana que llegaba hasta ella en avisos raros y presagiosos.

<hr />

Nota final:

Como no se pretendía la realización de una edición crítica, y, mucho menos, exhaustiva, se incluyen notas que, a juicio del responsable de la edición, aclaran y facilitan en cierto modo la lectura del texto, al mismo tiempo que no se han tomado en consideración las explicaciones sobre ciertos nombres o conceptos harto conocidos, excepto en aquellos casos en los cuales existía algún detalle que pudiera resultar una alternativa, una variante para la comprensión del mundo lezamiano. Así, por ejemplo, no han sido anotados los pintores que aparecen en el libro, pues tanto los anteriores como los más actuales dentro del siglo XX parecen ser lo suficientemente conocidos para reiterar datos que, en el mejor de los casos, pudieran resultar una ofensa al lector.

Colección Letras Hispánicas

DE PRÓXIMA APARICIÓN